हिन्द पॉकेट बुक्स

नमक का दारोग़ा

प्रेमचंद हिन्दी और उर्दू के महानतम भारतीय लेखकों में से एक हैं। मूल नाम धनपत राय श्रीवास्तव, प्रेमचंद को नवाब राय और मुंशी प्रेमचंद के नाम से भी जाना जाता है। वे एक संवेदनशील लेखक, सचेत नागरिक, कुशल वक्ता तथा सुधी (विद्वान) संपादक थे। उपन्यास के क्षेत्र में उनके योगदान को देखकर बंगाल के विख्यात उपन्यासकार शरतचंद्र चट्टोपाध्याय ने उन्हें उपन्यास सम्राट कहकर संबोधित किया था। प्रेमचंद ने हिन्दी कहानी और उपन्यास की एक ऐसी परंपरा का विकास किया जिसने पूरी सदी के साहित्य का मार्गदर्शन किया। आगामी एक पूरी पीढ़ी को गहराई तक प्रभावित कर प्रेमचंद ने साहित्य की यथार्थवादी परंपरा की नींव रखी। उनका लेखन हिन्दी साहित्य की एक ऐसी विरासत है जिसके बिना हिन्दी के विकास का अध्ययन अधूरा होगा।

नमक का दारोग़ा

प्रेमचंद

हिन्द पॉकेट बुक्स
पेंगुइन रैंडम हाउस इम्प्रिंट

हिन्द पॉकेट बुक्स

यूएसए | कनाडा | यूके | आयरलैंड | ऑस्ट्रेलिया | सिंगापुर
न्य ज़ीलैंड | भारत | दक्षिण अफ्रीका | चीन

हिन्द पॉकेट बुक्स, पेंगुइन रैंडम हाउस ग्रुप ऑफ़ कम्पनीज़ का हिस्सा है,
जिसका पता global.penguinrandomhouse.com पर मिलेगा

पेंगुइन रैंडम हाउस इंडिया प्रा.लि.,
चौथी मंजिल, कैपिटल टावर 1, एमजी रोड,
गुरुग्राम 122002, हरियाणा, भारत

पेंगुइन
रैंडम हाउस
इंडिया

प्रथम हिन्दी संस्करण हिन्द पॉकेट बुक्स द्वारा 2009 में प्रकाशित
यह हिन्दी संस्करण हिन्द पॉकेट बुक्स में पेंगुइन रैंडम हाउस द्वारा 2022 में प्रकाशित

10 9 8 7 6 5 4 3 2

इस पुस्तक में व्यक्त विचार लेखक के अपने हैं, जिनका यथासंभव तथ्यात्मक सत्यापन किया गया है, और इस संबंध में प्रकाशक एवं सहयोगी प्रकाशक किसी भी रूप में उत्तरदायी नहीं हैं।

ISBN 9789353495114

मुद्रक : मणिपाल टेक्नॉलजीस् लिमिटेड, भारत

www.penguin.co.in

अनुक्रम

नमक का दारोगा

जब नमक का नया विभाग बना और ईश्वरप्रदत्त वस्तु के व्यवहार करने का निषेध हो गया तो लोग चोरी-छिपे इसका व्यवहार करने लगे। अनेक प्रकार के छल-प्रपंचों का सूत्रपात हुआ, कोई घूस से काम निकालता था, कोई चालाकी से। अधिकारियों के पौ-बारह थे। पटवारीगिरी का सर्वसम्मानित पद छोड़-छोड़ कर लोग इस विभाग की बरकंदाजी करते थे। इसके दारोगा पद के लिए तो वकीलों का भी जी ललचाता था। यह वह समय था जब अँगरेजी शिक्षा और ईसाई मत को लोग एक ही वस्तु समझते थे। फारसी का प्राबल्य था। प्रेम की कथाएँ और शृंगार रस के काव्य पढ़ कर फारसीदाँ लोग सर्वोच्च पदों पर नियुक्त हो जाया करते थे। मुंशी वंशीधर भी जुलेखा की विरहकथा समाप्त करके मजनूँ और फरहाद के प्रेम-वृत्तांत को नल और नील की लड़ाई और अमेरिका के आविष्कार से अधिक महत्त्व की बातें समझते हुए रोजगार की खोज में निकले। उनके पिता एक अनुभवी पुरुष थे। समझाने लगे, बेटा ! घर की दुर्दशा देख रहे हो। ऋण के बोझ से दबे हुए हैं। लड़कियाँ हैं, वह घास-फूस की तरह बढ़ती चली जाती हैं। मैं कगारे पर का वृक्ष हो रहा हूँ, न मालूम कब गिर पड़ूँ ! अब तुम्हीं घर के मालिक-मुख्तार हो। नौकरी में ओहदे की ओर ध्यान मत देना, यह तो पीर का मजार है। निगाह चढ़ावे और चादर पर रखनी चाहिए। ऐसा काम ढूँढ़ना जहाँ कुछ ऊपरी आय हो। मासिक वेतन तो पूर्णमासी का चाँद है, जो एक दिन दिखायी देता है और घटते-घटते लुप्त हो जाता है। ऊपरी आय बहता हुआ स्रोत है जिससे सदैव प्यास बुझती है। वेतन मनुष्य देता है, इसी से उसमें वृद्धि नहीं होती। ऊपरी आमदनी ईश्वर देता है, इसी से उसकी बरकत होती है, तुम स्वयं विद्वान् हो, तुम्हें क्या समझाऊँ। इस विषय में विवेक की बड़ी आवश्यकता है। मनुष्य को देखो, उसकी आवश्यकता को देखो और अवसर देखो, उसके उपरांत जो उचित समझो, करो। गरजवाले आदमी के साथ कठोरता करने में लाभ ही लाभ है। लेकिन बेगरज को दाँव पर पाना जरा कठिन है। इन बातों को निगाह में बाँध लो। यह मेरी जन्म भर की कमाई है।

इस उपदेश के बाद पिता जी ने आशीर्वाद दिया। वंशीधर आज्ञाकारी पुत्र

थे। ये बातें ध्यान से सुनीं और तब घर से चल खड़े हुए। इस विस्तृत संसार में उनके लिए धैर्य अपना मित्र, बुद्धि अपनी पथप्रदर्शक और आत्मावलम्बन ही अपना सहायक था। लेकिन अच्छे शकुन से चले थे, जाते ही जाते नमक विभाग के दारोगा पद पर प्रतिष्ठित हो गये। वेतन अच्छा और ऊपरी आय का तो ठिकाना ही न था। वृद्ध मुंशी जी को सुख-संवाद मिला तो फूले न समाये। महाजन कुछ नरम पड़े, कलवार की आशा लता लहलहाई। पड़ोसियों के हृदय में शूल उठने लगे।

2

जाड़े के दिन थे और रात का समय। नमक के सिपाही, चौकीदार नशे में मस्त थे। मुंशी वंशीधर को यहाँ आये अभी छह महीनों से अधिक न हुए थे, लेकिन इस थोड़े समय में ही उन्होंने अपनी कार्यकुशलता और उत्तम आचार से अफसरों को मोहित कर लिया था। अफसर लोग उन पर बहुत विश्वास करने लगे। नमक के दफ्तर से एक मील पूर्व की ओर जमुना बहती थी, उस पर नावों का एक पुल बना हुआ था। दारोगा जी किवाड़ बंद किये मीठी नींद से सो रहे थे। अचानक आँख खुली तो नदी के प्रवाह की जगह गाड़ियों की गड़गड़ाहट तथा मल्लाहों का कोलाहल सुनायी दिया। उठ बैठे। इतनी रात गये गाड़ियाँ क्यों नदी के पार जाती हैं ? अवश्य कुछ न कुछ गोलमाल है। तर्क ने भ्रम को पुष्ट किया। वरदी पहनी, तमंचा जेब में रखा और बात की बात में घोड़ा बढ़ाये हुए पुल पर आ पहुँचे। गाड़ियों की एक लम्बी कतार पुल के पार जाती देखी। डाँट कर पूछा, किसकी गाड़ियाँ हैं।

थोड़ी देर तक सन्नाटा रहा। आदमियों में कुछ कानाफूसी हुई तब आगे वाले ने कहा–पंडित अलोपीदीन की।

"कौन पंडित अलोपीदीन !"

"दातागंज के।"

मुंशी वंशीधर चौंके। पंडित अलोपीदीन इस इलाके के सबसे प्रतिष्ठित जमींदार थे। लाखों रुपये का लेन-देन करते थे, इधर छोटे से बड़े कौन ऐसे थे जो उनके ऋणी न हों। व्यापार भी बड़ा लम्बा-चौड़ा था। बड़े चलते-पुरजे आदमी थे। अँगरेज अफसर उनके इलाके में शिकार खेलने आते और उनके मेहमान होते। बारहों मास सदाव्रत चलता था।

मुंशीजी ने पूछा, गाड़ियाँ कहाँ जायेंगी ? उत्तर मिला, कानपुर। लेकिन इस प्रश्न पर कि इनमें क्या है, सन्नाटा छा गया। दारोगा साहब का संदेह और भी बढ़ा। कुछ देर तक उत्तर की बाट देख कर वह जोर से बोले, क्या गूँगे हो गये हो ? हम पूछते हैं, इनमें क्या लदा है ?

जब इस बार भी कोई उत्तर न मिला तो उन्होंने घोड़े को एक गाड़ी से मिला कर बोरे को टटोला। भ्रम दूर हो गया। यह नमक के ढेले थे।

3

पंडित अलोपीदीन अपने सजीले रथ पर सवार, कुछ सोते, कुछ जागते चले आते थे। अचानक कई गाड़ीवानों ने घबराये हुए आकर जगाया और बोले—महाराज ! दारोगा ने गाड़ियाँ रोक दी हैं और घाट पर खड़े आपको बुलाते हैं।

पंडित अलोपीदीन का लक्ष्मी जी पर अखंड विश्वास था। वह कहा करते थे कि संसार का तो कहना ही क्या, स्वर्ग में भी लक्ष्मी का ही राज्य है। उनका यह कहना यथार्थ ही था। न्याय और नीति सब लक्ष्मी के ही खिलौने हैं, इन्हें वह जैसे चाहती हैं नचाती हैं। लेटे ही लेटे गर्व से बोले, चलो हम आते हैं। यह कह कर पंडित जी ने बड़ी निश्चिंतता से पान के बीड़े लगा कर खाये। फिर लिहाफ ओढ़े हुए दारोगा के पास आ कर बोले, बाबू जी आशीर्वाद ! कहिए, हमसे ऐसा कौन-सा अपराध हुआ कि गाड़ियाँ रोक दी गयीं। हम ब्राह्मणों पर तो आपकी कृपा-दृष्टि रहनी चाहिए।

वंशीधर रुखाई से बोले, सरकारी हुक्म !

पं. अलोपीदीन ने हँस कर कहा, हम सरकारी हुक्म को नहीं जानते और न सरकार को। हमारे सरकार तो आप ही हैं। हमारा और आपका तो घर का मामला है, हम कभी आपसे बाहर हो सकते हैं ? आपने व्यर्थ का कष्ट उठाया। यह हो नहीं सकता कि इधर से जायँ और इस घाट के देवता को भेंट न चढ़ावें। मैं तो आपकी सेवा में स्वयं ही आ रहा था। वंशीधर पर ऐश्वर्य की मोहिनी वंशी का कुछ प्रभाव न पड़ा। ईमानदारी की नयी उमंग थी। कड़क कर बोले, हम उन नमकहरामों में नहीं हैं, जो कौड़ियों पर अपना ईमान बेचते फिरते हैं। आप इस समय हिरासत में हैं। आपका कायदे के अनुसार चालान होगा। बस, मुझे अधिक बातों की फुर्सत नहीं है। जमादार बदलूसिंह ! तुम इन्हें हिरासत में ले चलो, मैं हुक्म देता हूँ।

पं. अलोपीदीन स्तम्भित हो गये। गाड़ीवानों में हलचल मच गयी। पंडित जी के जीवन में कदाचित् यह पहला ही अवसर था कि पंडित को ऐसी कठोर बातें सुननी पड़ीं। बदलूसिंह आगे बढ़ा, किन्तु रोब के मारे यह साहस न हुआ कि उनका हाथ पकड़ सके। पंडित जी ने धर्म को धन का ऐसा निरादर करते कभी न देखा था। विचार किया कि यह अभी उद्दंड लड़का है। माया-मोह के जाल में अभी नहीं पड़ा। अल्हड़ है, झिझकता है। बहुत दीन-भाव से बोले, बाबू साहब, ऐसा न कीजिए, हम मिट जायेंगे। इज्जत धूल में मिल जायेगी। हमारा अपमान करने से आपके हाथ क्या आयेगा। हम किसी तरह आपसे बाहर थोड़े ही हैं !

वंशीधर ने कठोर स्वर में कहा, हम ऐसी बातें नहीं सुनना चाहते।

अलोपीदीन ने जिस सहारे को चट्टान समझ रखा था, वह पैरों के नीचे खिसकता हुआ मालूम हुआ। स्वाभिमान और धन-ऐश्वर्य को कड़ी चोट लगी। किन्तु अभी तक धन की सांख्यिक शक्ति का पूरा भरोसा था। अपने मुख्तार से बोले, लाला जी, एक हजार के नोट बाबू साहब की भेंट करो, आप इस समय भूखे सिंह हो रहे हैं।

वंशीधर ने गरम होकर कहा, एक हजार नहीं, एक लाख भी मुझे सच्चे मार्ग से नहीं हटा सकते।

धर्म की इस बुद्धिहीन दृढ़ता और देव-दुर्लभ त्याग पर मन बहुत झुंझलाया। अब दोनों शक्तियों में संग्राम होने लगा। धन ने उछल-उछल कर आक्रमण करने शुरू किये। एक से पाँच, पाँच से दस, दस से पंद्रह और पंद्रह से बीस हजार तक नौबत पहुँची, किन्तु धर्म अलौकिक वीरता के साथ इस बहुसंख्यक सेना के सम्मुख अकेला पर्वत की भाँति अटल, अविचलित खड़ा था।

अलोपीदीन निराश होकर बोले—अब इससे अधिक मेरा साहस नहीं। आगे आपको अधिकार है।

वंशीधर ने अपने जमादार को ललकारा। बदलूसिंह मन में दारोगा जी को गालियाँ देता हुआ पंडित अलोपीदीन की ओर बढ़ा। पंडित जी घबड़ा कर दो-तीन कदम पीछे हट गये। अत्यंत दीनता से बोले—बाबू साहब, ईश्वर के लिए मुझ पर दया कीजिए, मैं पच्चीस हजार पर निपटारा करने को तैयार हूँ।

'असम्भव बात है।'

''तीस हजार पर।'

'किसी तरह भी सम्भव नहीं।'

'क्या चालीस हजार पर भी नहीं ?'

'चालीस हजार नहीं, चालीस लाख पर भी असम्भव है।'

'बदलूसिंह, इस आदमी को अभी हिरासत में ले लो। अब मैं एक शब्द भी नहीं सुनना चाहता।'

धर्म ने धन को पैरों तले कुचल डाला। अलोपीदीन ने एक हृष्टं-पुष्ट मनुष्य को हथकड़ियाँ लिए हुए अपनी तरफ आते देखा। चारों ओर निराश और कातर दृष्टि से देखने लगे। इसके बाद मूर्च्छित हो कर गिर पड़े।

4

दुनिया सोती थी पर दुनिया की जीभ जागती थी। सबेरे देखिए तो बालक-वृद्ध सबके मुँह से यही बात सुनायी देती थी। जिसे देखिए वही पंडित जी के इस व्यवहार

पर टीका-टिप्पणी कर रहा था, निंदा की बौछारें हो रही थीं, मानो संसार से अब पापी का पाप कट गया। पानी को दूध के नाम से बेचनेवाला ग्वाला, कल्पित रोजनामचे भरने वाले अधिकारी वर्ग, रेल में बिना टिकट सफर करनेवाले बाबू लोग, जाली दस्तावेज बनानेवाले सेठ और साहूकार यह सब के सब देवताओं की भाँति गर्दनें चला रहे थे। जब दूसरे दिन पंडित अल्लोपीदीन अभियुक्त हो कर कांस्टेबलों के साथ, हाथों में हथकड़ियाँ, हृदय में ग्लानि और क्षोभ भरे, लज्जा से गर्दन झुकाये अदालत की तरफ चले तो सारे शहर में हलचल मच गयी। मेलों में कदाचित् आँखें इतनी व्यग्र न होती होंगी। भीड़ के मारे छत और दीवार में कोई भेद न रहा।

किंतु अदालत में पहुँचने की देर थी। पंडित अलोपीदीन इस अगाध वन के सिंह थे। अधिकारी वर्ग उनके भक्त, अमले उनके सेवक, वकील-मुख्तार उनके आज्ञापालक और अरदली, चपरासी तथा चौकीदार तो उनके बिना मोल के गुलाम थे। उन्हें देखते ही लोग चारों तरफ से दौड़े। सभी लोग विस्मित हो रहे थे। इसलिए नहीं कि अलोपीदीन ने क्यों यह कर्म किया, बल्कि इसलिए कि वह कानून के पंजे में कैसे आये। ऐसा मनुष्य जिसके पास असाध्य साधन करने वाला धन और अनन्य वाचालता हो, वह क्यों कानून के पंजे में आये। प्रत्येक मनुष्य उनसे सहानुभूति प्रकट करता था। बड़ी तत्परता से इस आक्रमण को रोकने के निमित्त वकीलों की एक सेना तैयार की गयी। न्याय के मैदान में धर्म और धन में युद्ध ठन गया। वंशीधर चुपचाप खड़े थे। उनके पास सत्य के सिवा न कोई बल था, न स्पष्ट भाषण के अतिरिक्त कोई शस्त्र। गवाह थे, किंतु लोभ से डाँवाँडोल।

यहाँ तक कि मुंशी जी को न्याय भी अपनी ओर से कुछ खिंचा हुआ दीख पड़ता था। वह न्याय का दरबार था, परन्तु उसके कर्मचारियों पर पक्षपात का नशा छाया हुआ था। किंतु पक्षपात और न्याय का क्या मेल ? जहाँ पक्षपात हो, वहाँ न्याय की कल्पना भी नहीं की जा सकती। मुकदमा शीघ्र ही समाप्त हो गया। डिप्टी मजिस्ट्रेट ने अपनी तजवीज में लिखा, पंडित अलोपीदीन के विरुद्ध दिये गये प्रमाण निर्मूल और भ्रमात्मक हैं। वह एक बड़े भारी आदमी हैं। यह बात कल्पना के बाहर है कि उन्होंने थोड़े लाभ के लिए ऐसा दुस्साहस किया हो। यद्यपि नमक के दारोगा मुंशी वंशीधर का अधिक दोष नहीं, लेकिन यह बड़े खेद की बात है कि उसकी उद्दंडता और विचारहीनता के कारण एक भलेमानुस को कष्ट झेलना पड़ा। हम प्रसन्न हैं कि वह अपने काम से सजग और सचेत रहता है, किंतु नमक से मुकदमे की बढ़ी हुई नमकहलाली ने उसके विवेक और बुद्धि को भ्रष्ट कर दिया। भविष्य में उसे होशियार रहना चाहिए।

वकीलों ने यह फैसला सुना और उछल पड़े। पंडित अलोपीदीन मुस्कराते हुए बाहर निकले। स्वजन बांधवों ने रुपयों की लूट की। उदारता का सागर उमड़ पड़ा। उसकी लहरों ने अदालत की नींव तक हिला दी। जब वंशीधर बाहर निकले

तो चारों ओर से उनके ऊपर व्यंगबाणों की वर्षा होने लगी। चपरासियों ने झुक-झुक कर सलाम किये। किंतु इस समय एक-एक कटु वाक्य, एक-एक संकेत उनकी गर्वाग्नि को प्रज्ज्वलित कर रहा था। कदाचित् इस मुकदमे में सफल हो कर वह इस तरह अकड़ते हुए न चलते। आज उन्हें संसार का एक खेदजनक विचित्र अनुभव हुआ। न्याय और विद्वत्ता, लम्बी-चौड़ी उपाधियाँ, बड़ी-बड़ी दाढ़ियाँ और ढीले चोंगे एक भी सच्चे आदर के पात्र नहीं हैं।

वंशीधर ने धन से बैर मोल लिया था, उसका मूल्य चुकाना अनिवार्य था। कठिनता से एक सप्ताह बीता होगा कि मुअत्तली का परवाना आ पहुँचा। कार्यपरायणता का दंड मिला। बेचारे भग्नहृदय, शोक और खेद से व्यथित घर को चले। बूढ़े मुंशी जी तो पहले ही से कुड़बुड़ा रहे थे कि चलते-चलते इस लड़के को समझाया था, लेकिन इसने एक न सुनी। सब मनमानी करता है। हम तो कलवार और कसाई के तगादे सहें, बुढ़ापे में भगत बन कर बैठें और वहाँ बस वही सूखी तनख्वाह ! हमने भी तो नौकरी की है और कोई ओहदेदार नहीं थे, लेकिन काम किया, दिल खोल कर किया और आप ईमानदार बनने चले हैं। घर में चाहे अँधेरा हो, मस्जिद में अवश्य दीया जलायेंगे। खेद ऐसी समझ पर ! पढ़ना-लिखना सब अकारथ गया। इसके थोड़े ही दिनों बाद, जब मुंशी वंशीधर इस दुरवस्था में घर पहुँचे और बूढ़े पिता जी ने समाचार सुना तो सिर पीट लिया। बोले, जी चाहता है कि तुम्हारा और अपना सिर फोड़ लूँ। बहुत देर तक पछता-पछता कर हाथ मलते रहे। क्रोध ा में कुछ कठोर बातें भी कहीं और यदि वंशीधर वहाँ से टल न जाते जो अवश्य ही यह क्रोध विकट रूप धारण करता। वृद्धा माता को भी दुःख हुआ। जगन्नाथ और रामेश्वर यात्रा की कामनाएँ मिट्टी में मिल गयीं। पत्नी ने तो कई दिन तक सीधे मुँह से बात भी नहीं की।

इसी प्रकार एक सप्ताह बीत गया। संध्या का समय था। बूढ़े मुंशी जी बैठे राम-नाम की माला जप रहे थे। इसी समय उनके द्वार पर सजा हुआ रथ आ कर रुका। हरे और गुलाबी परदे, पछाहियें बैलों की जोड़ी, उनकी गर्दनों में नीले धागे, सींगें पीतल से जड़ी हुईं। कई नौकर लाठियाँ कंधों पर रखे साथ थे। मुंशी जी अगवानी को दौड़े। देखा तो पंडित अलोपीदीन हैं। झुक कर दंडवत् की और लल्लो-चप्पो की बातें करने लगे, हमारा भाग्य उदय हुआ जो आपके चरण इस द्वार पर आये। आप हमारे पूज्य देवता हैं, आपको कौन-सा मुँह दिखावें, मुँह में तो कालिख लगी हुई है। किन्तु क्या करें, लड़का अभागा कपूत है, नहीं तो आपसे क्यों मुँह छिपाना पड़ता ? ईश्वर निस्संतान चाहे रक्खे पर ऐसी संतान न दे।

अलोपीदीन ने कहा—नहीं भाई साहब, ऐसा न कहिए।

मुंशी जी ने चकित होकर कहा—ऐसी संतान को और क्या कहूँ।

अलोपीदीन ने वात्सल्यपूर्ण स्वर में कहा—कुलतिलक और पुरखों की कीर्ति

उज्ज्वल करने वाले संसार में ऐसे कितने धर्मपरायण मनुष्य हैं, जो धर्म पर अपना सब कुछ अर्पण कर सकें ?

पं. अलोपीदीन ने वंशीधर से कहा—दारोगा जी, इसे खुशामद न समझिए, खुशामद करने के लिए मुझे इतना कष्ट उठाने की जरूरत न थी। उस रात को आपने अपने अधिकार-बल से मुझे अपनी हिरासत में लिया था, किंतु आज मैं स्वेच्छा से आपकी हिरासत में आया हूँ। मैंने हजारों रईस और अमीर देखे, हजारों उच्च पदाधिकारियों से काम पड़ा। किन्तु मुझे परास्त किया तो आपने। मैंने सबको अपना और अपने धन का गुलाम बना कर छोड़ दिया। मुझे आज्ञा दीजिए कि आपसे कुछ विनय करूँ।

वंशीधर ने अलोपीदीन को आते देखा तो उठ कर सत्कार किया; किंतु स्वाभिमान सहित। समझ गये कि यह महाशय मुझे लज्जित करने और जलाने आये हैं। क्षमा-प्रार्थना की चेष्टा नहीं की, वरन् उन्हें अपने पिता की यह ठकुरसुहाती की बात असह्य-सी प्रतीत हुई। पर पंडित जी की बातें सुनीं तो मन की मैल मिट गया। पंडित जी की ओर उड़ती हुई दृष्टि से देखा। सद्भाव झलक रहा था। गर्व ने लज्जा के सामने सिर झुका दिया। शर्माते हुए बोले—यह आपकी उदारता है जो ऐसा कहते हैं। मुझसे जो कुछ अविनय हुई है, उसे क्षमा कीजिए। मैं धर्म की बेड़ी में जकड़ा हुआ था, नहीं तो वैसे मैं आपका दास हूँ। जो आज्ञा होगी, वह मेरे सिर-माथे पर।

अलोपीदीन ने विनीत भाव से कहा—नहीं, तट पर आपने मेरी प्रार्थना नहीं स्वीकार की थी, किंतु आज स्वीकार करनी पड़ेगी।

वंशीधर बोले—मैं किस योग्य हूँ, किंतु जो कुछ सेवा मुझसे हो सकती है उसमें त्रुटि न होगी।

अलोपीदीन ने एक स्टाम्प लगा हुआ पत्र निकाला और उसे वंशीधर के सामने रख कर बोले—इस पद को स्वीकार कीजिए और अपने हस्ताक्षर कर दीजिए। मैं ब्राह्मण हूँ, जब तक यह सवाल पूरा न कीजिएगा, द्वार से न हटूँगा।

मुंशी वंशीधर ने उस कागज को पढ़ा तो कृतज्ञता से आँखों में आँसू भर आये। पंडित अलोपीदीन ने उनको अपनी सारी जायदाद का स्थायी मैनेजर नियत किया था। छह हजार वार्षिक वेतन के अतिरिक्त रोजाना खर्च अलग, सवारी के लिए घोड़ा, रहने को बँगला, नौकर-चाकर मुफ्त। कम्पित स्वर में बोले—पंडित जी, मुझमें इतनी सामर्थ्य नहीं है कि आपकी उदारता की प्रशंसा कर सकूँ। किंतु ऐसे उच्च पद के योग्य नहीं हूँ।

अलोपीदीन हँस कर बोले—मुझे इस समय एक अयोग्य मनुष्य की ही जरूरत है।

वंशीधर ने गम्भीर भाव से कहा—यों मैं आपका दास हूँ। आप जैसे कीर्तिवान,

सज्जन पुरुष की सेवा करना मेरे लिए सौभाग्य की बात है। किंतु मुझमें न विद्या है, न बुद्धि, न वह स्वभाव जो इन त्रुटियों की पूर्ति कर देता है। ऐसे महान् कार्य के लिए एक बड़े मर्मज्ञ अनुभवी मनुष्य की जरूरत है।

अलोपीदीन ने कलमदान से कलम निकाली और उसे वंशीधर के हाथ में दे कर बोले, न मुझे विद्वत्ता की चाह है, न अनुभव की, न मर्मज्ञता की, न कार्य-कुशलता की। इन गुणों के महत्त्व का परिचय खूब पा चुका हूँ। अब सौभाग्य और सुअवसर ने मुझे वह मोती दे दिया है जिसके सामने योग्यता और विद्वत्ता की चमक फीकी पड़ जाती है। यह कलम लीजिए, अधिक सोच-विचार न कीजिए, दस्तखत कर दीजिए। परमात्मा से यही प्रार्थना है कि वह आपको सदैव वही नदी के किनारे वाला बेमुरौवत, उद्दंड, कठोर परन्तु धर्मनिष्ठ दारोगा बनाये रखे!

वंशीधर की आँखें डबडबा आयीं। हृदय के संकुचित पात्र में इतना एहसान न समा सका। एक बार फिर पंडित जी की ओर भक्ति और श्रद्धा की दृष्टि से देखा और काँपते हुए हाथ से मैनेजरी पर हस्ताक्षर कर दिये।

अलोपीदीन ने प्रफुल्लित होकर उन्हें गले लगा लिया।

बैंक का दिवाला

लखनऊ नेशनल बैंक के दफ्तर में लाला साईंदास आरामकुर्सी पर लेटे हुए शेयरों का भाव देख रहे थे और सोच रहे थे कि इस बार हिस्सेदारों को मुनाफा कहाँ से दिया जायेगा। चाय, कोयला या जूट के हिस्से खरीदने, चाँदी, सोने या रुई का सट्टा करने का इरादा करते; लेकिन नुकसान के भय से कुछ तय न कर पाते थे। नाज के व्यापार में इस बार बड़ा घाटा रहा; हिस्सेदारों के ढाढ़स के लिए हानि-लाभ का कल्पित ब्योरा दिखाना पड़ा और नफा पूँजी से देना पड़ा। इससे फिर नाज के व्यापार में हाथ डालते जी काँपता था।

पर रुपये को बेकार डाल रखना असम्भव था। दो-एक दिन में उसे कहीं न कहीं लगाने का उचित उपाय करना जरूरी था; क्योंकि डाइरेक्टरों की तिमाही बैठक एक ही सप्ताह में होनेवाली थी। और यदि उस समय कोई निश्चय ही न हुआ, तो आगे तीन महीने तक फिर कुछ न हो सकेगा, और छमाही मुनाफे के बँटवारे के समय फिर वही फरजी कार्रवाई करनी पड़ेगी, जिसको बार-बार सहन करना बैंक के लिए कठिन है। बहुत देर तक इस उलझन में पड़े रहने के बाद साईंदास ने घंटी बजायी। इस पर बगल के दूसरे कमरे से एक बंगाली बाबू ने सिर निकाल कर झाँका।

साईंदास–ताजा-स्टील कम्पनी को एक पत्र लिख दीजिए कि अपना नया बैलेंस शीट भेज दें।

बाबू–उन लोगों को रुपया का गरज नहीं। चिट्ठी का जवाब नहीं देता।

साईंदास–अच्छा; नागपुर की स्वदेशी मिल को लिखिए।

बाबू–उसका कारोबार अच्छा नहीं है। अभी उसके मजदूरों ने हड़ताल किया था। दो महीना तक मिल बंद रहा।

साईंदास–अजी, तो कहीं लिखो भी ! तुम्हारी समझ में सारी दुनिया बेईमानों से भरी है।

बाबू–बाबा, लिखने को तो हम सब जगह लिख दें; मगर खाली लिख देने से तो कुछ लाभ नहीं होता।

लाला साईंदास अपनी कुल-प्रतिष्ठा और मर्यादा के कारण बैंक के मैनेजिंग डाइरेक्टर हो गये थे, पर व्यावहारिक बातों से अपरिचित थे। यही बंगाली बाबू इनके सलाहकार थे और बाबू साहब को किसी कारखाने या कम्पनी पर भरोसा न था। इन्हीं के अविश्वास के कारण पिछले साल बैंक का रुपया संदूक से बाहर न निकल सका था, और अब वही रंग फिर दिखायी देता था। साईंदास को इस कठिनाई से बचने का कोई उपाय न सूझता था। न इतनी हिम्मत थी कि अपने भरोसे किसी व्यापार में हाथ डालें। बेचैनी की दशा में उठ कर कमरे में टहलने लगे कि दरबान ने आ कर खबर दी—बरहल की महारानी की सवारी आयी है।

2

लाला साईंदास चौंक पड़े। बरहल की महारानी को लखनऊ आये तीन-चार दिन हुए थे और हर एक के मुँह से उन्हीं की चर्चा सुनायी देती थी। कोई उनके पहनावे पर मुग्ध था, कोई सुंदरता पर, कोई उनकी स्वच्छंद वृत्ति पर। यहाँ तक कि उनकी दासियाँ और सिपाही आदि भी लोगों की चर्चा के पात्र बने हुए थे। रायल होटल के द्वार पर दर्शकों की भीड़ लगी रहती है। कितने ही शौकीन, बेफिकरे लोग, इतर-फरोश, बजाज या तम्बाकूगर का वेश धर कर उनका दर्शन कर चुके थे। जिधर से महारानी की सवारी निकल जाती, दर्शकों के ठट लग जाते थे। वाह-वाह, क्या शान है ! ऐसी इराकी जोड़ी लाट साहब के सिवा किसी राजा-रईस के यहाँ तो शायद ही निकले, और सजावट भी क्या ख़ूब है ! भई, ऐसे गोरे आदमी तो यहाँ भी दिखायी नहीं देते। यहाँ के रईस तो मृगांक, चंद्रोदय, और ईश्वर जाने, क्या-क्या खाक-बला खाते हैं, पर किसी के बदन पर तेज या प्रकाश का नाम नहीं। ये लोग न जाने क्या भोजन करते और किस कुएँ का पानी पीते हैं कि जिसे देखिए, ताजा सेव बना हुआ है। यह सब जलवायु का प्रभाव है।

बरहल उत्तर दिशा में नेपाल के समीप, अँगरेजी राज्य में एक रियासत थी। यद्यपि जनता उसे बहुत मालदार समझती थी; पर वास्तव में उस रियासत की आमदनी दो लाख से अधिक न थी। हाँ, क्षेत्रफल बहुत विस्तृत था। बहुत भूमि ऊसर और उजाड़ थी। बसा हुआ भाग भी पहाड़ी और बंजर था। जमीन बहुत सस्ती उठती थी।

लाला साईंदास ने तुरन्त अलगनी से रेशमी सूट उतार कर पहन लिया और मेज़ पर आ कर शान से बैठ गये, मानो राजा-रानियों का यहाँ आना कोई साधारण बात है। दफ्तर के क्लर्क भी सँभल गये। सारे बैंक में सन्नाटे की हलचल पैदा हो गयी। दरबान ने पगड़ी सँभाली। चौकीदार ने तलवार निकाली, और अपने स्थान पर खड़ा हो गया। पंखा-कुली की मीठी नींद भी टूटी और बंगाली बाबू महारानी के स्वागत के लिए दफ्तर से बाहर निकले।

साईंदास ने बाहरी ठाट तो बना लिया, किंतु चित्त आशा और भय से चंचल हो रहा था। एक रानी से व्यवहार करने का यह पहला ही अवसर था; घबराते थे कि बात करते बने या न बने। रईसों का मिजाज आसमान पर होता है। मालूम नहीं, मैं बात करने में कहीं चूक जाऊँ। उन्हें इस समय अपने में एक कमी मालूम हो रही थी। वह राजसी नियमों से अनभिज्ञ थे। उनका सम्मान किस प्रकार करना चाहिए, उनसे बातें करने में किन बातों का ध्यान रखना चाहिए। उनकी मर्यादा-रक्षा के लिए कितनी नम्रता उचित है, इस प्रकार के प्रश्न से वह बड़े असमंजस में पड़े हुए थे, और जी चाहता था किसी तरह परीक्षा से शीघ्र ही छुटकारा हो जाय। व्यापारियों, मामूली जमींदारों या रईसों से वह रुखाई और सफाई का बर्ताव किया करते थे और पढ़े-लिखे सज्जनों से शील और शिष्टता का। उन अवसरों पर उन्हें किसी विशेष विचार की आवश्यकता न होती थी; पर इस समय बड़ी परेशानी हो रही थी। जैसे कोई लंका-वासी तिब्बत में आ गया हो, जहाँ के रस्म-रिवाज और बातचीत का उसे ज्ञान न हो।

एकाएक उनकी दृष्टि घड़ी पर पड़ी। तीसरे पहर के चार बज चुके थे, परंतु घड़ी अभी दोपहर की नींद में मग्न थी। तारीख की सुई ने दौड़ में समय को भी मात कर दिया था। वह जल्दी से उठे कि घड़ी को ठीक कर दें, इतने में महारानी का कमरे में पदार्पण हुआ। साईंदास ने घड़ी को छोड़ा और महारानी के निकट जा बगल में खड़े हो गये। निश्चय न कर सके कि हाथ मिलायें या झुक कर सलाम करें। रानी जी ने स्वयं हाथ बढ़ा कर उन्हें इस उलझन से छुड़ाया।

जब कुर्सियों पर बैठ गये, तो रानी के प्राइवेट सेक्रेटरी ने व्यवहार की बातचीत शुरू की। बरहल की पुरानी गाथा सुनाने के बाद उसने उन उन्नतियों का वर्णन किया, जो रानी साहब के प्रयत्न से हुई थीं। इस समय नहरों की एक शाखा निकालने के लिए दस लाख रुपयों की आवश्यकता थी; परंतु उन्होंने एक हिंदुस्तानी बैंक से ही व्यवहार करना अच्छा समझा। अब यह निर्णय नेशनल बैंक के हाथ में था कि वह इस अवसर से लाभ उठाना चाहता है या नहीं।

बंगाली बाबू—हम रुपया दे सकता है, मगर कागज-पत्तर देखे बिना कुछ नहीं कर सकता।

सेक्रेटरी—आप कोई जमानत चाहते हैं।

साईंदास उदारता से बोले—महाशय, जमानत के लिए आपकी जबान ही काफी है।

बंगाली बाबू—आपके पास रियासत का कोई हिसाब-किताब है ?

लाला साईंदास को अपने हेडक्लर्क का दुनियादारी का बर्ताव अच्छा न लगता था। वह इस समय उदारता के नशे में चूर थे। महारानी की सूरत ही पक्की जमानत थी। उनके सामने कागज और हिसाब का वर्णन करना बनियापन जान पड़ता था, जिससे अविश्वास की गंध आती है।

महिलाओं के सामने हम शील और संकोच के पुतले बन जाते हैं। साईंदास बंगाली बाबू की ओर क्रूर-कठोर दृष्टि से देख कर बोले—कागजों की जाँच कोई आवश्यक बात नहीं है, केवल हमको विश्वास होना चाहिए।

बंगाली बाबू—डाइरेक्टर लोग कभी न मानेगा।

साईंदास—हमको इसकी परवा नहीं, हम अपनी जिम्मेदारी पर रुपये दे सकते हैं।

रानी ने साईंदास की ओर कृतज्ञतापूर्ण दृष्टि से देखा। उनके होंठों पर हलकी मुस्कराहट दिखलायी पड़ी।

3

परंतु डाइरेक्टरों ने हिसाब-किताब, आय-व्यय देखना आवश्यक समझा, और यह काम लाला साईंदास के सिपुर्द हुआ, क्योंकि और किसी को अपने काम से फुर्सत न थी कि वह एक पूरे दफ्तर का मुआयना करता। साईंदास ने नियमपालन किया। तीन-चार दिन तक हिसाब जाँचते रहे। तब अपने इतमीनान के अनुकूल रिपोर्ट लिखी। मामला तय हो गया। दस्तावेज़ लिखा गया, रुपये दे दिये गये। नौ रुपये सैकड़े ब्याज ठहरा।

तीन साल तक बैंक के कारोबार में अच्छी उन्नति हुई। छठे महीने बिना कहे-सुने पैंतालीस हजार रुपयों की थैली दफ्तर में आ जाती थी। व्यवहारियों को पाँच रुपये सैकड़े ब्याज दे दिया जाता था। हिस्सेदारों को सात रुपये सैकड़े लाभ था।

साईंदास से सब लोग प्रसन्न थे, सब लोग उनकी सूझ-बूझ की प्रशंसा करते। यहाँ तक कि बंगाली बाबू भी धीरे-धीरे उनके कायल होते जाते थे। साईंदास उनसे कहा करते—बाबू जी, विश्वास संसार से न लुप्त हुआ है और न होगा। सत्य पर विश्वास रखना प्रत्येक मनुष्य का धर्म है। जिस मनुष्य के चित्त से विश्वास जाता रहता है उसे मृतक समझना चाहिए। उसे जान पड़ता है, मैं चारों ओर शत्रुओं से घिरा हुआ हूँ। बड़े से बड़े सिद्ध महात्मा भी उसे रँगे-सियार जान पड़ते हैं। सच्चे से सच्चे देशप्रेमी उसकी दृष्टि में अपनी प्रशंसा के भूखे ही ठहरते हैं। संसार उसे धोखे और छल से परिपूर्ण दिखायी देता है। यहाँ तक कि उसके मन से परमात्मा पर श्रद्धा और भक्ति लुप्त हो जाती है। एक प्रसिद्ध फिलासफर का कथन है कि प्रत्येक मनुष्य को जब तक कि उसके विरुद्ध कोई प्रत्यक्ष प्रमाण न पाओ भलामानस समझो। वर्तमान शासन प्रथा इसी महत्त्वपूर्ण सिद्धांत पर गठित है। और घृणा तो किसी से करनी ही न चाहिए। हमारी आत्माएँ पवित्र हैं। उनसे घृणा करना परमात्मा से घृणा करने के समान है। मैं यह नहीं कहता हूँ कि संसार में कपट-छल है ही नहीं; है, और बहुत अधिकता से है परंतु उसका निवारण अविश्वास से नहीं

मानव चरित्र के ज्ञान से होता है और यह ईश्वरदत्त गुण है। मैं यह दावा तो नहीं करता परंतु मुझे विश्वास है कि मैं मनुष्य को देख कर उसके आंतरिक भावों तक पहुँच जाता हूँ। कोई कितना ही वेश बदले, रंग-रूप सँवारे, परंतु मेरी अंतर्दृष्टि को धोखा नहीं दे सकता। यह भी ध्यान रखना चाहिए कि विश्वास से विश्वास उत्पन्न होता है और अविश्वास से अविश्वास। यह प्राकृतिक नियम है। जिस मनुष्य को आप शुरू से ही धूर्त, कपटी, दुर्जन, समझ लेंगे, वह कभी आपसे निष्कपट व्यवहार न करेगा। वह एकाएक आपको नीचा दिखाने का यत्न करेगा। इसके विपरीत आप एक चोर पर भी भरोसा करें, तो वह आपका दास हो जायेगा। सारे संसार को लूटे परंतु आपको धोखा न देगा। वह कितना ही कुकर्मी, अधर्मी क्यों न हो, पर आप उसके गले में विश्वास की जंजीर डाल कर उसे जिस ओर चाहें, ले जा सकते हैं। यहाँ तक कि वह आपके हाथों पुण्यात्मा भी बन सकता है।

बंगाली बाबू के पास इन दार्शनिक तर्कों का कोई उत्तर न था।

4

चौथे वर्ष की पहली तारीख थी। लाला साईंदास बैंक के दफ्तर में बैठे डाकिये की राह देख रहे थे। आज बरहल से पैंतालिस हजार रुपये आवेंगे। अबकी इनका इरादा था कि कुछ सजावट के सामान और मोल ले लें। अब तक बैंक में टेलीफोन नहीं था। उसका भी तखमीना मँगा लिया था। आशा की आभा चेहरे से झलक रही थी। बंगाली बाबू से हँस कर कहते थे—इस तारीख को मेरे हाथों में अदबदा के खुजली होने लगती है। आज भी हथेली खुजला रही है। कभी दफ्तरी से कहते—अरे मियाँ शराफ़त, जरा सगुन तो विचारो; सिर्फ सूद ही सूद आ रहा है या दफ्तरवालों के लिए नज़राना-शुकराना भी। आशा का प्रभाव कदाचित् स्थान पर भी होता है। बैंक भी आज खुला हुआ दिखायी पड़ता था।

डाकिया ठीक समय पर आया। साईंदास ने लापरवाही से उसकी ओर देखा। उसने अपनी थैली से कई रजिस्टरी लिफ़ाफे निकाले। साईंदास ने लिफ़ाफ़ों को उड़ती निगाहों से देखा। बरहल का कोई लिफ़ाफ़ा न था। न बीमा, न मुहर, न वह लिखावट। कुछ निराशा-सी हुई। जी में आया, डाकिये से पूछें, कोई रजिस्टरी रह तो नहीं गयी पर रुक गये; दफ्तर के क्लर्कों के सामने इतना अधैर्य अनुचित था। किन्तु जब डाकिया चलने लगा तब उनसे न रहा गया ? पूछ ही बैठे—अरे भाई, कोई बीमा का लिफ़ाफ़ा रह तो नहीं गया ? आज उसे आना चाहिए था। डाकिये ने कहा—सरकार भला ऐसी बात हो सकती है ! और कहीं भूल-चूक चाहे हो भी जाय पर आपके काम में कहीं भूल हो सकती है ?

साईंदास का चेहरा उतर गया, जैसे कच्चे रंग पर पानी पड़ जाय। डाकिया

चला गया, तो बंगाली बाबू से बोले—यह देर क्यों हुई ? और तो कभी ऐसा न होता था।

बंगाली बाबू ने निष्ठुर भाव से उत्तर दिया—किसी कारण से देर हो गया होगा। घबराने की कोई बात नहीं।

निराशा असम्भव को सम्भव बना देती है। साईंदास को इस समय यह खयाल हुआ कि कदाचित् पार्सल से रुपये आते हों। हो सकता है, तीन हज़ार अशर्फियों का पार्सल करा दिया हो। यद्यपि इस विचार को औरों पर प्रकट करने का उन्हें साहस न हुआ, पर उन्हें यह आशा उस समय तक बनी रही जब तक पार्सलवाला डाकिया वापस नहीं गया। अंत में संध्या को वह बेचैनी की दशा में उठ कर घर चले गये। अब खत या तार का इंतजार था। दो-तीन बार झुंझला कर उठे, डाँट कर पत्र लिखूँ और साफ़-साफ़ कह दूँ कि लेन-देन के मामले में वादा पूरा न करना विश्वासघात है। एक दिन की देर भी बैंक के लिए घातक हो सकती है। इससे यह होगा कि फिर कभी ऐसी शिकायत करने का अवसर न मिलेगा; परंतु फिर कुछ सोच कर न लिखा।

शाम हो गयी थी, कई मित्र आ गये। गपशप होने लगी। इतने में पोस्टमैन ने शाम की डाक दी। यों वह पहले अखबारों को खोला करते पर आज चिट्ठियाँ खोलीं; किन्तु बरहल का कोई ख़त न था। तब बेदम हो एक अँगरेज़ी अखबार खोला। पहले ही तार का शीर्षक देख कर उनका खून सर्द हो गया। लिखा था—

'कल शाम को बरहल की महारानी जी का तीन दिन की बीमारी के बाद देहांत हो गया।'

इसके आगे एक संक्षिप्त नोट में यह लिखा हुआ था—बरहल की महारानी की अकाल मृत्यु केवल इस रियासत के लिए ही नहीं, किन्तु समस्त प्रांत के लिए शोक-जनक घटना है। बड़े-बड़े भिषगाचार्य (वैद्यराज) अभी रोग की परख भी न कर पाये थे कि मृत्यु ने काम तमाम कर दिया। रानी जी को सदैव अपनी रियासत की उन्नति का ध्यान रहता था। उनके थोड़े-से राज्यकाल में ही उनसे रियासत को जो लाभ हुए हैं, वे चिरकाल तक स्मरण रहेंगे। यद्यपि यह मानी हुई बात थी कि राज्य उनके बाद दूसरे के हाथ जायेगा, तथापि यह विचार कभी रानी साहिबा के कर्तव्य पालन में बाधक नहीं बना। शास्त्रानुसार उन्हें रियासत की जमानत पर ऋण लेने का अधिकार न था। परंतु प्रजा की भलाई के विचार से उन्हें कई बार इस नियम का उल्लंघन करना पड़ा। हमें विश्वास है कि यदि वह कुछ दिन और जीवित रहतीं, तो रियासत को ऋण से मुक्त कर देतीं। उन्हें रात-दिन इसका ध्यान रहता था। परंतु इस असामयिक मृत्यु ने अब यह फैसला दूसरों के अधीन कर दिया। देखना चाहिए, इन ऋणों का क्या परिणाम होता है। हमें विश्वस्त रीति से यह मालूम हुआ है कि नये महाराज ने, जो आजकल लखनऊ में विराजमान

हैं, अपने वकीलों की सम्मति के अनुसार मृतक महारानी के ऋण सम्बन्धी हिसाबों को चुकाने से इनकार कर दिया है। हमें भय है कि इस निश्चय से महाजनी टोले में बड़ी हलचल पैदा होगी और लखनऊ के कितने ही धन-सम्पत्ति के स्वामियों को यह शिक्षा मिल जायेगी कि ब्याज का लोभ कितना अनिष्टकारी होता है।

लाला साईंदास ने अखबार मेज पर रख दिया और आकाश की ओर देखा, जो निराशा का अंतिम आश्रय है। अन्य मित्रों ने भी यह समाचार पढ़ा। इन प्रश्न पर वाद-विवाद होने लगा। साईंदास पर चारों ओर से बौछार पड़ने लगी। सारा दोष उन्हीं के सिर पर मढ़ा गया और उनकी चिरकाल की कार्यकुशलता और परिणामदर्शिता मिट्टी में मिल गयी। बैंक इतना बड़ा घाटा सहने में असमर्थ था। अब यह विचार उपस्थित हुआ कि कैसे उसके प्राणों की रक्षा की जाय।

5

शहर में यह खबर फैलते ही लोग अपने रुपये वापस लेने के लिए आतुर हो गये। सुबह से शाम तक लेनदारों का ताँता लगा रहता था। जिन लोगों का धन चालू हिसाब में जमा था, उन्होंने तुरंत निकाल लिया, कोई उज्र न सुना। यह उसी पत्र के लेख का फल था कि नेशनल बैंक की साख उठ गयी। धीरज से काम लेते, तो बैंक सँभल जाता। परंतु आँधी और तूफान में कौन नौका स्थिर रह सकती है ? अंत में खजांची ने टाट उलट दिया। बैंक की नसों से इतनी रक्तधाराएँ निकलीं कि वह प्राण-रहित हो गया।

तीन दिन बीत चुके थे। बैंक घर के सामने सहस्रों आदमी एकत्र थे। बैंक के द्वार पर सशस्त्र सिपाहियों का पहरा था। नाना प्रकार की अफवाहें उड़ रही थीं। कभी खबर उड़ती, लाल साईंदास ने विष-पान कर लिया। कोई उनके पकड़े जाने की सूचना लाता था। कोई कहता था—डाइरेक्टर हवालात के भीतर हो गये।

एकाएक सड़क पर से एक मोटर निकली और बैंक के सामने आ कर रुक गयी। किसी ने कहा—बरहल के महाराज की मोटर है। इतना सुनते ही सैकड़ों मनुष्य मोटर की ओर घबराये हुए दौड़े और उन लोगों ने मोटर को घेर लिया।

कुँवर जगदीशसिंह महारानी की मृत्यु के बाद वकीलों से सलाह लेने लखनऊ आये थे। बहुत कुछ सामान भी खरीदना था। वे इच्छाएँ जो चिरकाल से ऐसे सुअवसर की प्रतीक्षा में बँधी थीं, पानी की भाँति राह पा कर उबली पड़ती थीं। यह मोटर आज ही ली गयी थी। नगर में एक कोठी लेने की बातचीत हो रही थी। बहुमूल्य विलास-वस्तुओं से लदी एक गाड़ी बरहल के लिए चल चुकी थी। यहाँ भीड़ देखी, तो सोचा, कोई नवीन नाटक होने वाला है, मोटर रोक दी। इतने में सैकड़ों की भीड़ लग गयी।

कुँवर साहब ने पूछा—यहाँ आप लोग क्यों जमा हैं ? कोई तमाशा होनेवाला है क्या ?

एक महाशय, जो देखने में कोई बिगड़े रईस मालूम होते थे, बोले—जी हाँ, बड़ा मजेदार तमाशा है।

कुँवर—किसका तमाशा है ?

वह—तकदीर का।

कुँवर महाशय को यह उत्तर पा कर आश्चर्य तो हुआ, परंतु सुनते आये थे कि लखनऊ वाले बात-बात में बात निकाला करते हैं, अतः उसी ढंग से उत्तर देना आवश्यक हुआ। बोले—तकदीर का खेल देखने के लिए यहाँ आना तो आवश्यक नहीं।

लखनवी महाशय ने कहा—आपका कहना सच है, लेकिन दूसरी जगह यह मजा कहाँ ? यहाँ सुबह से शाम तक के बीच भाग्य ने कितनों को धनी से निर्धन और निर्धन से भिखारी बना दिया। सवेरे जो लोग महल में बैठें थे, उन्हें इस समय वृक्ष की छाया भी नसीब नहीं। जिनके द्वार पर सदावर्त खुले थे, उन्हें इस समय रोटियों के लाले पड़े हैं। अभी एक सप्ताह पहले जो लोग काल-गति, भाग्य के खेल और समय के फेर को कवियों की उपमा समझते थे इस समय उनकी आह और करुण क्रंदन वियोगियों को भी लज्जित करता है। ऐसे तमाशे और कहाँ देखने में आवेंगे ?

कुँवर—जनाब, आपने तो पहेली को और गाढ़ा कर दिया। देहाती हूँ, मुझसे साधारण तौर से बात कीजिए।

इस पर एक सज्जन ने कहा—साहब, यह नेशनल बैंक है। इसका दिवाला निकल गया है। आदाब-अर्ज, मुझे पहचाना ?

कुँवर साहब ने उसकी ओर देखा, तो मोटर से कूद पड़े और उनसे हाथ मिलाते हुए बोले—अरे, मिस्टर नसीम ? तुम यहाँ कहाँ ? भाई तुमसे मिलकर बड़ा आनंद हुआ।

मिस्टर नसीम कुँवर साहब के साथ देहरादून-कालेज में पढ़ते थे। दोनों साथ-साथ देहरादून की पहाड़ियों पर सैर करते थे, परंतु जब से कुँवर महाशय ने घर के झंझटों से विवश होकर कालेज छोड़ा, तब से दोनों मित्रों में भेंट न हुई थी। नसीम भी उनके आने के कुछ समय पीछे अपने घर लखनऊ चले आये थे।

नसीम ने उत्तर दिया—शुक्र है, आपने पहचाना तो। कहिए, अब तो पौ-बारह है। कुछ दोस्तों की भी सुध है ?

कुँवर—सच कहता हूँ। तुम्हारी याद हमेशा आया करती थी। कहो, आराम से तो हो ? मैं रायल होटल में टिका हूँ, आज आओ, तो इत्मीनान से बातचीत हो।

नसीम–जनाब, इत्मीनान तो नेशनल बैंक के साथ चला गया। अब तो रोजी की फिक्र सवार है। जो कुछ जमा-पूँजी थी, सब आपको भेंट हुई। इस दिवाले ने फकीर बना दिया। अब आपके दरवाजे पर आ कर धरना दूँगा।

कुँवर–तुम्हारा घर है, बेखटके आओ। मेरे साथ ही क्यों न चलो। क्या बतलाऊँ, मुझे कुछ भी ध्यान न था कि मेरे इनकार करने का यह फल होगा। जान पड़ता है बैंक ने बहुतेरों को तबाह कर दिया।

नसीम–घर-घर मातम छाया हुआ है। मेरे पास तो इन कपड़ों के सिवा और कुछ नहीं रहा।

इतने में एक तिलकधारी पंडित जी आ गये और बोले–साहब, आपके शरीर पर वस्त्र तो हैं। यहाँ तो धरती-आकाश कहीं ठिकाना नहीं। राघोजी पाठशाला का अध्यापक हूँ।

पाठशाला का सब धन इसी बैंक में जमा था। पचास विद्यार्थी इसी के आसरे संस्कृत पढ़ते और भोजन पाते थे। कल से पाठशाला बंद हो जायेगी। दूर-दूर के विद्यार्थी हैं। वह अपने घर किस तरह पहुँचेंगे, ईश्वर ही जानें।

एक महाशय, जिनके सिर पर पंजाबी ढंग की पगड़ी थी, गाढ़े का कोट और चमरौधा जूता पहने हुए थे, आगे बढ़ आये और नेतृत्व के भाव से बोले–महाशय, इस बैंक के फेल्योर ने कितने ही इंस्टीट्यूशनों को समाप्त कर दिया। लाला दीनानाथ का अनाथालय अब एक दिन भी नहीं चल सकता। उसके एक लाख रुपये डूब गये। अभी पन्द्रह दिन हुए, मैं डेपुटेशन से लौटा तो पन्द्रह हजार रुपये अनाथालय कोष में जमा किये थे, मगर अब कहीं कौड़ी का ठिकाना नहीं !

एक बूढ़े ने कहा–साहब, मेरी तो जिंदगी भर की कमाई मिट्टी में मिल गयी। अब कफ़न का भी भरोसा नहीं।

धीरे-धीरे और लोग भी एकत्र हो गये और साधारण बातचीत होने लगी। प्रत्येक मनुष्य अपने पासवाले को अपनी दुःखकथा सुनाने लगा। कुँवर साहब आधे घंटे तक नसीम के साथ खड़े ये विपत् कथाएँ सुनते रहे। ज्यों ही मोटर पर बैठे और होटल की ओर चलने की आज्ञा दी, त्यों ही उनकी दृष्टि एक मनुष्य पर पड़ी, जो पृथ्वी पर सिर झुकाये बैठा था। यह एक अहीर था जो लड़कपन में कुँवर साहब के साथ खेला था।

उस समय उनमें ऊँच-नीच का विचार न था, कबड्डी खेले, साथ पेड़ों पर चढ़े और चिड़ियों के बच्चे चुराये थे। जब कुँवर जी देहरादून पढ़ने गये, तब यह अहीर का लड़का शिवदास अपने बाप के साथ लखनऊ चला आया। उसने यहाँ एक दूध की दूकान खोल ली थी। कुँवर साहब ने उसे पहचाना और उच्च स्वर से पुकारा–अरे शिवदास इधर देखो।

शिवदास ने बोली सुनी, परन्तु सिर ऊपर न उठाया। वह अपने स्थान पर बैठा ही कुँवर साहब को देख रहा था। बचपन के वे दिन याद आ रहे थे, जब वह जगदीश के साथ गुल्ली-डंडा खेलता था, जब दोनों बुड्ढे गफूर मियाँ को मुँह चिढ़ा कर घर में छिप जाते थे, जब वह इशारों से जगदीश को गुरु जी के पास से बुला लेता था, और दोनों रामलीला देखने चले जाते थे। उसे विश्वास था कि कुँवर जी मुझे भूल गये होंगे, वे लड़कपन की बातें अब कहाँ ? कहाँ मैं और कहाँ यह ! लेकिन कुँवर साहब ने उसका नाम लेकर बुलाया, तो उसने प्रसन्न होकर मिलने के बदले और भी सिर नीचा कर लिया और वहाँ से टल जाना चाहा। कुँवर साहब की सहृदयता में वह साम्यभाव न था। मगर कुँवर साहब उसे हटते देख कर मोटर से उतरे और उसका हाथ पकड़ कर बोले–अरे शिवदास, क्या मुझे भूल गये ?

अब शिवदास अपने मनोवेग को रोक न सका। उसके नेत्र डबडबा आये। कुँवर के गले से लिपट गया और बोला–भूला तो नहीं। पर आपके सामने आते लज्जा आती है।

कुँवर–यहाँ दूध की दूकान करते हो क्या ? मुझे मालूम ही न था, नहीं अठवारों से पानी पीते-पीते जुकाम क्यों होता ? आओ, इसी मोटर पर बैठ जाओ। मेरे साथ होटल तक चलो। तुमसे बातें करने को जी चाहता है। तुम्हें बरहल ले चलूँगा और एक बार फिर गुल्ली-डंडे का खेल खेलेंगे।

शिवदास–ऐसा न कीजिए, नहीं तो देखनेवाले हँसेंगे। मैं होटल में आ जाऊँगा। वही हजरतगंज वाले होटल में ठहरे हैं न ?

कुँवर–हाँ, अवश्य आओगे न ?

शिवदास–आप बुलायेंगे, और मैं न आऊँगा ?

कुँवर–यहाँ कैसे बैठे हो ? दूकान तो चल रही है न ?

शिवदास–आज सवेरे तक तो चलती थी। आगे का हाल नहीं मालूम।

कुँवर–तुम्हारे रुपये भी बैंक में जमा थे क्या ?

शिवदास–जब आऊँगा तो बताऊँगा।

कुँवर साहब मोटर पर आ बैठे और ड्राइवर से बोले–होटल की ओर चलो।

ड्राइवर–हुजूर ने व्हाइटवे कम्पनी की दूकान पर चलने की आज्ञा जो दी थी।

कुँवर–अब उधर न जाऊँगा।

ड्राइवर–जेकब साहब बारिस्टर के यहाँ भी न चलेंगे ?

कुँवर–(झुँझला कर) नहीं, कहीं मत चलो। मुझे सीधे होटल पहुँचाओ।

निराशा और विपत्ति के इन दृश्यों ने जगदीशसिंह के चित्त में यह प्रश्न उपस्थित कर दिया था कि अब मेरा क्या कर्तव्य है ?

6

आज से सात वर्ष पूर्व जब बरहल के महाराज ठीक युवावस्था में घोड़े से गिर कर मर गये थे और विरासत का प्रश्न उठा तो महाराज के कोई सन्तान न होने के कारण, वंश-क्रम मिलाने से उनके सगे चचेरे भाई ठाकुर रामसिंह को विरासत का हक पहुँचता था। उन्होंने दावा किया, लेकिन न्यायालयों ने रानी को ही हकदार ठहराया। ठाकुर साहब ने अपीलें कीं, प्रिवी कौंसिल तक गये, परन्तु सफलता न हुई। मुकदमेबाजी में लाखों रुपये नष्ट हुए, अपने पास की मिलकियत भी हाथ से जाती रही; किन्तु हार कर भी वह चैन से न बैठे। सदैव विधवा रानी को छेड़ते रहे। कभी असामियों को भड़काते, कभी असामियों से रानी की बुराई करते, कभी उन्हें जाली मुकदमों में फँसाने का उपाय करते, परन्तु रानी बड़े जीवट की स्त्री थीं। वह भी ठाकुर साहब के प्रत्येक आघात का मुँहतोड़ उत्तर देतीं। हाँ, इस खींचतान में उन्हें बड़ी-बड़ी रकमें अवश्य खर्च करनी पड़ती थीं। असामियों से रुपये न वसूल होते इसलिए उन्हें बार-बार ऋण लेना पड़ता था। परन्तु कानून के अनुसार उन्हें ऋण लेने का अधिकार न था। इसलिए उन्हें या तो इस व्यवस्था को छिपाना पड़ता था, या सूद की गहरी दर स्वीकार करनी पड़ती थी।

कुँवर जगदीशसिंह का लड़कपन तो लाड़-प्यार में बीता था, परन्तु जब ठाकुर रामसिंह मुकदमेबाजी से बहुत तंग आ गये और यह सन्देह होने लगा कि कहीं रानी की चालों से कुँवर साहब का जीवन संकट में न पड़ जाये, तो उन्होंने विवश हो कर कुँवर साहब को देहरादून भेज दिया। कुँवर साहब वहाँ दो वर्ष तक तो आनन्द से रहे, किन्तु ज्यों ही कालेज की प्रथम श्रेणी में पहुँचे कि पिता परलोकवासी हो गये। कुँवर साहब को पढ़ाई छोड़नी पड़ी। बरहल चले आये, सिर पर कुटुम्ब-पालन और रानी से पुरानी शत्रुता को निभाने का बोझ आ पड़ा। उस समय से महारानी के मृत्यु-काल तक उनकी दशा बहुत गिरी रही। ऋण या स्त्रियों के गहनों के सिवा और कोई आधार न था। उस पर कुल-मर्यादा की रक्षा की चिन्ता भी थी। ये तीन वर्ष तक उनके लिए कठिन परीक्षा के समय थे। आये दिन साहूकारों से काम पड़ता था। उनके निर्दय बाणों से कलेजा छिद गया था। हाकिमों के कठोर व्यवहार और अत्याचार भी सहने पड़ते; परन्तु सबसे हृदय-विदारक अपने आत्मीयजनों का बर्ताव था, जो सामने बात न करके बगली चोटें करते थे, मित्रता और ऐक्य की आड़ में कपट हाथ चलाते थे। इन कठोर यातनाओं ने कुँवर साहब को अधिकार, स्वेच्छाचार और धन-सम्पत्ति का जानी दुश्मन बना दिया था। वह बड़े भावुक पुरुष थे। सम्बन्धियों की अकृपा और देश-बंधुओं की दुर्नीति उनके हृदय पर काला चिह्न बनाती जाती थी। साहित्य-प्रेम ने उन्हें मानव-प्रकृति का तत्त्वान्वेषी बना दिया था और जहाँ यह ज्ञान उन्हें प्रतिदिन सभ्यता से दूर लिये जाता था, वहाँ उनके चित्त में जन-सत्ता

और साम्यवाद के विचार पुष्ट करता जाता था। उन पर प्रकट हो गया था कि यदि सद्व्यवहार जीवित है, तो वह झोंपड़ों और गरीबों में ही है। उस कठिन समय में, जब चारों ओर अँधेरा छाया हुआ था, उन्हें कभी-कभी सच्ची सहानुभूति का प्रकाश यहीं दृष्टिगोचर हो जाता था। धन-सम्पत्ति को वह श्रेष्ठ प्रसाद नहीं, ईश्वर का प्रकोप समझते थे जो मनुष्य के हृदय से दया और प्रेम के भावों को मिटा देता है; यह वह मेघ है, जो चित्त के प्रकाशित तारों पर छा जाता है।

परंतु महारानी की मृत्यु के बाद ज्यों ही धन-सम्पत्ति ने उन पर वार किया, बस दार्शनिक तर्कों की यह ढाल चूर-चूर हो गयी। आत्मनिदर्शन की शक्ति नष्ट हो गयी। वे मित्र बन गये जो शत्रु सरीखे थे और जो सच्चे हितैषी थे, वे विस्मृत हो गये। साम्यवाद के मनोगत विचारों में घोर परिवर्तन आरम्भ हो गया। हृदय में असहिष्णुता का उद्भव हुआ। त्याग ने भोग की ओर सिर झुका दिया, मर्यादा की बेड़ी गले में पड़ी। वे अधिकारी, जिन्हें देख कर उनके तेवर बदल जाते थे, अब उनके सलाहकार बन गये। दीनता और दरिद्रता को, जिनसे उन्हें सच्ची सहानुभूति थी, देख कर अब वह आँखें मूँद लेते थे।

इसमें संदेह नहीं कि कुँवर साहब अब भी साम्यवाद के भक्त थे, किन्तु उन विचारों के प्रकट करने में वह पहले की-सी स्वतंत्रता न थी। विचार अब व्यवहार से डरता था। उन्हें कथन को कार्य-रूप में परिणत करने का अवसर प्राप्त था; पर अब कार्य-क्षेत्र कठिनाइयों से घिरा हुआ जान पड़ता था। बेगार के वह जानी दुश्मन थे; परन्तु अब बेगार को बंद करना दुष्कर प्रतीत होता था। स्वच्छता और स्वास्थ्यरक्षा के वह भक्त थे, किन्तु अब धन व्यय न करके भी उन्हें ग्रामवासियों की ही ओर से विरोध की शंका होती थी। असामियों से पोत उगाहने में कठोर बर्ताव को वह पाप समझते थे; मगर अब कठोरता के बिना काम चलता न जान पड़ता था। सारांश यह कि कितने ही सिद्धांत, जिन पर पहले उनकी श्रद्धा थी अब असंगत मालूम होते थे।

परंतु आज जो दुःखजनक दृश्य बैंक के हाते में नजर आये उन्होंने उनके दया-भाव को जाग्रत कर दिया। उस मनुष्य की-सी दशा हो गयी, जो नौका में बैठा सुरम्य तट की शोभा का आनंद उठाता हुआ किसी श्मशान के सामने आ जाये, चिता पर लाशें जलती देखे, शोक-संतप्तों के करुण क्रंदन को सुने और नाव से उतर कर उनके दुःख में सम्मिलित हो जाय !

रात के दस बज गये थे। कुँवर साहब पलंग पर लेटे थे। बैंक के हाते का दृश्य आँखों के सामने नाच रहा था। वही विलाप-ध्वनि कानों में आ रही थी ! चित्त में प्रश्न हो रहा था, क्या इस विडम्बना का कारण मैं ही हूँ ! मैंने तो वही किया, जिसका मुझे कानूनन अधिकार था। यह बैंक के संचालकों की भूल है, जो उन्होंने बिना पूरी जमानत के इतनी रकम कर्ज दे दी। लेनदारों को उन्हीं की

गरदन नापनी चाहिए। मैं कोई खुदाई फौजदार नहीं हूँ, कि दूसरों की नादानी का फल भोगूँ। फिर विचार पलटा, मैं नाहक इस होटल में ठहरा। चालीस रुपये प्रतिदिन देने पड़ेंगे। कोई चार सौ रुपये के मत्थे जायेगी। इतना सामान भी व्यर्थ ही लिया। क्या आवश्यकता थी ? मखमली गद्दे की कुर्सियों या शीशे की सजावट से मेरा गौरव नहीं बढ़ सकता। कोई साधारण मकान पाँच रुपये पर ले लेता, तो क्या काम न चलता ? मैं और साथ के सब आदमी आराम से रहते। यही न होता कि लोग निंदा करते। इसकी क्या चिंता। जिन लोगों के मत्थे यह ठाट कर रहा हूँ, वे गरीब तो रोटियों को तरसते हैं। ये ही दस-बारह हजार रुपये लगा कर कुएँ बनवा देता, तो सहस्रों दीनों का भला होता। अब फिर लोगों के चकमे में न आऊँगा। यह मोटरकार व्यर्थ है। मेरा समय इतना महँगा नहीं है कि घंटे-आध-घंटे की किफायत के लिए दो सौ रुपये महीने का खर्च बढ़ा लूँ। फ़ाका करनेवाले असामियों के सामने मोटर दौड़ाना उनकी छातियों पर मूँग दलना है। माना कि वे रोब में आ जायेंगे, जिधर से निकल जाऊँगा, सैकड़ों स्त्रियाँ और बच्चे देखने के लिए खड़े हो जायेंगे, मगर केवल इतने ही दिखावे के लिए इतना खर्च बढ़ाना मूर्खता है। यदि दूसरे रईस ऐसा करते हैं तो करें, मैं उनकी बराबरी क्यों करूँ ? अब तक दो हजार रुपये सालाना में मेरा निर्वाह हो जाता था। अब दो के बदले चार हजार बहुत हैं। फिर मुझे दूसरों की कमाई इस प्रकार उड़ाने का अधिकार ही क्या है ? मैं कोई उद्योग-धंधा, कोई कारोबार नहीं करता जिसका यह नफा हो। यदि मेरे पुरखों ने हठधर्मी, जबरदस्ती से इलाका अपने हाथों में रख लिया, तो मुझे उनके लूट के धन में शरीक होने का क्या अधिकार है ? जो लोग परिश्रम करते हैं, उन्हें अपने परिश्रम का पूरा फल मिलना चाहिए। राज्य उन्हें केवल दूसरों के कठोर हाथों से बचाता है। उसे इस सेवा का उचित मुआवजा मिलना चाहिए। बस, मैं तो राज्य की ओर से यह मुआवजा वसूल करने के लिए नियत हूँ। इसके सिवा इन गरीबों की कमाई में मेरा और कोई भाग नहीं। बेचारे दीन हैं, मूर्ख हैं, बेजबान हैं, इस समय हम इन्हें चाहे जितना सता लें। इन्हें अपने स्वत्व का ज्ञान नहीं। मैं अपने महत्त्व को नहीं समझता पर एक समय ऐसा अवश्य आयेगा, जब इनके मुँह में भी जुबान होगी, इन्हें भी अपने अधिकारों का ज्ञान होगा। तब हमारी दशा बुरी होगी। ये भोग-विलास मुझे अपने आदमियों से दूर किये देते हैं। मेरी भलाई इसी में है, कि इन्हीं में रहूँ, इन्हीं की भाँति जीवन-निर्वाह और इनकी सहायता करूँ। कोई छोटी-मोटी रकम होती, तो कहता लाओ, जिस सिर पर बहुत भार है, उसी तरह यह भी सही। मूल के अलावा कई हजार रुपये सूद के अलग हुए। फिर महाजनों के भी तीन लाख रुपये हैं। रियासत की आमदनी डेढ़-दो लाख रुपये सालाना है, अधिक नहीं। मैं इतना बड़ा साहस करूँ भी, तो किस बिरते पर ? हाँ, यदि बैरागी हो जाऊँ तो सम्भव है, मेरे जीवन में—यदि कहीं अचानक मृत्यु न हो जाय तो यह झगड़ा पाक

हो जाय। इस अग्नि में कूदना अपने सम्पूर्ण जीवन, अपनी उमंगों और अपनी आशाओं को भस्म करना है। आह ! इन दिनों की प्रतीक्षा में मैंने क्या-क्या कष्ट नहीं भोगे। पिता जी ने इस चिंता में प्राण-त्याग किया। यह शुभ मुहूर्त हमारी अँधेरी रात के लिए दूर का दीपक था। हम इसी के आसरे जीवित थे। सोते-जागते सदैव इसी की चर्चा रहती थी। इससे चित्त को कितना संतोष और कितना अभिमान था। भूखे रहने के दिन भी हमारे तेवर मैले न होते थे। जब इतने धैर्य और संतोष के बाद अच्छे दिन आये तो उससे कैसे विमुख हुआ जाये। फिर अपनी ही चिंता तो नहीं, रियासत की उन्नति की कितनी ही स्कीमें सोच चुका हूँ। क्या अपनी इच्छाओं के साथ उन विचारों को भी त्याग दूँ। इस अभागी रानी ने मुझे बुरी तरह फँसाया, जब तक जीती रही, कभी चैन से न बैठने दिया। मरी तो मेरे सिर पर यह बला डाल दी। परंतु मैं दरिद्रता से इतना डरता क्यों हूँ ? दरिद्रता कोई पाप नहीं है। यदि मेरा त्याग हजारों घरानों को कष्ट और दुरवस्था से बचाये तो मुझे उससे मुँह न मोड़ना चाहिए। केवल सुख से जीवन व्यतीत करना ही हमारा ध्येय नहीं है। हमारी मान-प्रतिष्ठा और कीर्ति सुख-भोग ही से तो नहीं हुआ करती। राजमंदिरों में रहने वालों और विलास में रत राणाप्रताप को कौन जानता है ? यह उनका आत्म-समर्पण और कठिन व्रतपालन ही है, जिसने उन्हें हमारी जाति का सूर्य बना दिया है। श्रीरामचन्द्र ने यदि अपना जीवन सुख-भोग में बिताया होता तो आज हम उनका नाम भी न जानते। उनके आत्म-बलिदान ने ही उन्हें अमर बना दिया। हमारी प्रतिष्ठा धन और विलास पर अवलम्बित नहीं है। मैं मोटर पर सवार हुआ तो क्या, और टट्टू पर चढ़ा तो क्या, होटल में ठहरा तो क्या और किसी मामूली घर ठहरा तो क्या। बहुत होगा, ताल्लुकेदार लोग मेरी हँसी उड़ावेंगे। इसकी परवा नहीं। मैं तो हृदय से चाहता हूँ कि उन लोगों से अलग-अलग रहूँ। यदि इतनी निंदा से सैकड़ों परिवारों का भला हो जाये, तो मैं मनुष्य नहीं, यदि प्रसन्नता से उसे सहन न करूँ। यदि अपने घोड़े और फिटन, सैर और शिकार, नौकर-चाकर और स्वार्थ-साधक हित-मित्रों से रहित हो कर मैं सहस्रों अमीर-गरीब कुटुम्बों का, विधवाओं, अनाथों का भला कर सकूँ, तो मुझे इसमें कदापि विलम्ब न करना चाहिए। सहस्रों परिवारों के भाग्य इस समय मेरी मुट्ठी में हैं। मेरा सुख-भोग उनके लिए विष और मेरा आत्म-संयम उनके लिए अमृत है। मैं अमृत बन सकता हूँ, विष क्यों बनूँ ? और फिर इसे आत्म-त्याग समझना भी मेरी भूल है। यह एक संयोग है कि मैं आज इस जायदाद का अधिकारी हूँ। मैंने उसे कमाया नहीं। उसके लिए रक्त नहीं बहाया। न पसीना बहाया। यदि वह जायदाद मुझे न मिली होती तो मैं सहस्रों दीन भाइयों की भाँति आज जीविकोपार्जन में लगा रहता। मैं क्यों न भूल जाऊँ कि मैं इस राज्य का स्वामी हूँ। ऐसे ही अवसरों पर मनुष्य की परख होती है। मैंने वर्षों पुस्तकावलोकन किया, वर्षों परोपकार के सिद्धान्तों का अनुयायी

रहा। यदि इस समय उन सिद्धांतों को भूल जाऊँ, स्वार्थ को मनुष्यता और सदाचार से बढ़ने दूँ तो वस्तुतः यह मेरी अत्यंत कायरता और स्वार्थपरता होगी। भला स्वार्थसाधन की शिक्षा के लिए गीता, मिल, एमर्सन और अरस्तू का शिष्य बनने की क्या आवश्यकता थी। यह पाठ तो मुझे अपने दूसरे भाइयों से यों ही मिल जाता। प्रचलित प्रथा से बढ़ कर और कौन गुरु था ? साधारण लोगों की भाँति क्या मैं भी स्वार्थ के सामने सिर झुका दूँ ? तो फिर विशेषता क्या रही ? नहीं, मैं नानशंस (विवेक-बुद्धि) का खून न करूँगा। जहाँ पुण्य कर सकता हूँ, पाप न करूँगा। परमात्मन्, तुम मेरी सहायता करो, तुमने मुझे राजपूत-घर में जन्म दिया है। मेरे कर्म से इस महान् जाति को लज्जित न करो। नहीं, कदापि नहीं, यह गर्दन स्वार्थ के सम्मुख न झुकेगी। मैं राम, भीष्म, और प्रताप का वंशज हूँ। शरीर-सेवक न बनूँगा।

कुँवर जगदीश सिंह को इस समय ऐसा ज्ञात हुआ, मानो वह किसी ऊँची मीनार पर चढ़ गये हैं। चित्त अभिमान से पूरित हो गया। आँखें प्रकाशमान हो गयीं। परंतु एक ही क्षण में इस उमंग का उतार होने लगा, ऊँची मीनार के नीचे की ओर आँखें गयीं। सारा शरीर काँप उठा। उस मनुष्य की-सी दशा हो गयी, जो किसी नदी के तट पर बैठा उसमें कूदने का विचार कर रहा हो।

उन्होंने सोचा, क्या मेरे घर के लोग मुझसे सहमत होंगे ? यदि मेरे कारण वे सहमत भी हो जायें, तो क्या मुझे अधिकार है कि अपने साथ उनकी इच्छाओं का भी बलिदान करूँ ? और-तो-और, माता जी कभी न मानेंगी, और कदाचित् भाई लोग भी अस्वीकार करें। रियासत की हैसियत को देखते हुए वे कम-से-कम दस हजार सालाना के हिस्सेदार हैं। और उनके भाग में किसी प्रकार का हस्तक्षेप नहीं कर सकता। मैं केवल अपना मालिक हूँ, परन्तु मैं भी तो अकेला नहीं हूँ। सावित्री स्वयं चाहे मेरे साथ आग में कूदने को तैयार हो, किंतु अपने प्यारे पुत्र को इस आँच के समीप कदापि न आने देगी।

कुँवर महाशय और अधिक न सोच सके। वह एक विकल दशा में पलंग पर से उठ बैठे और कमरे में टहलने लगे। थोड़ी देर बाद उन्होंने जंगले के बाहर की ओर झाँका और किवाड़ खोल कर बाहर चले गये। चारों ओर अँधेरा था। उनकी चिंताओं की भाँति सामने अपार और भयंकर गोमती नदी बह रही थी। वह धीरे-धीरे नदी के तट पर चले गये और देर तक वहाँ टहलते रहे। आकुल हृदय को जल-तरंगों से प्रेम होता है। शायद इसीलिए कि लहरें व्याकुल हैं। उन्होंने अपने चंचल चित्त को फिर एकाग्र किया। यदि रियासत की आमदनी से ये सब वृत्तियाँ दी जायेंगी, तो ऋण का सूद निकलना भी कठिन होगा। मूल का तो कहना ही क्या ! क्या आय में वृद्धि नहीं हो सकती ? अभी अस्तबल में बीस घोड़े हैं। मेरे लिए एक काफी है। नौकरों की संख्या सौ से कम न होगी। मेरे लिए दो भी अधिक हैं। यह अनुचित है कि अपने ही भाइयों से नीच सेवाएँ करायी जायँ। उन मनुष्यों

को मैं अपने सीर की जमीन दे दूँगा। सुख से खेती करेंगे और मुझे आशीर्वाद देंगे। बगीचों के फल अब तक डालियों की भेंट हो जाते थे। अब उन्हें बेचूँगा, और सबसे बड़ी आमदनी तो बयाई की है। केवल महेशगंज के बाजार के दस हजार रुपये आते हैं। यह सब आमदनी महंत जी उड़ा जाते हैं। उनके लिए एक हजार रुपये साल होना चाहिए। अबकी इस बाजार का ठेका दूँगा। आठ हजार से कम न मिलेंगे। इन मदों से पचीस हजार रुपये की वार्षिक आय होगी। सावित्री और लल्ला लड़के के लिए एक हजार रुपये काफी हैं। मैं सावित्री से स्पष्ट कह दूँगा कि या तो एक हजार रुपये मासिक लो और मेरे साथ रहो या रियासत की आधी आमदनी ले लो, और मुझे छोड़ दो। रानी बनने की इच्छा हो, तो खुशी से बनो, परंतु मैं राजा न बनूँगा।

अचानक कुँवर साहब के कानों में आवाज आयी—राम नाम सत्य है। उन्होंने पीछे मुड़ कर देखा। कई मनुष्य एक लाश लिये आते थे। उन लोगों ने नदी किनारे चिता बनायी और उसमें आग लगा दी। दो स्त्रियाँ चिंघाड़ कर रो रही थीं। इस विलाप का कुँवर साहब के चित्त पर कुछ प्रभाव न पड़ा। वह चित्त में लज्जित हो रहे थे कि मैं कितना पाषाण-हृदय हूँ। एक दीन मनुष्य की लाश जल रही है, स्त्रियाँ रो रही हैं और मेरा हृदय तनिक भी नहीं पसीजता ! पत्थर की मूर्ति की भाँति खड़ा हूँ। एकबारगी स्त्री ने रोते हुए कहा—हाय मेरे राजा ! तुम्हें विष कैसे मीठा लगा ? यह हृदय-विदारक विलाप सुनते ही कुँवर साहब के चित्त में एक घाव-सा लग गया। करुणा सजग हो गयी और नेत्र अश्रुपूर्ण हो गये। कदाचित् इसने विष-पान करके प्राण दिये हैं। हाय ! उसे विष कैसे मीठा लगा। इसमें कितनी करुणा है, कितना दुख, कितना आश्चर्य ! विष तो कड़वा पदार्थ है। क्योंकर मीठा हो गया ! कटु विष के बदले जिसने अपने मधुर प्राण दे दिये उस पर कोई बड़ी मुसीबत पड़ी होगी। ऐसी ही दशा में विष मधुर हो सकता है। कुँवर साहब तड़प गये। कारुणिक शब्द बार-बार उनके हृदय में गूँजते थे। अब उनसे वहाँ खड़ा न रहा गया। वह उन आदमियों के पास आये, एक मनुष्य से पूछा—क्या बहुत दिनों से बीमार थे ? इस मनुष्य ने कुँवर साहब की ओर आँसू-भरे नेत्रों से देख कर कहा—नहीं साहब, कहाँ की बीमारी ! अभी आज संध्या तक भली-भाँति बातें कर रहे थे ! मालूम नहीं, संध्या को क्या खा लिया कि खून की कै होने लगी। जब तक वैद्यराज के यहाँ जायँ, तब तक आँखें उलट गयीं। नाड़ी छूट गयी। वैद्यराज ने आकर देखा, तो कहा—अब क्या हो सकता है ? अभी कुल बाईस-तेईस वर्ष की अवस्था थी। ऐसा पट्ठा सारे लखनऊ में नहीं था।

कुँवर—कुछ मालूम हुआ, विष क्यों खाया ?

उस मनुष्य ने संदेह-दृष्टि से देख कर कहा—महाशय, और तो कोई बात नहीं हुई। जब से यह बड़ा बैंक टूटा है, बहुत उदास रहते थे। कोई हजार रुपये

बैंक में जमा किये थे। घी-दूध-मलाई की बड़ी दूकान थी। बिरादरी में मान था। वह सारी पूँजी डूब गयी। हम लोग रोकते रहे कि बैंक में रुपये मत जमा करो; किन्तु होनहार यह थी। किसी की नहीं सुनी। आज सबेरे स्त्री से गहने माँगते थे कि गिरवी रख कर अहीरों के दूध के दाम दे दें। उससे बातों-बातों में झगड़ा हो गया। बस न जाने क्या खा लिया।

कुँवर साहब का हृदय काँप उठा। तुरन्त ध्यान आया–शिवदास तो नहीं है ! पूछा–इनका नाम शिवदास तो नहीं था। उस मनुष्य ने विस्मय से देख कर कहा–हाँ, यही नाम था। क्या आपसे जान-पहचान थी ?

कुँवर–हाँ, हम और यह बहुत दिनों तक बरहल में साथ-साथ खेले थे। आज शाम को वह हमसे बैंक में मिले थे। यदि उन्होंने मुझसे तनिक भी चर्चा की होती, तो मैं यथाशक्ति उनकी सहायता करता। शोक ?

उस मनुष्य ने तब ध्यानपूर्वक कुँवर साहब को देखा, और जा कर स्त्रियों से कहा–चुप हो जाओ, बरहल के महाराज आये हैं। इतना सुनते ही शिवदास की माता जोर-जोर से सिर पटकती और रोती हुई आकर कुँवर के पैरों पर गिर पड़ी। उसके मुख से केवल ये शब्द निकले–'बेटा, बचपन से जिसे तुम भैया कहा करते थे।'–और गला रुंध गया।

कुँवर महाशय की आँखों से भी अश्रुपात हो रहा था। शिवदास की मूर्ति उनके सामने खड़ी यह कहती देख पड़ती थी कि तुमने मित्र हो कर मेरे प्राण लिये !

7

भोर हो गया। परन्तु कुँवर साहब को नींद न आयी। जब से वह गोमती तीर से लौटे थे, उनके चित्त पर एक वैराग्य-सा छाया हुआ था। वह कारुणिक दृश्य उनके स्वार्थ के तर्कों को छिन्न-भिन्न किये देता था। सावित्री के विरोध, लल्ला के निराशा-युक्त हठ और माता के कुशब्दों का अब उन्हें लेशमात्र भी भय न था। सावित्री कुढ़ेगी कुढ़े, लल्ला को भी संग्राम के क्षेत्र में कूदना पड़ेगा, कोई चिंता नहीं ! माता प्राण देने पर तत्पर होगी, क्या हर्ज है। मैं अपनी स्त्री-पुत्र तथा हित-मित्रादि के लिए सहस्रों परिवारों की हत्या न करूँगा। हाय ! शिवदास को जीवित रखने के लिए मैं ऐसी कितनी रियासतें छोड़ सकता हूँ। सावित्री को भूखों रहना पड़े, लल्ला को मजदूरी करनी पड़े, मुझे द्वार-द्वार भीख माँगनी पड़े, तब भी दूसरों का गला न दबाऊँगा। अब विलम्ब का अवसर नहीं। न जाने आगे यह दिवाला और क्या-क्या आपत्तियाँ खड़ी करे। मुझे इतना आगा-पीछा क्यों हो रहा है ? यह केवल आत्म-निर्बलता है वरना यह कोई ऐसा बड़ा काम नहीं, जो किसी ने न किया हो। आये दिन लोग रुपये दान-पुण्य करते हैं। मुझे अपने कर्तव्य का ज्ञान है। उससे

क्यों मुँह मोड़ूँ। जो कुछ हो, जो चाहे सिर पड़े, इसकी क्या चिंता। कुँवर ने घंटी बजायी। एक क्षण में अरदली आँखें मलता हुआ आया।

कुँवर साहब बोले—अभी जेकब बारिस्टर के पास जाकर मेरा सलाम दो। जाग गये होंगे। कहना, जरूरी काम है। नहीं, यह पत्र लेते जाओ। मोटर तैयार करा लो।

8

मिस्टर जेकब ने कुँवर साहब को बहुत समझाया कि आप इस दलदल में न फँसें, नहीं तो निकलना कठिन होगा। मालूम नहीं, अभी कितनी ऐसी रकमें हैं जिनका आपको पता नहीं है, परन्तु चित्त में दृढ़ हो जानेवाला निश्चय चूने का फर्श है, जिसको आपत्ति के थपेड़े और भी पुष्ट कर देते हैं, कुँवर साहब अपने निश्चय पर दृढ़ रहे। दूसरे दिन समाचार-पत्रों में छपवा दिया कि मृत महारानी पर जितना कर्ज है वह हम सकारते हैं और नियत समय के भीतर चुका देंगे।

इस विज्ञापन के छपते ही लखनऊ में खलबली पड़ गयी। बुद्धिमानों की सम्मति में यह कुँवर महाशय की नितांत भूल थी और जो लोग कानून से अनभिज्ञ थे, उन्होंने सोचा कि इसमें अवश्य कोई भेद है। ऐसे बहुत कम मनुष्य थे, जिन्हें कुँवर साहब की नीयत की सच्चाई पर विश्वास आया हो परंतु कुँवर साहब का बखान चाहे न हुआ हो, आशीर्वाद की कमी न थी। बैंक के हजारों गरीब लेनदार सच्चे हृदय से उन्हें आशीर्वाद दे रहे थे।

एक सप्ताह तक कुँवर साहब को सिर उठाने का अवकाश न मिला। मिस्टर जेकब का विचार सत्य सिद्ध हुआ। देना प्रतिदिन बढ़ता जाता था। कितने ही प्रोनोट ऐसे मिले, जिनका उन्हें कुछ भी पता न था। जौहरियों और अन्य बड़े-बड़े दूकानदारों का लेना भी कम न था। अंदाजन तेरह-चौदह लाख का था। मीजान बीस लाख तक पहुँचा। कुँवर साहब घबराये। शंका हुई—ऐसा न हो कि उन्हें भाइयों का गुजारा भी बन्द करना पड़े। जिसका उन्हें कोई अधिकार नहीं था। यहाँ तक कि सातवें दिन उन्होंने कई साहूकारों को बुरा-भला कह कर सामने से दूर किया। जहाँ ब्याज की दर अधिक थी, उसे कम कराया और जिन रकमों की मीयादें बीत चुकी थीं, उनसे इनकार कर दिया।

उन्हें साहूकारों की कठोरता पर क्रोध आता था। उनके विचार से महाजनों को डूबते धन का एक भाग पा कर ही संतोष कर लेना चाहिए था। इतनी खींचतान करने पर भी कुल उन्नीस लाख से कम न हुआ।

कुँवर साहब इन कामों से अवकाश पा कर एक दिन नेशनल बैंक की ओर जा निकले। बैंक खुला हुआ था। मृतक शरीर में प्राण आ गये थे। लेनदारों की

भीड़ लगी हुई थी। लोग प्रसन्नचित्त लौटे जा रहे थे। कुँवर साहब को देखते ही सैकड़ों मनुष्य बड़े प्रेम से उनकी ओर दौड़े। किसी ने रो कर, किसी ने पैरों पर गिर कर और किसी ने सभ्यतापूर्वक अपनी कृतज्ञता प्रकट की। वह बैंक के कार्यकर्त्ताओं से भी मिले। लोगों ने कहा—इस विज्ञापन ने बैंक को जीवित कर दिया। बंगाली बाबू ने लाला साईंदास की आलोचना की—वह समझता था संसार में सब मनुष्य भलामानस है। हमको उपदेश करता था। अब उसकी आँख खुल गई है। अकेला घर में बैठा रहता है। किसी को मुँह नहीं दिखाता। हम सुनता है, वह वहाँ से भाग जाना चाहता था। परन्तु बड़ा साहब बोला, भागेगा तो तुम्हारा ऊपर वारंट जारी कर देगा। अब साईंदास की जगह बंगाली बाबू मैनेजर हो गये थे।

इसके बाद कुँवर साहब बरहल आये। भाइयों ने यह वृत्तांत सुना, तो बिगड़े, अदालत की धमकी दी। माता जी को ऐसा धक्का पहुँचा कि वह उसी दिन बीमार हो कर एक ही सप्ताह में इस संसार से विदा हो गयीं। सावित्री को भी चोट लगी, पर उसने केवल संतोष ही नहीं किया, पति की उदारता और त्याग की प्रशंसा भी की। रह गये लाल साहब। उन्होंने जब देखा कि अस्तबल से घोड़े निकले जाते हैं, हाथी मकनपुर के मेले में बिकने के लिए भेज दिये गये हैं और कहार विदा किये जा रहे हैं, तो व्याकुल हो पिता से बोले—बाबू जी, यह सब नौकर, घोड़े, हाथी कहाँ जा रहे हैं ?

कुँवर—एक राजा साहब के उत्सव में।

लाल जी—कौन से राजा ?

कुँवर—उनका नाम राजा दीनसिंह है।

लाल जी—कहाँ रहते हैं ?

कुँवर—दरिद्रपुर।

लाल जी—तो हम भी जायेंगे।

कुँवर—तुम्हें भी ले चलेंगे; परंतु इस बारात में पैदल चलने वालों का सम्मान सवारों से अधिक होगा।

लाल जी—तो हम भी पैदल चलेंगे।

कुँवर—वहाँ परिश्रमी मनुष्य की प्रशंसा होती है।

लाल जी—तो हम सबसे ज्यादा परिश्रम करेंगे।

कुँवर साहब के दोनों भाई पाँच-पाँच हजार रुपये गुजारा लेकर अलग हो गये। कुँवर साहब अपने और परिवार के लिए कठिनाई से एक हजार सालाना का प्रबन्ध कर सके, पर यह आमदनी एक रईस के लिए किसी तरह पर्याप्त नहीं थी। अतिथि-अभ्यागत प्रतिदिन टिके ही रहते थे। उन सबका भी सत्कार करना पड़ता था। बड़ी कठिनाई से निर्वाह होता था। इधर एक वर्ष से शिवदास के कुटुम्ब

का भार भी सिर पर पड़ा, परन्तु कुँवर साहब कभी अपने निश्चय पर शोक नहीं करते। उन्हें कभी किसी ने चिंतित नहीं देखा। उनका मुखमंडल धैर्य और सच्चे अभिमान से सदैव प्रकाशित रहता है। साहित्य-प्रेम पहले से था। अब बागबानी से प्रेम हो गया है। अपने बाग में प्रातःकाल से शाम तक पौदों की देख-रेख किया करते हैं और लाल साहब तो पक्के कृषक होते दिखाई देते हैं। अभी नव-दस वर्ष से अधिक अवस्था नहीं है, लेकिन अँधेरे मुँह खेत पहुँच जाते हैं। खाने-पीने की भी सुध नहीं रहती।

उनका घोड़ा मौजूद है; परन्तु महीनों उस पर नहीं चढ़ते। उनकी यह धुन देख कर कुँवर साहब प्रसन्न होते हैं और कहा करते हैं–रियासत के भविष्य की ओर से निश्चिंत हूँ। लाल साहब कभी इस पाठ को न भूलेंगे। घर में सम्पत्ति होती, तो सुख-भोग, शिकार, दुराचार के सिवा और क्या सूझता ! सम्पत्ति बेचकर हमने परिश्रम और संतोष खरीदा, और यह सौदा बुरा नहीं। सावित्री इतनी संतोषी नहीं। वह कुँवर साहब के रोकने पर भी असामियों से छोटी-मोटी भेंट ले लिया करती है और कुल-प्रथा नहीं तोड़ना चाहती।

आत्माराम

वेदों-ग्राम में महादेव सोनार एक सुविख्यात आदमी था। वह अपने सायबान में प्रातः से संध्या तक अँगीठी के सामने बैठा हुआ खटखट किया करता था। यह लगातार ध्वनि सुनने के लोग इतने अभ्यस्त हो गये थे कि जब किसी कारण से वह बंद हो जाती, तो जान पड़ता था, कोई चीज़ गायब हो गयी। वह नित्य-प्रति एक बार प्रातःकाल अपने तोते का पिंजड़ा लिए कोई भजन गाता हुआ तालाब की ओर जाता था। उस धुँधले प्रकाश में उसका जर्जर शरीर, पोपला मुँह और झुकी हुई कमर देख कर किसी अपरिचित मनुष्य को उसके पिशाच होने का भ्रम हो सकता था। ज्यों ही लोगों के कानों में आवाज आती–'सत्त गुरुदत्त शिवदत्त दाता', लोग समझ जाते कि भोर हो गयी।

महादेव का पारिवारिक जीवन सुखमय न था। उसके तीन पुत्र थे, तीन बहुएँ थीं, दर्जनों नाती-पोते थे, लेकिन उसके बोझ को हलका करनेवाला कोई न था। लड़के कहते–'जब तक दादा जीते हैं, हम जीवन का आनंद भोग लें, फिर तो यह ढोल गले पड़ेगी ही।' बेचारे महादेव को कभी-कभी निराहार ही रहना पड़ता। भोजन के समय उसके घर में साम्यवाद का ऐसा गगनभेदी निर्घोष होता कि वह भूखा ही उठ जाता, और नारियल का हुक्का पीता हुआ सो जाता। उसका व्यावसायिक जीवन और भी अशांतिकारक था। यद्यपि वह अपने काम में निपुण था, उसकी खटाई औरों से कहीं ज्यादा शुद्धिकारक और उसकी रासायनिक क्रियाएँ कहीं ज्यादा कष्टसाध्य थीं, तथापि उसे आये दिन शक्की और धैर्य-शून्य प्राणियों के अपशब्द सुनने पड़ते थे। पर महादेव अविचलित गाम्भीर्य से सिर झुकाये सब कुछ सुना करता था। ज्यों ही यह कलह शांत होता, वह अपने तोते की ओर देख कर पुकार उठता–'सत्त गुरुदत्त शिवदत्त दाता।' इस मंत्र को जपते ही उसके चित्त को पूर्ण शांति प्राप्त हो जाती थी।

2

एक दिन संयोगवश किसी लड़के ने पिंजड़े का द्वार खोल दिया। तोता उड़ गया। महादेव ने सिर उठाकर जो पिंजड़े की ओर देखा, तो उसका कलेजा सन्न-से हो गया। तोता कहाँ गया। उसने फिर पिंजड़े को देखा, तोता गायब था! महादेव घबड़ा कर उठा और इधर-उधर खपरैलों पर निगाह दौड़ाने लगा। उसे संसार में कोई वस्तु अगर प्यारी थी, तो वह यही तोता। लड़के-बालों, नाती-पोतों से उसका जी भर गया था। लड़कों की चुलबुल से उसके काम में विघ्न पड़ता था। बेटों से उसे प्रेम न था; इसलिए नहीं कि वे निकम्मे थे, बल्कि इसलिए कि उनके कारण वह अपने आनंददायी कुल्हड़ों की नियमित संख्या से वंचित रह जाता था। पड़ोसियों से उसे चिढ़ थी, इसलिए कि वे अँगीठी से आग निकाल ले जाते थे। इन समस्त विघ्न-बाधाओं से उसके लिए कोई पनाह थी, तो वह यही तोता था। इससे उसे किसी प्रकार का कष्ट न होता था। वह अब उस अवस्था में था जब मनुष्य को शांति भोग के सिवा और कोई इच्छा नहीं रहती।

तोता एक खपरैल पर बैठा था। महादेव ने पिंजरा उतार लिया और उसे दिखा कर कहने लगा—'आ-आ' 'सत्त गुरुदत्त शिवदत्त दाता।' लेकिन गाँव और घर के लड़के एकत्र हो कर चिल्लाने और तालियाँ बजाने लगे। ऊपर से कौओं ने काँव-काँव की रट लगायी? तोता उड़ा और गाँव से बाहर निकल कर एक पेड़ पर जा बैठा। महादेव खाली पिंजड़ा लिये उसके पीछे दौड़ा, सो दौड़ा। लोगों को उसकी द्रुतगामिता पर अचम्भा हो रहा था। मोह की इससे सुंदर, इससे सजीव, इससे भावमय कल्पना नहीं की जा सकती।

दोपहर हो गयी थी। किसान लोग खेतों से चले आ रहे थे। उन्हें विनोद का अच्छा अवसर मिला। महादेव को चिढ़ाने में सभी को मजा आता था। किसी ने कंकड़ फेंके, किसी ने तालियाँ बजायीं। तोता फिर उड़ा और वहाँ से दूर आम के बाग में एक पेड़ की फुनगी पर जा बैठा। महादेव फिर खाली पिंजड़ा लिये मेंढक की भाँति उचकता चला। बाग में पहुँचा तो पैर के तलुओं से आग निकल रही थी; सिर चक्कर खा रहा था। जब जरा सावधान हुआ, तो फिर पिंजड़ा उठा कर कहने लगा—'सत्त गुरुदत्त शिवदत्त दाता।' तोता फुनगी से उतर कर नीचे की एक डाल पर आ बैठा, किन्तु महादेव की ओर सशंक नेत्रों से ताक रहा था। महादेव ने समझा, डर रहा है। वह पिंजड़े को छोड़ कर आप एक दूसरे पेड़ की आड़ में छिप गया। तोते ने चारों ओर गौर से देखा, निश्शंक हो गया, उतरा और आ कर पिंजड़े के ऊपर बैठ गया। महादेव का हृदय उछलने लगा। 'सत्त गुरुदत्त शिवदत्त दाता' का मंत्र जपता हुआ धीरे-धीरे तोते के समीप आया और लपका कि तोते को पकड़ ले; किन्तु तोता हाथ न आया, फिर पेड़ पर जा बैठा।

शाम तक यही हाल रहा। तोता कभी इस डाल पर जाता, कभी उस डाल पर। कभी पिंजड़े पर आ बैठता, कभी पिंजड़े के द्वार पर बैठ अपने दाना-पानी की प्यालियों को देखता, और फिर उड़ जाता। बुड्ढा अगर मूर्तिमान मोह था, तो तोता मूर्तिमयी माया। यहाँ तक कि शाम हो गयी। माया और मोह का यह संग्राम अंधकार में विलीन हो गया।

3

रात हो गयी ! चारों ओर निविड़ अंधकार छा गया। तोता न जाने पत्तों में कहाँ छिपा बैठा था। महादेव जानता था कि रात को तोता कहीं उड़ कर नहीं जा सकता। और न पिंजड़े ही में आ सकता है, फिर भी वह उस जगह से हिलने का नाम न लेता था। आज उसने दिन भर कुछ नहीं खाया। रात के भोजन का समय भी निकल गया, पानी की बूँद भी उसके कंठ में न गयी; लेकिन उसे न भूख थी, न प्यास ! तोते के बिना उसे अपना जीवन निस्सार, शुष्क और सूना जान पड़ता था। वह दिन-रात काम करता था; इसलिए कि यह उसकी अंतःप्रेरणा थी; जीवन के और काम इसलिए करता था कि आदत थी। इन कामों में उसे अपनी सजीवता का लेश-मात्र भी ज्ञान न होता था। तोता ही वह वस्तु था, जो उसे चेतना की याद दिलाता था। उसका हाथ से जाना जीव का देह-त्याग करना था।

महादेव दिन भर का भूखा-प्यासा, थका-माँदा, रह-रह कर झपकियाँ ले लेता था; किन्तु एक क्षण में फिर चौंक कर आँखें खोल देता और उस विस्तृत अंधकार में उसकी आवाज़ सुनायी देती—'सत्त गुरुदत्त शिवदत्त दाता'।

आधी रात गुजर गयी थी। सहसा वह कोई आहट पा कर चौंका। देखा, एक दूसरे वृक्ष के नीचे एक धुँधला दीपक जल रहा है, और कई आदमी बैठे हुए आपस में कुछ बातें कर रहे हैं। वे सब चिलम पी रहे थे। तमाखू की महक ने उसे अधीर कर दिया। उच्च स्वर से बोला—'सत्त गुरुदत्त शिवदत्त दाता' और उन आदमियों की ओर चिलम पीने चला गया; किंतु जिस प्रकार बंदूक की आवाज़ सुनते ही हिरन भाग जाते हैं उसी प्रकार उसे आते देख सब-के-सब उठ कर भागे। कोई इधर गया, कोई उधर। महादेव चिल्लाने लगा—'ठहरो-ठहरो' एकाएक उसे ध्यान आ गया, ये सब चोर हैं। वह जोर से चिल्ला उठा—'चोर-चोर, पकड़ो-पकड़ो।' चोरों ने पीछे फिर कर न देखा।

महादेव दीपक के पास गया, तो उसे एक कलसा रखा हुआ मिला जो मोर्चे से काला हो रहा था। महादेव का हृदय उछलने लगा। उसने कलसे में हाथ डाला, तो मोहरें थीं। उसने एक मोहर बाहर निकाली और दीपक के उजाले में देखा। हाँ, मोहर थी। उसने तुरंत कलसा उठा लिया, और दीपक बुझा दिया और पेड़ के नीचे छिप कर बैठ रहा। साह से चोर बन गया।

उसे फिर शंका हुई, ऐसा न हो, चोर लौट आवें, और मुझे अकेला देख कर मोहरें छीन लें। उसने कुछ मोहर कमर में बाँधीं, फिर एक सूखी लकड़ी से जमीन की मिट्टी हटा कर कई गड्ढे बनाये, उन्हें मोहरों से भर कर मिट्टी से ढँक दिया।

4

महादेव के अंतर्नेत्रों के सामने अब एक दूसरा जगत् था, चिंताओं और कल्पना से परिपूर्ण। यद्यपि अभी कोष के हाथ से निकल जाने का भय था, पर अभिलाषाओं ने अपना काम शुरू कर दिया। एक पक्का मकान बन गया, सराफे की एक भारी दूकान खुल गयी, निज सम्बन्धियों से फिर नाता जुड़ गया, विलास की सामग्रियाँ एकत्रित हो गयीं। तब तीर्थ-यात्रा करने चले, और वहाँ से लौट कर बड़े समारोह से यज्ञ, ब्रह्मभोज हुआ। इसके पश्चात् एक शिवालय और कुआँ बन गया, एक बाग भी लग गया और वह नित्यप्रति कथा-पुराण सुनने लगा। साधु-सन्तों का आदर-सत्कार होने लगा।

अकस्मात् उसे ध्यान आया। कहीं चोर आ जायँ, तो मैं भागूँगा क्योंकर ? उसने परीक्षा करने के लिए कलसा उठाया। और दो सौ पग तक बेतहाशा भागा हुआ चला गया। जान पड़ता था, उसके पैरों में पर लग गये हैं। चिंता शांत हो गयी। इन्हीं कल्पनाओं में रात व्यतीत हो गयी। उषा का आगमन हुआ, हवा जगी, चिड़ियाँ गाने लगीं। सहसा महादेव के कानों में आवाज़ आयी–

सत्त गुरुदत्त शिवदत्त दाता,
राम के चरण में चित्त लागा।

यह बोल सदैव महादेव की जिह्वा पर रहता था। दिन में सहस्रों ही बार ये शब्द उसके मुँह से निकलते थे, पर उनका धार्मिक भाव कभी भी उसके अंतःकरण को स्पर्श न करता था। जैसे किसी बाजे से राग निकलता है, उसी प्रकार उसके मुँह से यह बोल निकलता था। निरर्थक और प्रभाव-शून्य। तब उसका हृदय-रूपी वृक्ष पत्र-पल्लव विहीन था। यह निर्मल वायु उसे गुंजरित न कर सकती थी; पर अब उस वृक्ष में कोपलें और शाखाएँ निकल आयी थीं। इस वायु-प्रवाह से झूम उठा, गुंजित हो गया।

अरुणोदय का समय था। प्रकृति एक अनुरागमय प्रकाश में डूबी हुई थी। उसी समय तोता पैरों को जोड़े हुए ऊँची डाल से उतरा, जैसे आकाश से कोई तारा टूटे और आ कर पिंजड़े में बैठ गया। महादेव प्रफुल्लित हो कर दौड़ा और पिंजड़े को उठा कर बोला–'आओ आत्माराम, तुमने कष्ट तो बहुत दिया, पर मेरा जीवन भी सफल कर दिया। अब तुम्हें चाँदी के पिंजड़े में रखूँगा और सोने से मढ़ दूँगा।' उसके रोम-रोम से परमात्मा के गुणानुवाद की ध्वनि निकलने लगी। प्रभु तुम कितने

दयावान् हो ! यह तुम्हारा असीम वात्सल्य है, नहीं तो मुझ पापी, पतित प्राणी कब इस कृपा के योग्य था ! इन पवित्र भावों से उसकी आत्मा विह्वल हो गयी ! वह अनुरक्त हो कर कह उठा–

'सत्त गुरुदत्त शिवदत्त दाता,
राम के चरण में चित्त लागा।'

उसने एक हाथ में पिंजड़ा लटकाया, बगल में कलसा दबाया और घर चला।

5

महादेव घर पहुँचा, तो अभी कुछ अँधेरा था। रास्ते में एक कुत्ते के सिवा और किसी से भेंट न हुई, और कुत्ते को मोहरों से विशेष प्रेम नहीं होता। उसने कलसे को एक नाद में छिपा दिया, और उसे कोयले से अच्छी तरह ढँक कर अपनी कोठरी में रख आया। जब दिन निकल आया तो वह सीधे पुरोहित के घर पहुँचा। पुरोहित पूजा पर बैठे सोच रहे थे–कल ही मुकदमे की पेशी है और अभी तक हाथ में कौड़ी भी नहीं–यजमानों में कोई साँस भी नहीं लेता। इतने में महादेव ने पालागन की। पंडित जी ने मुँह फेर लिया। यह अंमगलमूर्ति कहाँ से आ पहुँची, मालूम नहीं, दाना भी मयस्सर होगा या नहीं। रुष्ट हो कर पूछा–क्या है जी, क्या कहते हो। जानते नहीं, हम इस समय पूजा पर रहते हैं।

महादेव ने कहा–महाराज, आज मेरे यहाँ सत्यनारायण की कथा है।

पुरोहित जी विस्मित हो गये। कानों पर विश्वास न हुआ। महादेव के घर कथा का होना उतनी ही असाधारण घटना थी, जितनी अपने घर से किसी भिखारी के लिए भीख निकालना। पूछा–आज क्या है?

महादेव बोला–कुछ नहीं, ऐसी इच्छा हुई कि आज भगवान् की कथा सुन लूँ।

प्रभात ही से तैयारी होने लगी। वेदों के निकटवर्ती गाँवों में सुपारी फिरी। कथा के उपरांत भोज का भी नेवता था। जो सुनता आश्चर्य करता। आज रेत में दूब कैसे जमी।

संध्या समय जब सब लोग जमा हुए, और पंडित जी अपने सिंहासन पर विराजमान हुए, तो महादेव खड़ा होकर उच्च स्वर में बोला–भाइयो, मेरी सारी उम्र छल-कपट में कट गयी। मैंने न जाने कितने आदमियों को दगा दी, कितने खरे को खोटा किया; पर अब भगवान् ने मुझ पर दया की है, वह मेरे मुँह की कालिख को मिटाना चाहते हैं। मैं आप सब भाइयों से ललकार कर कहता हूँ कि जिसका मेरे जिम्मे जो कुछ निकलता हो, जिसकी जमा मैंने मार ली हो, जिसके चोखे माल को खोटा कर दिया हो, वह आ कर अपनी एक-एक कौड़ी चुका ले, अगर कोई

यहाँ न आ सका हो, तो आप लोग उससे जा कर कह दीजिए, कल से एक महीने तक, जब जी चाहे, आये और अपना हिसाब चुकता कर ले। गवाही-साखी का काम नहीं।

सब लोग सन्नाटे में आ गये। कोई मार्मिक भाव से सिर हिला कर बोला–हम कहते न थे। किसी ने अविश्वास से कहा–क्या खा कर भरेगा, हजारों का टोटल हो जायेगा।

एक ठाकुर ने ठठोली की–और जो लोग सुरधाम चले गये।

महादेव ने उत्तर दिया–उसके घर वाले तो होंगे।

किन्तु इस समय लोगों को वसूली की इतनी इच्छा न थी, जितनी यह जानने की कि इसे इतना धन मिल कहाँ से गया। किसी को महादेव के पास आने का साहस न हुआ। देहात के आदमी थे, गड़े मुर्दे उखाड़ना क्या जानें। फिर प्रायः लोगों को याद भी न था कि उन्हें महादेव से क्या पाना है, और ऐसे पवित्र अवसर पर भूल-चूक हो जाने का भय उनका मुँह बन्द किये हुए था। सबसे बड़ी बात यह थी कि महादेव की साधुता ने उन्हें वशीभूत कर लिया था।

अचानक पुरोहित जी बोले–तुम्हें याद है, मैंने एक कंठा बनाने के लिए सोना दिया था, तुमने कई माशे तौल में उड़ा दिये थे।

महादेव–हाँ, याद है, आपका कितना नुकसान हुआ होगा ?

पुरोहित–पचास रुपये से कम न होगा।

महादेव ने कमर से दो मोहरें निकालीं और पुरोहित जी के सामने रख दीं।

पुरोहित जी की लोलुपता पर टीकाएँ होने लगीं। यह बेईमानी है, बहुत हो, तो दो-चार रुपये का नुकसान हुआ होगा। बेचारे से पचास रुपये ऐंठ लिये। नारायण का भी डर नहीं। बनने को पंडित, पर नीयत ऐसी खराब ! राम-राम !!

लोगों को महादेव पर एक श्रद्धा-सी हो गयी। एक घंटा बीत गया पर उन सहस्रों मनुष्यों में से एक भी खड़ा न हुआ। तब महादेव ने फिर कहा–मालूम होता है, आप लोग अपना-अपना हिसाब भूल गये हैं, इसलिए आज कथा होने दीजिए। मैं एक महीने तक आपकी राह देखूँगा। इसके पीछे तीर्थ-यात्रा करने चला जाऊँगा। आप सब भाइयों से मेरी विनती है कि आप मेरा उद्धार करें।

एक महीने तक महादेव लेनदारों की राह देखता रहा। रात को चोरों के भय से नींद न आती। अब वह कोई काम न करता। शराब का चसका भी छूटा। साधु-अभ्यागत जो द्वार पर आ जाते, उनका यथायोग्य सत्कार करता। दूर-दूर उसका सुयश फैल गया। यहाँ तक कि महीना पूरा हो गया, और एक आदमी भी हिसाब लेने न आया। अब महादेव को ज्ञान हुआ कि संसार में कितना धर्म, कितना सद्व्यवहार है। अब उसे मालूम हुआ कि संसार बुरों के लिए बुरा है और अच्छों के लिए अच्छा।

6

इस घटना को हुए पचास वर्ष बीत चुके हैं। आप वेदों जाइये, तो दूर ही से एक सुनहला कलश दिखायी देता है। वह ठाकुरद्वारे का कलश है। उससे मिला हुआ एक पक्का तालाब है, जिसमें खूब कमल खिले रहते हैं। उसकी मछलियाँ कोई नहीं पकड़ता, तालाब के किनारे एक विशाल समाधि है। यही आत्माराम का स्मृति-चिह्न है, उसके सम्बन्ध में विभिन्न किंवदंतियाँ प्रचलित हैं। कोई कहता है, वह रत्नजड़ित पिंजड़ा स्वर्ग को चला गया, कोई कहता, वह 'सत्त गुरुदत्त' कहता हुआ अंतर्धान हो गया, पर यथार्थ यह है कि उस पक्षी-रूपी चंद्र को किसी बिल्ली-रूपी राहु ने ग्रस लिया। लोग कहते हैं, आधी रात को अभी तक तालाब के किनारे आवाज़ आती है—

'सत्त गुरुदत्त शिवदत्त दाता,
राम के चरण में चित्त लागा।'

महादेव के विषय में भी कितनी ही जन-श्रुतियाँ हैं। उनमें सबसे मान्य यह है कि आत्माराम के समाधिस्थ होने के बाद वह कई संन्यासियों के साथ हिमालय चला गया, और वहाँ से लौट कर न आया। उसका नाम आत्माराम प्रसिद्ध हो गया।

दुर्गा का मंदिर

बाबू ब्रजनाथ कानून पढ़ने में मग्न थे, और उनके दोनों बच्चे लड़ाई करने में। श्यामा चिल्लाती, कि मुन्नू मेरी गुड़िया नहीं देता। मुन्नू रोता था कि श्यामा ने मेरी मिठाई खा ली।

ब्रजनाथ ने क्रुद्ध होकर भामा से कहा—तुम इन दुष्टों को यहाँ से हटाती हो कि नहीं ? नहीं तो मैं एक-एक की खबर लेता हूँ।

भामा चूल्हे में आग जला रही थी, बोली—अरे तो अब क्या संध्या को भी पढ़ते ही रहोगे ? जरा दम तो ले लो।

ब्रज.—उठा तो न जायेगा; बैठी-बैठी वहीं से कानून बघारोगी। अभी एक-आध को पटक दूँगा, तो वहीं से गरजती हुई आओगी कि हाय-हाय बच्चे को मार डाला !

भामा—तो मैं कुछ बैठी या सोयी तो नहीं हूँ। जरा एक घड़ी तुम्हीं लड़कों को बहलाओगे, तो क्या होगा ! कुछ मैंने ही तो उनकी नौकरी नहीं लिखायी !

ब्रजनाथ से कोई जवाब न देते बन पड़ा। क्रोध पानी के समान बहाव का मार्ग न पा कर और भी प्रबल हो जाता है। यद्यपि ब्रजनाथ नैतिक सिद्धांतों के ज्ञाता थे, पर उनके पालन में इस समय कुशल न दिखायी दी। मुद्दई और मुद्दालेह, दोनों को एक ही लाठी हाँका, और दोनों को रोते-चिल्लाते छोड़ कानून का ग्रंथ बगल में दबा कालेज-पार्क की राह ली।

2

सावन का महीना था। आज कई दिन के बाद बादल हटे थे। हरे-भरे वृक्ष सुनहरी चादर ओढ़े खड़े थे। मृदु समीर सावन का राग गाता था और बगुले डालियों पर बैठे हिंडोले झूल रहे थे। ब्रजनाथ एक बेंच पर आ बैठे और किताब खोली। लेकिन इस ग्रंथ की अपेक्षा प्रकृति-ग्रंथ का अवलोकन अधिक चित्ताकर्षक था। कभी आसमान को पढ़ते थे, कभी पत्तियों को, कभी छविमयी हरियाली को और कभी सामने मैदान में खेलते हुए लड़कों को।

एकाएक उन्हें सामने घास पर कागज की एक पुड़िया दिखायी दी। माया ने जिज्ञासा की–आड़ में चलो, देखें इसमें क्या है।

बुद्धि ने कहा–तुमसे मतलब ? पड़ी रहने दो।

लेकिन जिज्ञासा-रूपी माया की जीत हुई। ब्रजनाथ ने उठ कर पुड़िया उठा ली। कदाचित् किसी के पैसे पुड़िया में लिपटे गिर पड़े हैं। खोल कर देखा; सावरेन थे। गिना, पूरे आठ निकले। कुतूहल की सीमा न रही।

ब्रजनाथ की छाती धड़कने लगी। आठों सावरेन हाथ में लिये सोचने लगे, इन्हें क्या करूँ ? अगर यहीं रख दूँ, तो न जाने किसकी नजर पड़े; न मालूम कौन उठा ले जाय ! नहीं, यहाँ रखना उचित नहीं। चलूँ थाने में इत्तला कर दूँ और ये सावरेन थानेदार को सौंप दूँ। जिसके होंगे वह आप ले जायेगा या अगर उसको न भी मिलें, तो मुझ पर कोई दोष न रहेगा, मैं तो अपने उत्तरदायित्व से मुक्त हो जाऊँगा।

माया ने परदे की आड़ से मंत्र मारना शुरू किया। वह थाने नहीं गये, सोचा–चलूँ, भामा से एक दिल्लगी करूँ। भोजन तैयार होगा। कल इत्मीनान से थाने जाऊँगा।

भामा ने सावरेन देखे, तो हृदय में एक गुदगुदी-सी हुई। पूछा–किसकी है ?

ब्रज.–मेरी।

भामा–चलो, कहीं हो न !

ब्रज.–पड़ी मिली है।

भामा–झूठ बात। ऐसे ही भाग्य के बली हो, तो सच बताओ कहाँ मिली ? किसकी है ?

ब्रज.–सच कहता हूँ, पड़ी मिली है।

भामा–मेरी कसम ?

ब्रज.–तुम्हारी कसम।

भामा गिन्नियों को पति के हाथ से छीनने की चेष्टा करने लगी।

ब्रजनाथ ने कहा–क्यों छीनती हो ?

भामा–लाओ, मैं अपने पास रख लूँ ?

ब्रज.– रहने दो, मैं इसकी इत्तला करने थाने जाता हूँ।

भामा का मुख मलिन हो गया। बोली–पड़े हुए धन की क्या इत्तला ?

ब्रज.–हाँ, और क्या, इन आठ गिन्नियों के लिए ईमान बिगाड़ूँगा ?

भामा–अच्छा तो सबेरे चले जाना। इस समय जाओगे, तो आने में देर होगी।

ब्रजनाथ ने भी सोचा, यही अच्छा। थानेवाले रात को तो कोई कार्रवाई करेंगे नहीं। जब अशर्फियों को पड़ा ही रहना है, तब जैसे थाना वैसे मेरा घर।

गिन्नियाँ संदूक में रख दीं। खा-पी कर लेटे, तो भामा ने हँस कर कहा–आया

धन क्यों छोड़ते हो ? लाओ, मैं अपने लिए एक गुलूबंद बनवा लूँ, बहुत दिनों से जी तरस रहा है।

माया ने इस समय हास्य का रूप धारण किया।

ब्रजनाथ ने तिरस्कार करके कहा—गुलूबंद की लालसा में गले में फाँसी लगाना चाहती हो क्या ?

3

प्रातःकाल ब्रजनाथ थाने के लिए तैयार हुए। कानून का एक लेक्चर छूट जायेगा, कोई हरज नहीं। वह इलाहाबाद के हाईकोर्ट में अनुवादक थे। नौकरी में उन्नति की आशा न देख कर साल भर से वकालत की तैयारी में मग्न थे, लेकिन अभी कपड़े पहन ही रहे थे कि उनके एक मित्र मुंशी गोरेलाल आ कर बैठ गये, और अपनी पारिवारिक दुश्चिंताओं की रामकहानी सुना कर अत्यंत विनीत भाव से बोले—भाई साहब, इस समय मैं इन झंझटों में ऐसा फँस गया हूँ कि बुद्धि कुछ काम नहीं करती। तुम बड़े आदमी हो। इस समय कुछ सहायता करो। ज्यादा नहीं तीस रुपये दे दो। किसी न किसी तरह काम चला लूँगा, आज तीस तारीख है। कल शाम को तुम्हें रुपये मिल जायेंगे।

ब्रजनाथ बड़े आदमी तो न थे; किन्तु बड़प्पन की हवा बाँध रखी थी। यह मिथ्याभिमान उनके स्वभाव की एक दुर्बलता थी। केवल अपने वैभव का प्रभाव डालने के लिए ही वह बहुधा मित्रों की छोटी-मोटी आवश्यकताओं पर अपनी वास्तविक आवश्यकताओं को निछावर कर दिया करते थे, लेकिन भामा को इस विषय में उनसे सहानुभूति न थी; इसीलिए जब ब्रजनाथ पर इस प्रकार का संकट आ पड़ता था, तब थोड़ी देर के लिए उनकी पारिवारिक शांति अवश्य नष्ट हो जाती थी। उनमें इनकार करने या टालने की हिम्मत न थी।

वह सकुचाते हुए भामा के पास गये और बोले—तुम्हारे पास तीस रुपये तो न होंगे ? मुंशी गोरेलाल माँग रहे हैं।

भामा ने रुखाई से कहा—मेरे पास तो रुपये नहीं।

ब्रज.—होंगे तो जरूर, बहाना करती हो।

भामा—अच्छा, बहाना ही सही।

ब्रज.—तो मैं उनसे क्या कह दूँ।

भामा—कह दो घर में रुपये नहीं हैं, तुमसे न कहते बने, तो मैं पर्दे की आड़ से कह दूँ।

ब्रज.—कहने को तो मैं कह दूँ, लेकिन उन्हें विश्वास न आयेगा। समझेंगे, बहाना कर रहे हैं।

भामा–समझेंगे तो समझा करें।

ब्रज.–मुझसे ऐसी बेमुरौवती नहीं हो सकती। रात-दिन का साथ ठहरा, कैसे इनकार करूँ ?

भामा–अच्छा, तो जो मन में आवे, सो करो। मैं एक बार कह चुकी, मेरे पास रुपये नहीं।

ब्रजनाथ मन में बहुत खिन्न हुए। उन्हें विश्वास था कि भामा के पास रुपये हैं। लेकिन केवल मुझे लज्जित करने के लिए इनकार कर रही है। दुराग्रह ने संकल्प को दृढ़ कर दिया। संदूक से दो गिन्नियाँ निकालीं और गोरेलाल को दे कर बोले–भाई, कल शाम को कचहरी से आते ही रुपये दे जाना। ये एक आदमी की अमानत है, मैं इसी समय देने जा रहा था–यदि कल रुपये न पहुँचे तो मुझे बहुत लज्जित होना पड़ेगा; कहीं मुँह दिखाने योग्य न रहूँगा।

गोरेलाल ने मन में कहा–अमानत स्त्री के सिवा और किसकी होगी, और गिन्नियाँ जेब में रख कर घर की राह ली।

4

आज पहली तारीख की संध्या है। ब्रजनाथ दरवाजे पर बैठे गोरेलाल का इंतजार कर रहे हैं।

पाँच बज गये गोरेलाल अभी तक नहीं आये। ब्रजनाथ की आँखें रास्ते की तरफ लगी हुई थीं। हाथ में एक पत्र था; लेकिन पढ़ने में जी नहीं लगता था। हर तीसरे मिनट रास्ते की ओर देखने लगते थे। लेकिन सोचते थे–आज वेतन मिलने का दिन है। इसी कारण आने में देर हो रही है। आते ही होंगे। छः बजे गोरेलाल का पता नहीं। कचहरी के कर्मचारी एक-एक करके चले आ रहे थे। ब्रजनाथ को कई बार धोखा हुआ। वह आ रहे हैं। जरूर वही हैं। वैसी ही अचकन है। वैसी ही टोपी है। चाल भी वही है। हाँ, वही हैं, इसी तरफ आ रहे हैं। अपने हृदय से एक बोझा-सा उतरता मालूम हुआ; लेकिन निकट आने पर ज्ञात हुआ कि कोई और है। आशा की कल्पित मूर्ति दुराशा में बदल गयी।

ब्रजनाथ का चित्त खिन्न होने लगा। वह एक बार कुरसी से उठे। बरामदे की चौखट पर खड़े हो, सड़क पर दोनों तरफ निगाह दौड़ायी। कहीं पता नहीं। दो-तीन बार दूर से आते हुए इक्कों को देख कर गोरेलाल को भ्रम हुआ। आकांक्षा की प्रबलता !

सात बजे; चिराग जल गये। सड़क पर अँधेरा छाने लगा। ब्रजनाथ सड़क पर उद्विग्न भाव से टहलने लगे। इरादा हुआ, गोरेलाल के घर चलूँ। उधर कदम बढ़ाया; लेकिन हृदय काँप रहा था कि कहीं वह रास्ते में आते हुए न मिल जायँ,

तो समझें कि थोड़े-से रुपयों के लिए इतने व्याकुल हो गये। थोड़ी ही दूर गये कि किसी को आते देखा। भ्रम हुआ, गोरेलाल हैं, मुड़े और सीधे बरामदे में आ कर दम लिया, लेकिन फिर वही धोखा। फिर वही भ्रांति। तब सोचने लगे कि इतनी देर क्यों हो रही है ? क्या अभी तक वह कचहरी से न आये होंगे ! ऐसा कदापि नहीं हो सकता। उनके दफ्तरवाले मुद्दत हुई, निकल गये। बस दो बातें हो सकती हैं, या तो उन्होंने कल आने का निश्चय कर लिया, समझे होंगे, रात को कौन जाय, या जान-बूझ कर बैठे होंगे, देना न चाहते होंगे, उस समय उनको गरज थी, इस समय मुझे गरज है। मैं ही किसी को क्यों न भेज दूँ ? लेकिन किसे भेजूँ ? मुन्नू जा सकता है। सड़क ही पर मकान है। यह सोच कर कमरे में गये, लैंप जलाया और पत्र लिखने बैठे, मगर आँखें द्वार ही की ओर लगी हुई थीं। अकस्मात् किसी के पैरों की आहट सुनाई दी। परन्तु पत्र को एक किताब के नीचे दबा लिया और बरामदे में चले आये। देखा, पड़ोस का एक कुँजड़ा तार पढ़ाने आया है। उससे बोले—भाई, इस समय फुरसत नहीं है; थोड़ी देर में आना। उसने कहा—बाबू जी, घर भर के आदमी घबराये हैं, जरा एक निगाह देख लीजिए। निदान ब्रजनाथ ने झुँझला कर उसके हाथ से तार ले लिया, और सरसरी नजर से देख कर बोले—कलकत्ते से आया है। माल नहीं पहुँचा। कुँजड़े ने डरते-डरते कहा—बाबूजी इतना और देख लीजिए, किसने भेजा है। इस पर ब्रजनाथ ने तार फेंक दिया और बोले—मुझे इस वक्त फुरसत नहीं है।

आठ बज गये। ब्रजनाथ को निराशा होने लगी—मुन्नू इतनी रात बीते नहीं जा सकता। मन में निश्चय किया, आज ही जाना चाहिए, बला से बुरा मानेंगे। इसकी कहाँ तक चिंता करूँ। स्पष्ट कह दूँगा मेरे रुपये दो दो। भलमनसी भलेमानसों से निभाई जा सकती है। ऐसे धूर्तों के साथ भलमनसी का व्यवहार करना मूर्खता है। अचकन पहनी; घर में जा कर भामा से कहा—जरा एक काम से बाहर जाता हूँ, किवाड़ें बंद कर लो।

चलने को तो चले; लेकिन पग-पग पर रुकते जाते थे। गोरेलाल का घर दूर से दिखायी दिया; लैंप जल रहा था। ठिठक गये और सोचने लगे चल कर क्या कहूँगा ? कहीं उन्होंने जाते-जाते रुपये निकाल कर दे दिये, और देर के लिए क्षमा माँगी तो मुझे बड़ी झेंप होगी। वह मुझे क्षुद्र, ओछा, धैर्यहीन समझेंगे। नहीं, रुपयों की बातचीत करूँ ही क्यों ? कहूँगा—भाई घर में बड़ी देर से पेट दर्द कर रहा है। तुम्हारे पास पुराना तेज सिरका तो नहीं है ! मगर नहीं, यह बहाना कुछ भद्दा-सा प्रतीत होता है। साफ कलई खुल जायेगी। ऊँह ! इस झंझट की जरूरत ही क्या है। वह मुझे देख कर आप ही समझ जायेंगे। इस विषय में बातचीत की कुछ नौबत ही न आवेगी। ब्रजनाथ इसी उधेड़बुन में आगे बढ़ते चले जाते थे, जैसे नदी में लहरें चाहे किसी ओर चलें, धारा अपना मार्ग नहीं छोड़ती।

गोरेलाल का घर आ गया। द्वार बंद था। ब्रजनाथ को उन्हें पुकारने का साहस न हुआ, समझे खाना खा रहे होंगे। दरवाजे के सामने से निकले, और धीरे-धीरे टहलते हुए एक मील तक चले गये। नौ बजने की आवाज़ कान में आयी। गोरेलाल भोजन कर चुके होंगे, यह सोचकर लौट पड़े; लेकिन द्वार पर पहुँचे, तो अँधेरा था। वह आशा-रूपी दीपक बुझ गया था। एक मिनट तक दुविधा में खड़े रहे। क्या करूँ। अभी बहुत सबेरा है। इतनी जल्दी थोड़े ही सो गये होंगे ? दबे पाँव बरामदे पर चढ़े। द्वार पर कान लगा कर सुना, चारों ओर ताक रहे थे कि कहीं कोई देख न ले। कुछ बातचीत की भनक कान में पड़ी। ध्यान से सुना। स्त्री कह रही थी—रुपये तो सब उठ गये, ब्रजनाथ को कहाँ से दोगे ? गोरेलाल ने उत्तर दिया—ऐसी कौन-सी उतावली है, फिर दे देंगे। और दरख्वास्त दे दी है, कल मंजूर हो ही जायेगी। तीन महीने के बाद लौटेंगे तब देखा जायेगा।

ब्रजनाथ को ऐसा जान पड़ा मानो मुँह पर किसी ने तमाचा मार दिया। क्रोध और नैराश्य से भरे हुए बरामदे से उतर आये। घर चले तो सीधे कदम न पड़ते थे, जैसे कोई दिन-भर का थका-माँदा पथिक हो।

5

ब्रजनाथ रात-भर करवटें बदलते रहे। कभी गोरेलाल की धूर्तता पर क्रोध आता था, कभी अपनी सरलता पर; मालूम नहीं, किस गरीब के रुपये हैं। उस पर क्या बीती होगी ! लेकिन अब क्रोध या खेद से क्या लाभ ? सोचने लगे—रुपये कहाँ से आवेंगे ? भामा पहले ही इनकार कर चुकी है, वेतन में इतनी गुंजाइश नहीं। दस-पाँच रुपये की बात होती तो कतर-ब्योंत करता। तो क्या करूँ ? किसी से उधार लूँ। मगर मुझे कौन देगा। आज तक किसी से माँगने का संयोग नहीं पड़ा, और अपना कोई ऐसा मित्र है भी तो नहीं। जो लोग हैं, मुझी को सताया करते हैं, मुझे क्या देंगे। हाँ, यदि कुछ दिन कानून छोड़ कर अनुवाद करने में परिश्रम करूँ, तो रुपये मिल सकते हैं। कम से कम एक मास का कठिन परिश्रम है। सस्ते अनुवादकों के मारे दर भी तो गिर गयी है। हा निर्दयी ! तूने बड़ी दगा की। न जाने किस जन्म का बैर चुकाया। कहीं का न रखा !

दूसरे दिन से ब्रजनाथ को रुपयों की धुन सवार हुई। सवेरे कानून के लेक्चर में सम्मिलित होते, संध्या को कचहरी से तजबीजों का पुलिंदा घर लाते और आधी रात तक बैठे अनुवाद किया करते। सिर उठाने की मुहलत न मिलती। कभी एक-दो भी बज जाते। जब मस्तिष्क बिलकुल शिथिल हो जाता तब विवश होकर चारपाई पर पड़ रहते।

लेकिन इतने परिश्रम का अभ्यास न होने के कारण कभी-कभी सिर में दर्द

होने लगता। कभी पाचन-क्रिया में विघ्न पड़ जाता, कभी ज्वर चढ़ आता। तिस पर भी वह मशीन की तरह काम में लगे रहते। भामा कभी-कभी झुँझला कर कहती—अजी, लेट भी रहो; बड़े धर्मात्मा बने हो। तुम्हारे जैसे दस-पाँच आदमी और होते, तो संसार का काम ही बन्द हो जाता। ब्रजनाथ इस बाधाकारी व्यंग्य का उत्तर न देते, दिन निकलते ही फिर वही चरखा ले बैठते।

यहाँ तक कि तीन सप्ताह बीत गये और पचीस रुपये हाथ आ गये। ब्रजनाथ सोचते थे—दो-तीन दिन में बेड़ा पार है; लेकिन इक्कीसवें दिन उन्हें प्रचंड ज्वर चढ़ आया और तीन दिन तक न उतरा। छुट्टी लेनी पड़ी, शय्यासेवी बन गये। भादों का महीना था। भामा ने समझा, पित्त का प्रकोप है। लेकिन जब एक सप्ताह तक डाक्टर की औषधि सेवन करने पर भी ज्वर न उतरा तब घबरायी। ब्रजनाथ प्रायः ज्वर में बक-झक भी करने लगते। भामा सुन कर डर के मारे कमरे में से भाग जाती। बच्चों को पकड़ कर दूसरे कमरे में बन्द कर देती। अब उसे शंका होने लगती थी कि कहीं यह कष्ट उन्हीं रुपयों के कारण तो नहीं भोगना पड़ रहा है ! कौन जाने, रुपयेवाले ने कुछ कर-धर दिया हो ! जरूर यही बात है, नहीं तो औषधि से लाभ क्यों नहीं होता ?

संकट पड़ने पर हम धर्म-भीरु हो जाते हैं, औषधियों से निराश हो कर देवताओं की शरण लेते हैं। भामा ने भी देवताओं की शरण ली। वह जन्माष्टमी, शिवरात्रि और तीज के सिवा कोई व्रत न रखती थी। इस बार उसने नवरात्र का कठिन व्रत शुरू किया।

आठ दिन पूरे हो गये। अंतिम दिन आया। प्रभात का समय था। भामा ने ब्रजनाथ को दवा पिलायी और दोनों बालकों को ले कर दुर्गा जी की पूजा करने के लिए चली। उसका हृदय आराध्य देवी के प्रति श्रद्धा से परिपूर्ण था। मन्दिर के आँगन में पहुँची। उपासक आसनों पर बैठे हुए दुर्गापाठ कर रहे थे। धूप और अगर की सुगंध उड़ रही थी। उसने मन्दिर में प्रवेश किया। सामने दुर्गा की विशाल प्रतिमा शोभायमान थी। उसके मुखारविंद पर एक विलक्षण दीप्ति झलक रही थी। बड़े-बड़े उज्ज्वल नेत्रों से प्रभा की किरणें छिटक रही थीं। पवित्रता का एक समाँ-सा छाया हुआ था। भामा इस दीप्तवर्ण मूर्ति के सम्मुख सीधी आँखों से ताक न सकी। उसके अन्तःकरण में एक निर्मल, विशुद्ध भावपूर्ण भय का उदय हो आया। उसने आँखें बन्द कर लीं। घुटनों के बल बैठ गयी, और हाथ जोड़ कर करुण स्वर से बोली—माता, मुझ पर दया करो।

उसे ऐसा ज्ञात हुआ, मानो देवी मुस्करायी। उसे उन दिव्य नेत्रों से एक ज्योति-सी निकल कर अपने हृदय में आती हुई मालूम हुई। उसके कानों में देवी के मुँह से निकले ये शब्द सुनाई दिये—पराया धन लौटा दे, तेरा भला होगा।

भामा उठ बैठी। उसकी आँखों में निर्मल भक्ति का आभास झलक रहा था।

मुखमंडल से पवित्र प्रेम बरसा पड़ता था। देवी ने कदाचित् उसे अपनी प्रभा के रंग में डुबा दिया था।

इतने में दूसरी एक स्त्री आयी। उसके उज्ज्वल केश बिखरे और मुरझाये हुए चेहरे के दोनों ओर लटक रहे थे। शरीर पर केवल एक श्वेत साड़ी थी। हाथ में चूड़ियों के सिवा और कोई आभूषण न था। शोक और नैराश्य की साक्षात् मूर्ति मालूम होती थी। उसने भी देवी के सामने सिर झुकाया और दोनों हाथों से आँचल फैला कर बोली—देवी, जिसने मेरा धन लिया हो, उसका सर्वनाश करो।

जैसे सितार मिजराब की चोट खा कर थरथरा उठता है, उसी प्रकार भामा का हृदय अनिष्ट के भय से थरथरा उठा। ये शब्द तीव्र शर के समान उसके कलेजे में चुभ गये। उसने देवी की ओर कातर नेत्रों से देखा। उनका ज्योतिर्मय स्वरूप भयंकर था, नेत्रों से भीषण ज्वाला निकल रही थी। भामा के अंतःकरण में सर्वत्र—आकाश से, मंदिर के सामनेवाले वृक्षों से, मंदिर के स्तंभों से, सिंहासन के ऊपर जलते हुए दीपक से और देवी के विकराल मुँह से ये शब्द निकल कर गूँजने लगे—पराया धन लौटा दे, नहीं तो तेरा सर्वनाश हो जायेगा।

भामा खड़ी हो गयी और उस वृद्धा से बोली—क्यों माता, तुम्हारा धन किसी ने ले लिया है ?

वृद्धा ने इस प्रकार उसकी ओर देखा, मानो डूबते को तिनके का सहारा मिला। बोली—हाँ बेटी !

भामा—कितने दिन हुए ?

वृद्धा—कोई डेढ़ महीना।

भामा—कितने रुपये थे।

वृद्धा—पूरे एक सौ बीस।

भामा—कैसे खोये ?

वृद्धा—क्या जाने कहीं गिर गये। मेरे स्वामी पलटन में नौकर थे। आज कई बरस हुए, वह परलोक सिधारे। अब मुझे सरकार से साठ रुपये साल पेंशन मिलती है। अबकी दो साल की पेंशन एक साथ ही मिली थी। खजाने से रुपये ले कर आ रही थी। मालूम नहीं, कब और कहाँ गिर पड़े। आठ गिन्नियाँ थीं।

भामा—अगर वे तुम्हें मिल जायें तो क्या दोगी।

वृद्धा—अधिक नहीं, उसमें से पचास रुपये दे दूँगी।

भामा—रुपये क्या होंगे, कोई उससे अच्छी चीज दो।

वृद्धा—बेटी और क्या दूँ, जब तक जीऊँगी, तुम्हारा यश गाऊँगी।

भामा—नहीं, इसकी मुझे आवश्यकता नहीं।

वृद्धा—बेटी, इसके सिवा मेरे पास क्या है।

भामा—मुझे आशीर्वाद दो। मेरे पति बीमार हैं, वह अच्छे हो जायँ।

वृद्धा–क्या उन्हीं को रुपये मिले हैं ?

भामा–हाँ, वह उसी दिन से तुम्हें खोज रहे हैं।

वृद्धा घुटनों के बल बैठ गयी, और आँचल फैला कर कम्पित स्वर से बोली–देवी ! इनका कल्याण करो।

भामा ने फिर देवी की ओर सशंक दृष्टि से देखा। उनके दिव्य रूप पर प्रेम का प्रकाश था। आँखों में दया की आनंददायिनी झलक थी। उस समय भामा के अंतःकरण में कहीं स्वर्गलोक से यह ध्वनि सुनायी दी–जा तेरा कल्याण होगा।

संध्या का समय है। भामा ब्रजनाथ के साथ इक्के पर बैठी तुलसी के घर, उसकी थाती लौटाने जा रही है। ब्रजनाथ के बड़े परिश्रम की कमायी तो डाक्टर की भेंट हो चुकी है, लेकिन भामा ने एक पड़ोसी के हाथ अपने कानों के झुमके बेच कर रुपये जुटाये हैं। जिस समय झुमके बन कर आये थे, भामा बहुत प्रसन्न हुई थी। आज उन्हें बेच कर वह उससे भी अधिक प्रसन्न है।

जब ब्रजनाथ ने आठों गिन्नियाँ उसे दिखायी थीं, उसके हृदय में एक गुदगुदी-सी हुई थी; लेकिन यह हर्ष मुख पर आने का साहस न कर सका था। आज उन गिन्नियों को हाथ से जाते समय उसका हार्दिक आनन्द आँखों में चमक रहा है, ओंठों पर नाच रहा है, कपोलों को रँग रहा है, और अंगों पर किलोल कर रहा है; वह इंद्रियों का आनंद था, यह आत्मा का आनंद है; वह आनंद लज्जा के भीतर छिपा हुआ था, यह आनंद गर्व से बाहर निकला पड़ता है।

तुलसी का आशीर्वाद सफल हुआ। आज पूरे तीन सप्ताह के बाद ब्रजनाथ तकिये के सहारे बैठे थे। वह बार-बार भामा को प्रेमपूर्ण नेत्रों से देखते थे। वह आज उन्हें देवी मालूम होती थी। अब तक उन्होंने उसके बाह्य सौंदर्य की शोभा देखी थी, आज वह उसका आत्मिक सौंदर्य देख रहे हैं।

तुलसी का घर एक गली में था। इक्का सड़क पर जा कर ठहर गया। ब्रजनाथ इक्के पर से उतरे और अपनी छड़ी टेकते हुए भामा के हाथों के सहारे तुलसी के घर पहुँचे। तुलसी ने रुपये लिये और दोनों हाथ फैला कर आशीर्वाद दिया–दुर्गा जी तुम्हारा कल्याण करें।

तुलसी का वर्णहीन मुख वैसे ही खिल गया, जैसे वर्षा के पीछे वृक्षों की पत्तियाँ खिल जाती हैं। सिमटा हुआ अंग फैल गया, गालों की झुर्रियाँ मिटती दीख पड़ीं। ऐसा मालूम होता था, मानो उसका कायाकल्प हो गया।

वहाँ से आ कर ब्रजनाथ अपने द्वार पर बैठे हुए थे कि गोरेलाल आ कर बैठ गये। ब्रजनाथ ने मुँह फेर लिया।

गोरेलाल बोले–भाई साहब ! कैसी तबीयत है ?

ब्रजनाथ–बहुत अच्छी तरह हूँ।

गोरेलाल–मुझे क्षमा कीजिएगा। मुझे इसका बहुत खेद है कि आपके रुपये

देने में इतना विलम्ब हुआ। पहली तारीख ही को घर से एक आवश्यक पत्र आ गया, और मैं किसी तरह तीन महीने की छुट्टी ले कर घर भागा। वहाँ की विपत्ति-कथा कहूँ, तो समाप्त न हो। लेकिन आपकी बीमारी का शोक-समाचार सुन कर आज भागा चला आ रहा हूँ। ये लीजिए, रुपये हाजिर हैं। इस विलम्ब के लिए अत्यंत लज्जित हूँ।

ब्रजनाथ का क्रोध शांत हो गया। विनय में कितनी शक्ति है। बोले—जी हाँ, बीमार तो था; लेकिन अब अच्छा हो गया हूँ, आपको मेरे कारण व्यर्थ कष्ट उठाना पड़ा। यदि इस समय आपको असुविधा हो, तो रुपये फिर दे दीजिएगा। मैं अब उऋण हो गया हूँ। कोई जल्दी नहीं है।

गोरेलाल विदा हो गये, तो ब्रजनाथ रुपये लिये हुए भीतर आये और भामा से बोले—ये लो अपने रुपये; गोरेलाल दे गये।

भामा ने कहा—ये मेरे रुपये नहीं, तुलसी के हैं। एक बार पराया धन ले कर सीख गयी।

ब्रज.—लेकिन तुलसी के पूरे रुपये तो दे दिये गये!

भामा—दे दिये तो क्या हुआ ? ये उसके आशीर्वाद की न्योछावर है।

ब्रज.—कान के झुमके कहाँ से आवेंगे।

भामा—झुमके न रहेंगे, न सही, सदा के लिए 'कान' तो हो गये।

बड़े घर की बेटी

बेनीमाधव सिंह गौरीपुर गाँव के जमींदार और नम्बरदार थे। उनके पितामह किसी समय बड़े धन-धान्य संपन्न थे। गाँव का पक्का तालाब और मंदिर जिनकी अब मरम्मत भी मुश्किल थी, उन्हीं की कीर्ति-स्तंभ थे। कहते हैं, इस दरवाजे पर हाथी झूमता था, अब उसकी जगह एक बूढ़ी भैंस थी, जिसके शरीर में अस्थि-पंजर के सिवा और कुछ शेष न रहा था; पर दूध शायद बहुत देती थी; क्योंकि एक न एक आदमी हाँड़ी लिये उसके सिर पर सवार ही रहता था। बेनीमाधव सिंह अपनी आधी से अधिक संपत्ति वकीलों को भेंट कर चुके थे। उनकी वर्तमान आय एक हजार रुपये वार्षिक से अधिक न थी। ठाकुर साहब के दो बेटे थे। बड़े का नाम श्रीकंठ सिंह था। उसने बहुत दिनों के परिश्रम और उद्योग के बाद बी. ए. की डिग्री प्राप्त की थी। अब एक दफ्तर में नौकर था। छोटा लड़का लालबिहारी सिंह दोहरे बदन का, सजीला जवान था। भरा हुआ मुखड़ा, चौड़ी छाती। भैंस का दो सेर ताजा दूध वह उठ कर सबेरे पी जाता था। श्रीकंठ सिंह की दशा बिलकुल विपरीत थी। इन नेत्रप्रिय गुणों को उन्होंने बी. ए.—इन्हीं दो अक्षरों पर न्योछावर कर दिया था। इन दो अक्षरों ने उनके शरीर को निर्बल और चेहरे को कांतिहीन बना दिया था। इसी से वैद्यक ग्रंथों पर उनका विशेष प्रेम था। आयुर्वेदिक औषधियों पर उनका अधिक विश्वास था। शाम-सबेरे से उनके कमरे से प्रायः खरल की सुरीली कर्णमधुर ध्वनि सुनायी दिया करती थी। लाहौर और कलकत्ते के वैद्यों से बड़ी लिखा-पढ़ी रहती थी।

श्रीकंठ इस अँगरेजी डिग्री के अधिपति होने पर भी अँगरेजी सामाजिक प्रथाओं के विशेष प्रेमी न थे। बल्कि वह बहुधा बड़े जोर से उसकी निंदा और तिरस्कार किया करते थे। इसी से गाँव में उनका बड़ा सम्मान था। दशहरे के दिनों में वह बड़े उत्साह से रामलीला में सम्मिलित होते और स्वयं किसी-न-किसी पात्र का पार्ट लेते थे। गौरीपुर में रामलीला के वही जन्मदाता थे। प्राचीन हिंदू सभ्यता का गुणगान उनकी धार्मिकता का प्रधान अंग था। सम्मिलित कुटुम्ब के तो वह एकमात्र उपासक थे। आजकल स्त्रियों को कुटुम्ब में मिल-जुल कर रहने की जो अरुचि होती है,

उसे वह जाति और देश दोनों के लिए हानिकारक समझते थे। यही कारण था कि गाँव की ललनाएँ उनकी निंदक थीं। कोई-कोई तो उन्हें अपना शत्रु समझने में भी संकोच न करती थीं। स्वयं उनकी पत्नी को ही इस विषय में उनसे विरोध था। यह इसलिए नहीं कि उसे अपने सास-ससुर, देवर या जेठ आदि से घृणा थी, बल्कि उसका विचार था कि यदि बहुत कुछ सहने और तरह देने पर भी परिवार के साथ निर्वाह न हो सके, तो आये-दिन की कलह से जीवन को नष्ट करने की अपेक्षा यही उत्तम है कि अपनी खिचड़ी अलग पकायी जाये।

आनंदी एक बड़े उच्च कुल की लड़की थी। उसके बाप एक छोटी-सी रियासत के ताल्लुकेदार थे। विशाल भवन, एक हाथी, तीन कुत्ते, बाज, बहरी-शिकरे, झाड़-फानूस, आनरेरी मजिस्ट्रेटी, और ऋण, जो एक प्रतिष्ठित ताल्लुकेदार के भोग्य पदार्थ हैं, सभी यहाँ विद्यमान थे। नाम था भूपसिंह। बड़े उदार-चित्त और प्रतिभाशाली पुरुष थे, पर दुर्भाग्य से लड़का एक भी न था। सात लड़कियाँ हुईं और दैवयोग से सब-की-सब जीवित रहीं। पहली उमंग में तो उन्होंने तीन ब्याह दिल खोल कर किये; पर पंद्रह-बीस हजार रुपयों का कर्ज सिर पर हो गया, तो आँखें खुलीं, हाथ समेट लिया। आनंदी चौथी लड़की थी। वह अपनी सब बहनों से अधिक रूपवती और गुणवती थी। इससे ठाकुर भूपसिंह उसे बहुत प्यार करते थे। सुन्दर संतान को कदाचित् उसके माता-पिता भी अधिक चाहते हैं। ठाकुर साहब बड़े धर्म-संकट में थे कि इसका विवाह कहाँ करें ? न तो यही चाहते थे कि ऋण का बोझ बढ़े और न यही स्वीकार था कि उसे अपने को भाग्यहीन समझना पड़े। एक दिन श्रीकंठ उनके पास किसी चंदे का रुपया माँगने आया। शायद नागरी-प्रचार का चंदा था। भूपसिंह उनके स्वभाव पर रीझ गये और धूमधाम से श्रीकंठ सिंह का आनंदी के साथ ब्याह हो गया।

आनंदी अपने नये घर में आयी, तो यहाँ का रंग-ढंग कुछ और ही देखा। जिस टीम-टाम की उसे बचपन से ही आदत पड़ी हुई थी, वह यहाँ नाम-मात्र को भी न थी। हाथी-घोड़ों का तो कहना ही क्या, कोई सजी हुई सुंदर बहली तक न थी। रेशमी स्लीपर साथ लायी थी, पर यहाँ बाग कहाँ। मकान में खिड़कियाँ तक न थीं। न जमीन पर फर्श, न दीवार पर तस्वीरें। यह एक सीधा-सादा देहाती गृहस्थ का मकान था, किन्तु आनंदी ने थोड़े ही दिनों में अपने को इस नयी अवस्था के ऐसा अनुकूल बना लिया, मानो उसने विलास के सामान कभी देखे ही न थे।

2

एक दिन दोपहर के समय लालबिहारी सिंह दो चिड़िया लिये हुए आया और भावज से बोला—जल्दी से पका दो, मुझे भूख लगी है। आनंदी भोजन बनाकर उसकी राह

देख रही थी। अब वह नया व्यंजन बनाने बैठी। हाँड़ी में देखा, तो घी पाव-भर से अधिक न था। बड़े घर की बेटी, किफायत क्या जाने। उसने सब घी मांस में डाल दिया। लालबिहारी खाने बैठा, तो दाल में घी न था, बोला–दाल में घी क्यों नहीं छोड़ा ?

आनंदी ने कहा–घी सब मांस में पड़ गया। लालबिहारी जोर से बोला–अभी परसों घी आया है। इतना जल्द उठ गया ?

आनंदी ने उत्तर दिया–आज तो कुल पाव-भर रहा होगा। वह सब मैंने मांस में डाल दिया।

जिस तरह सूखी लकड़ी जल्दी से जल उठती है–उसी तरह क्षुधा से बावला मनुष्य जरा-जरा सी बात पर तिनक जाता है। लालबिहारी को भावज की यह ढिठाई बहुत बुरी मालूम हुई, तिनक कर बोला–मैके में तो चाहे घी की नदी बहती हो !

स्त्री गालियाँ सह लेती है, मार भी सह लेती है; पर मैके की निंदा उससे नहीं सही जाती। आनंदी मुँह फेर कर बोली–हाथी मरा भी, तो नौ लाख का। वहाँ इतना घी नित्य नाई-कहार खा जाते हैं।

लालबिहारी जल गया, थाली उठाकर पलट दी, और बोला–जी चाहता है, जीभ पकड़ कर खींच लूँ।

आनंदी को भी क्रोध आ गया। मुँह लाल हो गया, बोली–वह होते तो आज इसका मजा चखाते।

अब अपढ़, उजड्ड ठाकुर से न रहा गया। उसकी स्त्री एक साधारण जमींदार की बेटी थी। जब जी चाहता, उस पर हाथ साफ कर लिया करता था। खड़ाऊँ उठाकर आनंदी की ओर जोर से फेंकी, और बोला–जिसके गुमान पर भूली हुई हो, उसे भी देखूँगा और तुम्हें भी।

आनंदी ने हाथ से खड़ाऊँ रोकी, सिर बच गया। पर उँगली में बड़ी चोट आयी। क्रोध के मारे हवा से हिलते पत्ते की भाँति काँपती हुई अपने कमरे में आ कर खड़ी हो गयी। स्त्री का बल और साहस, मान और मर्यादा पति तक है। उसे अपने पति के ही बल और पुरुषत्व का घंमड होता है। आनंदी खून का घूँट पी कर रह गयी।

3

श्रीकंठ सिंह शनिवार को घर आया करते थे। बृहस्पतिवार को यह घटना हुई थी। दो दिन तक आनंदी कोप-भवन में रही। न कुछ खाया न पिया, उनकी बाट देखती रही। अंत में शनिवार को वह नियमानुकूल संध्या समय घर आये और बाहर बैठ कर कुछ इधर-उधर की बातें, कुछ देश-काल संबंधी समाचार तथा कुछ नये मुकदमों

आदि की चर्चा करने लगे। यह वार्तालाप दस बजे रात तक होता रहा। गाँव के भद्र पुरुषों को इन बातों में ऐसा आनंद मिलता था कि खाने-पीने की भी सुधि न रहती थी। श्रीकंठ को पिंड छुड़ाना मुश्किल हो जाता था। ये दो-तीन घंटे आनंदी ने बड़े कष्ट से काटे! किसी तरह भोजन का समय आया। पंचायत उठी। एकांत हुआ, तो लालबिहारी ने कहा—भैया, आप जरा भाभी को समझा दीजिएगा कि मुँह सँभाल कर बातचीत किया करें, नहीं तो एक दिन अनर्थ हो जायेगा।

बेनीमाधव सिंह ने बेटे की ओर से साक्षी दी—हाँ, बहू-बेटियों का यह स्वभाव अच्छा नहीं कि मर्दों के मुँह लगें।

लालबिहारी—वह बड़े घर की बेटी हैं, तो हम भी कोई कुर्मी-कहार नहीं हैं। श्रीकंठ ने चिंतित स्वर से पूछा—आखिर बात क्या हुई ?

लालबिहारी ने कहा—कुछ भी नहीं; यों ही आप ही आप उलझ पड़ीं। मैके के सामने हम लोगों को कुछ समझतीं ही नहीं।

श्रीकंठ खा-पी कर आनंदी के पास गये। वह भरी बैठी थी। यह हजरत भी कुछ तीखे थे। आनंदी ने पूछा—चित्त तो प्रसन्न है।

श्रीकंठ बोले—बहुत प्रसन्न है। पर तुमने आजकल घर में यह क्या उपद्रव मचा रखा है ?

आनंदी की त्योरियों पर बल पड़ गये, झुँझलाहट के मारे बदन में ज्वाला-सी दहक उठी। बोली—जिसने तुमसे यह आग लगायी है, उसे पाऊँ, तो मुँह झुलस दूँ।

श्रीकंठ—इतनी गरम क्यों होती हो, बात तो कहो।

आनंदी—क्या कहूँ, यह मेरे भाग्य का फेर है ! नहीं तो गँवार छोकरा, जिसको चपरासगिरी करने का भी शऊर नहीं, मुझे खड़ाऊँ से मार कर यों न अकड़ता।

श्रीकंठ—सब हाल साफ-साफ कहो, तो मालूम हो। मुझे तो कुछ पता नहीं।

आनंदी—परसों तुम्हारे लाड़ले भाई ने मुझसे मांस पकाने को कहा। घी हाँड़ी में पाव-भर से अधिक न था। वह सब मैंने मांस में डाल दिया। जब खाने बैठा तो कहने लगा—दाल में घी क्यों नहीं है। बस, इसी पर मेरे मैके को बुरा-भला कहने लगा—मुझसे न रहा गया। मैंने कहा कि वहाँ इतना घी तो नाई-कहार खा जाते हैं, और किसी को जान भी नहीं पड़ता। बस इतनी सी बात पर इस अन्यायी ने मुझ पर खड़ाऊँ फेंक मारी। यदि हाथ से न रोक लूँ, तो सिर फट जाये। उसी से पूछो, मैंने जो कुछ कहा है, वह सच है या झूठ।

श्रीकंठ की आँखें लाल हो गयीं। बोले—यहाँ तक हो गया, इस छोकरे का यह साहस !

आनंदी स्त्रियों के स्वभावानुसार रोने लगी, क्योंकि आँसू उनकी पलकों पर रहते हैं। श्रीकंठ बड़े धैर्यवान और शांत पुरुष थे। उन्हें कदाचित् ही कभी क्रोध

आता था; स्त्रियों के आँसू पुरुषों की क्रोधाग्नि भड़काने में तेल का काम देते हैं। रात भर करवटें बदलते रहे। उद्विग्नता के कारण पलक तक नहीं झपकी। प्रातःकाल अपने बाप के पास जाकर बोले–दादा, अब इस घर में मेरा निबाह न होगा।

इस तरह की विद्रोहपूर्ण बातें कहने पर श्रीकंठ ने कितनी ही बार अपने कई मित्रों को आड़े हाथों लिया था; परन्तु दुर्भाग्य, आज उन्हें स्वयं वे ही बातें अपने मुँह से कहनी पड़ीं; दूसरों को उपदेश देना भी कितना सहज है।

बेनीमाधव सिंह घबरा उठे और बोले–क्यों?

श्रीकंठ–इसलिए कि मुझे भी अपनी मान-प्रतिष्ठा का कुछ विचार है। आपके घर में अब अन्याय और हठ का प्रकोप हो रहा है। जिनको बड़ों का आदर-सम्मान करना चाहिए, वे उनके सिर चढ़ते हैं। मैं दूसरे का नौकर ठहरा, घर पर रहता नहीं। यहाँ मेरे पीछे स्त्रियों पर खड़ाऊँ और जूतों की बौछारें होती हैं। कड़ी बात तक चिन्ता नहीं। कोई एक की दो कह ले, वहाँ तक मैं सह सकता हूँ किन्तु यह कदापि नहीं हो सकता कि मेरे ऊपर लात-घूँसे पड़ें और मैं दम न मारूँ।

बेनीमाधव सिंह कुछ जवाब न दे सके। श्रीकंठ सदैव उनका आदर करते थे। उनके ऐसे तेवर देख कर बूढ़ा ठाकुर अवाक् रह गया। केवल इतना ही बोला–बेटा, तुम बुद्धिमान हो कर ऐसी बातें करते हो? स्त्रियाँ इस तरह घर का नाश कर देती हैं। उनको बहुत सिर चढ़ाना अच्छा नहीं।

श्रीकंठ–इतना मैं जानता हूँ, आपके आशीर्वाद से ऐसा मूर्ख नहीं हूँ। आप स्वयं जानते हैं कि मेरे ही समझाने-बुझाने से, इसी गाँव में कई घर सँभल गये, पर जिस स्त्री की मान-प्रतिष्ठा का ईश्वर के दरबार में उत्तरदाता हूँ, उसके प्रति ऐसा घोर अन्याय और पशुवत् व्यवहार मुझे असह्य है। आप सच मानिए, मेरे लिए यही कुछ कम नहीं है कि लालबिहारी को कुछ दंड नहीं देता।

अब बेनीमाधव सिंह भी गरमाये। ऐसी बातें और न सुन सके। बोले–लालबिहारी तुम्हारा भाई है। उससे जब कभी भूल-चूक हो, उसके कान पकड़ो लेकिन ...

श्रीकंठ–लालबिहारी को मैं अब अपना भाई नहीं समझता।

बेनीमाधव सिंह–स्त्री के पीछे?

श्रीकंठ–जी नहीं, उसकी क्रूरता और अविवेक के कारण।

दोनों कुछ देर चुप रहे। ठाकुर साहब लड़के का क्रोध शांत करना चाहते थे। लेकिन यह नहीं स्वीकार करना चाहते थे कि लालबिहारी ने कोई अनुचित काम किया है। इसी बीच में गाँव के और कई सज्जन हुक्के-चिलम के बहाने वहाँ आ बैठे। कई स्त्रियों ने जब यह सुना कि श्रीकंठ पत्नी के पीछे पिता से लड़ने को तैयार है, तो उन्हें बड़ा हर्ष हुआ। दोनों पक्षों की मधुर वाणियाँ सुनने के लिए उनकी आत्माएँ तिलमिलाने लगीं। गाँव में कुछ ऐसे कुटिल मनुष्य भी थे, जो इस कुल की नीतिपूर्ण गति पर मन ही मन जलते थे। वे कहा करते थे–श्रीकंठ

अपने बाप से दबता है, इसीलिए वह दब्बू है। उसने विद्या पढ़ी, इसलिए वह किताबों का कीड़ा है। बेनीमाधव सिंह उसकी सलाह के बिना कोई काम नहीं करते, यह उनकी मूर्खता है। इन महानुभावों की शुभकामनाएँ आज पूरी होती दिखायी दीं। कोई हुक्का पीने के बहाने और कोई लगान की रसीद दिखाने आकर बैठ गया। बेनीमाधव सिंह पुराने आदमी थे। इन भावों को ताड़ गये। उन्होंने निश्चय किया चाहे कुछ ही क्यों न हो, इन द्रोहियों को ताली बजाने का अवसर न दूँगा। तुरंत कोमल शब्दों में बोले–बेटा, मैं तुमसे बाहर नहीं हूँ। तुम्हारा जो जी चाहे करो, अब तो लड़के से अपराध हो गया।

इलाहाबाद का अनुभव-रहित झल्लाया हुआ ग्रेजुएट इस बात को न समझ सका। उसे डिबेटिंग-क्लब में अपनी बात पर अड़ने की आदत थी, इन हथकंडों की उसे क्या खबर ? बाप ने जिस मतलब से बात पलटी थी, वह उसकी समझ में न आयी। बोला–लालबिहारी के साथ अब इस घर में नहीं रह सकता।

बेनीमाधव–बेटा, बुद्धिमान लोग मूर्खों की बात पर ध्यान नहीं देते। वह बेसमझ लड़का है। उससे जो कुछ भूल हुई, उसे तुम बड़े हो कर क्षमा करो।

श्रीकंठ–उसकी इस दुष्टता को मैं कदापि नहीं सह सकता। या तो वही घर में रहेगा, या मैं ही। आपको यदि वह अधिक प्यारा है, तो मुझे विदा कीजिए, मैं अपना भार आप सँभाल लूँगा। यदि मुझे रखना चाहते हैं तो उससे कहिए, जहाँ चाहे चला जाये। बस यह मेरा अंतिम निश्चय है।

लालबिहारी सिंह दरवाजे की चौखट पर चुपचाप खड़ा बड़े भाई की बातें सुन रहा था। वह उनका बहुत आदर करता था। उसे कभी इतना साहस न हुआ था कि श्रीकंठ के सामने चारपाई पर बैठ जाय, हुक्का पी ले या पान खा ले। बाप का भी वह इतना मान न करता था। श्रीकंठ का भी उस पर हार्दिक स्नेह था। अपने होश में उन्होंने कभी उसे घुड़का तक न था। जब वह इलाहाबाद से आते, तो उसके लिए कोई न कोई वस्तु अवश्य लाते। मुगदर की जोड़ी उन्होंने ही बनवा दी थी। पिछले साल जब उसने अपने से ड्योढ़े जवान को नागपंचमी के दिन दंगल में पछाड़ दिया, तो उन्होंने पुलकित हो कर अखाड़े में ही जाकर उसे गले से लगा लिया था, पाँच रुपये के पैसे लुटाये थे। ऐसे भाई के मुँह से आज ऐसी हृदय-विदारक बात सुन कर लालबिहारी को बड़ी ग्लानि हुई। वह फूट-फूट कर रोने लगा। इसमें संदेह नहीं कि अपने किये पर पछता रहा था। भाई के आने से एक दिन पहले से उसकी छाती धड़कती थी कि देखूँ भैया क्या कहते हैं। मैं उनके सम्मुख कैसे जाऊँगा, उनसे कैसे बोलूँगा, मेरी आँखें उनके सामने कैसे उठेंगी। उसने समझा था कि भैया मुझे बुला कर समझा देंगे। इस आशा के विपरीत आज उसने उन्हें निर्दयता की मूर्ति बने हुए पाया। वह मूर्ख था। परंतु उसका मन कहता था कि भैया मेरे साथ अन्याय कर रहे हैं। यदि श्रीकंठ उसे अकेले में बुला कर

दो-चार बातें कह देते; इतना ही नहीं दो-चार तमाचे भी लगा देते तो कदाचित् उसे इतना दुःख न होता; पर भाई का यह कहना कि अब मैं इसकी सूरत नहीं देखना चाहता, लालबिहारी से सहा न गया। वह रोता हुआ घर आया। कोठरी में जाकर कपड़े पहने, आँखें पोंछीं, जिससे कोई यह न समझे कि रोता था। तब आनंदी के द्वार पर आकर बोला—भाभी, भैया ने निश्चय किया है कि वह मेरे साथ इस घर में न रहेंगे। अब वह मेरा मुँह नहीं देखना चाहते, इसलिए अब मैं जाता हूँ। उन्हें फिर मुँह न दिखाऊँगा। मुझसे जो कुछ अपराध हुआ, उसे क्षमा करना।

यह कहते-कहते लालबिहारी का गला भर आया।

4

जिस समय लालबिहारी सिंह सिर झुकाये आनंदी के द्वार पर खड़ा था, उसी समय श्रीकंठ सिंह भी आँखें लाल किये बाहर से आये। भाई को खड़ा देखा, तो घृणा से आँखें फेर लीं, और कतरा कर निकल गये। मानो उसकी परछाईं से दूर भागते हों।

आनंदी ने लालबिहारी की शिकायत तो की थी, लेकिन अब मन में पछता रही थी। वह स्वभाव से ही दयावती थी। उसे इसका तनिक भी ध्यान न था कि बात इतनी बढ़ जायेगी। वह मन में अपने पति पर झुंझला रही थी कि यह इतने गरम क्यों होते हैं। उस पर यह भय भी लगा हुआ था कि कहीं मुझसे इलाहाबाद चलने को कहें, तो कैसे क्या करूँगी। इस बीच में जब उसने लालबिहारी को दरवाजे पर खड़े यह कहते सुना कि अब मैं जाता हूँ, मुझसे जो कुछ अपराध हुआ, क्षमा करना, तो उसका रहा-सहा क्रोध भी पानी हो गया। वह रोने लगी। मन का मैल धोने के लिए नयन-जल से उपयुक्त और कोई वस्तु नहीं है।

श्रीकंठ को देख कर आनंदी ने कहा—लाला बाहर खड़े बहुत रो रहे हैं।

श्रीकंठ—तो मैं क्या करूँ?

आनंदी—भीतर बुला लो। मेरी जीभ में आग लगे। मैंने कहाँ से यह झगड़ा उठाया।

श्रीकंठ—मैं न बुलाऊँगा।

आनंदी—पछताओगे। उन्हें बहुत ग्लानि हो गयी है, ऐसा न हो, कहीं चल दें।

श्रीकंठ न उठे। इतने में लालबिहारी ने फिर कहा—भाभी, भैया से मेरा प्रणाम कह दो। वह मेरा मुँह नहीं देखना चाहते। इसलिए मैं भी अपना मुँह उन्हें न दिखाऊँगा।

लालबिहारी इतना कह कर लौट पड़ा। और शीघ्रता से दरवाजे की ओर बढ़ा। अंत में आनंदी कमरे से निकली और उसका हाथ पकड़ लिया। लालबिहारी ने पीछे फिर कर देखा और आँखों में आँसू भरे बोला—मुझे जाने दो।

आनंदी—कहाँ जाते हो ?

लालबिहारी—जहाँ कोई मेरा मुँह न देखे।

आनंदी—मैं न जाने दूँगी ?

लालबिहारी—मैं तुम लोगों के साथ रहने योग्य नहीं हूँ।

आनंदी—तुम्हें मेरी सौगंध, अब एक पग भी आगे न बढ़ाना।

लालबिहारी—जब तक मुझे यह न मालूम हो जाय कि भैया का मन मेरी तरफ से साफ हो गया, तब तक मैं इस घर में कदापि न रहूँगा।

आनंदी—मैं ईश्वर को साक्षी दे कर कहती हूँ कि तुम्हारी ओर से मेरे मन में तनिक भी मैल नहीं है।

अब श्रीकंठ का हृदय भी पिघला। उन्होंने बाहर आ कर लालबिहारी को गले लगा लिया। दोनों भाई खूब फूट-फूटकर रोये। लालबिहारी ने सिसकते हुए कहा—भैया, अब कभी मत कहना कि तुम्हारा मुँह न देखूँगा। इसके सिवा आप जो दंड देंगे, मैं सहर्ष स्वीकार करूँगा।

श्रीकंठ ने काँपते हुए स्वर से कहा—लल्लू ! इन बातों को बिलकुल भूल जाओ। ईश्वर चाहेगा, तो फिर ऐसा अवसर न आवेगा।

बेनीमाधव सिंह बाहर से आ रहे थे। दोनों भाइयों को गले मिलते देख कर आनंद से पुलकित हो गये। बोल उठे—बड़े घर की बेटियाँ ऐसी ही होती हैं। बिगड़ता हुआ काम बना लेती हैं।

गाँव में जिसने यह वृत्तांत सुना, उसी ने इन शब्दों में आनंदी की उदारता को सराहा—'बड़े घर की बेटियाँ ऐसी ही होती हैं।'

शंखनाद

भानु चौधरी अपने गाँव के मुखिया थे। गाँव में उनका बड़ा मान था। दारोगा जी उन्हें टाट बिना जमीन पर न बैठने देते। मुखिया साहब की ऐसी धाक बँधी हुई थी कि उनकी मरजी बिना गाँव में एक पत्ता भी नहीं हिल सकता था। कोई घटना, चाहे वह सास-बहू का विवाद हो, चाहे मेंड़ या खेत का झगड़ा, चौधरी साहब के शासनाधिकार को पूर्णरूप से सचेत करने के लिए काफी थी, वह तुरंत घटनास्थल पर जा पहुँचते, तहकीकात होने लगती, गवाह और सबूत के सिवा किसी अभियोग को सफलता सहित चलाने में जिन बातों की जरूरत होती है, उन सब पर विचार होता और चौधरी जी के दरबार से फैसला हो जाता। किसी को अदालत जाने की जरूरत न पड़ती। हाँ, इस कष्ट के लिए चौधरी साहब कुछ फीस जरूर लेते थे। यदि किसी अवसर पर फीस मिलने में असुविधा के कारण उन्हें धीरज से काम लेना पड़ता तो गाँव में आफत मच जाती थी; क्योंकि उनके धीरज और दारोगा जी के क्रोध में कोई घनिष्ठ संबंध था। सारांश यह कि चौधरी से उनके दोस्त-दुश्मन सभी चौकन्ने रहते थे।

2

चौधरी महाशय के तीन सुयोग्य पुत्र थे। बड़े लड़के बितान एक सुशिक्षित मनुष्य थे। डाकिये के रजिस्टर पर दस्तखत कर लेते थे। बड़े अनुभवी, बड़े मर्मज्ञ, बड़े नीति-कुशल। मिर्जई की जगह कमीज पहनते, कभी-कभी सिगरेट भी पीते, जिससे उनका गौरव बढ़ता था। यद्यपि उनके ये दुर्व्यसन बूढ़े चौधरी को नापसंद थे, पर बेचारे विवश थे; क्योंकि अदालत और कानून के मामले बितान के हाथों में थे। वह कानून का पुतला था। कानून की दफाएँ उसकी जबान पर रखी रहती थीं। गवाह गढ़ने में वह पूरा उस्ताद था। मझले लड़के शान चौधरी कृषि-विभाग के अधिकारी थे। बुद्धि के मंद; लेकिन शरीर से बड़े परिश्रमी। जहाँ घास न जमती हो, वहाँ केसर जमा दें। तीसरे लड़के का नाम गुमान था। वह बड़ा रसिक, साथ ही उद्दंड

भी था। मुहर्रम में ढोल इतने जोरों से बजाता कि कान के पर्दे फट जाते। मछली फँसाने का बड़ा शौकीन था। बड़ा रँगीला जवान था। खँजड़ी बजा-बजाकर जब वह मीठे स्वर से ख्याल गाता, तो रंग जम जाता। उसे दंगल का ऐसा शौक था कि कोसों तक धावा मारता; पर घरवाले कुछ ऐसे शुष्क थे कि उसके इन व्यसनों से तनिक भी सहानुभूति न रखते थे। पिता और भाइयों ने तो उसे ऊसर खेत समझ रखा था। घुड़की-धमकी, शिक्षा और उपदेश, स्नेह और विनय, किसी का उस पर कुछ भी असर न हुआ। हाँ, भावजें अभी तक उसकी ओर से निराश न हुई थीं। वे अभी तक उसे कड़वी दवाइयाँ पिलाये जाती थीं; पर आलस्य वह राज रोग है जिसका रोगी कभी नहीं सँभलता। ऐसा कोई बिरला ही दिन जाता होगा कि बाँके गुमान को भावजों के कटु वाक्य न सुनने पड़ते हों। ये विषैले शर कभी-कभी उसके कठोर हृदय में चुभ जाते; किन्तु यह घाव रात भर से अधिक न रहता। भोर होते ही थकान के साथ ही यह पीड़ा भी शांत हो जाती। तड़का हुआ, उसने हाथ-मुँह धोया, बंशी उठायी और तालाब की ओर चल खड़ा हुआ। भावजें फूलों की वर्षा किया करतीं; बूढ़े चौधरी पैंतरे बदलते रहते और भाई लोग तीखी निगाह से देखा करते, पर अपनी धुन का पूरा बाँका गुमान उन लोगों के बीच से इस तरह अकड़ता चला जाता, जैसे कोई मस्त हाथी कुत्तों के बीच से निकल जाता है। उसे सुमार्ग पर लाने के लिए क्या-क्या उपाय नहीं किये गये। बाप समझाता–बेटा ऐसी राह चलो जिसमें तुम्हें भी पैसे मिलें और गृहस्थी का भी निर्वाह हो। भाइयों के भरोसे कब तक रहोगे ? मैं पका आम हूँ–आज टपक पड़ा या कल। फिर तुम्हारा निबाह कैसे होगा ? भाई बात भी न पूछेंगे; भावजों का रंग देख ही रहे हो। तुम्हारे भी लड़के-बाले हैं, उनका भार कैसे सँभालोगे ? खेती में जी न लगे, कहो कांस्टिबली में भरती करा दूँ ? बाँका गुमान खड़ा-खड़ा यह सब सुनता, लेकिन पत्थर का देवता था, कभी न पसीजता। इन महाशय के अत्याचार का दंड उनकी स्त्री बेचारी को भोगना पड़ता था। मेहनत के घर के जितने काम होते, वे उसी के सिर थोपे जाते। उपले पाथती, कुएँ से पानी लाती, आटा पीसती और तिस पर भी जेठानियाँ सीधे मुँह बात न करतीं, वाक्य-बाणों से छेदा करतीं। एक बार जब वह पति से कई दिन रूठी रही, तो बाँके गुमान कुछ नर्म हुए। बाप से जा कर बोले–मुझे कोई दूकान खोलवा दीजिए। चौधरी ने परमात्मा को धन्यवाद दिया। फूले न समाये। कई सौ रुपये लगा कर कपड़े की दूकान खुलवा दी। गुमान के भाग जगे। तनजेब के चुन्नटदार कुरते बनवाये, मलमल का साफा धानी रंग में रँगवाया। सौदा बिके या न बिके, उसे लाभ ही होना था ! दूकान खुली हुई है, दस-पाँच गाढ़े मित्र जमे हुए हैं, चरस की दम और ख्याल की तानें उड़ रही हैं–

चल झटपट री, जमुना-तट री, खड़ो नटखट री।

इस तरह तीन महीने चैन से कटे। बाँके गुमान ने खूब दिल खोल कर अरमान

निकाले, यहाँ तक कि सारी लागत लाभ हो गयी। टाट के टुकड़े के सिवा और कुछ न बचा। बूढ़े चौधरी कुएँ में गिरने चले, भावजों ने घोर आन्दोलन मचाया—अरे राम ! हमारे बच्चे और हम चीथड़ों को तरसें, गाढ़े का एक कुरता भी नसीब न हो, और इतनी बड़ी दूकान इस निखट्टू का कफन बन गयी। अब कौन मुँह दिखायेगा ? कौन मुँह ले कर घर में पैर रखेगा ? किंतु बाँके गुमान के तेवर जरा भी मैले न हुए। वही मुँह लिये वह फिर घर आया और फिर वही पुरानी चाल चलने लगा। कानूनदाँ बितान उनके ये ठाट-बाट देख कर जल जाता। मैं सारे दिन पसीना बहाऊँ, मुझे नैनसुख का कुरता भी न मिले, यह अपाहिज सारे दिन चारपाई तोड़े और यों बन-ठन कर निकले ? ऐसे वस्त्र तो शायद मुझे अपने ब्याह में भी न मिले होंगे। मीठे शान के हृदय में भी कुछ ऐसे ही विचार उठते थे। अंत में यह जलन न सही गयी, और अग्नि भड़की, तो एक दिन कानूनदाँ बितान की पत्नी गुमान के सारे कपड़े उठा लायी और उन पर मिट्टी का तेल उँड़ेल कर आग लगा दी। ज्वाला उठी, सारे कपड़े देखते-देखते जल कर राख हो गये। गुमान रोते थे। दोनों भाई खड़े तमाशा देखते थे। बूढ़े चौधरी ने यह दृश्य देखा, और सिर पीट लिया। यह द्वेषाग्नि है। घर को जला कर तब बुझेगी।

3

यह ज्वाला तो थोड़ी देर में शांत हो गयी, परंतु हृदय की आग ज्यों की त्यों दहकती रही। अंत में एक दिन बूढ़े चौधरी ने घर के सब मेम्बरों को एकत्र किया और इस गूढ़ विषय पर विचार करने लगे कि बेड़ा कैसे पार हो। बितान से बोले—बेटा, तुमने आज देखा कि बात की बात में सैकड़ों रुपयों पर पानी फिर गया। अब इस तरह निर्वाह होना असम्भव है। तुम समझदार हो, मुकदमे-मामले करते हो, कोई ऐसी राह निकालो कि घर डूबने से बचे। मैं तो यह चाहता था कि जब तक चोला रहे, सबको समेटे रहूँ, मगर भगवान् के मन में कुछ और ही है।

बितान की नीतिकुशलता अपनी चतुर सहगामिनी के सामने लुप्त हो जाती थी। वह अभी उसका उत्तर सोच ही रहे थे कि श्रीमती जी बोल उठीं—दादा जी ! अब समुझाने-बुझाने से काम न चलेगा, सहते-सहते हमारा कलेजा पक गया। बेटे की जितनी पीर बाप को होगी, भाइयों को उतनी क्या, उसकी आधी भी नहीं हो सकती। मैं तो साफ कहती हूँ—गुमान का तुम्हारी कमाई में हक है, उन्हें कंचन के कौर खिलाओ और चाँदी के हिंडोले में झुलाओ। हममें न इतना बूता है, न इतना कलेजा। हम अपनी झोंपड़ी अलग बना लेंगे। हाँ, जो कुछ हमारा हो, वह हमको मिलना चाहिए। बाँट-बखरा कर दीजिए। बला से चार आदमी हँसेंगे, अब कहाँ तक दुनिया की लाज ढोवें ?

नीतिज्ञ बितान पर इस प्रबल वक्तृता का जो असर हुआ, वह उनके विकसित और प्रमुदित चेहरे से झलक रहा था। उनमें स्वयं इतना साहस न था कि इस प्रस्ताव को इतनी स्पष्टता से व्यक्त कर सकते। नीतिज्ञ महाशय गंभीरता से बोले—जायदाद मुश्तरका, मन्कूला या गैरमन्कूला, आपके हीन-हयात तक़सीम की जा सकती है, इसकी नजीरें मौजूद हैं। जमींदार को साकितुलमिल्कियत करने का कोई इस्तहक़ाक़ नहीं है।

अब मंदबुद्धि शान की बारी आयी, पर बेचारा किसान, बैलों के पीछे आँखें बंद करके चलनेवाला, ऐसे गूढ़ विषय पर कैसे मुँह खोलता। दुविधा में पड़ा हुआ था। तब उसकी सत्यवक्ता धर्मपत्नी ने अपनी जेठानी का अनुसरण कर यह कठिन कार्य सम्पन्न किया। बोली—बड़ी बहन ने जो कुछ कहा, उसके सिवा और दूसरा उपाय नहीं। कोई तो कलेजा तोड़-तोड़ कर कमाये मगर पैसे-पैसे को तरसे, तन ढाँकने को वस्त्र तक न मिले और कोई सुख की नींद सोये, हाथ बढ़ा-बढ़ा के खाय ! ऐसी अंधेर नगरी में अब हमारा निबाह न होगा।

शान चौधरी ने भी इस प्रस्ताव का मुक्तकंठ से अनुमोदन किया। अब बूढ़े चौधरी गुमान से बोले—क्यों बेटा, तुम्हें भी यही मंजूर है ? अभी कुछ नहीं बिगड़ा। यह आग अब भी बुझ सकती है। काम सबको प्यारा है, चाम किसी को नहीं। बोलो, क्या कहते हो ? कुछ काम-धंधा करोगे या अभी आँखें नहीं खुलीं ?

गुमान में धैर्य की कमी न थी। बातों को इस कान से सुन कर उस कान से उड़ा देना उसका नित्य-कर्म था। किंतु भाइयों की इस जन-मुरीदी पर उसे क्रोध आ गया। बोला—भाइयों की जो इच्छा है, वही मेरे मन में भी लगी हुई है। मैं भी इस जंजाल से भागना चाहता हूँ। मुझसे न मजूरी हुई, न होगी। जिसके भाग्य में चक्की पीसना बदा हो, वह पीसे ! मेरे भाग्य में चैन करना लिखा है, मैं क्यों अपना सिर ओखली में दूँ ? मैं तो किसी से काम करने को नहीं कहता। आप लोग क्यों मेरे पीछे पड़े हुए हैं। अपनी-अपनी फिक्र कीजिए। मुझे आध सेर आटे की कमी नहीं है।

इस तरह की सभाएँ कितनी ही बार हो चुकी थीं, परंतु इस देश की सामाजिक और राजनीतिक सभाओं की तरह इसमें भी कोई प्रयोजन सिद्ध नहीं होता था। दो-तीन दिन गुमान ने घर पर खाना नहीं खाया। जतनसिंह ठाकुर शौकीन आदमी थे, उन्हीं की चौपाल में पड़ा रहता। अंत में बूढ़े चौधरी गये और मना के लाये। अब फिर वह पुरानी गाड़ी अड़ती, मचलती, हिलती चलने लगी।

4

पांडे के घर के चूहों की तरह, चौधरी के घर में बच्चे भी सयाने थे। उनके लिए घोड़े मिट्टी के घोड़े और नावें कागज की नावें थीं। फलों के विषय में उनका ज्ञान असीम

था, गूलर और जंगली बेर के सिवा कोई ऐसा फल न था, जिसे वे बीमारियों का घर न समझते हों, लेकिन गुरदीन के खोंचे में ऐसा प्रबल आकर्षण था कि उसकी ललकार सुनते ही उनका सारा ज्ञान व्यर्थ हो जाता था। साधारण बच्चों की तरह यदि सोते भी हों, तो चौंक पड़ते थे। गुरदीन उस गाँव में साप्ताहिक फेरे लगाता था। उसके शुभागमन की प्रतीक्षा और आकांक्षा में कितने ही बालकों को बिना किंडरगार्टन की रंगीन गोलियों के ही, संख्याएँ और दिनों के नाम याद हो गये थे। गुरदीन बूढ़ा-सा, मैला-कुचैला आदमी था; किंतु आस-पास में उसका नाम उपद्रवी लड़कों के लिए हनुमान-मंत्र से कम न था। उसकी आवाज सुनते ही उसके खोंचे पर लड़कों का ऐसा धावा होता कि मक्खियों की असंख्य सेना को भी रण-स्थल से भागना पड़ता था। और जहाँ बच्चों के लिए मिठाइयाँ थीं, वहाँ गुरदीन के पास माताओं के लिए इससे भी ज्यादा मीठी बातें थीं। माँ कितना ही मना करती रहे, बार-बार पैसा न रहने का बहाना करे पर गुरदीन चटपट मिठाइयों का दोना बच्चों के हाथ में रख ही देता और स्नेहपूर्ण भाव से कहता—बहू जी, पैसों की कोई चिन्ता न करो, फिर मिलते रहेंगे, कहीं भागे थोड़े ही जाते हैं। नारायण ने तुमको बच्चे दिये हैं, तो मुझे भी उनकी न्योछावर मिल जाती है, उन्हीं की बदौलत मेरे बाल-बच्चे भी जीते हैं। अभी क्या, ईश्वर इनका मौर तो दिखावे, फिर देखना कैसा ठनगन करता हूँ।

गुरदीन का यह व्यवहार चाहे वाणिज्य-नियमों के प्रतिकूल ही क्यों न हो, चाहे 'नौ नगद सही, तेरह उधार नहीं' वाली कहावत अनुभवसिद्ध ही क्यों न हो, किंतु मिष्टभाषी गुरदीन को कभी अपने इस व्यवहार पर पछताने या उसमें संशोधन करने की जरूरत नहीं हुई।

मंगल का शुभ दिन था। बच्चे बड़ी बेचैनी से अपने दरवाजों पर खड़े गुरदीन की राह देख रहे थे। कई उत्साही लड़के पेड़ों पर चढ़ गये और कोई-कोई अनुराग से विवश होकर गाँव के बाहर निकल गये थे। सूर्य भगवान् अपना सुनहला थाल लिए पूरब से पश्चिम जा पहुँचे थे, इतने में ही गुरदीन आता हुआ दिखायी दिया। लड़कों ने दौड़कर उसका दामन पकड़ा और आपस में खींचातानी होने लगी। कोई कहता था मेरे घर चलो; कोई अपने घर का न्योता देता था। सबसे पहले भानु चौधरी का मकान पड़ा। गुरदीन ने अपना खोंचा उतार दिया। मिठाइयों की लूट शुरू हो गयी। बालकों और स्त्रियों का ठट्ठ लग गया। हर्ष और विषाद, संतोष और लोभ, ईर्ष्या और क्षोभ, द्वेष और जलन की नाट्यशाला सज गयी। कानूनदाँ बितान की पत्नी अपने तीनों लड़कों को लिये हुए निकली। शान की पत्नी भी अपने दोनों लड़कों के साथ उपस्थित हुई। गुरदीन ने मीठी बातें करनी शुरू कीं। पैसे झोली में रखे, धेले की मिठाई दी और धेले का आशीर्वाद। लड़के दोने लिए उछलते-कूदते घर में दाखिल हुए। अगर सारे गाँव में कोई ऐसा बालक था जिसने गुरदीन की उदारता से लाभ उठाया हो, तो वह बाँके गुमान का लड़का धान था।

यह कठिन था कि बालक धान अपने भाइयों-बहनों को हँस-हँस और उछल-उछल कर मिठाइयाँ खाते देख कर सब्र कर जाय ! उस पर तुर्रा यह कि वे उसे मिठाइयाँ दिखा-दिखा कर ललचाते और चिढ़ाते थे। बेचारा धान चीखता और अपनी माता का आँचल पकड़-पकड़ कर दरवाजे की तरफ खींचता था; पर वह अबला क्या करे? उसका हृदय बच्चे के लिए ऐंठ-ऐंठ कर रह जाता था। उसके पास एक पैसा भी नहीं था। अपने दुर्भाग्य पर, जेठानियों की निष्ठुरता पर और सबसे ज्यादा अपने पति के निखट्टूपन पर कुढ़-कुढ़ कर रह जाती थी। अपना आदमी ऐसा निकम्मा न होता, तो क्यों दूसरों का मुँह देखना पड़ता, क्यों दूसरों के धक्के खाने पड़ते ? उसने धान को गोद में उठा लिया और प्यार से दिलासा देने लगी—बेटा, रोओ मत, अबकी गुरदीन आवेगा तो तुम्हें बहुत-सी मिठाई ले दूँगी, मैं इससे अच्छी मिठाई बाजार से मँगवा दूँगी, तुम कितनी मिठाई खाओगे ! यह कहते-कहते उसकी आँखे भर आयीं। आह ! यह मनहूस मंगल आज ही फिर आवेगा, और फिर ये ही बहाने करने पड़ेंगे ! हाय, अपना प्यारा बच्चा धेले की मिठाई को तरसे और घर में किसी का पत्थर-सा कलेजा न पसीजे ! वह बेचारी तो इन चिंताओं में डूबी हुई थी और धान किसी तरह चुप ही न होता था। जब कुछ वश न चला, तो माँ की गोद से जमीन पर उतर कर लोटने लगा और रो-रो कर दुनिया सिर पर उठा ली। माँ ने बहुत बहलाया, फुसलाया, यहाँ तक कि उसे बच्चे के इस हठ पर क्रोध भी आ गया। मानव हृदय के रहस्य कभी समझ में नहीं आते। कहाँ तो बच्चे को प्यार से चिपटाती थी, ऐसी झल्लायी कि उसे दो-तीन थप्पड़ जोर से लगाये और घुड़क कर बोली—चुप रह अभागे ! तेरा ही मुँह मिठाई खाने का है ? अपने दिन को नहीं रोता, मिठाई खाने चला है ?

बाँका गुमान अपनी कोठरी के द्वार पर बैठा हुआ यह कौतुक बड़े ध्यान से देख रहा था। वह इस बच्चे को बहुत चाहता था। इस वक्त के थप्पड़ उसके हृदय में तेज भाले के समान लगे और चुभ गये। शायद उनका अभिप्राय भी यही था। धुनिया रुई को धुनने के लिए ताँत पर चोट लगाता है।

जिस तरह पत्थर और पानी में आग छिपी रहती है, उसी तरह मनुष्य के हृदय में भी, चाहे वह कैसा ही क्रूर और कठोर क्यों न हो, उत्कृष्ट और कोमल भाव छिपे रहते हैं। गुमान की आँखें भर आयीं। आँसू की बूँदें बहुधा हमारे हृदय की मलिनता को उज्ज्वल कर देती हैं। गुमान सचेत हो गया। उसने जा कर बच्चे को गोद में उठा लिया और अपनी पत्नी से करुणोत्पादक स्वर में बोला—बच्चे पर इतना क्रोध क्यों करती हो ? तुम्हारा दोषी मैं हूँ, मुझको जो दंड चाहो, दो। परमात्मा ने चाहा तो कल से लोग इस घर में मेरा और मेरे बाल-बच्चों का भी आदर करेंगे। तुमने आज मुझे सदा के लिए इस तरह जगा दिया, मानो मेरे कानों में शंखनाद कर मुझे कर्म-पथ में प्रवेश का उपदेश दिया हो।

जिहाद

बहुत पुरानी बात है। हिंदुओं का एक काफ़िला अपने धर्म की रक्षा के लिए पश्चिमोत्तर के पर्वत-प्रदेश से भागा चला आ रहा था। मुद्दतों से उस प्रांत में हिंदू और मुसलमान साथ-साथ रहते चले आये थे। धार्मिक द्वेष का नाम न था। पठानों के जिरगे हमेशा लड़ते रहते थे। उनकी तलवारों पर कभी जंग न लगने पाता था। बात-बात पर उनके दल संगठित हो जाते थे। शासन की कोई व्यवस्था न थी। हर एक जिरगे और कबीले की व्यवस्था अलग थी। आपस के झगड़ों को निपटाने का भी तलवार के सिवा और कोई साधन न था। जान का बदला जान था, खून का बदला खून; इस नियम में कोई अपवाद न था। यही उनका धर्म था, यही ईमान; मगर उस भीषण रक्तपात में भी हिंदू परिवार शांति से जीवन व्यतीत करते थे। पर एक महीने से देश की हालत बदल गयी है। एक मुल्ला ने न जाने कहाँ से आ कर अनपढ़ धर्मशून्य पठानों में धर्म का भाव जागृत कर दिया है। उसकी वाणी में कोई ऐसी मोहिनी है कि बूढ़े, जवान, स्त्री-पुरुष खिंचे चले आते हैं। वह शेरों की तरह गरज कर कहता है—खुदा ने तुम्हें इसलिए पैदा किया है कि दुनिया को इस्लाम की रोशनी से रोशन कर दो, दुनिया से कुफ्र का निशान मिटा दो। एक काफ़िर के दिल को इस्लाम के उजाले से रोशनी कर देने का सवाब सारी उम्र के रोजे, नमाज और जकात से कहीं ज्यादा है। जन्नत की हूरें तुम्हारी बलाएँ लेंगी और फरिश्ते तुम्हारे कदमों की खाक माथे पर मलेंगे, खुदा तुम्हारी पेशानी पर बोसे देगा। और सारी जनता यह आवाज सुन कर मजहब के नारों से मतवाली हो जाती है। उसी धार्मिक उत्तेजना ने कुफ्र और इस्लाम का भेद उत्पन्न कर दिया है। प्रत्येक पठान जन्नत का सुख भोगने के लिए अधीर हो उठा है। उन्हीं हिंदुओं पर जो सदियों से शांति के साथ रहते थे, हमले होने लगे हैं। कहीं उनके मंदिर ढाये जाते हैं, कहीं उनके देवताओं को गालियाँ दी जाती हैं। कहीं उन्हें जबरदस्ती इस्लाम की दीक्षा दी जाती है। हिंदू संख्या में कम हैं, असंगठित हैं; बिखरे हुए हैं, इस नयी परिस्थिति के लिए बिलकुल तैयार नहीं। उनके हाथ-पाँव फूले हुए हैं, कितने ही तो अपनी जमा-जथा छोड़ कर भाग खड़े हुए हैं, कुछ इस आँधी के शांत हो जाने

का अवसर देख रहे हैं। यह काफ़िला भी उन्हीं भागनेवालों में था। दोपहर का समय था। आसमान से आग बरस रही थी। पहाड़ों से ज्वाला-सी निकल रही थी। वृक्ष का कहीं नाम न था। ये लोग राज-पथ से हटे हुए, पेचीदा औघट रास्तों से चले आ रहे थे। पग-पग पर पकड़ लिये जाने का खटका लगा हुआ था। यहाँ तक कि भूख, प्यास और ताप से विकल होकर अंत को लोग एक उभरी हुई शिला की छाँह में विश्राम करने लगे। सहसा कुछ दूर पर एक कुआँ नजर आया। वहीं डेरे डाल दिये। भय लगा हुआ था कि जिहादियों का कोई दल पीछे से न आ रहा हो। दो युवकों ने बंदूक भरकर कंधे पर रखीं और चारों तरफ गश्त करने लगे। बूढ़े कम्बल बिछा कर कमर सीधी करने लगे। स्त्रियाँ बालकों को गोद से उतार कर माथे का पसीना पोंछने और बिखरे हुए केशों को सँभालने लगीं। सभी के चेहरे मुरझाये हुए थे। सभी चिंता और भय से त्रस्त हो रहे थे, यहाँ तक कि बच्चे जोर से न रोते थे।

दोनों युवकों में एक लम्बा, गठीला रूपवान है। उसकी आँखों से अभिमान की रेखाएँ-सी निकल रही हैं, मानो वह अपने सामने किसी की हकीकत नहीं समझता, मानो उसकी एक-एक गत पर आकाश के देवता जयघोष कर रहे हैं। दूसरा कद का दुबला-पतला, रूपहीन-सा आदमी है, जिसके चेहरे से दीनता झलक रही है, मानो उसके लिए संसार में कोई आशा नहीं, मानो वह दीपक की भाँति रो-रो कर जीवन व्यतीत करने ही के लिए बनाया गया है। उसका नाम धर्मदास है; इसका ख़ज़ाँचन्द।

धर्मदास ने बंदूक को जमीन पर टिका कर एक चट्टान पर बैठते हुए कहा—तुमने अपने लिए क्या सोचा ? कोई लाख-सवा लाख की सम्पत्ति रही होगी तुम्हारी ?

ख़ज़ाँचंद ने उदासीन भाव से उत्तर दिया—लाख-सवा लाख की तो नहीं, हाँ, पचास-साठ हजार तो नकद ही थे।

'तो अब क्या करोगे ?'

'जो कुछ सिर पर आयेगा, झेलूँगा ! रावलपिंडी में दो-चार सम्बन्धी हैं, शायद कुछ मदद करें। तुमने क्या सोचा है ?'

'मुझे क्या गम ! अपने दोनों हाथ अपने साथ हैं। वहाँ इन्हीं का सहारा था, आगे भी इन्हीं का सहारा है।'

'आज और कुशल से बीत जाये तो फिर कोई भय नहीं।'

'मैं तो मना रहा हूँ कि एकाध शिकार मिल जाय। एक दरजन भी आ जायँ तो भून कर रख दूँ।'

इतने में चट्टानों के नीचे से एक युवती हाथ में लोटा-डोर लिये निकली और सामने कुएँ की ओर चली। प्रभात की सुनहरी, मधुर, अरुणिमा मूर्तिमान हो गयी थी।

दोनों युवक उसकी ओर बढ़े लेकिन ख़ज़ाँचंद तो दो-चार कदम चल कर रुक गया, धर्मदास ने युवती के हाथ से लोटा-डोर ले लिया और ख़ज़ाँचंद की ओर सगर्व नेत्रों से ताकता हुआ कुएँ की ओर चला। ख़ज़ाँचंद ने फिर बंदूक सँभाली और अपनी झेंप मिटाने के लिए आकाश की ओर ताकने लगा। इसी तरह कितनी ही बार धर्मदास के हाथों पराजित हो चुका था। शायद उसे इसका अभ्यास हो गया था। अब इसमें लेशमात्र भी संदेह न था कि श्यामा का प्रेमपात्र धर्मदास है। ख़ज़ाँचंद की सारी सम्पत्ति धर्मदास के रूपवैभव के आगे तुच्छ थी। परोक्ष ही नहीं, प्रत्यक्ष रूप से भी श्यामा कई बार ख़ज़ाँचंद को हताश कर चुकी थी; पर वह अभागा निराश होकर भी न जाने क्यों उस पर प्राण देता था। तीनों एक ही बस्ती के रहनेवाले थे। श्यामा के माता-पिता पहले ही मर चुके थे। उसकी बुआ ने उसका पालन-पोषण किया था। अब भी वह बुआ ही के साथ रहती थी। उसकी अभिलाषा थी कि ख़ज़ाँचंद उसका दामाद हो, श्यामा सुख से रहे और उसे भी जीवन के अंतिम दिनों के लिए कुछ सहारा हो जाये; लेकिन श्यामा धर्मदास पर रीझी हुई थी। उसे क्या खबर थी कि जिस व्यक्ति को वह पैरों से ठुकरा रही है, वही उसका एकमात्र अवलम्ब है। ख़ज़ाँचंद ही वृद्धा का मुनीम, खजांची, कारिंदा सब कुछ था और यह जानते हुए भी कि श्यामा उसे जीवन में नहीं मिल सकती। उसके धन का यह उपयोग न होता, तो वह शायद अब तक उसे लुटाकर फकीर हो जाता।

2

धर्मदास पानी लेकर लौट ही रहा था कि उसे पश्चिम की ओर से कई आदमी घोड़ों पर सवार आते दिखायी दिये। जरा और समीप आने पर मालूम हुआ कि कुल पाँच आदमी हैं। उनकी बंदूक की नलियाँ धूप में साफ चमक रही थीं। धर्मदास पानी लिये हुए दौड़ा कि कहीं रास्ते ही में सवार उसे न पकड़ लें लेकिन कंधे पर बंदूक और एक हाथ में लोटा-डोर लिये वह बहुत तेज न दौड़ सकता था। फासला दो सौ गज से कम न था। रास्ते में पत्थरों के ढेर टूटे-फूटे पड़े हुए थे। भय होता था कि कहीं ठोकर न लग जाय, कहीं पैर न फिसल जायँ। इधर सवार प्रतिक्षण समीप होते जाते थे। अरबी घोड़ों से उसका मुकाबला ही क्या, उस पर मंजिलों का धावा हुआ। मुश्किल से पचास कदम गया होगा कि सवार उसके सिर पर आ पहुँचे और तुरंत उसे घेर लिया। धर्मदास बड़ा साहसी था; पर मृत्यु को सामने खड़ी देख कर उसकी आँखों में अँधेरा छा गया, उसके हाथ से बंदूक छूट कर गिर पड़ी। पाँचों उसी के गाँव के महसूदी पठान थे। एक पठान ने कहा—उड़ा दो सिर मरदूद का। दग़ाबाज़ काफ़िर।

दूसरा—नहीं नहीं, ठहरो, अगर यह इस वक्त भी इस्लाम कबूल कर ले, तो

हम इसे मुआफ कर सकते हैं। क्यों धर्मदास, तुम्हें इस दग़ा की क्या सजा दी जाय ? हमने तुम्हें रात-भर का वक्त फैसला करने के लिए दिया था। मगर तुम इसी वक्त जहन्नुम पहुँचा दिये जाओ; लेकिन हम तुम्हें फिर मौका देते हैं। यह आखिरी मौका है। अगर तुमने अब भी इस्लाम न कबूल किया, तो तुम्हें दिन की रोशनी देखनी नसीब न होगी।

धर्मदास ने हिचकिचाते हुए कहा—जिस बात को अक्ल नहीं मानती, उसे कैसे ...

पहले सवार ने आवेश में आकर कहा—मजहब को अक्ल से कोई वास्ता नहीं।

तीसरा—कुफ्र है ! कुफ्र है !

पहला— उड़ा दो सिर मरदूद का, धुआँ इस पार।

दूसरा—ठहरो-ठहरो, मार डालना मुश्किल नहीं, जिला लेना मुश्किल है। तुम्हारे और साथी कहाँ हैं धर्मदास ?

धर्मदास—सब मेरे साथ ही हैं।

दूसरा—कलामे शरीफ़ की कसम; अगर तुम सब खुदा और उनके रसूल पर ईमान लाओ, तो कोई तुम्हें तेज निगाहों से देख भी न सकेगा।

धर्मदास—आप लोग सोचने के लिए और कुछ मौका न देंगे।

इस पर चारों सवार चिल्ला उठे—नहीं, नहीं, हम तुम्हें न जाने देंगे, यह आखिरी मौका है।

इतना कहते ही पहले सवार ने बंदूक छतिया ली और नली धर्मदास की छाती की ओर करके बोला—बस बोलो, क्या मंजूर है ?

धर्मदास सिर से पैर तक काँप कर बोला—अगर मैं इस्लाम कबूल कर लूँ तो मेरे साथियों को तो कोई तकलीफ न दी जायेगी ?

दूसरा—हाँ, अगर तुम जमानत करो कि वे भी इस्लाम कबूल कर लेंगे।

पहला—हम इस शर्त को नहीं मानते। तुम्हारे साथियों से हम खुद निपट लेंगे। तुम अपनी कहो। क्या चाहते हो ? हाँ या नहीं ?

धर्मदास ने जहर का घूँट पी कर कहा—मैं खुदा पर ईमान लाता हूँ।

पाँचों ने एक स्वर से कहा—अलहमद व लिल्लाह ! और बारी-बारी से धर्मदास को गले लगाया।

3

श्यामा हृदय को दोनों हाथों से थामे यह दृश्य देख रही थी। वह मन में पछता रही थी कि मैंने क्यों इन्हें पानी लाने भेजा ? अगर मालूम होता कि विधि यों धोखा

देगा, तो मैं प्यासों मर जाती, पर इन्हें न जाने देती। श्यामा से कुछ दूर ख़ज़ाँचंद भी खड़ा था। श्यामा ने उसकी ओर क्षुब्ध नेत्रों से देख कर कहा— अब इनकी जान बचती नहीं मालूम होती।

ख़ज़ाँचंद—बंदूक भी हाथ से छूट पड़ी है।

श्यामा—न जाने क्या बातें हो रही हैं। अरे गजब ! दुष्ट ने उनकी ओर बंदूक तानी है !

ख़ज़ाँ.—जरा और समीप आ जायँ, तो मैं बंदूक चलाऊँ। इतनी दूर की मार इसमें नहीं है।

श्यामा—अरे ! देखो, वे सब धर्मदास को गले लगा रहे हैं। यह माजरा क्या है ?

ख़ज़ाँ.—कुछ समझ में नहीं आता।

श्यामा—कहीं इसने कलमा तो नहीं पढ़ लिया ?

ख़ज़ाँ.—नहीं, ऐसा क्या होगा, धर्मदास से मुझे ऐसी आशा नहीं है।

श्यामा—मैं समझ गयी। ठीक यही बात है। बंदूक चलाओ।

ख़ज़ाँ.—धर्मदास बीच में हैं। कहीं उन्हें न लग जाय।

श्यामा—कोई हर्ज नहीं। मैं चाहती हूँ, पहला निशाना धर्मदास ही पर पड़े। कायर ! निर्लज्ज ! प्राणों के लिए धर्म त्याग किया। ऐसी बेहयाई की जिंदगी से मर जाना कहीं अच्छा है। क्या सोचते हो। क्या तुम्हारे भी हाथ-पाँव फूल गये। लाओ, बंदूक मुझे दे दो। मैं इस कायर को अपने हाथों से मारूँगी।

ख़ज़ाँ.—मुझे तो विश्वास नहीं होता कि धर्मदास…

श्यामा—तुम्हें कभी विश्वास न आयेगा। लाओ, बंदूक मुझे दो। खड़े क्या ताकते हो ? क्या जब वे सिर पर आ जायेंगे, तब बंदूक चलाओगे ? क्या तुम्हें भी यह मंजूर है कि मुसलमान हो कर जान बचाओ ? अच्छी बात है, जाओ। श्यामा अपनी रक्षा आप कर सकती है; मगर उसे अब मुँह न दिखाना।

ख़ज़ाँचंद ने बंदूक चलायी। एक सवार की पगड़ी को उड़ाती हुई निकल गयी। जिहादियों ने 'अल्लाहो अकबर !' की हाँक लगायी। दूसरी गोली चली और घोड़े की छाती पर बैठी। घोड़ा वहीं गिर पड़ा। जिहादियों ने फिर 'अल्लाहो अकबर !' की सदा लगायी और आगे बढ़े। तीसरी गोली आयी। एक पठान लोट गया; पर इसके पहले कि चौथी गोली छूटे, पठान ख़ज़ाँचंद के सिर पर पहुँच गये और बंदूक उसके हाथ से छीन ली।

एक सवार ने ख़ज़ाँचंद की ओर बंदूक तान कर कहा—उड़ा दूँ सिर मरदूद का, इससे खून का बदला लेना है।

दूसरे सवार ने जो इनका सरदार मालूम होता था, कहा—नहीं-नहीं, यह दिलेर आदमी है। ख़ज़ाँचंद, तुम्हारे ऊपर दगा, खून और कुफ़्र, ये तीन इल्ज़ाम हैं, और

तुम्हें कत्ल कर देना ऐन सवाब है, लेकिन हम तुम्हें एक मौका और देते हैं। अगर तुम अब भी खुदा और रसूल पर ईमान लाओ, तो हम तुम्हें सीने से लगाने को तैयार हैं। इसके सिवा तुम्हारे गुनाहों का और कोई कफारा (प्रायश्चित्त) नहीं है। यह हमारा आखिरी फैसला है। बोलो, क्या मंजूर है ?

चारों पठानों ने कमर से तलवारें निकाल लीं, और उन्हें ख़ज़ाँचंद के सिर पर तान दिया मानो 'नहीं' का शब्द मुँह से निकलते ही चारों तलवारें उसकी गर्दन पर चल जायेंगी !

ख़ज़ाँचंद का मुखमंडल विलक्षण तेज से आलोकित हो उठा। उसकी दोनों आँखें स्वर्गीय ज्योति से चमकने लगीं। दृढ़ता से बोला–तुम एक हिन्दू से यह प्रश्न कर रहे हो ? क्या तुम समझते हो कि जान के खौफ से वह अपना ईमान बेच डालेगा ? हिंदू को अपने ईश्वर तक पहुँचने के लिए किसी नबी, वली या पैगम्बर की जरूरत नहीं ! चारों पठानों ने कहा–काफिर ! काफिर !

ख़ज़ाँ.–अगर तुम मुझे काफिर समझते हो तो समझो। मैं अपने को तुमसे ज्यादा खुदापरस्त समझता हूँ। मैं उस धर्म को मानता हूँ, जिसकी बुनियाद अक्ल पर है। आदमी में अक्ल ही खुदा का नूर (प्रकाश) है और हमारा ईमान हमारी अक्ल ...

चारों पठानों के मुँह से निकला 'काफिर ! काफिर !' और चारों तलवारें एक साथ ख़ज़ाँचंद की गर्दन पर गिर पड़ीं। लाश जमीन पर फड़कने लगी। धर्मदास सिर झुकाये खड़ा रहा। वह दिल में खुश था कि अब ख़ज़ाँचंद की सारी सम्पत्ति उसके हाथ लगेगी और वह श्यामा के साथ सुख से रहेगा; पर विधाता को कुछ और ही मंजूर था। श्यामा अब तक मर्माहत-सी खड़ी यह दृश्य देख रही थी। ज्यों ही ख़ज़ाँचंद की लाश जमीन पर गिरी, वह झपट कर लाश के पास आयी और उसे गोद में लेकर आँचल से रक्त-प्रवाह को रोकने की चेष्टा करने लगी। उसके सारे कपड़े खून से तर हो गये। उसने बड़ी सुंदर बेल-बूटोंवाली साड़ियाँ पहनी होंगी, पर इस रक्त-रंजित साड़ी की शोभा अतुलनीय थी। बेल-बूटोंवाली साड़ियाँ रूप की शोभा बढ़ाती थीं, यह रक्त-रंजित साड़ी आत्मा की छवि दिखा रही थी।

ऐसा जान पड़ा मानो ख़ज़ाँचंद की बुझती आँखें एक अलौकिक ज्योति से प्रकाशमान हो गयी हैं। उन नेत्रों में कितना संतोष, कितनी तृप्ति, कितनी उत्कंठा भरी हुई थी। जीवन में जिसने प्रेम की भिक्षा भी न पायी, वह मरने पर उत्सर्ग जैसे स्वर्गीय रत्न का स्वामी बना हुआ था।

4

धर्मदास ने श्यामा का हाथ पकड़ कर कहा–श्यामा, होश में आओ, तुम्हारे सारे कपड़े खून से तर हो गये हैं। अब रोने से क्या हासिल होगा ? ये लोग हमारे

मित्र हैं, हमें कोई कष्ट न देंगे। हम फिर अपने घर चलेंगे और जीवन के सुख भोगेंगे ?

श्यामा ने तिरस्कारपूर्ण नेत्रों से देख कर कहा—तुम्हें अपना घर बहुत प्यारा है, तो जाओ। मेरी चिंता मत करो, मैं अब न जाऊँगी। हाँ, अगर अब भी मुझसे कुछ प्रेम हो तो इन लोगों से इन्हीं तलवारों से मेरा भी अंत करा दो।

धर्मदास करुणा-कातर स्वर से बोला—श्यामा, यह तुम क्या कहती हो, तुम भूल गयीं कि हमसे-तुमसे क्या बातें हुई थीं ? मुझे खुद ख़ज़ाँचंद के मारे जाने का शोक है; पर भावी को कौन टाल सकता है ?

श्यामा—अगर यह भावी थी, तो यह भी भावी है कि मैं अपना अधम जीवन उस पवित्र आत्मा के शोक में काटूँ, जिसका मैंने सदैव निरादर किया। यह कहते-कहते श्यामा का शोकोद्गार, जो अब तक क्रोध और घृणा के नीचे दबा हुआ था, उबल पड़ा और वह ख़ज़ाँचंद के निस्पंद हाथों को अपने गले में डाल कर रोने लगी।

चारों पठान यह अलौकिक अनुराग और आत्म-समर्पण देख कर करुणार्द्र हो गये। सरदार ने धर्मदास से कहा—तुम इस पाकीजा खातून से कहो, हमारे साथ चले। हमारी जाति से इसे कोई तकलीफ न होगी। हम इसकी दिल से इज्जत करेंगे।

धर्मदास के हृदय में ईर्ष्या की आग धधक रही थी। वह रमणी, जिसे वह अपनी समझे बैठा था, इस वक्त उसका मुँह भी नहीं देखना चाहती थी। बोला—श्यामा, तुम चाहो इस लाश पर आँसुओं की नदी बहा दो, पर यह जिंदा न होगी। यहाँ से चलने की तैयारी करो। मैं साथ के और लोगों को भी जा कर समझाता हूँ। खान लोग हमारी रक्षा करने का जिम्मा ले रहे हैं। हमारी जायदाद, जमीन, दौलत सब हमको मिल जायेगी। ख़ज़ाँचंद की दौलत के भी हमीं मालिक होंगे। अब देर न करो। रोने-धोने से अब कुछ हासिल नहीं।

श्यामा ने धर्मदास को आग्नेय नेत्रों से देख कर कहा—और इस वापसी की कीमत क्या देनी होगी ? वही जो तुमने दी है ?

धर्मदास यह व्यंग्य न समझ सका। बोला—मैंने तो कोई कीमत नहीं दी। मेरे पास था ही क्या ?

श्यामा—ऐसा न कहो। तुम्हारे पास वह खजाना था, जो तुम्हें आज कई लाख वर्ष हुए ऋषियों ने प्रदान किया था। जिसकी रक्षा रघु और मनु, राम और कृष्ण, बुद्ध और शंकर, शिवाजी और गोविंदसिंह ने की थी। उस अमूल्य भंडार को आज तुमने तुच्छ प्राणों के लिए खो दिया। इन पाँवों पर लोटना तुम्हें मुबारक हो! तुम शौक से जाओ। जिन तलवारों ने वीर ख़ज़ाँचंद के जीवन का अंत किया, उन्होंने मेरे प्रेम का भी फैसला कर दिया। जीवन में इस वीरात्मा का मैंने जो निरादर और अपमान किया, इसके साथ जो उदासीनता दिखायी उसका अब मरने के बाद प्रायश्चित्त

करूँगी। यह धर्म पर मरने वाला वीर था, धर्म को बेचनेवाला कायर नहीं ! अगर तुममें अब भी कुछ शर्म और हया है, तो इसका क्रिया-कर्म करने में मेरी मदद करो और यदि तुम्हारे स्वामियों को यह भी पसंद न हो, तो रहने दो, मैं सब कुछ कर लूँगी।

पठानों के हृदय दर्द से तड़प उठे। धर्मान्धता का प्रकोप शांत हो गया। देखते-देखते वहाँ लकड़ियों का ढेर लग गया। धर्मदास ग्लानि से सिर झुकाये बैठा था और चारों पठान लकड़ियाँ काट रहे थे। चिता तैयार हुई और जिन निर्दय हाथों ने ख़ज़ाँचंद की जान ली थी उन्हीं ने उसके शव को चिता पर रखा। ज्वाला प्रचंड हुई। अग्निदेव अपने अग्निमुख से उस धर्मवीर का यश गा रहे थे।

5

पठानों ने ख़ज़ाँचंद की सारी जंगम सम्पत्ति ला कर श्यामा को दे दी। श्यामा ने वहीं पर एक छोटा-सा मकान बनवाया और वीर ख़ज़ाँचंद की उपासना में जीवन के दिन काटने लगी। उसकी वृद्धा बुआ तो उसके साथ रह गयी, और सब लोग पठानों के साथ लौट गये, क्योंकि अब मुसलमान होने की शर्त न थी। ख़ज़ाँचंद के बलिदान ने धर्म के भूत को परास्त कर दिया। मगर धर्मदास को पठानों ने इस्लाम की दीक्षा लेने पर मजबूर किया। एक दिन नियत किया गया। मसजिद में मुल्लाओं का मेला लगा और लोग धर्मदास को उसके घर से बुलाने आये; पर उसका वहाँ पता न था। चारों तरफ तलाश हुई। कहीं निशान न मिला।

साल-भर गुजर गया। संध्या का समय था। श्यामा अपने झोंपड़े के सामने बैठी भविष्य की मधुर कल्पनाओं में मग्न थी। अतीत उसके लिए दुःख से भरा हुआ था। वर्तमान केवल एक निराशामय स्वप्न था। सारी अभिलाषाएँ भविष्य पर अवलम्बित थीं। और भविष्य भी वह, जिसका इस जीवन से कोई सम्बन्ध न था ! आकाश पर लालिमा छायी हुई थी। सामने की पर्वतमाला स्वर्णमयी शांति के आवरण से ढकी हुई थी। वृक्षों की काँपती हुई पत्तियों से सरसराहट की आवाज निकल रही थी, मानो कोई वियोगी आत्मा पत्तियों पर बैठी हुई सिसकियाँ भर रही हो।

उसी वक्त एक भिखारी फटे हुए कपड़े पहने झोंपड़ी के सामने खड़ा हो गया। कुत्ता जोर से भूँक उठा। श्यामा ने चौंक कर देखा और चिल्ला उठी—धर्मदास !

धर्मदास ने वहीं जमीन पर बैठते हुए कहा—हाँ श्यामा, मैं अभागा धर्मदास ही हूँ। साल-भर से मारा-मारा फिर रहा हूँ। मुझे खोज निकालने के लिए इनाम रख दिया गया है। सारा प्रांत मेरे पीछे पड़ा हुआ है। इस जीवन से अब ऊब उठा हूँ; पर मौत भी नहीं आती।

धर्मदास एक क्षण के लिए चुप हो गया। फिर बोला—क्यों श्यामा, क्या अभी

तुम्हारा हृदय मेरी तरफ से साफ नहीं हुआ ! तुमने मेरा अपराध क्षमा नहीं किया !

श्यामा ने उदासीन भाव से कहा–मैं तुम्हारा मतलब नहीं समझी।

'मैं अब भी हिंदू हूँ। मैंने इस्लाम नहीं कबूल किया है।'

'जानती हूँ !'

'यह जान कर भी तुम्हें मुझ पर दया नहीं आती !'

श्यामा ने कठोर नेत्रों से देखा और उत्तेजित होकर बोली–तुम्हें अपने मुँह से ऐसी बातें निकालते शर्म नहीं आती ! मैं उस धर्मवीर की ब्याहता हूँ, जिसने हिंदू-जाति का मुख उज्ज्वल किया है। तुम समझते हो कि वह मर गया ! यह तुम्हारा भ्रम है। वह अमर है। मैं इस समय भी उसे स्वर्ग में बैठा देख रही हूँ। तुमने हिंदू-जाति को कलंकित किया है। मेरे सामने से दूर हो जाओ।

धर्मदास ने कुछ जवाब न दिया ! चुपके से उठा, एक लम्बी साँस ली और एक तरफ चल दिया।

प्रातःकाल श्यामा पानी भरने जा रही थी, तब उसने रास्ते में एक लाश पड़ी हुई देखी। दो-चार गिद्ध उस पर मँडरा रहे थे। उसका हृदय धड़कने लगा। समीप जा कर देखा और पहचान गयी। यह धर्मदास की लाश थी।

फ़ातिहा

सरकारी अनाथालय से निकलकर मैं सीधा फौज में भरती किया गया। मेरा शरीर हृष्ट-पुष्ट और बलिष्ठ था। साधारण मनुष्यों की अपेक्षा मेरे हाथ-पैर कहीं लम्बे और स्नायुयुक्त थे। मेरी लम्बाई पूरी छह फुट नौ इंच थी। पलटन में 'देव' के नाम से विख्यात था। जब से मैं फौज में भरती हुआ, तब से मेरी किस्मत ने भी पलटा खाना शुरू किया और मेरे हाथ से कई ऐसे काम हुए, जिनसे प्रतिष्ठा के साथ-साथ मेरी आय भी बढ़ती गई। पलटन का हर एक जवान मुझे जानता था। मेजर सरदार हिम्मतसिंह की कृपा मेरे ऊपर बहुत थी; क्योंकि मैंने एक बार उनकी प्राण-रक्षा की थी। इसके अतिरिक्त न जाने क्यों उनको देख कर मेरे हृदय में भक्ति और श्रद्धा का संचार होता। मैं यही समझता कि यह मेरे पूज्य हैं और सरदार साहब का भी व्यवहार मेरे साथ स्नेहयुक्त और मित्रतापूर्ण था।

मुझे अपने माता-पिता का पता नहीं है, और न उनकी कोई स्मृति ही है। कभी-कभी जब मैं इस प्रश्न पर विचार करने बैठता हूँ, तो कुछ धुँधले-से दृश्य दिखाती देते हैं—बडे-बड़े पहाड़ों के बीच में रहता हुआ एक परिवार, और एक स्त्री का मुख, जो शायद मेरी माँ का होगा। पहाड़ी के बीच में तो मेरा पालन-पोषण ही हुआ है। पेशावर से 80 मील दूर पूर्व एक ग्राम है, जिसका नाम 'कुलाहा' है, वहीं पर एक सरकारी अनाथालय है। इसी में मैं पाला गया। यहाँ से निकल कर सीधा फौज में चला गया। हिमालय की जलवायु से मेरा शरीर बना है, और मैं वैसा ही दीर्घाकृति आदि बर्बर हूँ, जैसे कि सीमाप्रांत के रहने वाले अफ़रीदी, गिलजई, महसूदी आदि पहाड़ी कबीलों के लोग होते हैं। यदि उनके और मेरे जीवन में कुछ अंतर है तो वह सभ्यता का। मैं थोड़ा-बहुत पढ़-लिख लेता हूँ, बातचीत कर लेता हूँ, अदब-कायदा जानता हूँ,। छोटे-बड़े का लिहाज कर सकता हूँ, किन्तु मेरी आकृति वैसी ही है, जैसी कि किसी भी सरहदी पुरुष की हो सकती है।

कभी-कभी मेरे मन में यह इच्छा बलवती होती कि स्वछंद होकर पहाड़ों की सैर करूँ; लेकिन जीविका का प्रश्न मेरी इच्छा को दबा देता। उस सूखे देश में खाने का कुछ भी ठिकाना नहीं था। वहाँ के लोग एक रोटी के लिए मनुष्य की

हत्या कर डालते, एक कपड़े के लिए मुरदे की लाश चीड़-फाड़ कर फेंक देते और एक बंदूक के लिए सरकारी फौज पर छापा मारते हैं। इसके अतिरिक्त उन जंगली जातियों का एक-एक मनुष्य मुझे जानता था और मेरे खून का प्यासा था। यदि मैं उन्हें मिल जाता, तो जरूर मेरा नाम-निशान दुनिया से मिट जाता। न जाने कितने अफ़रीदियों और गिलजइयों को मैंने मारा था, कितनों को पकड़-पकड़ कर सरकारी जेलखानों में भर दिया था और न मालूम उनके कितने गाँवों को जलाकर खाक कर दिया था। मैं भी बहुत सतर्क रहता, और जहाँ तक होता, एक स्थान पर हफ्ते से अधिक कभी न रहता।

2

एक दिन मैं मेजर सरदार हिम्मतसिंह के घर की ओर जा रहा था। उस समय दिन को दो बजे थे। आजकल छुट्टी-सी थी; क्योंकि अभी हाल ही में कई गाँव भस्मीभूत कर दिये गये थे और जल्दी उनकी तरफ से कोई आशंका नहीं थी। हम लोग निश्चिंत हो कर गप्प और हँसी-खेल में दिन गुजारते थे। बैठे-बैठे दिल घबरा गया था। सिर्फ मन बहलाने के लिए सरदार साहब के घर की ओर चला; किंतु रास्ते में एक दुर्घटना हो गयी। एक बूढ़ा अफ़रीदी, जो अब भी एक हिन्दुस्तानी जवान का सिर मरोड़ देने के लिए काफी था, एक फौजी जवान से भिड़ा हुआ था। मेरे देखते-देखते उसने अपनी कमर से एक तेज छुरा निकाला और उसकी छाती में घुसेड़ दिया। उस जवान के पास एक कारतूसी बंदूक थी, बस उसी के लिए यह सब लड़ाई थी। पलक मारते-मारते, फौजी जवान का काम तमाम हो गया और बूढ़ा बंदूक ले कर भागा। मैं उसके पीछे दौड़ा; लेकिन दौड़ने में वह इतना तेज था कि बात-की-बात में आँखों से ओझल हो गया। मैं भी बेतहाशा उसका पीछा कर रहा था। आखिर सरहद पर पहुँचते-पहुँचते उससे बीस हाथ की दूरी पर रह गया। उसने पीछे फिर कर देखा, मैं अकेला उसका पीछा कर रहा था। उसने बंदूक का निशाना मेरी ओर साधा। मैं फौरन ही जमीन पर लेट गया और बंदूक की गोली मेरे सामने पत्थर पर लगी। उसने समझा कि मैं गोली का शिकार हो गया। वह धीरे-धीरे सतर्क पदों से मेरी ओर बढ़ा। मैं साँस खींच कर लेट गया। जब वह बिलकुल मेरे पास आ गया, शेर की तरह उछल कर मैंने उसकी गरदन पकड़कर जमीन पर पटक दिया और छुरा निकाल कर उसकी छाती में घुसेड़ दिया। अफ़रीदी की जीवन-लीला समाप्त हो गयी। इसी समय मेरी पलटन के कई लोग भी आ पहुँचे। चारों तरफ से लोग मेरी प्रशंसा करने लगे। अभी तक मैं अपने आपे में न था; लेकिन अब मेरी सुध-बुध वापस आयी। न मालूम क्यों उस बुड्ढे को देखकर मेरा जी घबराने लगा। अभी तक न मालूम कितने ही अफ़रीदियों को

मारा था; लेकिन कभी भी मेरा हृदय इतना घबराया न था। मैं जमीन पर बैठ गया और उस बुड्ढे की ओर देखने लगा। पलटन के जवान भी पहुँच गये और मुझे घायल जान कर अनेक प्रकार के प्रश्न करने लगे। धीरे-धीरे मैं उठा और चुपचाप शहर की ओर चला। सिपाही मेरे पीछे-पीछे उसी बुड्ढे की लाश घसीटते हुए चले। शहर के निवासियों ने मेरी जय-जयकार का ताँता बाँध दिया। मैं चुपचाप मेजर सरदार हिम्मतसिंह के घर में घुस गया।

सरदार साहब उस समय अपने खास कमरे में बैठे हुए कुछ लिख रहे थे। उन्होंने मुझे देख कर पूछा—क्यों, उस अफ़रीदी को मार आये ?

मैंने बैठते हुए कहा—जी हाँ, लेकिन सरदार साहब, न जाने क्यों मैं कुछ बुजदिल हो गया हूँ।

सरदार साहब ने आश्चर्य से कहा—असदखाँ और बुजदिल ! यह दोनों एक जगह होना नामुमकिन है।

मैंने उठते हुए कहा—सरदार साहब, यहाँ तबीयत नहीं लगती, उठकर बाहर बरामदे में बैठिए। न मालूम क्यों मेरा दिल घबड़ाता है।

सरदार साहब उठ कर मेरे पास आये और स्नेह से मेरी पीठ पर हाथ फेरते हुए कहा—असद, तुम दौड़ते-दौड़ते थक गये हो, और कोई बात नहीं है। अच्छा चलो बरामदे में बैठें। शाम की ठंडी हवा तुम्हें ताजा कर देगी।

सरदार साहब और मैं, दोनों बरामदे में जाकर कुर्सियों पर बैठ गये। शहर के चौमुहाने पर उसी वृद्ध की लाश रखी थी और उसके चारों ओर भीड़ लगी हुई थी। बरामदे में जब मुझे बैठे हुए देखा, तो लोग मेरी ओर इशारा करने लगे। सरदार साहब ने यह दृश्य देख कर कहा—असदखाँ, देखा, लोगों की निगाह में तुम कितने ऊँचे हो ? तुम्हारी वीरता को यहाँ का बच्चा-बच्चा सराहता है। अब भी तुम कहते हो कि मैं बुजदिल हूँ।

मैंने मुस्करा कर कहा—जब से इस बुड्ढे को मारा है, तब से मेरा दिल मुझे धिक्कार रहा है।

सरदार साहब ने हँस कर कहा—क्योंकि तुमने अपने से निर्बल को मारा है।

मैंने अपनी दिलजमई करते हुए कहा—मुमकिन है, ऐसा ही हो।

इसी समय एक अफ़रीदी रमणी धीरे-धीरे आ कर सरदार साहब के मकान के सामने खड़ी हो गयी। ज्यों ही सरदार साहब ने देखा, उनका मुँह सफेद पड़ गया। उनकी भयभीत दृष्टि उसकी ओर से फिर कर मेरी ओर हो गयी। मैं भी आश्चर्य से उनके मुँह की ओर निहारने लगा। उस रमणी का-सा सुगठित शरीर मरदों का भी कम होता है। खाकी रंग के मोटे कपड़े का पायजामा और नीले रंग का मोटा कुरता पहने हुए थी। बलूची औरतों की तरह सिर पर रूमाल बाँध रखा था। रंग चंपई था और यौवन की आभा फूट-फूट कर बाहर निकली पड़ती थी।

इस समय उसकी आँखों में ऐसी भीषणता थी, जो किसी के दिल में भय का संचार करती। रमणी की आँखें सरदार साहब की ओर से फिर कर मेरी ओर आयीं और उसने यों घूरना शुरू किया कि मैं भी भयभीत हो गया। रमणी ने सरदार साहब की ओर देखा और फिर जमीन पर थूक दिया और फिर मेरी ओर देखती हुई धीरे-धीरे दूसरी ओर चली गयी।

रमणी को जाते देख कर सरदार साहब की जान में जान आयी। मेरे सिर पर से भी एक बोझ हट गया।

मैंने सरदार साहब से पूछा—क्यों, क्या आप जानते हैं ? सरदार साहब ने एक गहरी ठंडी साँस लेकर कहा—हाँ, बखूबी। एक समय था, जब यह मुझ पर जान देती थी और वास्तव में अपनी जान पर खेल कर मेरी रक्षा भी की थी; लेकिन अब इसको मेरी सूरत से नफरत है। इसी ने मेरी स्त्री की हत्या की है। इसे जब कभी देखता हूँ मेरे होश-हवास काफूर हो जाते हैं और वही दृश्य मेरी आँखों के सामने नाचने लगता है।

मैंने भय-विह्वल स्वर में पूछा—सरदार साहब, उसने मेरी ओर भी तो बड़ी भयानक दृष्टि से देखा था। न मालूम क्यों मेरे भी रोएँ खड़े हो गये थे।

सरदार साहब ने सिर हिलाते हुए बड़ी गम्भीरता से कहा—असदखाँ, तुम भी होशियार रहो। शायद इस बूढ़े अफ़रीदी से इसका संपर्क है। मुमकिन है, यह उसका भाई या बाप हो। तुम्हारी ओर उसका देखना कोई मानी रखता है। बड़ी भयानक स्त्री है।

सरदार साहब की बात सुनकर मेरी नस-नस काँप उठी। मैंने बातों का सिलसिला दूसरी ओर फेरते हुए कहा—सरदार साहब, आप इसको पुलिस के हवाले क्यों नहीं कर देते ? इसको फाँसी हो जायेगी।

सरदार साहब ने कहा—भाई असदखाँ, इसने मेरे प्राण बचाये थे और शायद अब भी मुझे चाहती है। इसकी कथा बहुत लम्बी है। कभी अवकाश मिला तो कहूँगा।

सरदार की बातों से मुझे भी कुतूहल हो रहा था। मैंने उनसे वह वृत्तांत सुनाने के लिए आग्रह करना शुरू किया। पहले तो उन्होंने टालना चाहा; पर जब मैंने बहुत जोर दिया तो विवश हो कर बोले—असद, मैं तुम्हें अपना भाई समझता हूँ; इसलिए तुमसे कोई परदा न रखूँगा। लो, सुनो—

3

असदखाँ, पाँच साल पहले मैं इतना वृद्ध न था, जैसा कि अब दिखायी पड़ता हूँ। उस समय मेरी आयु 40 वर्ष से अधिक न थी। एक भी बाल सफेद न हुआ था

और उस समय मुझमें इतना बल था कि दो जवानों को मैं लड़ा देता। जर्मनों से मैंने मुठभेड़ की है और न मालूम कितनों को यमलोक का रास्ता बता दिया। जर्मन-युद्ध के बाद मुझे यहाँ सीमाप्रांत पर काली पलटन का मेजर बना कर भेजा गया। जब पहले-पहल मैं यहाँ आया, तो यहाँ कठिनाइयाँ सामने आयीं; लेकिन मैंने उनकी जरा परवाह न की और धीरे-धीरे उन सब पर विजय पायी। सबसे पहले यहाँ आकर मैंने पश्तो सीखना शुरू किया। पश्तो के बाद और जबानें सीखीं; यहाँ तक कि मैं उनको बड़ी आसानी और मुहाविरों के साथ बोलने लगा; फिर इसके बाद कई आदमियों की टोलियाँ बना कर देश का अंतर्भाग भी छान डाला। इस पड़ताल में कई बार मैं मरते-मरते बचा; किंतु सब कठिनाइयाँ झेलते हुए मैं यहाँ पर सकुशल रहने लगा। उस जमाने में मेरे हाथ से ऐसे-ऐसे काम हो गये, जिनसे सरकार में मेरी बड़ी नामवरी और प्रतिष्ठा भी हो गयी। एक बार कर्नल हैमिलटन की मेमसाहब को मैं अकेले छुड़ा लाया था और कितने ही देशी आदमियों और औरतों के प्राण मैंने बचाये हैं। यहाँ पर आने के तीन साल बाद से मेरी कहानी आरम्भ होती है।

एक रात को मैं अपने कैम्प में लेटा हुआ था। अफ़रीदियों से लड़ाई हो रही थी। दिन के थके-माँदे सैनिक गाफिल पड़े हुए थे। कैम्प में सन्नाटा था। लेटे-लेटे मुझे भी नींद आ गयी। जब मेरी नींद खुली तो देखा कि छाती पर एक अफ़रीदी—जिसकी आयु मेरी आयु से लगभग दूनी होगी—सवार है और मेरी छाती में छुरा घुसेड़ने ही वाला है। मैं पूरी तरह से उसके अधीन था, कोई भी बचने का उपाय न था, किन्तु उस समय मैंने बड़े ही धैर्य से काम लिया और पश्तो भाषा में कहा—मुझे मारो नहीं, मैं सरकारी फौज में अफसर हूँ, मुझे पकड़ ले चलो, सरकार तुमको रुपया दे कर मुझे छुड़ायेगी।

ईश्वर की कृपा से मेरी बात उसके मन में बैठ गयी। कमर से रस्सी निकाल कर मेरे हाथ-पैर बाँधे और फिर कंधे पर बोझ की तरह लाद कर खेमे से बाहर आया। बाहर मार-काट का बाजार गर्म था। उसने एक विचित्र प्रकार से चिल्ला कर कुछ कहा और मुझे कंधे पर लादे वह जंगल की ओर भागा। यह मैं कह सकता हूँ कि उसको मेरा बोझ कुछ भी न मालूम होता था और बड़ी तेजी से भागा जा रहा था। उसके पीछे-पीछे कई आदमी, जो उसी के गिरोह के थे, लूट का माल लिये हुए भागे चले आ रहे थे।

प्रातःकाल हम लोग एक तालाब के पास पहुँचे। तालाब बड़े-बड़े पहाड़ों से घिरा हुआ था। उसका पानी बड़ा निर्मल था और जंगली पेड़ इधर-उधर उग रहे थे। तालाब के पास पहुँच कर हम सब लोग ठहरे। बुड्ढे ने, जो वास्तव में उस गिरोह का सरदार था, मुझे पत्थर पर डाल दिया। मेरी कमर में बड़ी ज़ोर से चोट लगी, ऐसा मालूम हुआ कि कोई हड्डी टूट गयी है; लेकिन ईश्वर की कृपा से

हड्डी टूटी न थी। सरदार ने मुझे पृथ्वी पर डालने के बाद कहा—क्यों, कितना रुपया दिलायेगा ?

मैंने अपनी वेदना दबाते हुए कहा—पाँच सौ रुपये।

सरदार ने मुँह बिगाड़ कर कहा—नहीं, इतना कम नहीं लेगा। दो हजार से एक पैसा भी कम मिला, तो तुम्हारी जान की खैर नहीं।

मैंने कुछ सोचते हुए कहा—सरकार इतना रुपया काले आदमी के लिए नहीं खर्च करेगी।

सरदार ने छुरा बाहर निकालते हुए कहा—तब फिर क्यों कहा था कि सरकार इनाम देगी ! ले तो फिर यहीं मर।

सरदार छुरा लिए मेरी तरफ बढ़ा।

मैं घबड़ा कर बोला—अच्छा, सरदार, मैं तुमको दो हजार दिलवा दूँगा।

सरदार रुक गया और बड़े जोर से हँसा। उसकी हँसी की प्रतिध्वनि ने निर्जीव पहाड़ों को भी कँपा दिया। मैंने मन-ही-मन कहा—बड़ा भयानक आदमी है।

गिरोह के दूसरे आदमी अपनी-अपनी लूट का माल सरदार के सामने रखने लगे। उसमें कई बंदूकें, कारतूस, रोटियाँ और कपड़े थे। मेरी भी तलाशी ली गयी। मेरे पास एक छह फायर का तमंचा था। तमंचा पा कर सरदार उछल पड़ा, और उसे फिरा-फिरा कर देखने लगा। वहीं पर उसी समय हिस्सा-बाँट शुरू हो गया। बराबर का हिस्सा लगा; लेकिन मेरा रिवाल्वर उसमें नहीं शामिल किया गया। वह सरदार साहब की खास चीज थी।

थोड़ी देर विश्राम करने के बाद, फिर यात्रा शुरू हुई। इस बार मेरे पैर खोल दिये गये और साथ-साथ चलने को कहा—मेरी आँखों पर पट्टी भी बाँध दी गयी, ताकि मैं रास्ता न देख सकूँ। मेरे हाथ रस्सी से बँधे हुए थे, और उसका एक सिरा एक अफ़रीदी के हाथ में था।

चलते-चलते मेरे पैर दुखने लगे, लेकिन उनकी मंजिल पूरी न हुई। सिर पर जेठ का सूरज चमक रहा था, पैर जले जा रहे थे, प्यास से गला सूखा जा रहा था; लेकिन वे बराबर चले जा रहे थे। वे आपस में बातें करते जाते थे; लेकिन अब मैं उनकी एक बात भी न समझ पाता। कभी-कभी एक-आध शब्द तो समझ जाता; लेकिन बहुत अंशों में मैं कुछ भी न समझ पाता था। वे लोग इस समय अपनी विजय पर प्रसन्न थे, और एक अफ़रीदी ने अपनी भाषा में एक गीत गाना शुरू किया। गीत बड़ा ही अच्छा था।

असदखाँ ने पूछा—सरदार साहब, वह गीत क्या था ?

सरदार साहब ने कहा—उस गीत का भाव याद है। भाव यह है कि एक अफ़रीदी जा रहा है, उसकी स्त्री कहती है—कहाँ जाते हो ?

युवक उत्तर देता है—जाते हैं तुम्हारे लिए रोटी और कपड़ा लाने।

सचमुच इन अफ़रीदियों को बच्चे बहुत प्यारे होते हैं। विधाता ने यदि उन्हें बर्बर हिंसक पशु बनाया है, तो मनुष्योचित प्रकृति से वंचित भी नहीं रखा है। आखिर जुमेरात आयी और अभी तक सरदार वापस न आया। न कोई उस गिरोह का आदमी ही वापस आया। उस दिन संध्या समय तूरया ने आ कर कहा—कैदी, अब मैं नहीं जा सकती; क्योंकि मेरा पिता अभी तक नहीं आया। यदि कल भी न आया, तो मैं तुम्हें रात को छोड़ दूँगी। तुम अपने बच्चों के पास जाना; लेकिन देखो, रुपया भेजना न भूलना। मैं तुम पर विश्वास करती हूँ।

मैंने उस दिन बड़े उत्साह से गाना गाया। आधी रात तक तूरया सुनती रही, फिर सोने चली गयी। मैं भी ईश्वर से मनाता रहा कि कल और सरदार न आये। काठ में बँधे-बँधे मेरा पैर बिलकुल निकम्मा हो गया था। तमाम शरीर दुःख रहा था। इससे तो मैं कालकोठरी में ही अच्छा था, क्योंकि वहाँ हाथ-पैर तो हिला-डुला सकता था।

दूसरे दिन भी गिरोह वापस न आया। उस दिन तूरया बहुत चिंतित थी। शाम को आ कर तूरया ने मेरे पैर खोल कर कहा—कैदी, अब तुम जाओ। चलो, मैं तुम्हें थोड़ी दूर पहुँचा दूँ।

थोड़ी देर तक मैं अवश लेटा रहा। धीरे-धीरे मेरे पैरे ठीक हुए और ईश्वर को धन्यवाद देता हुआ मैं तूरया के साथ चल दिया।

तूरया को प्रसन्न करने के लिए मैं रास्ते भर गीत गाता आया। तूरया बार-बार सुनती और बार-बार रोती। आधी रात के करीब मैं तालाब के पास पहुँचा। वहाँ पहुँच कर तूरया ने कहा—सीधे चले जाओ; तुम पेशावर पहुँच जाओगे। देखो होशियारी से जाना, नहीं तो कोई तुम्हें अपनी गोली का शिकार बना डालेगा। यह लो, तुम्हारे कपड़े हैं; लेकिन रुपया जरूर भेज देना। तुम्हारी जमानत मैं लूँगी। अगर रुपया न आया, तो मेरे भी प्राण जायेंगे, और तुम्हारे भी। अगर रुपया आ जायेगा, तो कोई भी अफ़रीदी तुम पर हाथ न उठायेगा, चाहे तुम किसी को मार भी डालो। जाओ, ईश्वर तुम्हारी रक्षा करे और तुमको अपने बच्चों से मिलाये।

तूरया फिर ठहरी नहीं। गुनगुनाती हुई लौट पड़ी। रात दो-पहर बीत चुकी थी। चारों ओर भयानक निस्तब्धता छायी हुई थी, केवल वायु साँय-साँय करती हुई बह रही थी, आकाश के बीचोबीच चंद्रमा अपनी सोलहों कला से चमक रहा था। तालाब के तट पर रुकना सुरक्षित न था। मैं धीरे-धीरे दक्षिण की ओर बढ़ा। बार-बार चारों ओर देखता जाता था। ईश्वर की कृपा से प्रातःकाल होते-होते मैं पेशावर की सरहद पर पहुँच गया।

सरहद पर सिपाहियों का पहरा था। मुझे देखते ही तमाम फौज भर में हलचल मच गयी। सभी लोग मुझे मरा समझे हुए थे। जीता-जागता लौटा हुआ देख कर सभी प्रसन्न हो गये।

कर्नल हैमिलटन साहब भी समाचार पाकर उसी समय मिलने आये और सब हाल पूछ कर कहा—मेजर साहब, मैं आपको मरा हुआ समझता था। मेरे पास तुम्हारे दो पत्र आये थे, लेकिन मुझे स्वप्न में भी विश्वास न हुआ था कि ये तुम्हारे लिखे हुए हैं। मैं तो उन्हें जाली समझता था। ईश्वर को धन्यवाद है कि तुम जीते बच कर आ गये।

मैंने कर्नल साहब को धन्यवाद दिया और मन ही मन कहा—काले आदमी का लिखा हुआ जाली था और कहीं अगर गोरा आदमी लिखता, तो दो की कौन कहे, चार हजार रुपया पहुँच जाता। कितने ही गाँव जला दिये जाते, और न जाने क्या-क्या होता?

मैं चुपचाप अपने घर आया। बाल-बच्चों को पाकर आत्मा संतुष्ट हुई। उसी दिन एक विश्वासी अनुचर के द्वारा दो हजार रुपये तूरया के पास भेज दिया।

5

सरदार ने एक ठंडी साँस लेकर कहा—असदखाँ, अभी मेरी कहानी समाप्त नहीं हुई। अभी तो दुःखांत भाग अवशेष ही है। यहाँ आकर मैं धीरे-धीरे अपनी सब मुसीबतें भूल गया, लेकिन तूरया को न भूल सका। तूरया की कृपा से ही मैं अपनी स्त्री और बच्चों से मिल पाया था, यही नहीं, जीवन भी पाया था; फिर भला मैं उसे कैसे भूल जाता !

महीनों और सालों बीत गये। मैंने तूरया को और न उसके बाप को ही देखा। तूरया ने आने के लिए कहा भी लेकिन वह आयी नहीं, वहाँ से आ कर मैंने अपनी स्त्री को उसके मायके भेज दिया था; क्योंकि खयाल था कि शायद तूरया आये, तो फिर मैं झूठा बनूँगा। लेकिन जब तीन साल बीत गये और तूरया न आयी, तो मैं निश्चिंत हो गया और स्त्री को मायके से बुला लिया। हम लोग सुखपूर्वक दिन काट रहे थे कि अचानक फिर दुर्दशा की घड़ी आयी।

एक दिन संध्या के समय इसी बरामदे में बैठा हुआ अपनी स्त्री से बातें कर रहा था कि किसी ने बाहर का दरवाजा खटखटाया। नौकर ने दरवाजा खोल दिया और बेधड़क जीना चढ़ती हुई एक काबुली औरत ऊपर चली आयी। उसने बरामदे में आकर विशुद्ध पश्तो भाषा में पूछा—सरदार साहब कहाँ हैं ?

मैंने कमरे के भीतर आ कर पूछा—तुम कौन हो, क्या चाहती हो ?

उसी स्त्री ने कुछ मूँगे निकालते हुए कहा—यह मूँगे मैं बेचने के लिए आयी हूँ, खरीदिएगा ?

यह कह कर उसने बड़े-बड़े मूँगे निकाल कर मेज पर रख दिये।

मेरी स्त्री भी मेरे साथ कमरे के भीतर आयी थी। वह मूँगे उठा कर देखने

लगी। उसी काबुली स्त्री ने पूछा—सरदार साहब, यह कौन है आपकी ?

मैंने उत्तर दिया—मेरी स्त्री है, और कौन है ?

काबुली स्त्री ने कहा—आपकी स्त्री तो मर चुकी थी, क्या आपने दूसरा विवाह किया है ?

मैंने रोषपूर्ण स्वर में कहा—चुप बेवकूफ कहीं की, तू मर गयी होगी।

मेरी स्त्री पश्तो नहीं जानती थी, वह तन्मय होकर मूँगे देख रही थी।

किंतु मेरी बात सुन कर न मालूम क्यों काबुली औरत की आँखें चमकने लगीं। उसने बड़े ही तीव्र स्वर में कहा—हाँ, बेवकूफ न होती, तो तुम्हें छोड़ कैसे देती ? दोजखी पिल्ले, मुझसे झूठ बोला ! ले, अगर तेरी स्त्री न मरी थी, तो अब मर गयी !

कहते-कहते शेरनी की तरह लपक कर उसने एक तेज छुरा मेरी स्त्री की छाती में घुसेड़ दिया। मैं उसे रोकने के लिए आगे बढ़ा; लेकिन वह कूद कर आँगन में चली गयी और बोली—अब पहचान ले, मैं तूरया हूँ। मैं आज तेरे घर में रहने के लिए आयी थी। मैं तुझसे विवाह करती और तेरी होकर रहती। तेरे लिए मैंने बाप, घर, सब कुछ छोड़ दिया था, लेकिन तू झूठा है, मक्कार है। तू अब अपनी बीवी के नाम को रो, मैं आज से तेरे नाम को रोऊँगी। यह कह कर वह तेजी से नीचे चली गयी !

अब मैं अपनी स्त्री के पास पहुँचा। छुरा ठीक हृदय में लगा था। एक ही वार ने उसका काम तमाम कर दिया था। डाक्टर बुलवाया; लेकिन वह मर चुकी थी।

कहते-कहते सरदार साहब की आँखों में आँसू भर आये। उन्होंने अपनी भीगी हुई आँखों को पोंछ कर कहा—असदखाँ, मुझे स्वप्न में भी अनुमान न था कि तूरया इतनी पिशाच-हृदय हो सकेगी। अगर मैं पहले उसे पहचान लेता तो यह आफत न आने पाती; लेकिन कमरे में अंधकार था; और इसके अतिरिक्त मैं उसकी ओर से निराश हो चुका था।

तब से फिर कभी तूरया नहीं आयी। अब जब कभी मुझे देखती है, तो मेरी ओर देख कर नागिन की भाँति फुफकारती हुई चली जाती है। इसे देखकर मेरा हृदय काँपने लगता है और मैं अवश हो जाता हूँ। कई बार कोशिश की, मैं इसे पकड़वा दूँ, लेकिन उसे देख कर मैं बिलकुल निकम्मा हो जाता हूँ, हाथ-पैर बेकाबू हो जाते हैं, मेरी सारी वीरता हवा हो जाती है।

यही नहीं, तूरया का मोह अब भी मेरे ऊपर है। मेरे बच्चों को हमेशा वह कोई न कोई बहुमूल्य चीज दे जाती है। जिस दिन बच्चे उसे नहीं मिलते दरवाजे के भीतर फेंक जाती है। उनमें एक कागज का टुकड़ा बँधा होता है जिसमें लिखा रहता है—सरदार साहब के बच्चों के लिए।

मैं अभी तक इस स्त्री को नहीं समझ पाया। जितना ही समझने का यत्न करता हूँ, उतनी ही याद कठिन होती जाती है। नहीं समझ में आता कि यह मानवी है या राक्षसी !

इसी समय सरदार साहब के लड़के ने आ कर कहा—देखिए, वही औरत यह सोने का तावीज दे गयी है।

सरदार ने मेरी ओर देख कर कहा—देखा, असदखाँ, मैं तुमसे कहता न था। देखो, आज भी यह तावीज दे गयी। न मालूम कितने ही तावीज और कितनी ही दूसरी चीजें अर्जुन और निहाल को दे गयी होगी। कहता हूँ कि तूरया बड़ी ही विचित्र स्त्री है।

6

सरदार साहब से विदा हो कर मैं घर चला। चौरास्ते से बुड्ढे की लाश हटा दी गयी थी; पर वहाँ पहुँच कर मेरे रोएँ खड़े हो गये। मैं आप ही आप एक मिनट वहाँ खड़ा हो गया। सहसा पीछे देखा। छाया की भाँति एक स्त्री मेरे पीछे-पीछे चली आ रही थी। मुझे खड़ा देख कर वह स्त्री रुक गयी और एक दूकान में कुछ खरीदने लगी।

मैंने अपने हृदय से प्रश्न किया—क्या वह तूरया है।

हृदय ने उत्तर दिया—हाँ, शायद वही है।

तूरया मेरा पीछा क्यों कर रही है ? यह सोचता हुआ मैं घर पहुँचा और खाना खा कर लेटा; पर आज की घटनाओं का मुझ पर ऐसा असर पड़ा था कि किसी तरह भी नींद न आती थी। जितना ही मैं सोने का यत्न करता उतनी ही नींद मुझसे दूर भागती।

फौजी घड़ियाल ने बारह बजाये, एक बजाये, दो बजाये; लेकिन मुझे नींद न थी। मैं करवटें बदलता हुआ सोने का उपक्रम कर रहा था। इसी उधेड़बुन में कब नींद ने मुझे धर दबाया; मुझे जरा भी याद नहीं।

यद्यपि मैं सो रहा था; लेकिन मेरा ज्ञान जाग रहा था। मुझे ऐसा मालूम हुआ कि कोई स्त्री, जिसकी आकृति तूरया से बहुत कुछ मिलती थी, लेकिन उससे कहीं अधिक भयावनी थी, दीवार फोड़ कर भीतर घुस आयी है। उसके हाथ में एक तेज छुरा है, जो लालटेन के प्रकाश में चमक रहा है। वह दबे पाँव सतर्क नेत्रों से ताकती हुई धीरे-धीरे मेरी ओर बढ़ रही है। मैं उसे देख कर उठना चाहता हूँ, लेकिन हाथ-पैर मेरे काबू में नहीं हैं। मानो उनमें जान है ही नहीं। वह स्त्री मेरे पास पहुँच गयी। थोड़ी देर तक मेरी ओर देखा, और फिर अपने छुरेवाले हाथ को ऊपर उठाया। मैं चिल्लाने का उपक्रम करने लगा; लेकिन मेरी घिग्गी बँध गयी।

शब्द कंठ से फूटा ही नहीं। उसने मेरे दोनों हाथों को अपने घुटने के नीचे दबाया और मेरी छाती पर सवार हो गयी। मैं छटपटाने लगा और मेरी आँखें खुल गयीं ! सचमुच एक काबुली औरत मेरी छाती पर सवार थी। उसके हाथ में छुरा था। और वह छुरा मारना ही चाहती थी।

मैंने कहा—कौन, तूरया ?

यह वास्तव में तूरया ही थी । उसने मुझे बलपूर्वक दबाते हुए कहा—हाँ, मैं तूरया ही हूँ। आज तूने मेरे बाप का खून किया है, उसके बदले में तेरी जान जायेगी।

यह कह कर उसने अपना छुरा ऊपर उठाया। इस समय मेरे सामने जीवन और मरण का प्रश्न था। जीवन की लालसा ने मुझमें साहस का संचार किया मैं मरने के लिए तैयार न था। मेरे अरमान और उमंगें अब भी बाकी थीं। मैंने बलपूर्वक अपना दाहिना हाथ छुड़ाने का प्रयत्न किया और एक ही झटके में मेरा हाथ छूट गया। मैंने अपनी पूरी ताकत से तूरया का छुरावाला हाथ पकड़ लिया। न मालूम क्यों तूरया ने कुछ भी विरोध न किया। वह मेरे हाथ को देखती हुई मेरी छाती से उतर आयी। उसकी आँखें पथरायी हुई थीं और वह एकटक मेरे हाथ की ओर देख रही थी।

मैंने हँस कर कहा—तूरया, अब तो पासा पलट गया। अब तेरे मरने की पारी है। तेरे बाप को मारा और अब तुझे भी मारता हूँ।

तूरया अब भी एकटक मेरे हाथ की ओर देख रही थी। उसने कछ भी उत्तर न दिया।

मैंने उसे झँझोड़ते हुए कहा—बोलती क्यों नहीं ? अब तो तेरी जान मेरी मुट्ठी में है।

तूरया का मोह टूटा। उसने बड़े गम्भीर और दृढ़ कंठ से कहा—तू मेरा भाई है। तूने अपने बाप को मारा है आज !

तूरया की बात सुन कर मुझे उस अवसर पर भी हँसी आ गयी।

मैंने हँसते हुए कहा—अफ़रीदी मक्कार भी होते हैं, यह आज ही मुझे मालूम हुआ।

तूरया ने शांत स्वर में कहा—तू मेरा खोया हुआ बड़ा भाई नाजिर है। वह जो तेरे हाथ में निशान है, वही बतला रहा है कि तू मेरा खोया हुआ भाई है।

बचपन से ही मेरे हाथ में एक साँप गुदा हुआ था। और यही मेरी पहचान फौजी रजिस्टर में भी लिखी हुई थी।

मैंने हँस कर कहा—तूरया, तू मुझे भुलावा नहीं दे सकती। मैं अब तुझे किसी तरह न छोडूँगा।

तूरया ने अपने हाथ से छुरा फेंक कर कहा—सचमुच तू मेरा भाई है। अगर

तुझे विश्वास नहीं होता, तो देख, मेरे दाहिने हाथ में भी ऐसा ही साँप गुदा हुआ है।

मैंने तूरया के हाथ पर दृष्टि डाली, तो वहाँ भी बिलकुल मेरा ही जैसा साँप गुदा हुआ था।

मैंने कुछ सोचते हुए कहा—तूरया, मैं तेरा विश्वास नहीं कर सकता, यह इत्तफाक की बात है।

तूरया ने कहा—मेरा हाथ छोड़ दे। मैं तुझ पर वार न करूँगी ! अफ़रीदी झूठ नहीं बोलते।

मैंने उसका हाथ छोड़ दिया, वह पृथ्वी पर बैठ गयी और मेरी ओर देखने लगी। थोड़ी देर बाद उसने कहा—अच्छा, तुझे अपने माँ-बाप का पता है ?

मैंने सिर हिलाकर उत्तर दिया—नहीं, मैं सरकारी अनाथालय में पाला गया हूँ।

मेरी बात सुन कर तूरया उठ खड़ी हुई और बोली—तब तू मेरा खोया हुआ बड़ा भाई नाजिर ही है। मेरे पैदा होने के एक साल पहले तू खोया था ! मेरे माँ-बाप तब सरकारी फौज पर छापा डालने के लिए आये थे और तू भी साथ था। मेरी माँ लड़ने में बड़ी होशियार थी। तू उनकी पीठ से बँधा हुआ था और वे लड़ रही थीं। इसी समय एक गोली उनके पैर में लगी और वे गिर कर बेहोश हो गयीं। बस, कोई तुझे खोल ले गया। मेरी माँ को मेरा बाप अपने कंधे पर उठा लाया; लेकिन तुझे खोज न सका। बहुत तलाश की; लेकिन कहीं भी तेरा पता न लगा। अम्माँ अक्सर तेरी चर्चा किया करती थीं। उनके हाथ में भी निशान था।

यह कह कर उसने फिर वही हाथ मुझे दिखलाया। मैं उसका और अपना साँप मिलाने लगा। वास्तव में दोनों साँप हूबहू एक-से थे, बाल भर भी अन्तर न था। मैं हताश-सा हो कर चारपाई पर गिर पड़ा।

तूरया मेरे पास बैठ कर स्नेह से मेरे माथे का पसीना पोंछने लगी। उसने कहा—नाजिर, माँ कहती थीं कि तू मरा नहीं, जिन्दा है। एक दिन जरूर तू हम लोगों से मिलेगा।

तूरया की बात पर अब मुझे विश्वास हो चला था। जाने कौन मेरे हृदय में बैठा हुआ कह रहा था कि तूरया जो कहती है, ठीक है। मैंने एक लम्बी साँस ले कर कहा—क्यों तूरया, मैंने जिसे आज मारा है, वह हम लोगों का बाप था ?

तूरया के मुँह पर शोक का एक छोटा-सा बादल घिर आया। उसने बड़े ही दुःख पूर्ण स्वर में कहा—हाँ नाजिर, वह अभागा हमारा बाप ही था। कौन जानता था कि वह अपने प्यारे लड़के के हाथों हलाल होगा।

फिर सांत्वनापूर्ण स्वर में बोली—लेकिन नाजिर, तूने तो अनजान में यह काम किया है। बाप के मरने से मैं बिलकुल अकेली हो गयी थी; लेकिन अब तुझे पा

कर बाप के रंज को भूल जाऊँगी। नाजिर, तू रंज न कर। तुझे क्या मालूम था कि कौन तेरा बाप है और कौन तेरी माँ है। देख, मैं ही तुझे मारने के लिए आयी थी। तुझे मार डालती; लेकिन खुदा की मेहरबानी से मैंने अपना खानदानी निशान देख लिया। खुदा की ऐसी ही मरजी थी।

तूरया से मालूम हुआ कि मेरे बाप का नाम हैदर खाँ था, जो अफ़रीदियों के एक गिरोह का सरदार था। मैंने सरदार हिम्मतसिंह के सम्बन्ध में भी तूरया से बातें कीं तो मालूम हुआ कि तूरया सरदार साहब को प्यार करने लगी थी। वह हमारे बाप से लड़-भिड़ कर सरदार साहब से निकाह करने आयी थी; लेकिन वहाँ इनकी स्त्री को पा कर वह ईर्ष्या और क्रोध से पागल हो गयी, और उसने उनकी स्त्री की हत्या कर डाली। काबुली औरत के भेष में जा कर वह कुछ मजाक करना चाहती थी; लेकिन घटना-चक्र उसे दूसरी ओर ले गया।

मैंने सरदार साहब की दशा का वर्णन किया। सुन कर वह कुछ सोचती रही और फिर कहा—नहीं वह आदमी झूठा और दगाबाज है। मैं उससे निकाह नहीं करूँगी। लेकिन तेरी खातिर अब सब भूल जाऊँगी। कल उनके बच्चों को ले आना, मैं प्यार करूँगी।

प्रातःकाल तूरया को देख कर मेरा नौकर आश्चर्य करने लगा। मैंने उससे कहा—यह मेरी बहन है।

नौकर को मेरी बात पर विश्वास न हुआ। तब मैंने विस्तारपूर्वक सब हाल कहा और उसी समय अपने बाप की लाश की खबर लेने के लिए भेजा। नौकर ने आ कर कहा—लाश अभी तक थाने पर रखी हुई है।

मैंने बड़े साहब के नाम एक पत्र लिख कर सब हाल बता दिया और लाश पाने के लिए दरख्वास्त की। उसी समय साहब के यहाँ से स्वीकृति आ गयी।

एक पत्र लिख कर मेजर साहब को भी बुलवाया।

मेजर साहब ने आ कर कहा—क्या बात है असद ? इतनी जल्दी आने के लिए क्यों लिखा ?

मैंने हँसते हुए कहा—मेजर साहब, मेरा नाम अब असद नहीं रहा, मेरा असली नाम है नाजिर।

मेजर साहब ने साश्चर्य मेरी ओर देखते हुए कहा—रात भर में तुम पागल तो नहीं हो गये।

मैंने हँसते हुए कहा—नहीं सरदार साहब, अभी और सुनिए। तूरया मेरी सगी बहन है, और जिसे कल मैंने मारा वह मेरा बाप था।

सरदार साहब मेरी बात सुन कर मानो आकाश से गिर पड़े। उनकी आँखें कपाल पर चढ़ गयीं। उन्होंने कहा—क्यों असद, तुम मुझे पागल कर डालोगे ?

मैंने सरदार साहब का हाथ पकड़ कर कहा—आइए, तूरया के मुँह से ही

सब हाल सुन लीजिए। तूरया मेरे यहाँ बैठी हुई आपकी प्रतीक्षा कर रही है।

सरदार साहब सकते की हालत में मेरे पीछे-पीछे चले। तूरया उन्हें आते देख कर उठ खड़ी हुई और हँसती हुई बोली—कैदी, तुम वही गीत फिर गाओ। तूरया की बात सुन कर मैं और सरदार साहब भी हँसने लगे।

सरदार साहब को बिठा कर मैंने विस्तारपूर्वक सब हाल कहा। कहानी सुन कर सरदार साहब ने मुझसे कहा—नाजिर, अब तुम्हें नाजिर ही कहूँगा। तूरया को मैं तुमसे माँगता हूँ ! मैं इसके साथ विवाह करूँगा।

मैंने हँस कर कहा—लेकिन आप हिंदू हैं, और हम लोग मुसलमान।

सरदार साहब ने हँस कर कहा—पलटनियों की कोई जाति-पाँति नहीं होती है।

तूरया ने उसी समय कहा—लेकिन सरदार साहब, मैं तुमसे विवाह नहीं करूँगी। हाँ, अगर तुम अपने दोनों बच्चों को मेरे पास भेज दो तो मैं उनकी माँ बन जाऊँगी।

सरदार साहब हँसते हुए विदा हुए।

उसी दिन शाम को हमने सरदार साहब, तूरया और दूसरे पलटनियों के साथ जाकर अपने बाप की लाश दफनायी।

सूरज डूब रहा था। धीरे-धीरे अँधेरा हो रहा था; और हम दोनों, तूरया और मैं, अपने बाप की कब्र पर फ़ातिहा पढ़ रहे थे।

वैर का अंत

रामेश्वरराय अपने बड़े भाई के शव को खाट से नीचे उतारते हुए भाई से बोले–तुम्हारे पास कुछ रुपये हों तो लाओ, दाह-क्रिया की फिक्र करें, मैं बिलकुल खाली हाथ हूँ।

छोटे भाई का नाम विश्वेश्वरराय था। वह एक जमींदार के कारिंदा थे, आमदनी अच्छी थी। बोले, आधे रुपये मुझसे ले लो। आधे तुम निकालो।

रामेश्वर–मेरे पास रुपये नहीं हैं।

विश्वेश्वर–तो फिर इनके हिस्से का खेत रेहन रख दो।

रामे.–तो जाओ, कोई महाजन ठीक करो। देर न लगे। विश्वेश्वरराय ने अपने एक मित्र से कुछ रुपये उधार लिये, उस वक्त का काम चला। पीछे फिर कुछ रुपये लिये, खेत की लिखा-पढ़ी कर दी। कुल पाँच बीघे जमीन थी। 300 रु. मिले। गाँव के लोगों का अनुमान है कि क्रिया-कर्म में मुश्किल से 100 रु. उठे होंगे। पर विश्वेश्वरराय ने षोड्शी के दिन 301 रु. का लेखा भाई के सामने रख दिया। रामेश्वरराय ने चकित हो कर पूछा–सब रुपये उठ गये ?

विश्वे.–क्या मैं इतना नीच हूँ कि करनी के रुपये भी कुछ उठा रखूँगा ? किसको यह धन पचेगा ?

रामे.–नहीं, मैं तुम्हें बेईमान नहीं बनाता, खाली पूछता था।

विश्वे.–कुछ शक हो तो जिस बनिये से चीज़ें ली गयी हैं, उससे पूछ लो।

2

साल भर के बाद एक दिन विश्वेश्वरराय ने भाई से कहा–रुपये हों तो लाओ, खेत छुड़ा लें।

रामे.–मेरे पास रुपये कहाँ से आये। घर का हाल तुमसे छिपा थोड़े ही है।

विश्वे.–तो मैं सब रुपये देकर जमीन छोड़ाये लेता हूँ। जब तुम्हारे पास रुपये हों, आधा दे कर अपनी आधी जमीन मुझसे ले लेना।

रामे.—अच्छी बात है, छुड़ा लो।

30 साल गुजर गये। विश्वेश्वरराय जमीन को भोगते रहे, उसे खाद गोबर से खूब सजाया।

उन्होंने निश्चय कर लिया था कि यह जमीन न छोड़ूँगा। मेरा तो इस पर मौरूसी हक हो गया। अदालत से भी कोई नहीं ले सकता। रामेश्वरराय ने कई बार यत्न किया कि रुपये दे कर अपना हिस्सा ले लें; पर तीस साल में वे कभी 150 रु. जमा न कर सके।

मगर रामेश्वरराय का लड़का जागेश्वर कुछ सँभल गया। वह गाड़ी लादने का काम करने लगा था और इस काम में उसे अच्छा नफा भी होता था। उसे अपने हिस्से की रात-दिन चिंता रहती थी। अंत में उसने रात-दिन श्रम करके यथेष्ट धन बटोर लिया और एक दिन चाचा से बोला—काका, अपने रुपये ले लीजिए। मैं अपना नाम चढ़वा लूँ।

विश्वे.—अपने बाप के तुम्हीं चतुर बेटे नहीं हो। इतने दिनों तक कान न हिलाये, जब मैंने जमीन सोना बना लिया तब हिस्सा बाँटने चले हो ? तुमसे माँगने तो नहीं गया था।

जागे.—तो अब जमीन न मिलेगी ?

रामे.—भाई का हक मार कर कोई सुखी नहीं रहता।

विश्वे.—जमीन हमारी है। भाई की नहीं।

जागे.—तो आप सीधे न दीजिएगा ?

विश्वे.—न सीधे दूँगा, न टेढ़े से दूँगा। अदालत करो।

जागे.—अदालत करने की मुझे सामर्थ्य नहीं है; पर इतना कहे देता हूँ कि जमीन चाहे मुझे न मिले; पर आपके पास न रहेगी।

विश्वे.—यह धमकी जा कर किसी और को दो।

जागे.—फिर यह न कहियेगा कि भाई हो कर वैरी हो गया।

विश्वे.—एक हजार गाँठ में रख कर तब जो कुछ जी में आये, करना।

जागे.—मैं गरीब आदमी हजार रुपये कहाँ से लाऊँगा; पर कभी-कभी भगवान् दीनों पर दयालु हो जाते हैं।

विश्वे.—मैं इस डर से बिल नहीं खोद रहा हूँ।

रामेश्वरराय तो चुप ही रहा पर जागेश्वर इतना क्षमाशील न था। वकील से बातचीत की। वह अब आधी नहीं; पूरी जमीन पर दाँत लगाए हुए था।

मृत सिद्धेश्वरराय के एक लड़की तपेश्वरी थी। अपने जीवन-काल में वे उसका विवाह कर चुके थे। उसे कुछ मालूम ही न था कि बाप ने क्या छोड़ा और किसने लिया। क्रिया-कर्म अच्छी तरह हो गया; वह इसी में खुश थी। षोड्शी में आयी थी। फिर ससुराल चली गयी। 30 वर्ष हो गये, न किसी ने बुलाया, न वह मैके

आयी। ससुराल की दशा भी अच्छी न थी। पति का देहांत हो चुका था। लड़के भी अल्प वेतन पर नौकर थे। जागेश्वर ने अपनी फूफी को उभारना शुरू किया। वह उसी को मुद्दई बनाना चाहता था।

तपेश्वरी ने कहा—बेटा, मुझे भगवान् ने जो दिया है, उसी में मगन हूँ। मुझे जगह-जमीन न चाहिए। मेरे पास अदालत करने को धन नहीं है।

जागे.—रुपये मैं लगाऊँगा, तुम खाली दावा कर दो।

तपेश्वरी—भैया तुम्हें खड़ा कर किसी काम का न रखेंगे।

जागे.—यह नहीं देखा जाता कि वे जायदाद ले कर मजें उड़ावें और हम मुँह ताकें। मैं अदालत का खर्च दे दूँगा। इस जमीन के पीछे बिक जाऊँगा पर उनका गला न छोड़ूँगा।

तपेश्वरी—अगर जमीन मिल भी गयी तो तुम अपने रुपयों के एवज में ले लोगे, मेरे हाथ क्या लगेगा ? मैं भाई से क्यों बुरी बनूँ ?

जागे.—जमीन आप ले लीजिएगा, मैं केवल चाचा साहब का घमंड तोड़ना चाहता हूँ।

तपेश्वरी—अच्छा, जाओ, मेरी तरफ से दावा कर दो।

जागेश्वर ने सोचा, जब चाचा साहब की मुट्ठी से जमीन निकल आयेगी तब मैं दस-पाँच रुपये साल पर इनसे ले लूँगा। इन्हें अभी कौड़ी नहीं मिलती। जो कुछ मिलेगा, उसी को बहुत समझेंगी। दूसरे दिन दावा कर दिया। मुंसिफ के इजलास में मुकदमा पेश हुआ। विश्वेश्वरराय ने सिद्ध किया कि तपेश्वरी सिद्धेश्वर की कन्या ही नहीं है।

गाँव के आदमियों पर विश्वेश्वरराय का दबाव था। सब लोग उससे रुपये-पैसे उधार ले जाते थे। मामले-मुकदमे में उनसे सलाह लेते। सबने अदालत में बयान किया कि हम लोगों ने कभी तपेश्वरी को नहीं देखा। सिद्धेश्वर के कोई लड़की ही न थी। जागेश्वर ने बड़े-बड़े वकीलों से पैरवी करायी, बहुत धन खर्च किया, लेकिन मुंसिफ ने उसके विरुद्ध फैसला सुनाया। बेचारा हताश हो गया। विश्वेश्वर की अदालत में सबसे जान-पहचान थी। जागेश्वर को जिस काम के लिए मुट्ठियों रुपये खर्च करने पड़ते थे, वह विश्वेश्वर मुरौवत में करा लेता।

जागेश्वर ने अपील करने का निश्चय किया। रुपये न थे, गाड़ी-बैल बेच डाले। अपील हुई। महीनों मुकदमा चला। बेचारा सुबह से शाम तक कचहरी के अमलों और वकीलों की खुशामद किया करता, रुपये भी उठ गये, महाजनों से ऋण लिया। बारे अबकी उसकी डिग्री हो गयी। पाँच सौ का बोझ सिर पर हो गया था, पर अब जीत ने आँसू पोंछ दिये।

विश्वेश्वर ने हाईकोर्ट में अपील की। जागेश्वर को अब कहीं से रुपये न मिले। विवश होकर अपने हिस्से की जमीन रेहन रखी। फिर घर बेचने की नौबत

आयी। यहाँ तक कि स्त्रियों के गहने भी बिक गये। अंत में हाईकोर्ट से भी उसकी जीत हो गयी। आनंदोत्सव में बची-खुची पूँजी भी निकल गयी। एक हजार पर पानी फिर गया। हाँ, संतोष यही था कि ये पाँचों बीघे मिल गये। तपेश्वरी क्या इतनी निर्दय हो जायेगी कि थाली मेरे सामने से खींच लेगी।

लेकिन खेतों पर अपना नाम चढ़ते ही तपेश्वरी की नीयत बदली। उसने एक दिन गाँव में आकर पूछ-ताछ की तो मालूम हुआ कि पाँचों बीघे 100 रु. में उठ सकते हैं। लगान केवल 25 रु. था, 75 रु. साल का नफा था। इस रकम ने उसे विचलित कर दिया। उसने असामियों को बुला कर उनके साथ बंदोबस्त कर दिया। जागेश्वरराय हाथ मलता रह गया। आखिर उससे न रहा गया। बोला–फूफीजी, आपने जमीन तो दूसरों को दे दी, अब मैं कहाँ जाऊँ।

तपेश्वरी–बेटा, पहले अपने घर में दीया जला कर तब मस्जिद में जलाते हैं। इतनी जगह मिल गयी, तो मैके से नाता हो गया, नहीं तो कौन पूछता।

जागे.–मैं तो उजड़ गया !

तपेश्वरी–जिस लगान पर और लोग ले रहे हैं, उसमें दो-चार रुपये कम करके तुम्हीं क्यों नहीं ले लेते ?

तपेश्वरी तो दो-चार दिन में विदा हो गयी। रामेश्वरराय पर वज्रपात-सा हो गया। बुढ़ापे में मजदूरी करनी पड़ी। मान-मर्यादा से हाथ धोया। रोटियों के लाले पड़ गये। बाप-बेटे दोनों प्रातःकाल से संध्या तक मजदूरी करते, तब कहीं आग जलती। दोनों में बहुधा तकरार हो जाती। रामेश्वर सारा अपराध बेटे के सिर रखता। जागेश्वर कहता, आपने मुझे रोका होता तो मैं क्यों इस विपत्ति में फँसता। उधर विश्वेश्वरराय ने महाजनों को उकसा दिया। साल भी न गुजरने पाया था कि बेचारे निराधार हो गये।–जमीन निकल गयी, घर नीलाम हो गया, दस-बीस पेड़ थे, वे भी नीलाम हो गये। चौबे जी दूबे न बने, दरिद्र हो गये। इस पर विश्वेश्वरराय के ताने और भी गजब ढाते। यह विपत्ति का सबसे नोकदार काँटा था। आतंक का सबसे निर्दय आघात था।

दो साल तक इस दुःखी परिवार ने जितनी मुसीबतें झेलीं, यह उन्हीं का दिल जानता है। कभी पेटभर भोजन न मिला। हाँ, इतनी आन थी कि नीयत नहीं बदली। दरिद्रता ने सब कुछ किया, पर आत्मा का पतन न कर सकी। कुल-मर्यादा में आत्मरक्षा की बड़ी शक्ति होती है।

एक दिन संध्या समय दोनों आदमी बैठे आग ताप रहे थे कि सहसा एक आदमी ने आकर कहा–ठाकुर चलो, विश्वेश्वरराय तुम्हें बुलाते हैं।

रामेश्वर ने उदासीन भाव से कहा–मुझे क्यों बुलायेंगे ? मैं उनका कौन होता हूँ? क्या कोई और उपद्रव खड़ा करना चाहते हैं ?

इतने में दूसरा आदमी दौड़ा हुआ आकर बोला–ठाकुर, जल्दी चलो, विश्वेश्वरराय की दशा अच्छी नहीं है।

विश्वेश्वरराय को इधर कई दिनों से खाँसी-बुखार की शिकायत थी, लेकिन शत्रुओं के विषय में हमें किसी अनिष्ट की शंका नहीं होती। रामेश्वर और जागेश्वर कभी कुशल-समाचार पूछने भी न गये। कहते, उन्हें क्या हुआ है। अमीरों को धन का रोग होता है। जब आराम करने को जी चाहा; पलंग पर लेट रहे, दूध में साबूदाना उबाल कर मिश्री मिला कर खाया और फिर उठ बैठे। विश्वेश्वरराय की दशा अच्छी नहीं है, यह सुन कर भी दोनों जगह से न हिले। रामेश्वर ने कहा—दशा को क्या हुआ है। आराम से पड़े बातें तो कर रहे हैं।

जागे.—किसी वैद्य-हकीम को बुलाने भेजना चाहते होंगे। शायद बुखार तेज हो गया है।

रामे.—यहाँ किसे इतनी फुरसत है। सारा गाँव तो उनका हितू है, जिसे चाहें भेज दें।

जागे.—हर्ज ही क्या है। जरा जा कर सुन आऊँ ?

रामे.—जा कर थोड़े उपले बटोर लाओ, चूल्हा जले, फिर जाना। ठकुरसोहाती करनी आती तो आज यह दशा न होती।

जागेश्वर ने टोकरी उठायी और हार की तरफ चला कि इतने में विश्वेश्वरराय के घर से रोने की आवाज़ें आने लगीं। उसने टोकरी फेंक दी और दौड़ा हुआ चाचा के घर में जा पहुँचा। देखा तो उन्हें लोग चारपाई से नीचे उतार रहे थे। जागेश्वर को ऐसा जान पड़ा, मेरे मुँह में कालिख लगी हुई है। वह आँगन से दालान में चला आया और दीवार में मुँह छिपा कर रोने लगा। युवावस्था आवेशमय होती है। क्रोध से आग हो जाती है, तो करुणा से पानी भी हो जाती है।

3

विश्वेश्वरराय की तीन बेटियाँ थीं। उनके विवाह हो चुके थे। तीन पुत्र थे, वे अभी छोटे थे। सबसे बड़े की उम्र 10 वर्ष से अधिक न थी। माता जी जीवित थीं। खानेवाले तो चार थे, कमानेवाला कोई न था। देहात में जिसके घर में दोनों जून चूल्हा जले, वह धनी समझा जाता है। उसके धन के अनुमान में भी अत्युक्ति से काम लिया जाता है। लोगों का विचार था कि विश्वेश्वरराय ने हजारों रुपये जमा कर लिये हैं; पर वहाँ वास्तव में कुछ न था। आमदनी पर सबकी निगाह रहती है, खर्च को कोई नहीं देखता। उन्होंने लड़कियों के विवाह खूब दिल खोल कर किये थे। भोजन-वस्त्र में, मेहमानों और नातेदारों के आदर-सत्कार में उनकी सारी आमदनी गायब हो जाती थी। अगर गाँव में अपना रोब जमाने के लिए दो-चार सौ रुपयों का लेन-देन कर लिया था, तो कई महाजनों का कर्ज भी था। यहाँ तक कि छोटी लड़की के विवाह में अपनी जमीन गिरों रख दी थी।

साल भर तक तो विधवा ने ज्यों-त्यों करके बच्चों का भरण-पोषण किया। गहने बेच कर काम चलाती रही; पर जब यह आधार भी न रहा तब कष्ट होने लगा। निश्चय किया कि तीनों लड़कों को तीनों कन्याओं के पास भेज दूँ। रही अपनी जान, उसकी क्या चिंता। तीसरे दिन भी पाव भर आटा मिल जायेगा तो दिन कट जायेंगे। लड़कियों ने पहले तो भाइयों को प्रेम से रखा; किंतु तीन महीने से ज्यादा कोई न रख सकी। उनके घरवाले चिढ़ते थे और अनाथों को मारते थे। लाचार हो माता ने लड़कों को बुला लिया।

छोटे-छोटे लड़के दिन-दिन भर भूखे रह जाते। किसी को कुछ खाते देखते तो घर में जा कर माँ से माँगते। फिर माँ से माँगना छोड़ दिया। खानेवालों ही के सामने जा कर, खड़े हो जाते और क्षुधित नेत्रों से देखते। कोई तो मुट्ठी भर चबेना निकाल कर दे देता; पर प्रायः लोग दुत्कार देते थे।

जाड़ों के दिन थे। खेतों में मटर की फलियाँ लगी हुई थीं। एक दिन तीनों लड़के खेत में घुस कर मटर उखाड़ने लगे। किसान ने देख लिया; दयावान आदमी था। खुद एक बोझा मटर उखाड़ कर विश्वेश्वराय के घर पर लाया और ठकुराइन से बोला—काकी, लड़कों को डाँट दो, किसी के खेत में न जाया करें। जागेश्वरराय उसी समय अपने द्वार पर बैठा चिलम पी रहा था, किसान को मटर लाते देखा—तीनों बालक पिल्लों की भाँति पीछे-पीछे दौड़े चले आते थे। उसकी आँखें सजल हो गयीं। घर में जा कर पिता से बोला—चाची के पास अब कुछ नहीं रहा, लड़के भूखों मर रहे हैं।

रामे.—तुम त्रिया-चरित्र नहीं जानते। यह सब दिखावा है। जन्म भर की कमाई कहाँ उड़ गयी ?

जागे.—अपना काबू चलते हुए कोई लड़कों को भूखों नहीं मार सकता।

रामे.—तुम क्या जानो। बड़ी चतुर औरत है।

जागे.—लोग हमीं लोगों को हँसते होंगे।

रामे.—हँसी की लाज है तो जा कर छाँह कर लो, खिलाओ-पिलाओ। है दम ?

जागे.—न भर-पेट खायेंगे, आधे ही पेट सही। बदनामी तो न होगी ? चाचा से लड़ाई थी। लड़कों ने हमारा क्या बिगाड़ा है।

रामे.— वह चुड़ैल तो अभी जीती है न ?

जागेश्वर चला आया। उसके मन में कई बार यह बात आयी थी कि चाची को कुछ सहायता दिया करूँ, पर उनकी जली-कटी बातों से डरता था। आज से उसने एक नया ढंग निकाला है। लड़कों को खेलते देखता तो बुला लेता, कुछ खाने को दे देता। मजूरों को दोपहर की छुट्टी मिलती है। अब वह अवकाश के समय काम करके मजूरी के पैसे कुछ ज्यादा पा जाता। घर चलते समय खाने की कोई न कोई चीज लेता आता और अपने घरवालों की आँख बचा कर उन अनाथों

को दे देता। धीरे-धीरे लड़के उससे इतने हिल-मिल गये कि उसे देखते ही 'भैया-भैया' कह कर दौड़ते, दिन भर उसकी राह देखा करते। पहले माता डरती थी कि कहीं मेरे लड़कों को बहला कर ये महाशय पुरानी अदावत तो नहीं निकालना चाहते हैं। वह लड़कों को जागेश्वर के पास जाने और उससे कुछ ले कर खाने से रोकती, पर लड़के शत्रु और मित्र को बूढ़ों से ज्यादा पहचानते हैं। लड़के माँ के मना करने की परवा न करते, यहाँ तक कि शनैः-शनैः माता को भी जागेश्वर की सहृदयता पर विश्वास आ गया।

एक दिन रामेश्वर ने बेटे से कहा– तुम्हारे पास रुपये बढ़ गये हैं, तो चार पैसे जमा क्यों नहीं करते। लुटाते क्यों हो ?

जागे.—मैं तो एक-एक कौड़ी की किफायत करता हूँ ?

रामे.—जिन्हें अपना समझ रहे हो, वे एक दिन तुम्हारे शत्रु होंगे।

जागे.—आदमी का धर्म भी तो कोई चीज है। पुराने वैर पर एक परिवार की भेंट नहीं कर सकता। मेरा बिगड़ता ही क्या है, यही न रोज घंटे-दो-घंटे और मेहनत करनी पड़ती है।

रामेश्वर ने मुँह फेर लिया। जागेश्वर घर में गया तो उसकी स्त्री ने कहा—अपने मन की ही करते हो, चाहे कोई कितना ही समझाये। पहले घर में आदमी दीया जलाता है।

जागे.—लेकिन यह तो उचित नहीं कि अपने घर में दीया की जगह मोमबत्तियाँ जलाये और मस्जिद को अँधेरा ही छोड़ दे।

स्त्री—मैं तुम्हारे साथ क्या पड़ी, मानो कुएँ में गिर पड़ी। कौन सुख देते हो ? गहने उतार लिये, अब साँस भी नहीं लेते।

जागे.—मुझे तुम्हारे गहने से भाइयों की जान ज्यादा प्यारी है।

स्त्री ने मुँह फेर लिया और बोली—वैरी की संतान कभी अपनी नहीं होती।

जागेश्वर ने बाहर जाते हुए उत्तर दिया—वैर का अंत वैरी के जीवन के साथ हो जाता है।

दो भाई

प्रातःकाल सूर्य की सुहावनी सुनहरी धूप में कलावती दोनों बेटों को जाँघों पर बैठा दूध और रोटी खिलाती। केदार बड़ा था, माधव छोटा। दोनों मुँह में कौर लिये, कई पग उछल-कूद कर फिर जाँघों पर आ बैठते और अपनी तोतली बोली में इस प्रार्थना की रट लगाते थे, जिसमें एक पुराने सहृदय कवि ने किसी जाड़े के सताये हुए बालक के हृदयोद्गार को प्रकट किया है—

देव-देव घाम करो तुम्हारे बालक को लगता जाड़

माँ उन्हें चुमकार कर बुलाती और बड़े-बड़े कौर खिलाती। उसके हृदय में प्रेम की उमंग थी और नेत्रों में गर्व की झलक। दोनों भाई बड़े हुए। साथ-साथ गले में बाँहें डाले खेलते थे। केदार की बुद्धि चुस्त थी। माधव का शरीर। दोनों में इतना स्नेह था कि साथ-साथ पाठशाला जाते, साथ-साथ खाते और साथ ही साथ रहते थे ! दोनों भाइयों का ब्याह हुआ। केदार की वधू चम्पा अमित-भाषिणी और चंचला थी। माधव की वधू श्यामा साँवली-सलोनी, रूपराशि की खान थी। बड़ी ही मृदुभाषिणी, बड़ी ही सुशीला और शांतस्वभावा थी।

केदार चम्पा पर मोहे और माधव श्यामा पर रीझे। परंतु कलावती का मन किसी से न मिला। वह दोनों से प्रसन्न और दोनों से अप्रसन्न थी। उसकी शिक्षा-दीक्षा का बहुत अंश इस व्यर्थ के प्रयत्न में व्यय होता था कि चम्पा अपनी कार्यकुशलता का एक भाग श्यामा के शांत स्वभाव से बदल ले।

दोनों भाई संतानवान हुए। हरा-भरा वृक्ष खूब फैला और फलों से लद गया। कुत्सित वृक्ष में केवल एक फल दृष्टिगोचर हुआ, वह भी कुछ पीला-सा, मुरझाया हुआ; किंतु दोनों अप्रसन्न थे। माधव को धन-सम्पत्ति की लालसा थी और केदार को संतान की अभिलाषा।

भाग्य की इस कूटनीति ने शनैः-शनैः द्वेष का रूप धारण किया, जो स्वाभाविक था। श्यामा अपने लड़कों को सँवारने-सुधारने में लगी रहती; उसे सिर उठाने की फुरसत नहीं मिलती थी। बेचारी चम्पा को चूल्हे में जलना और चक्की में पिसना पड़ता। यह अनीति कभी-कभी कटु शब्दों में निकल जाती। श्यामा सुनती, कुढ़ती

और चुपचाप सह लेती। परन्तु उसकी यह सहनशीलता चम्पा के क्रोध को शांत करने के बदले और बढ़ाती। यहाँ तक कि प्याला लबालब भर गया। हिरन भागने की राह न पा कर शिकारी की तरफ लपका। चम्पा और श्यामा समकोण बनानेवाली रेखाओं की भाँति अलग हो गयीं। उस दिन एक ही घर में दो चूल्हे जले, परन्तु भाइयों ने दाने की सूरत न देखी और कलावती सारे दिन रोती रही।

2

कई वर्ष बीत गये। दोनों भाई जो किसी समय एक ही पालथी पर बैठते थे, एक ही थाली में खाते थे और एक ही छाती से दूध पीते थे, उन्हें अब एक घर में, एक गाँव में रहना कठिन हो गया। परन्तु कुल की साख में बट्टा न लगे, इसलिए ईर्ष्या और द्वेष की धधकी हुई आग को राख के नीचे दबाने की व्यर्थ चेष्टा की जाती थी। उन लोगों में अब भ्रातृ-स्नेह न था। केवल भाई के नाम की लाज थी। माँ भी जीवित थी, पर दोनों बेटों का वैमनस्य देख कर वह आँसू बहाया करती। हृदय में प्रेम था, पर नेत्रों में अभिमान न था। कुसुम वही था, परंतु वह छटा न थी।

दोनों भाई जब लड़के थे, तब एक को रोते देख दूसरा भी रोने लगता था, तब वह नादान बेसमझ और भोले थे। आज एक को रोते हुए देख दूसरा हँसता और तालियाँ बजाता। अब वह समझदार और बुद्धिमान हो गये थे।

जब उन्हें अपने-पराये की पहचान न थी, उस समय यदि कोई छेड़ने के लिए एक को अपने साथ ले जाने की धमकी देता, तो दूसरा जमीन पर लोट जाता और उस आदमी का कुर्ता पकड़ लेता। अब यदि एक भाई को मृत्यु भी धमकाती तो दूसरे के नेत्रों में आँसू न आते। अब उन्हें अपने-पराये की पहचान हो गयी थी।

बेचारे माधव की दशा शोचनीय थी। खर्च अधिक था और आमदनी कम। उस पर कुल-मर्यादा का निर्वाह। हृदय चाहे रोये, पर होंठ हँसते रहें। हृदय चाहे मलिन हो, पर कपड़े मैले न हों। चार पुत्र थे, चार पुत्रियाँ और आवश्यक वस्तुएँ मोतियों के मोल। कुछ पाइयों की जमींदारी कहाँ तक सम्हालती। लड़कों का ब्याह अपने वश की बात थी। पर लड़कियों का विवाह कैसे टल सकता। दो पाई जमीन पहली कन्या के विवाह में भेंट हो गयी। उस पर भी बराती बिना भात खाये आँगन से उठ गये। शेष दूसरी कन्या के विवाह में निकल गयी। साल भर बाद तीसरी लड़की का विवाह हुआ, पेड़-पत्ते भी न बचे। हाँ, अब की डाल भरपूर थी। परन्तु दरिद्रता और धरोहर में वही सम्बन्ध है, जो मांस और कुत्ते में।

3

इस कन्या का अभी गौना न हुआ था कि माधव पर दो साल के बकाया लगान का वारंट आ पहुँचा। कन्या के गहने गिरों (बंदक) रखे गये। गला छूटा। चम्पा इसी समय की ताक में थी। तुरन्त नये नातेदारों को सूचना दी। तुम लोग बेसुध बैठे हो, यहाँ गहनों का सफाया हुआ जाता है। दूसरे दिन एक नाई और दो ब्राह्मण माधव के दरवाजे पर आकर बैठ गये। बेचारे के गले में फाँसी पड़ गयी। रुपये कहाँ से आवें, न जमीन, न जायदाद, न बाग, न बगीचा। रहा विश्वास, वह कभी का उठ चुका था। अब यदि कोई सम्पत्ति थी, तो केवल वही दो कोठरियाँ, जिसमें उसने अपनी सारी आयु बितायी थी, और उनका कोई ग्राहक न था। विलम्ब से नाक कटी जाती थी। विवश हो कर केदार के पास आया और आँखों में आँसू भरे बोला, भैया इस समय मैं बड़े संकट में हूँ, मेरी सहायता करो।

केदार ने उत्तर दिया—मद्धू ! आजकल मैं भी तंग हो रहा हूँ, तुमसे सच कहता हूँ।

चम्पा अधिकारपूर्ण स्वर से बोली—अरे, तो क्या इनके लिए भी तंग हो रहे हैं ! अलग भोजन करने से क्या इज्जत अलग हो जायेगी !

केदार ने स्त्री की ओर कनखियों से ताक कर कहा—नहीं-नहीं, मेरा यह प्रयोजन नहीं था। हाथ तंग है तो क्या, कोई न कोई प्रबन्ध किया ही जायेगा।

चम्पा ने माधव से पूछा—पाँच बीस से कुछ ऊपर ही पर गहने रखे थे न।

माधव ने उत्तर दिया—हाँ, ब्याज सहित कोई सवा सौ रुपये होते हैं।

केदार रामायण पढ़ रहे थे। फिर पढ़ने में लग गये। चम्पा ने तत्त्व की बातचीत शुरू की— रुपया बहुत है, हमारे पास होता तो कोई बात न थी, परन्तु हमें भी दूसरे से दिलाना पड़ेगा और महाजन बिना कुछ लिखाये-पढ़ाये रुपया देते नहीं।

माधव ने सोचा, यदि मेरे पास कुछ लिखाने-पढ़ाने को होता, तो क्या और महाजन मर गये थे, तुम्हारे दरवाजे आता क्यों ? बोला—लिखने-पढ़ने को मेरे पास है ही क्या ? जो कुछ जगह-जायदाद है, वह यही घर है।

केदार और चम्पा ने एक दूसरे को मर्मभेदी नयनों से देखा और मन ही मन कहा—क्या आज सचमुच जीवन की प्यारी अभिलाषाएँ पूरी होंगी। परन्तु हृदय की यह उमंग मुँह तक आते-आते गम्भीर रूप धारण कर गयी। चम्पा बड़ी गम्भीरता से बोली—घर पर तो कोई महाजन कदाचित् ही रुपया दे। शहर हो तो कुछ किराया ही आवे, पर गँवई में तो कोई सेंत में रहने वाला भी नहीं। फिर साझे की चीज ठहरी।

केदार डरे कि कहीं चम्पा की कठोरता से खेल बिगड़ न जाय। बोले—एक महाजन से मेरी जान-पहचान है। वह कदाचित् कहने-सुनने में आ जाय !

चम्पा ने गर्दन हिला कर इस युक्ति की सराहना की और बोली—पर दो-तीन बीस से अधिक मिलना कठिन है।

केदार ने जान पर खेल कर कहा—अरे, बहुत दबाने पर चार बीस हो जायेंगे। और क्या !

अबकी चम्पा ने तीव्र दृष्टि से केदार को देखा और अनमनी-सी होकर बोली—महाजन ऐसे अंधे नहीं होते।

माधव अपने भाई-भावज के इस गुप्त रहस्य को कुछ-कुछ समझता था। वह चकित था कि इन्हें इतनी बुद्धि कहाँ से मिल गयी। बोला—और रुपये कहाँ से आवेंगे।

चम्पा चिढ़ कर बोली—और रुपयों के लिए और फिक्र करो। सवा सौ रुपये इन दो कोठरियों के इस जनम में कोई न देगा, चार बीस चाहो तो एक महाजन से दिला दूँ, लिखा-पढ़ी कर लो।

माधव इन रहस्यमय बातों से सशंक हो गया। उसे भय हुआ कि यह लोग मेरे साथ कोई गहरी चाल चल रहे हैं। दृढ़ता के साथ अड़ कर बोला—और कौन सी फिक्र करूँ ? गहने होते तो कहता, लाओ रख दूँ। यहाँ तो कच्चा सूत भी नहीं है। जब बदनाम हुए तो क्या दस के लिए क्या पचास के लिए, दोनों एक ही बात है। यदि घर बेच कर मेरा नाम रह जाय, तो यहाँ तक तो स्वीकार है; परंतु घर भी बेचूँ और उस पर भी प्रतिष्ठा धूल में मिले, ऐसा मैं न करूँगा। केवल नाम का ध्यान है, नहीं एक बार नहीं कर जाऊँ तो मेरा कोई क्या करेगा। और सच पूछो तो मुझे अपने नाम की कोई चिंता नहीं है। मुझे कौन जानता है ? संसार तो भैया को हँसेगा।

केदार का मुँह सूख गया। चम्पा भी चकरा गयी। वह बड़ी चतुर वाक्‌निपुण रमणी थी। उसे माधव जैसे गँवार से ऐसी दृढ़ता की आशा न थी। उसकी ओर आदर से देख कर बोली—लालू, कभी-कभी तुम भी लड़कों की-सी बातें करते हो ? भला इस झोंपड़ी पर कौन सौ रुपये निकाल कर देगा ? तुम सवा सौ के बदले सौ ही दिलाओ, मैं आज ही अपना हिस्सा बेचती हूँ। उतना ही मेरा भी तो है ? घर पर तो तुमको वही चार बीस मिलेंगे। हाँ, और रुपयों का प्रबंध हम-आप कर देंगे। इज्जत हमारी-तुम्हारी एक ही है, वह न जाने पायेगी। वह रुपया अलग खाते में चढ़ा लिया जायेगा।

माधव की इच्छाएँ पूरी हुईं। उसने मैदान मार लिया। सोचने लगा, मुझे तो रुपयों से काम है। चाहे एक नहीं, दस खाते में चढ़ा लो। रहा मकान, वह जीते जी नहीं छोड़ने का। प्रसन्न हो कर चला। उसके जाने के बाद केदार और चम्पा ने कपट-भेष त्याग दिया और बड़ी देर तक एक दूसरे को इस कड़े सौदे का दोषी सिद्ध करने की चेष्टा करते रहे। अंत में मन को इस तरह संतोष दिया की भोजन

बहुत मधुर नहीं, किंतु भर-कठौत तो है। घर, हाँ देखेंगे कि श्यामा रानी इस घर में कैसे राज करती हैं।

केदार के दरवाज़े पर दो बैल खड़े हैं। इनमें कितनी संघ-शक्ति, कितनी मित्रता और कितना प्रेम है। दोनों एक ही जुए में चलते हैं, बस इनमें इतना ही नाता है। किंतु अभी कुछ दिन हुए, जब इनमें से एक चम्पा के मैके मँगनी गया था, तो दूसरे ने तीन दिन तक नाद में मुँह नहीं डाला। परंतु शोक, एक गोद के खेले भाई, एक छाती से दूध पीनेवाले आज इतने बेगाने हो रहे हैं कि एक घर में रहना भी नहीं चाहते।

4

प्रातःकाल था। केदार के द्वार पर गाँव के मुखिया और नंबरदार विराजमान थे। मुंशी दातादयाल अभिमान से चारपाई पर बैठे रेहन का मसविदा तैयार करने में लगे थे। बार-बार कलम बनाते और बार-बार खत रखते, पर खत की शान न सुधरती थी। केदार का मुखारविंद विकसित था और चम्पा फूली नहीं समाती थी। माधव कुम्हलाया और म्लान था।

मुखिया ने कहा—भाई ऐसा हित, न भाई ऐसा शत्रु। केदार ने छोटे भाई की लाज रख ली।

नम्बरदार ने अनुमोदन किया—भाई हो तो ऐसा हो।

मुख़्तार ने कहा—भाई, सपूतों का यही काम है।

दातादयाल ने पूछा—रेहन लिखनेवाले का नाम ?

बड़े भाई बोले—माधव वल्द शिवदत्त।

'और लिखानेवाले का ?'

'केदार वल्द शिवदत्त।'

माधव ने बड़े भाई की ओर चकित हो कर देखा। आँखें डबडबा आयीं। केदार उसकी ओर देख न सका। नंबरदार, मुखिया और मुख़्तार भी विस्मित हुए। क्या केदार खुद ही रुपया दे रहा है ? बातचीत तो किसी साहूकार की थी। जब घर ही में रुपया मौजूद है तो इस रेहननामे की आवश्यकता ही क्या थी ? भाई-भाई में इतना अविश्वास । अरे, राम ! राम ! क्या माधव 80 रु. का भी महँगा है। और यदि दबा ही बैठता, तो क्या रुपये पानी में चले जाते।

सभी की आँखें सैन द्वारा परस्पर बातें करने लगीं, मानो आश्चर्य की अथाह नदी में नौकाएँ डगमगाने लगीं।

श्यामा दरवाजे की चौखट पर खड़ी थी। वह सदा केदार की प्रतिष्ठा करती थी, परंतु आज केवल लोकरीति ने उसे अपने जेठ को आड़े हाथों लेने से रोका।

बूढ़ी अम्माँ ने सुना तो सूखी नदी उमड़ आयी। उसने एक बार आकाश की ओर देखा और माथा ठोंक लिया।

अब उसे उस दिन का स्मरण हो आया जब ऐसा ही सुहावना सुनहरा प्रभात था और दो प्यारे-प्यारे बच्चे उसकी गोद में बैठे हुए उछल-कूद कर दूध-रोटी खाते थे। उस समय माता के नेत्रों में कितना अभिमान था, हृदय में कितनी उमंग और कितना उत्साह।

परन्तु आज, आह ! आज नयनों में लज्जा है और हृदय में शोक-संताप। उसने पृथ्वी की ओर देख कर कातर स्वर में कहा–हे नारायण ! क्या ऐसे पुत्रों को मेरी ही कोख में जन्म लेना था ?

महातीर्थ

मुंशी इंद्रमणि की आमदनी कम थी और खर्च ज्यादा। अपने बच्चे के लिए दाई का खर्च न उठा सकते थे। लेकिन एक तो बच्चे की सेवा-शुश्रूषा की फ़िक्र और दूसरे अपने बराबरवालों से हेठे बन कर रहने का अपमान इस खर्च को सहने पर मजबूर करता था। बच्चा दाई को बहुत चाहता था, हरदम उसके गले का हार बना रहता था। इसलिए दाई और भी जरूरी मालूम होती थी, पर शायद सबसे बड़ा कारण यह था कि वह मुरौवत के वश दाई को जवाब देने का साहस नहीं कर सकते थे। बुढ़िया उनके यहाँ तीन साल से नौकर थी। उसने उनके इकलौते लड़के का लालन-पालन किया था। अपना काम बड़ी मुस्तैदी और परिश्रम से करती थी। उसे निकालने का कोई बहाना नहीं था और व्यर्थ खुचड़ निकालना इंद्रमणि जैसे भले आदमी के स्वभाव के विरुद्ध था, पर सुखदा इस संबंध में अपने पति से सहमत न थी। उसे संदेह था कि दाई हमें लूटे लेती है। जब दाई बाजार से लौटती तो वह दालान में छिपी रहती कि देखूँ आटा कहीं छिपा कर तो नहीं रख देती; लकड़ी तो नहीं छिपा देती। उसकी लायी हुई चीजों को घंटों देखती, पूछताछ करती। बार-बार पूछती, इतना ही क्यों ? क्या भाव है। क्या इतना महँगा हो गया ? दाई कभी तो इन संदेहात्मक प्रश्नों का उत्तर नम्रतापूर्वक देती, किंतु जब कभी बहू जी ज्यादा तेज हो जातीं तो वह भी कड़ी पड़ जाती थी। शपथें खाती। सफाई की शहादतें पेश करती। वाद-विवाद में घंटों लग जाते थे। प्रायः नित्य यही दशा रहती थी और प्रतिदिन यह नाटक दाई के अश्रुपात के साथ समाप्त होता था। दाई का इतनी सख्तियाँ झेल कर पड़े रहना सुखदा के संदेह को और भी पुष्ट करता था। उसे कभी विश्वास नहीं होता था कि यह बुढ़िया केवल बच्चे के प्रेमवश पड़ी हुई है। वह बुढ़िया को इतनी बाल-प्रेम-शीला नहीं समझती थी।

2

संयोग से एक दिन दाई को बाजार से लौटने में जरा देर हो गयी। वहाँ दो कुँजड़िनों

में देवासुर संग्राम मचा था। उनका चित्रमय हाव-भाव, उनका आग्नेय तर्क-वितर्क, उनके कटाक्ष, और व्यंग्य सब अनुपम थे। विष के दो नद थे या ज्वाला के दो पर्वत, जो दोनों तरफ से उमड़ कर आपस में टकरा गये थे। क्या वाक्-प्रवाह था, कैसी विचित्र विवेचना ! उनका शब्द-बाहुल्य, उनकी मार्मिक विचारशीलता, उनके अलंकृत शब्द-विन्यास और उनकी उपमाओं की नवीनता पर ऐसा कौन-सा कवि है, जो मुग्ध न हो जाता। उनका धैर्य, उनकी शांति विस्मयजनक थी। दर्शकों की एक खासी भीड़ भी थी। वह लाज को भी लज्जित करनेवाले इशारे, वह अश्लील शब्द जिनसे मलिनता के भी कान खड़े होते, सहस्रों रसिकजनों के लिए मनोरंजन की सामग्री बने हुए थे।

दाई भी खड़ी हो गयी कि देखूँ क्या मामला है। तमाशा इतना मनोरंजक था कि उसे समय का बिलकुल ध्यान न रहा। यकायक जब नौ के घंटे की आवाज कान में आयी, तो चौंक पड़ी और लपकी हुई घर की ओर चली।

सुखदा भरी बैठी थी। दाई को देखते ही त्योरी बदल कर बोली—क्या बाजार में खो गयी थी ?

दाई विनयपूर्ण भाव से बोली—एक जान-पहचान की महरी से भेंट हो गयी। वह बातें करने लगी।

सुखदा इस जवाब से और भी चिढ़ कर बोली—यहाँ दफ्तर जाने को देर हो रही है और तुम्हें सैर-सपाटे की सूझती है।

परंतु दाई ने इस समय दबने में ही कुशल समझी, बच्चे को गोद में लेने चली, पर सुखदा ने झिड़क कर कहा—रहने दो, तुम्हारे बिना वह व्याकुल नहीं हुआ जाता।

दाई ने इस आज्ञा को मानना आवश्यक नहीं समझा। बहू जी का क्रोध ठंडा करने के लिए इससे उपयोगी और कोई उपाय न सूझा। उसने रुद्रमणि को इशारे से अपने पास बुलाया। वह दोनों हाथ फैलाये लड़खड़ाता हुआ उसकी ओर चला। दाई ने उसे गोद में उठा लिया और दरवाजे की तरफ चली। लेकिन सुखदा बाज की तरह झपटी और रुद्र को उसकी गोद से छीन कर बोली—तुम्हारी यह धूर्तता बहुत दिनों से देख रही हूँ। यह तमाशे किसी और को दिखाइयो। यहाँ जी भर गया।

दाई रुद्र पर जान देती थी और समझती थी कि सुखदा इस बात को जानती है। उसकी समझ में सुखदा और उसके बीच यह ऐसा मजबूत संबंध था, जिसे साधारण झटके तोड़ न सकते थे। यही कारण था कि सुखदा के कटु वचनों को सुन कर भी उसे यह विश्वास न होता था कि मुझे निकालने पर प्रस्तुत है। सुखदा ने यह बातें कुछ ऐसी कठोरता से कहीं और रुद्र को ऐसी निर्दयता से छीन लिया कि दाई से सह्य न हो सका। बोली—बहू जी ! मुझसे कोई बड़ा अपराध तो नहीं

हुआ, बहुत तो पाव घंटे की देर हुई होगी। इस पर आप इतना बिगड़ रही हैं, तो साफ क्यों नहीं कह देतीं कि दूसरा दरवाजा देखो। नारायण ने पैदा किया है, तो खाने को भी देगा। मजदूरी का अकाल थोड़े ही है।

सुखदा ने कहा—तो यहाँ तुम्हारी परवाह ही कौन करता है ? तुम्हारी जैसी लौंडिनें गली-गली ठोकरें खाती फिरती हैं।

दाई ने जवाब दिया—हाँ, नारायण आपको कुशल से रखें। लौंडिनें और दाइयाँ आपको बहुत मिलेंगी। मुझसे जो कुछ अपराध हुआ हो, क्षमा कीजिएगा, मैं जाती हूँ।

सुखदा—जा कर मरदाने में अपना हिसाब कर लो।

दाई—मेरी तरफ से रुद्र बाबू को मिठाइयाँ मँगवा दीजिएगा।

इतने में इंद्रमणि भी बाहर से आ गये, पूछा—क्या है क्या ?

दाई ने कहा—कुछ नहीं। बहू जी ने जवाब दिया है, घर जाती हूँ।

इंद्रमणि गृहस्थी के जंजाल से इस तरह बचते थे जैसे कोई नंगे पैरवाला मनुष्य काँटों से बचे। उन्हें सारे दिन एक ही जगह खड़े रहना मंजूर था, पर काँटों में पैर रखने की हिम्मत न थी। खिन्न हो कर बोले—बात क्या हुई ?

सुखदा ने कहा—कुछ नहीं। अपनी इच्छा। जी नहीं चाहता, नहीं रखते। किसी के हाथों बिक तो नहीं गये।

इंद्रमणि ने झुँझला कर कहा—तुम्हें बैठे-बैठे एक न एक खुचड़ सूझती रहती है।

सुखदा ने तिनक कर कहा—हाँ, मुझे तो इसका रोग है। क्या करूँ स्वभाव ही ऐसा है। तुम्हें यह बहुत प्यारी है तो ले जाकर गले में बाँध लो, मेरे यहाँ जरूरत नहीं।

3

दाई घर से निकली तो आँखें डबडबायी हुई थीं। हृदय रुद्रमणि के लिए तड़प रहा था। जी चाहता था कि एक बार बालक को लेकर प्यार कर लूँ; पर यह अभिलाषा लिये हुए ही उसे घर से बाहर निकलना पड़ा।

रुद्रमणि दाई के पीछे-पीछे दरवाजे तक आया, पर दाई ने जब दरवाजा बाहर से बंद कर दिया तो वह मचल कर जमीन पर लेट गया और अन्ना-अन्ना कह कर रोने लगा। सुखदा ने चुमकारा, प्यार किया, गोद में लेने की कोशिश की, मिठाई देने का लालच दिया, मेला दिखाने का वादा किया, इससे जब काम न चला तो बंदर, सिपाही, लूलू और हौआ की धमकी दी पर रुद्र ने वह रौद्र भाव धारण किया, कि किसी तरह चुप न हुआ। यहाँ तक कि सुखदा को क्रोध आ गया, बच्चे को

वहीं छोड़ दिया और आकर घर के धंधे में लग गयी। रोते-रोते रुद्र का मुँह और गाल लाल हो गये, आँखें सूज गयीं। निदान वह वहीं जमीन पर सिसकते-सिसकते सो गया।

सुखदा ने समझा था कि बच्चा थोड़ी देर में रो-धो कर चुप हो जायेगा। रुद्र ने जागते ही अन्ना की रट लगायी। तीन बजे इंद्रमणि दफ्तर से आये और बच्चे की यह दशा देखी तो स्त्री की तरफ कुपित नेत्रों से देख कर उसे गोद में उठा लिया और बहलाने लगे। जब अंत में रुद्र को यह विश्वास हो गया कि दाई मिठाई लेने गयी है, तो उसे संतोष हुआ।

परंतु शाम होते ही उसने फिर चीखना शुरू किया—अन्ना मिठाई ला।

इस तरह दो-तीन दिन बीत गये। रुद्र को अन्ना की रट लगाने और रोने के सिवा और कोई काम न था। वह शांत प्रकृति कुत्ता, जो उसकी गोद से एक क्षण के लिए भी न उतरता था; वह मौन व्रतधारी बिल्ली, जिसे ताख पर देख कर वह खुशी से फूला न समाता था; वह पंखहीन चिड़िया, जिस पर वह जान देता था, सब उसके चित्त से उतर गये। वह उनकी तरफ आँख उठा कर भी न देखता। अन्ना जैसी जीती-जागती, प्यार करनेवाली, गोद में लेकर घुमानेवाली, थपक-थपक कर सुलानेवाली, गा-गाकर खुश करनेवाली चीज का स्थान उन निर्जीव चीजों से पूरा न हो सकता था। वह अक्सर सोते-सोते चौंक पड़ता अन्ना-अन्ना पुकार कर हाथों से इशारा करता, मानो उसे बुला रहा है। अन्ना की खाली कोठरी में घंटों बैठा रहता। उसे आशा होती कि अन्ना यहाँ आती होगी। इस कोठरी का दरवाजा खुलते सुनता तो अन्ना-अन्ना कह कर दौड़ता। समझता कि अन्ना आ गयी। उसका भरा हुआ शरीर घुल गया, गुलाब जैसा चेहरा सूख गया, माँ और बाप उसकी मोहनी हँसी के लिए तरस कर रह जाते थे। यदि बहुत गुदगुदाने या छेड़ने से हँसता भी तो ऐसा जान पड़ता था कि दिल से नहीं हँसता, केवल दिल रख लेने के लिए हँस रहा है। उसे अब दूध से प्रेम न था, न मिश्री से, न मेवे से, न मीठे बिस्कुट से, न ताजी इमरती से। उनमें मजा तब था जब अन्ना अपने हाथों से खिलाती थी। अब उनमें मजा नहीं था। दो साल का लहलहाता हुआ सुन्दर पौधा मुरझा गया। वह बालक जिसे गोद में उठाते ही नरमी, गरमी और भारीपन का अनुभव होता था, अब सूख कर काँटा हो गया। सुखदा अपने बच्चे की यह दशा देख कर भीतर ही भीतर कुढ़ती, अपनी मूर्खता पर पछताती। इंद्रमणि, जो शांतिप्रिय आदमी थे, अब बालक को गोद से अलग न करते थे, उसे रोज साथ हवा खिलाने ले जाते थे। नित्य नये खिलौने लाते थे, पर मुर्झाया हुआ पौधा किसी तरह भी न पनपता था। दाई उसके लिए संसार की सूर्य थी। उस स्वाभाविक गर्मी और प्रकाश से वंचित रहकर हरियारी को बाहर कैसे दिखाता ? दाई के बिना उसे अब चारों ओर सन्नाटा दिखायी देता था। दूसरी अन्ना तीसरे ही दिन रख ली गयी थी। पर

रुद्र उसकी सूरत देखते ही मुँह छिपा लेता था मानो वह कोई डाइन या चुड़ैल हो।

प्रत्यक्ष रूप में दाई को न देख कर रुद्र अब उसकी कल्पना में मग्न रहता। वहाँ उसकी अन्ना चलती-फिरती दिखायी देती थी। उसकी वह गोद थी, वही स्नेह; वही प्यारी-प्यारी बातें, वही प्यारे गाने, वही मजेदार मिठाइयाँ, वही सुहावना संसार, वही आनन्दमय जीवन। अकेले बैठ कर कल्पित अन्ना से बातें करता, अन्ना, कुत्ता भूके। अन्ना, गाय दूध देती। अन्ना; उजला-उजला घोड़ा दौड़े। सबेरा होते ही लोटा लेकर दाई की कोठरी में जाता और कहता–अन्ना, पानी। दूध का गिलास लेकर उसकी कोठरी में रख आता और कहता–अन्ना, दूध पिला। अपनी चारपाई पर तकिया रख कर चादर से ढाँक देता, और कहता–अन्ना सोती है। सुखदा जब खाने बैठती तो कटोरे उठा-उठा कर अन्ना की कोठरी में ले जाता और कहता–अन्ना खाना खायेगी। अन्ना अब उसके लिए एक स्वर्ग की वस्तु थी, जिसके लौटने की अब उसे बिलकुल आशा न थी। रुद्र के स्वभाव में धीरे-धीरे बालकों की चपलता और सजीवता की जगह एक निराशाजनक धैर्य, एक आनंदविहीन शिथिलता दिखायी देने लगी। इस तरह तीन हफ्ते गुजर गये। बरसात का मौसम था। कभी बेचैन करनेवाली गर्मी, कभी हवा के ठंडे झोंके। बुखार और जुकाम का जोर था। रुद्र की दुर्बलता इस ऋतु-परिवर्तन को बर्दाश्त न कर सकी। सुखदा उसे फलालैन का कुर्ता पहनाये रखती थी। उसे पानी के पास नहीं जाने देती। नंगे पैर एक कदम भी नहीं चलने देती। पर सर्दी लग ही गयी। रुद्र को खाँसी और बुखार आने लगा।

4

प्रभात का समय था। रुद्र चारपाई पर आँख बन्द किये पड़ा था। डाक्टरों का इलाज निष्फल हुआ। सुखदा चारपाई पर बैठी उसकी छाती में तेल की मालिश कर रही थी और इंद्रमणि विषाद की मूर्ति बने हुए करुणापूर्ण आँखों से बच्चे को देख रहे थे। इधर सुखदा से बहुत कम बोलते थे। उन्हें उससे एक तरह की घृणा-सी हो गयी थी। वह रुद्र की बीमारी का एकमात्र कारण उसी को समझते थे। वह उनकी दृष्टि में बहुत नीच स्वभाव की स्त्री थी। सुखदा ने डरते-डरते कहा–आज बड़े हकीम साहब को बुला लेते; शायद उनकी दवा से फायदा हो।

इंद्रमणि ने काली घटाओं की ओर देख कर रुखाई से जवाब दिया–बड़े हकीम नहीं, यदि धन्वन्तरि भी आवें तो भी उसे कोई फायदा न होगा।

सुखदा ने कहा–तो क्या अब किसी की दवा न होगी ?

इंद्रमणि–बस, इसकी एक ही दवा है और अलभ्य है।

सुखदा–तुम्हें तो बस वही धुन सवार है। क्या बुढ़िया आकर अमृत पिला देगी।

इंद्रमणि—वह तुम्हारे लिए चाहे विष हो, पर लड़के के लिए अमृत ही होगी।

सुखदा—मैं नहीं समझती कि ईश्वरेच्छा उसके अधीन है।

इंद्रमणि—यदि नहीं समझती हो और अब तक नहीं समझी, तो रोओगी। बच्चे से हाथ धोना पड़ेगा।

सुखदा—चुप भी रहो, क्या अशुभ मुँह से निकालते हो। यदि ऐसी ही जली-कटी सुनानी है, तो बाहर चले जाओ।

इंद्रमणि—तो मैं जाता हूँ। पर याद रखो, यह हत्या तुम्हारी ही गर्दन पर होगी। यदि लड़के को तंदुरुस्त देखना चाहती हो, तो उसी दाई के पास जाओ, उससे विनती और प्रार्थना करो, क्षमा माँगो। तुम्हारे बच्चे की जान उसी की दया के अधीन है।

सुखदा ने कुछ उत्तर नहीं दिया। उसकी आँखों से आँसू जारी थे।

इंद्रमणि ने पूछा—क्या मर्जी है, जाऊँ उसे बुला लाऊँ ?

सुखदा—तुम क्यों जाओगे, मैं आप चली जाऊँगी।

इंद्रमणि—नहीं, क्षमा करो। मुझे तुम्हारे ऊपर विश्वास नहीं है। न जाने तुम्हारे जबान से क्या निकल पड़े कि जो वह आती भी तो न आवे।

सुखदा ने पति की ओर फिर तिरस्कार की दृष्टि से देखा और बोली—हाँ, और क्या, मुझे अपने बच्चे की बीमारी का शोक थोड़े ही है। मैंने लाज के मारे तुमसे कहा नहीं, पर मेरे हृदय में यह बात बार-बार उठी है। यदि मुझे दाई के मकान का पता मालूम होता, तो मैं कब की उसे मना लायी होती। वह मुझसे कितनी ही नाराज हो, पर रुद्र से उसे प्रेम था। मैं आज ही उसके पास जाऊँगी। तुम विनती करने को कहते हो, मैं उसके पैरों पड़ने के लिए तैयार हूँ। उसके पैरों को आँसुओं से भिगोऊँगी, और जिस तरह राजी होगी, राजी करूँगी।

सुखदा ने बहुत धैर्य धर कर यह बातें कहीं, परंतु उमड़े हुए आँसू न रुक सके। इंद्रमणि ने स्त्री की ओर सहानुभूतिपूर्वक देखा और लज्जित हो बोले—मैं तुम्हारा जाना उचित नहीं समझता। मैं खुद ही जाता हूँ।

5

कैलासी संसार में अकेली थी। किसी समय उसका परिवार गुलाब की तरह फूला हुआ था; परंतु धीरे-धीरे उसकी सब पत्तियाँ गिर गयीं। अब उसकी सब हरियाली नष्ट-भ्रष्ट हो गयी, और अब वही एक सूखी हुई टहनी उस हरे-भरे पेड़ की चिह्न रह गयी थी।

परंतु रुद्र को पाकर इस सूखी हुई टहनी में जान पड़ गयी थी। इसमें हरी-भरी पत्तियाँ निकल आयी थीं। वह जीवन, जो अब तक नीरस और शुष्क था; अब सरस और सजीव हो गया था। अँधेरे जंगल में भटके हुए पथिक को प्रकाश की झलक

आने लगी। अब उसका जीवन निरर्थक नहीं बल्कि सार्थक हो गया था।

कैलासी रुद्र की भोली-भाली बातों पर निछावर हो गयी; पर वह अपना स्नेह सुखदा से छिपाती थी, इसलिए कि माँ के हृदय में द्वेष न हो। वह रुद्र के लिए माँ से छिप कर मिठाइयाँ लाती और उसे खिला कर प्रसन्न होती। वह दिन में दो-तीन बार उसे उबटन मलती कि बच्चा खूब पुष्ट हो। वह दूसरों के सामने उसे कोई चीज नहीं खिलाती कि उसे नजर लग जायेगी। सदा वह दूसरों से बच्चे के अल्पाहार का रोना रोया करती। उसे बुरी नजर से बचाने के लिए ताबीज और गंडे लाती रहती। यह उसका विशुद्ध प्रेम था। उसमें स्वार्थ की गंध भी न थी।

इस घर से निकल कर आज कैलासी की वह दशा थी, जो थियेटर में यकायक बिजली लैम्पों के बुझ जाने से दर्शकों की होती है। उसके सामने वही सूरत नाच रही थी। कानों में वही प्यारी-प्यारी बातें गूँज रही थीं। उसे अपना घर काटे खाता था। उस कालकोठरी में दम घुटा जाता था।

रात ज्यों-त्यों कर कटी। सुबह को वह घर में झाड़ू लगा रही थी। बाहर ताजे हलवे की आवाज सुन कर बड़ी फुर्ती से घर से बाहर निकल आयी। तब याद आ गया, आज हलुवा कौन खायेगा ? आज गोद में बैठ कर कौन चहकेगा ? वह मधुर गान सुनने के लिए जो हलवा खाते समय रुद्र की आँखों से, होंठों से, और शरीर के एक-एक अंग से बरसता, कैलासी का हृदय तड़प गया। वह व्याकुल होकर घर से बाहर निकली कि चलूँ रुद्र को देख आऊँ। पर आधे रास्ते से लौट गयी।

रुद्र कैलासी के ध्यान से एक क्षण भर के लिए भी नहीं उतरता था। वह सोते-सोते चौंक पड़ती, जान पड़ता रुद्र डंडे का घोड़ा दबाये चला आता है। पड़ोसियों के पास जाती, तो रुद्र ही की चर्चा करती। रुद्र उसके दिल और जान में बसा हुआ था। सुखदा के कठोरतापूर्ण कुव्यवहार का उसके हृदय में ध्यान नहीं था। वह रोज इरादा करती थी कि आज रुद्र को देखने चलूँगी। उसके लिए बाजार से मिठाइयाँ और खिलौने लाती। घर से चलती, पर रास्ते से लौट आती। कभी दो-चार कदम से आगे नहीं बढ़ा जाता। कौन मुँह लेकर जाऊँ। जो प्रेम को धूर्तता समझता हो, उसे कौन-सा मुँह दिखाऊँ ? कभी सोचती यदि रुद्र मुझे न पहचाने तो ? बच्चों के प्रेम का ठिकाना ही क्या ? नयी दाई से हिल-मिल गया होगा। यह खयाल उसके पैरों पर जंजीर का काम कर जाता था।

इस तरह दो हफ्ते बीत गये। कैलासी का जी उचटा रहता, जैसे उसे कोई लम्बी यात्रा करनी हो। घर की चीजें जहाँ की तहाँ पड़ी रहतीं, न खाने की सुधि थी, न कपड़े की। रात-दिन रुद्र ही के ध्यान में डूबी रहती थी। संयोग से इन्हीं दिनों बद्रीनाथ की यात्रा का समय आ गया। मुहल्ले के कुछ लोग यात्रा की तैयारियाँ करने लगे। कैलासी की दशा इस समय उस पालतू चिड़िया की-सी थी, जो पिंजड़े

से निकल कर फिर किसी कोने की खोज में हो। उसे विस्मृति का यह अच्छा अवसर मिल गया। यात्रा के लिए तैयार हो गयी।

6

आसमान पर काली घटाएँ छायी हुई थीं, और हलकी-हलकी फुहारें पड़ रही थीं। देहली स्टेशन पर यात्रियों की भीड़ थी। कुछ गाड़ियों पर बैठे थे, कुछ अपने घरवालों से विदा हो रहे थे। चारों तरफ एक हलचल-सी मची थी। संसार-माया आज भी उन्हें जकड़े हुए थी। कोई स्त्री को सावधान कर रहा था कि धान कट जावे तो तालाब वाले खेत में मटर बो देना, और बाग के पास गेहूँ। कोई अपने जवान लड़के को समझा रहा था, असामियों पर बकाया लगान की नालिश में देर न करना, और दो रुपये सैकड़ा सूद जरूर काट लेना। एक बूढ़े व्यापारी महाशय अपने मुनीम से कह रहे थे कि माल आने में देर हो तो खुद चले जाइएगा, और चलतू माल लीजिएगा, नहीं तो रुपया फँस जायेगा। पर कोई-कोई ऐसे श्रद्धालु मनुष्य भी थे, जो धर्म-मग्न दिखायी देते थे। वे या तो चुपचाप आसमान की ओर निहार रहे थे या माला फेरने में तल्लीन थे। कैलासी भी एक गाड़ी में बैठी सोच रही थी, इन भले आदमियों को अब भी संसार की चिंता नहीं छोड़ती। वही बनिज-व्यापार, लेन-देन की चर्चा। रुद्र इस समय यहाँ होता, तो बहुत रोता, मेरी गोद से कभी न उतरता। लौट कर उसे अवश्य देखने जाऊँगी। या ईश्वर किसी तरह गाड़ी चले; गर्मी के मारे जी व्याकुल हो रहा है। इतनी घटा उमड़ी हुई है, किंतु बरसने का नाम नहीं लेती। मालूम नहीं, यह रेलवाले क्यों देर कर रहे हैं। झूठमूठ इधर-उधर दौड़ते-फिरते हैं। यह नहीं कि झटपट गाड़ी खोल दें। यात्रियों की जान में जान आये। एकाएक उसने इंद्रमणि को बाइसिकिल लिये प्लेटफार्म पर आते देखा। उसका चेहरा उतरा हुआ, और कपड़े पसीने से तर थे। वह गाड़ियों में झाँकने लगे। कैलासी केवल यह जताने के लिए कि मैं भी यात्रा करने जा रही हूँ; गाड़ी से बाहर निकल आयी। और इंद्रमणि उसे देखते ही लपक कर करीब आ गये; और बोले—क्यों कैलासी, तुम भी यात्रा को चलीं ?

कैलासी ने सगर्व दीनता से उत्तर दिया—हाँ, यहाँ क्या करूँ ? जिंदगी का कोई ठिकाना नहीं, मालूम नहीं कब आँखें बंद हो जायें, परमात्मा के यहाँ मुँह दिखाने का भी तो कोई उपाय होना चाहिए। रुद्र बाबू अच्छी तरह हैं ?

इंद्रमणि—अब तो जा ही रही हो। रुद्र का हाल पूछ कर क्या करोगी ? उसे आशीर्वाद देती रहना।

कैलासी की छाती धड़कने लगी। घबरा कर बोली—उनका जी अच्छा नहीं है क्या ?

इंद्रमणि—वह तो उसी दिन से बीमार है, जिस दिन तुम वहाँ से निकलीं। दो हफ्ते तक उसने अन्ना-अन्ना की रट लगायी। अब एक हफ्ते से खाँसी और बुखार में पड़ा है। सारी दवाइयाँ करके हार गया, कुछ फायदा न हुआ। मैंने सोचा था कि चल कर तुम्हारी अनुनय-विनय करके लिवा लाऊँगा। क्या जाने तुम्हें देख कर उसकी तबीयत सँभल जाये। पर तुम्हारे घर पर आया तो मालूम हुआ कि तुम यात्रा करने जा रही हो। अब किस मुँह से चलने को कहूँ। तुम्हारे साथ सलूक ही कौन-सा अच्छा किया था जो इतना साहस करूँ। फिर पुण्य-कार्य में विघ्न डालने का भी डर है। जाओ, उसका ईश्वर मालिक है। आयु शेष है तो बच ही जायेगा। अन्यथा ईश्वरी गति में किसी का क्या वश।

कैलासी की आँखों के सामने अँधेरा छा गया। सामने की चीजें तैरती हुई मालूम होने लगीं। हृदय भावी अशुभ की आशंका से दहल गया। हृदय से निकल पड़ा—'या ईश्वर, मेरे रुद्र का बाल बाँका न हो।' प्रेम से गला भर आया। विचार किया मैं कैसी कठोरहृदया हूँ। प्यारा बच्चा रो-रोकर हलाकान हो गया, और मैं उसे देखने तक नहीं गयी। सुखदा का स्वभाव अच्छा नहीं, न सही किंतु रुद्र ने मेरा क्या बिगाड़ा था कि मैंने माँ का बदला बेटे से लिया। ईश्वर मेरा अपराध क्षमा करो। प्यारा रुद्र मेरे लिए हुड़क रहा है। (इस खयाल से कैलासी का कलेजा मसोस उठा, और आँखों से आँसू बह निकले।) मुझे क्या मालूम था कि उसे मुझसे इतना प्रेम है। नहीं मालूम बच्चे की क्या दशा है। भयातुर हो बोली—दूध तो पीते हैं न ?

इंद्रमणि—तुम दूध पीने को कहती हो ! उसने दो दिन से आँखें तक नहीं खोलीं।

कैलासी—या मेरे परमात्मा ! अरे कुली ! कुली ! बेटा, आकर मेरा सामान गाड़ी से उतार दे। अब मुझे तीरथ जाना नहीं सूझता। हाँ बेटा, जल्दी कर। बाबू जी, देखो कोई एक्का हो तो ठीक कर लो।

एक्का रवाना हुआ। सामने सड़क पर बग्घियाँ खड़ी थीं। घोड़ा धीरे-धीरे चल रहा था। कैलासी बार-बार झुँझलाती थी और एक्कावान से कहती थी, बेटा जल्दी कर। मैं तुझे कुछ ज्यादे दे दूँगी। रास्ते में मुसाफिरों की भीड़ देख कर उसे क्रोध आता था। उसका जी चाहता था कि घोड़े के पर लग जाते; लेकिन इंद्रमणि का मकान करीब आ गया तो कैलासी का हृदय उछलने लगा। बार-बार हृदय से रुद्र के लिए शुभ आशीर्वाद निकलने लगा। ईश्वर करे सब कुशल-मंगल हो। एक्का इंद्रमणि की गली की ओर मुड़ा। अकस्मात् कैलासी के कान में रोने की ध्वनि पड़ी। कलेजा मुँह को आ गया। सिर में चक्कर आ गया। मालूम हुआ नदी में डूबी जाती हूँ। जी चाहा कि एक्के पर से कूद पड़ूँ। पर थोड़ी ही देर में मालूम हुआ कि कोई स्त्री मैके से विदा हो रही है, संतोष हुआ। अंत में इंद्रमणि का मकान आ पहुँचा।

कैलासी ने डरतें-डरते दरवाजे की तरफ ताका। जैसे कोई घर से भागा हुआ अनाथ लड़का शाम को भूखा-प्यासा घर आये, दरवाजे की ओर सटकी हुई आँखों से देखे कि कोई बैठा तो नहीं है। दरवाजे पर सन्नाटा छाया हुआ था। महाराज बैठा सुरती मल रहा था। कैलासी को जरा ढाढ़स हुआ। घर में बैठी तो नयी दाई पुलटिस पका रही है। हृदय में बल का संचार हुआ। सुखदा के कमरे में गयी तो उसका हृदय गर्मी के मध्याह्नकाल के सदृश काँप रहा था। सुखदा रुद्र को गोद में लिये दरवाजे की ओर एकटक ताक रही थी। शोक और करुणा की मूर्ति बनी थी।

कैलासी ने सुखदा से कुछ नहीं पूछा। रुद्र को उसकी गोद से लिया और उसकी तरफ सजल नयनों से देख कर कहा—बेटा रुद्र, आँखें खोलो।

रुद्र ने आँखें खोलीं, क्षण भर दाई को चुपचाप देखता रहा, तब यकायक दाई के गले से लिपट कर बोला—अन्ना आयी ! अन्ना आयी !

रुद्र का पीला मुर्झाया हुआ चेहरा खिल उठा, जैसे बुझते हुए दीपक में तेल पड़ जाय। ऐसा मालूम हुआ मानो वह कुछ बढ़ गया है।

एक हफ्ता बीत गया। प्रातःकाल का समय था। रुद्र आँगन में खेल रहा था। इंद्रमणि ने बाहर से आकर उसे गोद में उठा लिया, और प्यार से बोले—तुम्हारी अन्ना को मार कर भगा दें ?

रुद्र ने मुँह बना कर कहा—नहीं, रोयेगी।

कैलासी बोली—क्यों बेटा, तुमने तो मुझे बद्रीनाथ नहीं जाने दिया। मेरी यात्रा का पुण्य-फल कौन देगा ?

इंद्रमणि ने मुस्करा कर कहा—तुम्हें उससे कहीं अधिक पुण्य हो गया। यह तीर्थ महातीर्थ है।

विस्मृति

चित्रकूट के सन्निकट धनगढ़ नामक एक गाँव है। कुछ दिन हुए वहाँ शानसिंह और गुमानसिंह दो भाई रहते थे। ये जाति के ठाकुर (क्षत्रिय) थे। युद्धस्थल में वीरता के कारण उनके पूर्वजों को भूमि का एक भाग मुआफी प्राप्त हुआ था। खेती करते थे, भैंसें पाल रखी थीं, घी बेचते थे, मट्ठा खाते थे और प्रसन्नतापूर्वक समय व्यतीत करते थे।

उनकी एक बहिन थी, जिसका नाम दूजी था। यथा नाम तथा गुण। दोनों भाई परिश्रमी और अत्यंत साहसी थे। बहिन अत्यंत कोमल, सुकुमारी, सिर पर घड़ा रख कर चलती तो उसकी कमर बल खाती थी; किन्तु तीनों अभी तक कुँवारे थे। प्रकटतः उन्हें विवाह की चिंता न थी। बड़े भाई शानसिंह सोचते, छोटे भाई के रहते हुए अब मैं अपना विवाह कैसे करूँ।

छोटे भाई गुमानसिंह लज्जावश अपनी अभिलाषा प्रकट न करते थे कि बड़े भाई से पहले मैं अपना ब्याह कर लूँ ? वे लोगों से कहा करते थे कि–'भाई, हम बड़े आनंद में हैं, आनंदपूर्ण भोजन कर मीठी नींद सोते हैं। कौन यह झंझट सिर पर ले ?' किंतु लग्न के दिनों में कोई नाई या ब्राह्मण गाँव में वर ढूँढ़ने आ जाता तो उसकी सेवा-सत्कार में यह कोई बात न उठा रखते थे। पुराने चावल निकाले जाते, पालतू बकरे देवी को भेंट होते, और दूध की नदियाँ बहने लगती थीं। यहाँ तक कि कभी-कभी उसका भ्रातृ-स्नेह प्रतिद्वंद्विता एवं द्वेष-भाव के रूप में परिणत हो जाता था। इन दिनों में इनकी उदारता उमंग पर आ जाती थी, और इसमें लाभ उठाने वालों की भी कमी न थी। कितने ही नाई और ब्राह्मण ब्याह के असत्य समाचार ले कर उनके यहाँ आते, और दो-चार दिन पूड़ी-कचौड़ी खा कुछ विदाई ले कर वरक्षा (फलदान) भेजने का वादा करके अपने घर की राह लेते। किंतु दूसरे लग्न तक वह अपना दर्शन तक न देते थे। किसी न किसी कारण भाइयों का यह परिश्रम निष्फल हो जाता था। अब कुछ आशा थी, तो दूजी से। भाइयों ने यह निश्चय कर लिया था कि इसका विवाह वहीं पर किया जाये जहाँ से एक बहू प्राप्त हो सके।

2

इसी बीच में गाँव का बूढ़ा कारिन्दा परलोक सिधारा। उसकी जगह पर एक नवयुवक ललनसिंह नियुक्त हुआ जो अँगरेज़ी की शिक्षा पाया हुआ शौकीन, रंगीन और रसीला आदमी था। दो-चार ही दिनों में उसने पनघटों, तालाबों और झरोखों की देखभाल भली-भाँति कर ली। अंत में उसकी रसभरी दृष्टि दूजी पर पड़ी। उसकी सुकुमारता और रूपलावण्य पर मुग्ध हो गया। भाइयों से प्रेम और परस्पर मेल-जोल पैदा किया। कुछ विवाह-सम्बन्धी बातचीत छेड़ दी। यहाँ तक कि हुक्का-पानी भी साथ-साथ होने लगा। सायं-प्रातः इनके घर पर आया करता। भाइयों ने भी उसके आदर-सम्मान की सामग्रियाँ जमा कीं। पानदान मोल लाये, कालीन खरीदी। वह दरवाजे पर आता तो दूजी तुरंत पान के बीड़े बनाकर भेजती। बड़े भाई कालीन बिछा देते और छोटे भाई तश्तरी में मिठाइयाँ रख लाते। एक दिन श्रीमान ने कहा—भैया शानसिंह, ईश्वर की कृपा हुई तो अब की लग्न में भाभीजी आ जायेंगी। मैंने सब बातें ठीक कर ली हैं।

शानसिंह की बाछें खिल गयीं। अनुग्रहपूर्ण दृष्टि से देख कर कहा—मैं अब इस अवस्था में क्या करूँगा। हाँ, गुमानसिंह की बातचीत कहीं ठीक हो जाती, तो पाप कट जाता।

गुमानसिंह ने ताड़ का पंखा उठा लिया और झलते हुए बोले—वाह भैया ! कैसी बात कहते हो ?

ललनसिंह ने अकड़कर शानसिंह की ओर देखते हुए कहा—भाई साहब, क्या कहते हो, अबकी लग्न में दोनों भाभियाँ छमाछम करती हुई घर में आवें तो बात ! मैं ऐसा कच्चा मामला नहीं रखता। तुम तो अभी से बुड्ढों की भाँति बातें करने लगे। तुम्हारी अवस्था यद्यपि पचास से भी अधिक हो गयी, पर देखने में चालीस वर्ष से भी कम मालूम होती है। अब दोनों विवाह होंगे, बीच खेत होंगे। यह तो बताओ, वस्त्राभूषण का समुचित प्रबंध है न ?

शानसिंह ने उनके जूतों को सीधा करते हुए कहा—भाई साहब ! आप की यदि ऐसी कृपा-दृष्टि है, तो सब कुछ हो जायेगा। आखिर इतने दिन कमा-कमा कर क्या किया है।

गुमानसिंह घर में गये, हुक्का ताजा किया, तम्बाकू में दो-तीन बूँद इत्र के डाले, चिलम भरी, दूजी से कहा, कि शरबत घोल दे और हुक्का ला कर ललनसिंह के सामने रख दिया।

ललनसिंह ने दो-चार दम लगाये और बोले—नाई दो-चार दिन में आने वाला है। ऐसा घर चुना है कि चित्त प्रसन्न हो जाये, एक विधवा है। दो कन्यायें, एक से एक सुंदर। विधवा दो-एक वर्ष में संसार को त्याग देगी और तुम एक सम्पूर्ण

गाँव में दो आने के हिस्सेदार बन जाओगे। गाँव वाले जो अभी हँसी करते हैं, पीछे जल-जल मरेंगे। हाँ, भय इतना ही है कि कोई बुढ़िया के कान न भर दे कि सारा बना-बनाया खेल बिगड़ जाये।

शानसिंह के चेहरे पर हवाइयाँ उड़ने लगीं। गुमानसिंह की मुखकांति मलिन हो गयी। कुछ देर बाद शानसिंह बोले—अब तो आपकी ही आशा है, आपकी जैसी राय हो, किया जाय।

जब कोई पुरुष हमारे साथ अकारण मित्रता का व्यवहार करने लगे तो हमको सोचना चाहिए कि इसमें उसका कोई स्वार्थ तो नहीं छिपा है। यदि हम अपने सीधेपन से इस भ्रम में पड़ जायँ कि कोई मनुष्य हमको केवल अनुगृहीत करने के लिए हमारी सहायता करने पर तत्पर है, तो हमें धोखा खाना पड़ेगा। किन्तु अपने स्वार्थ की धुन में ये मोटी-मोटी बातें भी हमारी निगाहों से छिप जाती हैं और छल अपने रँगे हुए भेष में आकर हमको सर्वदा के लिए परस्पर व्यवहार का उपदेश देता है। शानसिंह और गुमानसिंह ने विचार से कुछ भी काम न लिया और ललनसिंह के फंदे नित्यप्रति गाढ़े होते गये। मित्रता ने यहाँ तक पाँव पसारे कि भाइयों की अनुपस्थिति में भी वह बेधड़क घर में घुस जाते और आँगन में खड़े हो कर छोटी बहन से पान-हुक्का माँगते। दूजी उन्हें देखते ही अति प्रसन्नता से पान बनाती। फिर आँखें मिलतीं, एक प्रेमाकांक्षा से बेचैन, दूसरी लज्जावश सकुची हुई। फिर मुस्कराहट की झलक होंठों पर आती। चितवनों की शीतलता कलियों को खिला देती। हृदय नेत्रों द्वारा बातें कर लेते।

इस प्रकार प्रेमलिप्सा बढ़ती गयी। उस नेत्रालिंगन में, जो मनोभावों का बाह्यरूप था, उद्विग्नता और विकलता की दशा उत्पन्न हुई। वह दूजी, जिसे कभी मनिहारे और बिसाती की रुचिकर ध्वनि भी चौखट से बाहर न निकाल सकती थी, अब एक प्रेम-विह्वलता की दशा में प्रतीक्षा की मूर्ति बनी हुई घंटों दरवाज़े पर खड़ी रहती। उन दोहे और गीतों में, जिन्हें वह कभी विनोदार्थ गाया करती थी, अब उसे विशेष अनुराग और विरह-वेदना का अनुभव होता। तात्पर्य यह कि प्रेम का रंग गाढ़ा हो गया।

शनैः-शनैः गाँव में चर्चा होने लगी। घास और कास स्वयं उगते हैं। उखाड़ने से भी नहीं जाते। अच्छे पौधे बड़ी देख-रेख से उगते हैं। इसी प्रकार बुरे समाचार स्वयं फैलते हैं, छिपाने से भी नहीं छिपते। पनघटों और तालाबों के किनारे इस विषय पर कानाफूसी होने लगी। गाँव की बनियाइन, जो अपनी तराजू पर हृदयों को तोलती थी और ग्वालिन जो जल में प्रेम का रंग देकर दूध का दाम लेती थी और तम्बोलिन जो पान के बीड़ों से दिलों पर रंग जमाती थी, बैठ कर दूजी की लोलुपता और निर्लज्जता का राग अलापने लगीं। बेचारी दूजी को घर से निकलना

दुर्लभ हो गया। सखी-सहेलियाँ एवं बड़ी-बूढ़ियाँ सभी उसको ताने मारतीं। सखी-सहेलियाँ हँसी से छेड़तीं और वृद्धा स्त्रियाँ हृदय-विदारक व्यंग्यों से।

मर्दों तक बातें फैलीं। ठाकुरों का गाँव था। उनकी क्रोधाग्नि भड़की। आपस में सम्मति हुई कि ललनसिंह को इस दुष्टता का दंड देना उचित है। दोनों भाइयों को बुलाया और बोले—भैया, क्या अपनी मर्यादा का नाश करके विवाह करोगे ?

दोनों भाई चौंक पड़े। उन्हें विवाह की उमंग में यह सुधि ही नहीं थी कि घर में क्या हो रहा है। शानसिंह ने कहा—तुम्हारी बात मेरी समझ में नहीं आयी। साफ-साफ क्यों नहीं कहते।

एक ठाकुर ने जवाब दिया—साफ-साफ क्या कहलाते हो। इस शोहदे ललनसिंह का अपने यहाँ आना-जाना बंद कर दो, तुम तो अपनी आँखों पर पट्टी बाँधे ही हो, पर उसकी जान की कुशल नहीं। हमने अभी तक इसीलिए तरह दिया है कि कदाचित् तुम्हारी आँखें खुलें, किंतु ज्ञात होता है कि तुम्हारे ऊपर उसने मुर्दे का भस्म डाल दिया है। ब्याह क्या अपनी आबरू बेच कर करोगे ? तुम लोग खेत में रहते हो और हम लोग अपनी आँखों से देखते हैं कि वह शोहदा अपना बनाव-सँवार किये आता है और तुम्हारे घर में घंटों घुसा रहता है। तुम उसे अपना भाई समझते हो तो समझा करो, हम तो ऐसे भाई का गला काट लें, जो विश्वासघात करे।

भाइयों के नेत्रपट खुले। दूजी के ज्वर के सम्बन्ध में जो ज्वर का संदेह था, वह प्रेम का ज्वर निकला। रुधिर में उबाल आया। नेत्रों में चिनगारियाँ उड़ीं। तेवर बदले। दोनों भाइयों ने एक दूसरे की ओर क्रोधमय दृष्टि से देखा। मनोगत भाव जिह्वा तक न आ सके। अपने घर आये; किंतु दर पर पाँव रखा ही था कि ललनसिंह से मुठभेड़ हो गयी।

ललनसिंह ने हँस कर कहा—वाह भैया ! वाह ! हम तुम्हारी खोज में बार-बार आते हैं, किन्तु तुम्हारे दर्शन तक नहीं मिलते। मैंने समझा, आखिर रात्रि में तो कुछ काम न होगा। किन्तु देखता हूँ, आपको इस समय भी छुट्टी नहीं है।

शानसिंह ने हृदय के भीतर क्रोधाग्नि को दबा कर कहा—हाँ, इस समय वास्तव में छुट्टी नहीं है।

ललनसिंह—आखिर क्या काम है ? मैं भी सुनूँ।

शानसिंह—बहुत बड़ा काम है, आपसे छिपा न रहेगा।

ललनसिंह—कुछ वस्त्राभूषण का भी प्रबंध कर रहे हो ? अब लग्न सिर पर आ गया है।

शानसिंह—अब बड़ा लग्न सिर पर आ पहुँचा है, पहले इसका प्रबंध करना है।

ललनसिंह—क्या किसी से ठन गयी ?

शानसिंह—भली-भाँति।

ललनसिंह—किससे ?

शानसिंह—इस समय जाइये, प्रातःकाल बतलाऊँगा।

3

दूजी भी ललनसिंह के साथ दरवाजे की चौखट तक आयी थी। भाइयों की आहट पाते ही ठिठक गयी और यह बातें सुनीं। उसका माथा ठनका कि आज यह क्या मामला है। ललनसिंह का कुछ आदर-सत्कार नहीं हुआ। न हुक्का, न पान। क्या भाइयों के कानों में कुछ भनक तो नहीं पड़ी। किसी ने कुछ लगा तो नहीं दिया। यदि ऐसा हुआ तो कुशल नहीं।

इसी उधेड़बुन में पड़ी थी कि भाइयों ने भोजन परोसने की आज्ञा दी। जब वह भोजन करने बैठे तो दूजी ने अपनी निर्दोषिता और पवित्रता प्रकट करने के लिए एवं अपने भाइयों के दिल का भेद लेने के लिए कुछ कहना चाहा। त्रिया-चरित्र में अभी निपुण न थी। बोली—भैया, ललनसिंह से कह दो, घर में न आया करें। आप घर में रहिए तो कोई बात नहीं, किंतु कभी-कभी आप नहीं रहते तो मुझे अत्यंत लज्जा आती है। आज ही वह आपको पूछते हुए चले आये, अब मैं उनसे क्या कहूँ। आपको नहीं देखा तो लौट गये !

शानसिंह ने बहिन की तरफ ताने-भरे नेत्रों से देख कर कहा—अब वह घर में न आयेंगे।

गुमानसिंह बोले—हम इसी समय जा कर उन्हें समझा देंगे।

भाइयों ने भोजन कर लिया। दूजी को पुनः कुछ कहने का साहस न हुआ। उसे उनके तेवर आज कुछ बदले हुए मालूम होते थे। भोजनोपरांत दोनों भाई दीपक ले कर भंडारे की कोठरी में गये। अनावश्यक बर्तन, पुराने सामान, पुरुखों के समय के अस्त्र-शस्त्र आदि इसी कोठरी में रखे थे। गाँव में जब कोई बकरा देवी जी को भेंट दिया जाता तो यह कोठरी खुलती थी। आज तो कोई ऐसी बात नहीं है। इतनी रात गये यह कोठरी क्यों खोली जाती है ? दूजी को किसी भावी दुर्घटना का संदेह हुआ। वह दबे पाँव दरवाजे पर गयी तो देखती क्या है कि गुमानसिंह एक भुजाली लिये पत्थर पर रगड़ रहा है। उसका कलेजा धक्-धक् करने लगा और पाँव थर्राने लगे। वह उल्टे पाँव लौटना चाहती थी कि शानसिंह की आवाज़ सुनायी दी—"इसी समय एक घड़ी में चलना ठीक है। पहली नींद बड़ी गहरी होती है। बेधड़क सोता होगा।" गुमानसिंह बोले—"अच्छी बात है, देखो, भुजाली की धार। एक हाथ में काम तमाम हो जायेगा।"

दूजी को ऐसा ज्ञात हुआ मानो किसी ने पहाड़ पर से ढकेल दिया। सारी बातें उसकी समझ में आ गयीं। वह भय की दशा में घर से निकली और ललनसिंह

के चौपाल की ओर चली। किंतु वह अँधेरी रात प्रेम की घाटी थी और वह रास्ता प्रेम का कठिन मार्ग। वह इस सुनसान अँधेरी रात में चौकन्ने नेत्रों से इधर-उधर देखती, विह्वलता की दशा में शीघ्रतापूर्वक चली जाती थी। किंतु हाय निराशा ! एक-एक पल उसे प्रेम-भवन से दूर लिये जाता था। उस अँधेरी भयानक रात्रि में भटकती, न जाने वह कहाँ चली जाती थी, किससे पूछे। लज्जावश किसी से कुछ न पूछ सकती थी। कहीं चूड़ियों का झनझनाना भेद न खोल दे। क्या इन अभागे आभूषणों को आज ही झनझनाना है ? अंत में एक वृक्ष के तले वह बैठ गयी। सब चूड़ियाँ चूर-चूर कर दीं, आभूषण उतार कर आँचल में बाँध लिये। किंतु हाय ! यह चूड़ियाँ सुहाग की चूड़ियाँ थीं और यह गहने सुहाग के गहने थे, जो एक बार उतार कर फिर न पहने गये।

उसी वृक्ष के नीचे पयस्विनी नदी पत्थर के टुकड़ों से टकराती हुई बहती थी। यहाँ नौकाओं का निर्वाह दुस्तर था। दूजी बैठी हुई सोचती, क्या मेरे जीवन की नदी में प्रेम की नौका दुःख की शिलाओं से टक्कर खा कर डूब जायेगी !

4

प्रातःकाल ग्रामवासियों ने आश्चर्यपूर्वक सुना कि ठाकुर ललनसिंह की किसी ने हत्या कर डाली। सारे गाँव के स्त्री-पुरुष, वृद्ध-युवा सहस्रों की संख्या में चौपाल के सामने जमा हो गये। स्त्रियाँ पनघटों को जाती हुई रुक गयीं। किसान हल-बैल लिये ज्यों के त्यों खड़े रह गये। किसी की समझ में न आता था कि यह हत्या किसने की। कैसा मिलनसार, हँसमुख, सज्जन मनुष्य था ! उनका कौन ऐसा शत्रु था। बेचारे ने किसी पर इजाफा लगान या बेदखली की नालिश तक नहीं की। किसी को दो बात तक नहीं कही। दोनों भाइयों के नेत्रों से आँसू की धारा बहती थी। उनका घर उजड़ गया। सारी आशाओं पर तुषारपात हो गया। गुमानसिंह ने रोकर कहा—हम तीन भाई थे, अब दो ही रह गये। हमसे तो दाँत-काटी रोटी थी। साथ उठना, हँसी-दिल्लगी, भोजन-छाजन एक हो गया था। हत्यारे से इतना भी नहीं देखा गया। हाय ! अब हमको कौन सहारा देगा ?

शानसिंह ने आँसू पोंछते हुए कहा—हम दोनों भाई कपास निराने जा रहे थे। ललनसिंह से कई दिन से भेंट नहीं हुई थी। सोचे कि इधर से होते चलें, किंतु पिछवाड़े आते ही सेंध दिखायी पड़ी। हाथों के तोते उड़ गये। दरवाजे पर जाकर देखा तो चौकीदार-सिपाही सब सो रहे हैं। उन्हें जगा कर ललनसिंह के किवाड़ खटखटाने लगे। परंतु बहुत बल करने पर भी किवाड़ अंदर से न खुले तो सेंध के रास्ते से झाँका। आह ? कलेजे में तीर लग गया ! संसार अँधेरा दिखायी दिया। प्यारे ललनसिंह का सिर धड़ से अलग था। रक्त की नदी बह रही थी। शोक ! भैया सदा के लिए बिछुड़ गये।

मध्याह्न काल तक इसी प्रकार विलाप होता रहा। दरवाजे पर मेला लगा हुआ था। दूर-दूर से लोग इस दुर्घटना का समाचार पाकर इकट्ठे होते जाते थे। संध्या होते-होते हलक़े के दारोगा साहब भी चौकीदार और सिपाहियों का एक झुंड लिये आ पहुँचे। कढ़ाही चढ़ गयी। पूड़ियाँ छनने लगीं। दारोगा जी ने जाँच करनी शुरू की। घटनास्थल देखा। चौकीदारों का बयान हुआ। दोनों भाइयों के बयान लिखे। आस-पास के पासी और चमार पकड़े गये और उन पर मार पड़ने लगी। ललनसिंह की लाश लेकर थाने पर गये। हत्यारे का पता न चला। दूसरे दिन इन्स्पेक्टर-पुलिस का आगमन हुआ। उन्होंने भी गाँव का चक्कर लगाया, चमारों और पासियों की मरम्मत हुई। हलुआ-मोहन, गोश्त-पूड़ी के स्वाद लेकर सायंकाल को उन्होंने भी अपनी राह ली। कुछ पासियों पर जो कि कई बार डाके-चोरी में पकड़े जा चुके थे, संदेह हुआ। उनका चालान किया। मजिस्ट्रेट ने गवाही पुष्ट पाकर अपराधियों को सेशन सुपुर्द किया और मुकदमे की पेशी होने लगी।

मध्याह्न का समय था। आकाश पर मेघ छाये हुए थे। कुछ बूँदें भी पड़ रही थीं। सेशन जज कुँवर विनयकृष्ण बघेल के इजलास में मुकदमा पेश था। कुँवर साहब बड़े सोच-विचार में थे कि क्या करूँ। अभियुक्तों के विरुद्ध साक्षी निर्बल थी। किंतु सरकारी वकील, जो एक प्रसिद्ध नीतिज्ञ थे, नजीरों पर नजीर पेश करते जाते थे कि अचानक दूजी श्वेत साड़ी पहने, घूँघट निकाले हुए निर्भय न्यायालय में आ पहुँची और हाथ जोड़ कर बोली—श्रीमान् ! मैं शानसिंह और गुमानसिंह की बहन हूँ। इस मामले में जो कुछ जानती हूँ वह मुझसे भी सुन लिया जाये, इसके बाद सरकार जो फैसला चाहें करें।

कुँवर साहब ने आश्चर्य से दूजी की तरफ दृष्टि फेरी। शानसिंह और गुमानसिंह के शरीर में काटो तो रक्त नहीं। वकीलों ने आश्चर्य की दृष्टि से उसकी ओर देखना शुरू किया। दूजी के चेहरे पर दृढ़ता झलक रही थी। भय का लेशमात्र न था। नदी आँधी के पश्चात् स्थिर दशा में थी। उसने उसी प्रवाह में कहना प्रारम्भ किया—ठाकुर ललनसिंह की हत्या करने वाले मेरे दोनों भाई हैं।

कुँवर साहब के नेत्रों के सामने से पर्दा हट गया। सारी कचहरी दंग हो गयी और सब टकटकी बाँधे दूजी की तरफ देखने लगे।

दूजी बोली—यह वह भुजाली है, जो ललनसिंह की गर्दन पर फेरी गयी है। अभी इसका खून ताजा है। मैंने अपनी आँखों से भाइयों को इसे पत्थर पर रगड़ते देखा, उनकी बातें सुनीं। मैं उसी समय घर से बाहर निकली कि ललनसिंह को सावधान कर दूँ; किंतु मेरा भाग्य खोटा था; चौपाल का पता न लगा। मेरे दोनों भाई सामने खड़े हैं। वह मर्द हैं, मेरे सामने असत्य कदापि न कहेंगे। इनसे पूछ लिया जाय। और सच पूछिए तो यह छुरी मैंने चलायी है। मेरे भाइयों का अपराध नहीं है। यह सब मेरे भाग्य का खेल है। यह सब मेरे कारण हुआ और न्याय

की तलवार मेरी ही गर्दन पर पड़नी चाहिए। मैं ही अपराधिनी हूँ और हाथ जोड़ कर कहती हूँ कि इस भुजाली से मेरी गर्दन काट ली जाय।

5

न्यायालय में एक स्त्री का आना बाजार में भानमती का आना है। अब तक अभियोग नीरस और अरुचिकर था। दूजी के आगमन ने उसमें प्राण डाल दिये। न्यायालय में एक भीड़ लग गयी। मुवक्किल और वकील, अमले और दुकानदार, असावधानी की दशा में इधर-उधर दौड़ते हुए चले आते थे। प्रत्येक पुरुष उसको देखने का इच्छुक था। सहस्रों नेत्र उसके मुखड़े की तरफ देखते थे और वह जन-समूह में शांति की मूर्ति बनी हुई निश्चल खड़ी थी।

इस घटना की प्रत्येक पुरुष अपनी-अपनी समझ के अनुसार आलोचना करता था। वृद्धजन कहते थे—बेहया है, ऐसी लड़की का सिर काट लेना चाहिए। भाइयों ने वही किया, जो मर्दों का काम था। इस निर्लज्ज को तो देखो कि अपना परदा ढाँकने के बदले उसका डंका बजा रही है और भाइयों को भी डुबोये देती है। आँखों का पानी गिर गया है। ऐसी न होती तो यह दिन ही क्यों आता ?

मगर नवयुवकों, स्वतंत्रता पर जान न्योछावर कर देनेवाले वकीलों और अमलों में उसके साहस और निर्भयता की प्रशंसा हो रही थी। उनकी समझ में जब यहाँ तक नौबत आ गयी थी तो भाइयों का धर्म था कि दोनों का ब्याह कर देते।

कई वृद्ध वकीलों की अपने नवयुवक मित्रों से कुछ छेड़छाड़ हो गयी। एक फैशनेबुल बैरिस्टर साहब ने हँस कर कहा—मित्र, और तो जो कुछ है सो है, यह स्त्री सहस्रों में एक है, रानी मालूम होती है। सर्वसाधारण ने इनका समर्थन किया। कुँवर विनयकृष्ण इस समय कचहरी से उठे थे। बैरिस्टर साहब की बात सुनी और घृणा से मुँह फेर लिया। वह सोच रहे थे कि जिस स्त्री के क्रोध में इतनी ज्वाला है, क्या उसका प्रेम भी इसी प्रकार ज्वालापूर्ण होगा।

6

दूसरे दिन फिर दस बजे मुकदमा पेश हुआ। कमरे में तिल रखने की भी जगह न थी। दूजी कठघरे के पास सिर झुकाये खड़ी थी। दोनों भाई कई कांस्टेबलों के बीच में चुपचाप खड़े थे। कुँवर विनयकृष्ण ने उन्हें संबोधित करके उच्च स्वर से कहा—ठाकुर शानसिंह, गुमानसिंह ! तुम्हारी बहिन ने तुम्हारे सम्बन्ध में अदालत में जो कुछ बयान किया है, उसका तुम्हारे पास क्या उत्तर है ?

शानसिंह ने गर्वपूर्ण भाव से उत्तर दिया—बहिन ने जो कुछ बयान किया

है वह सब सत्य है। हमने अपना अपराध इसलिए छुपाया था कि हम बदनामी, बेइज्जती से डरते थे। किंतु अब जब हमारी बदनामी जो कुछ होनी थी, हो चुकी तो हमको अपनी सफाई देने की कोई आवश्यकता नहीं। ऐसे जीवन से अब मृत्यु ही उत्तम है। ललनसिंह से हमारी हार्दिक मित्रता थी। आपस में कोई विभेद न था। हम उसे अपना भाई समझते थे, किंतु उसने हमको धोखा दिया। उसने हमारे कुल में कलंक लगा दिया और हमने उसका बदला लिया। उसने चिकनी-चुपड़ी बातों द्वारा हमारी इज्जत लेनी चाही। किंतु हम अपने कुल की मर्यादा इतनी सस्ती नहीं बेच सकते थे। स्त्रियाँ ही कुल-मर्यादा की संपत्ति होती हैं। मर्द उसके रक्षक होते हैं। जब इस संपत्ति पर कपट का हाथ उठे तो मर्दों का धर्म है कि रक्षा करें। इस पूँजी को अदालत का कानून, परमात्मा का भय या सद्विचार नहीं बचा सकता। हमको इसके लिए न्यायालय से जो दंड प्राप्त हो, वह शिरोधार्य है।

जज ने शानसिंह की बात सुनी। कचहरी में सन्नाटा छा गया और सन्नाटे की दशा में उन्होंने अपना फैसला सुनाया। दोनों भाइयों को हत्या के अपराध में 14 वर्ष कालेपानी का दंड मिला।

7

सायंकाल हो गया था। दोनों भाई कांस्टेबलों के बीच में कचहरी से बाहर निकले। हाथों में हथकड़ियाँ थीं, पाँवों में बेड़ियाँ। हृदय अपमान से संकुचित और सिर लज्जा के बोझ से झुके हुए थे। मालूम होता था मानो सारी पृथ्वी हम पर हँस रही है।

दूजी पृथ्वी पर बैठी हुई थी कि उसने कैदियों के आने की आहट सुनी और उठ खड़ी हुई। भाइयों ने भी उसकी ओर देखा । परंतु हाय ! उन्हें ऐसा ज्ञात हुआ कि यह भी हमारे ऊपर हँस रही है। घृणा से नेत्र फेर लिये। दूजी ने भी उन्हें देखा; किंतु क्रोध और घृणा से नहीं, केवल एक उदासीन भाव से। जिन भाइयों की गोद में खेली और जिनके कंधों पर चढ़ कर बाल्यावस्था व्यतीत की, जिन भाइयों पर सबकुछ न्योछावर करती थी, आज वही दोनों भाई कालेपानी को जा रहे हैं जहाँ से कोई लौट कर नहीं आता और उसके रक्त में तनिक भी गति नहीं होती ! रुधिर भी द्वेष से जल की भाँति जम जाता है। सूर्य की किरणें वृक्षों की डालियों से मिलीं, फिर जड़ों को चूमती हुई चल दीं। उनके लिए अंधकार गोद फैलाये हुए था। क्या इस अभागिनी स्त्री के लिए भी संसार में कोई ऐसा आश्रय नहीं था।

आकाश की लालिमा नीलावरण हो गयी। तारों के कँवल खिले। वायु के लिए पुष्प-शय्या बिछ गयी। ओस के लिए हरी मखमल का फर्श बिछ गया, किंतु अभागिनी दूजी उसी वृक्ष के नीचे शिथिल बैठी थी। उसके लिए संसार में कोई स्थान न था। अब तक जिसे वह अपना घर समझती थी, उसके दरवाजे उसके

लिए बंद थे। वहाँ क्या मुँह ले कर जाती ? नदी को अपने उद्गम से चल कर अथाह समुद्र के अतिरिक्त अन्यत्र कहीं ठिकाना नहीं है।

दूजी उसी तरह निराशा के समुद्र में निमग्न हो रही थी, कि एक वृद्ध स्त्री उसके सामने आ कर खड़ी हो गयी। दूजी चौंक कर उठ बैठी। वृद्ध स्त्री ने उसकी ओर आश्चर्यान्वित हो कर कहा—इतनी रात बीत गयी, अभी तक तुम यहीं बैठी हो ?

दूजी ने चमकते हुए तारों की ओर देख कर कहा—कहाँ जाऊँ ? इन शब्दों में कैसा हृदय-विदारक आशय छिपा हुआ था ! कहाँ जाय ? संसार में उसके लिए अपमान की गली के सिवा और कोई स्थान नहीं था।

बुढ़िया ने प्रेममय स्वर में कहा—बेटी, भाग्य में जो कुछ लिखा है, वह तो हो कर ही रहेगा, किन्तु तुम कब तक यहाँ बैठी रहोगी ? मैं दीन ब्राह्मणी हूँ। चलो मेरे घर रहो; जो कुछ भिक्षा-भवन माँगे मिलेगा, उसी में हम दोनों निर्वाह कर लेंगी। न जाने पूर्वजन्म में हमसे-तुमसे क्या सम्बन्ध था। जब से तुम्हारी दशा सुनी है, बेचैन हूँ। सारे शहर में आज घर-घर तुम्हारी चर्चा हो रही है। कोई कुछ कहता है, कोई कुछ। बस अब उठो, यहाँ सन्नाटे में पड़े रहना अच्छा नहीं। समय बुरा है। मेरा घर यहाँ से थोड़ी ही दूर पर है। नारायण का दिया बहुत कुछ है। मैं भी अकेली से दुकेली हो जाऊँगी। भगवान् किसी न किसी प्रकार दिन काट ही देंगे।

एक घने, सुनसान, भयानक वन में भटका हुआ मनुष्य जिधर पगडंडियों का चिह्न पाता है, उसी मार्ग को पकड़ लेता है। वह सोच-विचार नहीं करता कि मार्ग मुझे कहाँ ले जायेगा। दूजी इस बूढ़िया के साथ चली। इतनी ही प्रसन्नता से वह कुएँ में भी कूद पड़ती। वायु में उड़नेवाली चिड़िया दाने पर गिरी। क्या इन दानों के नीचे जाल बिछा हुआ था ?

8

दूजी को बूढ़ी कैलासी के साथ रहते हुए एक मास बीत गया। कैलासी देखने में दीन, किन्तु मन की धनी थी। उसके पास संतोष रूपी धन था जो किसी के सामने हाथ नहीं फैलाता। रीवाँ के महाराजा के यहाँ से कुछ सहायता मिलती थी। यही उसके जीवन का अवलम्ब था। वह सर्वदा दूजी को ढाढ़स देती रहती थी। ज्ञात होता था कि यह दोनों माँ-बेटी हैं। एक ओर से पूर्ण सहानुभूति और ढाढ़स, दूसरी ओर से सच्ची सेवकाई और विश्वास।

कैलासी कुछ हिंदी जानती थी। दूजी को रामायण और सीता-चरित्र सुनाती। दूजी इन कथाओं को बड़े प्रेम से सुनती। उज्ज्वल वस्त्र पर रंग भली-भाँति चढ़ता है। जिस दिन उसने सीता-वनवास की कथा सुनी, वह सारे दिन रोती रही। सोयी

तो सीता की मूर्ति उसके सामने खड़ी थी। उसके शरीर पर उज्ज्वल साड़ी थी, आँखों और आँसू की ओट में प्यार छिपा हुआ था। दूजी हाथ फैलाये हुए लड़कों की भाँति उनकी तरफ दौड़ी। माता, मुझको भी साथ लेती चलो। मैं वन में तुम्हारी सेवा करूँगी। तुम्हारे लिए पुष्प-शय्या बिछाऊँगी, तुमको कमल के थालों में फलों का भोजन कराऊँगी। तुम वहाँ अकेली एक बुड्ढे साधु के साथ कैसे रहोगी ? मैं तुम्हारे चित्त को प्रसन्न रखूँगी। जिस समय हम और तुम वन में किसी सागर के किनारे घने वृक्षों की छाया में बैठेंगी उस समय मैं वायु की धीमी-धीमी लहरों के साथ गाऊँगी।

सीता ने उसको तिरस्कार से देख कर कहा—तू कलंकिनी है, मैं तुझे स्पर्श नहीं कर सकती। तपस्या की आँच में अपने को पवित्र कर।

दूजी की आँखें खुल गयीं। उसने निश्चय किया, मैं इस कलंक को मिटाऊँगी।

आकाश के नीचे समुद्र में तारागण पानी के बुलबुलों की भाँति मिटते जाते थे। दूजी ने उन झिलमिलाते हुए तारों को देखा। मैं भी उन्हीं तारों की तरह सबके नेत्रों में छिप जाऊँगी। उन्हीं बुलबुलों की भाँति मिट जाऊँगी।

विलासियों की रात हुई। संयोगी जागे। चक्कियों ने अपने सुहावने राग छेड़े। कैलासी स्नान करने चली। तब दूजी उठी और जंगल की ओर चल दी। चिड़िया पंख-हीन होने पर भी सुनहरे पिंजड़े में न रह सकी।

9

प्रकाश की धुँधली-सी झलक में कितनी आशा, कितना बल, कितना आश्वासन है, यह उस मनुष्य से पूछो जिसे अँधेरे ने एक घने वन में घेर लिया है। प्रकाश की वह प्रभा उसके लड़खड़ाते हुए पैरों को शीघ्रगामी बना देती है, उसके शिथिल शरीर में जान डाल देती है। जहाँ एक-एक पग रखना दुस्तर था, वहाँ इस जीवन-प्रकाश को देखते हुए यह मीलों और कोसों तक प्रेम की उमंगों से उछलता हुआ चला जाता है।

परंतु दूजी के लिए आशा की यह प्रभा कहाँ थी ? वह भूखी-प्यासी, उन्माद की दशा में चली जाती थी।

शहर पीछे छूटा। बाग और खेत आये। खेतों में हरियाली थी, वाटिकाओं में वसन्त की छटा। मैदान और पर्वत मिले। मैदानों से बाँसुरी की सुरीली तानें आती थीं। पर्वतों के शिखर मोरों की झनकार से गूँज रहे थे।

दिन चढ़ने लगा। सूर्य उसकी ओर आता हुआ दिखाई पड़ा। कुछ काल तक उसके साथ रहा। कदाचित् रूठे को मनाता था। पुनः अपनी राह चला गया। वसंत ऋतु की शीतल, मंद, सुगन्धित वायु चलने लगी; खेतों ने कुहरे की चादरें ओढ़ लीं। रात हो गयी और दूजी एक पर्वत के किनारे झाड़ियों से उलझती, चट्टानों से

टकराती चली जाती थी, मानो किसी झील की मंद-मंद लहरों में किनारे पर उगे हुए झाऊ के पौधों का साया थरथरा रहा हो। इस प्रकार अज्ञात की खोज में अकेली निर्भय वह गिरती-पड़ती चली जाती थी। यहाँ तक कि भूख-प्यास और अधिक श्रम के कारण उसकी शक्तियों ने जवाब दे दिया। वह एक शिला पर बैठ गयी और भयभीत दृष्टि से इधर-उधर देखने लगी। दाहिने-बायें घोर अंधकार था। उच्च पर्वतशिखाओं पर तारे जगमगा रहे थे। सामने एक टीला मार्ग रोके खड़ा था और समीप ही किसी जलधारा से दबी हुई सायँ-सायँ की आवाज सुनायी देती थी।

10

दूजी थक कर चूर हो गयी थी; पर उसे नींद न आयी। सर्दी से कलेजा काँप रहा था। वायु के निर्दयी झोंके लेशमात्र भी चैन न लेने देते थे। कभी-कभी एक क्षण के लिए आँखें झपक जातीं और फिर चौंक पड़ती। रात्रि ज्यों-त्यों व्यतीत हुई। सबेरा हुआ। चट्टान से कुछ दूर एक घना पाकर का वृक्ष था, जिसकी जड़ें सूखे पत्थरों से चिमट कर यों रस खींचती थीं जैसे कोई महाजन दीन असामियों को बाँध कर उनसे ब्याज के रुपये वसूल करता है। इस वृक्ष के सामने कई छोटी-छोटी चट्टानों ने मिल कर एक कोठरी की आकृति बना रखी थी। दाहिनी ओर लगभग दो सौ गज की दूरी पर नीचे की ओर पयस्विनी नदी चट्टानों और पाषाण-शिलाओं से उलझती, घूमती-घामती बह रही थी, जैसे कोई दृढ़प्रतिज्ञ मनुष्य बाधाओं का ध्यान न कर अपने इष्ट-साधन के मार्ग पर बढ़ता चला जाता है। नदी के किनारे साधु-प्रकृति वकुले चुपचाप मौनव्रत धारण किये हुए बैठे थे। संतोषी जल-पक्षी पानी में तैर रहे थे। लोभी टिटिहरियाँ नदी पर मँडराती थीं और रह-रह कर मछलियों की खोज में टूटती थीं। खिलाड़ी मैने निःशंक अपने परों को खुजला-खुजला स्नान कर रहे थे। और चतुर कौवे झुंड-के-झुंड भोजन-सम्बन्धी प्रश्न को हल कर रहे थे। एक वृक्ष के नीचे मोरों की सभा सुसज्जित थी और वृक्षों की शाखाओं पर कबूतर आनन्द कर रहे थे। एक दूसरे वृक्ष पर महाशय काग एवं श्रीमान् पं. नीलकंठ जी घोर शास्त्रार्थ में प्रवृत्त थे। महाशय काग ने छेड़ने के लिए पंडित जी के निवासस्थान की ओर दृष्टि डाली थी। इस पर पंडित जी इतने क्रोधित हुए कि महाशय काग के पीछे पड़ गये। महाशय काग अपनी स्वाभाविक बुद्धिमत्ता को काम में ला कर सहज ही में भाग खड़े हुए। श्रीमान् पंडित जी बुरा-भला कहते हुए काग के पीछे पड़े। किसी भाँति महाशय जी की सर्वज्ञता ने उनकी जान बचायी।

थोड़ी देर में जंगली नीलगायों का एक झुंड आया। किसी ने पानी पिया, किसी ने सूँघ कर छोड़ दिया। दो-चार युवावस्था के मतवाले हिरन आपस में सींग मिलाने लगे। फिर एक काला हिरन अभिमान-भरे नेत्रों से देखता ऐंड़-ऐंड़ कर पग

उठाता कुछ मृगनयनियों को साथ लिये नदी के किनारे आया। बच्चे थोड़ी दूर पर खेलते हुए चले आते थे। कुछ और हट कर एक वृक्ष के नीचे बन्दरों ने अपने डेरे डाल रखे थे। बच्चे क्रीड़ा करते थे। पुरुषों में छेड़छाड़ हो रही थी। रमणियाँ सानन्द बैठी हुई एक-दूसरी के बालों से जुएँ निकालती थीं और उन्हें अपने मुँह में रखती जाती थीं। दूजी एक चट्टान पर अर्द्धनिद्रा की दशा में बैठी हुई यह दृश्य देख रही थी। घाम के कारण निद्रा आ गयी। नेत्रपट बन्द हो गये।

11

प्रकृति की इस रंगभूमि में दूजी ने अपने चौदह वर्ष व्यतीत किये। वह प्रतिदिन प्रातःकाल इसी नदी के किनारे शिलाओं पर बैठी यही दृश्य देखती और लहरों की कारुणिक ध्वनि सुनती। उसी नदी की भाँति उसके मन में लहरें उठतीं, जो कभी धैर्य और साहस के किनारों पर चढ़ कर नेत्रों द्वारा बह निकलतीं। उसे मालूम होता कि वन के वृक्ष तथा जीव-जन्तु सब मेरी ओर व्यंग्यपूर्ण नेत्रों से देख रहे हैं। नदी भी उसे देख कर क्रोध से मुँह में फेन भर लेती। जब यहाँ बैठे-बैठे उसका जी ऊब जाता तो वह पर्वत पर चढ़ जाती और दूर तक देखती। पर्वतों के बीच में कहीं-कहीं मिट्टी के घरौंदों की भाँति छोटे-छोटे मकान दिखायी देते, कहीं लहलहाती हुई हरियाली। सारा दृश्य एक नवीन वाटिका की भाँति मनोरम था। उसके दिल में एक तीव्र इच्छा होती कि उड़ कर उन चोटियों पर जा पहुँचूँ। नदी के किनारे या पाकर की घनी छाया में बैठी हुई घंटों सोचा करती। बचपन के वे दिन याद आ जाते जब वह सहेलियों के गले में बाँहें डाल कर महुए चुनने जाया करती थी। फिर गुड़ियों के ब्याह का स्मरण हो जाता। पुनः अपनी प्यारी मातृभूमि की पनघट आँखों में फिर जाती। आज भी वहाँ वही भीड़ होगी, वही हास्य, चहल-पहल। पुनः अपना घर ध्यान में आता और वह गाय स्मरण आती जो कि उसको देख कर हुँकारती हुई अपने प्रेम का परिचय देती थी। मुन्नू स्मरण हो आता, जो उसके पीछे-पीछे छलाँगें मारता हुआ खेतों में जाया करता, जो बर्तन धोते समय बार-बार बर्तनों में मुँह डालता। तब ललनसिंह नेत्रों के सामने आ खड़े हो जाते थे। होंठों पर वही मुस्कराहट, नेत्र में वही चंचलता। तब वह उठ खड़ी होती और अपना मन दूसरी ओर ले जाने की चेष्टा करती।

दिन गुजरते थे, किंतु बहुत धीरे-धीरे। वसंत आया। सेलम की लालिमा एवं कचनार की ऊदी पुष्पमाला अपनी यौवन-छटा दिखलाने लगी। मकोय के फल महके। गरमी का प्रारम्भ हुआ; प्रातःकाल समीर के झोंके, दोपहर की लू, जलती हुई लपट। डालियाँ फूलों से लदीं। फिर वह समय आया कि जब न दिन को सुख था और न रात को नींद। दिन तड़पता था, रात जलती थी। नदियाँ बधिकों के हृदयों की

भाँति सूख गयीं। वन के पशु मध्याह्न की धूप में प्यास के कारण जिह्वा निकाले पानी की खोज में इधर-उधर दौड़ते फिरते थे। जिस प्रकार द्वेष से भरे हुए दिल तनिक-तनिक-सी बातों पर जल उठते हैं उसी प्रकार गर्मी से जलते हुए वन-वृक्ष कभी-कभी वायु के झोंकों से परस्पर रगड़ खा कर जल उठते हैं। ज्वाला ऊँची उठती थी, मानो अग्निदेव ने तारागणों पर धावा मारा है। वन में एक भगदड़-सी पड़ जाती। फिर आँधी और तूफान के दिन आये। वायु की देवी गरजती हुई आती। पृथ्वी और आकाश थर्रा उठते, सूर्य छिप जाता, पर्वत भी काँप उठते। पुनः वर्षा ऋतु का जन्म हुआ। वर्षा की झड़ी लगी। वन लहराये, नदियों ने पुनः-पुनः अपने सुरीले राग छेड़े। पर्वतों के कलेजे ठंडे हुए। मैदान में हरियाली छायी। सारस की ध्वनि पर्वतों में गूँजने लगी। आषाढ़ मास में बाल्यावस्था का अल्हड़पन था। श्रावण में युवावस्था के पग बढ़े, फुहारें पड़ने लगीं। भादों कमाई के दिन थे, जिसने झीलों के कोष भर दिये। पर्वतों को धनाढ्य कर दिया। अंत में बुढ़ापा आया। कास के उज्ज्वल बाल लहराने लगे। जाड़ा आ पहुँचा।

12

इस प्रकार ऋतु परिवर्तन हुआ। दिन और महीने गुजरे। वर्ष आये और गये; किंतु दूजी ने विंध्याचल के उस किनारे को न छोड़ा। गर्मियों के भयानक दिन और वर्षा की भयावनी रातें सब उसी स्थान पर काट दीं। क्या भोजन करती थी, क्या पहनती थी; इसकी चर्चा व्यर्थ है। मन पर चाहे जो बीते किंतु भूख और ऋतु संबंधी कष्ट का निवारण करना ही पड़ता है। प्रकृति की थाल सजी हुई थी। कभी बनबेरी और शरीफों के पकवान थे, कभी तेंदू, कभी मकोय और कभी राम का नाम। वस्त्रों के लिए चित्रकूट के मेले में साल में केवल एक बार जाती, मोरों के पर, हिरणों के सींग, वन औषधियाँ महँगे दामों में बिकतीं। कपड़ा भी आया, बर्तन भी आये। यहाँ तक कि दीपक जैसी विलास-वस्तु भी एकत्र हो गयी। एक छोटी-सी गृहस्थी जम गयी।

दूजी ने निराशा की दशा में संसार से विमुख होकर जीवन व्यतीत करना जितना सहज समझा था, उससे कहीं कठिन मालूम हुआ। आत्मानुराग में निमग्न वैरागी तो वन में रह सकता है, परंतु एक स्त्री जिसकी अवस्था हँसने-खेलने में व्यतीत हुई हो, बिना किसी नौका के सहारे विराट सागर को किस प्रकार पार करने में समर्थ हो सकती है ? दो वर्ष के पश्चात् दूजी को एक-एक दिन वहाँ वर्ष-सा प्रतीत होने लगा। कालक्षेप करना दुस्तर हो गया। घर की सुधि एक क्षण भी विस्मृत न होती। कभी-कभी वह इतनी व्यग्र होती कि क्षणमात्र के लिए अपमान का भी भय न रहता। वह दृढ़ विचार करके उन पहाड़ियों के बीच शीघ्रता से पग बढ़ाती,

घर की ओर चलती, मानो कोई अपराधी कारागार से भागा जा रहा हो। किन्तु पहाड़ियों की सीमा से बाहर आते ही उसके पग स्वयं रुक जाते। वह आगे न बढ़ सकती। तब वह ठंडी साँस भर कर एक शिला पर बैठ जाती और फूट-फूट कर रोती। फिर वह भयानक रात्रि और वही सघन कुंज, वही नदी की भयावनी गरज और श्रृगालों की वही विकराल ध्वनि !

"ज्यों-ज्यों भीजै कामरी, त्यों-त्यों भारी होय" भाग्य को धिक्कारते-धिक्कारते उसने ललनसिंह को धिक्कारना आरम्भ किया। एकातंवास ने उसमें आलोचना और विवेचना की शक्ति पैदा कर दी। मैं क्यों इस वन में मुँह छिपाये दुःख के दिन व्यतीत कर रही हूँ ? यह उसी निर्दयी ललनसिंह की लगायी आग है। कैसे सुख से रहती थी। इसी ने आकर मेरे झोंपड़े में आग लगा दी। मैं अबोध और अनजान थी। उसने जान-बूझ कर मेरा जीवन भ्रष्ट कर डाला। मुझे अपने आमोद का केवल एक खिलौना बनाया था। यदि उसे मुझसे प्रेम होता तो क्या वह मुझसे विवाह न कर लेता ? वह भी तो चंदेल ठाकुर था। हाय ! मैं कैसी अज्ञान थी। अपने पैरों में आप कुल्हाड़ी मारी। इस प्रकार मन से बातें करते-करते ललनसिंह की मूर्ति उसके नेत्रों के सम्मुख आ जाती तो वह घृणा से मुँह फेर लेती। वह मुस्कराहट जो उसका मन हर लिया करती थी, वह प्रेममय मृदुभाषण जो उसकी नसों में सनसनाहट पैदा कर देती थी, वह क्रीड़ामय हाव-भाव जिन पर मतवाली हो जाती थी, अब उसे एक दूसरे ही रूप में दृष्टिगोचर होते। उनमें अब प्रेम की झलक न थी। अब वह कपट-प्रेम और काम-तृष्णा के गाढ़े रंग में रँगे हुए दिखायी देते थे। वह प्रेम का कच्चा घरौंदा, जिसमें वह गुड़िया बन बैठी थी, वायु के झोंके में सँभला; किन्तु जल के प्रबल प्रवाह में न सँभल सका। अब वह अभागी गुड़िया निर्दयी चट्टान पर पटक दी गयी है कि रो-रोकर जीवन के दिन काटे। उन गुड़ियों की भाँति जो गोटे-पट्टे और आभूषणों से सजी हुई, मखमली पिटारे में भोग-विलास करने के पश्चात् नदी और तालाब में बहा दी जाती हैं, डूबने के लिए तरंगों में थपेड़े खाने के लिए।

ललनसिंह की तरफ से फिरते ही दूजी का मन एक अधीरता के साथ भाइयों की ओर मुड़ा। मैं अपने साथ उन बेचारों को व्यर्थ ले डूबी। मेरे सिर पर उस घड़ी न जाने कौन-सा भूत सवार था। उन बेचारों ने तो जो कुछ किया; मेरी ही मर्यादा रखने के लिए किया। मैं तो उन्मत्त हो रही थी। समझाने-बुझाने से क्या काम चलता ! और समझाना-बुझाना तो स्त्रियों का काम है। मर्दों का समझाना तो उसी ढंग का होना चाहिए, और होता ही है। नहीं मालूम, उन बेचारों पर क्या बीती ! क्या मैं उन्हें फिर कभी देखूँगी ? यह विचारते-विचारते भाइयों की वह मूर्ति उसके नेत्रों में फिर जाती, जो उसने अंतिम बार देखी थी, अब वह उस देश को जा रहे थे, जहाँ से लौट कर फिर आना मानो मृत्यु के मुख से निकल आना है—वह रक्तवर्ण नेत्र, वह अभिमान से भरी हुई चाल, वह फिरे हुए नेत्र जो एक बार उसकी ओर

उठ गये थे। आह ! उनमें क्रोध या द्वेष न था, केवल क्षमा थी। वह मुझ पर क्रोध क्या करते ! फिर अदालत के इजलास का चित्र नेत्रों के सामने खिंच जाता। भाइयों के वह तेवर, उनकी वह आँखें, जो क्षणमात्र के लिए क्रोधाग्नि से फैल गयी थीं, फिर उनकी प्यार की बातें, उनका प्रेम स्मरण आता ।

पुनः वे दिन याद आते जब वह उनकी गोद में खेलती थी, जब वह उनकी उँगली पकड़ कर खेतों को जाया करती थी। हाय ! क्या वह दिन भी आयेंगे कि मैं उनको पुनः देखूँगी।

एक दिन वह था कि दूजी अपने भाइयों के रक्त की प्यासी थी; निदान एक दिन आया कि वह पयस्विनी नदी के तट पर कंकड़ियों द्वारा दिनों की गणना करती थी। एक कृपण जिस सावधानी से रुपयों को गिन-गिन कर इकट्ठा करता है, उसी सावधानी से दूजी इन कंकड़ियों को गिन-गिन कर इकट्ठा करती थी। नित्य संध्याकाल वह इस ढेर में पत्थर का एक टुकड़ा और रख देती तो उसे क्षण-मात्र के लिए मानसिक सुख प्राप्त होता। इन कंकड़ियों का ढेर अब उसका जीवन-धन था। दिन में अनेक बार इन टुकड़ों को देखती और गिनती। असहाय पक्षी पत्थर के ढेरों से आशा के खोंते बनाता था।

यदि किसी को चिंता और शोक की मूर्ति देखनी हो तो वह पयस्विनी नदी के तट पर प्रतिदिन सायंकाल देख पड़ती है। डूबे हुए सूर्य की किरणों की भाँति उसका मुखमंडल पीला है। वह अपने दुःखमय विचारों में डूबी हुई, तरंगों की ओर दृष्टि लगाये बैठी रहती है। यह तरंगें इतनी शीघ्रता से कहाँ जा रही हैं ? मुझे भी अपने साथ क्यों नहीं ले जातीं ? क्या मेरे लिए वहाँ भी स्थान नहीं है ? कदाचित् शोक क्रन्दन में यह भी मेरी संगिनी हैं। तरंगों की ओर देखते-देखते उसे ऐसा ज्ञात होता है कि मानो वह स्थिर हो गयीं और मैं शीघ्रता से बही जा रही हूँ। तब वह चौंक पड़ती है और अँधेरी शिलाओं के बीच मार्ग खोजती हुई फिर अपने शोक-स्थल पर आ जाती है।

इसी प्रकार दूजी ने अपने दुःख के दिन व्यतीत किये। तीस-तीस ढेलों के बारह ढेर बन गये; तब उसने उन्हें एक स्थान पर इकट्ठा कर दिया। वह आशा का मंदिर उसी हार्दिक अनुराग से बनता रहा जो किसी भक्त को अपने इष्टदेव के साथ होता है। रात्रि के बारह घंटे बीत गये। पूर्व की ओर प्रातःकाल का प्रकाश दिखायी देने लगा।

मिलाप का समय निकट आया। इच्छा-रूपी अग्नि की लपट बढ़ी। दूजी उन ढेरों को बार-बार गिनती, महीनों के दिनों की गणना करती। कदाचित् एक दिन भी कम हो जाय। हाय ! आजकल उसके मन की वह दशा थी जो प्रातःकाल सूर्य के सुनहरे प्रकाश में हलकोरें लेनेवाले सागर की होती है, जिसमें वायु की तरंगों से मुस्कराता हुआ कमल झूलता है।

13

आज दूजी इन पर्वतों और वनों से विदा होती है। वह दिन भी आ पहुँचा जिसकी राह देखते-देखते एक पूरा युग बीत गया। आज चौदह वर्ष के पश्चात् उसकी प्यासी पलकें नदी में लहरा रही हैं। बरगद की जटाएँ नागिन बन गयी हैं।

उस सुनसान वन से उसका चित्त कितना दुःखित था। किन्तु आज उससे पृथक् होते हुए दूजी के नेत्र भर-भर आते हैं। जिस पाकर की छाया में उसने दुःख के दिन बिताये, जिस गुफा में उसने रो-रो कर रातें काटीं, उसे छोड़ते आज शोक हो रहा है। यह दुःख के साथी हैं।

सूर्य की किरणें दूजी की आशाओं की भाँति कुहरे की घटाओं को हटाती चली आती थीं। उसने अपने दुःख के मित्रों को अब पूर्ण नेत्रों से देखा। पुनः ढेरों के पास गयी, जो उसके चौदह वर्ष की तपस्या के स्मारक चिह्न थे। उन्हें एक-एक कर चूमा, मानो वह देवी जी के चबूतरे हैं, तब वह रोती हुई चली जैसे लड़कियाँ ससुराल को चलती हैं।

संध्या समय उसने शहर में प्रवेश किया और पता लगाते हुए कैलासी के घर आयी। घर सूना पड़ा था। तब वह विनयकृष्ण बघेल का घर पूछते-पूछते उनके बँगले पर आयी। कुँवर महाशय टहल कर आये ही थे कि उसे खड़ी देखा। पास आये। उसके मुख पर घूँघट था। दूजी ने कहा—महाराज, मैं एक अनाथ दुखिया हूँ।

कुँवर साहब ने आश्चर्य से पूछा—तुम दूजी हो ! तुम इतने दिनों तक कहाँ रहीं।

कुँवर साहब के प्रेम-भाव ने घूँघट और बढ़ा दिया। इन्हें मेरा नाम स्मरण है, यह सोच कर दूजी का कलेजा धड़कने लगा। लज्जा से सिर नीचे झुक गया। लजाती हुई बोली—जिसका कोई हितू नहीं है उसका वन के सिवा अन्यत्र कहाँ ठिकाना है। मैं भी वनों में रही। पयस्विनी नदी के किनारे एक गुफा में पड़ी रही।

कुँवर साहब विस्मित हो गये। चौदह वर्ष और नदी के किनारे गुफा में। क्या कोई संन्यासी इससे अधिक त्याग कर सकता है। वह आश्चर्य से कुछ न बोल सके।

दूजी उन्हें चुपचाप देख कर बोली—मैं कैलासी के घर से सीधे पर्वत में चली गयी और वहीं इतने दिन व्यतीत किये। चौदह वर्ष पूरे हो गये। जिन भाइयों की गरदन पर छुरी चलायी उनके छूटने के दिन अब आये हैं। नारायण उन्हें अब कुशलपूर्वक लावें। मैं चाहती हूँ कि उनके दर्शन करूँ और उनकी ओर से मेरे दिल में जो इच्छाएँ हैं, पूर्ण हो जायँ।

कुँवर साहब बोले—तुम्हारा हिसाब बहुत ठीक है। मेरे पास आज कलकत्ते

से सरकारी पत्र आया है कि दोनों भाई चौदह तारीख को कलकत्ता पहुँचेंगे, उनके सम्बन्धियों को सूचना दी जाय। यहाँ कदाचित् दो-तीन दिन में आ जायेंगे। मैं सोच ही रहा था कि सूचना किसे दूँ।

दूजी ने विनयपूर्वक कहा—मेरा जी चाहता है कि वे जहाज पर से उतरें तो मैं उनके पैरों पर माथा नवाऊँ, उसके पश्चात् मुझे संसार में कोई अभिलाषा न रहेगी। इसी लालसा ने मुझे इतने दिनों तक जिलाया है। नहीं तो मैं आपके सम्मुख कदापि न खड़ी होती।

कुँवर विनयकृष्ण गम्भीर स्वभाव के मनुष्य थे। दूजी के आंतरिक रहस्य उनके चित्त पर एक गहरा प्रभाव डालते जाते थे। जब सारी अदालत दूजी पर हँसती थी तब उन्हें उसके साथ सहानुभूति थी और आज इसके वृत्तांत सुन कर वे इस ग्रामीण स्त्री के भक्त हो गये। बोले—यदि तुम्हारी यही इच्छा है तो मैं स्वयं तुम्हें कलकत्ता पहुँचा दूँगा। तुमने उनसे मिलने की जो रीति सोची है उससे उत्तम ध्यान में नहीं आ सकती; परंतु तुम खड़ी हो और मैं बैठा हूँ, यह अच्छा नहीं लगता दूजी, मैं बनावट नहीं करता; जिसमें इतना त्याग और संकल्प हो वह यदि पुरुष है तो देवता है, स्त्री है तो देवी है। जब मैंने तुम्हें पहले देखा उसी समय मैंने समझ लिया था कि तुम साधारण स्त्री नहीं हो। जब तुम कैलासी के घर से चली गयीं तो सब लोग कहते थे कि तुम जान पर खेल गयीं। परंतु मेरा मन कहता था कि तुम जीवित हो। नेत्रों से पृथक् हो कर भी तुम मेरे ध्यान से बाहर न हो सकीं। मैंने वर्षों तुम्हारी खोज की, मगर तुम ऐसी खोह में जा छिपी थीं कि तुम्हारा कुछ पता न चला।

इन बातों में कितना अनुराग था ! दूजी को रोमांच हो गया। हृदय बल्लियों उछलने लगा। उस समय उसका मन चाहता था कि इनके पैरों पर सिर रख दूँ। कैलासी ने एक बार जो बात उससे कही थी, वह बात उसे इस समय स्मरण आयी। उसने भोलेपन से पूछा—क्या आप ही के कहने से कैलासी ने मुझे अपने घर में रख लिया था ?

कुँवर साहब लज्जित हो कर बोले—मैं इसका उत्तर कुछ न दूँगा।

रात को जब दूजी एक ब्राह्मणी के घर में नर्म बिछावन पर लेटी हुई थी तो उसके मन की वह दशा हो रही थी, जो आश्विन मास के आकाश की होती है। एक ओर चंद्र प्रकाश, दूसरी ओर घनी घटा और तीसरी ओर झिलमिलाते हुए तारे।

14

प्रातःकाल का समय था। गंगा नामक स्टीमर बंगाल की खाड़ी में अभिमान से गर्दन उठाये, समुद्र की लहरों को पैरों से कुचलता हुगली के बंदरगाह की ओर चला आता

था। डेढ़ सहस्र से अधिक आदमी उसकी गोद में थे। अधिकतर व्यापारी थे। कुछ वैज्ञानिक तत्त्वों के अनुरागी, कुछ भ्रमण करने वाले और कुछ ऐसे हिंदुस्तानी मजदूर जिनको अपनी मातृभूमि आकर्षित कर रही थी। उसी में दोनों भाई शानसिंह और गुमानसिंह एक कोने में बैठे निराशा की दृष्टि से किनारे की ओर देख रहे थे। दोनों हड्डियों के दो ढाँचे थे, उन्हें पहचानना कठिन था।

जहाज घाट पर पहुँचा। यात्रियों के मित्र और परिचित जन किनारे पर स्वागत करने के लिए अधीर हो रहे थे। जहाज पर से उतरते ही प्रेम की बाढ़ आ गयी। मित्रगण परस्पर हाथ मिलाते थे। उनके नेत्र प्रेमाश्रु से परिपूर्ण थे। यह दोनों भाई शनैः-शनैः जहाज से उतरे। मानो किसी ने ढकेल कर उतार दिया। उनके लिए जहाज के तख्ते और मातृभूमि में कोई अंतर न था। वे आये नहीं, बल्कि लाये गये। चिरकाल के कष्ट और शोक ने जीवन का ज्ञान भी शेष न छोड़ा था। साहस लेशमात्र भी न था। इच्छाओं का अंत हो चुका था। वह तट पर खड़े विस्मित दृष्टि से सामने देखते थे। कहाँ जायँ ? उनके लिए इस संसार-क्षेत्र में कोई स्थान न दिखायी देता था।

तब दूजी उस भीड़ में से निकल कर आती दिखायी दी। उसने भाइयों को खड़े देखा। तब जिस भाँति जल खाल की ओर गिरता है, उसी प्रकार अधीरता की उमंग में रोती हुई वह उनके चरणों में चिपट गयी। दाहिने हाथ में शानसिंह के चरण थे, बायें हाथ में गुमानसिंह के, और नेत्रों से अश्रुधाराएँ प्रवाहित थीं; मानो दो सूखे वृक्षों की जड़ों में एक मुरझायी बेल चिमटी हुई है या दो संन्यासी माया और मोह की बेड़ी में बँधे खड़े हैं। भाइयों के नेत्रों से भी आँसू बहने लगे। उनके मुखमंडल बादलों में से निकलने वाले तारों की भाँति प्रकाशित हो गये। वह दोनों पृथ्वी पर बैठ गये और तीनों भाई-बहन परस्पर गले मिल कर बिलख-बिलख रोये। वह गहरी खाड़ी जो भाइयों और बहन के बीच में थी, अश्रुधाराओं से परिपूर्ण हो गयी। आज चौदह वर्ष के पश्चात् भाई और बहन में मिलाप हुआ और वह घाव जिसने मांस को मांस से, रक्त को रक्त से, विलग कर दिया था, परिपूर्ण हो गया और वह उस मरहम का काम था जिससे अधिक लाभकारी और कोई मरहम नहीं होता, जो मन के मैल को साफ करता है, जो दुःख को भुलानेवाला और हृदय की दाह को शांत करनेवाला है, जो व्यंग विषैले घावों को भर देता है। यह काल का मरहम है।

दोनों भाई घर को लौटे। पट्टीदारों के स्वप्न भंग हो गये। हित-मित्र इकट्ठे हुए। ब्रह्मभोज का दिन निश्चित हुआ। पूड़ियाँ पकने लगीं, घी की सर्वश्रेष्ठ ब्राह्मणों के लिए, तेल की पासी-चमारों के लिए। कालेपानी का पाप इस घी के साथ भस्म हो गया।

दूजी भी कलकत्ते से भाइयों के साथ चली; प्रयाग तक आयी। कुँवर विनयकृष्ण

भी उनके साथ थे। भाइयों से कुँवर साहब ने दूजी के सम्बन्ध में कुछ बातें कीं; उनकी भनक दूजी के कानों में पड़ी। प्रयाग में दोनों भाई-बहन रुक गये कि त्रिवेणी में स्नान करते चलें। कुँवर विनयकृष्ण अपने ध्यान में सब ठीक करके मन प्रसन्न करनेवाली आशाओं का स्वप्न देखते हुए चले गये, किंतु फिर वहाँ से दूजी का पता न चला। मालूम नहीं क्या हुई, कहाँ चली गयी। कदाचित् गंगा जी ने उसे अपनी गोद में लेकर सदा के दुःख से मुक्त कर दिया। भाई बहुत रोये-पीटे किन्तु क्या करते। जिस स्थान पर दूजी ने अपने वनवास के चौदह वर्ष व्यतीत किये थे, वहाँ दोनों भाई प्रतिवर्ष जाते हैं और उन पत्थरों के ढेरों से चिमट-चिमट कर रोते हैं।

कुँवर साहब ने भी पेंशन ले ली। अब चित्रकूट में रहते हैं। दार्शनिक विचारों के पुरुष थे, जिस प्रेम की खोज थी वह न मिला। एक बार कुछ आशा दिखायी दी थी, जो चौदह वर्ष एक विचार के रूप में स्थित रही। एकाएक आशा की धुँधली झलक भी एक बार झिलमिलाते हुए दीपक की भाँति हँस कर सदा के लिए अदृश्य हो गयी।

प्रारब्ध

लाला जीवनदास को मृत्युशय्या पर पड़े 6 मास हो गये हैं। अवस्था दिनोंदिन शोचनीय होती जाती है। चिकित्सा पर उन्हें अब जरा भी विश्वास नहीं रहा। केवल प्रारब्ध का ही भरोसा है। कोई हितैषी वैद्य या डॉक्टर का नाम लेता है तो मुँह फेर लेते हैं। उन्हें जीवन की अब कोई आशा नहीं है। यहाँ तक कि अब उन्हें अपनी बीमारी के जिक्र से भी घृणा होती है। एक क्षण के लिए भूल जाना चाहते हैं कि मैं काल के मुख में हूँ। एक क्षण के लिए इस दुस्साध्य चिंता-भार को सिर से फेंक कर स्वाधीनता से साँस लेने के लिए उनका चित्त लालायित हो जाता है। उन्हें राजनीति से कभी रुचि नहीं रही। अपनी व्यक्तिगत चिंताओं ही में लीन रहते। लेकिन अब उन्हें राजनीतिक विषयों से विशेष प्रेम हो गया है। अपनी बीमारी की चर्चा के अतिरिक्त वह प्रत्येक विषय को शौक से सुनते हैं, किन्तु ज्यों ही किसी ने सहानुभूति से किसी औषधि का नाम लिया कि उनकी त्योरी बदल जाती है। अंधकार में विलापध्वनि इतनी आशाजनक नहीं होती जितनी प्रकाश की एक झलक।

यह यथार्थवादी पुरुष थे। धर्म-अधर्म, स्वर्ग-नरक की व्यवस्थाएँ उनकी विचार-परिधि से बाहर थीं। यहाँ तक कि अज्ञात भय से भी वे शंकित न होते थे। लेकिन उसका कारण उनकी मानसिक शिथिलता न थी, बल्कि लोक-चिंता ने परलोक-चिंता का स्थान ही शेष न रखा था। उनका परिवार बहुत छोटा था, पत्नी थी और एक बालक। लेकिन स्वभाव उदार था, ऋण से बढ़ा रहता था। उस पर यह असाध्य और चिरकालीन रोग ने ऋण पर कई दर्जे की वृद्धि कर दी थी। मेरे पीछे निस्सहायों का क्या हाल होगा ? ये किसके सामने हाथ फैलायेंगे ? कौन इनकी खबर लेगा ? हाय ! मैंने विवाह क्यों किया ? पारिवारिक बंधन में क्यों फँसा ? क्या इसलिए कि ये संसार के हिमतुल्य दया के पात्र बनें ? क्या अपने कुल की प्रतिष्ठा और सम्मान को यों विनष्ट होने दूँ ? जिस जीवनदास ने सारे नगर को अपनी अनुग्रह-दृष्टि से प्लावित कर दिया था, उसी के पोते और बहू द्वार-द्वार ठोकरें खाते फिरें ? हाय, क्या होगा ? कोई अपना नहीं, चारों

ओर भयावह वन है ! कहीं मार्ग का पता नहीं। यह सरल रमणी, यह अबोध बालक ! इन्हें किस पर छोड़ूँ ?

हम अपनी आन पर जान देते थे। हमने किसी के सामने सिर नहीं झुकाया। किसी के ऋणी नहीं हुए। सदैव गर्दन उठा कर चले; और अब यह नौबत है कि कफन का भी ठिकाना नहीं !

2

आधी रात गुजर चुकी। जीवनदास की हालत आज बहुत नाजुक थी। बार-बार मूर्च्छा आ जाती। बार-बार हृदय की गति रुक जाती। उन्हें ज्ञात होता था कि अब अन्त निकट है। कमरे में एक लैम्प जल रहा था। उनकी चारपाई के समीप ही प्रभावती और उसका बालक साथ सोए हुए थे। जीवनदास ने कमरे की दीवारों को निराशापूर्ण नेत्रों से देखा जैसे कोई भटका हुआ पथिक निवास-स्थान की खोज में हो ! चारों ओर से घूम कर उनकी आँखें प्रभावती के चेहरे पर जम गयीं। हा ! यह सुन्दरी एक क्षण में विधवा हो जायेगी ! यह बालक पितृहीन हो जायेगा। यही दोनों व्यक्ति मेरी जीवन-आशाओं के केन्द्र थे। मैंने जो कुछ किया, इन्हीं के लिए किया। मैंने अपना जीवन इन्हीं पर समर्पण कर दिया था और अब इन्हें मँझधार में छोड़े जाता हूँ। इसलिए कि वे विपत्ति भँवर के कौर बन जायँ। इन विचारों ने उनके हृदय को मसोस दिया। आँखों से आँसू बहने लगे।

अचानक उनके विचार-प्रवाह में एक विचित्र परिवर्तन हुआ। निराशा की जगह मुख पर एक दृढ़ संकल्प की आभा दिखायी दी, जैसे किसी गृहस्वामिनी की झिड़कियाँ सुन कर एक दीन भिक्षुक के तेवर बदल जाते हैं। नहीं, कदापि नहीं ! मैं अपने प्रिय पुत्र और अपनी प्राण-प्रिया पत्नी पर प्रारब्ध का अत्याचार न होने दूँगा। अपने कुल की मर्यादा को भ्रष्ट न होने दूँगा। अबला को जीवन की कठिन परीक्षा में न डालूँगा। मैं मर रहा हूँ, लेकिन प्रारब्ध के सामने सिर न झुकाऊँगा। उसका दास नहीं, स्वामी बनूँगा। अपनी नौका को निर्दय तरंगों के आश्रित न बनने दूँगा।

"निःसन्देह संसार मुँह बनायेगा। मुझे दुरात्मा, घातक नराधम कहेगा। इसलिए कि उसके पाशविक आमोद में, उसकी पैशाचिक क्रीड़ाओं में एक व्यवस्था कम हो जायगी। कोई चिन्ता नहीं, मुझे सन्तोष तो रहेगा कि उसका अत्याचार मेरा बाल भी बाँका नहीं कर सकता। उसकी अनर्थ लीला से मैं सुरक्षित हूँ।"

जीवनदास के मुख पर वर्णहीन संकल्प अंकित था। वह संकल्प जो आत्म-हत्या का सूचक है। वह बिछौने से उठे, मगर हाथ-पाँव थर-थर काँप रहे थे। कमरे की प्रत्येक वस्तु उन्हें आँखें फाड़-फाड़ कर देखती हुई जान पड़ती थीं। आलमारी के

शीशे में अपनी परछाईं दिखायी दी। चौंक पड़े, वह कौन ? खयाल आ गया, यह तो अपनी छाया है। उन्होंने आलमारी से एक चमचा और एक प्याला निकाला। प्याले में वह जहरीली दवा थी जो डॉक्टर ने उनकी छाती पर मलने के लिए दी थी ! प्याले को हाथ में लिये चारों ओर सहमी हुई दृष्टि से ताकते हुए वह प्रभावती के सिरहाने आ कर खड़े हो गये। हृदय पर करुणा का आवेग हुआ। "आह ! इन प्यारों को क्या मेरे ही हाथों मरना लिखा था ? मैं ही इनका यमदूत बनूँगा। यह अपने ही कर्मों का फल है। मैं आँखें बन्द करके वैवाहिक बन्धन में फँसा। इन भावी आपदाओं की ओर क्यों मेरा ध्यान न गया ? मैं उस समय ऐसा हर्षित और प्रफुल्लित था, मानो जीवन एक अनादि सुख-स्वर है, एक-एक सुधामय आनन्द सरोवर। यह इसी अदूरदर्शिता का परिणाम है कि आज मैं यह दुर्दिन देख रहा हूँ।"

हठात् उनके पैरों में कम्पन हुआ, आँखों में अँधेरा छा गया, नाड़ी की गति बन्द होने लगी। वे करुणामयी भावनाएँ मिट गयीं। शंका हुई, कौन जाने यही दौरा जीवन का अन्त न हो। वह सँभल कर उठे और प्याले से दवा का एक चम्मच निकाल कर प्रभावती के मुँह में डाल दिया। उसने नींद में दो-एक बार मुँह डुला कर करवट बदल ली। तब उन्होंने लखनदास का मुँह खोल कर उसमें भी एक चम्मच भर दवा डाल दी और प्याले को जमीन पर पटक दिया। पर हा ! मानव-परवशता ! हा प्रबल भावी ! भाग्य की विषम क्रीड़ा अब भी उनसे चाल चल रही थी। प्याले में विष न था। वह टानिक था जो डाक्टर ने उनका बल बढ़ाने के लिए दिया था।

प्याले को रखते ही उनके काँपते हुए पैर स्थिर हो गये, मूर्च्छा के सब लक्षण जाते रहे। चित्त पर भय का प्रकोप हुआ। वह कमरे में एक क्षण भी न ठहर सके। हत्या-प्रकाश का भय हत्या-कर्म से भी कहीं दारुण था। उन्हें दंड की चिंता न थी; पर निंदा और तिरस्कार से बचना चाहते थे। वह घर से इस तरह बाहर निकले, जैसे किसी ने उन्हें ढकेल दिया हो, उनके अंगों में कभी इतनी स्फूर्ति न थी। घर सड़क पर था, द्वार पर एक ताँगा मिला ! उस पर जा बैठे। नाड़ियों में विद्युत-शक्ति दौड़ रही थी।

ताँगेवाले ने पूछा–कहाँ चलूँ ?

जीवनदास–जहाँ चाहो।

ताँगेवाला–स्टेशन चलूँ ?

जीवनदास–वहीं सही।

ताँगेवाला–छोटी लैन चलूँ या बड़ी लैन ?

जीवनदास–जहाँ गाड़ी जल्दी मिल जाय।

ताँगेवाले ने उन्हें कौतूहल से देखा। परिचित था, बोला–आपकी तबीयत

अच्छी नहीं है, क्या और कोई साथ न जायेगा ?

जीवनदास ने जवाब दिया—नहीं, मैं अकेला ही जाऊँगा।

ताँगेवाला—आप कहाँ जाना चाहते हैं ?

जीवनदास—बहुत बातें न करो। यहाँ से जल्दी चलो।

ताँगेवाले ने घोड़े को चाबुक लगाया और स्टेशन की ओर चला। जीवनदास वहाँ पहुँचते ही ताँगे से कूद पड़े और स्टेशन के अंदर चले। ताँगेवाले ने कहा—पैसे ?

जीवनदास को अब ज्ञात हुआ कि मैं घर से कुछ नहीं ले कर चला, यहाँ तक कि शरीर पर वस्त्र भी न थे। बोले—पैसे फिर मिलेंगे।

ताँगेवाला—आप न जाने कब लौटेंगे।

जीवनदास—मेरा जूता नया है, ले लो।

ताँगेवाले का आश्चर्य और भी बढ़ा, समझा इन्होंने शराब पी है, अपने आपे में नहीं हैं। चुपके से जूते लिये और चलता हुआ।

गाड़ी के आने में अभी घंटों की देर थी। जीवनदास प्लेटफार्म पर जाकर टहलने लगे। धीरे-धीरे उनकी गति तीव्र होने लगी, मानो कोई उनका पीछा कर रहा है। उन्हें इसकी बिलकुल चिंता न थी कि मैं खाली हाथ हूँ। जाड़े के दिन थे। लोग सरदी के मारे अकड़े जाते थे, किंतु उन्हें ओढ़ने-बिछौने की भी सुधि न थी। उनकी चैतन्यशक्ति नष्ट हो गयी थी; केवल अपने दुष्कर्म का ज्ञान जीवित था। ऐसी शंका होती थी कि प्रभावती मेरे पीछे दौड़ी चली आती है, कभी भ्रम होता कि लखनदास भागता हुआ आ रहा है, कभी पड़ोसियों के धर-पकड़ की आवाज कानों में आती थी, उनकी कल्पना प्रतिक्षण उत्तेजित होती जाती थी, यहाँ तक कि वह प्राणभय से माल के बोरों के बीच में जा छिपे। एक-एक मिनट पर चौंक पड़ते थे और सशंक नेत्रों से इधर-उधर देखकर फिर छिप जाते थे। उन्हें अब यह भी स्मरण न रहा कि मैं यहाँ क्या करने आया हूँ, केवल अपनी प्राणरक्षा का ज्ञान शेष था। घंटियाँ बजीं, मुसाफिरों के झुंड के झुंड आने लगे, कुलियों की बक-झक, मुसाफिरों की चीख और पुकार, आने-जानेवाले इंजिनों की धक-धक से हाहाकार मचा हुआ था; किंतु जीवनदास उन बोरों के बीच में इस तरह पैंतरे बदल रहे थे मानो वे चैतन्य होकर उन्हें घेरना चाहते हैं।

निदान गाड़ी स्टेशन पर आकर खड़ी हो गयी। जीवनदास सँभल गये। स्मृति जागृत हो गयी। लपक कर बोरों में से निकले और एक कमरे में जा बैठे।

इतने में गाड़ी के द्वार पर 'खट-खट' की ध्वनि सुनायी दी। जीवनदास ने चौंककर देखा, टिकट का निरीक्षक खड़ा था। उनकी अचेतावस्था भंग हो गयी। वह कौन-सा नशा है, जो मार के आगे भाग न जाय। व्याधि की शंका संज्ञा को जागृत कर देती है। उन्होंने शीघ्रता से जल-गृह खोला और उसमें घुस गये। निरीक्षक ने पूछा—"और कोई नहीं ?" मुसाफिरों ने एक स्वर से कहा—"अब कोई नहीं है।"

जनता को अधिकारी वर्ग से एक नैसर्गिक द्वेष होता है। गाड़ी चली तो जीवनदास बाहर निकले। यात्रियों ने एक प्रचंड हास्यध्वनि से उनका स्वागत किया। यह देहरादून मेल थी।

3

रास्ते भर जीवनदास कल्पनाओं में मग्न रहे। हरिद्वार पहुँचे तो उनकी मानसिक अशांति बहुत कुछ कम हो गयी थी। एक क्षेत्र से कम्बल लाये, भोजन किया और वहीं पड़ रहे। अनुग्रह के कच्चे धागे को वह लोहे की बेड़ी समझते थे; पर दुरवस्था ने आत्म-गौरव का नाश कर दिया था।

इस भाँति कई दिन बीत गये, किन्तु मौत का तो कहना ही क्या, वह व्याधि भी शांत होने लगी, जिसने जीवन से निराश कर दिया था। उनकी शक्ति दिनोंदिन बढ़ने लगी। मुख की कांति प्रदीप्त होने लगी, वायु का प्रकोप शांत हो गया, मानो दो प्रिय प्राणियों के बलिदान ने मृत्यु को तृप्त कर दिया था।

जीवनदास को यह रोग-निवृत्ति उस दारुण रोग से भी अधिक दुखदायी प्रतीत होती थी। वे अब मृत्यु-आह्वान करते, ईश्वर से प्रार्थना करते कि फिर उसी जीर्णावस्था का दुरागम हो, नाना प्रकार के कुपथ्य करते, किन्तु कोई प्रयत्न सफल न होता था। उन बलिदानों ने वास्तव में यमराज को संतुष्ट कर दिया था।

अब उन्हें चिंता होने लगी; क्या मैं वास्तव में जिंदा रहूँगा। लक्षण ऐसे ही दीख पड़ते थे। नित्यप्रति यह शंका प्रबल होती जाती थी। उन्होंने प्रारब्ध को अपने पैरों पर झुकाना चाहा था, पर अब स्वयं उसके पैरों की रज चाट रहे थे। उन्हें बार-बार अपने ऊपर क्रोध आता, कभी व्यग्र होकर उठते कि जीवन का अंत कर दूँ, तकदीर को दिखा दूँ कि मैं अब भी उसे कुचल सकता हूँ; किन्तु उसके हाथों विकट यंत्रणा भोगने के बाद उन्हें भय होता था कि कहीं इससे भी जटिल समस्या न उपस्थित हो जाय, क्योंकि उन्हें उसकी शक्ति का कुछ-कुछ अनुमान हो गया था। इन विचारों ने उनके मन में नास्तिकता के भाव उत्पन्न किये। वर्तमान भौतिक शिक्षा ने उन्हें पहले ही अनात्मवादी बना दिया था। अब उन्हें समस्त प्रकृति अनर्थ और अधर्म के रंग में डूबी हुई मालूम होने लगी। यहाँ न्याय नहीं, दया नहीं, सत्य नहीं। असम्भव है कि यह सृष्टि किसी कृपालु शक्ति के अधीन हो और उसके ज्ञान में नित्य ऐसे वीभत्स, ऐसे भीषण अभिनय होते रहें। वह न दयालु है, न वत्सल है। वह सर्वज्ञानी और अंतर्यामी भी नहीं, निस्संदेह वह एक विनाशिनी, वक्र और विकारमयी शक्ति है। सांसारिक प्राणियों ने उसकी अनिष्ट क्रीड़ा से भयभीत होकर उसे सत्य का सागर, दया और धर्म का भंडार, प्रकाश और ज्ञान का स्रोत बना दिया है। यह हमारा दीन-विलाप है।

अपनी दुर्बलता का अश्रुपात। इसी शक्तिहीनता को, इसी निःसहायता को हम उपासना और आराधना कहते हैं और उस पर गर्व करते हैं। दार्शनिकों का कथन है कि यह प्रकृति अटल नियमों के अधीन है, यह भी उनकी श्रद्धालुता है। नियम जड़, अचैतन्य होते हैं, उनमें कपट के भाव कहाँ ? इन नियमों का संचालक, इस इंद्रजाल का मदारी अवश्य है, यह स्पष्ट है; किन्तु वह प्राणी देवता नहीं, पिशाच है।

इन भावों ने शनैः-शनैः क्रियात्मक रूप धारण किया। सद्भक्ति हमें ऊपर ले जाती है, असद्भक्ति हमें नीचे गिराती है। जीवनदास की नौका का लंगर उखड़ गया। अब उसका न कोई लक्ष्य था और न कोई आधार, तरंगों में डाँवाँडोल होती रहती थी।

4

पंद्रह वर्ष बीत गये। जीवनदास का जीवन आनंद और विलास में कटता था। रमणीक निवास-स्थान था, सवारियाँ थीं, नौकर-चाकर थे। नित्य राग-रंग होता रहता था। अब इंद्रियलिप्सा उनका धर्म था, वासना-तृप्ति उनका जीवनतत्त्व। वे विचार और विवेक के बन्धनों से मुक्त हो गये थे। नीति और अनीति का ज्ञान लुप्त हो गया था। साधनों की भी कमी नहीं थी। बँधे बैल और खुले साँड़ में बड़ा अंतर है। एक रातिब पाकर भी दुर्बल है, दूसरा घास-पात ही खाकर मस्त हो रहा है। स्वाधीनता बड़ी पोषक वस्तु है।

जीवनदास को अब अपनी स्त्री और बालक की याद न सताती थी। भूत और भविष्य का उनके हृदय पर कोई चिह्न न था। उनकी निगाह केवल वर्तमान पर रहती थी। वह धर्म को अधर्म समझते थे और अधर्म को धर्म। उन्हें सृष्टि का यह मूलतत्त्व प्रतीत होता था। उनका जीवन स्वयं इसी दुर्नीति का उज्ज्वल प्रमाण था। आत्मबंधन को तोड़ कर वे जितने उत्सित हुए, वहाँ तक उन बन्धनों में पड़े हुए उनकी दृष्टि भी न पहुँच सकती थी। जिधर आँख उठती, अधर्म का साम्राज्य दीख पड़ता था। यही सफल जीवन का मंत्र था। स्वेच्छाचारी हवा में उड़ते हैं, धर्म के सेवक एड़ियाँ रगड़ते हैं। व्यापार और राजनीति के भवन, ज्ञान और भक्ति के मंदिर, साहित्य और काव्य की रंगशाला, प्रेम और अनुराग मंडलियाँ सब इसी दीपक से आलोकित हो रही हैं। ऐसी विराट् ज्योति की आराधना क्यों न की जाय ?

गरमी के दिन थे, संध्या का समय। हरिद्वार के रेलवे-स्टेशन पर यात्रियों की भीड़ थी। जीवनदास एक गेरुए रंग की रेशमी चादर गले में डाले, सुनहरा चश्मा लगाये, दिव्य ज्ञान की मूर्ति बने हुए अपने सहचरों के साथ प्लेटफार्म

पर टहल रहे थे। उनकी भेदक दृष्टि यात्रियों पर लगी हुई थी। अचानक उन्हें दूसरे दर्जे के कमरे में एक शिकार दिखायी दिया। यह एक रूपवान युवक था। चेहरे से प्रतिभा झलक रही थी। उसकी घड़ी की जंजीर सुनहरी थी, तनजेब की अचकन के बटन भी सोने के थे। जिस प्रकार बधिक की दृष्टि पशु के मांस और चर्म पर रहती है, उसी प्रकार जीवनदास की दृष्टि में मनुष्य एक भोग्य पदार्थ था। उनके अनुमान ने आश्चर्यजनक कुशलता प्राप्त कर ली थी और उससे कभी भूल न होती थी।

वह युवक अवश्य कोई रईस है। सरल और गौरवशील भी है अतएव सुगमता से जाल में फँस जायेगा। उस पर अपनी सिद्धता का सिक्का बिठाना चाहिए। उसकी सरल-हृदयता पर निशाना मारना चाहिए। मैं गुरु बनूँ, यह दोनों मेरे शिष्य बन जायँ, छल की घातें चलें, मेरी अपार विद्वत्ता, अलौकिक कीर्ति और अगाध वैराग्य का मधुर गान हो, शब्दाडम्बरों के दाने बिखेर दिये जायँ और मृग पर फंदा डाल दिया जाय।

यह निश्चय करके जीवनदास कमरे में दाखिल हुए। युवक ने उनकी ओर गौर से देखा, जैसे अपने भूले हुए मित्र को पहचानने की चेष्टा कर रहा हो। अब अधीर हो कर बोला—महात्मा जी, आपका स्थान कहाँ है ?

जीवनदास प्रसन्न हो कर बोला—बच्चा, संतों का स्थान कहाँ ? समस्त संसार हमारा स्थान है।

युवक ने पूछा—आपका शुभ नाम लाला जीवनदास तो नहीं है ?

जीवनदास चौंक पड़े। छाती बल्लियों उछलने लगी। चेहरे पर हवाइयाँ उड़ने लगीं। कहीं यह खुफिया पुलिस का कर्मचारी तो नहीं है ? कुछ निश्चय न कर सके, क्या उत्तर दूँ। गुम-सुम हो गये।

युवक ने असमंजस में पड़े देख कर कहा—मेरी यह धृष्टता क्षमा कीजिएगा। मैंने यह बात इसलिए पूछी कि आपका श्रीमुख मेरे पिता जी से बहुत मिलता है। वे बहुत दिनों से गायब हैं। लोग कहते हैं, संन्यासी हो गये। बरसों से उन्हीं की तलाश में मारा फिर रहा हूँ।

जिस प्रकार क्षितिज पर मेघराशि चढ़ती है और क्षणमात्र में संपूर्ण वायुमंडल को घेर लेती है उसी प्रकार जीवनदास को अपने हृदय में पूर्व-स्मृतियों की एक लहर-सी उठती हुई मालूम हुई। गला फँस गया और आँखों के सामने प्रत्येक वस्तु तैरती हुई जान पड़ने लगी। युवक की ओर सचेष्ट नेत्रों से देखा, स्मृति सजग हो गयी। उसके गले से लिपट कर बोले—लक्खू ?

लखनदास उनके पैरों पर गिर पड़ा।

'मैंने बिलकुल नहीं पहचाना।'

'एक युग हो गया।'

5

आधी रात गुजर चुकी थी। लखनदास सो रहा था और जीवनदास खिड़की से सिर निकाले विचारों में मग्न थे। प्रारब्ध का एक नया अभिनय उनके नेत्रों के सामने था। वह धारणा जो अतीत काल से उनकी पथ-प्रदर्शक बनी हुई थी, हिल गयी। मुझे अहंकार ने कितना विवेकहीन बना दिया था ! समझता था, मैं ही सृष्टि का संचालक हूँ, मेरे मरने पर परिवार का अधःपतन हो जायेगा पर मेरी यह दुश्चिंता कितनी मिथ्या निकली। जिन्हें मैंने विष दिया, वे आज जीवित हैं, सुखी हैं और सम्पत्तिशाली हैं। असम्भव था कि लक्खू को ऐसी उच्च शिक्षा दे सकता। माता के पुत्र-प्रेम और अध्यवसाय ने कठिन मार्ग कितना सुगम कर दिया। मैं उसे इतना सच्चरित्र, इतना दृढ़ संकल्प, इतना कर्तव्यशील कभी न बना सकता। यह स्वावलम्बन का फल है। मेरा विष उसके लिए अमृत हो गया। कितना विनयशील, हँसमुख, निःस्पृह और चतुर युवक है। मुझे तो अब उसके साथ बैठते भी संकोच होता है। मेरा सौभाग्य कैसे उदय हुआ है। मैं विराट जगत् को किसी पैशाचिक शक्ति के अधीन समझता था, जो दीन प्राणियों के साथ बिल्ली और चूहे का खेल खेलाती है। हा मूर्खता ! हा अज्ञान ! आज मुझ जैसा पापी मनुष्य इतना सुखी है ! इसमें संदेह नहीं कि इस जगत् का स्वामी दया और कृपा का महासागर है। प्रातःकाल मुझे उस देवी से साक्षात् होगा, जिसके साथ जीवन के क्या-क्या सुख नहीं भोगे ! मेरे पोते और पोतियाँ मेरी गोद में खेलेंगी। मित्रगण मेरा स्वागत करेंगे। ऐसे दयामय भगवान् को मैं अमंगल का मूल समझता था !

इस विचार में पड़े हुए जीवनदास को नींद आ गयी। जब आँखें खुलीं तो लखनऊ की प्रिय और परिचित ध्वनि कानों में आयी। वे चौंक कर उठ बैठे। लखनदास असबाब उतरवा रहे थे। स्टेशन के बाहर उनकी फिटन खड़ी थी। दोनों आदमी उस पर बैठे। जीवनदास का हृदय आह्वान से भर रहा था। मौन-रूप बैठे हुए थे, मानो समाधि में हों।

फिटन चली। जीवनदास को प्रायः सभी चीजें नयी मालूम होती थीं। न वे बाजार, न वे गली-कूचे, न वे प्राणी थे। युगांतर-सा हो गया था। निदान उन्हें एक रमणीक बंगला-सा दिखायी पड़ा, जिसके द्वार पर मोटे अक्षरों में अंकित था—

जीवनदास-पाठशाला

जीवनदास ने विस्मित होकर पूछा—क्या है ?

लखनदास ने कहा—माता जी ने आपके स्मृति-रूप यह पाठशाला खोली है। कई लड़के छात्रवृत्ति पाते हैं !

जीवनदास का दिल और भी बैठ गया। मुँह से एक ठंडी साँस निकल आयी।

थोड़ी देर के बाद फिटन रुकी, लखनदास उतर पड़े। नौकरों ने असबाब

उतारना शुरू किया। जीवनदास ने देखा, एक पक्का दो-मंजिला मकान था। उनके पुराने खपरैलवाले घर का कोई चिह्न नं था। केवल एक नीम का वृक्ष बाकी था। दो कोमल बालक 'बाबू जी' कहते हुए दौड़े और लखनदास के पैरों से लिपट गये। घर में एक हलचल-सी मच गयी। दीवानखाने के पीछे एक सुन्दर पुष्पवाटिका थी। जीवनदास ऐसे चकित हो रहे थे मानो कोई तिलिस्म देख रहे हों।

6

रात्रि का समय था। बारह बज चुके थे। जीवनदास को किसी करवट नींद न आती थी। अपने जीवन का चित्र उनके सामने था। इन पंद्रह वर्षों में उन्होंने जो काँटे बोये थे वे इस समय उनके हृदय में चुभ रहे थे। जो गढ़े खोदे थे, वे उन्हें निगलने के लिए मुँह खोले हुए थे। उनकी दशा में एक ही दिन में घोर परिवर्तन हो गया था। अभक्ति और अविश्वास की जगह विश्वास का अभ्युदय हो गया था, और यह विश्वास केवल मानसिक न था, वरन् प्रत्यक्ष था। ईश्वरीय न्याय का भय एक भयंकर मूर्ति के सदृश उनके सामने खड़ा था। उससे बचने की अब उन्हें कोई युक्ति नजर न आती थी। अब तक उनकी स्थिति उस आग की चिनगारी के समान थी, जो किसी मरुभूमि पर पड़ी हुई हो। उससे हानि की कोई शंका न थी; लेकिन आज वह चिनगारी एक खलिहान के पास पड़ी हुई थी। मालूम नहीं, कब वह प्रज्वलित होकर खलिहान को भस्मीभूत कर दे।

ज्यों-ज्यों रात गुजरती थी, यह भय ग्लानि का रूप धारण करता जाता था। "हा शोक ! मैं इस योग्य भी नहीं कि इस साक्षात् क्षमा-दया को अपना कलुषित मुँह दिखाऊँ। उसने मुझ पर सदैव करुणा और वात्सल्य की दृष्टि रखी और यह शुभ दिन दिखाया। मेरी कालिमा उसकी उज्ज्वल कीर्ति पर एक काला दाग है। मेरी कलुषता क्या इस मंगल चित्र को कलुषित न कर देगी। मेरी पापाग्नि के स्पर्श से क्या हरा-भरा उद्यान मटियामेट न हो जायगा ? मेरी अपकीर्ति कभी न कभी प्रकट हो कर इस कुल की मर्यादा और सम्मान को नष्ट न कर देगी ? मेरे जीवन से अब किसको सुख है ? कदाचित् भगवान् ने मुझे लज्जित करने के लिए, मुझे अपनी तुच्छता से अवगत कराने के लिए, मेरे गले में अनुताप की फाँसी डालने के लिए यह अद्‌भुत लीला दिखायी है। हा ! इसी कुल की मर्यादा-रक्षा के लिए भीषण हत्याएँ की थीं। क्या अब जीवित रह कर इसकी वह दुर्दशा कर दूँ जो मर कर भी न कर सका ? मेरे हाथ खून से लाल हो रहे हैं। परमात्मन् ! वह खून रंग न लाये। यह हृदय पापों के कीटाणुओं से जर्जर हो रहा है। भगवान्, यह कुल उनके छूत से बचा रहे।"

इन विचारों ने जीवनदास में ग्लानि और भय के भावों को इतना उत्तेजित

किया कि वह विकल हो गये। जैसे परती भूमि में बीज का असाधारण विकास और प्रसार होता है, उसी प्रकार विश्वासहीन हृदय में जब विश्वास का बीज पड़ता है तो उसमें सजीवता और विकास का प्रादुर्भाव होता है। उसमें विचार के बदले व्यवहार का प्राधान्य होता है। आत्म-समर्पण उसका विशेष लक्ष्य होता है। जीवनदास को अपने चारों तरफ एक सर्वव्यापी शक्ति, एक विराट आत्मा का अनुभव हो रहा था। प्रतिक्षण उनकी कल्पला सजग और प्रदीप्त होती जाती थी। अपने जीवन की घटनाएँ ज्वाला-शिखा बन-बन कर उस घर की ओर, उसे मंगल और आनंद के निवास-भवन की ओर दौड़ती हुई जान पड़ती थीं, मानो उसे निगल जायेंगी।

पूर्व की ओर आकाश अरुण वर्ण हो रहा था। जीवनदास की आँखें भी अरुण थीं। वे घर से निकले। हाथ में केवल धोती थी। उन्होंने अपने अनिष्टमय अस्तित्व को मिटा देने का निश्चय कर लिया था। अपनी पापाग्नि की आँच से अपने परिवार को बचाने का संकल्प कर चुके थे। प्राणपण से अपने आत्मशोक और हृदयदाह को शांत करने पर उद्यत हो गये थे।

सूर्योदय हो रहा था। उसी समय जीवनदास गोमती की लहरों में समा गये।

सुहाग की साड़ी

यह कहना भूल है कि दाम्पत्य-सुख के लिए स्त्री-पुरुष के स्वभाव में मेल होना आवश्यक है। श्रीमती गौरा और श्रीमान् कुँवर रतनसिंह में कोई बात न मिलती थी। गौरा उदार थी, रतनसिंह कौड़ी-कौड़ी को दाँतों से पकड़ते थे। वह हँसमुख थी, रतनसिंह चिंताशील थे। वह कुल-मर्यादा पर जान देती थी, रतनसिंह इसे आडम्बर समझते थे। उनके सामाजिक व्यवहार और विचार में भी घोर अंतर था। यहाँ उदारता की बाजी रतनसिंह के हाथ थी। गौरा को सहभोज से आपत्ति थी, विधवा-विवाह से घृणा और अछूतों के प्रश्न से विरोध। रतनसिंह इन सभी व्यवस्थाओं के अनुमोदक थे। राजनीतिक विषयों में यह विभिन्नता और भी जटिल थी ! गौरा वर्तमान स्थिति को अटल, अमर, अपरिहार्य समझती थी, इसलिए वह नरम-गरम, कांग्रेस, स्वराज्य, होमरूल सभी से विरक्त थी। कहती–''ये मुट्ठी भर पढ़े-लिखे आदमी क्या बना लेंगे, चने कहीं भाड़ फोड़ सकते हैं ?'' रतनसिंह पक्के आशावादी थे, राजनीतिक सभा की पहली पंक्तियों में बैठनेवाले, कर्मक्षेत्र में सबसे पहले कदम उठानेवाले, स्वदेशव्रतधारी और बहिष्कार के पूरे अनुयायी। इतनी विषमताओं पर भी उनका दाम्पत्य-जीवन सुखमय था। कभी-कभी उनमें मतभेद अवश्य हो जाता था, पर वे समीर के वे झोंके थे, जो स्थिर जल को हलकी-हलकी लहरों से आभूषित कर देते हैं; वे प्रचंड झोंके नहीं जिनसे सागर विप्लवक्षेत्र बन जाता है। थोड़ी-सी सदिच्छा सारी विषमताओं और मतभेदों का प्रतिकार कर देती थी।

2

विदेशी कपड़ों की होलियाँ जलायी जा रही थीं। स्वयंसेवकों के जत्थे भिखारियों की भाँति द्वारों पर खड़े हो-हो कर विलायती कपड़ों की भिक्षा माँगते थे और ऐसा कदाचित् ही कोई द्वार था, जहाँ उन्हें निराश होना पड़ता हो। खद्दर और गाढ़े के दिन फिर गये थे। नयनसुख, नयनदुख, मलमल और तनजेब तनबेध हो गये थे। रतनसिंह ने आकर गौरा से कहा–लाओ, अब सब विदेशी कपड़े संदूक से निकाल दो, दे दूँ।

गौरा–अरे तो इसी घड़ी कोई साइत निकली जाती है, फिर कभी दे देना।

रतन–वाह, लोग द्वार पर खड़े कोलाहल मचा रहे हैं और तुम कहती हो, फिर कभी दे देना।

गौरा–तो यह कुंजी लो, निकाल कर दे दो। मगर यह सब है लड़कों का खेल। घर फूँकने से स्वराज्य न कभी मिला है और न मिलेगा।

रतन–मैंने कल ही तो इस विषय पर तुमसे घंटों सिरपच्ची की थी और उस समय तुम मुझसे सहमत हो गयी थीं, आज तुम फिर वही शंकाएँ करने लगीं ?

गौरा–मैं तुम्हारे अप्रसन्न हो जाने के डर से चुप हो गयी थी।

रतन–अच्छा, शंकाएँ फिर कर लेना, इस समय जो करना है, वह करो।

गौरा–लेकिन मेरे कपड़े तो न लोगे न ?

रतन–सब देने पड़ेंगे, विलायत का एक सूत भी घर में रखना मेरे प्रण को भंग कर देगा।

इतने में रामटहल साईस ने बाहर से पुकारा–सरकार, लोग जल्दी मचा रहे हैं, कहते हैं, अभी कई मुहल्लों का चक्कर लगाना है। कोई गाढ़े का टुकड़ा हो तो मुझे भी मिल जाय, मैंने भी अपने कपड़े दे दिये।

केसर महरी कपड़ों की एक गठरी लेकर बाहर जाती हुई दिखायी दी। रतनसिंह ने पूछा–क्या तुम भी अपने कपड़े देने जाती हो ?

केसर ने लजाते हुए कहा–हाँ सरकार, जब देश छोड़ रहा है तो मैं कैसे पहनूँ ?

रतनसिंह ने गौरा की ओर आदेशपूर्ण नेत्रों से देखा। अब वह विलम्ब न कर सकी। लज्जा से सिर झुकाये संदूक खोलकर कपड़े निकालने लगी। एक संदूक खाली हो गया तो उसने दूसरा संदूक खोला। सबसे ऊपर एक सुंदर रेशमी सूट रखा हुआ था जो कुँवर साहब ने किसी अँगरेजी कारखाने में सिलाया था।

गौरा ने पूछा–क्या सूट भी निकाल दूँ ?

रतन–हाँ-हाँ, इसे किस दिन के लिए रखोगी ?

गौरा–यदि मैं यह जानती कि इतनी जल्दी हवा बदलेगी तो कभी यह सूट न बनवाने देती। सारे रुपये खून हो गये।

रतनसिंह ने कुछ उत्तर न दिया। तब गौरा ने अपना संदूक खोला और जलन के मारे स्वदेशी-विदेशी सभी कपड़े निकाल-निकाल कर फेंकने लगी। वह आवेश-प्रवाह में आ गयी। उनमें कितनी ही बहुमूल्य फैंसी जाकेट और साड़ियाँ थीं जिन्हें किसी समय पहन कर वह फूली न समाती थी। बाज-बाज साड़ियों के लिए तो उसे रतनसिंह से बार-बार तकाजे करने पड़े थे। पर इस समय सब की सब आँखों में खटक रही थीं। रतनसिंह उसके भावों को ताड़ रहे थे। स्वदेशी कपड़ों का निकाला जाना उन्हें अखर रहा था, पर इस समय चुप रहने ही में कुशल समझते थे। तिस पर

भी दो-एक बार वाद-विवाद की नौबत आ ही गयी। एक बनारसी साड़ी के लिए तो वह झगड़ बैठे, उसे गौरा के हाथों से छीन लेना चाहा, पर गौरा ने एक न मानी, निकाल ही फेंका। सहसा संदूक में से एक केसरिया रंग की तनजेब की साड़ी निकल आयी जिस पर पक्के आँचल और पल्ले टँके हुए थे। गौरा ने उसे जल्दी से लेकर अपनी गोद में छिपा लिया।

रतनसिंह ने पूछा—कैसी साड़ी है।

गौरा—कुछ नहीं, तनजेब की साड़ी है। आँचल पक्का है।

रतन—तनजेब की है तब तो जरूर ही विलायती होगी। उसे अलग क्यों रख लिया ? क्या वह बनारसी साड़ियों से अच्छी है ?

गौरा—अच्छी तो नहीं है, पर मैं इसे न दूँगी।

रतन—वाह, विलायती चीज को मैं न रखने दूँगा। लाओ इधर।

गौरा—नहीं, मेरी खातिर से इसे रहने दो।

रतन—तुमने मेरी खातिर से एक भी चीज न रखी, मैं क्यों तुम्हारी खातिर करूँ।

गौरा—पैरों पड़ती हूँ, जिद न करो।

रतन—स्वदेशी साड़ियों में से जो चाहो रख लो, लेकिन इस विलायती चीज को मैं न रखने दूँगा। इसी कपड़े की बदौलत हम गुलाम बने, यह गुलामी का दाग़ मैं अब नहीं रख सकता। लाओ इधर।

गौरा—मैं इसे न दूँगी, एक बार नहीं हज़ार बार कहती हूँ कि न दूँगी।

रतन—मैं इसे लेकर छोड़ूँगा, इस गुलामी के पटके को, इस दासत्व के बंधन को किसी तरह न रखूँगा।

गौरा—नाहक जिद करते हो।

रतन—आखिर तुमको इससे क्यों इतना प्रेम है ?

गौरा—तुम तो बाल की खाल निकालने लगते हो। इतने कपड़े थोड़े हैं ? एक साड़ी रख ही ली तो क्या ?

रतन—तुमने अभी तक इन होलियों का आशय ही नहीं समझा।

गौरा—खूब समझती हूँ। सब ढोंग है। चार दिन में जोश ठंडा पड़ जायेगा।

रतन—तुम केवल इतना बतला दो कि यह साड़ी तुम्हें क्यों इतनी प्यारी है, तो शायद मैं मान जाऊँ।

गौरा—यह मेरी सुहाग की साड़ी है।

रतन—(जरा देर सोच कर) तब तो मैं इसे कभी न रखूँगा। मैं विदेशी वस्त्र को यह शुभस्थान नहीं दे सकता। इस पवित्र संस्कार का यह अपवित्र स्मृति-चिह्न घर में नहीं रख सकता। मैं इसे सबसे पहले होली की भेंट करूँगा। लोग कितने हतबुद्धि हो गये थे कि ऐसे शुभ कार्यों में भी विदेशी वस्तुओं का व्यवहार करने में संकोच न करते थे। मैं इसे अवश्य होली में दूँगा।

गौरा—कैसा असगुन मुँह से निकालते हो।

रतन—ऐसी सुहाग की साड़ी का घर में रखना ही अशकुन, अमंगल, अनिष्ट और अनर्थ है।

गौरा—यों चाहे जबरदस्ती छीन ले जाओ, पर खुशी से न दूँगी।

रतन—तो फिर मैं जबरदस्ती ही करूँगा। मजबूरी है।

यह कह कर वह लपके कि गौरा के हाथों से साड़ी छीन लूँ। गौरा ने उसे मजबूती से पकड़ लिया और रतन की ओर कातर नेत्रों से देखकर कहा—तुम्हें मेरे सिर की कसम।

केसर महरी बोली—बहू जी की इच्छा है तो रहने दीजिए।

रतनसिंह के बढ़े हुए हाथ रुक गये, मुख मलिन हो गया। उदास हो कर बोले—मुझे अपना व्रत तोड़ना पड़ेगा। प्रतिज्ञा-पत्र पर झूठे हस्ताक्षर करने पड़ेंगे। खैर, यही सही।

3

शाम हो गयी थी। द्वार पर स्वयंसेवकगण शोर मचा रहे थे, कुँवर साहब जल्दी आइए, श्रीमती जी से भी कह दीजिए, हमारी प्रार्थना स्वीकार करें। बहुत देर हो रही है। उधर रतनसिंह असमंजस में पड़े हुए थे कि प्रतिज्ञा-पत्र पर कैसे हस्ताक्षर करूँ। विदेशी वस्त्र घर में रख कर स्वदेशी व्रत का पालन क्योंकर होगा ? आगे कदम बढ़ा चुका हूँ, पीछे नहीं हट सकता। लेकिन प्रतिज्ञा का अक्षरशः पालन करना अभीष्ट भी तो नहीं, केवल उसके आशय पर लक्ष्य रहना चाहिए। इस विचार से मुझे प्रतिज्ञा-पत्र पर हस्ताक्षर करने का पूरा अधिकार है। त्रिया-हठ के सामने किसी की नहीं चलती। यों चाहूँ तो एक ताने में काम निकल सकता है, पर उसे बहुत दुःख होगा, बड़ी भावुक है, उसके भावों का आदर करना मेरा कर्तव्य है।

गौरा भी चिंता में डूबी हुई थी। सुहाग की साड़ी सुहाग का चिह्न है, उसे आग ··· कितने अशकुन की बात है। ये कभी-कभी बालकों की भाँति जिद करने लगते हैं, अपनी धुन में किसी की सुनते नहीं। बिगड़ते हैं तो मानो मुँह ही नहीं सीधा होता।

लेकिन वे बेचारे भी तो अपने सिद्धांतों से मजबूर हैं। झूठ से उन्हें घृणा है। प्रतिज्ञा-पत्र पर झूठी स्वीकृति लिखनी पड़ेगी, उनकी आत्मा को बड़ा दुःख होगा, घोर धर्मसंकट में पड़े होंगे, यह भी तो नहीं हो सकता कि सारे शहर में स्वदेशानुरागियों के सिरमौर बन कर उस प्रतिज्ञा-पत्र पर हस्ताक्षर करने से आनाकानी करें। कहीं मुँह दिखाने को जगह न रहेगी, लोग समझेंगे, बना हुआ है। पर शकुन की चीज कैसे दूँ ?

इतने में उसने रामटहल साईस को सिर पर कपड़ों का गट्ठर लिये बाहर जाते देखा। केसर महरी भी एक गट्ठर सिर पर रखे हुए थी। पीछे-पीछे रतनसिंह हाथ में प्रतिज्ञा-पत्र लिये जा रहे थे। उनके चेहरे पर ग्लानि की झलक थी जैसे कोई सच्चा आदमी झूठी गवाही देने जा रहा हो। गौरा को देखकर उन्होंने आँखें फेर लीं और चाहा कि उसकी निगाह बचाकर निकल जाऊँ। गौरा को ऐसा जान पड़ा कि उनकी आँखें डबडबायी हुई हैं। वह राह रोककर बोली—जरा सुनते जाओ।

रतन—जाने दो, दिक न करो; लोग बाहर खड़े हैं।

उन्होंने चाहा कि पत्र को छिपा लूँ; पर गौरा ने उसे उनके हाथ से छीन लिया, उसे गौर से पढ़ा और एक क्षण चिन्तामग्न रहने के बाद बोली—वह साड़ी भी लेते जाओ।

रतन—रहने दो, अब तो मैंने झूठ लिख ही दिया।

गौरा—मैं क्या जानती थी कि तुम ऐसी कड़ी प्रतिज्ञा कर रहे हो।

रतन—यह तो मैं तुमसे पहले कह चुका था।

गौरा—मेरी भूल थी, क्षमा कर दो और इसे लेते जाओ।

रतन—जब तुम इसे देना अशकुन समझती हो तो रहने दो। तुम्हारी खातिर थोड़ा-सा झूठ बोलने में मुझे कोई आपत्ति नहीं है।

गौरा—नहीं, लेते जाओ। अमंगल के भय से तुम्हारी आत्मा का हनन नहीं करना चाहती।

यह कहकर उसने अपनी सुहाग की साड़ी उठाकर पति के हाथों में रख दी। रतन ने देखा, गौरा के चेहरे पर एक रंग आता है, एक रंग जाता है, जैसे कोई रोगी अंतरस्थ विषम वेदना को दबाने की चेष्टा कर रहा हो। उन्हें अपनी अहृदयता पर लज्जा आयी। हा ! केवल अपने सिद्धान्त की रक्षा के लिए, अपनी आत्मा के सम्मान के लिए, मैं इस देवी के भावों का वध कर रहा हूँ ! यह अत्याचार है। साड़ी गौरा को दे कर बोले—तुम इसे रख लो, मैं प्रतिज्ञा-पत्र को फाड़े डालता हूँ।

गौरा ने दृढ़ता से कहा—तुम न ले जाओगे तो मैं खुद जा कर दे आऊँगी।

रतनसिंह विवश हो गये। साड़ी ली और बाहर चले आये।

4

उसी दिन से गौरा के हृदय पर एक बोझ-सा रहने लगा। वह दिल बहलाने के लिए नाना उपाय करती; जलसों में भाग लेती, सैर करने जाती, मनोरंजक पुस्तकें पढ़ती, यहाँ तक कि कई बार नियम के विरुद्ध थियेटरों में भी गयी, किसी प्रकार अमंगल कल्पना को शान्त करना चाहती थी, पर यह आशंका एक मेघमंडल की भाँति उसके हृदय पर छायी रहती थी।

जब एक पूरा महीना गुजर गया और उसकी मानसिक वेदना दिनोंदिन बढ़ती ही गयी तो कुँवर साहब ने उसे कुछ दिनों के लिए अपने इलाके पर ले जाने का निश्चय किया। उसका मन उन्हें उनके आदर्श-प्रेम का नित्य तिरस्कार किया करता था। वह अक्सर देहातों में प्रचार का काम करने जाया करते थे ! पर अब अपने गाँवों से बाहर न जाते, या जाते तो संध्या तक जरूर लौट आते। उनकी एक दिन की देर, उनका साधारण सिर दर्द और जुकाम उसे अव्यवस्थित कर देते थे। वह बहुधा बुरे स्वप्न देखा करती। किसी अनिष्ट के काल्पनिक अस्तित्व की छाया उसे अपने चारों ओर मँडराती हुई प्रतीत होती थी।

वह तो देहात में पड़ी हुई आशंकाओं की कठपुतली बनी हुई थी। इधर उसकी सुहाग की साड़ी स्वदेश-प्रेम की वेदी पर भस्म होकर ऋद्धि-प्रदायिनी भभूत बनी हुई थी।

दूसरे महीने के अन्त में रतनसिंह उसे ले कर लौट आये।

5

गौरा को वापस आये तीन-चार दिन हो चुके थे, पर असबाब के सँभालने और नियत स्थान पर रखने में वह इतनी व्यस्त रही कि घर से बाहर न निकल सकी थी। कारण यह था कि केसर महरी उसके जाने के दूसरे ही दिन छोड़कर चली गयी थी और अभी उतनी चतुर दूसरी महरी मिली न थी। कुँवर साहब का साईस रामटहल भी छोड़ गया था। बेचारे कोचवान को साईस का भी काम करना पड़ता था।

संध्या का समय था। गौरा बरामदे में बैठी आकाश की ओर एकटक होकर ताक रही थी। चिन्ताग्रस्त प्राणियों का एकमात्र यही अवलम्ब है ! सहसा रतनसिंह ने आकर कहा—चलो, आज तुम्हें स्वदेशी बाजार की सैर करा लावें। यह मेरा ही प्रस्ताव था, पर चार दिन यहाँ आये हो गये, उधर जाने का अवकाश ही न मिला।

गौरा—मेरा तो जाने को जी नहीं चाहता। यहीं बैठकर कुछ बातें करो।

रतन—नहीं, चलो देख आवें। एक घंटे में लौट आवेंगे।

अंत में गौरा राजी हो गयी। इधर महीनों से बाहर न निकली थी। आज उसे चारों तरफ एक विचित्र शोभा दिखायी दी। बाजार कभी इतनी रौनक पर न था। वह स्वदेशी बाजार में पहुँची तो जुलाहों और कोरियों को अपनी-अपनी दुकानें सजाये बैठे देखा। सहसा एक वृद्ध कोरी ने आकर रतनसिंह को सलाम किया। रतनसिंह चौंककर बोले—रामटहल, तुम अब कहाँ हो ?

रामटहल का चेहरा श्रीसम्पन्न था। उसके अंग-अंग से आत्म-सम्मान की आभा झलक रही थी। आँखों में गौरव-ज्योति थी। रतनसिंह को कभी अनुमान न

हुआ था कि अस्तबल साफ करनेवाला बुड्ढा रामटहल इतना सौम्य, इतना भद्र पुरुष है। वह बोला—सरकार, अब तो अपना कारबार करता हूँ। जब से आपकी गुलामी छोड़ी तब से अपने काम में लग गया। आप लोगों की निगाह हम गरीबों पर हो गयी हमारा भी गुजर हो रहा है, नहीं तो आप जानते ही हैं, कि किस हालत में पड़ा हुआ था। जात का कोरी हूँ, पर पापी पेट के लिए चमार बन गया था।

रतन—तो भाई, अब मुँह मीठा कराओ। यह बाजार लगाने की मेरी ही सलाह थी, बिक्री तो अच्छी होती है।

रामटहल—हाँ सरकार ! आजकल खूब बिक्री हो रही है। माल हाथो-हाथ उड़ जाता है। यहाँ बैठते हुए एक महीना हो गया है, पर आपकी कृपा से लोगों के चार पैसे थे वे बेबाक हो गये। भगवान् की दया से रूखा-सूखा भोजन भी दोनों समय मिल जाता है और क्या चाहिए। मालकिन की सुहाग की साड़ी का होली में आना कहिए और बाजार का चमकना कहिए। लोगों ने कहा, जब इतने बड़े आदमी हो कर ऐसे शकुन की चीज की परवाह नहीं करते तो फिर हम विदेशी कपड़े क्यों रखें। जिस दिन होली जली है उसके दो-तीन दिन पहले ही सरकार इलाके पर चले गये थे। उसके पहले भी सरकार कई दिनों तक घर से बहुत कम निकलते थे। मैं तो यही कहूँगा कि यह सारी माया उसी सुहाग की साड़ी की है।

इतने में एक अधेड़ स्त्री गौरा के सामने आ कर बोली—बहू जी, मुझे भूल तो नहीं गयीं ?

गौरा ने सिर उठाया तो सामने केसर महरी खड़ी थी। वह सुंदर साड़ी पहने हुए थी, हाथ-पाँव में मामूली गहने भी थे, चेहरा खिला हुआ था। स्वाधीन जीवन का गौरव एक-एक भाव से प्रस्फुटित हो रहा था।

गौरा ने कहा—इतनी जल्दी भूल जाऊँगी ? अब कहाँ हो ? हमें लौटने भी न दिया, बीच में ही उड़ भागी।

केसर—क्या करूँ सरकार, अपना काम चलते देख कर सबर न हो सका। जब तक रोजगार न चलता था तब तक लाचारी थी। पेट के लिए सेवा-टहल, करम-कुकरम सभी करना पड़ता था। अब आप लोगों की दया से हमारे भी दिन लौटे हैं, अब दूसरा काम नहीं किया जाता। अगर बाजार का यही रंग रहा तो अपनी कमाई खाये न चुकेगी। यह सब आपकी साड़ी की महिमा है। उसकी बदौलत हम गरीबों के कितने ही घर बस गये। एक महीना पहले इन दूकानवालों में से किसी को रोटियों का ठिकाना न था। कोई साईसी करता था, कोई तासे बजाता था, यहाँ तक कि कई आदमी मेहतर का काम करते थे। कितने ही भीख माँगते थे। अब सब अपने धंधे में लग गये हैं। सच पूछो तो तुम्हारी सुहाग की साड़ी ने हमें सुहागिन बना दिया, नहीं तो हम सुहागिन होते हुए भी विधवाएँ थीं। सच कहती हूँ, सैकड़ों जबानों से नित्य यही दुआ निकलती है कि आपका सुहाग अमर हो, जिसने हमारी राँड़ जात को सुहाग दान दिया।

रतनसिंह एक दूकान पर बैठकर कुछ कपड़े देखने लगे। गौरा का भावुक हृदय आनंद से पुलकित हो रहा था। उसकी सारी अमंगल कल्पनाएँ स्वप्नवत् विच्छिन्न होती जाती थीं। आँखें सजल हो गयी थीं और सुहाग की देवी अश्रुसंचित नेत्रों के सामने खड़ी आँचल फैला कर उसे आशीर्वाद दे रही थी।

उसने रतनसिंह को भक्तिपूर्ण आँखों से देख कर कहा—मेरे लिए भी एक साड़ी ले लो।

6

जब गौरा यहाँ से चली तो सड़क की बिजलियाँ जल चुकी थीं। सड़कों पर खूब प्रकाश था। उसका हृदय भी आनंद के प्रकाश से जगमगा रहा था।

रतनसिंह ने पूछा—सीधे घर चलूँ ?

गौरा—नहीं, छावनी की तरफ होते चलो।

रतन—बाजार खूब सजा हुआ था।

गौरा—यह जमीन ले कर एक स्थायी बाजार बनवा दो। स्वदेशी कपड़ों की दूकानें हों और किसी से किराया न लिया जाय।

रतन—बहुत खर्च पड़ेगा।

गौरा—मकान बेच दो, रुपये ही रुपये हो जायेंगे।

रतन—और रहें, पेड़ तले ?

गौरा—नहीं, गाँववाले मकान में।

रतन—सोचूँगा।

गौरा—(जरा देर में) इलाके-भर में खूब कपास की खेती कराओ, जो कपास बोये उसकी बेगार माफ कर दो।

रतन—हाँ, तदबीर अच्छी है, दूनी उपज हो जायेगी।

गौरा—(कुछ देर सोचने के बाद) लकड़ी बिना दाम दो तो कैसा हो ? जो चाहे, चरखे बनवाने के लिए काट ले जाये।

रतन—लूट मच जायेगी।

गौरा—ऐसी बेईमानी कोई न करेगा।

जब उसने गाड़ी से उतर कर घर में कदम रखा तो चित्त शुभ-कल्पनाओं से प्रफुल्लित हो रहा था। मानो कोई बछड़ा खूँटे से छूटकर किलोलें कर रहा हो।

लोकमत का सम्मान

बेचू धोबी को अपने गाँव और घर से उतना ही प्रेम था, जितना प्रत्येक मनुष्य को होता है। उसे रूखी-सूखी और आधे पेट खाकर भी अपना गाँव समग्र संसार से प्यारा था। यदि उसे वृद्धा किसान स्त्रियों की गालियाँ खानी पड़ती थीं तो बहुओं से 'बेचू दादा' कहकर पुकारे जाने का गौरव भी प्राप्त होता था। आनन्द और शोक के प्रत्येक अवसर पर उसका बुलावा होता था, विशेषतः विवाहों में तो उसकी उपस्थिति वर और वधू से कम आवश्यक न थी। उसकी स्त्री घर में पूजी जाती थी, द्वार पर बेचू का स्वागत होता था। वह पेशवाज पहने कमर में घंटियाँ बाँधे साजिन्दों को साथ लिये एक हाथ मृदंग और दूसरा अपने कान पर रख कर जब तत्कालरचित बिरहे और बोल कहने लगता तो आत्मसम्मान से उसकी आँखें उन्मत्त हो जाती थीं। हाँ, धेले पर कपड़े धोकर भी वह अपनी दशा से संतुष्ट रह सकता था, किन्तु जमींदार के नौकरों की क्रूरता और अत्याचार कभी-कभी इतने असह्य हो जाते थे कि उसका जी गाँव छोड़कर भाग जाने को चाहने लगता था। गाँव में कारिन्दा साहब के अतिरिक्त पाँच-छह चपरासी थे। उनके सहवासियों की संख्या कम न थी। बेचू को इन सज्जनों के कपड़े मुफ्त धोने पड़ते थे। उसके पास इस्तरी न थी। उनके कपड़ों पर इस्तरी करने के लिए उसे दूसरे-दूसरे गाँव के धोबियों की चिरौरी करनी पड़ती थी। अगर कभी बिना इस्तरी किये ही कपड़े ले जाता, तो उसकी शामत आ जाती थी। मार पड़ती, घंटों चौपाल के सामने खड़ा रहना पड़ता, गालियों की वह बौछार पड़ती कि सुननेवाले कानों पर हाथ रख लेते, उधर से गुजरनेवाली स्त्रियाँ लज्जा से सिर झुका लेतीं।

जेठ का महीना था। आसपास की ताल-तलैया सब सूख गयी थीं। बेचू को पहर रात रहते दूर के एक ताल पर जाना पड़ता था। यहाँ भी धोबियों की ओसरी बँधी हुई थी। बेचू की ओसरी पाँचवें दिन पड़ती थी। पहर रात रहे लादी लाद कर ले जाता। मगर जेठ की धूप में 9-10 बजे के बाद खड़ा न हो सकता। आधी लादी भी न धुल पाती, बिना धुले कपड़े समेट कर घर चला आता। गाँव के सरल जजमान उसकी विपत्ति कथा सुन कर शांत हो जाते थे; न कोई गालियाँ देता, न

मारने दौड़ता। जेठ की धूप में उन्हें भी पुर चलाना और खेत गोड़ना पड़ता था। अपने पैरों में बिवाय फटी थी, उसकी पीर जानते थे। परन्तु कारिंदा महाशय को प्रसन्न करना इतना सहज न था। उनके आदमी नित्य बेचू के सिर पर सवार रहते थे। वह बड़ी गम्भीरता से कहते–'तू एक-एक अठवारे तक कपड़े नहीं लाता, क्या यह भी कोई जाड़े के दिन हैं, आजकल पसीने से दूसरे दिन कपड़े मैले हो जाते हैं; कपड़ों से बू आने लगती है और तुझे कुछ भी परवाह नहीं रहती।' बेचू हाथ-पैर जोड़कर किसी तरह उन्हें मनाता रहता था, यहाँ तक कि एक बार उसे बातें करते 9 दिन हो गये और कपड़े तैयार न हो सके। धुल तो गये थे, पर इस्तरी न हुई थी। अंत में विवश होकर बेचू दसवें दिन कपड़े लेकर चौपाल पहुँचा। मारे डर के पैर आगे न उठते थे। कारिंदा साहब उसे देखते ही क्रोध से लाल हो गये। बोले–क्यों बे पाजी, तुझे गाँव में रहना है कि नहीं ?

बेचू ने कपड़ों की गठरी तख्त पर रख दी और बोला–क्या करूँ सरकार, कहीं भी पानी नहीं है और न मेरे इस्तरी ही है।

कारिंदा–पानी तेरे पास नहीं है और सारी दुनिया में है। अब तेरा इलाज इसके सिवाय और कुछ नहीं है कि गाँव से निकाल दूँ। शैतान, दाई से पेट छिपाता है, पानी नहीं, इस्तरी नहीं।

बेचू–मालिक, गाँव आपका है, चाहे रहने दें, चाहे निकाल दें, लेकिन यह कलंक न लगायें, इतनी उमिर आप ही लोगों की खिदमत करते हो गयी, पर चाहे कितनी ही भूल-चूक हुई हो, कभी नीयत बद नहीं हुई। अगर गाँव में कोई कह दे कि मैंने कभी गाहकों के साथ ऐसी चाल चली है, तो उसकी टाँग की राह निकल जाऊँ। यह दस्तूर शहर के धोबियों का है।

निरंकुशता का तर्क से विरोध है। कारिंदा साहब ने कुछ और अपशब्द कहे। बेचू ने भी न्याय और दया की दुहाई दी। फल यह हुआ कि उसे आठ दिन हल्दी और गुड़ पीना पड़ा। नवें दिन उसने सब गाहकों के कपड़े जैसे-तैसे धो दिये, अपना बोरिया-बँधना सँभाला और बिना किसी से कुछ कहे-सुने रात को पटने की राह ली। अपने पुराने गाहकों से विदा होने के लिए जितने धैर्य की जरूरत थी, उससे वह वंचित था।

2

बेचू शहर में आया तो ऐसा जान पड़ा कि मेरे लिए पहले से ही जगह खाली थी। उसे केवल एक कोठरी किराये पर लेनी पड़ी और काम चल निकला। पहले तो वह किराया सुनकर चकराया। देहात में तो उसे महीने में इतनी धुलाई भी न मिलती थी। पर जब धुलाई की दर मालूम हुई तो किराये की अखर मिट गयी। एक ही

महीने में गाहकों की संख्या उसकी गणना-शक्ति से अधिक हो गयी। यहाँ पानी की कमी न थी। वह वादे का पक्का था। अभी नागरिक जीवन के कुसंस्कारों से मुक्त था। कभी-कभी उसकी एक दिन की मजदूरी देहात की वार्षिक आय से बढ़ जाती थी।

लेकिन तीन ही चार महीने में उसे शहर की हवा लगने लगी। पहले नारियल पीता था, अब एक गुड़गुड़ी लाया। नंगे पाँव जूते से वेष्टित हो गये और मोटे अनाज से पाचन-क्रिया में विघ्न पड़ने लगा। पहले कभी-कभी तीज-त्योहार के दिन शराब पी लिया करता था, अब थकान मिटाने के लिए नित्य उसका सेवन होने लगा। स्त्री को आभूषणों की चाट पड़ी। और धोबिनें बन-ठनकर निकलती हैं, मैं किससे कम हूँ। लड़के खोंचे पर लट्टू हुए, हलवे और मूँगफली की आवाज सुनकर अधीर हो जाते। उधर मकान के मालिक ने किराया बढ़ा दिया; भूसा और खली भी मोतियों के मोल बिकती थी। लादी के दोनों बैलों का पेट भरने में एक खासी रकम निकल जाती थी। अतएव पहले कई महीनों में जो बचत हो जाती थी, वह अब गायब हो गयी। कभी-कभी खर्च का पलड़ा भारी हो जाता; लेकिन किफायत करने की कोई विधि समझ में न आती थी। निदान स्त्री ने बेचू की नज़र बचाकर गाहकों के कपड़े पछाई देने शुरू किये। बेचू को यह बात मालूम हुई तो बिगड़ कर बोला—अगर मैंने फिर यह शिकायत सुनी तो मुझसे बुरा कोई न होगा। इसी इलजाम पर तो मैंने बाप-दादे का गाँव छोड़ दिया। यहाँ से भी निकालना चाहती है क्या ?

स्त्री ने उत्तर दिया—तुम्हीं से तो एक दिन भी दारू के बिना नहीं रहा जाता। मैं क्या पैसे ला कर लुटाती हूँ। जो खर्च लगे वह देते जाओ। मुझे इससे कुछ मिठाई थोड़े ही मिलती है। पर शनैः-शनैः नैतिक ज्ञान ने आवश्यकता के सामने सिर झुकाना शुरू किया। एक बार उसे कई दिन तक ज्वर आया। स्त्री उसे डोली पर बिठाकर वैद्य जी के यहाँ ले गयी। वैद्य जी ने नुस्खा लिख दिया। घर में पैसे न थे। बेचू स्त्री को कातर नेत्रों से देखकर बोला—तो क्या होगा ? दवा मँगानी ही है ?

स्त्री—जो कहो वह करूँ।

बेचू—किसी से उधार न मिलेगा ?

स्त्री—सबसे तो उधार ले चुकी। मुहल्ले में राह चलना मुश्किल है। अब किससे लूँ। अकेले जितना काम हो सकता है, करती हूँ। अब छाती फाड़ के मर थोड़ी ही जाऊँगी ? कुछ पैसे ऊपर से मिल जाते थे, लेकिन तुमने उसकी मनाही कर दी है। तो मेरा क्या बस है ? दो दिन से बैल भूखे खड़े हैं। दो रुपये हों, तो इनका पेट भरे।

बेचू—अच्छा, जो तेरे जी में आये कर, किसी तरह काम तो चला। मुझे मालूम हो गया कि शहर में अच्छी नीयतवाले आदमी का निर्वाह नहीं हो सकता।

उस दिन से यहाँ अन्य धोबियों की नीति का व्यवहार होने लगा।

3

बेचू के पड़ोस में एक वकील के मुहर्रिर मुंशी दाताराम रहा करते थे। बेचू कभी-कभी अवकाश के समय उनके पास जा बैठता। पड़ोस की बात थी, धुलाई का कोई हिसाब-किताब न था। मुंशी जी बेचू की खातिर करते, अपनी चिलम उतार कर उसकी तरफ बढ़ा देते, कभी घर में कोई अच्छी चीज पकती तो बेचू के लड़कों के लिए भेजवा देते। हाँ, इसका विचार रखते थे कि इन सत्कारों का मूल्य धुलाई के पैसे से बढ़ने न पाये।

गर्मियों के दिन थे, बरातों की धूम थी। मुंशी जी को एक बरात में शरीक होना था। गुड़गुड़ी के लिए पेचवान बनवाया, रोगनी चिलम लाये, सलेमशाही जूते खरीदे, अपने वकील साहब के घर से एक कालीन मँगनी लाये, अपने मित्र से सोने की अँगूठी और बटन लिये। इन सामग्रियों के एकत्रित करने में ज्यादा कठिनाई न पड़ी, किन्तु कपड़े मँगनी लेते हुए शर्म आती थी। बरात के योग्य कपड़े बनवाने की गुंजाइश न थी। तनजेब के कुरते, रेशमी अचकन, नैनसुख का चुन्नटदार पायजामा, बनारसी साफा बनवाना आसान न था। खासी रकम लगती थी। रेशमी किनारे की धोतियाँ और काशी सिल्क की चादर खरीदनी भी कठिन समस्या थी। कई दिनों तक बेचारे इसी चिंता में पड़े रहे। अंत में बेचू के सिवाय और कोई इस चिंता का निवारण करनेवाला न दिखाई दिया। संध्या समय जब बेचू उनके पास आकर बैठा तो बड़ी नम्रता से बोले–"बेचू, एक बरात में जाना था और सब सामान तो मैंने जमा कर लिये हैं, मगर कपड़े बनवाने में झंझट है। रुपयों की तो कोई चिंता नहीं, तुम्हारी दया से हाथ कभी खाली नहीं रहता। पेशा भी ऐसा है कि जो कुछ मिल जाय वह थोड़ा है, एक न एक आँख का अंधा गाँठ का पूरा नित्य फँसा ही रहता है, पर जानते हो आजकल लग्न की तेजी है, दरजियों को सिर उठाने की फुरसत नहीं, दूनी सिलाई लेते हैं तिस पर भी महीनों दौड़ाते हैं। अगर तुम्हारे यहाँ मेरे लायक कपड़े हों तो दो-तीन दिन के लिए दे दो, किसी तरह सिर से यह बला टले। नेवता दे देने में किसी का क्या खर्च होता है, बहुत किया तो पत्र छपवा लिये, लेकिन लोग यह नहीं सोचते कि बरातियों को कितनी तैयारियाँ करनी पड़ती हैं, क्या-क्या कठिनाइयाँ पड़ती हैं। अगर बिरादरी में यह रिवाज हो जाता कि जो महाशय निमंत्रण भेजें, वही उसके लिए सब सामान भी जुटाएँ तो लोग इतनी बेपरवाही से नेवते न दिया करें। तो बोलो–इतनी मदद करोगे न ?

बेचू ने मुरौवत में पड़ कर कहा–मुंशी जी, आपके लिए किसी बात से इनकार थोड़े ही है। लेकिन बात यह है कि आजकल लग्न की तेजी से सभी गाहक अपने-अपने कपड़ों की जल्दी मचा रहे हैं, दिन में दो-तीन बेर आदमी भेजते हैं। ऐसा न हो, इधर आपको कपड़े दे दूँ, उधर कोई जल्दी मचाने लगे।

मुंशीजी—अजी, दो-तीन दिन के लिए टालना कौन बड़ा काम है। तुम चाहो तो हफ्तों टाल सकते हो, अभी भट्ठी नहीं दी, अभी इस्तरी नहीं हुई, घाट बंद है। तुम्हारे पास बहानों की क्या कमी है। पड़ोस में रह कर मेरी खातिर से इतना भी न करोगे ?

बेचू—नहीं मुंशी जी, आपके लिए जान हाजिर है। चलिए कपड़े पसंद कर लीजिए, तो मैं उन पर और एक बेर इस्तरी करके ठीक कर दूँ। यही न होगा, गाहकों की घुड़कियाँ खानी पड़ेंगी। दो-चार गाहक टूट ही जायेंगे तो कौन गम है।

4

मुंशी दाताराम ठाट से बारात में पहुँचे। यहाँ उनके बनारसी साफे, रेशमी अचकन और रेशमी चादर ने ऐसा रंग जमाया कि लोग समझने लगे, यह कोई बड़े रईस हैं। बेचू भी उनके साथ हो लिया था। मुंशी जी उसकी बड़ी खातिर कर रहे थे। उसे एक बोतल शराब दिला दी, भोजन करने गये तो एक पत्तल उसके वास्ते भी लेते आये। बेचू के बदले उसे चौधरी कह कर पुकारते थे। यह सारा ठाट-बाट उसी की बदौलत तो था।

आधी रात गुजर चुकी थी। महफिल उठ गयी थी। लोग सोने की तैयारियाँ कर रहे थे। बेचू मुंशी जी की चारपाई के पास एक चदरा ओढ़े पड़ा था। मुंशी जी ने कपड़े उतारे और बड़ी सावधानी से अलगनी पर लटका दिये। हुक्का तैयार था। लेटकर पीने लगे कि अकस्मात् साजिन्दों में से एक अताई आ कर सामने खड़ा हो गया और बोला—कहिए हजरत यह अचकन और साफा आपने कहाँ पाया ?

मुंशी जी ने उसकी ओर सशंक नेत्रों से देखकर कहा—इसका क्या मतलब ?

अताई—इसका मतलब यह है, यह दोनों चीज़ें मेरी हैं।

मुंशीजी ने दुस्साहसपूर्ण भाव से कहा—क्या तुम्हारे खयाल में रेशमी अचकन और साफा तुम्हारे सिवाय और किसी के पास हो ही नहीं सकता।

अताई—हो क्यों नहीं सकता। अल्लाह ने जिसे दिया है, वह पहनता है। एक से एक पड़े हुए हैं। मैं किस गिनती में हूँ। लेकिन यह दोनों चीज़ें मेरी हैं। अगर ऐसी अचकन शहर में किसी के पास निकल आये तो जो जरीबाना कहिए दूँ। मैंने इसकी सिलाई दस रुपये दिये हैं। ऐसा कोई कारीगर ही शहर में नहीं। ऐसी तराश करता है कि हाथ चूम लें। साफे पर भी मेरा निशान बना हुआ है। लाइए दिखा दूँ। मैं आपसे महज इतना पूछता चाहता हूँ कि आपने यह चीज़ें कहाँ पायीं।

मुंशी जी समझ गये कि अब अधिक तर्क-वितर्क का स्थान नहीं है। कहीं बात बढ़ जाय तो बेइज्जती हो। कूटनीति से काम न चलेगा। नम्रता से बोले—भाई,

यह न पूछो, यहाँ इन बातों के कहने का मौका नहीं। हमारी और तुम्हारी इज्जत एक है। बस, इतना ही समझ लो कि इसी तरह दुनिया का काम चलता है। अगर ऐसे कपड़े बनवाने बैठता तो इस वक्त सैकड़ों के माथे जाती। यहाँ तो किसी तरह नवेद में शरीक होना था। तुम्हारे कपड़े खराब न होंगे, इसका जिम्मा मेरा। मैं इनकी एहतियात अपने कपड़ों से भी ज़्यादा करता हूँ।

अताई—कपड़े की मुझे फिकर नहीं, आपकी दुआ से अल्लाह ने बहुत दिया है। रईसों को खुदा सलामत रखे, उनकी बदौलत पाँचों उँगलियाँ घी में हैं। न मैं आपको बदनाम करना चाहता हूँ। आपकी जूतियों का गुलाम हूँ। मैं सिर्फ इतना जानना चाहता था कि कपड़े यह आपने किससे पाये। मैंने बेचू धोबी को धोने के लिए दिये थे। ऐसा तो नहीं हुआ कि कोई चोर बेचू के घर से उड़ा लाया हो, या किसी धोबी ने बेचू के घर से चुरा कर आपको दे दिये हों, क्योंकि बेचू ने अपने हाथ से आपको हरगिज कपड़े न दिये होंगे। वह ऐसा छिछोरापन नहीं करता। मैं खुद उससे इस तरह का मुआमला करना चाहता था, हाथों पर रुपये रख देता था, पर उसने कभी परवा न की। साहब, रुपये उठा कर फेंक दिये और ऐसी डाँट बतायी कि मेरे होश उड़ गये। इधर का हाल मैं नहीं जानता, क्योंकि अब मैं उससे कभी ऐसी बातचीत ही नहीं करता। पर मुझे यकीन नहीं आता कि वह इतना बदनीयत हो गया होगा। इसलिए आपसे बार-बार पूछता हूँ कि आपने वह कपड़े कहाँ पाये ?

मुंशी जी—बेचू की निस्बत तुम्हारा जो खयाल है, वह बिलकुल ठीक है। वह ऐसा ही बेगरज आदमी है, लेकिन भाई पड़ोस का भी तो कुछ हक बनता है। मेरे पड़ोस में रहता है, आठों पहर का साथ है। इधर से भी कुछ-न-कुछ सलूक होता ही रहता है। मेरी जरूरत देखी, पसीज गया। बस और कोई बात नहीं है।

अताई ने बेचू की निःस्पृहता के विषय में बड़ी अतिशयोक्ति से काम लिया था। न उसने बेचू के हाथ पर रुपये रखे थे और न बेचू ने कभी उसे डाँट बतायी थी। पर इस अतिशयोक्ति का प्रभाव बेचू पर उससे कहीं ज्यादा पड़ा जितना केवल बात को यथार्थ कह देने से पड़ सकता था। बेचू नींद में न सोया था। अताई की एक-एक बात उसने सुनी थी। उसे ऐसा जान पड़ता था कि मेरी आत्मा किसी गहरी नींद से जाग रही है। दुनिया मुझे कितना ईमानदार, कितना सच्चा, कितना निष्कपट समझती है और मैं कितना बेईमान, कितना दगाबाज हूँ। इसी झूठे इलजाम पर मैंने वह गाँव छोड़ा जहाँ बाप-दादों से रहता आया था। लेकिन यहाँ आकर दारू-शराब, घी-चीनी के पीछे तबाह हो गया।

बेचू यहाँ से लौटा तो दूसरा ही मनुष्य हो गया था या यों कहिए कि वह फिर अपनी खोयी हुई आत्मा को पा गया था।

5

छह महीने बीत गये। संध्या का समय था। बेचू के लड़के मलखान के ब्याह की बातचीत करने के लिए मेहमान लोग आये हुए थे। बेचू स्त्री से कुछ सलाह करने के लिए घर में आया तो वह बोली–दारू कहाँ से आयेगी ? तुम्हारे पास कुछ है ?

बेचू–मेरे पास जो कुछ था, वह तुम्हें पहले ही नहीं दे दिया था ?

स्त्री–उससे तो मैं चावल, दाल, घी, यह सब सामान लायी। सात आदमियों का खाना बनाया है। सब उठ गये।

बेचू–तो फिर मैं क्या करूँ ?

स्त्री–बिना दारू लिए वह लोग भला खाने उठेंगे ? कितनी नामूसी होगी।

बेचू–नामूसी हो चाहे बदनामी हो, दारू लाना मेरे बस की बात नहीं। यही न होगा, ब्याह न ठीक होगा, न सही।

स्त्री–वह दुशाला धुलने के लिए नहीं आया है ? न हो किसी बनिये के यहाँ गिरवी रख कर चार-पाँच रुपये ले आओ, दो-तीन दिन में छुड़ा लेना, किसी तरह मरजाद तो निभानी चाहिए ? सब कहेंगे, नाम बड़े दरसन थोड़े। दारू तक न दे सका।

बेचू–कैसी बात करती है। यह दुशाला मेरा है ?

स्त्री–किसी का हो, इस बखत काम निकाल लो। कौन किसी से कहने जाता है।

बेचू–न, यह मुझसे न होगा, चाहे दारू मिले या न मिले।

यह कह कर बाहर चला आया। दोबारा भीतर गया तो देखा स्त्री जमीन से खोद कर कुछ निकाल रही है। उसे देखते ही गड्ढे को आँचल से छिपा लिया।

बेचू मुस्कराता हुआ बाहर चला आया।

नाग-पूजा

प्रातःकाल था। आषाढ़ का पहला दौंगड़ा निकल गया था। कीट-पतंग चारों तरफ रेंगते दिखायी देते थे। तिलोत्तमा ने वाटिका की ओर देखा तो वृक्ष और पौधे ऐसे निखर गये थे जैसे साबुन से मैले कपड़े निखर जाते हैं। उन पर एक विचित्र आध्यात्मिक शोभा छायी हुई थी मानो योगीवर आनंद में मग्न पड़े हों। चिड़ियों में असाधारण चंचलता थी। डाल-डाल, पात-पात चहकती फिरती थीं। तिलोत्तमा बाग में निकल आयी। वह भी इन्हीं पक्षियों की भाँति चंचल हो गयी थी। कभी किसी पौधे को देखती, कभी किसी फूल पर पड़ी हुई जल की बूँदों को हिलाकर अपने मुँह पर उनके शीतल छींटे डालती। लाल बीरबहूटियाँ रेंग रही थीं। वह उन्हें चुनकर हथेली पर रखने लगी। सहसा उसे एक काला बृहत्काय साँप रेंगता दिखायी दिया। उसने चिल्ला कर कहा—अम्माँ, नाग जी जा रहे हैं। लाओ थोड़ा-सा दूध उनके लिए कटोरे में रख दूँ।

अम्माँ ने कहा—जाने दो बेटी, हवा खाने निकले होंगे।

तिलोत्तमा—गर्मियों में कहाँ चले जाते हैं ? दिखायी नहीं देते।

माँ—कहीं जाते नहीं बेटी, अपनी बाँबी में पड़े रहते हैं।

तिलोत्तमा—और कहीं नहीं जाते ?

माँ—बेटी हमारे देवता हैं, और कहीं क्यों जायेंगे ? तुम्हारे जन्म के साल से ये बराबर यहीं दिखायी देते हैं ? किसी से नहीं बोलते। बच्चा पास से निकल जाय, पर जरा भी नहीं ताकते। आज तक कोई चुहिया भी नहीं पकड़ी।

तिलोत्तमा—तो खाते क्या होंगे ?

माँ—बेटी, यह लोग हवा पर रहते हैं। इसी से इनकी आत्मा दिव्य हो जाती है। अपने पूवर्जन्म की बातें इन्हें याद रहती हैं। आनेवाली बातों को भी जानते हैं। कोई बड़ा योगी जब अहंकार करने लगता है तो उसे दंडस्वरूप इस योनि में जन्म लेना पड़ता है। जब तक प्रायश्चित्त पूरा नहीं होता, तब तक वह इस योनि में रहता है। कोई-कोई तो सौ-सौ, दो-दो सौ वर्ष तक जीते रहते हैं।

तिलोत्तमा—इनकी पूजा न करो, तो क्या करें।

माँ—बेटी कैसी बच्चों की-सी बातें करती हो। नाराज जो जायँ तो सिर पर न जाने क्या विपत्ति आ पड़े। तेरे जन्म के साल पहले-पहल दिखायी दिये थे। तब से साल में दस-पाँच बार अवश्य दर्शन दे जाते हैं। इनका ऐसा प्रभाव है कि आज तक किसी के सिर में दर्द तक नहीं हुआ।

2

कई वर्ष हो गये। तिलोत्तमा बालिका से युवती हुई। विवाह का शुभ अवसर आ पहुँचा। बारात आयी, विवाह हुआ, तिलोत्तमा के पति-गृह जाने का मुहूर्त्त आ पहुँचा।

नयी वधू का शृंगार हो रहा था। भीतर-बाहर हलचल मची हुई थी, ऐसा जान पड़ता था भगदड़ पड़ी हुई है। तिलोत्तमा के हृदय में वियोग-दुःख की तरंगें उठ रही हैं। वह एकांत में बैठ कर रोना चाहती है। आज माता-पिता, भाईबंद, सखियाँ-सहेलियाँ सब छूट जायेंगी। फिर मालूम नहीं कब मिलने का संयोग हो। न जाने अब कैसे आदमियों से पाला पड़ेगा। न जाने उनका स्वभाव कैसा होगा। न जाने कैसा बर्ताव करेंगे। अम्माँ की आँखें एक क्षण भी न थमेंगी। मैं एक दिन के लिए कहीं चली जाती थी तो वे रो-रोकर व्यथित हो जाती थीं। अब यह जीवनपर्यन्त का वियोग कैसे सहेंगी ? उनके सिर में दर्द होता था तो जब तक मैं धीरे-धीरे न मलूँ, उन्हें किसी तरह कल-चैन ही न पड़ती थी। बाबू जी को पान बनाकर कौन देगा ? मैं जब तक उनका भोजन न बनाऊँ, उन्हें कोई चीज़ रुचती ही न थी ? अब उनका भोजन कौन बनायेगा ? मुझसे इनको देखे बिना कैसे रहा जायेगा ? यहाँ जरा सिर में दर्द भी होता था तो अम्माँ और बाबू जी घबरा जाते थे। तुरंत वैद्य-हकीम आ जाते थे। वहाँ न जाने क्या हाल होगा। भगवन् बंद घर में कैसे रहा जायेगा ? न जाने वहाँ खुली छत है या नहीं। होगी भी तो मुझे कौन सोने देगा ? भीतर घुट-घुट कर मरूँगी। जगने में जरा देर हो जायेगी तो ताने मिलेंगे। यहाँ सुबह को कोई जगाता था, तो अम्माँ कहती थीं सोने दो। कच्ची नींद जाग जायेगी तो सिर में पीड़ा होने लगेगी। वहाँ व्यंग्य सुनने पड़ेंगे, बहू आलसी है, दिन भर खाट पर पड़ी रहती है। वे (पति) तो बहुत सुशील मालूम होते हैं। हाँ, कुछ अभिमानी अवश्य हैं। कहीं उनका स्वभाव निठुर हुआ तो ''' ?

सहसा उसकी माता ने आ कर कहा—बेटी, तुमसे एक बात कहने की याद न रही। वहाँ नाग-पूजा अवश्य करती रहना। घर के और लोग चाहे मना करें; पर तुम इसे अपना कर्तव्य समझना। अभी मेरी आँखें जरा-जरा झपक गयी थीं। नाग बाबा ने स्वप्न में दर्शन दिये।

तिलोत्तमा—अम्माँ, मुझे भी उनके दर्शन हुए हैं, पर मुझे तो उन्होंने बड़ा विकराल रूप दिखाया। बड़ा भयंकर स्वप्न था।

माँ—देखना, तुम्हारे घर में कोई साँप न मारने पाये। यह मंत्र नित्य अपने पास रखना।

तिलोत्तमा अभी कुछ जवाब न देने पायी थी कि अचानक बारात की ओर से रोने के शब्द सुनायी दिये, एक क्षण में हाहाकार मच गया। भयंकर शोक-घटना हो गयी। वर को साँप ने काट लिया। वह बहू को विदा कराने आ रहा था। पालकी में मसनद के नीचे एक काला साँप छिपा हुआ था। वर ज्यों ही पालकी में बैठा, साँप ने काट लिया।

चारों ओर कुहराम मच गया। तिलोत्तमा पर तो मानो वज्रपात हो गया। उसकी माँ सिर पीट-पीट कर रोने लगी। उसके पिता बाबू जगदीशचंद्र मूर्च्छित हो कर गिर पड़े। हृद्रोग से पहले ही से ग्रस्त थे। झाड़-फूँक करने वाले आये, डॉक्टर बुलाये गये, पर विष घातक था। जरा देर में वर के होंठ नीले पड़ गये, नख काले हो गये, मूर्च्छा आने लगी। देखते-देखते शरीर ठंडा पड़ गया। इधर उषा की लालिमा ने प्रकृति को आलोकित किया, उधर टिमटिमाता हुआ दीपक बुझ गया।

जैसे कोई मनुष्य बोरों से लदी हुई नाव पर बैठा हुआ मन में झुँझलाता है कि यह और तेज क्यों नहीं चलती, कहीं आराम से बैठने की जगह नहीं, यह इतनी हिल क्यों रही है, मैं व्यर्थ ही इसमें बैठा; पर अकस्मात् नाव को भँवर में पड़ते देख कर उसके मस्तूल से चिपट जाता है, वही दशा तिलोत्तमा की हुई। अभी तक वह वियोग-दुःख में ही मग्न थी, ससुराल के कष्टों और दुर्व्यवस्थाओं की चिंताओं में पड़ी हुई थी। पर, अब उसे होश आया कि इस नाव के साथ मैं भी डूब रही हूँ। एक क्षण पहले वह कदाचित् जिस पुरुष पर झुँझला रही थी, जिसे लुटेरा और डाकू समझ रही थी, वह अब कितना प्यारा था। उसके बिना अब जीवन एक दीपक था, बुझा हुआ। एक वृक्ष था, फल-फूल विहीन। अभी एक क्षण पहले वह दूसरों की ईर्ष्या का कारण थी, अब दया और करुणा की।

थोड़े ही दिनों में उसे ज्ञात हो गया कि मैं पति-विहीन हो कर संसार के सब सुखों से वंचित हो गयी !

3

एक वर्ष बीत गया। जगदीशचंद्र पक्के धर्मावलम्बी आदमी थे, पर तिलोत्तमा का वैधव्य उनसे न सहा गया। उन्होंने तिलोत्तमा के पुनर्विवाह का निश्चय कर लिया। हँसनेवालों ने तालियाँ बजायीं पर जगदीश बाबू ने हृदय से काम लिया। तिलोत्तमा पर सारा घर जान देता था। उसकी इच्छा के विरुद्ध कोई बात न होने पाती, यहाँ तक कि वह घर की मालकिन बना दी गयी थी। सभी ध्यान रखते कि उसका रंज ताजा न होने पाये। लेकिन उसके चेहरे पर उदासी छायी रहती थी, जिसे देखकर

लोगों को दुःख होता था। पहले तो माँ भी इस सामाजिक अत्याचार पर सहमत न हुई, लेकिन बिरादरीवालों का विरोध ज्यों-ज्यों बढ़ता गया उसका विरोध ढीला पड़ता गया। सिद्धांत रूप से तो प्रायः किसी को आपत्ति न थी किन्तु उसे व्यवहार में लाने का साहस किसी में न था। कई महीनों के लगातार प्रयास के बाद एक कुलीन सिद्धांतवादी, सुशिक्षित वर मिला। उसके घरवाले भी राजी हो गये। तिलोत्तमा को समाज में अपना नाम बिकते देख कर दुःख होता था। वह मन में कुढ़ती थी कि पिता जी नाहक मेरे लिए समाज में नक्कू बन रहे हैं। अगर मेरे भाग्य में सुहाग लिखा होता तो यह वज्र ही क्यों गिरता। उसे कभी-कभी ऐसी शंका होती थी कि मैं फिर विधवा हो जाऊँगी। जब विवाह निश्चित हो गया और वर की तस्वीर उसके सामने आयी तो उसकी आँखों में आँसू भर आये। चेहरे से कितनी सज्जनता, कितनी दृढ़ता, कितनी विचारशीलता टपकती थी। वह चित्र को लिये हुए माता के पास गयी और शर्म से सिर झुकाकर बोली—अम्माँ, मुझे मुँह तो न खोलना चाहिए, पर अवस्था ऐसी आ पड़ी है कि बिना मुँह खोले रहा नहीं जाता। आप बाबू जी को मना कर दें। मैं जिस दशा में हूँ संतुष्ट हूँ। मुझे ऐसा भय हो रहा है कि अबकी फिर वही शोक घटना ...

माँ ने सहमी हुई आँखों से देख कर कहा—बेटी कैसी अशकुन की बात मुँह से निकाल रही हो। तुम्हारे मन में भय समा गया है। इसी से यह भ्रम होता है। जो होनी थी, वह हो चुकी। अब क्या ईश्वर तुम्हारे पीछे पड़े ही रहेंगे ?

तिलोत्तमा—हाँ, मुझे तो ऐसा मालूम होता है।

माँ—क्यों, तुम्हें ऐसी शंका क्यों होती है ?

तिलोत्तमा—न जाने क्यों ? कोई मेरे मन में बैठा हुआ कह रहा है कि फिर अनिष्ट होगा। मैं प्रायः नित्य डरावने स्वप्न देखा करती हूँ। रात को मुझे ऐसा जान पड़ता है कि कोई प्राणी जिसकी सूरत साँप से बहुत मिलती-जुलती है मेरी चारपाई के चारों ओर घूमता है। मैं भय के मारे चुप्पी साध लेती हूँ। किसी से कुछ कहती नहीं।

माँ ने समझा यह सब भ्रम है। विवाह की तिथि नियत हो गयी। यह केवल तिलोत्तमा का पुनस्संस्कार न था, बल्कि समाज-सुधार का एक क्रियात्मक उदाहरण था। समाज-सुधारकों के दल दूर से विवाह में सम्मिलित होने के लिए आने लगे, विवाह वैदिक रीति से हुआ। मेहमानों ने खूब व्याख्यान दिये। पत्रों ने खूब आलोचनाएँ कीं। बाबू जगदीशचंद्र के नैतिक साहस की सराहना होने लगी। तीसरे दिन बहू के विदा होने का मुहूर्त्त था।

जनवासे में यथासाध्य रक्षा के सभी साधनों से काम लिया गया था। बिजली की रोशनी से सारा जनवासा दिन-सा हो गया था। भूमि पर रेंगती हुई चींटी भी दिखायी देती थी। केशों में न कहीं शिकन थी, न सिलवट और न झोल। शामियाने

के चारों तरफ कनातें खड़ी कर दी गयी थीं। किसी तरफ से कीड़ों-मकोड़ों के आने की सम्भावना न थी; पर भावी प्रबल होती है। प्रातःकाल के चार बजे थे। तारागणों की बारात विदा हो रही थी। बहू की विदाई की तैयारी हो रही थी। एक तरफ शहनाइयाँ बज रही थीं। दूसरी तरफ से विलाप की आर्त्तध्वनि उठ रही थी। पर तिलोत्तमा की आँखों में आँसू न थे, समय नाजुक था। वह किसी तरह घर से बाहर निकल जाना चाहती थी। उसके सिर पर तलवार लटक रही थी। रोने और सहेलियों से गले मिलने में कोई आनंद न था। जिस प्राणी का फोड़ा चिलक रहा हो उसे जर्राह का घर बाग में सैर करने से ज़्यादा अच्छा लगे, तो क्या आश्चर्य है।

वर को लोगों ने जगाया। बाजा बजने लगा। वह पालकी में बैठने को चला कि वधू को विदा करा लाये। पर जूते में पैर डाला ही था कि चीख मार कर पैर खींच लिया। मालूम हुआ, पाँव चिनगारियों पर पड़ गया। देखा तो एक काला साँप जूते में से निकल कर रेंगता चला जाता था। देखते-देखते गायब हो गया। वर ने एक सर्द आह भरी और बैठ गया। आँखों में अँधेरा छा गया।

एक क्षण में सारे जनवासे में खबर फैल गयी, लोग दौड़ पड़े। औषधियाँ पहले ही रख ली गयी थीं। साँप का मंत्र जाननेवाले कई आदमी बुला लिये गये थे। सभी ने दवाइयाँ दीं। झाड़-फूँक शुरू हुई। औषधियाँ भी दी गयीं, पर काल के सामने किसी का वश न चला। शायद मौत साँप का वेश धर कर आयी थी। तिलोत्तमा ने सुना तो सिर पीट लिया। वह विकल होकर जनवासे की तरफ दौड़ी। चादर ओढ़ने की भी सुधि न रही। वह अपने पति के चरणों को माथे से लगा कर अपना जन्म सफल करना चाहती थी। घर की स्त्रियों ने रोका। माता भी रो-रोकर समझाने लगीं। लेकिन बाबू जगदीशचंद्र ने कहा—कोई हरज नहीं, जाने दो। पति का दर्शन तो कर ले। यह अभिलाषा क्यों रह जाय। उसी शोकान्वित दशा में तिलोत्तमा जनवासे में पहुँची, पर वहाँ उसकी तस्कीन के लिए मरनेवाले की उल्टी साँसें थीं। उन अधंखुले नेत्रों में असह्य आत्मवेदना और दारुण नैराश्य।

4

इस अद्‌भुत घटना का समाचार दूर-दूर तक फैल गया। जड़वादीगण चकित थे, यह क्या माजरा है। आत्मवाद के भक्त ज्ञातभाव से सिर हिलाते थे मानो वे त्रिकालदर्शी हैं। जगदीशचंद्र ने नसीब ठोंक लिया। निश्चय हो गया कि कन्या के भाग्य में विधवा रहना ही लिखा है। नाग की पूजा साल में दो बार होने लगी। तिलोत्तमा के चरित्र में भी एक विशेष अन्तर दीखने लगा। भोग और विहार के दिन भक्ति और देवाराधना में कटने लगे। निराश प्राणियों का यही अवलम्ब है।

तीन साल बीते थे कि ढाका विश्वविद्यालय के अध्यापक दयाराम ने इस

किस्से को फिर ताजा किया। वे पशु-शास्त्र के ज्ञाता थे। उन्होंने साँपों के आचार-व्यवहार का विशेष रीति से अध्ययन किया। वे इस रहस्य को खोलना चाहते थे। जगदीशचंद्र को विवाह का संदेशा भेजा। उन्होंने टाल-मटोल किया। दयाराम ने और भी आग्रह किया। लिखा, मैंने वैज्ञानिक अन्वेषण के लिए यह निश्चय किया है। मैं इस विषधर नाग से लड़ना चाहता हूँ। वह अगर सौ दाँत लेकर आये तो भी मुझे कोई हानि नहीं पहुँचा सकता, वह मुझे काट कर आप ही मर जायेगा। अगर वह मुझे काट भी ले तो मेरे पास ऐसे मंत्र और औषधियाँ हैं कि मैं एक क्षण में उसके विष को उतार सकता हूँ। आप इस विषय में कुछ चिंता न कीजिए। मैं विष के लिए अजेय हूँ। जगदीशचंद्र को अब कोई उज्र न सूझा। हाँ, उन्होंने एक विशेष प्रयत्न यह किया कि ढाके में ही विवाह हो। अतएव वे अपने कुटुम्बियों को साथ लेकर विवाह के एक सप्ताह पहले गये। चलते समय अपने संदूक, बिस्तर आदि खूब देखभाल कर रखे कि साँप कहीं उनमें छिप कर न बैठ जाये। शुभ लग्न में विवाह-संस्कार हो गया। तिलोत्तमा विकल हो रही थी। मुख पर एक रंग आता था, एक रंग जाता था, पर संस्कार में कोई विघ्न-बाधा न पड़ी। तिलोत्तमा रो-धोकर ससुराल गयी। जगदीशचंद्र घर लौट आये, पर ऐसे चिंतित थे जैसे कोई आदमी सराय में खुला हुआ संदूक छोड़ कर बाजार चला जाय।

तिलोत्तमा के स्वभाव में अब एक विचित्र रूपांतर हुआ। वह औरों से हँसती-बोलती, आराम से खाती-पीती, सैर करने जाती, थियेटरों और अन्य सामाजिक सम्मेलनों में शरीक होती। इन अवसरों पर प्रोफेसर दयाराम से भी बड़े प्रेम का व्यवहार करती, उनके आराम का बहुत ध्यान रखती। कोई काम उनकी इच्छा के विरुद्ध न करती। कोई अजनबी आदमी उसे देख कर कह सकता था, गृहिणी हो तो ऐसी हो। दूसरों की दृष्टि में इस दम्पती का जीवन आदर्श था, किन्तु आंतरिक दशा कुछ और ही थी। उनके साथ शयनागार में जाते ही उसका मुख विकृत हो जाता, भौंहें तन जातीं, माथे पर बल पड़ जाते, शरीर अग्नि की भाँति जलने लगता, पलकें खुली रह जातीं, नेत्रों से ज्वाला-सी निकलने लगती और उसमें से झुलसती हुई लपटें निकलतीं, मुख पर कालिमा छा जाती और यद्यपि स्वरूप में कोई विशेष अंतर न दिखायी देता; पर न जाने क्यों भ्रम होने लगता, यह कोई नागिन है। कभी-कभी वह फुंकारने भी लगती। इस स्थिति में दयाराम को उसके समीप जाने या उससे कुछ बोलने की हिम्मत न पड़ती। वे उसके रूप-लावण्य पर मुग्ध थे, किन्तु इस अवस्था में उन्हें उससे घृणा होती। उसे इसी उन्माद के आवेग में छोड़ कर बाहर निकल आते। डॉक्टरों से सलाह ली, स्वयं इस विषय की कितनी ही किताबों का अध्ययन किया, पर रहस्य कुछ समझ में न आया, उन्हें भौतिक विज्ञान में अपनी अल्पज्ञता स्वीकार करनी पड़ी।

उन्हें अब अपना जीवन असह्य जान पड़ता। अपने दुस्साहस पर पछताते।

नाहक इस विपत्ति में अपनी जान फँसायी। उन्हें शंका होने लगी कि अवश्य कोई प्रेत-लीला है। मिथ्यावादी न थे, पर जहाँ बुद्धि और तर्क का कुछ वश नहीं चलता, वहाँ मनुष्य विवश हो कर मिथ्यावादी हो जाता है।

शनैः-शनैः उनकी यह हालत हो गयी कि सदैव तिलोत्तमा से सशंक रहते। उसका उन्माद, विकृत मुखाकृति उनके ध्यान से न उतरते। डर लगता कि कहीं यह मुझे मार न डाले। न जाने कब उन्माद का आवेग हो। यह चिंता हृदय को व्यथित किया करती। हिप्नाटिज्म, विद्युतशक्ति, और कई नये आरोग्य-विधानों की परीक्षा की गयी। उन्हें हिप्नाटिज्म पर बहुत भरोसा था; लेकिन जब यह योग भी निष्फल हो गया तो वे निराश हो गये।

5

एक दिन प्रोफेसर दयाराम किसी वैज्ञानिक सम्मेलन में गए हुए थे। लौटे तो बारह बज गये थे। वर्षा के दिन थे। नौकर-चाकर सो रहे थे। वे तिलोत्तमा के शयनगृह में यह पूछने गये कि मेरा भोजन कहाँ रखा है। अंदर कदम रखा ही था कि तिलोत्तमा के सिरहाने की ओर उन्हें एक अति भीमकाय काला साँप बैठा हुआ दिखायी दिया। प्रो. साहब चुपके से लौट आये। अपने कमरे में जा कर किसी औषधि की एक खुराक पी और पिस्तौल तथा साँगा लेकर फिर तिलोत्तमा के कमरे में पहुँचे। विश्वास हो गया कि यह वही मेरा पुराना शत्रु है। इतने दिनों में टोह लगाता हुआ यहाँ आ पहुँचा। पर इसे तिलोत्तमा से क्यों इतना स्नेह है। उसके सिरहाने यों बैठा हुआ है मानो कोई रस्सी का टुकड़ा है। यह क्या रहस्य है। उन्होंने साँपों के विषय में बड़ी अद्भुत कथाएँ पढ़ी और सुनी थीं, पर ऐसी कुतूहलजनक घटना का उल्लेख कहीं न देखा था। वे इस भाँति सशस्त्र हो कर फिर कमरे में पहुँचे तो साँप का पता न था। हाँ, तिलोत्तमा के सिर पर भूत सवार हो गया था। वह बैठी हुई आग्नेय नेत्रों से द्वार की ओर ताक रही थी। उसके नयनों से ज्वाला निकल रही थी। जिसकी आँच दो गज तक लगती। इस समय उन्माद अतिशय प्रचंड था। दयाराम को देखते ही बिजली की तरह उन पर टूट पड़ी और हाथों से आघात करने के बदले उन्हें दाँतों से काटने की चेष्टा करने लगी। इसके साथ ही अपने दोनों हाथ उनकी गरदन में डाल दिये। दयाराम ने बहुतेरा चाहा; एड़ी-चोटी तक का जोर लगाया कि अपना गला छुड़ा लें, लेकिन तिलोत्तमा का बाहुपाश प्रतिक्षण साँप की केड़ली की भाँति कठोर एवं संकुचित होता जाता था। उधर यह संदेह था कि इसने मुझे काटा तो कदाचित् इसे जान से हाथ धोना पड़े। उन्होंने अभी जो औषधि पी थी, वह सर्प विष से अधिक घातक थी। इस दशा में उन्हें यह शोकमय विचार उत्पन्न हुआ। यह भी कोई जीवन है कि दम्पती का उत्तरदायित्व तो सब सिर पर सवार, पर

उसका सुख नाम का नहीं, उलटे रात-दिन जान का खटका। यह क्या माया है। वह साँप कोई प्रेत तो नहीं है जो इसके सिर आकर यह दशा कर दिया करता है। कहते हैं ऐसी अवस्था में रोगी पर जो चोट की जाती है, वह प्रेत पर ही पड़ती है। नीची जातियों में इसके उदाहरण भी देखे हैं। वे इसी हैस-बैस में पड़े हुए थे कि उनका दम घुटने लगा। तिलोत्तमा के हाथ रस्सी के फंदों की भाँति उनकी गरदन को कस रहे थे। वे दीन असहाय भाव से इधर-उधर ताकने लगे। क्योंकर जान बचे, कोई उपाय न सूझ पड़ता था। साँस लेना दुस्तर हो गया, देह शिथिल पड़ गयी, पैर थरथराने लगे। सहसा तिलोत्तमा ने उनके बाँहों की ओर मुँह बढ़ाया। दयाराम काँप उठे। मृत्यु आँखों के सामने नाचने लगी। मन में कहा—यह इस समय मेरी स्त्री नहीं, विषैली भयंकर नागिन है। इसके विष से जान बचनी मुश्किल है। अपनी औषधि पर जो भरोसा था, वह जाता रहा। चूहा उन्मत्त दशा में काट लेता है तो जान के लाले पड़ जाते हैं। भगवान् ! कितना विकराल स्वरूप है ! प्रत्यक्ष नागिन मालूम हो रही है। अब उलटी पड़े या सीधी इस दशा का अंत करना ही पड़ेगा। उन्हें ऐसा जान पड़ा कि अब गिरा ही चाहता हूँ। तिलोत्तमा बार-बार साँपों की भाँति फुंकार मार कर जीभ निकाले हुए उनकी ओर झपटती थी। एकाएक वह बड़े कर्कश स्वर से बोली—'मूर्ख ? तेरा इतना साहस कि तू इस सुंदरी से प्रेमालिंगन करे।' यह कह कर वह बड़े वेग से काटने को दौड़ी। दयाराम का धैर्य जाता रहा। उन्होंने दाहिना हाथ सीधा किया और तिलोत्तमा की छाती पर पिस्तौल चला दिया। तिलोत्तमा पर कुछ असर न हुआ। उसकी बाँहें और भी कड़ी हो गयीं। आँखों से चिनगारियाँ निकलने लगीं। दयाराम ने दूसरी गोली दाग दी। यह चोट पूरी पड़ी। तिलोत्तमा का बाहु-बंधन ढीला पड़ गया। एक क्षण में उसके हाथ नीचे को लटक गये, सिर झुक गया और वह भूमि पर गिर पड़ी।

तब वह दृश्य देखने में आया जिसका उदाहरण कदाचित् अलिफलैला और चंद्रकांता में भी न मिले। वहीं पलंग के पास, जमीन पर एक काला, दीर्घकाय सर्प पड़ा तड़प रहा था। उसकी छाती और मुँह से खून की धारा बह रही थी।

दयाराम को अपनी आँखों पर विश्वास न आता था। यह कैसी अद्‌भुत प्रेत-लीला थी ! समस्या क्या है। किससे पूछूँ ? इस तिलस्म को तोड़ने का प्रयत्न करना मेरे जीवन का एक कर्तव्य हो गया। उन्होंने साँगे से साँप की देह में एक कोचा मारा और फिर वे उसे लटकाये हुए आँगन में लाये। बिलकुल बेदम हो गया था। उन्होंने उसे अपने कमरे में ले जाकर एक खाली संदूक में बंद कर दिया। उसमें भुस भरवा कर बरामदे में लटकाना चाहते थे। इतना बड़ा गेहुँवन साँप किसी ने न देखा होगा।

तब वे तिलोत्तमा के पास गये। डर के मारे कमरे में कदम रखने की हिम्मत न पड़ती थी। हाँ, इस विचार से कुछ तस्कीन होती थी कि सर्प प्रेत मर गया है तो उसकी जान बच गयी होगी। इस आशा और भय की दशा में वे अंदर गये

तो तिलोत्तमा आईने के सामने खड़ी केश सँवार रही थी।

दयाराम को मानो चारों पदार्थ मिल गये। तिलोत्तमा का मुख-कमल खिला हुआ था। उन्होंने कभी उसे इतना प्रफुल्लित न देखा था। उन्हें देखते ही वह उनकी ओर प्रेम से चली और बोली–आज इतनी रात तक कहाँ रहे ?

दयाराम प्रेमोन्मत्त हो कर बोले–एक जलसे में चला गया था। तुम्हारी तबीयत कैसी है ? कहीं दर्द नहीं है ?

तिलोत्तमा ने उनको आश्चर्य से देख कर पूछा–तुम्हें कैसे मालूम हुआ ? मेरी छाती में ऐसा दर्द हो रहा है, जैसे चिलक पड़ गयी हो।

खून सफेद

चैत का महीना था, लेकिन वे खलिहान, जहाँ अनाज की ढेरियाँ लगी रहती थीं, पशुओं के शरणस्थल बने हुए थे, जहाँ घरों से फाग और बसंत की आलाप सुनायी पड़ती, वहाँ आज भाग्य का रोना था। सारा चौमासा बीत गया पानी की एक बूँद न गिरी। जेठ में एक बार मूसलाधार वृष्टि हुई थी, किसान फूले न समाये, खरीफ की फसल बो दी, लेकिन इंद्रदेव ने अपना सर्वस्व शायद एक ही बार लुटा दिया था। पौधे उगे, बढ़े और सूख गये। गोचर भूमि में घास जमी। बादल आते, घटाएँ उमड़तीं, ऐसा मालूम होता कि जल-थल एक हो जायेगा, परंतु वे आशा की नहीं, दुःख की घटाएँ थीं। किसानों ने बहुतेरे जप-तप किये, ईंट और पत्थर देवी-देवताओं के नाम से पुजाये, बलिदान किये, पानी की अभिलाषा में रक्त के पनाले बह गये, लेकिन इंद्रदेव किसी तरह न पसीजे। न खेतों में पौधे थे, न गोचरों में घास, न तालाबों में पानी, बड़ी मुसीबत का सामना था। जिधर देखिए धूल उड़ रही थी। दरिद्रता और क्षुधा-पीड़ा के दारुण दृश्य दिखायी देते थे। लोगों ने पहले तो गहने और बरतन गिरवी रखे, और अंत में बेच डाले। फिर जानवरों की बारी आयी और जब जीविका का अन्य कोई सहारा न रहा, तब जन्मभूमि पर जान देनेवाले किसान बाल-बच्चों को लेकर मजदूरी करने निकल पड़े। अकाल-पीड़ितों की सहायता के लिए कहीं-कहीं सरकार की सहायता से काम खुल गया था। बहुतेरे वहीं जाकर जमे। जहाँ जिसको सुभीता हुआ, वह उधर ही जा निकला।

2

संध्या का समय था। जादोराय थका-माँदा आ कर बैठ गया और स्त्री से उदास होकर बोला—दरखास्त नामंजूर हो गयी। यह कहते-कहते वह आँगन में जमीन पर लेट गया। उसका मुख पीला पड़ रहा था और आँतें सिकुड़ी जा रही थीं। आज दो दिन से उसने दाने की सूरत नहीं देखी। घर में जो कुछ विभूति थी—गहने, कपड़े, बरतन, भाँड़े सब पेट में समा गये। गाँव का साहूकार भी पतिव्रता स्त्रियों

की भाँति आँखें चुराने लगा। केवल तकाबी का सहारा था, उसी के लिए दरखास्त दी थी, लेकिन आज वह भी नामंजूर हो गयी, आशा का झिलमिलाता हुआ दीपक बुझ गया।

देवकी ने पति को करुण दृष्टि से देखा। उसकी आँखों में आँसू उमड़ आये। पति दिन भर का थका-माँदा घर आया है। उसे क्या खिलावे ? लज्जा के मारे वह हाथ-पैर धोने के लिए पानी भी न लायी। जब हाथ-पैर धो कर आशा-भरी चितवन से वह उसकी ओर देखेगा तब वह उसे क्या खाने को देगी ? उसने आज कई दिन से दाने की सूरत नहीं देखी थी। लेकिन इस समय उसे जो दुःख हुआ, वह क्षुधातुरता के कष्ट से कई गुना अधिक था। स्त्री घर की लक्ष्मी है। घर के प्राणियों को खिलाना-पिलाना वह अपना कर्तव्य समझती है। और चाहे यह उसका अन्याय ही क्यों न हो, लेकिन अपनी दीन-हीन दशा पर जो मानसिक वेदना उसे होती है, वह पुरुषों को नहीं हो सकती।

हठात् उसका बच्चा साधो नींद से चौंका और मिठाई के लालच में आ कर वह बाप से लिपट गया। इस बच्चे ने आज प्रातःकाल चने की रोटी का एक टुकड़ा खाया था, और तब से कई बार उठा और कई बार रोते-रोते सो गया। चार वर्ष का नादान बच्चा, उसे वर्षा और मिठाइयों में कोई सम्बन्ध नहीं दिखाई देता था। जादोराय ने उसे गोद में उठा लिया, उसकी ओर दुःखभरी दृष्टि से देखा। गर्दन झुक गयी और हृदय-पीड़ा आँखों में न समा सकी।

3

दूसरे दिन यह परिवार भी घर से बाहर निकला। जिस तरह पुरुषों के चित्त से अभिमान और स्त्री की आँख से लज्जा नहीं निकलती, उसी तरह अपनी मेहनत से रोटी कमाने वाला किसान भी मजदूरी की खोज में घर से बाहर नहीं निकलता। लेकिन हा पापी पेट, तू सब कुछ कर सकता है ! मान और अभिमान, ग्लानि और लज्जा ये सब चमकते हुए तारे तेरी काली घटाओं में छिप जाते हैं।

प्रभात का समय था। वे दोनों विपत्ति के सताये घर से निकले। जादोराय ने लड़के को पीठ पर लिया। देवकी ने फटे-पुराने कपड़ों की वह गठरी सिर पर रखी, जिस पर विपत्ति को भी तरस आता। दोनों की आँखें आँसुओं से भरी थीं। देवकी रोती थी। जादोराय चुपचाप था। गाँव के दो-चार आदमियों से रास्ते में भेंट भी हुई, किंतु किसी ने इतना भी न पूछा कि कहाँ जाते हो ? किसी के हृदय में सहानुभूति का वास न था।

जब ये लोग लालगंज पहुँचे, उस समय सूर्य ठीक सिर पर था। देखा, मीलों तक आदमी ही आदमी दिखाई देते थे। लेकिन हर चेहरे पर दीनता और दुःख के चिह्न झलक रहे थे।

बैसाख की जलती हुई धूप थी। आग के झोंके जोर-जोर से हरहराते हुए चल रहे थे। ऐसे समय में हड्डियों के अगणित ढाँचे जिनके शरीर पर किसी प्रकार का कपड़ा न था, मिट्टी खोदने में लगे हुए थे। मानो वह मरघट भूमि थी, जहाँ मुर्दे अपने हाथों अपनी कब्रें खोद रहे थे। बूढ़े और जवान, मर्द और बच्चे, सब के सब ऐसे निराश और विवश होकर काम में लगे हुए थे मानो मृत्यु और भूख उनके सामने बैठी घूर रही है। इस आफत में न कोई किसी का मित्र था न हितू। दया, सहृदयता और प्रेम ये सब मानवीय भाव हैं, जिनका कर्त्ता मनुष्य है। प्रकृति ने हमको केवल एक भाव प्रदान किया है और वह स्वार्थ है। मानवीय भाव बहुधा कपटी मित्रों की भाँति हमारा साथ छोड़ देते हैं, पर यह ईश्वरप्रदत्त गुण कभी हमारा गला नहीं छोड़ता।

4

आठ दिन बीत गये थे। संध्या समय काम समाप्त हो चुका था। डेरे से कुछ दूर आम का एक बाग था। वहीं एक पेड़ के नीचे जादोराय और देवकी बैठी हुई थी। दोनों ऐसे कृश हो रहे थे कि उनकी सूरत नहीं पहचानी जाती थी। अब वह स्वाधीन कृषक नहीं रहे। समय के हेरफेर से आज दोनों मजदूर बने बैठे हैं।

जादोराय ने बच्चे को जमीन पर सुला दिया। उसे कई दिन से बुखार आ रहा है। कमल-सा चेहरा मुरझा गया। देवकी ने धीरे से हिला कर कहा—बेटा ! आँखें खोलो। देखो साँझ हो गयी।

साधो ने आँखें खोल दीं, बुखार उतर गया था। बोला—क्या हम घर आ गये माँ ?

घर की याद आ गयी। देवकी की आँखें डबडबा आयीं। उसने कहा—नहीं बेटा ! तुम अच्छे हो जाओगे, तो घर चलेंगे। उठ कर देखो, कैसा अच्छा बाग है।

साधो माँ के हाथों के सहारे उठा, और बोला—माँ ! मुझे बड़ी भूख लगी है, लेकिन तुम्हारे पास तो कुछ नहीं है। मुझे क्या खाने को दोगी ?

देवकी के हृदय में चोट लगी, पर धीरज धर के बोली—नहीं बेटा, तुम्हारे खाने को मेरे पास सब कुछ है। तुम्हारे दादा पानी लाते हैं, तो मैं नरम-नरम रोटियाँ अभी बनाये देती हूँ।

साधो ने माँ की गोद में सिर रख लिया और बोला—माँ ! मैं न होता तो तुम्हें इतना दुःख तो न होता। यह कह कर वह फूट-फूट कर रोने लगा। यह वही बेसमझ बच्चा है, जो दो सप्ताह पहले मिठाइयों के लिए दुनिया सिर पर उठा लेता था। दुःख और चिंता ने कैसा अनर्थ कर दिया है। यह विपत्ति का फल है। कितना दुःखपूर्ण, कितना करुणाजनक व्यापार है।

इसी बीच में कई आदमी लालटेन लिये हुए वहाँ आये। फिर गाड़ियाँ आयीं। उन पर डेरे और खेमे लदे हुए थे। दम के दम वहाँ खेमे गड़ गये। सारे बाग में चहल-पहल नजर आने लगी। देवकी रोटियाँ सेंक रही थी, साधो धीरे-धीरे उठा और आश्चर्य से देखता हुआ एक डेरे के नजदीक जा कर खड़ा हो गया !

5

पादरी मोहनदास खेमे से बाहर निकले तो साधो उन्हें खड़ा दिखायी दिया। उसकी सूरत पर उन्हें तरस आ गया। प्रेम की नदी उमड़ आयी। बच्चे को गोद में लेकर खेमे में एक गद्देदार कोच पर बैठा दिया और तब उसे बिस्कुट और केले खाने को दिये। लड़के ने अपनी जिन्दगी में इन स्वादिष्ट चीजों को कभी न देखा। बुखार की बेचैन करने वाली भूख अलग मार रही थी। उसने खूब मनभर खाया और तब कृतज्ञ नेत्रों से देखते हुए पादरी साहब के पास जा कर बोला—तुम हमको रोज ऐसी चीजें खिलाओगे।

पादरी साहब इस भोलेपन पर मुस्करा के बोले—मेरे पास इससे भी अच्छी-अच्छी चीजें हैं। इस पर साधोराय ने कहा—अब मैं रोज तुम्हारे पास आऊँगा। माँ के पास ऐसी अच्छी चीजें कहाँ ? वह तो मुझे चने की रोटियाँ खिलाती है।

उधर देवकी ने रोटियाँ बनायीं और साधो को पुकारने लगी। साधो ने माँ के पास जा कर कहा—मुझे साहब ने अच्छी-अच्छी चीजें खाने को दी हैं। साहब बड़े अच्छे हैं।

देवकी ने कहा—मैंने तुम्हारे लिए नरम-नरम रोटियाँ बनायी हैं। आओ तुम्हें खिलाऊँ।

साधो बोला—अब मैं न खाऊँगा। साहब कहते थे कि मैं तुम्हें रोज अच्छी-अच्छी चीजें खिलाऊँगा। मैं अब उनके साथ रहा करूँगा। माँ ने समझा कि लड़का हँसी कर रहा है। उसे छाती से लगा कर बोली—क्यों बेटा, हमको भूल जाओगे ? देखो, मैं तुम्हें कितना प्यार करती हूँ।

साधो तुतला कर बोला—तुम तो मुझे रोज चने की रोटियाँ दिया करती हो। तुम्हारे पास तो कुछ नहीं है। साहब मुझे केले और आम खिलावेंगे। यह कह कर वह फिर खेमे की ओर भागा और रात को वहीं सो रहा !

पादरी मोहनदास का पड़ाव वहाँ तीन दिन रहा। साधो दिन भर उन्हीं के पास रहता। साहब ने उसे मीठी दवाइयाँ दीं। उसका बुखार जाता रहा। वह भोले-भाले किसान यह देख कर साहब को आशीर्वाद देने लगे। लड़का भला-चंगा हो गया और आराम से है। साहब को परमात्मा सुखी रखे। उन्होंने मासूम बच्चे की जान रख ली।

चौथे दिन रात को ही वहाँ से पादरी साहब ने कूच किया। सुबह को जब

देवकी उठी तो साधो का वहाँ पता न था। उसने समझा, कहीं टपके ढूँढ़ने गया होगा, किंतु थोड़ी देर देख कर उसने जादोराय से कहा—लल्लू यहाँ नहीं है। उसने भी यही कहा—यहीं कहीं टपके ढूँढ़ता होगा।

लेकिन जब सूरज निकल आया और काम पर चलने का वक्त हुआ तब जादोराय को कुछ संशय हुआ। उसने कहा—तुम यहीं बैठी रहना, मैं अभी उसे लिये आता हूँ।

जादोराय ने आस-पास के सब बागों को छान डाला और अन्त में जब दस बज गये तो निराश लौट आया। साधो न मिला, यह देख कर देवी ढाढ़ें मार कर रोने लगी।

फिर दोनों अपने लाल की तलाश में निकले। अनेक विचार चित्त में आने-जाने लगे। देवकी को पूरा विश्वास था कि साहब ने उस पर कोई मंत्र डालकर वश में कर लिया। लेकिन जादो को इस कल्पना के मान लेने में कुछ संदेह था। बच्चा इतनी दूर अनजान रास्ते पर अकेले नहीं आ सकता। फिर दोनों गाड़ी के पहियों और घोड़े की टापों के निशान देखते चले जाते थे। यहाँ तक कि वे एक सड़क पर आ पहुँचे। वहाँ गाड़ी के बहुत से निशान थे। उस विशेष लीक की पहचान न हो सकती थी। घोड़े के टाप भी एक झाड़ी की तरफ जा कर गायब हो गयी। आशा का सहारा टूट गया। दोपहर हो गयी थी। दोनों धूप के मारे बेचैन और निराशा से पागल हो रहे थे। वहीं एक वृक्ष की छाया में बैठ गये। देवकी विलाप करने लगी। जादोराय ने उसे समझाना शुरू किया।

जब जरा धूप की तेजी कम हुई तो दोनों फिर आगे चले। किंतु अब आशा की जगह निराशा साथ थी। घोड़े की टापों के साथ उम्मीद का धुँधला निशान गायब हो गया था।

शाम हो गयी। इधर-उधर गायों-बैलों के झुंड निर्जीव से पड़े दिखायी देते थे। यह दोनों दुखिया हिम्मत हार कर एक पेड़ के नीचे टिक रहे। उसी वृक्ष पर मैना का एक जोड़ा बसेरा लिये था। उनका नन्हा-सा शावक आज ही एक शिकारी के चंगुल में फँस गया था। दोनों दिन भर उसे खोजते फिरे। इस समय निराश हो कर बैठ रहे। देवकी और जादो को अभी तक आशा की झलक दिखायी देती थी, इसलिए वे बेचैन थे।

तीन दिन तक ये दोनों खोये हुए लाल की तलाश करते रहे। दाने से भेंट नहीं, प्यास से बेचैन होते तो दो-चार घूँट पानी गले के नीचे उतार लेते।

आशा की जगह निराशा का सहारा था। दुःख और करुणा के सिवाय और कोई वस्तु नहीं। किसी बच्चे के पैरों के निशान देखते, तो उनके दिलों में आशा तथा भय की लहरें उठने लगती थीं।

लेकिन प्रत्येक पग उन्हें अभीष्ट स्थान से दूर लिये जाता था।

6

इस घटना को हुए चौदह वर्ष बीत गये। इन चौदह वर्षों में सारी काया पलट गयी। चारों ओर रामराज्य दिखायी देने लगा। इंद्रदेव ने कभी उस तरह अपनी निर्दयता न दिखायी और न जमीन ने ही। उमड़ी हुई नदियों की तरह अनाज से ढेकियाँ भर चलीं। उजड़े हुए गाँव बस गये। मजदूर किसान बन बैठे और किसान जायदाद की तलाश में नज़रें दौड़ाने लगे। वही चैत के दिन थे। खलिहानों में अनाज के पहाड़ खड़े थे। भाट और भिखमंगे किसानों की बढ़ती के तराने गा रहे थे। सुनारों के दरवाजे पर सारे दिन और आधी रात तक गाहकों का जमघट बना रहता था। दरजी को सिर उठाने की फुरसत न थी। इधर-उधर दरवाजों पर घोड़े हिनहिना रहे थे। देवी के पुजारियों को अजीर्ण हो रहा था। जादोराय के दिन भी फिरे। उसके घर पर छप्पर की जगह खपरैल हो गया। दरवाजे पर अच्छे बैलों की जोड़ी बँधी हुई है। वह अब अपनी बहली पर सवार होकर बाजार जाया करता है। उसका बदन अब उतना सुडौल नहीं है। पेट पर इस सुदशा का विशेष प्रभाव पड़ा है और बाल भी सफेद हो चले हैं। देवकी की गिनती भी गाँव की बूढ़ी औरतों में होने लगी है। व्यावहारिक बातों में उसकी बड़ी पूछ हुआ करती है। जब वह किसी पड़ोसिन के घर जाती है, तो वहाँ की बहुएँ भय के मारे थरथराने लगती हैं। उसके कटु वाक्य, तीव्र आलोचना की सारे गाँव में धाक बँधी हुई है। महीन कपड़े अब उसे अच्छे नहीं लगते, लेकिन गहनों के बारे में वह इतनी उदासीन नहीं है।

उसके जीवन का दूसरा भाग इससे कम उज्ज्वल नहीं। उनकी दो संतानें हैं। लड़का माधोसिंह अब खेती-बारी के काम में बाप की मदद करता है। लड़की का नाम शिवगौरी है। वह भी माँ को चक्की पीसने में सहायता दिया करती है और खूब गाती है। बर्तन धोना उसे पसंद नहीं, लेकिन चौका लगाने में निपुण है। गुड़ियों के ब्याह करने से उसका जी कभी नहीं भरता। आये दिन गुड़ियों के विवाह होते रहते हैं। हाँ, इनमें किफायत का पूरा ध्यान रहता है। खोये हुए साधो की याद अभी तक बाकी है। उसकी चर्चा नित्य हुआ करती है और कभी बिना रुलाये नहीं रहती। देवकी कभी-कभी सारे दिन उस लाड़ले बेटे की सुध में अधीर रहा करती है।

साँझ हो गयी थी। बैल दिन भर के थके-माँदे सिर झुकाये चले आते थे। पुजारी ने ठाकुरद्वारे में घंटा बजाना शुरू किया। आजकल फसल के दिन हैं। रोज पूजा होती है। जादोराय खाट पर बैठे नारियल पी रहे थे। शिवगौरी रास्ते में खड़ी उन बैलों को कोस रही थी, जो उसके भूमिस्थ विशाल भवन का निरादर करके उसे रौंदते चले जाते थे। घड़ियाल और घंटे की आवाज सुनते ही जादोराय भगवान् का चरणामृत लेने के लिए उठे ही थे कि उन्हें अकस्मात् एक नवयुवक दिखायी

पड़ा, जो भूँकते हुए कुत्तों को दुतकारता बाइसिकल को आगे बढ़ाता हुआ चला आ रहा था। उसने उनके चरणों पर अपना सिर रख दिया। जादोराय ने गौर से देखा और तब दोनों एक दूसरे से लिपट गये। माधो भौंचक होकर बाइसिकल को देखने लगा। शिवगौरी रोती हुई घर में भागी और देवकी से बोली—दादा को साहब ने पकड़ लिया है। देवकी घबरायी हुई बाहर आयी। साधो उसे देखते ही उसके पैरों पर गिर पड़ा। देवकी लड़के को छाती से लगाकर रोने लगी। गाँव के मर्द, औरतें और बच्चे सब जमा हो गये। मेला-सा लग गया।

7

साधो ने अपने माता-पिता से कहा—मुझ अभागे से जो कुछ अपराध हुआ हो, उसे क्षमा कीजिए। मैंने अपनी नादानी से स्वयं बहुत कष्ट उठाये और आप लोगों को भी दुःख दिया, लेकिन अब मुझे अपनी गोद में लीजिए। देवकी ने रो कर कहा—जब तुम हमको छोड़कर भागे थे तो हम लोग तुम्हें तीन दिन तक बेदाना-पानी के ढूँढ़ते रहे, पर जब निराश हो गये तब अपने भाग्य को रो कर बैठ रहे। तब से आज तक कोई ऐसा दिन न गया होगा कि तुम्हारी सुधि न आयी हो। रोते-रोते एक युग बीत गया, अब तुमने खबर ली है ! बताओ बेटा ! उस दिन तुम कैसे भागे और कहाँ जा कर रहे ? साधो ने लज्जित होकर उत्तर दिया—माता जी, अपना हाल क्या कहूँ ? मैं पहर रात रहे आपके पास से उठ कर भागा। पादरी साहब के पड़ाव का पता शाम ही को पूछ लिया था। बस, पूछता हुआ दोपहर को उनके पास पहुँच गया। साहब ने मुझे पहले समझाया कि अपने घर लौट जाओ, लेकिन जब मैं किसी तरह राजी न हुआ तो उन्होंने मुझे पूना भेज दिया। मेरी तरह वहाँ सैकड़ों लड़के थे। वहाँ बिस्कुट और नारंगियों का भला क्या जिक्र ! जब मुझे आप लोगों की याद आती, मैं अक्सर रोया करता। मगर बचपन की उम्र थी, धीरे-धीरे उन्हीं लोगों से हिल-मिल गया। हाँ, जब से कुछ होश हुआ और अपना-पराया समझने लगा तब से अपनी नादानी पर हाथ मलता रहा हूँ। रात-दिन आप लोगों की रट लगी हुई थी। आज आप लोगों के आशीर्वाद से यह शुभ दिन देखने को मिला। दूसरों में बहुत दिन काटे, बहुत दिनों तक अनाथ रहा। अब मुझे अपनी सेवा में रखिए। मुझे अपनी गोद में लीजिए। मैं प्रेम का भूखा हूँ। बरसों से मुझे जो सौभाग्य नहीं मिला, वह अब दीजिए।

गाँव के बहुत से बूढ़े जमा थे। उनमें से जगतसिंह बोले—तो क्यों बेटा, तुम इतने दिनों तक पादरियों के साथ रहे। उन्होंने तुमको भी पादरी बना लिया होगा ?

साधो ने सिर झुका कर कहा—जी हाँ, यह तो उनका दस्तूर ही है।

जगतसिंह ने जादोराय की तरफ देखकर कहा—यह बड़ी कठिन बात है।

साधो बोला—बिरादरी मुझे जो प्रायश्चित्त बतलायेगी, मैं उसे करूँगा। मुझसे जो कुछ बिरादरी का अपराध हुआ है, नादानी से हुआ है, लेकिन मैं उसका दंड भोगने के लिए तैयार हूँ।

जगतसिंह ने फिर जादोराय की तरफ कनखियों से देखा और गम्भीरता से बोले—हिंदू धर्म में ऐसा कभी नहीं हुआ है। यों तुम्हारे माँ-बाप तुम्हें अपने घर में रख लें, तुम उनके लड़के हो, मगर बिरादरी कभी इस काम में शरीक न होगी। बोलो जादोराय, क्या कहते हो, कुछ तुम्हारे मन की भी तो सुन लें।

जादोराय बड़ी द्विविधा में था। एक ओर तो अपने प्यारे बेटे की प्रीति थी, दूसरी ओर बिरादरी का भय मारे डालता था। जिस लड़के के लिए रोते-रोते आँखें फूट गयीं, आज वही सामने खड़ा आँखों में आँसू भरे कहता है, पिता जी ! मुझे अपनी गोद में लीजिए और मैं पत्थर की तरह अचल खड़ा हूँ। शोक ! इन निर्दयी भाइयों को किस तरह समझाऊँ, क्या करूँ क्या न करूँ।

लेकिन माँ की ममता उमड़ आयी, देवकी से न रहा गया। उसने अधीर हो कर कहा—मैं अपने लाल को अपने घर रखूँगी और कलेजे से लगाऊँगी। इतने दिनों के बाद मैंने उसे पाया है, अब उसे नहीं छोड़ सकती।

जगतसिंह रुष्ट हो कर बोले—चाहे बिरादरी छूट ही क्यों न जाय ?

देवकी ने भी गरम होकर जवाब दिया—हाँ, चाहे बिरादरी छूट ही जाय। लड़के-बालों ही के लिए आदमी आड़ पकड़ता है। जब लड़का ही न रहा तो भला बिरादरी किस काम आवेगी ?

इस पर कई ठाकुर लाल-लाल आँखें निकालकर बोले—ठकुराइन ? बिरादरी की तो तुम खूब मर्यादा करती हो। लड़का चाहे किसी रास्ते पर जाय, लेकिन बिरादरी चूँ तक न करे ! ऐसी बिरादरी कहीं और होगी ! हम साफ-साफ कहे देते हैं कि अगर यह लड़का तुम्हारे घर में रहा तो बिरादरी भी बता देगी कि वह क्या कर सकती है ?

जगतसिंह कभी-कभी जादोराय से रुपये उधार लिया करते थे। मधुर स्वर से बोले—भाभी ! बिरादरी थोड़े ही कहती है कि तुम लड़के को घर से निकाल दो। लड़का इतने दिनों के बाद घर आया है, हमारे सिर, आँखों पर रहे। बस, जरा खाने-पीने और छूत-छात का बचाव बना रहना चाहिए। बोलो, जादो भाई, अब बिरादरी को कहाँ तक दबाना चाहते हो ?

जादोराय ने साधो की तरफ करुणा-भरे नेत्रों से देख कर कहा—बेटा ! जहाँ तुमने हमारे साथ इतना सलूक किया है, वहाँ जगत भाई की इतनी कही और मान लो।

साधो ने कुछ तीक्ष्ण शब्दों में कहा—क्या मान लूँ ? यही कि अपनों में गैर बन कर रहूँ, अपमान सहूँ, मिट्टी का घड़ा भी मेरे छूने से अशुद्ध हो जाय ! न, यह मेरा किया न होगा, मैं इतना निर्लज्ज नहीं हूँ।

जादोराय को पुत्र की यह कठोरता अप्रिय मालूम हुई। वे चाहते थे कि इस वक्त बिरादरी के लोग जमा हैं, उनके सामने किसी तरह समझौता हो जाय, फिर कौन देखता है कि हम उसे किस तरह रखते हैं। चिढ़ कर बोले—इतनी बात तो तुम्हें माननी ही पड़ेगी।

साधोराय इस रहस्य को न समझ सका। बाप की इस बात में उसे निष्ठुरता की झलक दिखायी पड़ी। बोला—मैं आपका लड़का हूँ। आपके लड़के की तरह रहूँगा। आपके प्रेम और भक्ति की प्रेरणा मुझे यहाँ तक लायी है। मैं अपने घर में रहने आया हूँ। अगर यह नहीं है तो मेरे लिए इसके सिवा और कोई उपाय नहीं है कि मैं जितनी जल्दी हो सके, यहाँ से भाग जाऊँ। जिनका खून सफेद है, उनके बीच में रहना व्यर्थ है। देवकी ने रो कर कहा—लल्लू, मैं तुम्हें अब न जाने दूँगी। साधो की आँखें भर आयीं, पर मुस्करा कर बोला—मैं तो तेरी थाली में खाऊँगा।

देवकी ने उसे ममता और प्रेम की दृष्टि से देख कर कहा—मैंने तो तुझे छाती से दूध पिलाया है, तू मेरी थाली में खायेगा तो क्या ? मेरा बेटा ही तो है, कोई और तो नहीं हो गया !

साधो इन बातों को सुनकर मतवाला हो गया। इनमें कितना स्नेह, कितना अपनापन था। बोला—माँ, आया तो मैं इसी इरादे से था कि अब कहीं न जाऊँगा, लेकिन बिरादरी ने मेरे कारण यदि तुम्हें जाति-च्युत कर दिया तो मुझसे न सहा जायेगा। मुझसे इन गँवारों का कोरा अभिमान न देखा जायेगा, इसलिए इस वक्त मुझे जाने दो। जब मुझे अवसर मिला करेगा, तुम्हें देख जाया करूँगा। तुम्हारा प्रेम मेरे चित्त से नहीं जा सकता। लेकिन यह असम्भव है कि मैं इस घर में रहूँ और अलग खाना खाऊँ, अलग बैठूँ। इसके लिए मुझे क्षमा करना।

देवकी घर में से पानी लायी। साधो हाथ-मुँह धोने लगा। शिवगौरी ने माँ का इशारा पाया तो डरते-डरते साधो के पास गयी। माधो ने आदरपूर्वक दंडवत् की। साधो ने पहले उन दोनों को आश्चर्य से देखा, फिर अपनी माँ को मुस्कराते देख कर समझ गया। दोनों लड़कों को छाती से लगा लिया और तीनों भाई-बहन प्रेम से हँसने-खेलने लगे। माँ खड़ी यह दृश्य देखती थी और उमंग से फूली न समाती थी।

जलपान करके साधो ने बाइसिकल सँभाली और माँ-बाप के सामने सिर झुका कर चल खड़ा हुआ। वहीं, जहाँ से तंग हो कर आया था, उसी क्षेत्र में, जहाँ कोई अपना न था ! देवकी फूट-फूटकर रो रही थी और जादोराय आँखों में आँसू भरे, हृदय में एक ऐंठन-सी अनुभव करता हुआ सोचता था, हाय ! मेरे लाल, तू मुझसे अलग हुआ जाता है। ऐसा योग्य और होनहार लड़का हाथ से निकला जाता है और केवल इसलिए कि अब हमारा खून सफेद हो गया है।

गरीब की हाय

मुंशी रामसेवक भौंहें चढ़ाये हुए घर से निकले और बोले—इस जीने से तो मरना भला है। मृत्यु को प्रायः इस तरह के जितने निमंत्रण दिये जाते हैं, यदि वह सबको स्वीकार करती तो आज सारा संसार उजाड़ दिखायी देता।

मुंशी रामसेवक चाँदपुर गाँव के एक बड़े रईस थे। रईसों के सभी गुण इनमें भरपूर थे। मानव चरित्र की दुर्बलताएँ उनके जीवन का आधार थीं। वह नित्य मुंसिफी कचहरी के हाते में एक नीम के पेड़ के नीचे कागजों का बस्ता खोले एक टूटी-सी चौकी पर बैठे दिखायी देते थे। किसी ने कभी उन्हें किसी इजलास पर कानूनी बहस या मुकदमे की पैरवी करते नहीं देखा। परन्तु उन्हें सब लोग मुख्तार साहब कह कर पुकारते थे। चाहे तूफान आये, पानी बरसे, ओले गिरें, पर मुख्तार साहब वहाँ से टस से मस न होते। जब वह कचहरी चलते तो देहातियों के झुंड के झुंड उनके साथ हो लेते। चारों ओर से उन पर विश्वास और आदर की दृष्टि पड़ती। सबमें प्रसिद्ध था कि उनकी जीभ पर सरस्वती विराजती है। इसे वकालत कहो, या मुख्तारी, परंतु यह केवल कुल-मर्यादा की प्रतिष्ठा का पालन था। आमदनी अधिक न होती थी। चाँदी के सिक्कों की तो चर्चा ही क्या; कभी-कभी ताँबे के सिक्के भी निर्भय उनके पास आने में हिचकते थे। मुंशी जी की कानूनदानी में कोई संदेह न था। परंतु पास के बखेड़े ने उन्हें विवश कर दिया था। खैर जो हो, उनका यह पेशा केवल प्रतिष्ठा-पालन के निमित्त था। नहीं तो उनके निर्वाह का मुख्य साधन आस-पास की अनाथ पर खाने-पीने में सुखी विधवाओं और भोले-भाले किंतु धनी वृद्धों की श्रद्धा थी। विधवाएँ अपना रुपया उनके यहाँ अमानत रखतीं। बूढ़े अपने कपूतों के डर से अपना धन उन्हें सौंप देते। पर रुपया एक बार मुट्ठी में जाकर फिर निकलना भूल जाता था। वह जरूरत पड़ने पर कभी-कभी कर्ज ले लेते थे। भला बिना कर्ज लिये किसी का काम चल सकता है ? भोर को साँझ के करार पर रुपया लेते, पर साँझ कभी नहीं आती थी। सारांश, मुंशी जी कर्ज ले कर देना सीखे नहीं थे। यह उनकी कुल प्रथा थी। यही सब मामले बहुधा मुंशी जी के सुख-चैन में विघ्न डालते थे। कानून और अदालत का तो उन्हें कोई डर न था। इस मैदान

में उनका सामना करना पानी में मगर से लड़ना था। परंतु जब कोई दुष्ट उनसे भिड़ जाता, उनकी ईमानदारी पर संदेह करता और उनके मुँह पर बुरा-भला कहने पर उतारू हो जाता, तब मुंशी जी के हृदय पर बड़ी चोट लगती। इस प्रकार की दुर्घटनाएँ प्रायः होती रहती थीं। हर जगह ऐसे ओछे रहते हैं, जिन्हें दूसरों को नीचा दिखाने में ही आनन्द आता है। ऐसे ही लोगों का सहारा पाकर कभी-कभी छोटे आदमी मुंशी जी के मुँह लग जाते थे। नहीं तो, कुँजड़िन की इतनी मजाल नहीं थी कि उनके आँगन में जाकर उन्हें बुरा-भला कहे। मुंशी जी उसके पुराने गाहक थे, बरसों तक उससे साग-भाजी ली थी। यदि दाम न दिया तो कुँजड़िन को संतोष करना चाहिए था। दाम जल्दी या देर से मिल ही जाता। परंतु वह मुँहफट कुँजड़िन दो ही बरसों में घबरा गयी, और उसने कुछ आने-पैसों के लिए एक प्रतिष्ठित आदमी का पानी उतार लिया। झुँझला कर मुंशी जी अपने को मृत्यु का कलेवा बनाने पर उतारू हो गये, तो इसमें उनका कुछ दोष न था।

2

इसी गाँव में मूँगा नाम की एक विधवा ब्राह्मणी रहती थी। उसका पति बर्मा की काली पलटन में हवलदार था और लड़ाई में वहीं मारा गया। सरकार की ओर से उसके अच्छे कामों के बदले मूँगा को पाँच सौ रुपये मिले थे। विधवा स्त्री, जमाना नाजुक था, बेचारी ने ये सब रुपये मुंशी रामसेवक को सौंप दिये, और महीने-महीने थोड़ा-थोड़ा उसमें से माँग कर अपना निर्वाह करती रही।

मुंशी जी ने यह कर्तव्य कई वर्ष तक तो बड़ी ईमानदारी के साथ पूरा किया। पर जब बूढ़ी होने पर मूँगा नहीं मरी और मुंशी जी को यह चिंता हुई कि शायद उसमें से आधी रकम भी स्वर्ग-यात्रा के लिए नहीं छोड़ना चाहती, तो एक दिन उन्होंने कहा—मूँगा ! तुम्हें मरना है या नहीं ! साफ-साफ कह दो कि मैं ही अपने मरने की फिक्र करूँ। उस दिन मूँगा की आँखें खुलीं, उसकी नींद टूटी, बोली—मेरा हिसाब कर दो। हिसाब का चिट्ठा तैयार था। अमानत में अब एक कौड़ी बाकी न थी। मूँगा ने बड़ी कड़ाई से मुंशी जी का हाथ पकड़ लिया और कहा—अभी मेरे ढाई सौ रुपये तुमने दबा रखे हैं। मैं एक कौड़ी भी न छोड़ूँगी।

परंतु अनाथों का क्रोध पटाखे की आवाज है, जिससे बच्चे डर जाते हैं और असर कुछ नहीं होता। अदालत में उसका कुछ जोर न था। न लिखा-पढ़ी थी, न हिसाब-किताब। हाँ, पंचायत से कुछ आसरा था। पंचायत बैठी। कई गाँव के लोग इकट्ठे हुए। मुंशी जी नीयत और मामले के साफ थे ! सभा में खड़े होकर पंचों से कहा—

भाइयों ! आप सब लोग सत्यपरायण और कुलीन हैं। मैं आप सब साहबों

का दास हूँ। आप सब साहबों की उदारता और कृपा से, दया और प्रेम से, मेरा रोम-रोम कृतज्ञ है। क्या आप लोग सोचते हैं कि मैं इस अनाथिनी और विधवा स्त्री के रुपये हड़प कर गया हूँ ?

पंचों ने एक स्वर में कहा—नहीं, नहीं ! आपसे ऐसा नहीं हो सकता।

रामसेवक—यदि आप सब सज्जनों का विचार हो कि मैंने रुपये दबा लिये, तो मेरे लिए डूब मरने के सिवा और कोई उपाय नहीं। मैं धनाढ्य नहीं हूँ, न मुझे उदार होने का घमंड है। पर अपनी कलम की कृपा से, आप लोगों की कृपा से किसी का मुहताज नहीं हूँ। क्या मैं ऐसा ओछा हो जाऊँगा कि एक अनाथिनी के रुपये पचा लूँ ?

पंचों ने एक स्वर से फिर कहा—नहीं-नहीं, आप से ऐसा नहीं हो सकता। मुँह से देख कर टीका काढ़ा जाता है। पंचों ने मुंशी जी को छोड़ दिया। पंचायत उठ गयी। मूँगा ने आह भर कर संतोष किया और मन में कहा—अच्छा ! यहाँ न मिला तो न सही, वहाँ कहाँ जायेगा।

3

अब कोई मूँगा का दुःख सुननेवाला और सहायक न था। दरिद्रता से जो कुछ दुःख भोगने पड़ते हैं, वह उसे झेलने पड़े। वह शरीर से पुष्ट थी, चाहती तो परिश्रम कर सकती थी। पर जिस दिन पंचायत पूरी हुई, उसी दिन से उसने काम करने की कसम खा ली। अब उसे रात-दिन रुपये की रट लगी रहती। उठते-बैठते, सोते-जागते उसे केवल एक काम था, और वह मुंशी रामसेवक का भला मनाना। झोपड़े के दरवाजे पर बैठी हुई रात-दिन, उन्हें सच्चे मन से असीसा करती। बहुधा अपनी असीस के वाक्यों में ऐसे कविता के भाव और उपमाओं का व्यवहार करती कि लोग सुन कर अचम्भे में आ जाते। धीरे-धीरे मूँगा पगली हो चली। नंगे सिर, नंगे शरीर, हाथ में एक कुल्हाड़ी लिये हुए सुनसान स्थानों में जा बैठती। झोपड़े के बदले अब वह मरघट पर नदी के किनारे खंडहरों में घूमती दिखायी देती। बिखरी हुई लटें, लाल-लाल आँखें, पागलों-सा चेहरा, सूखे हुए हाथ-पाँव। उसका यह स्वरूप देख कर लोग डर जाते थे। अब कोई उसे हँसी में भी नहीं छेड़ता। यदि वह कभी गाँव में निकल आती तो स्त्रियाँ घरों के किवाड़ बंद कर लेतीं। पुरुष कतरा कर इधर-उधर से निकल जाते और बच्चे चीख मार कर भागते। यदि कोई लड़का भागता न था तो वह मुंशी रामसेवक का सुपुत्र रामगुलाम था। बाप में जो कुछ कोर-कसर रह गयी थी, वह बेटे में पूरी हो गयी थी। लड़कों का उसके मारे नाक में दम था। गाँव के काने और लँगड़े आदमी उसकी सूरत से चिढ़ते थे। और गालियाँ खाने में तो शायद ससुराल में आनेवाले दामाद को भी इतना आनंद न आता हो। वह

मूँगा के पीछे तालियाँ बजाता, कुत्तों को साथ लिये हुए उस समय तक रहता जब तक वह बेचारी तंग आ कर गाँव से निकल न जाती। रुपया-पैसा, होश-हवास खो कर उसे पगली की पदवी मिली। और अब बस सचमुच पगली थी। अकेली बैठी अपने आप घंटों बातें किया करती, जिसमें रामसेवक के मांस, हड्डी, चमड़े, आँखें, कलेजा आदि को खाने, मसलने, नोचने- खसोटने की बड़ी उत्कट इच्छा प्रकट की जाती थी और जब उसकी यह इच्छा सीमा तक पहुँच जाती तो वह रामसेवक के घर की ओर मुँह करके खूब चिल्ला कर और डरावने शब्दों में हाँक लगाती—तेरा लहू पीऊँगी।

प्रायः रात के सन्नाटे में यह गरजती हुई आवाज सुन कर स्त्रियाँ चौंक पड़ती थीं। परंतु इस आवाज से भयानक उसका ठठा कर हँसना था। मुंशी जी के लहू पीने की कल्पित खुशी में वह जोर से हँसा करती थी। इस ठठाने से ऐसी आसुरिक उद्दंडता, ऐसी पाशविक उग्रता टपकती थी कि रात को सुन कर लोगों का खून ठंडा हो जाता था। मालूम होता, मानो सैकड़ों उल्लू एक साथ हँस रहे हैं। मुंशी रामसेवक बड़े हौसले और कलेजे के आदमी थे। न उन्हें दीवानी का डर था, न फौजदारी का, परन्तु मूँगा के इन डरावने शब्दों को सुन वह भी सहम जाते। हमें मनुष्य के न्याय का डर न हो, परन्तु ईश्वर के न्याय का डर प्रत्येक मनुष्य के मन में स्वभाव से रहता है। मूँगा का भयानक रात का घूमना रामसेवक के मन में कभी-कभी ऐसी ही भावना उत्पन्न कर देता—उनसे अधिक उनकी स्त्री के मन में। उनकी स्त्री बड़ी चतुर थी। वह इनको इन सब बातों में प्रायः सलाह दिया करती थी। उन लोगों की भूल थी, जो लोग कहते थे कि मुंशी जी की जीभ पर सरस्वती विराजती हैं। वह गुण तो उनकी स्त्री को प्राप्त था। बोलने में वह इतनी तेज थी जितना मुंशी लिखने में थे। और यह दोनों स्त्री-पुरुष प्रायः अपनी अवश दशा में सलाह करते कि अब क्या करना चाहिए।

आधी रात का समय था। मुंशी जी नित्य नियम के अनुसार अपनी चिंता दूर करने के लिए शराब के दो-चार घूँट पी कर सो गये थे। यकायक मूँगा ने उनके दरवाजे पर आ कर जोर से हाँक लगायी, 'तेरा लहू पीऊँगी' और खूब खिलखिला कर हँसी।

मुंशी जी यह भयानक ठहाका सुन कर चौंक पड़े। डर के मारे पैर थर-थर काँपने लगे। कलेजा धक्-धक् करने लगा। दिल पर बहुत जोर डाल कर उन्होंने दरवाजा खोला, जा कर नागिन को जगाया। नागिन ने झुँझला कर कहा—क्या कहते हो ? मुंशी जी ने दबी आवाज से कहा—वह दरवाजे पर आकर खड़ी है।

नागिन उठ बैठी—क्या कहती है ?

'तुम्हारा सिर।'

'क्या दरवाजे पर आ गयी ?'

'हाँ, आवाज नहीं सुनती हो ?'

नागिन मूँगा से नहीं, परंतु उसके ध्यान से बहुत डरती थी, तो भी उसे विश्वास था कि मैं बोलने में उसे जरूर नीचा दिखा सकती हूँ। सँभल कर बोली—कहो तो मैं उससे दो-दो बातें कर लूँ। परंतु मुंशी जी ने मना किया।

दोनों आदमी पैर दबाये हुए ड्योढ़ी में गये और दरवाजे से झाँक कर देखा, मूँगा की धुँधली मूरत धरती पर पड़ी थी और उसकी साँस तेजी से चलती सुनायी देती थी। रामसेवक के लहू और मांस की भूख से वह अपना लहू और मांस सुखा चुकी थी। एक बच्चा भी उसे गिरा सकता था; परंतु उससे सारा गाँव थर-थर काँपता। हम जीते मनुष्य से नहीं डरते, पर मुरदे से डरते हैं। रात गुजरी । दरवाजा बंद था; पर मुंशी जी और नागिन ने बैठ कर रात काटी। मूँगा भीतर नहीं घुस सकती थी, पर उसकी आवाज को कौन रोक सकता था। मूँगा से अधिक डरावनी उसकी आवाज थी।

भोर को मुंशी जी बाहर निकले और मूँगा से बोले—यहाँ क्यों पड़ी है।

मूँगा बोली—तेरा लहू पीऊँगी।

नागिन ने बल खा कर कहा—तेरा मुँह झुलस दूँगी।

पर नागिन के विष ने मूँगा पर कुछ असर न किया। उसने जोर से ठहाका लगाया, नागिन खिसियानी-सी हो गयी। हँसी के सामने मुँह बंद हो जाता है। मुंशी जी फिर बोले—यहाँ से उठ जा।

'न उठूँगी।'

'कब तक पड़ी रहेगी ?'

'तेरा लहू पी कर जाऊँगी।'

मुंशी जी की प्रखर लेखनी का यहाँ कुछ जोर न चला और नागिन की आग भरी बातें यहाँ सर्द हो गयीं। दोनों घर में जा कर सलाह करने लगे, यह बला कैसे टलेगी। इस आपत्ति से कैसे छुटकारा होगा।

देवी आती है तो बकरे का खून पीकर चली जाती है; पर यह डाइन मनुष्य का खून पीने आयी है। वह खून, जिसकी अगर एक बूँद भी कलम बनाने के समय निकल पड़ती थी, तो अठवारों और महीनों सारे कुनबे को अफसोस रहता, और यह घटना गाँव में घर-घर फैल जाती थी। क्या यही लहू पी कर मूँगा का सूखा शरीर हरा हो जायेगा।

गाँव में यह चर्चा फैल गयी, मूँगा मुंशी जी के दरवाजे पर धरना दिये बैठी है। मुंशी जी के अपमान में गाँववालों को बड़ा मजा आता था। देखते-देखते सैकड़ों आदमियों की भीड़ लग गयी। इस दरवाजे पर कभी-कभी भीड़ लगी रहती थी। यह भीड़ रामगुलाम को पसंद न थी। मूँगा पर उसे ऐसा क्रोध आ रहा था कि यदि उसका बस चलता तो वह उसे कुएँ में ढकेल देता। इस तरह का विचार

उठते ही रामगुलाम के मन में गुदगुदी समा गयी, और वह बड़ी कठिनता से अपनी हँसी रोक सका ! अहा ! वह कुएँ में गिरती तो क्या मजे की बात होती। परंतु यह चुड़ैल यहाँ से टलती ही नहीं, क्या करूँ ? मुंशी जी के घर में एक गाय थी, जिसे खली, दाना और भूसा तो खूब खिलाया जाता; पर वह सब उसकी हड्डियों में मिल जाता, उसका ढाँचा पुष्ट होता जाता था। रामगुलाम ने उसी गाय का गोबर एक हाँड़ी में घोला और सब का सब बेचारी मूँगा पर उँड़ेल दिया। उसके थोड़े बहुत छींटे दर्शकों पर भी डाल दिये। बेचारी मूँगा लदफद हो गयी और लोग भाग खड़े हुए। कहने लगे, यह मुंशी रामगुलाम का दरवाजा है। यहाँ इसी प्रकार का शिष्टाचार किया जाता है। जल्द भाग चलो। नहीं तो अबकी इससे भी बढ़कर खातिर की जायेगी। इधर भीड़ कम हुई, उधर रामगुलाम घर में जा कर खूब हँसा और तालियाँ बजायीं। मुंशी जी ने इस व्यर्थ की भीड़ को ऐसे सहज में और ऐसे सुंदर रूप से हटा देने के उपाय पर अपने सुशील लड़के की पीठ ठोंकी। सब लोग तो चम्पत हो गये, पर बेचारी मूँगा ज्यों की त्यों बैठी रह गयी।

दोपहर हुई। मूँगा ने कुछ नहीं खाया। साँझ हुई। हजार कहने-सुनने से भी उसने खाना नहीं खाया। गाँव के चौधरी ने बड़ी खुशामद की। यहाँ तक कि मुंशी जी ने हाथ तक जोड़े, पर देवी प्रसन्न न हुई। निदान मुंशी जी उठ कर भीतर चले गये। वह कहते थे कि रूठनेवाले को भूख आप ही मना लिया करती है। मूँगा ने यह रात भी बिना दाना-पानी के काट दी। लाला जी और ललाइन ने आज फिर जाग-जाग कर भोर किया। आज मूँगा की गरज और हँसी बहुत कम सुनायी पड़ती थी। घरवालों ने समझा, बला टली। सबेरा होते ही जो दरवाजा खोल कर देखा, तो वह अचेत पड़ी थी, मुँह पर मक्खियाँ भिनभिना रही हैं और उसके प्राणपखेरू उड़ चुके हैं। वह इस दरवाजे पर मरने ही आयी थी। जिसने उसके जीवन की जमा-पूँजी हर ली थी, उसी को अपनी जान भी सौंप दी। अपने शरीर की मिट्टी तक उसकी भेंट कर दी। धन से मनुष्य को कितना प्रेम होता है। धन अपनी जान से भी ज्यादा प्यारा होता है। विशेष कर बुढ़ापे में। ऋण चुकाने के दिन ज्यों-ज्यों पास आते-जाते हैं, त्यों-त्यों उसका ब्याज बढ़ता जाता है।

यह कहना यहाँ व्यर्थ है कि गाँव में इस घटना से कैसी हलचल मची और मुंशी रामसेवक कैसे अपमानित हुए ! एक छोटे-से गाँव में ऐसी असाधारण घटना होने पर जितनी हलचल हो सकती उससे अधिक ही हुई। मुंशी जी का अपमान जितना होना चाहिए था, उससे बाल बराबर भी कम न हुआ। उनका बचा-खुचा पानी भी इस घटना से चला गया। अब गाँव का चमार भी उनके हाथ का पानी पीने या उन्हें छूने का रवादार न था। यदि किसी घर में कोई गाय खूँटे पर मर जाती है तो वह आदमी महीनों द्वार-द्वार भीख माँगता फिरता है। न नाई उसकी हजामत बनावे, न कहार उसका पानी भरे, न कोई उसे छूए। यह गोहत्या का प्रायश्चित्त।

ब्रह्महत्या का दंड तो इससे भी कड़ा है और इसमें अपमान भी बहुत है। मूँगा यह जानती थी और इसीलिए इस दरवाजे पर आकर मरी थी। वह जानती थी कि मैं जीते जी जो कुछ नहीं कर सकती, मर कर उससे बहुत कुछ कर सकती हूँ। गोबर का उपला जब जल कर खाक हो जाता है, तब साधु-संत उसे माथे पर चढ़ाते हैं। पत्थर का ढेला आग में जल कर आग से अधिक तीखा और मारक हो जाता है।

4

मुंशी रामसेवक कानूनदाँ थे। कानून ने उन पर कोई दोष नहीं लगाया था। मूँगा किसी कानूनी दफा के अनुसार नहीं मरी थी। ताज़ीरात हिंद में उसका कोई उदाहरण नहीं मिलता था। इसलिए जो लोग उनसे प्रायश्चित्त करवाना चाहते थे, उनकी भारी भूल थी। कुछ हर्ज नहीं, कहार पानी न भरे न सही, वह आप पानी भर लेंगे। अपना काम आप करने में भला लाज ही क्या ? बजा से नाई बाल न बनावेगा। हजामत बनाने का काम ही क्या है ? दाढ़ी बहुत सुन्दर वस्तु है। दाढ़ी मर्द की शोभा और सिंगार है। और जो फिर बालों से ऐसी घिन होगी तो एक-एक आने में तो अस्तुरे मिलते हैं। धोबी कपड़ा न धोवेगा, इसकी भी कुछ परवाह नहीं। साबुन तो गली-गली कौड़ियों के मोल आता है। एक बट्टी साबुन में दर्जनों कपड़े ऐसे साफ हो जाते हैं जैसे बगुले के पर। धोबी क्या खा कर ऐसा साफ कपड़ा धोवेगा ? पत्थर पर पटक-पटक कर कपड़ों का लत्ता निकाल लेता है। आप पहने, दूसरे को भाड़े पर पहनाये, भट्टी में चढ़ावे; रेह में भिगोवे—कपड़ों की तो दुर्गत कर डालता है। जभी तो कुरते दो-तीन साल से अधिक नहीं चलते। नहीं तो दादा हर पाँचवें बरस दो अचकन और दो कुरते बनवाया करते थे। मुंशी रामसेवक और उनकी स्त्री ने दिन भर तो यों ही कहकर अपने मन को समझाया। साँझ होते ही उनकी तर्कनाएँ शिथिल हो गयीं।

अब उनके मन पर भय ने चढ़ाई की। जैसे-जैसे रात बीतती थी, भय भी बढ़ता जाता था। बाहर का दरवाजा भूल से खुला रह गया था, पर किसी की हिम्मत न पड़ती थी कि जा कर बन्द तो कर आये। निदान नागिन ने हाथ में दीया लिया, मुंशीजी ने कुल्हाड़ा, रामगुलाम ने गँड़ासा, इस ढंग से तीनों चौंकते-हिचकते दरवाजे पर आये। यहाँ मुंशी जी ने बड़ी बहादुरी से काम लिया। उन्होंने निधड़क दरवाजे से बाहर निकलने की कोशिश की। काँपते हुए, पर ऊँची आवाज में नागिन से बोले—तुम व्यर्थ डरती हो, वह क्या यहाँ बैठी है ? पर उनकी प्यारी नागिन ने उन्हें अन्दर खींच लिया और झुँझला कर बोली—तुम्हारा यही लड़कपन तो अच्छा नहीं। यह दंगल जीत कर तीनों आदमी रसोई के कमरे में आये और खाना पकने लगा।

परन्तु मूँगा उनकी आँखों में घुसी हुई थी। अपनी परछाईं को देख कर मूँगा

का भय होता था। अँधेरे कोनों में बैठी मालूम होती थी। वही हड्डियों का ढाँचा, वही बिखरे बाल, वही पागलपन, वही डरावनी आँखें, मूँगा का नखशिख दिखायी देता था। इसी कोठरी में आटे-दाल के कई मटके रखे हुए थे, वहीं कुछ पुराने चिथड़े भी पड़े हुए थे। एक चूहे को भूख ने बेचैन किया (मटकों ने कभी अनाज की सूरत नहीं देखी थी, पर सारे गाँव में मशहूर था कि इस घर के चूहे गजब के डाकू हैं) तो वह उन दानों की खोज में जो मटकों से कभी नहीं गिरे थे, रेंगता हुआ इस चिथड़े के नीचे आ निकला। कपड़े में खड़खड़ाहट हुई। फैले हुए चिथड़े मूँगा की पतली टाँगें बन गयीं, नागिन देख कर झिझकी और चीख उठी। मुंशी जी बदहवास होकर दरवाजे की ओर लपके, रामगुलाम दौड़ कर उनकी टाँगों से लिपट गया। चूहा बाहर निकल आया। उसे देख कर इन लोगों के होश ठिकाने हुए। अब मुंशी जी साहस करके मटके की ओर चले। नागिन ने कहा—रहने भी दो, देख ली तुम्हारी मरदानगी।

मुंशी जी अपने प्रिया नागिन के इस अनादर पर बहुत बिगड़े—क्या तुम समझती हो मैं डर गया ? भला डर की क्या बात थी। मूँगा मर गयी। क्या वह बैठी है ? मैं कल नहीं दरवाजे के बाहर निकल गया था—तुम रोकती रही, मैं न माना।

मुंशी जी की इस दलील ने नागिन को निरुत्तर कर दिया। कल दरवाजे के बाहर निकल जाना या निकलने की कोशिश करना साधारण काम न था। जिसके साहस का ऐसा प्रमाण मिल चुका है, उसे डरपोक कौन कह सकता है ? यह नागिन की हठधर्मी थी।

खाना खा कर तीनों आदमी सोने के कमरे में आये; परन्तु मूँगा ने यहाँ भी पीछा न छोड़ा; बातें करते थे, दिल को बहलाते थे। नागिन ने राजा हरदौल और रानी सारंधा की कहानियाँ कहीं। मुंशी जी ने फौजदारी के कई मुकदमों का हाल कह सुनाया। परन्तु तो भी इन उपायों से भी मूँगा की मूर्ति उनकी आँखों के सामने से न हटती थी। जरा भी खटखटाहट होती कि तीनों चौंक पड़ते। इधर पत्तियों में सनसनाहट हुई कि उधर तीनों के रोंगटे खड़े हो गये ? रह-रह कर एक धीमी आवाज धरती के भीतर से उनके कानों में आती थी—'तेरा लहू पीऊँगी।'

आधी रात को नागिन नींद से चौंक पड़ी। वह इन दिनों गर्भवती थी। लाल-लाल आँखोंवाली, तेज और नोकीले दाँतोंवाली मूँगा उसकी छाती पर बैठी हुई जान पड़ती थी। नागिन चीख उठी। बावली की तरह आँगन में भाग आयी और यकायक धरती पर चित्त गिर पड़ी। सारा शरीर पसीने-पसीने हो गया। मुंशी जी भी उसकी चीख सुन कर चौंके, पर डर के मारे आँखें न खुलीं। अंधों की तरह दरवाजा टटोलते रहे। बहुत देर के बाद उन्हें दरवाजा मिला। आँगन में आये। नागिन जमीन पर पड़ी हाथ-पाँव पटक रही थी। उसे उठा कर भीतर लाये, पर रात भर उसने आँखें न खोलीं। भोर को अक-बक बकने लगी। थोड़ी देर में ज्वर हो आया। बदन लाल

तवा-सा हो गया। साँझ होते-होते उसे सन्निपात हो गया और आधी रात के समय जब संसार में सन्नाटा छाया हुआ था नागिन इस संसार से चल बसी। मूँगा के डर ने उसकी जान ली। जब तक मूँगा जीती रही, वह नागिन की फुफकार से सदा डरती रही। पगली होने पर भी उसने कभी नागिन का सामना नहीं किया पर अपनी जान दे कर उसने आज नागिन की जान ली। भय में बड़ी शक्ति है। मनुष्य हवा में एक गिरह भी नहीं लगा सकता, पर इसने हवा में एक संसार रच डाला है।

रात बीत गयी। दिन चढ़ता आता था, पर गाँव का कोई आदमी नागिन की लाश उठाने को आता न दिखायी दिया। मुंशी जी घर-घर घूमे, पर कोई न निकला। भला हत्यारे के दरवाजे पर कौन जाय ? हत्यारे की लाश कौन उठावे ? इस समय मुंशी जी का रोब-दाब, उनकी प्रबल लेखनी का भय और उनकी कानूनी प्रतिभा एक भी काम न आयी। चारों ओर से हार कर मुंशी जी फिर अपने घर आये। यहाँ उन्हें अंधकार दीखता था। दरवाजे तक तो आए, पर भीतर पैर नहीं रखा जाता था। न बाहर ही खड़े रह सकते थे। बाहर मूँगा थी, भीतर नागिन। जी को कड़ा करके हनुमान चालीसा का पाठ करते हुए घर में घुसे। उस समय उनके मन पर जो बीतती थी, वही जानते थे। उसका अनुमान करना कठिन है। घर में लाश पड़ी हुई; न कोई आगे, न पीछे। दूसरा ब्याह तो हो सकता था। अभी इसी फागुन में तो पचासवाँ लगा है; पर ऐसे सुयोग्य और मीठी बोलवाली स्त्री कहाँ मिलेगी ? अफसोस ! अब तगादा करनेवालों से बहस कौन करेगा, कौन उन्हें निरुत्तर करेगा ? लेन-देन का हिसाब-किताब कौन इतनी खूबी से करेगा ? किसकी कड़ी आवाज तीर की तरह तगादेदारों की छाती में चुभेगी ? यह नुकसान अब पूरा नहीं हो सकता। दूसरे दिन मुंशी जी लाश को ठेलेगाड़ी पर लाद कर गंगा जी की तरफ चले।

5

शव के साथ जानेवालों की संख्या कुछ भी न थी। एक स्वयं मुंशी जी, दूसरे उनके पुत्ररत्न रामगुलाम जी ! इस बेइज्जती से मूँगा की लाश भी नहीं उठी थी।

मूँगा ने नागिन की जान ले कर भी मुंशी जी का पिंड न छोड़ा। उनके मन में हर घड़ी मूँगा की मूर्ति विराजमान रहती थी। कहीं रहते, उनका ध्यान इसी ओर रहा करता था। यदि दिल-बहलाव का कोई उपाय होता तो शायद वह इतने बेचैन न होते, पर गाँव का एक पुतला भी उनके दरवाजे की ओर न झाँकता था। बेचारे अपने हाथों पानी भरते, आप ही बरतन धोते। सोच और क्रोध, चिंता और भय, इतने शत्रुओं के सामने एक दिमाग कब तक ठहर सकता था। विशेषकर वह दिमाग जो रोज कानून की बहसों में खर्च हो जाता था।

अकेले कैदी की तरह उनके दस-बारह दिन तो ज्यों-त्यों कर कटे। चौदहवें दिन मुंशी जी ने कपड़े बदले और बोरिया-बस्ता लिये हुए कचहरी चले। आज उनका चेहरा कुछ खिला हुआ था। जाते ही मेरे मुवक्किल मुझे घेर लेंगे। मेरी मातमपुर्सी करेंगे। मैं आँसुओं की दो-चार बूँदें गिरा दूँगा। फिर बैनामों, रेहननामों और सुलहनामों की भरमार हो जायेगी। मुट्ठी गरम होगी; शाम को जरा नशे-पानी का रंग जम जायेगा, जिसके छूट जाने से जी और भी उचाट रहा था। इन्हीं विचारों में मग्न मुंशी जी कचहरी पहुँचे।

पर वहाँ रेहननामों की भरमार और बैनामों की बाढ़ और मुवक्किलों की चहल-पहल के बदले निराशा की रेतीली भूमि नजर आयी। बस्ता खोले घंटों बैठे रहे, पर कोई नजदीक भी न आया। किसी ने इतना भी न पूछा कि आप कैसे हैं ! नये मुवक्किल तो खैर, बड़े-बड़े पुराने मुवक्किल जिनका मुंशी जी से कई पीढ़ियों से सरोकार था, आज उनसे मुँह छिपाने लगे। वह नालायक और अनाड़ी रमजान, जिसकी मुंशी जी हँसी उड़ाते थे और जिसे शुद्ध लिखना भी न आता था, आज गोपियों का कन्हैया बना हुआ था। वाह रे भाग्य ? मुवक्किल यों मुँह फेरे चले जाते हैं मानो किसी की जान-पहचान ही नहीं। दिन भर कचहरी की खाक छानने के बाद मुंशी जी घर चले। निराशा और चिंता में डूबे हुए। ज्यों-ज्यों घर के निकट आते थे, मूँगा का चित्र सामने आता जाता था। यहाँ तक कि जब घर का द्वार खोला और दो कुत्ते, जिन्हें रामगुलाम ने बंद रखा था, झपट कर बाहर निकले तो मुंशी जी के होश उड़ गये, एक चीख मार कर जमीन पर गिर पड़े।

मनुष्य के मन और मस्तिष्क पर भय का जितना प्रभाव होता है उतना और किसी शक्ति का नहीं। प्रेम, चिंता, निराशा, हानि, यह सब मन को अवश्य दुःखित करते हैं, पर यह हवा के हलके झोंके हैं और भय प्रचंड आँधी है। मुंशी जी पर इसके बाद क्या बीती, मालूम नहीं। कई दिनों तक लोगों ने उन्हें कचहरी जाते और वहाँ से मुरझाये हुए लौटते देखा। कचहरी जाना उनका कर्तव्य था, और यद्यपि वहाँ मुवक्किलों का अकाल था, तो भी तगादेवालों से गला छुड़ाने और उनको भरोसा दिलाने के लिए अब यही एक लटका रह गया था। इसके बाद कई महीने तक देख न पड़े। बद्रीनाथ चले गये। एक दिन गाँव में एक साधु आया। भभूत रमाये, लम्बी जटायें, हाथ में कमंडल। उसका चेहरा मुंशी रामसेवक से बहुत मिलता-जुलता था। बोलचाल में भी अधिक भेद न था। वह एक पेड़ के नीचे धूनी रमाये बैठा रहा। उसी रात को मुंशी रामसेवक के घर से धुआँ उठा, फिर आग की ज्वाला दीखने लगी और आग भड़क उठी। गाँव के सैकड़ों आदमी दौड़े। आग बुझाने के लिए नहीं, तमाशा देखने के लिए। एक गरीब की हाय में कितना प्रभाव है। रामगुलाम मुंशी जी के गायब हो जाने पर अपने मामा के यहाँ चला गया और वहाँ कुछ दिनों रहा। पर वहाँ उसकी चाल-ढाल किसी को पसन्द न आयी।

एक दिन उसने किसी के खेत से मूली नोची। उसने दो-चार धौल लगाये। उस पर वह इस कदर बिगड़ा कि जब उसके चने खलिहान में आये तो उसने आग लगा दी। सारा का सारा खलिहान जल कर खाक हो गया। हजारों रुपयों का नुकसान हुआ। पुलिस ने तहकीकात की, रामगुलाम पकड़ा गया। इसी अपराध में वह चुनार के रिफार्मेटरी स्कूल में मौजूद है।

बेटी का धन

बेतवा नदी दो ऊँचे कगारों के बीच इस तरह मुँह छिपाये हुए थी जैसे निर्मल हृदयों में साहस और उत्साह की मद्धम ज्योति छिपी रहती है। इसके एक कगार पर एक छोटा-सा गाँव बसा है, जो अपने भग्न जातीय चिह्नों के लिए बहुत ही प्रसिद्ध है। जातीय गाथाओं और चिह्नों पर मर मिटनेवाले लोग इस भावनस्थान पर बड़े प्रेम और श्रद्धा के साथ आते और गाँव का बूढ़ा केवट सुक्खू चौधरी उन्हें उसकी परिक्रमा कराता और रानी के महल, राजा का दरबार और कुँवर की बैठक के मिटे हुए चिह्नों को दिखाता। वह एक उच्छ्वास लेकर रुँधे हुए गले से कहता, महाशय ! एक वह समय था कि केवटों को मछलियों के इनाम में अशर्फियाँ मिलती थीं। कहार महल में झाड़ू देते हुए अशर्फियाँ बटोर ले जाते थे। बेतवा नदी रोज चढ़ कर महाराज के चरण छूने आती थी। यह प्रताप और यह तेज था, परन्तु आज इसकी यह दशा है। इन सुन्दर उक्तियों पर किसी का विश्वास जमाना चौधरी के वश की बात न थी, पर सुननेवाले उसकी सहृदयता तथा अनुराग के जरूर कायल हो जाते थे।

सुक्खू चौधरी उदार पुरुष थे, परन्तु जितना बड़ा मुँह था, उतना बड़ा ग्रास न था। तीन लड़के, तीन बहुएँ और कई पौत्र-पौत्रियाँ थीं। लड़की केवल एक गंगाजली थी, जिसका अभी तक गौना नहीं हुआ था। चौधरी की यह सबसे पिछली संतान थी। स्त्री के मर जाने पर उसने इसको बकरी का दूध पिला-पिला कर पाला था। परिवार में खानेवाले तो इतने थे, पर खेती सिर्फ एक हल की होती थी। ज्यों-त्यों कर निर्वाह होता था, परन्तु सुक्खू की वृद्धावस्था और पुरातत्त्व ज्ञान ने उसे गाँव में वह मान और प्रतिष्ठा प्रदान कर रक्खी थी, जिसे देख कर झगडू साहु भीतर-ही-भीतर जलते थे। सुक्खू जब गाँववालों के समक्ष, हाकिमों से हाथ फेंक-फेंक कर बातें करने लगता और खंडहरों को घुमा-फिरा कर दिखाने लगता था तो झगडू साहु—जो चपरासियों के धक्के खाने के डर से करीब नहीं फटकते थे—तड़प-तड़प कर रह जाते थे। अतः वे सदा इस शुभ अवसर की प्रतीक्षा करते रहते थे, जब सुक्खू पर अपने धन द्वारा प्रभुत्व जमा सकें।

2

इस गाँव के जमींदार ठाकुर जीतनसिंह थे, जिनकी बेगार के मारे गाँववालों का नाकों दम था। उस साल जब जिला मजिस्ट्रेट का दौरा हुआ और वह यहाँ के पुरातन चिह्नों की सैर करने के लिए पधारे, तो सुक्खू चौधरी ने दबी जबान से अपने गाँववालों की दुःख-कहानी उन्हें सुनायी। हाकिमों से वार्तालाप करने में उसे तनिक भी भय न होता था। सुक्खू चौधरी को खूब मालूम था कि जीतनसिंह से रार मचाना सिंह के मुँह में सिर देना है। किंतु जब गाँववाले कहते थे कि चौधरी तुम्हारी ऐसे-ऐसे हाकिमों से मिताई है और हम लोगों को रात-दिन रोते कटता है, तो फिर तुम्हारी यह मित्रता किस दिन काम आवेगी। परोपकाराय सताम् विभूतयः। तब सुक्खू का मिज़ाज आसमान पर चढ़ जाता था। घड़ी भर के लिए वह जीतनसिंह को भूल जाता था। मजिस्ट्रेट ने जीतनसिंह से इसका उत्तर माँगा। उधर झगडू साहु ने चौधरी के इस साहसपूर्ण स्वामीद्रोह की रिपोर्ट जीतनसिंह को दी। ठाकुर साहब जल कर आग हो गये। अपने कारिंदे से बकाया लगान की बही माँगी। संयोगवश चौधरी के जिम्मे इस साल का कुछ लगान बाकी था। कुछ तो पैदावार कम हुई, उस पर गंगाजली का ब्याह करना पड़ा। छोटी बहू नथ की रट लगाये हुए थी; वह बनवानी पड़ी। इन सब खर्चों ने हाथ बिलकुल खाली कर दिया था। लगान के लिए कुछ अधिक चिंता नहीं थी। वह इस अभिमान में भूला हुआ था कि जिस जबान में हाकिमों को प्रसन्न करने की शक्ति है, क्या वह ठाकुर साहब को अपना लक्ष्य न बना सकेगी ? बूढ़े चौधरी इधर तो अपने गर्व में निश्चिंत थे और उधर उन पर बकाया लगान की नालिश ठुक गयी। सम्मन आ पहुँचा। दूसरे दिन पेशी की तारीख पड़ गयी। चौधरी को अपना जादू चलाने का अवसर न मिला।

जिन लोगों के बढ़ावे में आ कर सुक्खू ने ठाकुर से छेड़छाड़ की थी, उनका दर्शन मिलना दुर्लभ हो गया। ठाकुर साहब के सहने और प्यादे गाँव में चील की तरह मँडराने लगे। उनके भय से किसी को चौधरी की परछाईं काटने का साहस न होता था। कचहरी वहाँ से तीन मील पर थी। बरसात के दिन, रास्ते में ठौर-ठौर पानी, उमड़ी हुई नदियाँ, रास्ता कच्चा, बैलगाड़ी का निबाह नहीं, पैरों में बल नहीं, अतः अदमपैरवी में मुकदमे एकतरफा फैसला हो गया।

3

कुर्की का नोटिस पहुँचा तो चौधरी के हाथ-पाँव फूल गये। सारी चतुराई भूल गयी। चुपचाप अपनी खाट पर पड़ा-पड़ा नदी की ओर ताकता और अपने मन में कहता, क्या मेरे जीते जी घर मिट्टी में मिल जायेगा। मेरे इन बैलों की सुंदर जोड़ी के गले

में आह ! क्या दूसरों का जुआ पड़ेगा ? यह सोचते-सोचते उसकी आँखें भर आतीं। वह बैलों से लिपट कर रोने लगा, परंतु बैलों की आँखों से क्यों आँसू जारी थे ? वे नाँद में मुँह क्यों नहीं डालते थे ? क्या उनके हृदय पर भी अपने स्वामी के दुःख की चोट पहुँच रही थी !

फिर वह अपने झोपड़े को विकल नयनों से निहार कर देखता। और मन में सोचता, क्या हमको इस घर से निकलना पड़ेगा ? यह पूर्वजों की निशानी क्या हमारे जीते जी छिन जायेगी ?

कुछ लोग परीक्षा में दृढ़ रहते हैं और कुछ लोग इसकी हलकी आँच भी नहीं सह सकते। चौधरी अपनी खाट पर उदास पड़े घंटों अपने कुलदेव महावीर और महादेव को मनाया करता और उनका गुण गाया करता। उसकी चिंतादग्ध आत्मा को और कोई सहारा न था।

इसमें कोई संदेह न था कि चौधरी की तीनों बहुओं के पास गहने थे, पर स्त्री का गहना ऊख का रस है, जो पेरने ही से निकलता है। चौधरी जाति का ओछा पर स्वभाव का ऊँचा था। उसे ऐसी नीच बात बहुओं से कहते संकोच होता था। कदाचित् यह नीच विचार उसके हृदय में उत्पन्न ही नहीं हुआ था, किंतु तीनों बेटे यदि जरा भी बुद्धि से काम लेते, तो बूढ़े को देवताओं की शरण लेने की आवश्यकता न होती। परंतु यहाँ तो बात ही निराली थी। बड़े लड़के को घाट के काम से फुरसत न थी। बाकी दो लड़के इस जटिल प्रश्न को विचित्र रूप से हल करने के मंसूबे बाँध रहे थे।

मँझले झींगुर ने मुँह बना कर कहा—उँह ! इस गाँव में क्या धरा है। जहाँ ही कमाऊँगा, वहीं खाऊँगा पर जीतनसिंह की मूँछें एक-एक करके चुन लूँगा।

छोटे फक्कड़ ऐंठ कर बोले—मूँछें तुम चुन लेना ! नाक मैं उड़ा दूँगा। नकटा बना घूमेगा।

इस पर दोनों खूब हँसे और मछली मारने चल दिये।

इस गाँव में एक बूढ़े ब्राह्मण भी रहते थे। मंदिर में पूजा करते और नित्य अपने यजमानों को दर्शन देने नदी पार जाते, पर खेवे के पैसे न देते। तीसरे दिन वह जमींदार के गुप्तचरों की आँख बचाकर सुक्खू के पास आये और सहानुभूति के स्वर में बोले—चौधरी ! कल ही तक मियाद है और तुम अभी तक पड़े-पड़े सो रहे हो। क्यों नहीं घर की चीज ढूँढ़-ढाँढ़ कर किसी और जगह भेज देते ? न हो समधियाने पठवा दो। जो कुछ बच रहे, वही सही। घर की मिट्टी खोद कर थोड़े ही कोई ले जायेगा।

चौधरी लेटा था, उठ बैठा और आकाश की ओर निहार कर बोला—जो कुछ उसकी इच्छा है, वह होगा। मुझसे यह जाल न होगा।

इधर कई दिन की निरंतर भक्ति और उपासना के कारण चौधरी का मन

शुद्ध और पवित्र हो गया था। उसे छल-प्रपंच से घृणा हो गयी थी। पंडित जी जो इस काम में सिद्धहस्त थे, लज्जित हो गये।

परंतु चौधरी के घर के अन्य लोगों को ईश्वरेच्छा पर इतना भरोसा न था। धीरे-धीरे घर के बर्तन-भाँड़े खिसकाये जाते थे। अनाज का एक दाना भी घर में न रहने पाया। रात को नाव लदी हुई जाती और उधर से खाली लौटती थी। तीन दिन तक घर में चूल्हा न जला। बूढ़े चौधरी के मुँह में अन्न की कौन कहे पानी की एक बूँद भी न पड़ी। स्त्रियाँ भाड़ से चने भुना कर चबातीं, और लड़के मछलियाँ भून-भून कर उड़ाते। परंतु बूढ़े की इस एकादशी में यदि कोई शरीक था तो वह उसकी बेटी गंगाजली थी। यह बेचारी अपने बूढ़े बाप को चारपाई पर निर्जल छटपटाते देख बिलख-बिलख कर रोती।

लड़कों को अपने माता-पिता से वह प्रेम नहीं होता जो लड़कियों को होता है। गंगाजली इस सोच-विचार में मग्न रहती थी कि दादा की किस भाँति सहायता करूँ। यदि हम सब भाई-बहन मिल कर जीतनसिंह के पास जाकर दया-भिक्षा की प्रार्थना करें तो वे अवश्य मान जायेंगे; परंतु दादा को कब यह स्वीकार होगा। वह यदि एक दिन बड़े साहब के पास चले जायँ तो सब कुछ बात की बात में बन जाय। किंतु उनकी तो जैसे बुद्धि ही मारी गयी है। इसी उधेड़बुन में उसे एक उपाय सूझ पड़ा, कुम्हलाया हुआ मुखारविंद खिल उठा।

पुजारी जी सुक्खू चौधरी के पास से उठ कर चले गये थे और चौधरी उच्च स्वर से अपने सोये हुए देवताओं को पुकार-पुकार कर बुला रहे थे। निदान गंगाजली उनके पास जा कर खड़ी हो गयी। चौधरी ने उसे देख कर विस्मित स्वर में पूछा—क्यों बेटी ? इतनी रात गये क्यों बाहर आयी ?

गंगाजली ने कहा—बाहर रहना तो भाग्य में लिखा है, घर में कैसे रहूँ।

सुक्खू ने जोर से हाँक लगायी, कहाँ गये तुम कृष्णमुरारी, मेरे दुःख हरो।

गंगाजली खड़ी थी, बैठ गयी और धीरे से बोली—भजन गाते तो आज तीन दिन हो गये। घर बचाने का भी कुछ उपाय सोचा कि इसे यों ही मिट्टी में मिला दोगे ? हम लोगों को क्या पेड़ तले रखोगे ?

चौधरी ने व्यथित स्वर से कहा—बेटी, मुझे तो कोई उपाय नहीं सूझता। भगवान् जो चाहेंगे, होगा। वेग चलो गिरधर गोपाल, काहे विलम्ब करो।

गंगाजली ने कहा—मैंने एक उपाय सोचा है, कहो तो कहूँ।

चौधरी उठ कर बैठ गये और पूछा—कौन उपाय है बेटी ?

गंगाजली ने कहा—मेरे गहने झगड़ू साहु के यहाँ गिरों रख दो। मैंने जोड़ लिया है। देने भर के रुपये हो जायेंगे।

चौधरी ने ठंडी साँस ले कर कहा—बेटी ! तुमको मुझसे यह बात कहते लाज नहीं आती। वेद-शास्त्र में मुझे तुम्हारे गाँव के कुएँ का पानी पीना भी मना है।

तुम्हारी ड्योढ़ी में भी पैर रखने का निषेध है। क्या तुम मुझे नरक में ढकेलना चाहती हो ?

गंगाजली उत्तर के लिए पहले ही से तैयार थी। बोली—मैं अपने गहने तुम्हें दिये थोड़े ही देती हूँ। इस समय ले कर काम चलाओ, चैत में छुड़ा देना। चौधरी ने कड़क कर कहा—यह मुझसे न होगा।

गंगाजली उत्तेजित हो कर बोली—तुमसे यह न होगा तो मैं आप ही जाऊँगी, मुझसे घर की यह दुर्दशा नहीं देखी जाती।

चौधरी ने झुँझला कर कहा—बिरादरी में कौन मुँह दिखाऊँगा ?

गंगाजली ने चिढ़ कर कहा—बिरादरी में कौन ढिंढोरा पीटने जाता है।

चौधरी ने फैसला सुनाया—जग हँसाई के लिए मैं अपना धर्म न बिगाडूँगा।

गंगाजली बिगड़कर बोली—मेरी बात नहीं मानोगे तो तुम्हारे ऊपर मेरी हत्या पड़ेगी। मैं आज ही इस बेतवा नदी में कूद पडूँगी। तुमसे चाहे घर में आग लगते देखा जाय, पर मुझसे तो न देखा जायेगा।

चौधरी ने ठंडी साँस ले कर कातर स्वर में कहा—बेटी, मेरा धर्म नाश मत करो। यदि ऐसा ही है तो अपनी किसी भावज के गहने माँग कर लाओ।

गंगाजली ने गम्भीर स्वर में कहा—भावजों से कौन अपना मुँह नोचवाने जायेगा। उनको फिकर होती तो क्या मुँह में दही जमा था, कहतीं नहीं।

चौधरी निरुत्तर हो गये। गंगाजली घर में जा कर गहनों की पिटारी लायी और एक-एक करके सब गहने चौधरी के अँगोछे में बाँध दिये। चौधरी ने आँखों में आँसू भर कर कहा—हाय राम, इस शरीर की क्या गति लिखी है ! यह कह कर उठे। बहुत सम्हालने पर भी आँखों में आँसू न छिपे।

4

रात का समय था। बेतवा नदी के किनारे-किनारे मार्ग को छोड़कर सुक्खू चौधरी गहनों की गठरी काँख में दबाये इस तरह चुपके-चुपके चल रहे थे मानो पाप की गठरी लिये जाते हैं। जब वह झगडू साहु के मकान के पास पहुँचे तो ठहर गये, आँखें खूब साफ कीं, जिससे किसी को यह न बोध हो कि चौधरी रोता था।

झगडू साहु धागे की कमानी की एक मोटी ऐनक लगाये बहीखाता फैलाये हुक्का पी रहे थे, और दीपक के धुँधले प्रकाश में उन अक्षरों को पढ़ने की व्यर्थ चेष्टा में लगे थे, जिनमें स्याही की किफायत की गयी थी। बार-बार ऐनक को साफ करते और आँख मलते, पर चिराग की बत्ती उकसाना या दोहरी बत्ती लगाना शायद इसलिए उचित नहीं समझते थे कि तेल का अपव्यय होगा। इसी समय सुक्खू चौधरी ने आ कर कहा—जयराम जी।

झगडू साहु ने देखा। पहचान कर बोले—जयराम चौधरी ! कहो मुकदमे में क्या हुआ ? यह लेन-देन बड़े झंझट का काम है। दिन भर सिर उठाने की छुट्टी नहीं मिलती।

चौधरी ने पोटली को खूब सावधानी से छिपा कर लापरवाही के साथ कहा—अभी तक तो कुछ नहीं हुआ। कल इजरायडिगरी होनेवाली है। ठाकुर साहब ने न जाने कब का बैर निकाला है। हमको दो-तीन दिन की भी मुहलत होती तो डिगरी न जारी होने पाती। छोटे साहब और बड़े साहब दोनों हमको अच्छी तरह जानते हैं। अभी इसी साल मैंने उनसे नदी किनारे घंटों बातें कीं, किंतु एक तो बरसात के दिन, दूसरे एक दिन की भी मुहलत नहीं, क्या करता ! इस समय मुझे रुपयों की चिंता है।

झगडू साहु ने विस्मित होकर पूछा—तुमको रुपयों की चिंता ! घर में भरा है, वह किस दिन काम आवेगा। झगडू साहु ने यह व्यंग्यबाण नहीं छोड़ा था। वास्तव में उन्हें और सारे गाँव को विश्वास था कि चौधरी के घर में लक्ष्मी महारानी का अखंड राज्य है।

चौधरी का रंग बदलने लगा। बोले—साहु जी ! रुपया होता तो किस बात की चिंता थी ? तुमसे कौन छिपाव है। आज तीन दिन से घर में चूल्हा नहीं जला, रोना-पीटना पड़ा है। अब तो तुम्हारे बसाये बसूँगा। ठाकुर साहब ने तो उजाड़ने में कोई कसर न छोड़ी।

झगडू साहु जीतनसिंह को खुश रखना जरूर चाहते थे, पर साथ ही चौधरी को भी नाखुश करना मंजूर न था। यदि सूद-दर-सूद छोड़ कर मूल तथा ब्याज सहज वसूल हो जाय तो उन्हें चौधरी पर मुफ्त का एहसान लादने में कोई आपत्ति न थी। यदि चौधरी के अफसरों की जान-पहचान के कारण साहु जी का टैक्स से गला छूट जाय, जो अनेक उपाय करने—अहलकारों की मुट्ठी गरम करने—पर भी नित्य प्रति उनकी तोंद की तरह बढ़ता ही जा रहा था तो क्या पूछना ! बोले—

क्या कहें चौधरी जी, खर्च के मारे आजकल हम भी तबाह हैं। लहने वसूल नहीं होते। टैक्स का रुपया देना पड़ा। हाथ बिलकुल खाली हो गया। तुम्हें कितना रुपया चाहिए ?

चौधरी ने कहा—सौ रुपये की डिगरी है। खर्च-बर्च मिला कर दो सौ के लगभग समझो।

झगडू अब अपने दाँव खेलने लगे। पूछा—तुम्हारे लड़कों ने तुम्हारी कुछ भी मदद न की। वह सब भी तो कुछ न कुछ कमाते ही हैं।

साहु जी का यह निशाना ठीक पड़ा—लड़कों ने लापरवाही से चौधरी के मन में जो कुत्सित भाव भरे थे वह सजीव हो गये। बोले—भाई, लड़के किसी काम के होते तो यह दिन क्यों देखना पड़ता। उन्हें तो अपने भोग-विलास से मतलब।

घर-गृहस्थी का बोझ तो मेरे सिर पर है। मैं इसे जैसे चाहूँ, सँभालूँ उनसे कुछ सरोकार नहीं, मरते दम भी गला नहीं छूटता। मरूँगा तो सब खाल में भूसा भरा कर रख छोड़ेंगे। 'गृह कारज नाना जंजाला।'

झगडू ने तीसरा तीर मारा–क्या बहुओं से भी कुछ न बन पड़ा।

चौधरी ने उत्तर दिया–बहू-बेटे सब अपनी-अपनी मौज में मस्त हैं। मैं तीन दिन तक द्वार पर बिना अन्न-जल के पड़ा था, किसी ने बात भी नहीं पूछी। कहाँ की सलाह, कहाँ की बातचीत। बहुओं के पास रुपये न हों, पर गहने तो हैं और वे भी मेरे बनाये हुए। इस दुर्दिन के समय यदि दो-दो थान उतार देतीं तो क्या मैं छुड़ा न देता ? सदा यही दिन थोड़े ही रहेंगे।

झगडू समझ गये कि यह महज जबान का सौदा है और वह जबान का सौदा भूलकर भी न करते थे। बोले–तुम्हारे घर के लोग भी अनूठे हैं। क्या इतना भी नहीं जानते कि बूढ़ा रुपये कहाँ से लावेगा ? अब समय बदल गया। या तो कुछ जायदाद लिखो या गहने गिरों रखो तब जा कर रुपया मिले। इसके बिना रुपये कहाँ। इसमें भी जायदाद में सैकड़ों बखेड़े पड़े हैं। सुभीता गिरों रखने में ही है। हाँ, तो जब घरवालों को कोई इसकी फिक्र नहीं तो तुम क्यों व्यर्थ जान देते हो। यही न होगा कि लोग हँसेंगे सो यह लाज कहाँ तक निबाहोगे ?

चौधरी ने अत्यन्त विनीत हो कर कहा–साहु जी, यह लाज तो मारे डालती है। तुमसे क्या छिपा है। एक वह दिन था कि हमारे दादा-बाबा महाराज की सवारी के साथ चलते थे, अब एक दिन यह कि घर-घर की दीवार तक बिकने की नौबत आ गयी है। कहीं मुँह दिखाने को भी जी नहीं चाहता। यह लो गहनों की पोटली। यदि लोकलाज न होती तो इसे लेकर कभी यहाँ न आता, परन्तु यह अधर्म इसी लाज निबाहने के कारण करना पड़ा है।

झगडू साहु ने आश्चर्य में हो कर पूछा–यह गहने किसके हैं ? चौधरी ने सिर झुका कर बड़ी कठिनता से कहा–मेरी बेटी गंगाजली के। झगडू साहु स्तम्भित हो गये। बोले–अरे ! राम-राम !

चौधरी ने कातर स्वर में कहा–डूब मरने को जी चाहता है।

झगडू ने बड़ी धार्मिकता के साथ स्थिर हो कर कहा–शास्त्र में बेटी के गाँव का पेड़ देखना मना है।

चौधरी ने दीर्घ निःश्वास छोड़ कर करुण स्वर में कहा–न जाने नारायण कब मौत देंगे। भाई की तीन लड़कियाँ ब्याहीं। कभी भूल कर भी उनके द्वार का मुँह नहीं देखा। परमात्मा ने अब तक तो टेक निबाही है, पर अब न जाने मिट्टी की क्या दुर्दशा होने वाली है।

झगडू साहु 'लेखा जौ-जौ बखशीश सौ-सौ' के सिद्धांत पर चलते थे। सूद की एक कौड़ी भी छोड़ना उनके लिए हराम था। यदि एक महीने का एक दिन

भी लग जाता तो पूरे महीने का सूद वसूल कर लेते। परन्तु नवरात्र में नित्य दुर्गा-पाठ करवाते थे। पितृपक्ष में रोज ब्राह्मणों को सीधा बाँटते थे। बनियों की धर्म में बड़ी निष्ठा होती है। यदि कोई दीन ब्राह्मण लड़की ब्याहने के लिए उनके सामने हाथ पसारता तो वह खाली हाथ न लौटता, भीख माँगने वाले ब्राह्मणों को चाहे वह कितने ही संडे-मुसंडे हों, उनके दरवाजे पर फटकार नहीं सुननी पड़ती थी। उनके धर्म-शास्त्र में कन्या के गाँव के कुएँ का पानी पीने से प्यासा मर जाना अच्छा है। वह स्वयं इस सिद्धांत के भक्त थे और इस सिद्धांत के अन्य पक्षपाती उनके लिए महामान्य देवता थे। वे पिघल गये। मन में सोचा, यह मनुष्य तो कभी ओछे विचारों को मन में नहीं लाया।

निर्दय काल की ठोकर से अधर्म मार्ग पर उतर आया है, तो उसके धर्म की रक्षा करना हमारा कर्तव्य-धर्म है। यह विचार मन में आते ही झगडू साहु गद्दी से मसनद के सहारे उठ बैठे और दृढ़ स्वर से कहा—वही परमात्मा जिसने अब तक तुम्हारी टेक निबाही है, अब भी निबाहेंगे। लड़की के गहने लड़की को दे दो। लड़की जैसी तुम्हारी है वैसी मेरी भी है। यह लो रुपये। आज काम चलाओ। जब हाथ में रुपये आ जायँ, दे देना।

चौधरी पर इस सहानुभूति का गहरा असर पड़ा। वह जोर-जोर से रोने लगा। उसे अपने भावों की धुन में कृष्ण भगवान् की मोहिनी मूर्ति सामने विराजमान दिखायी दी। वही झगडू जो सारे गाँव में बदनाम था, जिसकी उसने खुद कई बार हाकिमों से शिकायत की थी, आज साक्षात् देवता जान पड़ता था। रुँधे हुए कंठ से गद्गद हो बोला—

झगडू, तुमने इस समय मेरी बात, मेरी लाज, मेरा धर्म, कहाँ तक कहूँ, मेरा सब कुछ रख लिया। मेरी डूबती नाव पार लगा दी। कृष्ण मुरारी तुम्हारे इस उपकार का फल देंगे और मैं तो तुम्हारा गुण जब तक जीऊँगा, गाता रहूँगा।

धर्म-संकट

'पुरुषों और स्त्रियों में बड़ा अंतर है। तुम लोगों का हृदय शीशे की तरह कठोर होता है और हमारा हृदय नरम। वह विरह की आँच नहीं सह सकता।'

'शीशा ठेस लगते ही टूट जाता है। नरम वस्तुओं में लचक होती है।'

'चलो बातें न बनाओ। दिन भर तुम्हारी राह देखूँ, रात भर घड़ी की सुइयाँ। तब कहीं आपके दर्शन होते हैं।'

'मैं तो सदैव तुम्हें अपने हृदय-मंदिर में छिपाये रखता हूँ।'

'ठीक बतलाओ, कब आओगे?'

'ग्यारह बजे, परन्तु पिछला दरवाजा खुला रखना।'

'उसे मेरे नयन समझो।'

'अच्छा तो अब बिदा।'

2

पंडित कैलाशनाथ लखनऊ के प्रतिष्ठित बैरिस्टरों में से थे। कई सभाओं के मंत्री, कई समितियों के सभापति, पत्रों में अच्छे लेख लिखते, प्लेटफार्म पर सारगर्भित व्याख्यान देते। पहले-पहल जब वह यूरोप से लौटे थे तो यह उत्साह अपनी पूरी उमंग पर था, परन्तु ज्यों-ज्यों बैरिस्टरी चमकने लगी, इस उत्साह में कमी आने लगी। और वह ठीक भी था; क्योंकि अब बेकार न थे जो बेगार करते। हाँ, क्रिकेट का शौक अब तक ज्यों का ज्यों बना था। वह कैसर क्लब के संस्थापक और क्रिकेट के प्रसिद्ध खिलाड़ी थे।

यदि मि. कैलाश को क्रिकेट की धुन थी तो उनकी बहन कामिनी को टेनिस का शौक था। इन्हें नित नवीन आमोद-प्रमोद की चाह रहती थी। शहर में कहीं नाटक हो, कोई थियेटर आवे, कोई सरकस, कोई बायसकोप हो कामिनी उसमें न सम्मिलित हो, यह असम्भव बात थी। मनोविनोद की कोई भी सामग्री उसके लिए उतनी ही आवश्यक थी, जितनी वायु और प्रकाश।

मि. कैलाश पश्चिमी सभ्यता के प्रवाह में बहनेवाले अपने अन्य सहयोगियों की भाँति हिंदू जाति, हिंदू सभ्यता, हिंदी भाषा और हिन्दुस्तान के कट्टर विरोधी थे। हिंदू सभ्यता उन्हें दोषपूर्ण दिखायी देती थी। अपने इन विचारों को वे अपने ही तक परिमित न रखते थे, बल्कि बड़ी ही ओजस्विनी भाषा में इन विषयों पर लिखते और बोलते थे। हिंदू सभ्यता के विवेकी भगत उनके इन विवेकशून्य विचारों पर हँसते थे; परन्तु उपहास और विरोध तो सुधारक के पुरस्कार हैं ! मि. कैलाश उनकी कुछ परवा न करते थे। वे कोरे वाक्वीर ही न थे, कर्मवीर भी पूरे थे। कामिनी की स्वतंत्रता उनके विचारों का प्रत्यक्ष स्वरूप थी। सौभाग्यवश कामिनी के पति गोपालनारायण भी इन्हीं विचारों में रँगे हुए थे। वे साल भर से अमेरिका में विद्याध्ययन करते थे। कामिनी, भाई और पति के उपदेशों से पूरा-पूरा लाभ उठाने में कमी न करती थी।

3

लखनऊ में अलफ्रेड थियेटर कम्पनी आयी हुई थी, शहर में जहाँ देखिए उसी के तमाशे की चर्चा थी। कामिनी की रातें बड़े आनन्द से कटती थीं। रात भर थियेटर देखती। दिन को कुछ सोती और कुछ देर वही थियेटर के गीत अलापती। सौन्दर्य और प्रीति के नवरमणीय संसार में रमण करती थी, जहाँ का दुःख और क्लेश भी इस संसार के सुख और आनन्द से बढ़कर मोददायी है। यहाँ तक कि तीन महीने बीत गये। प्रणय की नित्य नयी मनोहर शिक्षा और प्रेम के आनन्दमय आलाप-विलाप का हृदय पर कुछ न कुछ असर होना चाहिए था सो भी इस चढ़ती जवानी में। वह असर हुआ। इसका श्रीगणेश उसी तरह हुआ जैसा कि बहुधा हुआ करता है।

थियेटर हॉल में एक सुघर सजीले युवक की आँखें कामिनी की ओर उठने लगीं। वह रूपवती और चंचला थी, अतएव पहले उसे इस चितवन में किसी रहस्य का ज्ञान न हुआ। नेत्रों का सुन्दरता से बड़ा घना सम्बन्ध है। घूरना पुरुषों का और लजाना स्त्रियों का स्वभाव है। कुछ दिनों के बाद कामिनी को इस चितवन में कुछ गुप्त भाव झलकने लगे। मन्त्र अपना काम करने लगा। फिर नयनों में परस्पर बातें होने लगीं। नयन मिल गये। प्रीति गाढ़ी हो गयी। कामिनी एक दिन के लिए भी यदि किसी दूसरे उत्सव में चली जाती तो वहाँ उसका मन न लगता। जी उचटने लगता। आँखें किसी को ढूँढ़ा करतीं।

अंत में लज्जा का बाँध टूट गया। हृदय के विचार स्वरूपवान् हुए। मौन का ताला टूटा। प्रेमालाप होने लगा। पद्य के बाद गद्य की बारी आयी और फिर दोनों मिलन-मन्दिर के द्वार पर आ पहुँचे। इसके पश्चात् जो कुछ हुआ, उसकी झलक हम पहले ही देख चुके हैं।

4

इस नवयुवक का नाम रूपचंद था। पंजाब का रहने वाला, संस्कृत का शास्त्री, हिन्दी-साहित्य का पूर्ण पंडित, अँगरेजी का एम.ए., लखनऊ के एक बड़े लोहे के कारखाने का मैनेजर था। घर में रूपवती स्त्री, दो प्यारे बच्चे थे। अपने साथियों में सदाचरण के लिए प्रसिद्ध था। न जवानी की उमंग, न स्वभाव का छिछोरापन। घर-गृहस्थी में जकड़ा हुआ था। मालूम नहीं वह कौन-सा आकर्षण था, जिसने उसे इस तिलिस्म में फँसा लिया, जहाँ की भूमि, अग्नि और आकाश ज्वाला है, जहाँ घृणा और पाप है। और अभागी कामिनी को क्या कहा जाय, जिसकी प्रीति की बाढ़ ने वीरता और विवेक का बाँध तोड़ कर अपनी तरल तरंग में नीति और मर्यादा की टूटी-फूटी झोपड़ी को डुबो दिया। यह पूर्वजन्म के संस्कार थे।

रात को दस बज गये थे। कामिनी लैम्प के सामने बैठी हुई चिट्ठियाँ लिख रही थी। पहला पत्र रूपचन्द के नाम था।

कैलाश भवन,
लखनऊ।

प्राणाधार !

तुम्हारे पत्र को पढ़ कर प्राण निकल गये। उफ ! अभी एक महीना लगेगा। इतने दिनों में कदाचित् तुम्हें यहाँ मेरी राख भी न मिलेगी। तुमसे अपने दुःख क्या रोऊँ। बनावट के दोषारोपण से डरती हूँ। जो कुछ बीत रही है, वह मैं ही जानती हूँ। लेकिन बिना विरह-कथा सुनाये दिल की जलन कैसे जायगी ? यह आग कैसे ठंडी होगी ? अब मुझे मालूम हुआ कि यदि प्रेम दहकती हुई आग है तो वियोग उसके लिए घृत है। थियेटर अब भी जाती हूँ, पर विनोद के लिए नहीं, रोने और बिसूरने के लिए। रोने में ही चित्त को कुछ शान्ति मिलती है। आँसू उमड़े चले आते हैं। मेरा जीवन शुष्क और नीरस हो गया है। न किसी से मिलने को जी चाहता है, न आमोद-प्रमोद में मन लगता है। परसों डाक्टर केलकर का व्याख्यान था, भाई साहब ने बहुत आग्रह किया, पर मैं न जा सकी। प्यारे, मौत से पहले मत मारो। आनंद के इन गिने-गिनाये क्षणों में वियोग का दुःख मत दो। आओ, यथासाध्य शीघ्र आओ, और गले से लग कर मेरे हृदय की ताप बुझाओ। अन्यथा आश्चर्य नहीं कि विरह का यह अथाह सागर मुझे निगल जाय।

तुम्हारी–
कामिनी

इसके बाद कामिनी ने दूसरा पत्र पति को लिखा।

कैलाश भवन,
लखनऊ।

माई डियर गोपाल !

अब तक तुम्हारे दो पत्र आये, परंतु खेद है कि मैं उनका उत्तर न दे सकी। दो सप्ताह से सिर की पीड़ा से असह्य वेदना सह रही हूँ। किसी भाँति चित्त को शांति नहीं मिलती; पर अब कुछ स्वस्थ हूँ। कुछ चिंता मत करना। तुमने जो नाटक भेजे, उनके लिए मैं हार्दिक धन्यवाद देती हूँ। स्वस्थ हो जाने पर पढ़ना आरम्भ करूँगी। तुम वहाँ के मनोहर दृश्यों का वर्णन मत किया करो। मुझे तुम पर ईर्ष्या होती है। यदि मैं आग्रह करूँ तो भाई साहब वहाँ तक पहुँचा तो देंगे, परंतु इनके खर्च इतने अधिक हैं कि इनसे नियमित रूप से साहाय्य मिलना कठिन है और इस समय तुम पर भार देना भी ठीक नहीं है। ईश्वर चाहेगा तो वह दिन शीघ्र देखने में आवेगा, जब मैं तुम्हारे साथ आनंदपूर्वक वहाँ की सैर करूँगी। मैं इस समय तुम्हें कोई कष्ट तो नहीं देना चाहती; पर अपनी आवश्यकताएँ किससे कहूँ ! मेरे पास अब कोई अच्छा गाउन नहीं रहा। किसी उत्सव में जाते लजाती हूँ। यदि तुमसे हो सके तो मेरे लिए एक अपने पसंद का गाउन बनवा कर भेज दो। आवश्यकता तो और भी कई चीजों की है, परन्तु इस समय तुम्हें अधिक कष्ट नहीं देना चाहती। आशा है, तुम सकुशल होगे।

तुम्हारी–

कामिनी

5

लखनऊ के सेशन जज के इजलास में बड़ी भीड़ थी। अदालत के कमरे ठसाठस भर गये थे। तिल रखने की जगह न थी। सबकी दृष्टि बड़ी उत्सुकता के साथ जज के सम्मुख खड़ी एक सुन्दर लावण्यमयी मूर्ति पर लगी हुई थी। यह कामिनी थी। उसका मुँह धूमिल हो रहा था। ललाट पर स्वेद-बिंदु झलक रहे थे। कमरे में घोर निःस्तब्धता थी। केवल वकीलों की कानाफूसी और सैन कभी-कभी इस निस्तब्धता को भंग कर देती थी। अदालत का हाता आदमियों से इस तरह भर गया था कि जान पड़ता था मानो सारा शहर सिमट कर यहीं आ गया है। था भी ऐसा ही। शहर की प्रायः दूकानें बंद थीं और जो एक-आध खुली भी थीं उन पर लड़के बैठे ताश खेल रहे थे। क्योंकि कोई ग्राहक न था। शहर से कचहरी तक आदमियों का ताँता लगा हुआ था। कामिनी को निमिषमात्र देखने के लिए, उसके मुँह से एक बात सुनने के लिए, इस समय प्रत्येक आदमी अपना सर्वस्व निछावर करने पर तैयार था। वे लोग जो कभी पं. दातादयाल शर्मा जैसे प्रभावशाली वक्ता की वक्तृता सुनने के लिए घर से बाहर नहीं निकले, वे जिन्होंने नौजवान मनचले बेटों को अलफ्रेड थियेटर में जाने की आज्ञा नहीं दी, वे एकांतप्रिय जिन्हें

वायसराय के शुभागमन तक की खबर न हुई थी, शांति के उपासक जो मुहर्रम की चहल-पहल देखने को अपनी कुटिया से बाहर न निकलते थे, वे सभी आज गिरते-पड़ते, उठते-बैठते कचहरी की ओर दौड़े चले जा रहे थे। बेचारी स्त्रियाँ अपने भाग्य को कोसती हुई अपनी-अपनी अटारियों पर चढ़ विवशतापूर्ण उत्सुक दृष्टि से उस तरफ ताक रही थीं जिधर उनके विचार में कचहरी थी। पर उनकी गरीब आँखें निर्दय अट्टालिकाओं की दीवारों से टकरा कर लौट आती थीं। यह सब कुछ इसलिए हो रहा था कि आज अदालत में एक बड़ा मनोहर, अद्भुत अभिनय होनेवाला था, जिस पर अलफ्रेड थियेटर के हजारों अभिनय बलिदान थे। आज एक गुप्त रहस्य खुलनेवाला था, जो अँधेरे में राई है पर प्रकाश में पर्वताकार हो जाता है। इस घटना के सम्बन्ध में लोग टीका-टिप्पणी कर रहे थे। कोई कहता था, यह असंभव है कि रूपचंद जैसा शिक्षित व्यक्ति ऐसा दूषित कर्म करे। पुलिस का यह बयान है तो हुआ करे। गवाह पुलिस के बयान का समर्थन करते हैं तो किया करें। यह पुलिस का अत्याचार है, अन्याय है; कोई कहता था, भाई, सत्य तो यह है कि यह रूप-लावण्य, यह 'खंजन गंजन नयन' और यह हृदय-हारिणी सुंदर सलोनी छवि जो कुछ न करे वह थोड़ा है। श्रोता इन बातों को बड़े चाव से इस तरह आश्चर्यान्वित हो मुँह बा कर सुनते थे मानो देववाणी हो रही है। सबकी जीभ पर यही चर्चा थी। खूब नमक-मिरच लपेटा जाता था। परंतु इसमें सहानुभूति या समवेदना के लिए जरा भी स्थान न था।

6

पंडित कैलाशनाथ का बयान खतम हो गया। और कामिनी इजलास पर पधारी। इसका बयान बहुत संक्षिप्त था—मै अपने कमरे में रात को सो रही थी। कोई एक बजे के करीब चोर-चोर का हल्ला सुन कर मैं चौंक पड़ी और अपनी चारपाई के पास चार आदमियों को हाथापाई करते देखा। मेरे भाई साहब अपने दो चौकीदारों के साथ अभियुक्त को पकड़ते थे और वह जान छुड़ा कर भागना चाहता था। मैं शीघ्रता से उठकर बरामदे में निकल आयी। इसके बाद मैंने चौकीदारों को अपराधी के साथ पुलिस स्टेशन की ओर जाते देखा।

रूपचंद ने कामिनी का बयान सुना और एक ठंडी साँस ली। नेत्रों के आगे से परदा हट गया। कामिनी, तू ऐसी कृतघ्न, ऐसी अन्यायी, ऐसी पिशाचिनी, ऐसी दुरात्मा है। क्या तेरी वह प्रीति, वह विरह-वेदना, वह प्रेमोद्गार, सब धोखे की टट्टी थी ? तूने कितनी बार कहा है कि दृढ़ता प्रेम-मंदिर की पहली सीढ़ी है। तूने कितनी बार नयनों में आँसू भर कर इस गोद में मुँह छिपा कर मुझसे कहा है कि मैं तुम्हारी हो गयी। मेरी लाज अब तुम्हारे हाथ है। परंतु हाय ! आज प्रेम-परीक्षा के समय

तेरी वह सब बातें खोटी उतरीं। आह ! तूने दगा दिया और मेरा जीवन मिट्टी में मिला दिया।

रूपचंद विचार-तरंगों में निमग्न था। उसके वकील ने कामिनी से जिरह करना प्रारम्भ किया।

वकील—क्या तुम सत्यनिष्ठा के साथ कह सकती हो कि रूपचंद तुम्हारे मकान पर अक्सर नहीं जाया करता था !

कामिनी—मैंने कभी उसे अपने घर पर नहीं देखा।

वकील—क्या तुम शपथपूर्वक कह सकती हो कि तुम उसके साथ कभी थियेटर देखने नहीं गयीं ?

कामिनी—मैंने उसे कभी नहीं देखा।

वकील—क्या तुम शपथ लेकर कह सकती हो कि तुमने उसे प्रेम-पत्र नहीं लिखे ?

शिकारी के चंगुल में फँसे हुए पक्षी की तरह पत्र का नाम सुनते ही कामिनी के होश-हवास उड़ गये, हाथ-पैर फूल गये। मुँह न खुल सका। जज ने, वकील ने और दो सहस्त्र आँखों ने उसकी तरफ उत्सुकता से देखा।

रूपचंद का मुँह खिल गया। उसके हृदय में आशा का उदय हुआ। जहाँ फूल था वहाँ काँटा पैदा हुआ। मन में कहने लगा, कुलटा कामिनी ! अपने सुख और अपने कपट मान-प्रतिष्ठा पर मेरे और मेरे परिवार की हत्या करने वाली कामिनी !! तू अब भी मेरे हाथ में है। मैं अब भी तुझे इस कृतघ्नता और कपट का दंड दे सकता हूँ। तेरे पत्र जिन्हें तूने हृदय से लिखा है या नहीं, मालूम नहीं, परन्तु जो मेरे हृदय के ताप को शीतल करने के लिए मोहिनी मंत्र थे, वह सब मेरे पास हैं। और वह इसी समय तेरा सब भेद खोलेंगे। इस क्रोध से उन्मत्त हो कर रूपचंद ने अपने कोट के पाकेट में हाथ डाला ! जज ने, वकीलों ने, और दो सहस्त्र नेत्रों ने उसकी तरफ चातक की भाँति देखा।

तब कामिनी की विकल आँखें चारों ओर से हताश होकर रूपचंद की ओर पहुँचीं। उनमें इस समय लज्जा थी; दया-भिक्षा की प्रार्थना थी और व्याकुलता थी, वह मन ही मन कहती थी, मैं स्त्री हूँ, अबला हूँ, ओछी हूँ। तुम पुरुष हो, बलवान हो, साहसी हो; यह तुम्हारे स्वभाव के विपरीत है। मैं कभी तुम्हारी थी और यद्यपि समझ मुझे तुमसे अलग किये देती है किंतु मेरी लाज तुम्हारे हाथ में है। तुम मेरी रक्षा करो। आँख मिलते ही रूपचंद उसके मन की बात ताड़ गये। उनके नेत्रों ने उत्तर दिया—यदि तुम्हारी लाज मेरे हाथों में है तो इस पर कोई आँच नहीं आने पावेगी। तुम्हारी लाज पर आज मेरा सर्वस्व निछावर है।

अभियुक्त के वकील ने कामिनी से पुनः वही प्रश्न किया—क्या तुम शपथपूर्वक कह सकती हो कि तुमने रूपचंद को प्रेम-पत्र नहीं लिखा ?

कामिनी ने कातर स्वर में उत्तर दिया—मैं शपथपूर्वक कहती हूँ कि मैंने उसे कभी कोई पत्र नहीं लिखा और अदालत से अपील करती हूँ कि वह मुझे इन घृणास्पद अश्लील आक्रमणों से बचावे।

अभियोग की कार्रवाई समाप्त हो गयी। अब अपराधी के बयान की बारी आयी। इसकी तरफ के कोई गवाह न थे। परन्तु वकीलों को, जज को, और अधीर जनता को पूरा-पूरा विश्वास था कि अभियुक्त का बयान पुलिस के मायावी महल को क्षणमात्र में छिन्न-भिन्न कर देगा। रूपचंद इजलास के सम्मुख आया। उसके मुखारविंद पर आत्म-बल का तेज झलक रहा था और नेत्रों में साहस और शान्ति। दर्शक-मंडली उतावली हो कर अदालत के कमरे में घुस पड़ी। रूपचंद इस समय का चाँद था या देवलोक का दूत; सहस्रों नयन उसकी ओर लगे थे। किंतु हृदय को कितना कौतूहल हुआ जब रूपचंद ने अत्यंत शान्तचित्त से अपना अपराध स्वीकार कर लिया ! लोग एक-दूसरे का मुँह ताकने लगे।

अभियुक्त का बयान समाप्त होते ही कोलाहल मच गया। सभी इसकी आलोचना-प्रत्यालोचना करने लगे। सबके मुँह पर आश्चर्य था, संदेह था, और निराशा थी। कामिनी की कृतघ्नता और निष्ठुरता पर धिक्कार हो रहा था। प्रत्येक मनुष्य शपथ खाने पर तैयार था कि रूपचंद सर्वथा निर्दोष है। प्रेम ने उसके मुँह पर ताला लगा दिया है। पर कुछ ऐसे भी दूसरे के दुःख में प्रसन्न होनेवाले स्वभाव के लोग थे जो उसके इस साहस पर हँसते और मजाक उड़ाते थे।

दो घंटे बीत गये। अदालत में पुनः एक बार शान्ति का राज्य हुआ। जज साहब फैसला सुनाने के लिए खड़े हुए। फैसला बहुत संक्षिप्त था। अभियुक्त जवान है, शिक्षित है और सभ्य है। अतएव आँखोंवाला अंधा है। उसे शिक्षाप्रद दंड देना आवश्यक है। अपराध स्वीकार करने से उसका दण्ड कम नहीं होता है। अतः मैं उसे पाँच वर्ष के सपरिश्रम कारावास की सजा देता हूँ।

दो हजार मनुष्यों ने हृदय थाम कर फैसला सुना। मालूम होता था कि कलेजे में भाले चुभ गये हैं ! सभी का मुँह निराशाजनक क्रोध से रक्त-वर्ण हो रहा था। यह अन्याय है, कठोरता और बेरहमी है। परन्तु रूपचंद के मुँह पर शान्ति विराज रही थी।

सेवा-मार्ग

तारा ने बारह वर्ष तक दुर्गा की तपस्या की। न पलंग पर सोयी, न केशों को सँवारा और न नेत्रों में सुर्मा लगाया। पृथ्वी पर सोती, गेरुआ वस्त्र पहनती और रूखी रोटियाँ खाती, उसका मुख मुरझायी कली की भाँति था, नेत्र ज्योतिहीन, और हृदय एक शून्य बीहड़ मैदान। उसे केवल यही लौ लगी थी कि दुर्गा के दर्शन पाऊँ। शरीर मोमबत्ती की तरह घुलता था। पर, यह लौ दिल से न जाती थी। यही उसकी इच्छा थी, यही उसका जीवनोद्देश। घर के लोग उसे पागल कहते। माता समझाती—बेटी, तुझे क्या हो गया है ? क्या तू सारा जीवन रो-रो कर काटेगी ? इस समय के देवता पत्थर के होते हैं। पत्थर को भी कभी किसी ने पिघलते देखा है ? देख, तेरी सखियाँ पुष्प की भाँति विकसित हो रही हैं, नदी की तरह बढ़ रही हैं; क्या तुझे मुझ पर दया नहीं आती ? तारा कहती—माता, अब तो जो लगन लगी, वह लगी। या तो देवी के दर्शन पाऊँगी, या यही इच्छा लिये हुए संसार से पयान कर जाऊँगी। तुम समझ लो मैं मर गयी।

इस प्रकार पूरे बारह वर्ष व्यतीत हो गये और तब देवी प्रसन्न हुई। रात्रि का समय था। चारों ओर सन्नाटा छाया हुआ था। मन्दिर में एक धुँधला-सा घी का दीपक जल रहा था। तारा दुर्गा के पैरों पर माथा नवाये सच्ची भक्ति का परिचय दे रही थी। यकायक उस पाषाणमूर्ति देवी के तन में स्फूर्ति प्रकट हुई। तारा के रोंगटे खड़े हो गये। तब धुँधला दीपक देदीप्यमान हो गया, मन्दिर में चित्ताकर्षक सुगंध फैल गयी और वायु में सजीवता प्रतीत होने लगी। देवी का उज्ज्वल रूप पूर्ण चंद्रमा की भाँति चमकने लगा। ज्योतिहीन नेत्र जगमगा उठे। होंठ खुल गये। आवाज आयी—तारा, मैं तुमसे प्रसन्न हूँ, माँग, क्या वर माँगती है ?

तारा खड़ी हो गयी। उसका शरीर इस भाँति काँप रहा था जैसे प्रातःकाल के समय कम्पित स्वर में किसी कृषक के गाने की ध्वनि। उसे मालूम हो रहा था मानो वह वायु में उड़ी जा रही है। उसे अपने हृदय में उच्च विचार-पूर्ण प्रकाश का आभास हो रहा था। उसने दोनों हाथ जोड़ कर भक्ति-भाव से कहा, भगवती, तुमने मेरी बारह वर्ष की तपस्या पूरा की; किस मुख से तुम्हारा गुणानुवाद गाऊँ।

मुझे संसार की वे अलभ्य वस्तुएँ प्रदान हों जो इच्छाओं की सीमा और मेरी अभिलाषाओं का अंत हैं। मैं वह ऐश्वर्य चाहती हूँ जो सूर्य को भी मात कर दे।

देवी ने मुस्करा कर कहा–स्वीकृत है।

तारा–वह धन जो कालचक्र को भी लज्जित करे।

देवी ने मुस्करा कर कहा–स्वीकृत है।

तारा–वह सौंदर्य जो अद्वितीय हो।

देवी ने मुस्करा कर कहा–यह भी स्वीकृत है।

2

तारा कुँवरि ने शेष रात्रि जाग कर व्यतीत की। प्रभात काल के समय उसकी आँखें, क्षण भर के लिए, झपक गयीं। जागी तो देखा कि मैं सिर से पाँव तक हीरे व जवाहिरों से लदी हूँ। उसके विशाल भवन के कलश आकाश से बातें कर रहे थे–सारा भवन संगमरमर से बना हुआ, अमूल्य पत्थरों से जड़ा हुआ। द्वार पर नौबत बज रही थी। उसके आनन्ददायक सुहावने शब्द आकाश में गूँज रहे थे। द्वार पर मीलों तक हरियाली छायी थी। दासियाँ स्वर्णाभूषणों से लदी हुई, सुनहरे कपड़े पहने हुए चारों ओर दौड़ती थीं। तारा को देखते ही वे स्वर्ण के लोटे और कटोरे ले कर दौड़ीं। तारा ने देखा कि मेरा पलंग हाथी-दाँत का है। भूमि पर बड़े कोमल बिछौने बिछे हुए हैं। सिरहाने की ओर एक बड़ा सुन्दर ऊँचा शीशा रखा हुआ है। तारा ने उसमें अपना रूप देखा, चकित रह गयी। उसका सुन्दर रूप चंद्रमा को भी लज्जित करता था। दीवार पर अनेकानेक सुप्रसिद्ध चित्रकारों के मनमोहक चित्र टँगे थे। पर ये सब के सब तारा की सुंदरता के आगे तुच्छ थे। तारा को अपनी सुंदरता का गर्व हुआ। वह कई दासियों को लेकर वाटिका में गयी। वहाँ की छटा देख कर वह मुग्ध हो गयी। वायु में गुलाब और केसर घुले हुए थे, रंग-बिरंग के पुष्प, वायु के मंद-मंद झोंकों से, मतवालों की तरह झूम रहे थे। तारा ने एक गुलाब का फूल तोड़ लिया और उसके रंग और कोमलता की अपने अधर-पल्लव से समानता करने लगी। गुलाब में वह कोमलता न थी। वाटिका के मध्य में एक बिल्लौर जटित हौज था। इसमें हंस और बत्तख किलोलें कर रहे थे। यकायक तारा को ध्यान आया, मेरे घर के लोग कहाँ हैं। दासियों से पूछा। उन्होंने कहा–श्रीमती, वे लोग पुराने घर में हैं। तारा ने अपनी अटारी पर जा कर देखा। उसे अपना पहला घर एक साधारण झोपड़े की तरह दृष्टिगोचर हुआ। उसकी बहनें उसकी साधारण दासियों के समान भी न थीं। माँ को देखा, वह आँगन में बैठी चरखा कात रही थी। तारा पहले सोचा करती थी कि जब मेरे दिन चमकेंगे तब मैं इन लोगों को भी अपने साथ रखूँगी और उनकी भली-भाँति सेवा करूँगी। पर इस समय धन के गर्व ने

उसकी पवित्र हार्दिक इच्छा को निर्बल बना दिया था। उसने घरवालों को स्नेह-रहित दृष्टि से देखा और तब वह उस मनोहर गान को सुनने चली गयी जिसकी प्रतिध्वनि उसके कानों में आ रही थी।

एकबारगी जोर से धड़ाका हुआ; बिजली चमकी और बिजली की छटाओं में से एक ज्योतिस्वरूप नवयुवक निकल कर तारा के सामने नम्रता से खड़ा हो गया। तारा ने पूछा—तुम कौन हो ? नवयुवक ने कहा—श्रीमती, मुझे विद्युत सिंह कहते हैं। मैं श्रीमती का आज्ञाकारी सेवक हूँ।

उसके विदा होते ही वायु के उष्ण झोंके चलने लगे। आकाश में एक प्रकाश दृष्टिगोचर हुआ। वह क्षणमात्र में उतर कर तारा कुँवरि के समीप ठहर गया। उसमें से एक ज्वालामुखी मनुष्य ने निकल कर तारा के पदों को चूमा। तारा ने पूछा—तुम कौन हो ? उत्तर दिया—श्रीमती, मेरा नाम अग्निसिंह है। मैं श्रीमती का आज्ञाकारी सेवक हूँ।

वह अभी जाने भी न पाया था कि एकबारगी सारा महल ज्योति से प्रकाशमान हो गया। जान पड़ता था, सैकड़ों बिजलियाँ मिलकर चमक रही हैं। वायु सेवक हो गयी। एक जगमगाता हुआ सिंहासन आकाश पर दीख पड़ा। वह शीघ्रता से पृथ्वी की ओर चला और तारा कुँवरि के पास जा कर ठहर गया। उससे एक प्रकाशमय रूप का बालक, जिसके रूप से गम्भीरता प्रकट होती थी, निकल कर तारा के सामने शिष्ट भाव से खड़ा हो गया। तारा ने पूछा—तुम कौन हो ? बालक ने उत्तर दिया—श्रीमती, मुझे मिस्टर रेडियम कहते हैं। मैं श्रीमती का आज्ञापालक हूँ।

3

धनी लोग तारा के भय से थर्राने लगे। उसके आश्चर्यजक सौंदर्य ने संसार को चकित कर दिया। बड़े-बड़े महीपति उसकी चौखट पर माथा रगड़ने लगे। जिसकी ओर उसकी कृपा-दृष्टि हो जाती, वह अपना अहोभाग्य समझता—सदैव के लिए उसका बेदाम का गुलाम बन जाता।

एक दिन तारा अपनी आनंदवाटिका में टहल रही थी। अचानक किसी के गाने का मनोहर शब्द सुनायी दिया। तारा विक्षिप्त हो गयी। उसके दरबार में संसार के अच्छे-अच्छे गवैये मौजूद थे, पर वह चित्ताकर्षकता, जो इन सुरों में थी, कभी अवगत न हुई थी। तारा ने गायक को बुला भेजा।

एक क्षण के अनंतर वाटिका में एक साधु आया, सिर पर जटाएँ, शरीर में भस्म रमाये। उसके साथ एक टूटा हुआ बीन था। उसी से वह प्रभावशाली स्वर निकलता जो हृदय के अनुरक्त स्वरों से कहीं प्रिय था। साधु आ कर हौज के किनारे बैठ गया। उसने तारा के सामने शिष्ट भाव नहीं दिखाया। आश्चर्य से इधर-उधर

दृष्टि नहीं डाली। उस रमणीय स्थान पर वह अपना सुर अलापने लगा। तारा का चित्त विचलित हो उठा। दिल में अपार अनुराग का संचार हुआ। मदमत्त हो कर टहलने लगी। साधु के सुमनोहर मधुर आलाप से पक्षी मग्न हो गये। पानी में लहरें उठने लगीं। वृक्ष झूमने लगे। तारा ने उन चित्ताकर्षक सुरों से एक चित्र खिंचते हुए देखा। धीरे-धीरे चित्र प्रकट होने लगा। उसमें स्फूर्ति आयी। और तब वह खड़ी हो कर नृत्य करने लगी। तारा चौंक पड़ी। उसने देखा कि यह मेरा ही चित्र है। नहीं, मैं ही हूँ। मैं ही बीन की तान पर नृत्य कर रही हूँ। उसे आश्चर्य हुआ कि मैं संसार की अलभ्य वस्तुओं की रानी हूँ अथवा एक स्वर-चित्र ! वह सिर धुनने लगी और मतवाली हो कर साधु के पैरों से जा लगी। उसकी दृष्टि में एक आश्चर्यजनक परिवर्तन हो गया। सामने के फले-फूले वृक्ष और तरंगें मारता हुआ हौज, और मनोहर कुंज सब लोप हो गये। केवल वही साधु बैठा बीन बजा रहा था, और वह स्वयं उसकी तालों पर थिरक रही थी। वह साधु अब प्रकाशमय तारा और अलौकिक सौंदर्य की मूर्ति बन गया था। जब मधुर आलाप बन्द हुआ तब तारा होश में आयी। उसका चित्त हाथ से जा चुका था। वह उस विलक्षण साधु के हाथों बिक चुकी थी।

तारा बोली—स्वामी जी ! यह महल, यह धन, यह सुख और सौंदर्य सब आपके चरण-कमल पर निछावर है। इस अँधेरे महल को अपने कोमल चरणों से प्रकाशमान कीजिए।

साधु—साँधुओं को महल और धन का क्या काम ? मैं इस घर में नहीं ठहर सकता।

तारा—संसार के सारे सुख आपके लिए उपस्थित हैं।

साधु—मुझे सुखों की कामना नहीं।

तारा—मैं आजीवन आपकी दासी रहूँगी। यह कह कर तारा ने आईने में अपने अलौकिक सौंदर्य की छटा देखी और उसके नेत्रों में चंचलता आ गयी।

साधु—नहीं तारा कुँवरि, मैं इस योग्य नहीं हूँ। यह कह कर साधु ने बीन उठाया और द्वार की ओर चला। तारा का गर्व टूक-टूक हो गया। लज्जा से सिर झुक गया। वह मूर्च्छित हो कर भूमि पर गिर पड़ी। मन में सोचा, मैं धन में, ऐश्वर्य में, सौंदर्य में, जो अपनी समता नहीं रखती, एक साधु की दृष्टि में इतनी तुच्छ !!

4

तारा को अब किसी प्रकार चैन नहीं था। उसे अपना भवन, ऐश्वर्य भयानक मालूम होने लगा। बस, साधु का एक चन्द्रस्वरूप उसकी आँखों में नाच रहा था और उसका स्वर्गीय गान कानों में गूँज रहा था। उसने अपने गुप्तचरों को बुलाया और साधु का पता लगाने की आज्ञा दी। बहुत छानबीन करने के पश्चात् उसकी कुटी का

पता लगा। तारा नित्यप्रति, वायुयान पर बैठ कर साधु के पास जाती। कभी उस पर लाल, जवाहर लुटाती, कभी रत्न और आभूषण की छटा दिखाती। पर, साधु इससे तनिक भी विचलित न हुआ। तारा के मायाजाल का उस पर कुछ भी असर न हुआ।

तब, तारा कुँवरि फिर दुर्गा के मंदिर में गयी और देवी के चरणों पर सिर रख कर बोली—माता, तुमने मुझे संसार के सारे दुर्लभ पदार्थ प्रदान किये। मैंने समझा था कि ऐश्वर्य में संसार को दास बना लेने की शक्ति है। पर मुझे अब ज्ञान हुआ कि प्रेम पर ऐश्वर्य, सौंदर्य और वैभव का कुछ भी अधिकार नहीं। अब एक बार मुझ पर फिर वही कृपादृष्टि हो। कुछ ऐसा कीजिए कि जिस निष्ठुर के प्रेम में मैं मरी जा रही हूँ, उसे भी मुझे देखे बिना चैन न आवे—उसकी आँखों में भी नींद हराम हो जाय, वह भी मेरे प्रेम-मद में चूर हो जाय।

देवी के होंठ खुले। वह मुस्करायी, उसके अधर-पल्लव विकसित हुए। बोली सुनायी दी—तारा, मैं संसार के सारे पदार्थ प्रदान कर सकती हूँ, पर स्वर्गसुख मेरी शक्ति से बाहर है। 'प्रेम' स्वर्गसुख का मूल है।

तारा—माता, संसार के सारे ऐश्वर्य मुझे जंजाल जान पड़ते हैं। बताइए, मैं अपने प्रीतम को कैसे पाऊँगी ?

देवी—उसका एक ही मार्ग है। पर है वह बहुत कठिन। भला, तुम उस पर चल सकोगी ?

तारा—वह कितना ही कठिन हो, मैं उस मार्ग का अवलम्बन अवश्य करूँगी।

देवी—अच्छा तो सुनो, वह सेवा-मार्ग है। सेवा करो, प्रेम सेवा ही से मिल सकता है।

5

तारा ने अपने बहुमूल्य आभूषणों और रंगीन वस्त्रों को उतार दिया। दासियों से विदा हुई। राजभवन को त्याग दिया, अकेले, नंगे पैर साधु की कुटी में चली आयी और सेवा-मार्ग का अवलम्बन किया।

वह कुछ रात रहे उठती। कुटी में झाड़ू देती। साधु के लिए गंगा से जल लाती। जंगलों से पुष्प चुनती। साधु नींद में होते तो वह उन्हें पंखा झलती। जंगली फूल तोड़ लाती और केले के पत्तल बना कर साधु के सम्मुख रखती। साधु नदी में स्नान करने जाया करते थे। तारा रास्ते के कंकड़ चुनती। उसने कुटी के चारों ओर पुष्प लगाये। गंगा से पानी ला कर सींचती। उन्हें हरा-भरा देख कर प्रसन्न होती। उसने मदार की रुई बटोरी, साधु के लिए नर्म गद्दे तैयार किये। अब और कोई कामना न थी। सेवा स्वयं अपना पुरस्कार और फल थी।

तारा को कई-कई दिन उपवास करना पड़ता था। हाथों में गट्ठे पड़ गये। पैर काँटों से छलनी हो गये। धूप से कोमल गात मुरझा गया; पर उसके हृदय में अब स्वार्थ और गर्व का शासन न था।

वहाँ अब प्रेम का राज था; वहाँ अब उसे सेवा की लगन थी—जिससे कलुषता की जगह आनंद का स्रोत बहता है और काँटे पुष्प बन जाते हैं; जहाँ अश्रु-धारा की जगह नेत्रों से अमृतजल की वर्षा होती और दुःख-विलाप की जगह आनंद के राग निकलते हैं, जहाँ के पत्थर रुई से ज्यादा कोमल हैं और शीतल वायु से भी मनोहर। तारा भूल गयी कि मैं सौंदर्य में अद्वितीय हूँ। धन-विलसिनी तारा अब केवल प्रेम की दासी थी।

साधु को वन के खगों और मृगों से प्रेम था। वे कुटी के पास एकत्रित हो जाते। तारा उन्हें पानी पिलाती, दाने चुगाती, गोद लेकर उनका प्यार-दुलार करती। विषधर साँप और भयानक जीव-जंतु उसके प्रेम के प्रभाव से उसके सेवक हो गये।

बहुधा रोगी मनुष्य साधु के पास आशीर्वाद लेने आते थे। तारा रोगियों की सेवा-शुश्रूषा करती, जंगल से जड़ी-बूटियाँ ढूँढ़ लाती। उनके लिए औषधि बनाती, उनके घाव धोती, घावों पर मरहम रखती, रात भर बैठी उन्हें पंखा झलती। साधु के आशीर्वाद को उसकी सेवा प्रभावयुक्त बना देती थी।

इस प्रकार कितने ही वर्ष बीत गये। गर्मी के दिन थे, पृथ्वी तवे की तरह जल रही थी। हरे-भरे वृक्ष सूखे जाते थे। गंगा गर्मी से सिमट गयी थी। तारा को पानी लेने के लिए बहुत दूर रेत में चलना पड़ता। उसका कोमल अंग चूर-चूर हो जाता। जलती हुई रेत में तलवे भुन जाते। इसी दशा में एक दिन वह हताश हो कर एक वृक्ष के नीचे क्षण भर दम लेने के लिए बैठ गयी। उसके नेत्र बंद हो गये। उसने देखा, देवी मेरे सम्मुख खड़ी, कृपादृष्टि से मुझे देख रही है। तारा ने दौड़ कर उनके पदों को चूमा।

देवी ने पूछा—तारा, तेरी अभिलाषा पूरी हुई?

तारा—हाँ माता, मेरी अभिलाषा पूरी हुई।

देवी—तुझे प्रेम मिल गया?

तारा—नहीं माता, मुझे उससे भी उत्तम पदार्थ मिल गया। मुझे प्रेम के हीरे के बदले सेवा का पारस मिल गया। मुझे ज्ञान हुआ कि प्रेम सेवा का चाकर है। सेवा के सामने सिर झुका कर अब मैं प्रेम-भिक्षा नहीं चाहती। अब मुझे किसी दूसरे सुख की अभिलाषा नहीं। सेवा ने मुझे प्रेम, आदर, सुख सबसे निवृत्त कर दिया।

देवी इस बार मुस्करायी नहीं। उसने तारा को हृदय से लगाया और दृष्टि से ओझल हो गयी।

6

संध्या का समय था। आकश में तारे ऐसे चमकते थे जैसे कमल पर पानी की बूँदें। वायु में चित्ताकर्षक शीतलता आ गयी थी। तारा एक वृक्ष के नीचे खड़ी चिड़ियों को दाना चुगाती थी कि यकायक साधु ने आकर उसके चरणों पर सिर झुकाया और बोला—तारा, तुमने मुझे जीत लिया। तुम्हारा ऐश्वर्य, धन और सौंदर्य जो कुछ न कर सका, वह तुम्हारी सेवा ने कर दिखाया। तुमने मुझे अपने प्रेम में आसक्त कर लिया। अब मैं तुम्हारा दास हूँ। बोलो, तुम मुझसे क्या चाहती हो ? तुम्हारे संकेत पर अब मैं अपना योग और वैराग्य सब कुछ न्योछावर कर देने के लिए प्रस्तुत हूँ।

तारा—स्वामी जी, मुझे अब कोई इच्छा नहीं। मैं केवल सेवा की आज्ञा चाहती हूँ।

साधु—मैं दिखा दूँगा कि योग साध कर भी मनुष्य का हृदय निर्जीव नहीं होता। मैं भँवरे के सदृश तुम्हारे सौन्दर्य पर मँडराऊँगा। पपीहे की तरह तुम्हारे प्रेम की रट लगाऊँगा। हम दोनों प्रेम की नौका पर ऐश्वर्य और वैभव-नदी की सैर करेंगे, प्रेम-कुंजों में बैठ कर प्रेम-चर्चा करेंगे, और आनन्द के मनोहर राग गावेंगे।

तारा ने कहा—स्वामी जी, सेवा-मार्ग पर चल कर मैं अब अभिलाषाओं से पूरी हो गयी। अब हृदय में और कोई इच्छा शेष नहीं।

साधु ने इन शब्दों को सुना, तारा के चरणों पर माथा नवाया और गंगा की ओर चल दिया।

शिकारी राजकुमार

मई का महीना और मध्याह्न का समय था। सूर्य की आँखें सामने से हट कर सिर पर जा पहुँची थीं, इसलिए उनमें शील न था। ऐसा विदित होता था, मानो पृथ्वी उसके भय से थर-थर काँप रही थी। ठीक ऐसे ही समय एक मनुष्य एक हिरन के पीछे उन्मत्त भाव से घोड़ा फेंके चला आता था। उसका मुँह लाल हो रहा था और घोड़ा पसीने से लथपथ। किन्तु मृग भी ऐसा भागता था, मानो वायुवेग से जा रहा था। ऐसा प्रतीत होता था कि उसके पद स्पर्श नहीं करते। इसी दौड़ की जीत-हार पर उसका जीवन निर्भर था।

पछुवा हवा बड़े जोर से चल रही थी। ऐसा जान पड़ता था मानो अग्नि और धूल की वर्षा हो रही हो। घोड़े के नेत्र रक्तवर्ण हो रहे थे और अश्वारोही के सारे शरीर का रुधिर उबल-सा रहा था। किंतु मृग का भागना उसे इस बात का अवसर न देता था कि वह अपनी बन्दूक को सम्हाले। कितने ही ऊख के खेत, ढाक के वन और पहाड़ सामने पड़े और तुरन्त ही 'सपने की सम्पत्ति' की भाँति अदृश्य हो गये।

क्रमशः मृग पीछे की ओर मुड़ा। सामने एक नदी का बड़ा ही ऊँचा कगार, दीवार की भाँति खड़ा था। आगे भागने की राह बंद थी, और उस पर से कूदना मानो मृत्यु के मुख में कूदना था। हिरन का शरीर शिथिल पड़ गया। उसने एक करुणा-भरी दृष्टि चारों ओर फेरी। किंतु उसे हर तरफ मृत्यु ही मृत्यु दृष्टिगोचर होती थी। अश्वारोही के लिए इतना समय बहुत था। उसकी बन्दूक से गोली क्या छूटी मानो मृत्यु ने एक महा भयंकर जयध्वनि के साथ अग्नि की एक प्रचंड ज्वाला उगल दी। हिरन भूमि पर लोट गया।

2

मृग पृथ्वी पर पड़ा तड़प रहा था और अश्वारोही की भयंकर और हिंसाप्रिय आँखों से प्रसन्नता की ज्योति निकल रही थी। ऐसा जान पड़ता था कि उसने असाध्य

साधन कर लिया। उसने उस पशु के शव को नापने के बाद उसके सींगों को बड़े ध्यान से देखा और मन ही मन प्रसन्न हो रहा था कि इससे कमरे की सजावट दूनी हो जायेगी और नेत्र सर्वदा उस सजावट का आनन्द सुख से भोगेंगे।

जब तक वह इस ध्यान में मग्न था उसको सूर्य की प्रचंड किरणों का लेशमात्र भी ध्यान न था; किंतु ज्यों ही उसका ध्यान उधर से फिरा, वह उष्णता से विह्वल हो उठा और करुणापूर्ण आँखें नदी की ओर डालीं; लेकिन वहाँ तक पहुँचने का कोई भी मार्ग न देख पड़ा और न कोई वृक्ष ही देख पड़ा, जिसकी छाँह में जरा विश्राम करता।

इसी चिंतावस्था में एक अति दीर्घकाय पुरुष नीचे से उछल कर कगारे के ऊपर आया और अश्वारोही के सम्मुख खड़ा हो गया। अश्वारोही उसको देख बहुत अचंभित हुआ। नवागंतुक एक बहुत ही सुन्दर और हृष्ट-पुष्ट मनुष्य था। मुख के भाव उसके हृदय की स्वच्छता और चरित्र की निर्मलता का पता देते थे। वह बहुत ही दृढ़प्रतिज्ञ, आशा-निराशा तथा भय से बिलकुल बेपरवाह-सा जान पड़ता था।

मृग को देख कर उस संन्यासी ने बड़े स्वाधीन भाव से कहा–राजकुमार, तुम्हें आज बहुत ही अच्छा शिकार हाथ लगा। इतना बड़ा मृग इस सीमा में कदाचित् ही दिखायी पड़ता है।

राजकुमार के अचम्भे की सीमा न रही। उसने देखा कि साधु उसे पहचानता है।

राजकुमार बोला–जी हाँ, मैं भी यही खयाल करता हूँ। मैंने भी आज तक इतना बड़ा हिरन नहीं देखा। लेकिन उसके पीछे आज बहुत हैरान होना पड़ा।

संन्यासी ने दयापूर्वक कहा–निःसंदेह तुम्हें दुःख उठाना पड़ा होगा। तुम्हारा मुख लाल हो रहा है और घोड़ा भी बेदम हो गया है। क्या तुम्हारे संगी बहुत पीछे रह गये ?

इसका उत्तर राजकुमार ने बिलकुल बेपरवाही से दिया, मानो उसे इसकी कुछ भी चिंता न थी।

संन्यासी ने कहा–यहाँ ऐसी कड़ी धूप और आँधी में खड़े तुम कब तक उनकी राह देखोगे ? मेरी कुटी में चल कर जरा विश्राम कर लो। तुम्हें परमात्मा ने ऐश्वर्य दिया है, लेकिन कुछ देर के लिए संन्यासाश्रम का रंग भी देखो और वनस्पतियों और नदी के शीतल जल का स्वाद लो।

यह कह कर संन्यासी ने उस मृग के रक्तमय मृत शरीर को ऐसी सुगमता से उठा कर कंधे पर धर लिया मानो वह एक घास का गट्ठा था, और राजकुमार से कहा–मैं तो प्रायः कगार से ही नीचे उतर जाया करता हूँ, किंतु तुम्हारा घोड़ा सम्भव है, न उतर सके। अतएव एक दिन की राह छोड़ कर छह मास की राह चलेंगे। घाट यहाँ से थोड़ी ही दूर है और वहीं मेरी कुटी है।

राजकुमार संन्यासी के पीछे चला। उसे संन्यासी के शारीरिक बल पर अचम्भा हो रहा था। आध घण्टे तक दोनों चुपचाप चलते रहे। इसके बाद ढालू भूमि मिलनी शुरू हुई और थोड़ी देर में घाट आ पहुँचा। वहीं कदम्बकुंज की घनी छाया में जहाँ सर्वदा मृगों की सभा सुशोभित रहती, नदी की तरंगों का मधुर स्वर सर्वदा सुनायी दिया करता, जहाँ हरियाली पर मयूर थिरकता, कपोतादि पक्षी मस्त हो कर झूमते, लता-द्रुमादि से सुशोभित संन्यासी की एक छोटी-सी कुटी थी।

3

संन्यासी की कुटी हरे-भरे वृक्षों के नीचे सरलता और संतोष का चित्र बन रही थी। राजकुमार की अवस्था वहाँ पहुँचते ही बदल गयी थी। यहाँ की शीतल वायु का प्रभाव उस पर ऐसा पड़ा जैसा मुरझाते हुए वृक्ष पर वर्षा का। उसे आज विदित हुआ कि तृप्ति कुछ स्वादिष्ट व्यंजनों ही पर निर्भर नहीं है और न निद्रा सुनहरे तकियों की ही आवश्यकता रखती है।

शीतल, मंद, सुगंध वायु चल रही थी। सूर्य भगवान् अस्ताचल को पयान करते हुए इस लोक को तृषित नेत्रों से देखते जाते थे और संन्यासी एक वृक्ष के नीचे बैठा हुआ गा रहा था–

उधो कर्मन की गति न्यारी

राजकुमार के कानों में स्वर की भनक पड़ी, उठ बैठा और सुनने लगा। उसने बड़े-बड़े कलावंतों के गाने सुने थे, किंतु आज जैसा आनंद उसे कभी प्राप्त नहीं हुआ था। इस पद ने उसके ऊपर मानो मोहिनी-मंत्र का जाल बिछा दिया, वह बिलकुल बेसुध हो गया। संन्यासी की धुन में कोयल की कूक सरीखी मधुरता थी।

सम्मुख नदी का जल गुलाबी चादर की भाँति प्रतीत होता था। कूलद्वय की रेत चंदन की चौकी-सी दीखती थी। राजकुमार को यह दृश्य स्वर्गीय-सा जान पड़ने लगा। उस पर तैरने वाले जल-जंतु ज्योतिर्मय आत्मा के सदृश देख पड़ते थे, जो गाने का आनंद उठा कर मत्त-से हो गये थे।

जब गाना समाप्त हो गया, राजकुमार जाकर संन्यासी के सामने बैठ गया और भक्तिपूर्वक बोला–महात्मन् ! आपका प्रेम और वैराग्य सराहनीय है। मेरे हृदय पर इसका जो प्रभाव पड़ा है, वह चिरस्थायी रहेगा। यद्यपि सम्मुख प्रशंसा करना सर्वथा अनुचित है, किंतु इतना मैं अवश्य कहूँगा कि आपके प्रेम की गम्भीरता सराहनीय है। यदि मैं गृहस्थी के बंधन में न पड़ा होता, तो आपके चरणों से पृथक् होने का ध्यान स्वप्न में भी न करता।

इसी अनुरागावस्था में राजकुमार कितनी ही ऐसी बातें कह गया, जो कि स्पष्ट रूप से उसके आंतरिक भावों का विरोध करती थीं। संन्यासी मुस्कराकर

बोला—तुम्हारी बातों से मैं बहुत प्रसन्न हूँ। और मेरी उत्कट इच्छा है कि तुमको कुछ ठहराऊँ, किंतु यदि मैं जाने भी दूँ, तो इस सूर्यास्त के समय तुम जा नहीं सकते। तुम्हारा रीवाँ पहुँचना दुष्कर हो जायेगा। तुम जैसे आखेट-प्रिय हो वैसा मैं भी हूँ। हम दोनों को अपने-अपने गुण दिखाने का अच्छा अवसर प्राप्त हुआ है। कदाचित् तुम भय से न रुकते, किंतु शिकार के लालच से अवश्य रहोगे।

राजकुमार को तुरंत ही मालूम हो गया कि जो बातें उन्होंने अभी-अभी संन्यासी से कही थीं, वे बिलकुल ऊपरी और दिखावे की थीं और हार्दिक भाव उनसे प्रकट नहीं हुए थे। आजन्म संन्यासी के समीप रहना तो दूर, वहाँ एक रात बिताना उसको कठिन जान पड़ने लगा। घरवाले उद्विग्न हो जायेंगे और मालूम नहीं क्या सोचेंगे। साथियों की जान संकट में होगी। घोड़ा बेदम हो रहा है। उस पर चालीस मील जाना बहुत ही कठिन और बड़े साहस का काम है। लेकिन यह महात्मा शिकार खेलते हैं—यह बड़ी अजीब बात है। कदाचित् यह वेदांती हैं, ऐसे वेदांती जो जीवन और मृत्यु मनुष्य के हाथ नहीं मानते। इनके साथ शिकार में बड़ा आनंद आवेगा।

यह सब सोच-विचार कर उन्होंने संन्यासी का आतिथ्य स्वीकार किया, उन्हें धन्यवाद दिया और अपने भाग्य की प्रशंसा की, जिसने उन्हें कुछ काल तक और साधु-संग से लाभ उठाने का अवसर दिया।

4

रात दस बजे का समय था। घनी अँधियारी छायी हुई थी। संन्यासी ने कहा—अब हमारे चलने का समय हो गया है।

राजकुमार पहले ही से प्रस्तुत था ! बंदूक कंधे पर रख कर बोला—इस अंधकार में शूकर अधिकतर मिलेंगे; किंतु ये पशु बड़े भयानक हैं।

संन्यासी ने एक सोटा हाथ में लिया और कहा—कदाचित् इससे भी अच्छे शिकार हाथ आवें। मैं जब अकेला जाता हूँ, तो कभी खाली नहीं लौटता। आज तो हम दो हैं।

दोनों शिकारी नदी के तट पर नालों और रेतों के टीलों को पार करते और झाड़ियों से अटकते चुपचाप चले जा रहे थे। एक ओर श्यामवर्ण नदी थी, जिसमें नक्षत्रों का प्रतिबिम्ब नाचता दिखायी देता था और लहरें गान कर रही थीं। दूसरी ओर घनघोर अंधकार, जिसमें कभी-कभी केवल खद्योतों के चमकने से एक क्षण स्थायी प्रकाश फैल जाता था। मालूम होता था कि वे भी अँधेरे में निकलने से डरते हैं।

ऐसी अवस्था में कोई एक घंटा चलने के बाद वह एक ऐसे स्थान पर पहुँचे,

जहाँ एक ऊँचे टीले पर घने वृक्षों के नीचे आग जलती दिखायी पड़ी। उसी समय इन लोगों को मालूम हुआ कि संसार में इनके अतिरिक्त और भी कई वस्तुएँ हैं।

संन्यासी ने ठहरने का संकेत किया। दोनों एक पेड़ की ओट में खड़े हो कर ध्यानपूर्वक देखने लगे। राजकुमार ने बंदूक भर ली। टीले पर एक बड़ा छायादार वट-वृक्ष था। उसी के नीचे अंधकार में दस-बारह मनुष्य अस्त्र-शस्त्रों से सुसज्जित मिर्जई पहने चरस का दम लगा रहे थे। इनमें से प्रायः सभी लम्बे थे। सभी के सीने चौड़े और सभी हृष्ट-पुष्ट। मालूम होता था कि सैनिकों का एक दल विश्राम कर रहा है।

राजकुमार ने कहा—यह लोग शिकारी हैं ? संन्यासी ने धीरे से कहा—बड़े शिकारी हैं। ये राह चलते यात्रियों का शिकार करते हैं। ये बड़े भयानक हिंस्र पशु हैं; इनके अत्याचार से गाँव के गाँव बर्बाद हो गये और जितनों को इन्होंने मारा है, उनका हिसाब परमात्मा ही जानता है। यदि आपको शिकार करना हो तो इनका शिकार कीजिए। ऐसा शिकार आप बहुत प्रयत्न करने पर भी नहीं पा सकते। यही पशु हैं, जिन पर आपको शस्त्रों का प्रहार करना उचित है। राजाओं और अधिकारियों के शिकार यही हैं। इससे आपका नाम और यश फैलेगा।

राजकुमार के जी में आया कि दो-एक को मार डालें, किंतु संन्यासी ने रोका और कहा—इन्हें छेड़ना ठीक नहीं। अगर यह कुछ उपद्रव न करें, तो भी बच कर निकल जायेंगे। आगे चलो, सम्भव है कि इससे भी अच्छे शिकार हाथ आवें।

तिथि सप्तमी थी। चंद्रमा भी उदय हो गया। इन लोगों ने नदी का किनारा छोड़ दिया था। जंगल भी पीछे रह गया था। सामने एक कच्ची सड़क दिखायी पड़ी और थोड़ी देर में कुछ बस्ती भी देख पड़ने लगी। संन्यासी एक विशाल प्रासाद के सामने आ कर रुक गये और राजकुमार से बोले—आओ, इस मौलसरी के वृक्ष पर बैठें। परन्तु देखो, बोलना मत। नहीं तो दोनों की जान के लाले पड़ जायेंगे। इसमें एक बड़ा भयानक हिंस्र जीव रहता है, जिसने अनगिनत जीवधारियों का वध किया है। कदाचित् हम लोग आज इसको संसार से मुक्त कर दें।

राजकुमार बहुत प्रसन्न हुआ। सोचने लगा, चलो, रात भर की दौड़ें तो सुफल हुईं। दोनों मौलसरी पर चढ़ कर बैठ गये। राजकुमार ने अपनी बंदूक सँभाल ली। और शिकार की, जिसे वह तेंदुआ समझे हुए था, बाट देखने लगा।

रात आधी से अधिक व्यतीत हो चुकी थी। यकायक महल के समीप कुछ हलचल मालूम हुई और बैठक के द्वार खुल गये। मोमबत्तियों के जलाने से सारा हाता प्रकाशमान हो गया। कमरे के हर कोने में सुख की सामग्री दिखायी दे रही थी। बीच में एक हृष्ट-पुष्ट मनुष्य गले में रेशमी चादर डाले, माथे पर केसर का अर्ध लम्बाकार तिलक लगाये, मसनद के सहारे बैठा सुनहरी मुँहनाल से लच्छेदार धुआँ फेंक रहा था। इतने ही में उन्होंने देखा कि नर्तकियों के दल के दल चले

आ रहे हैं। उनके हाव-भाव व कटाक्ष के शर चलने लगे। समाजियों ने सुर मिलाया। गाना आरम्भ हुआ और साथ ही साथ मद्यपान भी चलने लगा।

राजकुमार ने अचंभित हो कर पूछा—यह तो कोई बहुत बड़ा रईस जान पड़ता है ?

संन्यासी ने उत्तर दिया—नहीं, यह रईस नहीं हैं, एक बड़े मंदिर के महंत हैं, साधु हैं। संसार का त्याग कर चुके हैं। सांसारिक वस्तुओं की ओर आँख नहीं उठाते, पूर्ण ब्रह्मज्ञान की बातें करते हैं। यह सब सामान इनकी आत्मा की प्रसन्नता के लिए है। इंद्रियों को वश में किये हुए इन्हें बहुत दिन हुए। सहस्रों सीधे-सादे मनुष्य इन पर विश्वास करते हैं। इनको अपना देवता समझते हैं—यदि आप शिकार करना चाहते हैं तो इनका कीजिए। यही राजाओं और अधिकारियों के शिकार हैं। ऐसे रँगे हुए सियारों से संसार को मुक्त करना आपका परम धर्म है। इससे आपकी प्रजा का हित होगा तथा आपका नाम और यश फैलेगा।

5

दोनों शिकारी नीचे उतरे। संन्यासी ने कहा—अब रात अधिक बीत चुकी है। तुम बहुत थक गये होंगे। किंतु राजकुमारों के साथ आखेट करने का अवसर मुझे बहुत कम प्राप्त होता है। अतएव एक शिकार का पता और लगा कर तब लौटेंगे।

राजकुमार को इन शिकारों में सच्चे उपदेश का सुख प्राप्त हो रहा था। बोला—स्वामी जी, थकने का नाम न लीजिए। यदि मैं वर्षों आपकी सेवा में रहता तो और न जाने कितने ऐसे आखेट करना सीख जाता !

दोनों फिर आगे बढ़े। अब रास्ता स्वच्छ और चौड़ा था। हाँ, सड़क कदाचित् कच्ची ही थी। सड़क के दोनों ओर वृक्षों की पंक्तियाँ थीं। किसी-किसी आम्र वृक्ष के नीचे रखवाले सो रहे थे। घंटे भर बाद दोनों शिकारियों ने एक ऐसी बस्ती में प्रवेश किया, जहाँ की सड़कों, लालटेनों और अट्टालिकाओं से मालूम होता था कि कोई बड़ा नगर है। संन्यासी जी एक विशाल भवन के सामने एक वृक्ष के नीचे ठहर गये और राजकुमार से बोले—यह सरकारी कचहरी है। यहाँ राज्य का एक बड़ा कर्मचारी रहता है। उसे सूबेदार कहते हैं। इसकी कचहरी दिन को भी लगती है और रात को भी। यहाँ न्याय सुवर्ण और रत्नादिकों के मोल बिकता है। यहाँ की न्यायप्रियता द्रव्य पर निर्भर है। धनवान दरिद्रों को पैरों तले कुचलते हैं और उनकी गोहार कोई भी नहीं सुनता।

यही बातें हो रही थीं कि यकायक कोठे पर दो आदमी दिखलायी पड़े। दोनों शिकारी वृक्ष की ओट में छिप गये। संन्यासी ने कहा—शायद सूबेदार साहब कोई मामला तय कर रहे हैं।

ऊपर से आवाज आयी, तुमने एक विधवा स्त्री की जायदाद ले ली है, मैं इसे भली-भाँति जानता हूँ। यह कोई छोटा मामला नहीं है। इसमें एक सहस्र से कम पर मैं बातचीत करना नहीं चाहता।

राजकुमार में इससे अधिक सुनने की शक्ति न रही। क्रोध के मारे नेत्र लाल हो गये। यही जी चाहता था कि इस निर्दयी का अभी वध कर दें; किंतु संन्यासी जी ने रोका। बोले—आज इस शिकार का समय नहीं है। यदि आप ढूँढ़ेंगे तो ऐसे शिकार बहुत मिलेंगे। मैंने इनके कुछ ठिकाने बतला दिये हैं। अब प्रातःकाल होने में अधिक विलम्ब नहीं है। कुटी अभी यहाँ से दस मील होगी। आइए, शीघ्र चलें।

6

दोनों शिकारी तीन बजते-बजते फिर कुटी में लौट आये। उस समय बड़ी सुहावनी रात थी। शीतल समीर ने हिला-हिला कर वृक्षों और पत्तों की निद्रा भंग करना आरम्भ कर दिया था।

आध घंटे में राजकुमार तैयार हो गये। संन्यासी को अपना विश्वास और कृतज्ञता प्रकट करते हुए उनके चरणों पर अपना मस्तक नवाया और घोड़े पर सवार हो गये।

संन्यासी ने उनकी पीठ पर कृपापूर्वक हाथ फेरा। आशीर्वाद दे कर बोले—राजकुमार, तुमसे भेंट होने से मेरा चित्त बहुत प्रसन्न हुआ। परमात्मा ने तुम्हें अपनी सृष्टि पर राज करने हेतु जन्म दिया है। तुम्हारा धर्म है कि सदा प्रजापालक बनो। तुम्हें पशुओं का वध करना उचित नहीं। इन दीन पशुओं के वध करने में कोई बहादुरी नहीं, कोई साहस नहीं। सच्चा साहस और सच्ची बहादुरी दीनों की रक्षा और उनकी सहायता करने में है। विश्वास मानो, जो मनुष्य केवल चित्त-विनोदार्थ जीव-हिंसा करता है, वह निर्दयी घातक से भी कठोर-हृदय है। वह घातक के लिए जीविका है, किंतु शिकारी के लिए केवल दिल बहलाने का एक सामान। तुम्हारे लिए ऐसे शिकारों की आवश्यकता है, जिससे तुम्हारी प्रजा को सुख पहुँचे। निःशब्द पशुओं का वध न करके तुमको उन हिसंकों के पीछे दौड़ना चाहिए, जो धोखाधड़ी से दूसरों का वध करते हैं। ऐसे आखेट करो जिससे तुम्हारी आत्मा को शांति मिले। तुम्हारी कीर्ति संसार में फैले। तुम्हारा काम वध करना नहीं, जीवित रखना है। यदि वध करो तो केवल जीवित रखने के लिए। यही तुम्हारा धर्म है। जाओ, परमात्मा तुम्हारा कल्याण करें।

बलिदान

मनुष्य की आर्थिक अवस्था का सबसे ज्यादा असर उसके नाम पर पड़ता है। मौजे बेला के मँगरू ठाकुर जब से कान्सटिबिल हो गये हैं, उनका नाम मंगलसिंह हो गया है। अब उन्हें कोई मँगरू कहने का साहस नहीं कर सकता। कल्लू अहीर ने जब से हलके के थानेदार साहब से मित्रता कर ली है और गाँव का मुखिया हो गया है, उसका नाम कालिकादीन हो गया है। अब उसे कोई कल्लू कहे तो आँखें लाल-पीली करता है। इसी प्रकार हरखचंद्र कुरमी अब हरखू हो गया है। आज से बीस साल पहले उसके यहाँ शक्कर बनती थी, कई हल की खेती होती थी और कारोबार खूब फैला हुआ था। लेकिन विदेशी शक्कर की आमद ने उसे मटियामेट कर दिया। धीरे-धीरे कारखाना टूट गया, जमीन टूट गयी, गाहक टूट गये और वह भी टूट गया। सत्तर वर्ष का बूढ़ा, जो एक तकियेदार माचे पर बैठा हुआ नारियल पिया करता था, अब सिर पर टोकरी लिए खाद फेंकने जाता है। परंतु उसके मुख पर भी एक प्रकार की गंभीरता, बातचीत में अब भी एक प्रकार की अकड़, चाल-ढाल में अब भी एक प्रकार का स्वाभिमान भरा हुआ है। इन पर काल की गति का प्रभाव नहीं पड़ा। रस्सी जल गयी, पर बल नहीं टूटा। भले दिन मनुष्य के चरित्र पर, सदैव के लिए अपना चिह्न छोड़ जाते हैं। हरखू के पास अब केवल पाँच बीघा जमीन है। केवल दो बैल हैं। एक हल की खेती होती है।

लेकिन पंचायतों में, आपस की कलह में, उसकी सम्मति अब भी सम्मान की दृष्टि से देखी जाती है। वह जो बात कहता है, बेलाग कहता है और गाँव के अनपढ़े उसके सामने मुँह नहीं खोल सकते।

हरखू ने अपने जीवन में कभी दवा नहीं खायी। वह बीमार जरूर पड़ता, कुआर मास में मलेरिया से कभी न बचता था। लेकिन दस-पाँच दिन में वह बिना दवा खाये ही चंगा हो जाता था। इस वर्ष भी कार्तिक में बीमार पड़ा और यह समझ कर कि अच्छा तो हो ही जाऊँगा, उसने कुछ परवा न की। परंतु अब की ज्वर मौत का परवाना ले कर चला था। एक सप्ताह बीता, दूसरा सप्ताह बीता, पूरा महीना बीत गया; पर हरखू चारपाई से न उठा। अब उसे दवा की जरूरत मालूम

हुई। उसका लड़का गिरधारी, कभी नीम की सींकें पिलाता, कभी गुर्च का सत, कभी गदापूरना की जड़; पर इन औषधियों से कोई फायदा न होता था। हरखू को विश्वास हो गया कि अब संसार से चलने के दिन आ गये।

एक दिन मंगलसिंह उसे देखने गये, बेचारा टूटी खाट पर पड़ा राम-राम जप रहा था। मंगलसिंह ने कहा—बाबा, बिना दवा खाये अच्छे न होंगे; कुनैन क्यों नहीं खाते ? हरखू ने उदासीन भाव से कहा—तो लेते आना।

दूसरे दिन कालिकादीन ने आ कर कहा—बाबा, दो-चार दिन कोई दवा खा लो। अब तुम्हारी जवानी की देह थोड़े ही है कि बिना दवा-दर्पन के अच्छे हो जाओगे।

हरखू ने उसी मंद भाव से कहा—तो लेते आना। लेकिन रोगी को देख आना एक बात है, दवा ला कर उसे देना दूसरी बात है। पहली बात शिष्टाचार से होती है, दूसरी सच्ची समवेदना से। न मंगलसिंह ने खबर ली, न कालिकादीन ने, न किसी तीसरे ही ने। हरखू दालान में खाट पर पड़ा रहता। मंगलसिंह कभी नजर आ जाते तो कहता—भैया, वह दवा नहीं लाये ? मंगलसिंह कतराकर निकल जाते। कालिकादीन दिखायी देते तो उनसे भी यही प्रश्न करता; लेकिन वह भी नजर बचा लेते। या तो उसे यह सूझता ही नहीं था कि दवा पैसों के बिना नहीं आती, या वह पैसों को जान से भी प्रिय समझता था, अथवा वह जीवन से निराश हो गया था। उसने कभी दवा के दाम की बात नहीं की। दवा न आयी। उसकी दशा दिनोंदिन बिगड़ती गयी। यहाँ तक कि पाँच महीने कष्ट भोगने के बाद उसने ठीक होली के दिन शरीर त्याग दिया। गिरधारी ने उसका शव बड़ी धूमधाम से निकाला। क्रियाकर्म बड़े हौसले से किया। कई गाँव के ब्राह्मणों को निमंत्रित किया।

बेला में होली न मनायी गयी, न अबीर और गुलाल उड़ी, न डफली बजी, न भंग की नालियाँ बहीं। कुछ लोग मन में हरखू को कोसते जरूर थे कि इस बुड्ढे को आज ही मरना था, दो-चार दिन बाद मरता।

लेकिन इतना निर्लज्ज कोई न था कि शोक में आनंद मनाता। वह शहर नहीं था, जहाँ कोई किसी के काम में शरीक नहीं होता, जहाँ पड़ोसी के रोने-पीटने की आवाज हमारे कानों तक नहीं पहुँचती।

2

हरखू के खेत गाँववालों की नजर पर चढ़े हुए थे। पाँचों बीघा जमीन कुएँ के निकट, खाद-पाँस से लदी हुई, मेड़ बाँध से ठीक थी। उसमें तीन-तीन फसलें पैदा होती थीं। हरखू के मरते ही उन पर चारों ओर से धावे होने लगे। गिरधारी तो क्रिया-कर्म में फँसा हुआ था। उधर गाँव के मनचले किसान लाला ओंकारनाथ को चैन न लेने देते थे, नजराने की बड़ी-बड़ी रकमें पेश हो रही थीं। कोई साल भर का लगान

पेशगी देने पर तैयार था, कोई नजराने की दूनी रकम का दस्तावेज लिखने पर तुला हुआ था; लेकिन ओंकारनाथ सबको टालते रहते थे। उनका विचार था कि गिरधारी का हक सबसे ज्यादा है। वह अगर दूसरों से कम भी नजराना दे तो खेत उसी को देने चाहिए। अस्तु, जब गिरधारी क्रिया-कर्म से निवृत्त हो गया और चैत का महीना भी समाप्त होने आया, तब जमींदार साहिब ने गिरधारी को बुलाया और उससे पूछा—खेतों के बारे में क्या कहते हो ? गिरधारी ने रो कर कहा—उन्हीं खेतों ही का आसरा, जोतूँगा नहीं तो क्या करूँगा।

ओंकारनाथ—नहीं, जरूर जोतो, खेत तुम्हारे हैं। मैं तुमसे छोड़ने को नहीं कहता हूँ। हरखू ने उन्हें बीस साल तक जोता। उन पर तुम्हारा हक है। लेकिन तुम देखते हो अब जमीन की दर कितनी बढ़ गयी है। तुम आठ रुपये बीघे पर जोतते थे, मुझे 10 रु. मिल रहे हैं। और नजराने के रुपये सौ अलग। तुम्हारे साथ रिआयत करके लगान वही रखता हूँ; पर नजराने के रुपये तुम्हें देने पड़ेंगे।

गिरधारी—सरकार, मेरे घर में तो इस समय रोटियों का भी ठिकाना नहीं है। इतने रुपये कहाँ से लाऊँगा ? जो कुछ जमा-जथा थी, दादा के काम में उठ गयी। अनाज खलिहान में है। लेकिन दादा के बीमार हो जाने से उपज भी अच्छी नहीं हुई है। रुपये कहाँ से लाऊँ ?

ओंकारनाथ—यह सच है, लेकिन मैं इससे ज्यादा रिआयत नहीं कर सकता।

गिरधारी—नहीं सरकार, ऐसा न कहिए। नहीं तो हम बिना मारे मर जायेंगे। आप बड़े होकर कहते हैं तो मैं बैल-बधिया बेच कर पचास रुपया कर सकता हूँ। इससे बेशी की हिम्मत नहीं पड़ती।

ओंकारनाथ चिढ़ कर बोले—तुम समझते होगे कि हम ये रुपये लेकर अपने घर में रख लेते हैं और चैन की बंशी बजाते हैं। लेकिन हमारे ऊपर जो कुछ गुजरती है, हमीं जानते हैं। कहीं यह चंदा, कहीं वह इनाम। इनके मारे कचूमर निकल जाता है। बड़े दिन में सैकड़ों रुपये डालियों में उड़ जाते हैं। जिसे डाली न दो, वही मुँह फुलाता है। जिन चीजों के लिए लड़के तरस कर रह जाते हैं, उन्हें बाहर से मँगा कर डालियों में सजाता हूँ। उस पर कभी कानूनगो आ गये, कभी तहसीलदार, कभी डिप्टी साहब का लश्कर आ गया। सब मेरे मेहमान होते हैं। अगर न करूँ तो नक्कू बनूँ और सबकी आँखों में काँटा बन जाऊँ। साल में हजार-बारह सौ मोदी को इस रसद खुराक की मद में देने पड़ते हैं। यह सब कहाँ से आवे ? बस, यही जी चाहता है कि छोड़ कर निकल जाऊँ लेकिन हमें तो परमात्मा ने इसलिए बनाया है कि एक से रुपया सता कर लें और दूसरे को रो-रो कर दें, यही हमारा काम है। तुम्हारे साथ इतनी रिआयत कर रहा हूँ। लेकिन तुम इतनी रिआयत पर भी खुश नहीं होते तो हरि इच्छा। नजराने में एक पैसे की भी रिआयत न होगी।

अगर एक हफ्ते के अंदर रुपये दाखिल करोगे तो खेत जोतने पाओगे, नहीं तो नहीं; मैं कोई दूसरा प्रबन्ध कर दूँगा।

3

गिरधारी उदास और निराश हो कर घर आया। 100 रु. का प्रबंध करना उसके काबू के बाहर था। सोचने लगा–अगर दोनों बैल बेच दूँ तो खेत ही ले कर क्या करूँगा ? घर बेचूँ तो यहाँ लेनेवाला ही कौन है ? और फिर बाप-दादों का नाम डूबता है। चार-पाँच पेड़ हैं, लेकिन उन्हें बेच कर 25 रु. या 30 रु. से अधिक न मिलेंगे। उधार लूँ तो देता कौन है ? अभी बनिये के 50 रु. सिर पर चढ़े हैं। वह एक पैसा भी न देगा। घर में गहने भी तो नहीं हैं। नहीं, उन्हीं को बेचता। ले-दे कर एक हँसली बनवायी थी, वह भी बनिये के घर पड़ी हुई है। साल भर हो गया, छुड़ाने की नौबत न आयी। गिरधारी और उसकी स्त्री सुभागी दोनों ही इसी चिंता में पड़े रहते, लेकिन कोई उपाय न सूझता था। गिरधारी को खाना-पीना अच्छा न लगता, रात को नींद न आती। खेतों के निकलने का ध्यान आते ही उसके हृदय में हूक-सी उठने लगती। हाय ! वह पवित्र भूमि जिसे हमने वर्षों जोता, जिसे खाद से पाटा, जिसमें मेड़ें रक्खीं, जिसकी मेड़ें बनायीं उसका मजा अब दूसरा उठायेगा।

ये खेत गिरधारी के जीवन के अंश हो गये थे। उनकी एक-एक अंगुल भूमि उसके रक्त से रँगी हुई थी ! उनका एक-एक परमाणु उसके पसीने से तर हो गया था।

उनके नाम उसकी जिह्वा पर उसी तरह आते थे, जिस तरह अपने तीनों बच्चों के। कोई चौबीसों था, कोई बाइसों था, कोई नालेवाला, कोई तलैयावाला। इन नामों के स्मरण होते ही खेतों का चित्र उसकी आँखों के सामने खिंच जाता था। वह इन खेतों की चर्चा इस तरह करता मानो वे सजीव हैं। मानो उसके भले-बुरे के साथी हैं। उसके जीवन की सारी आशाएँ, सारी इच्छाएँ, सारे मनसूबे, सारी मन की मिठाइयाँ, सारे हवाई किले इन्हीं खेतों पर अवलम्बित थे। इनके बिना वह जीवन की कल्पना ही नहीं कर सकता था। और वे ही अब हाथ से निकले जाते हैं। वह घबड़ाकर घर से निकल जाता और घंटों उन्हीं खेतों की मेड़ों पर बैठा हुआ रोता, मानो उनसे विदा हो रहा हो। इस तरह एक सप्ताह बीत गया और गिरधारी रुपये का कोई बंदोबस्त न कर सका। आठवें दिन उसे मालूम हुआ कि कालिकादीन ने 100 रुपये नजराने देकर 10 रु. बीघे पर खेत ले लिए। गिरधारी ने एक ठंडी साँस ली। एक क्षण बाद वह अपने दादा का नाम ले कर बिलख-बिलख रोने लगा। उस दिन घर में चूल्हा नहीं जला। ऐसा मालूम होता था मानो हरखू आज ही मरा।

4

लेकिन सुभागी यों चुपचाप बैठनेवाली स्त्री न थी। वह क्रोध से भरी हुई कालिकादीन के घर गयी और उसकी स्त्री को खूब लथेड़ा—कल का बानी आज का सेठ, खेत जोतने चले हैं। देखें, कौन मेरे खेत में हल ले जाता है ? अपना और उसका लोहू एक कर दूँ। पड़ोसियों ने उसका पक्ष लिया, सब तो हैं, आपस में यह चढ़ा-ऊपरी नहीं करना चाहिए। नारायण ने धन दिया, तो क्या गरीबों को कुचलते फिरेंगे। सुभागी ने समझा, मैंने मैदान मार लिया। उसका चित्त शांत हो गया। किंतु वही वायु जो पानी में लहरें पैदा करती है, वृक्षों को जड़ से उखाड़ डालती है। सुभागी तो पड़ोसियों की पंचायत में अपने दुखड़े रोती और कालिकादीन की स्त्री से छेड़-छेड़ लड़ती। इधर गिरधारी अपने द्वार पर बैठा हुआ सोचता, अब मेरा क्या हाल होगा ? अब यह जीवन कैसे कटेगा ? ये लड़के किसके द्वार पर जायेंगे ? मजदूरी का विचार करते ही उसका हृदय व्याकुल हो जाता। इतने दिनों तक स्वाधीनता और सम्मान का सुख भोगने के बाद अधम चाकरी की शरण लेने के बदले वह मर जाना अच्छा समझता था। वह अब तक गृहस्थ था, उसकी गणना गाँव के भले आदमियों में थी, उसे गाँव के मामले में बोलने का अधिकार था। उसके घर में धन न था, पर मान था। नाई, बढ़ई, कुम्हार, पुरोहित, भाट, चौकीदार, ये सब उसका मुँह ताकते थे। अब यह मर्यादा कहाँ ! अब कौन उसकी बात पूछेगा ! कौन उसके द्वार पर आवेगा ? अब उसे किसी के बराबर बैठने का, किसी के बीच में बोलने का हक नहीं रहा। अब उसे पेट के लिए दूसरों की गुलामी करनी पड़ेगी। अब पहर रात रहे कौन बैलों को नाँद में लगावेगा। वह दिन अब कहाँ, जब गीत गा-गा कर हल चलाता था। चोटी का पसीना एड़ी तक आता था, पर जरा भी थकावट न आती थी। अपने लहलहाते हुए खेतों को देख कर फूला न समाता था। खलिहान में अनाज का ढेर सामने रक्खे अपने को राजा समझता था। अब अनाज के टोकरे भर-भर कर कौन लावेगा ?

अब खत्ते कहाँ ? बखार कहाँ ? यही सोचते-सोचते गिरधारी की आँखों से आँसू की झड़ी लग जाती थी। गाँव के दो-चार सज्जन, जो कालिकादीन से जलते थे, कभी-कभी गिरधारी को तसल्ली देने आया करते थे, पर वह उनसे भी खुल कर न बोलता। उसे मालूम होता था कि मैं सबकी नजर में गिर गया हूँ।

अगर कोई समझाता कि तुमने क्रिया-कर्म में व्यर्थ इतने रुपये उड़ा दिये, तो उसे बहुत दुःख होता। वह अपने उस काम पर जरा भी न पछताता। मेरे भाग्य में जो लिखा है वह होगा; पर दादा के ऋण से तो उऋण हो गया। उन्होंने अपनी जिंदगी में चार बार खिला कर खाया। क्या मरने के पीछे उन्हें पिंडे-पानी को तरसाता।

इस प्रकार तीन मास बीत गये और असाढ़ आ पहुँचा। आकाश में घटाएँ

आयीं, पानी गिरा, किसान हल-जुए ठीक करने लगे। बढ़ई हलों की मरम्मत करने लगा। गिरधारी पागल की तरह कभी घर के भीतर जाता, कभी बाहर आता, अपने हलों को निकाल-निकाल देखता; उसकी मुठिया टूट गयी है, इसकी फाल ढीली हो गयी है, जुए में सैला नहीं है। यह देखते-देखते वह एक क्षण अपने को भूल गया। दौड़ा हुआ बढ़ई के यहाँ गया और बोला—रज्जू मेरे हल भी बिगड़े हुए हैं, चलो बना दो। रज्जू ने उसकी ओर करुणाभाव से देखा और अपना काम करने लगा। गिरधारी को होश आ गया, नींद से चौंक पड़ा, ग्लानि से उसका सिर झुक गया, आँखें भर आयीं। चुपचाप घर चला आया।

गाँव के चारों ओर हलचल मची हुई थी। कोई सन के बीज खोजता फिरता था, कोई जमींदार के चौपाल से धान के बीज लिये आता था, कहीं सलाह होती थी, किस खेत में क्या बोना चाहिए, कहीं चर्चा होती थी कि पानी बहुत बरस गया, दो-चार दिन ठहर कर बोना चाहिए। गिरधारी ये बातें सुनता और जलहीन मछली की तरह तड़पता था।

5

एक दिन सन्ध्या समय गिरधारी खड़ा अपने बैलों को खुजला रहा था कि मंगलसिंह आये और इधर-उधर की बातें करके बोले—गोईं को बाँध कर कब तक खिलाओगे ? निकाल क्यों नहीं देते ? गिरधारी ने मलिन-भाव से कहा—हाँ, कोई गाहक आवे तो निकाल दूँ।

मंगलसिंह—एक गाहक तो हमीं हैं, हमीं को दे दो।

गिरधारी अभी कुछ उत्तर न देने पाया था कि तुलसी बनिया आया और गरज कर बोला—गिरधर, तुम्हें रुपये देने हैं कि नहीं वैसा कहो। तीन महीने से हीला-हवाला करते चले आते हो। अब कौन खेती करते हो कि तुम्हारी फसल को अगोरे बैठे रहें।

गिरधारी ने दीनता से कहा—साह, जैसे इतने दिनों माने हो आज और मान जाओ। कल तुम्हारी एक-एक कौड़ी चुका दूँगा।

मंगल और तुलसी ने इशारे से बातें कीं और तुलसी भुनभुनाता हुआ चला गया। तब गिरधारी मंगलसिंह से बोला—तुम इन्हें ले लो तो घर के घर ही में रह जाय। कभी-कभी आँख से देख तो लिया करूँगा।

मंगल—मुझे अभी तो ऐसा कोई काम नहीं, लेकिन घर पर सलाह करूँगा।

गिरधारी—मुझे तुलसी के रुपये देने हैं, नहीं तो खिलाने को तो भूसा है।

मंगल—यह बड़ा बदमाश है, कहीं नालिश न कर दे।

सरल हृदय गिरधारी धमकी में आ गया। कार्य-कुशल मंगलसिंह को सस्ता

सौदा करने का यह अच्छा सुअवसर मिला। 80 रु. की जोड़ी 60 रु. में ठीक कर ली।

गिरधारी ने अब बैलों को न जाने किस आशा से बाँध कर खिलाया था। आज आशा का वह कल्पित सूत्र भी टूट गया। मंगलसिंह गिरधारी की खाट पर बैठे रुपये गिन रहे थे और गिरधारी बैलों के पास विषादमय नेत्रों से उनके मुँह की ओर ताक रहा था। आह ! यह मेरे खेतों के कमाने वाले, मेरे जीवन के आधार, मेरे अन्नदाता, मेरी मान-मर्यादा की रक्षा करनेवाले, जिनके लिए पहर रात से उठ कर छाँटी काटता था, जिनके खली-दाने की चिंता अपने खाने से ज्यादा रहती थी, जिनके लिए सारा घर दिन भर हरियाली उखाड़ा करता था। ये मेरी आशा की दो आँखें, मेरे इरादे के दो तारे, मेरे अच्छे दिनों के दो चिह्न, मेरे दो हाथ, अब मुझसे विदा हो रहे हैं।

जब मंगलसिंह ने रुपये गिन कर रख दिये और बैलों को ले चले तब गिरधारी उनके कंधों पर सिर रख कर खूब फूट-फूट कर रोया। जैसे कन्या मायके से विदा होते समय माँ-बाप के पैरों को नहीं छोड़ती, उसी तरह गिरधारी इन बैलों को न छोड़ता था। सुभागी भी दालान में खड़ी रो रही थी और छोटा लड़का मंगलसिंह को एक बाँस की छड़ी से मार रहा था।

रात को गिरधारी ने कुछ नहीं खाया। चारपाई पर पड़ा रहा ! प्रातःकाल सुभागी चिलम भर कर ले गयी तो वह चारपाई पर न था। उसने समझा कहीं गये होंगे। लेकिन जब दो-तीन घड़ी दिन चढ़ आया और वह न लौटा तो उसने रोना-धोना शुरू किया। गाँव के लोग जमा हो गये, चारों ओर खोज होने लगी, पर गिरधारी का पता न चला।

6

संध्या हो गयी। अँधेरा छा रहा था। सुभागी ने दीया जला कर गिरधारी के सिरहाने रख दिया था और बैठी द्वार की ओर ताक रही थी कि सहसा उसे पैरों की आहट मालूम हुई। सुभागी का हृदय धड़क उठा। वह दौड़ कर बाहर आयी, और इधर-उधर ताकने लगी। उसने देखा कि गिरधारी बैलों की नाद के पास सिर झुकाये खड़ा है।

सुभागी बोल उठी—घर आओ, वहाँ खड़े क्या कर रहे हो, आज सारे दिन कहाँ रहे ? यह कहते हुए वह गिरधारी की ओर चली। गिरधारी ने कुछ उत्तर न दिया। वह पीछे हटने लगा और थोड़ी दूर जाकर गायब हो गया। सुभागी चिल्लायी और मूर्च्छित होकर गिर पड़ी।

दूसरे दिन कालिकादीन हल ले कर अपने खेत पर पहुँचे, अभी कुछ अँधेरा

था। बैलों को हल में लगा रहे थे कि यकायक उन्होंने देखा कि गिरधारी खेत की मेड़ पर खड़ा है, वही मिर्जई, वही पगड़ी, वही सोंटा।

कालिकादीन ने कहा—अरे गिरधारी ! मरदे आदमी, तुम यहाँ खड़े हो, और बेचारी सुभागी हैरान हो रही है। कहाँ से आ रहे हो ? यह कहते हुए बैलों को छोड़ कर गिरधारी की ओर चले, गिरधारी पीछे हटने लगा और पीछे वाले कुएँ में कूद पड़ा। कालिकादीन ने चीख मारी और हल-बैल वहीं छोड़ कर भागा। सारे गाँव में शोर मच गया, और लोग नाना प्रकार की कल्पनाएँ करने लगे। कालिकादीन को गिरधारी वाले खेतों में जाने की हिम्मत न पड़ी।

गिरधारी को गायब हुए 6 महीने बीत चुके हैं। उसका बड़ा लड़का अब एक ईंट के भट्ठे पर काम करता है और 20 रु. महीना घर लाता है। अब वह कमीज और अंग्रेजी जूता पहनता है; घर में दोनों जून तरकारी पकती है और जौ के बदले गेहूँ खाया जाता है; लेकिन गाँव में उसका कुछ भी आदर नहीं। यह अब मजूरा है। सुभागी अब पराये गाँव में आये हुए कुत्ते की भाँति दुबकती फिरती है। वह अब पंचायत में नहीं बैठती। वह अब मजूर की माँ है। कालिकादीन ने गिरधारी के खेतों से इस्तीफा दे दिया है, क्योंकि गिरधारी अभी तक अपने खेतों के चारों तरफ मँडराया करता है। अँधेरा होते ही वह मेड़ पर आकर बैठ जाता है। और कभी-कभी रात को उधर से उसके रोने की आवाज सुनायी देती है। वह किसी से बोलता नहीं, किसी को छेड़ता नहीं। उसे केवल अपने खेतों को देख कर संतोष होता है। दीया जलने के बाद उधर का रास्ता बंद हो जाता है।

लाला ओंकारनाथ बहुत चाहते हैं कि ये खेत उठ जायँ, लेकिन गाँव के लोग अब उन खेतों का नाम लेते डरते हैं।

बोध

पंडित चंद्रधर ने एक अपर प्राइमरी में मुदर्रिसी तो कर ली थी, किंतु सदा पछताया करते कि कहाँ से इस जंजाल में आ फँसे। यदि किसी अन्य विभाग में नौकर होते तो अब तक हाथ में चार पैसे होते, आराम से जीवन व्यतीत होता। यहाँ तो महीने भर प्रतीक्षा करने के पीछे कहीं पंद्रह रुपये देखने को मिलते हैं। वह भी इधर आये, उधर गायब। न खाने का सुख, न पहनने का आराम। हमसे तो मजूर ही भले।

पंडित जी के पड़ोस में दो महाशय और रहते थे। एक ठाकुर अतिबलसिंह, वह थाने में हेड कान्सटिबिल थे। दूसरे मुंशी बैजनाथ, वह तहसील में सियाहेनवीस थे। इन दोनों आदमियों का वेतन पंडित से कुछ अधिक न था, तब भी उनकी चैन से गुजरती थी। संध्या को वह कचहरी से आते, बच्चों को पैसे और मिठाइयाँ देते। दोनों आदमियों के पास टहलते थे। घर में कुरसियाँ, मेजें, फर्श आदि सामग्रियाँ मौजूद थीं। ठाकुर साहब शाम को आराम-कुरसी पर लेट जाते और खुशबूदार खमीरा पीते। मुंशी जी को शराब-कबाब का व्यसन था। अपने सुसज्जित कमरे में बैठे हुए बोतल की बोतल साफ कर देते। जब कुछ नशा होता तो हारमोनियम बजाते। सारे मुहल्ले में उनका रोबदाब था। उन दोनों महाशयों को आते-जाते देख कर बनिये उठ कर सलाम करते। उनके लिए बाजार में अलग भाव था। चार पैसे की चीज टके में लाते। लकड़ी-ईंधन मुफ्त में मिलता। पंडित जी उनके ठाट-बाट को देख कर कुढ़ते और अपने भाग्य को कोसते। वह लोग इतना भी न जानते थे कि पृथ्वी सूर्य का चक्कर लगाती है अथवा सूर्य पृथ्वी का। साधारण पहाड़ों का भी ज्ञान न था, जिस पर भी ईश्वर ने उन्हें इतनी प्रभुता दे रखी थी। यह लोग पंडित जी पर बड़ी कृपा रखते थे। कभी सेर-आध-सेर दूध भेज देते और कभी थोड़ी-सी तरकारियाँ। किन्तु इनके बदले में पंडित जी को ठाकुर साहब के दो और मुंशी जी के तीन लड़कों की निगरानी करनी पड़ती। ठाकुर साहब कहते, पंडित जी ! यह लड़के हर घड़ी खेला करते हैं, जरा इनकी खबर लेते रहिए। मुंशी जी कहते, यह लड़के आवारा हुए जाते हैं, जरा इनका खयाल रखिए। यह बातें बड़ी अनुग्रहपूर्ण रीति से कही

जाती थीं मानो पंडित जी उनके गुलाम हैं। पंडित जी को यह व्यवहार असह्य था, किंतु इन लोगों को नाराज करने का साहस न कर सकते थे, उनकी बदौलत कभी-कभी दूध-दही के दर्शन हो जाते, कभी अचार-चटनी चख लेते। केवल इतना ही नहीं, बाजार से चीजें भी सस्ती लाते। इसलिए बेचारे इस अनीति को विष के घूँट के समान पीते। इस दुरवस्था से निकलने के लिए उन्होंने बड़े-बड़े यत्न किये थे। प्रार्थना-पत्र लिखे, अफसरों की खुशामदें कीं, पर आशा पूरी न हुई। अंत में हार कर बैठ रहे। हाँ, इतना था कि अपने काम में त्रुटि न होने देते। ठीक समय पर जाते, देर करके आते, मन लगा कर पढ़ाते। इससे उनके अफसर लोग खुश थे। साल में कुछ इनाम देते और वेतन-वृद्धि का जब कभी अवसर आता, उनका विशेष ध्यान रखते। परन्तु इस विभाग की वेतन-वृद्धि ऊसर की खेती है। बड़े भाग से हाथ लगती है। बस्ती के लोग उनसे संतुष्ट थे। लड़कों की संख्या बढ़ गयी थी और पाठशाला के लड़के भी उन पर जान देते थे। कोई उनके घर आकर पानी भर देता, कोई उनकी बकरी के लिए पत्तियाँ तोड़ लाता। पंडित जी इसी को बहुत समझते थे।

2

एक बार सावन के महीने में मुंशी बैजनाथ और ठाकुर अतिबलसिंह ने श्री अयोध्या जी की यात्रा की सलाह की। दूर की यात्रा थी। हफ्तों पहले से तैयारियाँ होने लगीं। बरसात के दिन, सपरिवार जाने में अड़चन थी; किंतु स्त्रियाँ किसी भाँति भी न मानती थीं। अंत में विवश हो कर दोनों महाशयों ने एक-एक सप्ताह की छुट्टी ली और अयोध्या जी चले। पंडित जी को भी साथ चलने के लिए बाध्य किया। मेले-ठेले में एक फालतू आदमी से बड़े काम निकलते हैं। पंडित जी असमंजस में पड़े, परन्तु जब उन लोगों ने उनका व्यय देना स्वीकार किया तो इनकार न कर सके और अयोध्या जी की यात्रा का ऐसा सुअवसर पा कर न रुक सके।

बिल्हौर से एक बजे रात को गाड़ी छूटती थी। यह लोग खा-पीकर स्टेशन पर आ बैठे। जिस समय गाड़ी आयी, चारों ओर भगदड़-सी पड़ गयी।—हजारों यात्री जा रहे थे। उस उतावली में मुंशी जी पहले निकल गये। पंडित जी और ठाकुर साहब साथ थे। एक कमरे में बैठे। इस आफत में कौन किसका रास्ता देखता है।

गाड़ियों में जगह की बड़ी कमी थी, परन्तु जिस कमरे में ठाकुर साहब थे उसमें केवल चार मनुष्य थे। वह सब लेटे हुए थे। ठाकुर साहब चाहते थे कि वह उठ जायें तो जगह निकल आये। उन्होंने एक मनुष्य से डाँट कर कहा—उठ बैठो जी, देखते नहीं हम लोग खड़े हैं।

मुसाफिर लेटे-लेटे बोला—क्यों उठ बैठें जी ? कुछ तुम्हारे बैठने का ठेका लिया है ?

ठाकुर—क्या हमने किराया नहीं दिया है ?

मुसाफिर—जिसे किराया दिया हो, उससे जा कर जगह माँगो।

ठाकुर—जरा होश की बातें करो। इस डब्बे में दस यात्रियों के बैठने की आज्ञा है।

मुसाफिर—यह थाना नहीं है, जरा जबान सँभाल कर बातें कीजिए।

ठाकुर—तुम कौन हो जी ?

मुसाफिर—हम वही हैं जिस पर आपने खुफियाफरोसी का अपराध लगाया था और जिसके द्वार से आप नकद 25 रु. लेकर टले थे।

ठाकुर—अहा ! अब पहचाना। परन्तु मैंने तो तुम्हारे साथ रिआयत की थी। चालान कर देता तो तुम सजा पा जाते।

मुसाफिर—और मैंने भी तुम्हारे साथ रिआयत की कि गाड़ी में खड़ा रहने दिया। ढकेल देता तो तुम नीचे जाते और तुम्हारी हड्डी-पसली का पता न लगता।

इतने में दूसरा लेटा हुआ यात्री जोर से ठट्ठा मार कर हँसा और बोला—और क्यों दारोगा साहब, मुझे क्यों नहीं उठाते ?

ठाकुर साहब क्रोध से लाल हो रहे थे। सोचते थे अगर थाने में होता तो इनकी जबान खींच लेता, पर इस समय बुरे फँसे थे। वह बलवान मनुष्य थे, पर यह दोनों मनुष्य भी हट्टे-कट्टे देख पड़ते थे।

ठाकुर—सन्दूक नीचे रख दो, बस जगह हो जाय।

दूसरा मुसाफिर बोला—और आप ही क्यों न नीचे बैठ जायँ। इसमें कौन-सी हेठी हुई जाती है। यह थाना थोड़े ही है कि आपके रोब में फर्क पड़ जायेगा।

ठाकुर साहब ने उसकी ओर भी ध्यान से देखकर पूछा—क्या तुम्हें भी मुझसे कोई बैर है ?

'जी हाँ, मैं तो आपके खून का प्यासा हूँ।'

'मैंने तुम्हारा क्या बिगाड़ा है, तुम्हारी तो सूरत भी नहीं देखी।'

दू. मु.—आपने मेरी सूरत न देखी होगी पर आपके डंडे ने देखी है। इसी कल के मेले में आपने मुझे कई डंडे लगाये। मैं चुपचाप तमाशा देखता था, पर आपने आकर मेरा कचूमर निकाल लिया। मैं चुप रह गया, घाव दिल पर लगा हुआ है। आज उसकी दवा मिलेगी।

यह कह कर उसने और भी पाँव फैला दिया और क्रोधपूर्ण नेत्रों से देखने लगा। पंडित जी अब तक चुपचाप खड़े थे। डरते थे कि कहीं मार-पीट न हो जाय। अवसर पाकर ठाकुर साहब को समझाया, ज्यों ही तीसरा स्टेशन आया, ठाकुर साहब ने बाल-बच्चों को वहाँ से निकाल कर दूसरे कमरे में बैठाया। इन दोनों दुष्टों ने उनका असबाब उठा-उठा कर जमीन पर फेंक दिया। जब ठाकुर साहब गाड़ी से उतरने लगे तो उन्होंने उनको ऐसा धक्का दिया कि बेचारे प्लेटफार्म पर गिर पड़े।

गार्ड से कहने दौड़े थे कि इंजिन ने सीटी दी, जा कर गाड़ी में बैठ गये।

उधर मुंशी बैजनाथ की और भी बुरी दशा थी। सारी रात जागते गुजारी। जरा पैर फैलाने की जगह न थी। आज उन्होंने जेब में बोतल भर कर रख ली थी। प्रत्येक स्टेशन पर कोयला-पानी ले लेते थे। फल यह हुआ कि पाचन-क्रिया में विघ्न पड़ गया। एक बार उल्टी हुई और पेट में मरोड़ होने लगी। बेचारे बड़ी मुश्किल में पड़े। चाहते थे कि किसी भाँति लेट जायँ, पर वहाँ पैर हिलाने की भी जगह न थी। लखनऊ तक तो उन्होंने किसी तरह जब्त किया। आगे चल कर विवश हो गये। एक स्टेशन पर उतर पड़े। प्लेटफार्म पर लेट गये। पत्नी भी घबरायी। बच्चों को लेकर उतर पड़ी। असबाब उतारा परंतु जल्दी में ट्रंक उतारना भूल गयी। गाड़ी चल दी। दारोगा जी ने अपने मित्र को इस दशा में देखा तो वह भी उतर पड़े। समझ गये कि हजरत आज ज्यादा चढ़ा गये। देखा तो मुंशी जी की दशा बिगड़ गयी थी। ज्वर, पेट में दर्द, नसों में तनाव, कै और दस्त। बड़ा खटका हुआ। स्टेशन मास्टर ने यह हाल देखा तो समझे हैजा हो गया है। हुक्म दिया, रोगी को अभी बाहर ले जाओ। विवश होकर लोग मुंशी जी को एक पेड़ के नीचे उठा लाये। उनकी पत्नी रोने लगी। हकीम-डाक्टर की तलाश हुई। पता लगा कि डिस्ट्रिक्ट बोर्ड की तरफ से वहाँ एक छोटा-सा अस्पताल है। लोगों की जान में जान आयी। किसी से यह भी मालूम हुआ कि डाक्टर साहब बिल्हौर के रहने वाले हैं। ढाढ़स बँधा। दारोगा जी अस्पताल दौड़े। डाक्टर साहब से समाचार कह सुनाया और कहा—आप चल कर जरा उन्हें देख तो लीजिए।

डाक्टर का नाम था चोखेलाल। कम्पौंडर थे, लोग आदर से डाक्टर कहा करते थे। सब वृत्तांत सुन कर रुखाई से बोले—सबेरे के समय मुझे बाहर जाने की आज्ञा नहीं है।

दारोगा—तो क्या मुंशी जी को यहीं लावें ?

चोखेलाल—हाँ, आपका जी चाहे लाइए।

दारोगा जी ने दौड़-धूप कर एक डोली का प्रबंध किया। मुंशी जी को लाद कर अस्पताल लाये। ज्यों ही बरामदे में पैर रखा चोखेलाल ने डाँट कर कहा—हैजे (विसूचिका) के रोगी को ऊपर लाने की आज्ञा नहीं है।

बैजनाथ अचेत तो थे नहीं, आवाज सुनी, पहचाना, धीरे से बोले—अरे यह तो बिल्हौर ही के हैं—भला-सा नाम है। तहसील में आया-जाया करते हैं। क्यों महाशय। मुझे पहचानते हैं ?

चोखेलाल—जी हाँ, खूब पहचानता हूँ।

बैजनाथ—पहचान कर भी इतनी निठुरता। मेरी जान निकल रही है। जरा देखिए, मुझे क्या हो गया ?

चोखे—हाँ, यह सब कर दूँगा और मेरा काम ही क्या ? फीस ?

दारोगा जी–अस्पताल में कैसी फीस जनाबेमन।

चोखे–वैसी ही जैसी इन मुंशी जी ने मुझसे वसूल की थी जनाबेमन।

दारोगा जी–आप कहते हैं, मेरी समझ में नहीं आता।

चोखे–मेरा घर बिल्हौर में है। वहाँ मेरी थोड़ी-सी जमीन है। साल में दो बार उसकी देखभाल को जाना पड़ता है। जब तहसील में लगान जमा करने जाता हूँ, मुंशी जी डाँटकर अपना हक वसूल कर लेते हैं। न दूँ तो शाम तक खड़ा रहना पड़े। स्याहा न हो। फिर जनाब कभी गाड़ी नाव पर, कभी नाव गाड़ी पर। मेरी फीस दस रुपये निकालिए। देखूँ, दवा दूँ तो अपनी राह लीजिए।

दारोगा–दस रुपये !!

चोखे–जी हाँ, और यहाँ ठहरना चाहें तो दस रुपये रोज़।

दारोगा जी विवश हो गये। बैजनाथ की स्त्री से रुपये माँगे। तब उसे अपने बक्स की याद आयी। छाती पीट ली। दारोगा जी के पास भी अधिक रुपये नहीं थे, किसी तरह दस रुपये निकालकर चोखेलाल को दिये–उन्होंने दवा दी। दिन भर कुछ फायदा न हुआ। रात को दशा सँभली। दूसरे दिन फिर दवा की आवश्यकता हुई। मुंशियाइन का एक गहना जो 20 रु. से कम का न था बाजार में बेचा गया तब काम चला। शाम तक मुंशी जी चंगे हुए। रात को गाड़ी पर बैठ कर खूब गालियाँ दीं।

श्री अयोध्या जी में पहुँच कर स्थान की खोज हुई। पंडों के घर जगह न थी। घर-घर में आदमी भरे हुए थे। सारी बस्ती छान मारी पर कहीं ठिकाना न मिला। अंत में यह निश्चय हुआ कि किसी पेड़ के नीचे डेरा जमाना चाहिए। किन्तु जिस पेड़ के नीचे जाते थे, वहीं यात्री पड़े मिलते। खुले मैदान में, रेत पर पड़े रहने के सिवा और कोई उपाय न था। एक स्वच्छ स्थान देखकर बिस्तरे बिछाये और लेटे। इतने में बादल घिर आये। बूँदें गिरने लगीं। बिजली चमकने लगी। गरज से कान के परदे फटे जाते थे। लड़के रोते थे। स्त्रियों के कलेजे काँप रहे थे। अब यहाँ ठहरना दुस्सह था, पर जायें कहाँ।

अकस्मात् एक मनुष्य नदी की तरफ से लालटेन लिये आता हुआ दिखायी दिया–वह निकट पहुँच गया तो पंडित जी ने उसे देखा। आकृति कुछ पहचानी हुई मालूम हुई किंतु यह विचार न आया कि कहाँ देखा है। पास जाकर बोले–क्यों भाई साहब, यहाँ यात्रियों के ठहरने के लिए जगह न मिलेगी ? वह मनुष्य रुक गया। पंडित जी की ओर ध्यान से देखकर बोला–आप पंडित चंद्रधर तो नहीं हैं ?

पंडित जी प्रसन्न हो कर बोले–जी हाँ। आप मुझे कैसे जानते हैं ?

उस मनुष्य ने सादर पंडित जी के चरण छुए और बोला–मैं आपका पुराना शिष्य हूँ। मेरा नाम कृपाशंकर है। मेरे पिता कुछ दिनों बिल्हौर में डाक-मुंशी रहे थे। उन्हीं दिनों मैं आपकी सेवा में पढ़ता था।

पंडित जी की स्मृति जागी, बोले–ओहो तुम्हीं हो कृपाशंकर ! तब तो तुम दुबले-पतले लड़के थे कोई आठ-नौ साल हुए होंगे।

कृपा–जी हाँ, नवाँ साल था। मैंने वहाँ से आ कर इन्ट्रेस पास किया, अब यहाँ म्युनिसिपिल्टी में नौकर हूँ। कहिए आप तो अच्छी तरह रहे। सौभाग्य था कि आपके दर्शन हो गये।

पंडित–मुझे भी तुमसे मिल कर बड़ा आनंद हुआ। तुम्हारे पिता अब कहाँ हैं ?

कृपा–उनका तो देहांत हो गया। माता साथ हैं। आप यहाँ कब आये।

पंडित–आज ही आया हूँ। पंडों के घर जगह न मिली। विवश हो कर यहीं रात काटने की ठहरी।

कृपा–बाल-बच्चे भी साथ हैं ?

पंडित–नहीं, मैं तो अकेले ही आया हूँ। पर मेरे साथ दरोगा जी और सियाहेनवीस साहब हैं–उनके बाल-बच्चे भी साथ हैं।

कृपा–कुल कितने मनुष्य होंगे ?

पंडित जी–हैं तो दस किन्तु थोड़ी-सी जगह में निर्वाह कर लेंगे।

कृपा–नहीं साहब, बहुत-सी जगह लीजिए। मेरा बड़ा मकान खाली पड़ा है। चलिए, आराम से एक, दो, तीन दिन रहिए। मेरा परम सौभाग्य है कि आपकी कुछ सेवा करने का अवसर मिला।

कृपाशंकर ने कई कुली बुलाये। असबाब उठवाया और सबको अपने मकान पर ले गया। साफ-सुथरा घर था। नौकर ने चटपट चारपाइयाँ बिछा दीं। घर में पूरिया पकने लगीं। कृपाशंकर हाथ बाँधे सेवक की भाँति दौड़ता था। हृदयोल्लास से उसका मुख-कमल चमक रहा था। उसकी विनय और नम्रता ने सबको मुग्ध कर लिया।

और सब लोग तो खा-पी कर सोये। किंतु पंडित चंद्रधर को नींद नहीं आयी। उनकी विचार शक्ति इस यात्रा की घटनाओं का उल्लेख कर रही थी। रेलगाड़ी की रगड़-झगड़ और चिकित्सालय की नोच-खसोट के सम्मुख कृपाशंकर की सहायता और शालीनता प्रकाशमय दिखायी देती थी।

पंडित जी ने आज शिक्षक का गौरव समझा।

उन्हें आज इस पद की महानता ज्ञात हुई।

यह लोग तीन दिन अयोध्या रहे। किसी बात का कष्ट न हुआ। कृपाशंकर ने उनके साथ जा कर प्रत्येक धाम का दर्शन कराया।

तीसरे दिन जब लोग चलने लगे तो वह स्टेशन तक पहुँचाने आया। जब गाड़ी ने सीटी दी तो उसने सजल नेत्रों से पंडित जी के चरण छुए और बोला, कभी-कभी इस सेवक को याद करते रहिएगा।

पंडित जी घर पहुँचे तो उनके स्वभाव में बड़ा परिवर्तन हो गया था। उन्होंने फिर किसी दूसरे विभाग में जाने की चेष्टा नहीं की।

सचाई का उपहार

तहसीली मदरसा बराँव के प्रथमाध्यापक मुंशी भवानीसहाय को बागबानी का कुछ व्यसन था। क्यारियों में भाँति-भाँति के फूल और पत्तियाँ लगा रखी थीं। दरवाजों पर लताएँ चढ़ा दी थीं। इससे मदरसे की शोभा अधिक हो गयी थी। वह मिडिल कक्षा के लड़कों से भी अपने बगीचे के सींचने और साफ करने में मदद लिया करते थे। अधिकांश लड़के इस काम को रुचिपूर्वक करते। इससे उनका मनोरंजन होता था किंतु दरजे में चार-पाँच लड़के जमींदारों के थे। उनमें कुछ ऐसी दुर्जनता थी कि यह मनोरंजक कार्य भी उन्हें बेगार प्रतीत होता। उन्होंने बाल्यकाल से आलस्य में जीवन व्यतीत किया था। अमीरी का झूठा अभिमान दिल में भरा हुआ था। वह हाथ से कोई काम करना निंदा की बात समझते थे। उन्हें इस बगीचे से घृणा थी। जब उनके काम करने की बारी आती तो कोई-न-कोई बहाना करके उड़ जाते। इतना ही नहीं, दूसरे लड़कों को भी बहकाते और कहते वाह ! पढ़ें फारसी, बेचें तेल ! यदि खुरपी, कुदाल ही करना है तो मदरसे में किताबों से सिर मारने की क्या जरूरत ? यहाँ पढ़ने आते हैं, कुछ मजदूरी करने नहीं आते। मुंशी जी इस अवज्ञा के लिए उन्हें कभी-कभी दंड दे देते थे। इससे उनका द्वेष और भी बढ़ता था। अंत में यहाँ तक नौबत पहुँची कि एक दिन उन लड़कों ने सलाह करके उस पुष्प-वाटिका को विध्वंस करने का निश्चय किया। दस बजे मदरसा लगता था, किंतु उस दिन वह आठ ही बजे आ गये, और बगीचे में घुस कर उसे उजाड़ने लगे। कहीं पौधे उखाड़ फेंके, कहीं क्यारियों को रौंद डाला, पानी की नालियाँ तोड़ डालीं, क्यारियों की मेड़ें खोद डालीं। मारे भय के छाती धड़क रही थी कि कोई देखता न हो। लेकिन एक छोटी-सी फुलवारी को उजाड़ते कितने देर लगती है। दस मिनिट में हरा-भरा बाग नष्ट हो गया। तब यह लड़के शीघ्रता से निकले, लेकिन दरवाजे तक आये थे कि उन्हें अपने एक सहपाठी की सूरत दिखायी दी। यह एक दुबला-पतला दरिद्र और चतुर लड़का था। उसका नाम बाजबहादुर था। बड़ा गम्भीर, शांत लड़का था। ऊधम पार्टी के लड़के उससे जलते थे। उसे देखते ही उनका रक्त सूख गया। विश्वास हो गया कि इसने जरूर देख लिया। यह मुंशी

जी से कहे बिना न रहेगा। बुरे फँसे, आज कुशल नहीं है। यह राक्षस इस समय यहाँ क्या करने आया था। आपस में इशारे हुए। यह सलाह हुई कि इसे मिला लेना चाहिए। जगत सिंह उनका मुखिया था। आगे बढ़कर बोला; बाजबहादुर ! सबेरे कैसे आ गये ? हमने तो आज तुम लोगों के गले की फाँसी छुड़ा दी। लाला बहुत दिक किया करते थे, यह करो, वह करो। मगर यार देखो कहीं मुंशी जी से जड़ मत देना, नहीं तो लेने के देने पड़ जायेंगे।

जयराम ने कहा–कह क्या देंगे, अपने ही तो हैं, हमने जो कुछ किया है, वह सबके लिए किया है, केवल अपनी भलाई के लिए नहीं। चलो यार, तुम्हें बाजार की सैर करा दें, मुँह मीठा करा दें।

बाजबहादुर ने कहा–नहीं, मुझे आज घर पर पाठ याद करने का अवकाश नहीं मिला। यहीं बैठ कर पढ़ूँगा !

जगतसिंह–अच्छा मुंशी जी से कहोगे तो न ?

बाजबहादुर–मैं स्वयं कुछ न कहूँगा, लेकिन उन्होंने मुझसे पूछा तो ?

जगतसिंह–कह देना मुझे नहीं मालूम।

बाजबहादुर–यह झूठ मुझसे न बोला जायेगा।

जयराम–अगर तुमने चुगली खायी और हमारे ऊपर मार पड़ी तो हम तुम्हें पीटे बिना न छोड़ेंगे।

बाजबहादुर–हमने कह दिया कि चुगली न खायेंगे लेकिन मुंशी जी ने पूछा तो झूठ भी न बोलेंगे।

जयराम–तो हम तुम्हारी हड्डियाँ भी तोड़ देंगे।

बाजबहादुर–इसका तुम्हें अधिकार है।

2

दस बजे जब मदरसा लगा और मुंशी भवानीसहाय ने बाग की यह दुर्दशा देखी तो क्रोध से आग हो गये। बाग के उजंड़ने का इतना खेद न था, जितना लड़कों की शरारत का। यदि किसी साँड ने यह दुष्कृत्य किया होता तो वह केवल हाथ मल कर रह जाते। किंतु लड़कों के इस अत्याचार को सहन न कर सके। ज्यों ही लड़के दरजे में बैठ गये, वह तीवर बदले हुए आये और पूछा–यह बाग किसने उजाड़ा है ?

कमरे में सन्नाटा छा गया। अपराधियों के चेहरे पर हवाइयाँ उड़ने लगीं। मिडिल कक्षा के पच्चीस विद्यार्थियों में कोई ऐसा न था, जो इस घटना को न जानता हो किंतु किसी में यह साहस न था कि उठ कर साफ-साफ कह दे। सब सिर झुकाये, मौन धारण किये बैठे थे।

मुंशी जी का क्रोध और भी प्रचंड हुआ। चिल्ला कर बोले–मुझे विश्वास है कि तुम्हीं लोगों में किसी की शरारत है। जिसे मालूम हो स्पष्ट कह दे, नहीं तो मैं एक सिरे से पीटना शुरू करूँगा। फिर कोई यह न कहे कि हम निरपराध मारे गये।

एक लड़का भी न बोला। वही सन्नाटा !

मुंशी–देवीप्रसाद तुम जानते हो ?

देवी–जी नहीं, मुझे कुछ नहीं मालूम।

'शिवदास तुम जानते हो ?'

'जी नहीं, मुझे कुछ नहीं मालूम।'

'बाजबहादुर तुम कभी झूठ नहीं बोलते, तुम्हें मालूम है ?'

बाजबहादुर खड़ा हो गया, उसके मुखमंडल पर वीरत्व का प्रकाश था। नेत्रों में साहस झलक रहा था। बोला–जी हाँ ! मुंशी जी ने कहा–शाबाश !

अपराधियों ने बाजबहादुर की ओर रक्त-वर्ण आँखों से देखा और मन में कहा–अच्छा !

3

भवानीसहाय बड़े धैर्यवान मनुष्य थे। यथाशक्ति लड़कों को यातना नहीं देते थे। किन्तु ऐसी दुष्टता का दंड देने में वह लेशमात्र भी दया न दिखाते थे। छड़ी मँगा कर पाँचों अपराधियों को दस-दस छड़ियाँ लगायीं, सारे दिन बेंच पर खड़ा रखा और चाल-चलन के रजिस्टर में उनके नाम के सामने काले चिह्न बना दिये।

बाजबहादुर से शरारती पार्टीवाले लड़के यों ही जला करते थे, आज उसकी सचाई के कारण उसके खून के प्यासे हो गये। यंत्रणा में सहानुभूति पैदा करने की शक्ति होती है। इस समय दरजे के अधिकांश लड़के अपराधियों के मित्र हो रहे थे। उनमें षड्यंत्र रचा जाने लगा कि आज बाजबहादुर की खबर ली जाय। ऐसा मारो कि फिर मदरसे में मुँह न दिखावे। यह हमारे घर का भेदी है। दगाबाज ! बड़ा सच्चे की दुम बना है ! आज सचाई का हाल मालूम हो जायगा ! बेचारे बाजबहादुर को इस गुप्त-लीला की जरा भी खबर न थी। विद्रोहियों ने उसे अंधकार में रखने का पूरा यत्न किया था।

छुट्टी होने के बाद बाजबहादुर घर की तरफ चला। रास्ते में एक अमरूद का बाग था। वहाँ जगतसिंह और जयराम कई लड़कों के साथ खड़े थे। बाजबहादुर चौंका, समझ गया कि यह लोग मुझे छेड़ने पर उतारू हैं, किंतु बचने का कोई उपाय न था। कुछ हिचकता हुआ आगे बढ़ा। जगतसिंह बोला–आओ लाला ! बहुत राह दिखायी। आओ, सचाई का इनाम लेते जाओ।

बाजबहादुर—रास्ते से हट जाओ, मुझे जाने दो।

जयराम—जरा सचाई का मजा तो चखते जाइए।

बाजबहादुर—मैंने तुमसे कह दिया था कि जब मेरा नाम ले कर पूछेंगे तो मैं बता दूँगा।

जयराम—हमने भी तो कह दिया था कि तुम्हें इस काम का इनाम दिये बिना न छोड़ेंगे।

यह कहते ही वह बाजबहादुर की तरफ घूँसा तान कर बढ़ा। जगतसिंह ने उसके दोनों हाथ पकड़ने चाहे। जयराम का छोटाभाई शिवराम अमरूद की एक टहनी लेकर झपटा। शेष लड़के चारों तरफ खड़े हो कर तमाशा देखने लगे। यह 'रिजर्व' सेना थी जो आवश्यकता पड़ने पर मित्रदल की सहायता के लिए तैयार थी। बाजबहादुर दुर्बल लड़का था। उसकी मरम्मत करने को वह तीन मजबूत लड़के काफी थे। सब लोग यही समझ रहे थे कि क्षण भर में यह तीनों उसे गिरा लेंगे। बाजबहादुर ने जब देखा कि शत्रुओं ने शस्त्र-प्रहार करना शुरू कर दिया तो उसने कनखियों से इधर-उधर देखा, तब तेजी से झपट कर शिवराम के हाथ से अमरूद की टहनी छीन ली, और दो कदम पीछे हट कर टहनी ताने हुए बोला—तुम मुझे सचाई का इनाम या सजा देनेवाले कौन होते हो ?

दोनों ओर से दाँव-पेंच होने लगे। बाजबहादुर था तो कमजोर, पर अत्यंत चपल और सतर्क, उस पर सत्य का विश्वास हृदय को और भी बलवान बनाये हुए था। सत्य चाहे सिर कटा दे, लेकिन कदम पीछे नहीं हटाता। कई मिनट तक बाजबहादुर उछल-उछल कर वार करता और हटाता रहा। लेकिन अमरूद की टहनी कहाँ तक थाम सकती। जरा देर में उसकी धज्जियाँ उड़ गयीं। जब तक वह उसके हाथ में रही तलवार रही। कोई उसके निकट आने की हिम्मत न करता था। निहत्था होने पर वह ठोकरों और घूँसों से जवाब देता रहा। मगर अंत में अधिक संख्या ने विजय पायी। बाजबहादुर की पसली में शिवराम का एक घूँसा ऐसा पड़ा कि वह बेदम होकर गिर पड़ा। आँखें पथरा गयीं; और मूर्छा-सी आ गयी। शत्रुओं ने यह दशा देखी तो उनके हाथों के तोते उड़ गये। समझे इसकी जान निकल गयी। बेतहाशा भागे।

कोई दस मिनिट के पीछे बाजबहादुर सचेत हुआ। कलेजे पर चोट लग गयी। घाव ओछा पड़ा था, तिस पर भी खड़े होने की शक्ति न थी। साहस करके उठा और लँगड़ाता हुआ घर की ओर चला।

उधर यह विजय दल भागते-भागते जयराम के मकान पर पहुँचा। रास्ते में ही सारा दल तितर-बितर हो गया। कोई इधर से निकल भागा, कोई उधर से, कठिन समस्या आ पड़ी थी। जयराम के घर तक केवल तीन सुदृढ़ लड़के पहुँचे। वहाँ पहुँच कर उनकी जान में जान आयी।

जयराम–कहीं मर न गया हो। मेरा घूँसा बैठ गया था।

जगतसिंह–तुम्हें पसली में नहीं मारना था। अगर तिल्ली फट गयी होगी तो न बचेगा !

जयराम–यार, मैंने जान के थोड़े ही मारा था। संयोग ही था। अब बताओ क्या किया जाय ?

जगत–करना क्या है, चुपचाप बैठे रहो।

जयराम–कहीं मैं अकेला तो न फँसूँगा ?

जगत–अकेले कौन फँसेगा, सबके साथ चलेंगे।

जयराम–अगर बाजबहादुर मरा नहीं है तो उठ कर सीधे मुंशी जी के पास जायेगा।

जगत–और मुंशी जी कल हम लोगों की खाल अवश्य उधेड़ेंगे।

जयराम–इसलिए मेरी सलाह है कि कल मदरसे जाओ ही नहीं। नाम कटा के दूसरी जगह चले चलें। नहीं तो बीमारी का बहाना करके बैठे रहें। महीने-दो-महीने के बाद जब मामला ठंडा पड़ जायेगा तो देखा जायेगा।

शिवराम–और जो परीक्षा होनेवाली है।

जयराम–ओ हो ! इसका तो खयाल ही न था। एक ही महीना तो और रह गया है।

जगत–तुम्हें अबकी जरूर वजीफा मिलता।

जयराम–हाँ, मैंने बहुत परिश्रम किया था। तो फिर ?

जगत–कुछ नहीं, तरक्की तो हो ही जायेगी। वजीफे से हाथ धोना पड़ेगा।

जयराम–बाजबहादुर के हाथ लग जायेगा।

जगत–बहुत अच्छा होगा ! बेचारे ने मार भी तो खायी है।

दूसरे दिन मदरसा लगा। जगतसिंह, जयराम और शिवराम तीनों गायब थे। वली मुहम्मद पैर में पट्टी बाँधे आये थे, लेकिन भय के मारे बुरा हाल था। कल के दर्शकगण भी थरथरा रहे थे कि कहीं हम लोग भी गेहूँ के साथ घुन की तरह न पिस जायँ। बाजबहादुर नियमानुसार अपने काम में लगा हुआ था। ऐसा मालूम होता था मानो उसे कल की बातें याद ही नहीं हैं। किसी से उनकी चर्चा न की। हाँ, आज वह अपने स्वभाव के प्रतिकूल कुछ प्रसन्नचित्त देख पड़ता था। विशेषतः कल के योद्धाओं से वह अधिक हिलामिला हुआ था। वह चाहता था कि यह लोग मेरी ओर से निःशंक हो जायँ। रात भर की विवेचना के पश्चात् उसने यही निश्चय किया था। और जब संध्या समय वह घर चला तो उसे अपनी उदारता का फल मिल चुका था। उसके शत्रु लज्जित थे और उसकी प्रशंसा करते थे।

मगर वह तीनों अपराधी दूसरे दिन भी न आये। तीसरे दिन भी उनका कहीं पता न था। वह घर से मदरसे को चलते लेकिन देहात की तरफ निकल जाते।

वहाँ दिन भर किसी वृक्ष के नीचे बैठे रहते, अथवा गुल्ली-डंडे खेलते। शाम को घर चले आते।

उन्होंने यह पता तो लगा लिया था कि इस समर के अन्य सभी योद्धागण मदरसे आते हैं और मुंशी जी उनसे कुछ नहीं बोलते, किन्तु चित्त से शंका दूर न होती थी। बाजबहादुर ने जरूर कहा होगा। हम लोगों के जाने की देर है। गये और बेभाव की पड़ी। यही सोच कर मदरसे आने का साहस न कर सकते।

4

चौथे दिन प्रातःकाल तीनों अपराधी बैठे सोच रहे थे कि आज किधर चलना चाहिए। इतने में बाजबहादुर आता हुआ दिखायी दिया। इन लोगों को आश्चर्य तो हुआ परंतु उसे अपने द्वार पर आते देख कर कुछ आशा बँध गयी। यह लोग अभी बोलने भी न पाये थे कि बाजबहादुर ने कहा—क्यों मित्रों, तुम लोग मदरसे क्यों नहीं आते ? तीन दिन से ग़ैरहाज़िरी हो रही है।

जगत—मदरसे क्या जायँ, जान भारी पड़ी है ? मुंशी जी एक हड्डी भी न छोड़ेंगे।

बाजबहादुर—क्यों, वली मुहम्मद, दुर्गा, सभी तो जाते हैं, मुंशी जी ने किसी से भी कुछ कहा ?

जयराम—तुमने उन लोगों को छोड़ दिया होगा, लेकिन हमें भला तुम क्यों छोड़ने लगे। तुमने एक-एक की तीन-तीन जड़ी होगी।

बाज.—आज मदरसे चल कर इसकी परीक्षा ही कर लो।

जगत—यह झाँसे रहने दीजिए। हमें पिटवाने की चाल है।

बाज.—तो मैं कहीं भागा तो नहीं जाता ? उस दिन सच्चाई की सजा दी थी, आज झूठ का इनाम दे देना।

जयराम—सच कहते हो, तुमने शिकायत नहीं की।

बाज.—शिकायत की कौन बात थी। तुमने मुझे मारा, मैंने तुम्हें मारा। अगर तुम्हारा घूँसा न पड़ता तो मैं तुम लोगों को रणक्षेत्र से भगा कर दम लेता। आपस के झगड़ों की शिकायत करने की मेरी आदत नहीं है।

जगत—चलूँ तो यार लेकिन विश्वास नहीं आता ! तुम हमें झाँसे दे रहे हो, कचूमर निकलवा लोगे।

बाज.—तुम जानते हो झूठ बोलने की मेरी बान नहीं है !

यह शब्द बाजबहादुर ने ऐसी विश्वासोत्पादक रीति से कहे कि उन लोगों का भ्रम दूर हो गया। बाजबहादुर के चले आने के पश्चात् तीनों देर तक उसकी बातों की विवेचना करते रहे। अंत में यही निश्चय हुआ कि आज चलना चाहिए।

ठीक दस बजे तीनों मित्र मदरसे पहुँच गये, किन्तु चित्त में आशंकित थे। चेहरे का रंग उड़ा हुआ था।

मुंशी जी कमरे में आये। लड़कों ने खड़े होकर उनका स्वागत किया, उन्होंने तीनों मित्रों की ओर तीव्र दृष्टि से देख कर केवल इतना कहा–तुम लोग तीन दिन से गैरहाजिर हो। देखो दरजे में जो इम्तहानी सवाल हुए हैं, उन्हें नकल कर लो।

फिर पढ़ने में मग्न हो गये !

5

जब पानी पीने के लिए लड़कों को आध घंटे का अवकाश मिला तो तीनों मित्र और उनके सहयोगी जमा होकर बातें करने लगे।

जयराम–हम तो जान पर खेल कर मदरसे आते थे, मगर बाजबहादुर है बात का धनी।

वली मुहम्मद–मुझे तो ऐसा मालूम होता है वह आदमी नहीं देवता है। यह आँखों देखी बात न होती तो मुझे कभी इस पर विश्वास न आता।

जगत–भलमनसी इसी को कहते हैं। हमसे बड़ी भूल हुई कि उसके साथ ऐसा अन्याय किया।

दुर्गा–चलो उससे क्षमा माँगें।

जयराम–हाँ, यह तुम्हें खूब सूझी। आज ही।

जब मदरसा बंद हुआ तो दरजे के सब लड़के मिलकर बाजबहादुर के पास गये। जगतसिंह उनका नेता बन कर बोला, भाई साहेब ! हम सब-के-सब तुम्हारे अपराधी हैं। तुम्हारे साथ हम लोगों ने जो अत्याचार किया है, उस पर हम हृदय से लज्जित हैं। हमारा अपराध क्षमा करो। तुम सज्जनता की मूर्ति हो, हम लोग उजड्ड, गँवार और मूर्ख हैं; हमें अब क्षमा प्रदान करो।

बाजबहादुर की आँखों में आँसू भर आये–बोला, मैं पहले भी तुम लोगों को अपना भाई समझता था और अब भी वही समझता हूँ। भाइयों के झगड़े में क्षमा कैसी ?

सब-के-सब उसके गले मिले। इसकी चर्चा सारे मदरसे में फैल गयी। सारा मदरसा बाजबहादुर की पूजा करने लगा। वह अपने मदरसे का मुखिया, नेता और सिरमौर बन गया।

पहले उसे सचाई का दंड मिला, अबकी **सचाई का उपहार मिला।**

ज्वालामुखी

डिग्री लेने के बाद मैं नित्य लाइब्रेरी जाया करता ! पत्रों या किताबों का अवलोकन करने के लिए नहीं। किताबों को तो मैंने छूने की कसम खा ली थी। जिस दिन गजट में अपना नाम देखा उसी दिन मिल और कैंट को उठा कर ताक पर रख दिया। मैं कैवल अँगरेजी पत्रों के 'वांटेड' कालमों को देखा करता। जीवन-यात्रा की फिक्र सवार थी। मेरे दादा या परदादा ने किसी अँगरेज को गदर के दिन में बचाया होता, अथवा किसी इलाके का जमींदार होता तो कहीं 'नामिनेशन' के लिए उद्योग करता। पर मेरे पास कोई सिफारिश न थी। शोक ! कुत्ते, बिल्लियों और मोटरों की माँग सबको थी। पर बी. ए. पास का कोई पुरसाँहाल न था। महीनों इसी तरह दौड़ते गुजर गये, पर अपनी रुचि के अनुसार कोई जगह न नजर आयी। मुझे अक्सर अपने बी. ए. होने पर क्रोध आता था। ड्राइवर, फायरमैन, मिस्त्री, खानसामा या बावर्ची होता तो मुझे इतने दिनों तक बेकार न बैठना पड़ता।

एक दिन मैं चारपाई पर लेटा हुआ एक पत्र पढ़ रहा था कि मुझे एक माँग अपनी इच्छा के अनुसार दिखाई दी। किसी रईस को एक ऐसे प्राइवेट सेक्रेटरी की जरूरत थी जो विद्वान्, रसिक, सहृदय और रूपवान हो। वेतन एक हजार मासिक ! मैं उछल पड़ा। कहीं मेरा भाग्य उदय हो जाता और यह पद मुझे मिल जाता तो जिंदगी चैन से कट जाती। उसी दिन मैंने अपना विनय-पत्र अपने फोटो के साथ रवाना कर दिया। पर अपने आत्मीयगणों में किसी से इसका जिक्र न किया कि कहीं लोग मेरी हँसी न उड़ायें। मेरे लिए 30 रु. मासिक भी बहुत थे। एक हजार कौन देगा ? पर दिल से यह खयाल दूर न होता। बैठे-बैठे शेखचिल्ली के मनसूबे बाँधा करता। फिर होश में आकर अपने को समझाता कि मुझमें ऐसे ऊँचे पद के लिए कौन-सी योग्यता है। मैं अभी कालिज से निकला हुआ पुस्तकों का पुतला हूँ। दुनिया से बेखबर। इस पद के लिए एक से एक विद्वान्, अनुभवी पुरुष मुँह फैलाये बैठे होंगे। मेरे लिए कोई आशा नहीं। मैं रूपवान सही, सजीला सही, मगर पदों के लिए रूपवान होना काफी नहीं होता। विज्ञापन में इसकी चर्चा करने से केवल इतना अभिप्राय होगा कि कुरूप आदमी की जरूरत नहीं, और यह उचित

भी है। बल्कि बहुत सजीलापन तो ऊँचे पदों के लिए कुछ शोभा नहीं देता। मध्यम श्रेणी का तोंद, भरा हुआ शरीर, फूले हुए गाल, और गौरवयुक्त वाक्-शैली, यह उच्च पदाधिकारियों के लक्षण हैं और मुझे इनमें से एक भी मयस्सर नहीं। इसी आशा और भय में एक सप्ताह गुजर गया। और मैं निराश हो गया–मैं भी कैसा ओछा हूँ कि एक बेसिर-पैर की बात के पीछे ऐसा फूल उठा; इसी को लड़कपन कहते हैं। जहाँ तक मेरा खयाल है किसी दिल्लगीबाज ने आज के शिक्षित समाज की मूर्खता की परीक्षा करने के लिए यह स्वाँग रचा है। मुझे इतना भी न सूझा। मगर आठवें दिन प्रातःकाल तार के चपरासी ने मुझे आवाज दी। मेरे हृदय में गुदगुदी-सी होने लगी। लपका हुआ आया। तार खोल कर देखा, लिखा था–स्वीकार है, शीघ्र आओ ऐशगढ़।

मगर यह सुख सम्वाद पा कर मुझे वह आनंद न हुआ जिसकी आशा थी। मैं कुछ देर तक खड़ा सोचता रहा। किसी तरह विश्वास न आता था। जरूर किसी दिल्लगीबाज की शरारत है। मगर कोई मुजायका नहीं, मुझे भी इसका मुँहतोड़ जवाब देना चाहिए। तार दे दूँ कि एक महीने की तनख्वाह भेज दो। आप ही सारी कलई खुल जायेगी ! मगर फिर विचार किया कहीं वास्तव में नसीब जागा हो तो उद्दंडता से बना-बनाया खेल बिगड़ जायेगा। चलो दिल्लगी ही सही ! जीवन में यह घटना भी स्मरणीय रहेगी। इस तिलिस्म को खोल ही डालूँ ! यह निश्चय करके तार द्वारा आने की सूचना दे दी और सीधे रेलवे स्टेशन पहुँचा। पूछने पर मालूम हुआ कि वह स्थान दक्खिन की ओर है। टाइमटेबिल में उसका वृत्तांत विस्तार के साथ लिखा हुआ था। स्थान अति रमणीय है, पर जलवायु स्वास्थ्यकर नहीं। हाँ हृष्ट-पुष्ट नवयुवकों पर उनका असर शीघ्र नहीं होता। दृश्य बहुत मनोहर है पर जहरीले जानवर बहुत मिलते हैं। यथासाध्य अँधेरी घाटियों में न जाना चाहिए। यह वृत्तांत पढ़ कर उत्सुकता और भी बढ़ी। जहरीले जानवर हैं तो हुआ करें, कहाँ नहीं हैं। मैं अँधेरी घाटियों के पास भूल कर भी न जाऊँगा। आकर सफर का सामान ठीक किया और ईश्वर का नाम ले कर नियत समय पर स्टेशन की तरफ चला। पर अपने अलापी मित्रों से इसका कुछ जिक्र न किया, क्योंकि मुझे पूरा विश्वास था कि दो ही चार दिन में फिर अपना-सा मुँह लेकर लौटना पड़ेगा।

2

गाड़ी पर बैठा तो शाम हो गयी थी। कुछ देर तक तो सिगार और पत्रों में दिल बहलाता रहा। फिर मालूम नहीं कब नींद आ गयी। आँखें खुलीं और खिड़की से बाहर की तरफ झाँका तो उषाकाल का मनोहर दृश्य दिखायी दिया। दोनों ओर हरे वृक्षों से ढँकी हुई पर्वत श्रेणियाँ, उन पर चरती हुई उजली-उजली गायें और

भेड़ें सूर्य की सुनहरी किरणों में रँगी हुई बहुत सुन्दर मालूम होती थीं। जी चाहता था कि कहीं मेरी कुटिया भी इन्हीं सुखद पहाड़ियों में होती, जंगल के फल खाता, झरनों का ताजा पानी पीता और आनन्द के गीत गाता, यकायक दृश्य बदला, एक विस्तृत झील दिखायी दी जिसमें कँवल खिले हुए थे। कहीं उजले-उजले पक्षी तैरते थे और कहीं छोटी-छोटी डोंगियाँ निर्बल आत्माओं के सदृश डगमगाती चली जाती थीं। यह दृश्य भी बदला। पहाड़ियों के दामन में एक गाँव नजर आया, झाड़ियों और वृक्षों से ढका हुआ मानो शांति और संतोष ने यहाँ अपना निवास-स्थान बनाया हो। कहीं बच्चे खेलते थे, कहीं गाय के बछड़े किलोल करते थे। फिर एक घना जंगल मिला। झुंड के झुंड हिरन दिखायी दिये जो गाड़ी की हहकार सुनते ही चौकड़ियाँ भरते दूर भाग जाते थे। यह सब दृश्य स्वप्न के चित्रों के समान आँखों के सामने आते थे और एक क्षण में गायब हो जाते थे। उनमें एक अवर्णनीय शांतिदायिनी शोभा थी जिससे हृदय में आकांक्षाओं के आवेग उठने लगते थे।

आखिर ऐशगढ़ निकट आया। मैंने बिस्तर सँभाला। जरा देर में सिग्नल दिखायी दिया। मेरी छाती धड़कने लगी। गाड़ी रुकी। मैंने उतर कर इधर-उधर देखा, कुलियों को पुकारने लगा कि इतने में दो वरदी पहने हुए आदमियों ने आ कर मुझे सादर सलाम किया और पूछा—आप…से आ रहे हैं न, चलिए मोटर तैयार है। मेरी बाछें खिल गयीं। अब तक कभी मोटर पर बैठने का सौभाग्य न हुआ था। शान के साथ जा बैठा। मन में बहुत लज्जित था कि ऐसे फटेहाल क्यों आया, अगर जानता कि सचमुच सौभाग्य-सूर्य चमका है तो ठाट-बाट से आता। खैर, मोटर चली। दोनों तरफ मौलसरी के सघन वृक्ष थे। सड़क पर लाल बजरी बिछी हुई थी। सड़क हरे-भरे मैदान में किसी सुरम्य जलधारा के सदृश बल खाती चली गयी थी। दस मिनट भी न गुजरे होंगे कि सामने एक शांतिमय सागर दिखायी दिया। सागर के उस पार पहाड़ी पर एक विशाल भवन बना हुआ था। भवन अभिमान से सिर उठाये हुए था, सागर संतोष से नीचे लेटा हुआ, सारा दृश्य काव्य, शृंगार और आमोद से भरा हुआ था।

हम सदर दरवाजे पर पहुँचे, कई आदमियों ने दौड़ कर मेरा स्वागत किया। इनमें से एक शौकीन मुंशी जी थे, जो बाल सँवारे आँखों में सुर्मा लगाये हुए थे। मेरे लिए जो कमरा सजाया गया था उसके द्वार पर मुझे पहुँचा कर बोले—सरकार ने फरमाया है, इस समय आप आराम करें। सन्ध्या समय मुलाकात कीजिएगा।

मुझे अब तक इसकी कुछ खबर न थी कि यह 'सरकार' कौन हैं, न मुझे किसी से पूछने का साहस हुआ, क्योंकि अपने स्वामी के नाम से अनभिज्ञ होने का परिचय नहीं देना चाहता था। मगर इसमें कोई सन्देह नहीं कि मेरा स्वामी बड़ा सज्जन मनुष्य था। मुझे इतने आदर-सत्कार की कदापि आशा न थी। अपने सुसज्जित कमरे में जाकर जब मैं एक आरामकुरसी पर बैठा तो हर्ष से विस्वल

हो गया। पहाड़ियों की तरफ से शीतल वायु के मंद-मंद झोंके आ रहे थे। सामने छज्जा था। नीचे झील थी, साँप के केंचुले के सदृश छाया और प्रकाश से पूर्ण, और मैं, जिसे भाग्यदेवी ने सदैव अपना सौतेला लड़का समझा था, इस समय जीवन में पहली बार निर्विघ्न आनन्द का सुख उठा रहा था।

तीसरे पहर उन्हीं शौकीन मुंशी जी ने आ कर इत्तला दी कि सरकार ने याद किया है। मैंने इस बीच में बाल बना लिये थे। तुरन्त अपना सर्वोत्तम सूट पहना और मुंशी जी के साथ सरकार की सेवा में चला। उस समय मेरे मन में यह शंका उठ रही थी कि कहीं मेरी बातचीत से स्वामी असंतुष्ट न हो जायँ। और उन्होंने मेरे विषय में जो विचार स्थिर किये हों उनमें कोई अन्तर न पड़ जाय। तथापि मैं अपनी योग्यता का परिचय देने के लिए खूब तैयार था। हम कई बरामदों से होते हुए अंत में सरकार के कमरे के दरवाजे पर पहुँचे। रेशमी परदा पड़ा हुआ था। मुंशी जी ने परदा उठाकर मुझे इशारे से बुलाया। मैंने काँपते हुए हृदय से कमरे में कदम रक्खा और आश्चर्य से चकित हो गया ! मेरे सामने सौन्दर्य की ज्वाला दीप्तिमान थी।

3

फूल भी सुन्दर है और दीपक भी सुन्दर है। फूल में ठंडक और सुगन्ध है, दीपक में प्रकाश और उद्दीपन। फूल पर भ्रमर उड़-उड़ कर उसका रस लेता है दीपक पर पतंग जल कर राख हो जाता है। मेरे सामने कारचोबी मसनद पर जो सुन्दरी विराजमान थी, वह सौन्दर्य की प्रकाशमय ज्वाला थी। फूल की पंखुड़ियाँ हो सकती हैं, ज्वाला को विभक्त करना असम्भव है। उसके एक-एक अंग की प्रशंसा करना ज्वाला को काटना है। वह नख-शिख तक एक ज्वाला थी, वही दीपन, वही चमक, वही लालिमा, वही प्रभा। कोई चित्रकार प्रतिभा- सौन्दर्य का इससे अच्छा चित्र नहीं खींच सकता था। रमणी ने मेरी तरफ वात्सल्य दृष्टि से देखकर कहा—आपको सफर में कोई विशेष कष्ट तो नहीं हुआ ?

मैंने सँभल कर उत्तर दिया, जी नहीं, कोई कष्ट नहीं हुआ।

रमणी—यह स्थान पसन्द आया ?

मैंने साहसपूर्ण उत्साह के साथ जवाब दिया, ऐसा सुन्दर स्थान पृथ्वी पर न होगा। हाँ, गाइडबुक देखने से विदित हुआ कि यहाँ का जलवायु जैसा सुखद प्रकट होता है, यथार्थ में वैसा नहीं, विषैले पशुओं की भी शिकायत थी।

यह सुनते ही रमणी का मुखसूर्य कांतिहीन हो गया। मैंने तो यह चर्चा इसलिए कर दी थी, जिससे प्रकट हो जाय कि यहाँ आने में मुझे भी कुछ त्याग करना पड़ा है। पर मुझे ऐसा मालूम हुआ कि इस चर्चा से उसे कोई विशेष दुःख हुआ।

पर क्षण भर में सूर्य मेघमंडल से बाहर निकल आया, बोली—यह स्थान अपनी रमणीयता के कारण बहुधा लोगों की आँखों में खटकता है। गुण का निरादर करने वाले सभी होते हैं। और यदि जलवायु कुछ हानिकर हो भी तो आप जैसे बलवान मनुष्य को इसकी क्या चिन्ता हो सकती है। रहे विषैले जीव-जंतु, वह आपके नेत्रों के सामने विचर रहे हैं। अगर मोर, हिरन और हंस विषैले जीव हैं, तो निस्संदेह यहाँ विषैले जीव बहुत हैं।

मुझे संशय हुआ कि कहीं मेरे कथन से उसका चित्त खिन्न हो गया हो, गर्व से बोला—गाइडबुकों पर विश्वास करना सर्वथा भूल है।

इस वाक्य से सुन्दरी का हृदय खिल गया, बोली—आप स्पष्टवादी मालूम होते हैं, और यह मनुष्य का एक उच्च गुण है। मैं आपका चित्र देखते ही इतना समझ गयी थी। आपको यह सुन कर आश्चर्य होगा कि इस पद के लिए मेरे पास एक लाख से अधिक प्रार्थना-पत्र आये थे। कितने ही एम.ए. थे, कोई डी. एस.सी. था, कोई जर्मनी से पी-एच.डी. की उपाधि प्राप्त किये हुए था, मानो यहाँ मुझे किसी दार्शनिक विषय की जाँच करानी थी। मुझे अबकी यह अनुभव हुआ कि देश में उच्चशिक्षित मनुष्यों की इतनी भरमार है। कई महाशयों ने स्वरचित ग्रंथों की नामावली लिखी थी मानो देश में लेखकों और पंडितों ही की आवश्यकता है। कालगति का लेशमात्र भी परिचय नहीं है। प्राचीन कर्मकथाएँ अब केवल अंधभक्तों के रसास्वादन के लिए ही हैं, उनसे और कोई लाभ नहीं है। यह भौतिक उन्नति का समय है। आजकल लोग भौतिक सुख पर अपने प्राण अर्पण कर देते हैं। कितने ही लोगों ने अपने चित्र भी भेजे थे। कैसी-कैसी विचित्र मूर्तियाँ थीं, जिन्हें देखकर घंटों हँसिए। मैंने उन सभी को एक अलबम में लगा लिया है और अवकाश मिलने पर जब हँसने की इच्छा होती है तो उन्हें देखा करती हूँ। मैं उस विद्या को रोग समझती हूँ जो मनुष्य को वनमानुष बना दे। आपका चित्र देखते ही आँखें मुग्ध हो गयीं, तत्क्षण आपको बुलाने को तार दे दिया।

मालूम नहीं क्यों, अपने गुणस्वभाव की प्रशंसा की अपेक्षा हम अपने बाह्य गुणों की प्रशंसा से अधिक संतुष्ट होते हैं और एक सुन्दरी के मुखकंठ से तो वह चलते हुए जादू के समान है। बोला—यथासाध्य आपको मुझसे असंतुष्ट होने का अवसर न मिलेगा!

सुन्दरी ने मेरी ओर प्रशंसापूर्ण नेत्रों से देखकर कहा—इसका मुझे पहले ही विश्वास है। आइए अब कुछ काम की बातें हो जायँ। इस घर को आप अपना ही समझिए और संकोच छोड़कर आनन्द से रहिए। मेरे भक्तों की संख्या बहुत है। वह संसार के प्रत्येक भाग में उपस्थित हैं और बहुधा मुझसे अनेक प्रकार की जिज्ञासा किया करते हैं। उन सबको मैं आपके सुपुर्द करती हूँ। आपको उनमें भिन्न-भिन्न स्वभाव के मनुष्य मिलेंगे। कोई मुझसे सहायता माँगता है, कोई मेरी

निंदा करता है, कोई सराहता है, कोई गालियाँ देता है। इन सब प्राणियों को संतुष्ट रखना आपका काम है। देखिए यह आज के पत्रों का ढेर है। एक महाशय कहते हैं, बहुत दिन हुए आपकी प्रेरणा से मैं अपने बड़े भाई की मृत्यु के बाद उनकी सम्पत्ति का अधिकारी बन बैठा था। अब उनका पुत्र वयस प्राप्त कर चुका है और मुझसे अपने पिता की जायदाद लौटाना चाहता है। इतने दिनों तक उस सम्पत्ति का उपयोग करने के पश्चात् अब उसका हाथ से निकलना अखर रहा है, आपकी इस विषय में क्या सम्मति है ? इनको उत्तर दीजिए कि इस कूटनीति से काम लो, अपने भतीजे को कपट-प्रेम से मिला लो और जब वह निःशंक हो जाय तो उससे एक सादे स्टाम्प पर हस्ताक्षर करा लो। इसके पीछे पटवारी और अन्य कर्मचारियों की मदद से इसी स्टाम्प पर जायदाद का बैनामा लिखा लो। यदि एक लगा कर दो मिलते हों तो आगा-पीछा मत करो।

यह उत्तर सुन कर मुझे बड़ा कौतूहल हुआ। नीति-ज्ञान को धक्का-सा लगा। सोचने लगा, यह रमणी कौन है और क्यों ऐसे अनर्थ का परामर्श देती है। ऐसे खुल्लम-खुल्ला तो कोई वकील भी किसी को यह राय न देगा। उसकी ओर संदेहात्मक भाव से देख कर बोला—यह तो सर्वथा न्याय-विरुद्ध प्रतीत होता है।

कामिनी खिलखिला कर हँस पड़ी और बोली—न्याय की आपने भली कही। यह केवल धर्मान्ध मनुष्यों के मन का समझौता है, संसार में इसका अस्तित्व नहीं। आप ऋण ले कर मर जायँ, लड़का कौड़ी-कौड़ी भरे। विद्वान् लोग इसे न्याय कहते हैं, मैं घोर अत्याचार समझती हूँ। इस न्याय के परदे में गाँठ के पूरे महाजन की हेकड़ी साफ झलक रही है। एक डाकू किसी भद्र पुरुष के घर में डाका मारता है, लोग उसे पकड़ कर कैद कर देते हैं। धर्मात्मा लोग इसे भी न्याय कहते हैं, किंतु यहाँ भी वही धन और अधिकार की प्रचंडता है। भद्र पुरुष ने कितने ही घरों को लूटा, कितनों ही का गला दबाया और इस प्रकार धन संचय किया, किसी को भी उन्हें आँख दिखाने का साहस न हुआ। डाकू ने जब उनका गला दबाया तो वह अपने धन और प्रभुत्व के बल से उस पर वज्रप्रहार कर बैठे। मैं इसे न्याय नहीं कहती। संसार में धन, छल, कपट, धूर्त्तता का राज्य है, यही जीवन-संग्राम है, यहाँ प्रत्येक साधन जिससे हमारा काम निकले, जिससे हम अपने शत्रुओं पर विजय पा सकें, न्यायानुकूल और उचित है। धर्मयुद्ध के दिन अब नहीं रहे। यह देखिए, यह एक दूसरे सज्जन का पत्र है। वह कहते हैं मैंने प्रथम श्रेणी में एम. ए. पास किया, प्रथम श्रेणी में कानून की परीक्षा पास की पर अब कोई बात भी नहीं पूछता। अब तक यह आशा थी कि योग्यता और परिश्रम का अवश्य ही कुछ फल मिलेगा, पर तीन साल के अनुभव से ज्ञात हुआ कि यह केवल धार्मिक नियम है। तीन साल में घर की पूँजी भी खा चुका। अब विवश होकर आपकी शरण लेता हूँ। मुझ हतभाग्य मनुष्य पर दया कीजिए और मेरा बेड़ा पार लगाइए। इनको उत्तर

दीजिए कि जाली दस्तावेजें बनवाइए और झूठे दावे चला कर उनकी डिगरी करा लीजिए। थोड़े ही दिनों में आपका क्लेश निवारण हो जायेगा। यह देखिए, एक सज्जन और कहते हैं, लड़की सयानी हो गयी है, जहाँ जाता हूँ लोग दायज की गठरी माँगते हैं। यहाँ पेट की रोटियों का भी ठिकाना नहीं, किसी तरह भलमनसी निभा रहा हूँ, चारों ओर निंदा हो रही है, जो आज्ञा हो उसका पालन करूँ। इन्हें लिखिए कन्या का विवाह किसी बुड्ढे खुर्राट सेठ से कर दीजिए। वह दायज लेने की जगह कुछ उल्टे और दे जायेगा। अब आप समझ गये होंगे कि ऐसे जिज्ञासुओं को किस ढंग से उत्तर देने की आवश्यकता है। उत्तर संक्षिप्त होना चाहिए, बहुत टीका-टिप्पणी व्यर्थ होती है। अभी कुछ दिनों तक आपको यह काम कठिन जान पड़ेगा, पर आप चतुर मनुष्य हैं शीघ्र ही आपको इस काम का अभ्यास हो जायेगा। तब आपको मालूम होगा कि इससे सहज और कोई काम नहीं है। आपके द्वारा सैकड़ों दारुण दुःख भोगनेवालों का कल्याण होगा और वह आजन्म आपका यश गायेंगे।

4

मुझे यहाँ रहते एक महीने से अधिक हो गया पर अब तक मुझ पर यह रहस्य न खुला कि यह सुन्दरी कौन है ? मैं किसका सेवक हूँ ? इसके पास इतना अतुल धन, ऐसी-ऐसी विलास की सामग्रियाँ कहाँ से आती हैं ? जिधर देखता था ऐश्वर्य ही का आडम्बर दिखायी देता था। मेरे आश्चर्य की सीमा न थी मानो किसी तिलिस्म में आ फँसा हूँ। इन जिज्ञासुओं का इस रमणी से क्या सम्बन्ध है, यह भेद भी न खुलता था। मुझे नित्य उससे साक्षात् होता था, उसके सम्मुख जाते ही मैं अचेत-सा हो जाता था। उसकी चितवनों में एक प्रबल आकर्षण था जो मेरे प्राणों को खींच लिया करता था। मैं वाक्-शून्य हो जाता, केवल छुपी हुई आँखों से उसे देखा करता था। पर मुझे उसकी मृदुल मुसकान और रसमयी आलोचनाओं तथा मधुर, काव्यमय भावों में प्रेमानंद की जगह एक प्रबल मानसिक शांति का अनुभव होता था। उसकी चितवनें केवल हृदय को वाणों के समान छेदती थीं, उसके कटाक्ष चित्त को व्यस्त करते थे। शिकारी अपने शिकार खेलाने में जो आनंद पाता है वही उस परम सुंदरी को मेरी प्रेमातुरता में प्राप्त होता था। वह एक सौंदर्य-ज्वाला जलाने के सिवाय और क्या कर सकता है। तिस पर भी मैं पतंग की भाँति उस ज्वाला पर अपने को समर्पण करना चाहता था। यही आकांक्षा होती थी कि उन पद-कमलों पर सिर रख कर प्राण दे दूँ। यह केवल एक उपासक की भक्ति थी, काम और वासना से शून्य।

कभी-कभी जब वह संध्या-समय अपने मोटर-बोट पर बैठ कर सागर की

सैर करती तो ऐसा जान पड़ता था मानो चंद्रमा आकाश-लालिमा में तैर रहा है। मुझे इस दृश्य में अनुपम सुख प्राप्त होता था।

मुझे अब अपने नियत कार्यों में खूब अभ्यास हो गया था। मेरे पास प्रतिदिन पत्रों का एक पोथा पहुँच जाता था। मालूम नहीं कि डाक से आता था। लिफाफों पर कोई मोहर न होती थी। मुझे इन जिज्ञासुओं में बहुधा वह लोग मिलते थे जिनका मेरी दृष्टि में बड़ा आदर था, कितने ही ऐसे महात्मा थे जिनमें मुझे श्रद्धा थी। बड़े-बड़े विद्वान् लेखक और अध्यापक, बड़े-बड़े ऐश्वर्यवान रईस, यहाँ तक कि कितने ही धर्म के आचार्य, नित्य अपनी राम-कहानी सुनाते थे। उनकी दशा अत्यंत करुणाजनक थी। वह सब मुझे रँगे हुए सियार दिखायी देते थे। जिन लेखकों को मैं अपनी भाषा का स्तम्भ समझता था, उनसे घृणा होने लगी। वह केवल उचक्के थे, जिनकी सारी कीर्ति चोरी, अनुवाद और कतर-ब्योंत पर निर्भर थी। जिन धर्म के आचार्यों को मैं पूज्य समझता था, वह स्वार्थ, तृष्णा और घोर नीचता के दलदल में फँसे हुए दिखायी देते थे। मुझे धीरे-धीरे यह अनुभव हो रहा था कि संसार की उत्पत्ति से अब तक, लाखों शताब्दियाँ बीत जाने पर भी, मनुष्य वैसा क्रूर, वैसा ही वासनाओं का गुलाम बना हुआ है। बल्कि उस समय के लोग सरल प्रकृति के कारण इतने कुटिल, दुराग्रहों में इतने चालाक न होते थे।

एक दिन संध्या समय उस रमणी ने मुझे बुलाया। मैं अपने घमंड में यह समझता था कि मेरे बाँकेपन का कुछ न कुछ असर उस पर भी होता है। अपना सर्वोत्तम सूट पहना, बाल सँवारे और विरक्त भाव से जा कर बैठ गया। यदि वह मुझे अपना शिकार बना कर खेलती थी तो मैं भी शिकार बन कर उसे खेलाना चाहता था।

ज्यों ही मैं पहुँचा, उस लावण्यमयी ने मुस्करा कर मेरा स्वागत किया, पर मुखचंद्र कुछ मलिन था। मैंने अधीर हो कर पूछा—सरकार का जी तो अच्छा है।

उसने निराश भाव से उत्तर दिया—जी हाँ, एक महीने से एक कठिन रोग में फँस गयी हूँ। अब तक किसी भाँति अपने को सँभाल सकी हूँ, पर अब रोग असाध्य होता जाता है। उसकी औषधि एक निर्दय मनुष्य के पास है। वह मुझे प्रतिदिन तड़पते देखता है, पर उसका पाषाण हृदय जरा भी नहीं पसीजता।

मैं इशारा समझ गया। सारे शरीर में एक बिजली-सी दौड़ गयी। साँस, बड़े वेग से चलने लगी। एक उन्मत्तता का अनुभव होने लगा। निर्भय होकर बोला—सम्भव है, जिसे आपने निर्दय समझ रखा हो, वह भी आपको ऐसा समझता हो और भय से मुँह खोलने का साहस न कर सकता हो।

सुन्दरी ने कहा—तो कोई ऐसा उपाय बताइए जिससे दोनों ओर की आग बुझे। प्रियतम ! अब मैं अपने हृदय की दहकती हुई विरहाग्नि को नहीं छिपा सकती। मेरा सर्वस्व आपकी भेंट है। मेरे पास वह खजाने हैं, जो कभी खाली न होंगे। मेरे

पास वह साधन हैं, जो आपको कीर्ति के शिखर पर पहुँचा देंगे। समस्त संसार को आपके पैरों पर झुका सकती हूँ। बड़े-बड़े सम्राट भी मेरी आज्ञा को नहीं टाल सकते। मेरे पास वह मन्त्र है, जिससे मैं मनुष्य के मनोवेगों को क्षणमात्र में पलट सकती हूँ। आइए, मेरे हृदय से लिपट कर इस दाह-क्रांति को शांत कीजिए।

रमणी के चेहरे पर जलती हुई आग की-सी कांति थी। वह दोनों हाथ फैलाये कामोन्मत्त हो कर मेरी ओर बढ़ी। उसकी आँखों से आग की चिनगारियाँ निकल रही थीं। परंतु जिस प्रकार अग्नि से पारा दूर भागता है उसी प्रकार मैं भी उसके सामने से एक कदम पीछे हट गया। उसकी इस प्रेमातुरता से मैं भयभीत हो गया जैसे कोई निर्धन मनुष्य किसी के हाथों सोने की ईंट लेते हुए भयभीत हो जाय। मेरा चित्त एक अज्ञात शंका से काँप उठा। रमणी ने मेरी ओर अग्निमय नेत्रों से देखा मानो किसी सिंहनी के मुँह से उसका आहार छिन जाय और सरोष हो कर बोली—यह भीरुता क्यों ?

मैं—मैं आपका एक तुच्छ सेवक हूँ, इस महान् आदर का पात्र नहीं।

रमणी—आप मुझसे घृणा करते हैं।

मैं—यह आपका मेरे साथ अन्याय है। मैं इस योग्य भी तो नहीं कि आपके तलुवों को आँखों से लगाऊँ। आप दीपक हैं, मैं पतंग हूँ; मेरे लिए इतना ही बहुत है।

रमणी नैराश्यपूर्ण क्रोध के साथ बैठ गयी और बोली—वास्तव में आप निर्दयी हैं, मैं ऐसा न समझती थी। आप में अभी तक अपनी शिक्षा के कुसंस्कार लिपटे हुए हैं, पुस्तकों और सदाचार की बेड़ी आपके पैरों से नहीं निकली।

मैं शीघ्र ही अपने कमरे में चला आया और चित्त के स्थिर होने पर जब मैं इस घटना पर विचार करने लगा तो मुझे ऐसा मालूम हुआ कि मैं अग्निकुण्ड में गिरते-गिरते बचा। कोई गुप्त शक्ति मेरी सहायक हो गयी। यह गुप्त शक्ति क्या थी ?

5

मैं जिस कमरे में ठहरा हुआ था, उसके सामने झील के दूसरी तरफ एक छोटा-सा झोपड़ा था। उसमें एक वृद्ध पुरुष रहा करते थे। उनकी कमर तो झुक गयी थी, पर चेहरा तेजमय था। वह कभी-कभी इस महल में आया करते थे। रमणी न जाने क्यों उनसे घृणा करती थी, मन में उनसे कुछ डरती थी। उन्हें देखते ही घबरा जाती, मानो किसी असमंजस में पड़ी हुई है, उसका मुख फीका पड़ जाता, जा कर अपने किसी गुप्त स्थान में मुँह छिपा लेती, मुझे उसकी यह दशा देख कर कौतूहल होता था। कई बार उसने मुझसे उनकी चर्चा की थी, पर अत्यन्त अपमान के भाव से

वह मुझे उनसे दूर-दूर रहने का उपदेश दिया करती, और यदि कभी मुझे उनसे बातें करते देख लेती तो उसके माथे पर बल पड़ जाते थे, कई-कई दिनों तक मुझसे खुल कर न बोलती थी।

उस रात को मुझे देर तक नींद नहीं आयी। उधेड़बुन में पड़ा हुआ था। कभी जी चाहता आओ आँख बंद करके प्रेम-रस पान करें। संसार के पदार्थों का सुख भोगें, जो कुछ होगा देखा जायेगा। जीवन में ऐसे दिव्य अवसर कहाँ मिलते हैं, फिर आप ही आप मन कुछ खिंच जाता था, घृणा उत्पन्न हो जाती थी।

रात के दस बजे होंगे कि हठात् मेरे कमरे का द्वार आप ही आप खुल गया और वही तेजस्वी पुरुष अंदर आये। यद्यपि मैं अपनी स्वामिनी के भय से उनसे बहुत कम मिलता था, पर उनके मुख पर ऐसी शांति थी और उनके भाव ऐसे पवित्र तथा कोमल थे कि हृदय में उनके सत्संग की उत्कंठा होती थी। मैंने उनका स्वागत किया और ला कर एक कुरसी पर बैठा दिया। उन्होंने मेरी ओर दयापूर्ण भाव से देख कर कहा—मेरे आने से तुम्हें कष्ट तो नहीं हुआ !

मैंने सिर झुका कर उत्तर दिया, आप जैसे महात्माओं का दर्शन मेरे सौभाग्य की बात है। महात्मा जी निश्चिंत होकर बोले—

अच्छा तो सुनो और सचेत हो जाओ, मैं तुम्हें यही चेतावनी देने के लिए आया हूँ। तुम्हारे ऊपर एक घोर विपत्ति आनेवाली है। तुम्हारे लिए इस समय इसके सिवाय और कोई उपाय नहीं है कि यहाँ से चले जाओ। मेरी बात न मानोगे तो जीवनपर्यंत कष्ट झेलोगे और इस मायाजाल से कभी मुक्त न हो सकोगे। मेरा झोपड़ा तुम्हारे सामने था। मैं भी कभी-कभी यहाँ आया करता था, पर तुमने मुझसे मिलने की आवश्यकता न समझी। यदि पहले ही दिन तुम मुझसे मिलते तो सहस्रों मनुष्यों का सर्वनाश करने के अपराध से बच जाते। निःसंदेह यह तुम्हारे पूर्व कर्मों का फल था, जिसने आज तुम्हारी रक्षा की। अगर यह पिशाचिनी एक बार तुमसे प्रेमालिंगन कर लेती तो फिर तुम उसी दम उसके अजायबखाने में भेज दिये जाते। वह जिस पर रीझती है, उसकी वही गत बनाती है। यही इसका प्रेम है। चलो जरा इस अजायबखाने की सैर करो तब तुम समझोगे कि आज तुम किस आफत से बचे।

यह कहकर महात्मा जी ने दीवार में एक बटन दबाया। तुरंत एक दरवाजा निकल आया। यह नीचे उतरने की सीढ़ी थी। महात्मा उसमें घुसे और मुझे भी बुलाया। घोर अंधकार में कई कदम उतरने के बाद एक बड़ा कमरा नजर आया। उसमें एक दीपक टिमटिमा रहा था। वहाँ मैंने जो घोर, वीभत्स और हृदय-विदारक दृश्य देखे, उनका स्मरण करके आज भी रोंगटे खड़े हो जाते हैं। इटली के अमर कवि 'डैन्टी' ने नर्क का जो दृश्य दिखाया है, उससे कहीं भयावह, रोमांचकारी तथा नारकीय दृश्य मेरी आँखों के सामने उपस्थित था। सैकड़ों विचित्र देहधारी नाना प्रकार की अशुद्धताओं में लिपटे हुए, भूमि पर पड़े कराह रहे थे। उनके शरीर मनुष्य के-से थे, लेकिन चेहरों का रूपांतर हो गया था। कोई कुत्ते से मिलता था, कोई

गीदड़ से, कोई बनबिलाव से, कोई साँप से। एक स्थान पर एक मोटा स्थूल मनुष्य एक दुर्बल, शक्तिहीन मनुष्य के गले में मुँह लगाये उसका रक्त चूस रहा था। एक ओर दो गिद्ध की सूरत वाले मनुष्य एक सड़ी हुई लाश पर बैठ उसका मांस नोच रहे थे। एक जगह एक अजगर की सूरत का मनुष्य एक बालक को निगलना चाहता था, पर बालक उसके गले में अटका हुआ था। दोनों ही जमीन पर पड़े छटपटा रहे थे। एक जगह मैंने एक अत्यंत पैशाचिक घटना देखी। दो नागिन की सूरतवाली स्त्रियाँ एक भेड़िये की सूरतवाले मनुष्य के गले में लिपटी हुई उसे काट रही थीं। वह मनुष्य घोर वेदना से चिल्ला रहा था। मुझसे अब और न देखा गया। तुरन्त वहाँ से भागा और गिरता-पड़ता अपने कमरे में आ कर दम लिया। महात्मा जी मेरे साथ चले आये। जब मेरा चित्त शांत हुआ तो उन्होंने कहा—इतनी जल्द घबरा गये, अभी तो इस रहस्य का एक भाग भी नहीं देखा। यह तुम्हारी स्वामिनी के विहार का स्थान है और यही उनके पालतू जीव हैं। इन जीवों के पिशाचाभिनय देखने में उसका विशेष मनोरंजन होता है। यह सभी मनुष्य किसी समय तुम्हारे ही समान प्रेम और प्रमोद के पात्र थे, पर उनकी यह दुर्गति हो रही है। अब तुम्हें मैं यही सलाह देता हूँ कि इसी दम यहाँ से भागो नहीं तो रमणी के दूसरे वार से कदापि न बचोगे।

यह कह कर वह महात्मा अदृश्य हो गये। मैंने भी अपनी गठरी बाँधी और अर्धरात्रि के सन्नाटे में चोरों की भाँति कमरे से बाहर निकला। शीतल, आनन्दमय समीर चल रहा था, सामने के सागर में तारे छिटक रहे थे, मेहंदी की सुगंधि उड़ रही थी। मैं चलने को चला, पर संसार-सुखभोग का ऐसा सुअवसर छोड़ते हुए दुःख होता था। इतना देखने और महात्मा के उपदेश सुनने पर भी चित्त उस रमणी की ओर खिंचता था। मैं कई बार चला, कई बार लौटा; पर अंत में आत्मा ने इंद्रियों पर विजय पायी। मैंने सीधा मार्ग छोड़ दिया और झील के किनारे-किनारे गिरता-पड़ता, कीचड़ में फँसता सड़क तक आ पहुँचा। यहाँ आ कर मुझे एक विचित्र उल्लास हुआ, मानो कोई चिड़िया बाज के चंगुल से छूट गयी हो।

यद्यपि मैं एक मास के बाद लौटा था, पर अब जो देखा तो अपनी चारपाई पर पड़ा हुआ था। कमरे में जरा भी गर्द या धूल न थी। मैंने लोगों से इस घटना की चर्चा की तो लोग खूब हँसे और मित्रगण तो अभी तक मुझे 'प्राइवेट सेक्रेटरी' कह कर बनाया करते हैं ! सभी कहते हैं कि मैं एक मिनट के लिए भी कमरे से बाहर नहीं निकला, महीना भर गायब रहने की तो बात ही क्या। इसलिए अब मुझे भी विवश हो कर यही कहना पड़ता है कि शायद मैंने कोई स्वप्न देखा हो। कुछ भी हो, परमात्मा को कोटि-कोटि धन्यवाद देता हूँ कि मैं उस पापकुंड से बच कर निकल आया। वह चाहे स्वप्न ही हो, पर मैं उसे अपने जीवन का एक वास्तविक अनुभव समझता हूँ, क्योंकि उसने सदैव के लिए मेरी आँखें खोल दीं।

पशु से मनुष्य

दुर्गा माली डॉक्टर मेहरा बार-ऐट ला के यहाँ नौकर था। पाँच रुपये मासिक वेतन पाता था। उसके घर में स्त्री और दो-तीन छोटे बच्चे थे। स्त्री पड़ोसियों के लिए गेहूँ पीसा करती थी। दो बच्चे, जो समझदार थे, इधर-उधर से लकड़ियाँ, गेहूँ, उपले चुन लाते थे। किंतु इतना यत्न करने पर भी वे बहुत तकलीफ में रहते थे। दुर्गा, डॉक्टर साहब की नजर बचा कर बगीचे से फूल चुन लेता और बाजार में पुजारियों के हाथ बेच दिया करता था। कभी-कभी फलों पर भी हाथ साफ किया करता। यही उसकी ऊपरी आमदनी थी। इससे नोन-तेल आदि का काम चल जाता था। उसने कई बार डॉक्टर महोदय से वेतन बढ़ाने के लिए प्रार्थना की, परंतु डॉक्टर साहब नौकर की वेतन-वृद्धि को छूत की बीमारी समझते थे, जो एक से अनेक को ग्रस लेती है। वे साफ कह दिया करते कि, "भाई मैं तुम्हें बाँधे तो हूँ नहीं। तुम्हारा निर्वाह यहाँ नहीं होता; तो और कहीं चले जाओ, मेरे लिए मालियों का अकाल नहीं है।" दुर्गा में इतना साहस न था कि वह लगी हुई रोजी छोड़ कर नौकरी ढूँढ़ने निकलता। इससे अधिक वेतन पाने की आशा भी नहीं। इसलिए वह इसी निराशा में पड़ा हुआ जीवन के दिन काटता और अपने भाग्य को रोता था।

डॉक्टर महोदय को बागबानी से विशेष प्रेम था। नाना प्रकार के फूल-पत्ते लगा रखे थे। अच्छे-अच्छे फलों के पौधे दरभंगा, मलीहाबाद, सहारनपुर आदि स्थानों से मँगवा कर लगाये थे। वृक्षों को फलों से लदे हुए देख कर उन्हें हार्दिक आनंद होता था। अपने मित्रों के यहाँ गुलदस्ते और शाक-भाजी की डालियाँ तोहफे के तौर पर भिजवाते रहते थे। उन्हें फलों को आप खाने का शौक न था, पर मित्रों को खिलाने में उन्हें असीम आनंद प्राप्त होता था। प्रत्येक फल के मौसम में मित्रों की दावत करते, और 'पिकनिक पार्टियाँ' उनके मनोरंजन का प्रधान अंग थीं।

एक बार गर्मियों में उन्होंने अपने कई मित्रों को आम खाने की दावत दी। मलीहाबादी में सुफेदे के फल खूब लगे हुए थे। डॉक्टर साहब इन फलों को प्रतिदिन देखा करते थे। ये पहले ही फले थे, इसलिए वे मित्रों से उनके मिठास और स्वाद का बखान सुनना चाहते थे। इस विचार से उन्हें वही आमोद था, जो किसी पहलवान

को अपने पट्ठों के करतब दिखाने से होता है। इतने बड़े सुन्दर और सुकोमल सुफेदे स्वयं उनकी निगाह से न गुजरे थे। इन फलों के स्वाद का उन्हें इतना विश्वास था कि वे एक फल चख कर उनकी परीक्षा करना आवश्यक न समझते थे, प्रधानतः इसलिए कि एक फल की कमी एक मित्र को रसास्वादन से वंचित कर देगी।

संध्या का समय था, चैत का महीना। मित्रगण आकर बगीचे के हौज के किनारे कुरसियों पर बैठे थे। बर्फ और दूध का प्रबन्ध पहले ही से कर लिया गया था, पर अभी तक फल न तोड़े गये थे। डॉक्टर साहब पहले फलों को पेड़ में लगे हुए दिखला कर तब उन्हें तोड़ना चाहते थे, जिसमें किसी को यह संदेह न हो कि फल इनके बाग के नहीं हैं। जब सब सज्जन जमा हो गये तब उन्होंने कहा–आप लोगों को कष्ट होगा, पर जरा चलकर फलों को पेड़ में लटके हुए देखिए। बड़ा ही मनोहर दृश्य है। गुलाब में भी ऐसी लोचनप्रिय लाली न होगी। रंग से स्वाद टपक पड़ता है। मैंने इसकी कलम खास मलीहाबाद से मँगवायी थी और उसका विशेष रीति से पालन किया है।

मित्रगण उठे। डॉक्टर साहब आगे-आगे चले–रविशों के दोनों ओर गुलाब की क्यारियाँ थीं। उनकी छटा दिखाते हुए वे अन्त में सुफेदे के पेड़ के सामने आ गये। मगर, आश्चर्य ! वहाँ एक फल भी न था। डॉक्टर साहब ने समझा, शायद वह यह पेड़ नहीं है। दो पग और आगे चले, दूसरा पेड़ मिल गया। और आगे बढ़े, तीसरा पेड़ मिला। फिर पीछे लौटे और एक विस्मित दशा में सुफेदे के वृक्ष के नीचे आ कर रुक गये। इसमें सन्देह नहीं कि वृक्ष यही है, पर फल क्या हुए ? बीस-पच्चीस आम थे, एक का भी पता नहीं ! मित्रों की ओर अपराधपूर्ण नेत्रों से देख कर बोले–आश्चर्य है कि इस पेड़ में एक भी फल नहीं है। आज सुबह मैंने देखा था, पेड़ फलों से लदा हुआ था। यह देखिए, फलों का डंठल है। यह अवश्य माली की शरारत है। मैं आज उसकी हड्डियाँ तोड़ दूँगा। उस पाजी ने मुझे कितना धोखा दिया ! मैं बहुत लज्जित हूँ कि आप लोगों को व्यर्थ कष्ट हुआ। मैं सत्य कहता हूँ, इस समय मुझे जितना दुःख है, उसे प्रकट नहीं कर सकता। ऐसे रंगीले, कोमल, कमनीय फल मैंने अपने जीवन में कभी न देखे थे। उनके यों लुप्त हो जाने से मेरे हृदय के टुकड़े हुए जाते हैं।

यह कह कर वे नैराश्य-वेदना से कुरसी पर बैठ गये। मित्रों ने सांत्वना देते हुए कहा–नौकरों का सब जगह यही हाल है। यह जाति ही पाजी होती है। आप हम लोगों के कष्ट का खेद न करें। यह सुफेदे न सही दूसरे फल सही।

एक सज्जन ने कहा–साहब, मुझे तो सब आम एक ही से मालूम होते हैं। सुफेदे, मोहनभोग, लँगड़े, बम्बई, फजली, दशहरी इनमें कोई भेद ही नहीं मालूम होता, न जाने आप लोगों को कैसे उनके स्वाद में फर्क मालूम होता है।

दूसरे सज्जन ने बोले–यहाँ भी वही हाल है। इस समय जो फल मिले, वही मँगवाइए। जो गये उनका अफसोस क्या ?

डॉक्टर साहब ने व्यथित भाव से कहा—आमों की क्या कमी है, सारा बाग भरा पड़ा है, खूब शौक से खाइए और बाँध कर घर ले जाइए। वे हैं और किस लिए ? पर वह रस और स्वाद कहाँ ? आपको विश्वास न होगा, उन सुफेदों पर ऐसा निखार था कि सेब मालूम होते थे। सेब भी देखने में ही सुन्दर होता है, उसमें वह रुचिवर्द्धक लालित्य, वह सुधामय मृदुता कहाँ ! इस माली ने आज वह अनर्थ किया है कि जी चाहता है नमकहराम को गोली मार दूँ। इस वक्त सामने आ जाय तो अधमुआ कर दूँ।

माली बाजार गया हुआ था। डॉ. साहब ने साईस से कुछ आम तुड़वाये, मित्रों ने आम खाये, दूध पिया और डॉक्टर साहब को धन्यवाद दे कर अपने-अपने घर की राह ली। लेकिन मिस्टर मेहरा वहाँ हौज के किनारे हाथ में हंटर लिए माली की बाट जोहते रहे। आकृति से जान पड़ता था मानो साक्षात् क्रोध मूर्तिमान हो गया था।

2

कुछ रात गये दुर्गा बाज़ार से लौटा। वह चौकन्नी आँखों से इधर-उधर देख रहा था। ज्यों ही उसने डॉक्टर साहब को हौज के किनारे हाथ में हंटर लिये बैठे देखा, उसके होश उड़ गये। समझ गया कि चोरी पकड़ ली गयी। इसी भय से उसने बाजार में खूब देर की थी। उसने समझा था, डॉक्टर साहब कहीं सैर करने गये होंगे, मैं चुपके कटहल के नीचे अपनी झोंपड़ी में जा बैठूँगा, सबेरे कुछ पूछताछ भी हुई तो मुझे सफाई देने का अवसर मिल जायेगा। कह दूँगा, सरकार, मेरे झोपड़े की तलाशी ले लें, इस प्रकार मामला दब जायेगा। समय सफल चोर का सबसे बड़ा मित्र है। एक-एक क्षण उसे निर्दोष सिद्ध करता जाता है। किन्तु जब वह रँगे हाथों पकड़ा जाता है तब उसे बच निकलने की कोई राह नहीं रहती। रुधिर के सूखे हुए धब्बे रंग के दाग बन सकते हैं, पर ताजा लोहू आप-ही-आप पुकारता है। दुर्गा के पैर थम गये, छाती धड़कने लगी। डॉक्टर साहब की निगाह उस पर पड़ गयी थी। अब उलटे पाँव लौटना व्यर्थ था।

डॉक्टर साहब उसे दूर से देखते ही उठे कि चल कर उसकी खूब मरम्मत करूँ। लेकिन वकील थे, विचार किया कि इसका बयान लेना आवश्यक है। इशारे से निकट बुलाया और पूछा—सुफेदे के पेड़ में कई आम लगे हुए थे। एक भी नहीं दिखायी देता। क्या हो गये ?

दुर्गा ने निर्दोष भाव से उत्तर दिया—हुज़ूर, अभी मैं बाजार गया हूँ तब तक तो सब आम लगे हुए थे। इतनी देर में कोई तोड़ ले गया हो तो मैं नहीं कह सकता।

डॉक्टर–तुम्हारा किस पर संदेह है ?

दुर्गा–सरकार, अब मैं किसे बताऊँ ! इतने नौकर-चाकर हैं, न जाने किसकी नीयत बिगड़ी हो।

डॉक्टर–मेरा संदेह तुम्हारे ऊपर है, अगर तोड़ कर रखे हो तो ला कर दे दो या साफ-साफ कह दो कि मैंने तोड़े हैं, नहीं तो मैं बुरी तरह पेश आऊँगा।

चोर केवल दंड से ही नहीं बचना चाहता, वह अपमान से भी बचना चाहता है। वह दंड से उतना नहीं डरता जितना अपमान से। जब उसे सजा से बचने की कोई आशा नहीं रहती, उस समय भी वह अपने अपराध को स्वीकार नहीं करता। वह अपराधी बन कर छूट जाने से निर्दोष बन कर दंड भोगना बेहतर समझता है। दुर्गा इस समय अपराध स्वीकार करके सजा से बच सकता था, पर उसने कहा–हुजूर मालिक हैं, जो चाहें करें, पर मैंने आम नहीं तोड़े। सरकार ही बतायें, इतने दिन मुझे आपकी ताबेदारी करते हो गये, मैंने एक पत्ती भी छुई है।

डॉक्टर–तुम कसम खा सकते हो ?

दुर्गा–गंगा की कसम जो मैंने आमों को हाथ से छुआ भी हो।

डॉक्टर–मुझे इस कसम पर विश्वास नहीं है। तुम पहले लोटे में पानी लाओ, उसमें तुलसी की पत्तियाँ डालो, तब कसम खा कर कहो कि अगर मैंने तोड़े हों तो मेरा लड़का मेरे काम न आये। तब मुझे विश्वास आवेगा।

दुर्गा–हुजरू साँच को आँच क्या, जो कसम कहिए खाऊँगा। जब मैंने काम ही नहीं किया तो मुझ पर कसम क्या पड़ेगी।

डॉक्टर–अच्छा, बातें न बनाओ, जा कर पानी लाओ।

डॉक्टर महोदय मानव-चरित्र के ज्ञाता थे। सदैव अपराधियों से व्यवहार रहता था। यद्यपि दुर्गा जबान से हेकड़ी की बातें कर रहा था, पर उसके हृदय में भय समाया हुआ था। वह अपने झोपड़े में आया, लेकिन लोटे में पानी लेकर जाने की हिम्मत न हुई। उसके हाथ थरथराने लगे। ऐसी घटनाएँ याद आ गयीं जिनमें झूठी गंगा उठानेवाले पर दैवी कोप का प्रहार हुआ था। ईश्वर के सर्वज्ञ होने का ऐसा मर्मस्पर्शी विश्वास उसे कभी नहीं हुआ था। उसने निश्चय किया, 'मैं झूठी गंगा न उठाऊँगा, यही न होगा, निकाल दिया जाऊँगा। नौकरी फिर कहीं न कहीं मिल जायेगी और नौकरी भी न मिले तो मजूरी तो कहीं नहीं गयी है। कुदाल भी चलाऊँगा तो साँझ तक आध सेर आटे का ठिकाना हो जायेगा।' वह धीरे-धीरे खाली हाथ डॉक्टर साहब के सामने आ कर खड़ा हो गया !

डॉक्टर साहब ने कड़े स्वर से पूछा–पानी लाया ?

दुर्गा–हुजूर, मैं गंगा न उठाऊँगा।

डॉक्टर–तो तुम्हारा आम तोड़ना साबित है !

दुर्गा–अब सरकार जो चाहें, समझें। मान लीजिए, मैंने ही आम तोड़े तो

आपका गुलाम ही तो हूँ। रात-दिन ताबेदारी करता हूँ, बाल-बच्चे आमों के लिए रोवें तो कहाँ जाऊँ। अबकी जान बकसी जाय, फिर ऐसा कसूर न होगा।

डॉक्टर महोदय इतने उदार न थे। उन्होंने यही बड़ा उपकार किया कि दुर्गा को पुलिस के हवाले न किया और हंटर ही लगाये। उसकी इस धार्मिक श्रद्धा ने उन्हें कुछ नर्म कर दिया था। मगर ऐसे दुर्बल हृदय को अपने यहाँ रखना असम्भव था। उन्होंने उसी क्षण दुर्गा को जवाब दे दिया और उसकी आधे महीने की बाकी मजूरी जब्त कर ली।

3

कई मास के पश्चात् एक दिन डॉक्टर मेहरा बाबू प्रेमशंकर के बाग की सैर करने गये। वहाँ से कुछ अच्छी-अच्छी कलमें लाना चाहते थे। प्रेमशंकर को भी बागबानी से प्रेम था और दोनों मनुष्यों में यही समानता थी, अन्य सभी विषयों में एक दूसरे से भिन्न थे। प्रेमशंकर बड़े संतोषी, सरल, सहृदय मनुष्य थे। वे कई साल अमेरिका रह चुके थे। वहाँ उन्होंने कृषि-विज्ञान का खूब अध्ययन किया था और यहाँ आ कर इस वृत्ति को अपनी जीविका का आधार बना लिया था। मानव-चरित्र और वर्तमान सामाजिक संगठन के विषय में उनके विचार विचित्र थे। इसीलिए शहर के सभ्य समाज में लोग उनकी उपेक्षा करते थे और उन्हें झक्की समझते थे। इसमें संदेह नहीं कि उनके सिद्धान्तों से लोगों को एक प्रकार की दार्शनिक सहानुभूति थी, पर उनके क्रियात्मक होने के विषय में उन्हें बड़ी शंका थी। संसार कर्मक्षेत्र है, मीमांसा क्षेत्र नहीं। यहाँ सिद्धांत, सिद्धांत ही रहेंगे, उनका प्रत्यक्ष घटनाओं से सम्बन्ध नहीं।

डॉक्टर साहब बगीचे में पहुँचे तो उन्होंने प्रेमशंकर को क्यारियों में पानी देते हुए पाया। कुएँ पर एक मनुष्य खड़ा पम्प से पानी निकाल रहा था। मेहरा ने उसे तुरंत ही पहचान लिया। वह दुर्गा माली था। डॉक्टर साहब के मन में उस समय दुर्गा के प्रति एक विचित्र ईर्ष्या का भाव उत्पन्न हुआ। जिस नराधम को उन्होंने दंड दे कर अपने यहाँ से अलग कर दिया था, उसे नौकरी क्यों मिल गयी ? यदि दुर्गा इस वक्त फटेहाल रोनी सूरत बनाये दिखायी देता तो डॉक्टर साहब को उस पर दया आ जाती। वे सम्भवतः उसे कुछ इनाम देते और प्रेमशंकर से उसकी प्रशंसा भी कर देते। उनकी प्रकृति में दया थी और अपने नौकरों पर उनकी कृपादृष्टि रहती थी। परंतु उनकी इस कृपा और दया में लेशमात्र भी भेद न था, जो अपने कुत्तों और घोड़ों से थी। इस कृपा का आधार न्याय नहीं, दीन-पालन है। दुर्गा ने उन्हें देखा, कुएँ पर खड़े-खड़े सलाम किया और फिर अपने काम में लग गया। उसका यह अभिमान डॉक्टर साहब के हृदय में भाले की भाँति चुभ गया। उन्हें

यह विचार कर अत्यंत क्रोध आया कि मेरे यहाँ से निकलना इसके लिए हितकर हो गया। उन्हें अपनी सहृदयता पर जो घमंड था, उसे बड़ा आघात लगा। प्रेमशंकर ज्यों ही उनसे हाथ मिला कर उन्हें क्यारियों की सैर कराने लगे, त्यों ही डॉक्टर साहब ने उनसे पूछा—यह आदमी आपके यहाँ कितने दिनों से है ?

प्रेमशंकर—यही 6 या 7 महीने होंगे।

डॉक्टर—कुछ नोच-खसोट तो नहीं करता ? यह मेरे यहाँ माली था। इसके हथलपकेपन से तंग आ कर मैंने इसे निकाल दिया था। कभी फूल तोड़ कर बेच आता, कभी पौधे उखाड़ ले जाता, और फलों का कहना ही क्या ? वे इसके मारे बचते ही न थे। एक बार मैंने मित्रों की दावत की थी। मलीहाबादी सुफेदे में खूब फल लगे हुए थे। जब सब आकर बैठ गये और मैं उन्हें फल दिखाने के लिए ले गया तो सारे फल गायब ! कुछ न पूछिये, उस घड़ी कितनी भद्द हुई ! मैंने उसी क्षण इन महाशय को दुतकार बतायी। बड़ा ही दगाबाज आदमी है, और ऐसा चतुर है कि इसको पकड़ना मुश्किल है। कोई वकीलों ही जैसा काइयाँ आदमी हो तो इसे पकड़ सकता है। ऐसी सफाई और ढिठाई से ढुलकता है कि इसका मुँह देखते रह जाइए। आपको भी तो कभी चरका नहीं दिया ?

प्रेमशंकर—जी नहीं, कभी नहीं। मुझे इसने शिकायत का कोई अवसर नहीं दिया। यहाँ तो खूब मेहनत करता है, यहाँ तक कि दोपहर की छुट्टी में भी आराम नहीं करता। मुझे तो इस पर इतना भरोसा हो गया कि सारा बगीचा इस पर छोड़ रक्खा है। दिन भर में जो कुछ आमदनी होती है, वह शाम को मुझे दे देता है और कभी एक पाई का भी अंतर नहीं पड़ता।

डॉक्टर—यही तो इसका कौशल है कि आपको उलटे छुरे मूँड़े और आपको खबर भी नहीं। आप इसे वेतन क्या देते हैं ?

प्रेमशंकर—यहाँ किसी को वेतन नहीं दिया जाता। सब लोग लाभ में बराबर के साझेदार हैं। महीने भर में आवश्यक व्यय के पश्चात् जो कुछ बचता है, उनमें से 10 रु. प्रति सैकड़ा धर्मखाते में डाल दिया जाता है, शेष रुपये समान भागों में बाँट दिये जाते हैं। पिछले महीने में 140 रु. की आमदनी हुई थी। मुझे मिला कर यहाँ सात आदमी हैं। 20 रु. हिस्से पड़े। अबकी नारंगियाँ खूब हुई हैं, मटर की फलियों, गन्ने, गोभी आदि से अच्छी आमदनी हो रही है, 40 रु. से कम न पड़ेंगे।

डॉक्टर मेहरा ने आश्चर्य से पूछा—इतने में आपका काम चल जाता है ?

प्रेमशंकर—जी हाँ, बड़ी सुगमता से। मैं इन्हीं आदमियों के-से कपड़े पहनता हूँ, इन्हीं का-सा खाना खाता हूँ और मुझे कोई दूसरा व्यसन नहीं है। यहाँ 20 रु. मासिक उन औषधियों का खर्च है, जो गरीबों को दी जाती हैं। ये रुपये संयुक्त आय से अलग कर लिये जाते हैं, किसी को कोई आपत्ति नहीं होती। यह सायकिल

जो आप देखते हैं संयुक्त आय से ही ली गयी है। जिसे जरूरत होती है इस पर सवार होता है। मुझे ये सब अधिक कार्यकुशल समझते हैं और मुझ पर पूरा विश्वास रखते हैं। बस मैं इनका मुखिया हूँ। जो कुछ सलाह देता हूँ, उसे सब मानते हैं। कोई भी यह नहीं समझता कि मैं किसी का नौकर हूँ। सब-के-सब अपने को साझेदार समझते हैं और जी तोड़ कर मिहनत करते हैं। जहाँ कोई मालिक होता है और दूसरा उनका नौकर तो उन दोनों में तुरंत द्वेष पैदा हो जाता है। मालिक चाहता है कि इससे जितना काम लेते बने, लेना चाहिए। नौकर चाहता है कि मैं कम से कम काम करूँ, उसमें स्नेह या सहानुभूति का नाम तक नहीं होता। दोनों यथार्थ में एक दूसरे के शत्रु होते हैं। इस प्रतिद्वंद्विता का दुष्परिणाम हम और आप देख ही रहे हैं। मोटे और पतले आदमियों के पृथक्-पृथक् दल बन गए हैं और उनमें घोर संग्राम हो रहा है। कल-चिह्नों से ज्ञात होता है कि यह प्रतिद्वंद्विता अब कुछ ही दिनों की मेहमान है। इसकी जगह अब सहकारिता का आगमन होने वाला है। मैंने अन्य देशों में इस घातक संग्राम के दृश्य देखे हैं और मुझे घृणा हो गयी है। सहकारिता ही हमें इस संकट से मुक्त कर सकती है।

डॉक्टर—तो यह कहिए कि आप 'सोशलिस्ट' हैं।

प्रेमशंकर—जी नहीं, मैं 'सोशलिस्ट' या 'डिमोक्रेट' कुछ नहीं हूँ। मैं केवल न्याय और धर्म का दीन सेवक हूँ। मैं निःस्वार्थ सेवा को विद्या से श्रेष्ठ समझता हूँ। मैं अपनी आत्मिक और मानसिक शक्तियों को, बुद्धि-सामर्थ्य को, धन और वैभव का गुलाम नहीं बनाना चाहता। मुझे वर्तमान शिक्षा और सभ्यता पर विश्वास नहीं। विद्या का धर्म है—आत्मिक उन्नति का फल, उदारता, त्याग, सदिच्छा, सहानुभूति, न्यायप्रियता और दयाशीलता। जो शिक्षा हमें निर्बलों को सताने के लिए तैयार करे, जो हमें धरती और धन का गुलाम बनाये, जो हमें भोग-विलास में डुबाये, जो हमें दूसरों का रक्त पीकर मोटा होने का इच्छुक बनाये, वह शिक्षा नहीं है। अगर मूर्ख लोभ और मोह के पंजे में फँस जायँ तो वे क्षम्य हैं, परंतु विद्या और सभ्यता के उपासकों की स्वार्थान्धता अत्यंत लज्जाजनक है। हमने विद्या और बुद्धि-बल की विभूति के शिखर पर चढ़ने का मार्ग बना लिया। वास्तव में वह सेवा और प्रेम का साधन था। कितनी विचित्र दशा है कि जो जितना ही बड़ा विद्वान् है, वह उतना ही बड़ा स्वार्थसेवी है। बस, हमारी सारी विद्या और बुद्धि, हमारा सारा उत्साह और अनुराग, धनलिप्सा में ग्रसित है। हमारे प्रोफेसर साहब एक हजार से कम वेतन पायें तो उनका मुँह ही नहीं सीधा होता। हमारे दीवान और माल के अधिकारी लोग दो हजार मासिक पाने पर भी अपने भाग्य को रोया करते हैं। हमारे डॉक्टर साहब चाहते हैं कि मरीज मरे या जिये, मेरी फीस में बाधा न पड़े और हमारे वकील साहब (क्षमा कीजिएगा) ईश्वर से मनाया करते हैं कि ईर्ष्या और द्वेष का प्रकोप हो और सोने की दीवार खड़ी कर लूँ। 'समय धन है' इसी वाक्य को

हम ईश्वर-वाक्य समझ रहे हैं। इन महान् पुरुषों में से प्रत्येक व्यक्ति सैकड़ों नहीं हजारों-लाखों की जीविका हड़प जाते हैं। और फिर भी उनका जाति का भक्त बनने का दावा है। वह अपने स्वजाति-प्रेम का डंका बजाता फिरता है। पैदा दूसरे करें, पसीना दूसरे बहायें, खाना और मोछों पर ताव देना इनका काम है। मैं समस्त शिक्षित समुदाय को केवल निकम्मा ही नहीं, वरन् अनर्थकारी भी समझता हूँ।

डॉक्टर साहब ने बहुत धैर्य से काम ले कर पूछा—तो क्या आप चाहते हैं कि हम सब-के-सब मजूरी करें ?

प्रेमशंकर—जी नहीं, हालाँकि ऐसा हो तो मनुष्य-जाति का बहुत उपकार हो। मुझे जो आपत्ति है, वह केवल दशाओं में इस अन्यायपूर्ण समता से है। यदि एक मजूर 5 रुपया में अपना निर्वाह कर सकता है, तो एक मानसिक काम करने वाले प्राणी के लिए इससे दुगुनी-तिगुनी आय काफी होनी चाहिए और वह अधिकता इसलिए कि उसे कुछ उत्तम भोजन-वस्त्र तथा सुख की आवश्यकता होती है। मगर पाँच और पाँच हजार, पचास और पचास हजार का अस्वाभाविक अंतर क्यों हो ? इतना नहीं, हमारा समाज पाँच और पाँच लाख के अंतर का भी तिरस्कार नहीं करता; वरन् उसकी और भी प्रशंसा करता है। शासन-प्रबंध, वकालत, चिकित्सा, चित्र-रचना, शिक्षा, दलाली, व्यापार, संगीत और इसी प्रकार की सैकड़ों अन्य कलाएँ शिक्षित समुदाय की जीवन-वृत्ति बनी हुई हैं। पर इनमें से एक भी धनोपार्जन नहीं करतीं। इनका आधार दूसरों की कमाई पर है। मेरी समझ में नहीं आता कि वह उद्योग-धंधे जो जीवन की सामग्रियाँ पैदा करते हैं, जिन पर जीवन का अवलम्बन है, क्यों उन पेशों से नीचे समझे जायँ, जिनका काम केवल मनोरंजन या अधिक-से-अधिक धनोपार्जन में सहायता करना है। आज सारे वकीलों को देश-निकाला हो जाय, सारे अधिकारी वर्ग लुप्त हो जायँ और सारे दलाल स्वर्ग को सिधारें, तब भी संसार का काम चलता रहेगा, बल्कि और भी सरलता से। किसान भूमि जोतेंगे, जुलाहे कपड़े बुनेंगे, बढ़ई, लोहार, राज, चर्मकार, सब-के-सब पूर्ववत् अपना-अपना काम करते रहेंगे। उनकी पंचायतें उनके झगड़ों का निबटारा करेंगी। लेकिन यदि किसान न हों तो सारा संसार क्षुधा-पीड़ा से व्याकुल हो जाय। परन्तु किसान के लिए 5 रु. बहुत समझा जाता है और वकील साहब या डॉक्टर साहब को पाँच हजार भी काफी नहीं।

डॉक्टर—आप अर्थशास्त्र के उस महत्त्वपूर्ण सिद्धान्त को भूले जाते हैं जिसे श्रम-विभाजन (Division of Labour) कहते हैं। प्रकृति ने प्राणियों को भिन्न-भिन्न शक्तियाँ प्रदान की हैं और उनके विकास के लिए भिन्न-भिन्न दशाओं की आवश्यकता है।

प्रेमशंकर—मैं यह कब कहता हूँ कि प्रत्येक मनुष्य को मजूरी करने पर मजबूर किया जाय ! नहीं जिसे परमात्मा ने विचार की शक्ति दी है, वह शास्त्रों की विवेचना

करे। जो भावुक हो, वह काव्य की रचना करे। जो अन्याय से घृणा करता हो वह वकालत करे। मेरा कथन यह है कि विभिन्न कार्यों की हैसियत में इतना अंतर न रहना चाहिए। मानसिक और औद्योगिक कामों में इतना फर्क न्याय के विरुद्ध है। यह प्रकृति के नियमों के प्रतिकूल ज्ञात होता है कि आवश्यक और अनिवार्य कार्यों पर अनावश्यक और निवार्य कार्यों की प्रधानता हो। कतिपय सज्जनों का मत है कि इस साम्य से गुणी लोगों का अनादर होगा और संसार को उनके सद्विचारों और सत्कार्यों से लाभ न पहुँच सकेगा। किंतु वे भूल जाते हैं कि संसार के बड़े-से-बड़े पंडित, बड़े-से-बड़े कवि, बड़े-से-बड़े आविष्कारक, बड़े-से-बड़े शिक्षक धन और प्रभुता के लोभ से मुक्त थे। हमारे अस्वाभाविक जीवन का एक कुपरिणाम यह भी है कि हम बलात् कवि और शिक्षक बन जाते हैं। संसार में आज अगणित लेखक और कवि, वकील और शिक्षक उपस्थित हैं। वे सब-के-सब पृथ्वी पर भार-रूप हो रहे हैं। जब उन्हें मालूम होगा कि इन दिव्य कलाओं में कुछ लाभ नहीं है तो वही लोग कवि होंगे, जिन्हें कवि होना चाहिए। संक्षेप में कहना यही है कि धन की प्रधानता ने हमारे समस्त समाज को उलट-पलट दिया है।

डॉक्टर मेहरा अधीर हो गये; बोले—महाशय, समाज-संगठन का यह रूप देवलोक के लिए चाहे उपयुक्त हो, पर भौतिक संसार के लिए और इस भौतिक काल में वह कदापि उपयोगी नहीं हो सकता।

प्रेमशंकर—केवल इसी कारण से अभी तक धनवानों का, जमींदारों का और शिक्षित समुदाय का प्रभुत्व जमा हुआ है। पर इसके पहले भी, कई बार इस प्रभुत्व को धक्का लग चुका है। और चिह्नों से ज्ञात होता है कि निकट भविष्य में फिर इसकी पराजय होने वाली है। कदाचित् वह हार निर्णयात्मक होगी। समाज का चक्र साम्य से आरम्भ होकर फिर साम्य पर ही समाप्त होता है। एकाधिपत्य, रईसों का प्रभुत्व और वाणित्य-प्राबल्य, उसकी मध्यवर्ती दशाएँ हैं। वर्तमान चक्र ने मध्यवर्ती दशाओं को भोग लिया है और वह अपने अंतिम स्थान के निकट आता जाता है। किन्तु हमारी आँखें अधिकार और प्रभुता के मद में ऐसी भरी हुई हैं कि हमें आगे-पीछे कुछ नहीं सूझता। चारों ओर से जनतावाद का घोर नाद हमारे कानों में आ रहा है, पर हम ऐसे निश्चिंत हैं मानो वह साधारण मेघ की गरज है। हम अभी तक उन्हीं विद्याओं और कलाओं में लीन हैं जिनका आश्रय दूसरों की मेहनत है। हमारे विद्यालयों की संख्या बढ़ती जाती है, हमारे वकीलखाने में पाँव रखने की जगह बाकी नहीं, गली-गली फोटो स्टूडियो खुल रहे हैं, डॉक्टरों की संख्या मरीजों से भी अधिक हो गयी है, पर अब भी हमारी आँखें नहीं खुलतीं। हम इस अस्वाभाविक जीवन, इस सभ्यता के तिलिस्म से बाहर निकलने की चेष्टा नहीं करते। हम शहरों में कारखाने खोलते फिरते हैं, इसलिए कि मजदूरों की मेहनत से मोटे हो जायँ। 30 रु. और 40 रु. सैकड़े लाभ की कल्पना करके फूले नहीं समाते, पर ऐसा कहीं

देखने में नहीं आता कि किसी शिक्षित सज्जन ने कपड़ा बुनना या जमीन जोतना शुरू किया हो। यदि कोई दुर्भाग्यवश ऐसा करे भी तो उसकी हँसी उड़ायी जाती है। हम उसी को मान-प्रतिष्ठा के योग्य समझते हैं, जो तकियागद्दी लगाये बैठा रहे, हाथ-पैर न हिलाये और लेन-देन पर, सूद-बट्टे पर लाखों के वारे-न्यारे करता हो···।

यही बातें हो रही थीं कि दुर्गा माली एक डाली नारंगियाँ, गोभी के फूल, अमरूद, मटर की फलियाँ आदि सजा कर लाया और उसे डॉक्टर साहब के सामने रख दिया। उसके चेहरे पर एक प्रकार का गर्व था, मानो उसकी आत्मा जागरित हो गई है। वह डॉक्टर साहब के समीप एक मोटे मोढ़े पर बैठ गया और बोला—हुजूर को कैसी कलमें चाहिए ? आप बाबू जी को एक चिट पर उनके नाम लिख कर दे दीजिए। मैं कल आपके मकान पहुँचा दूँगा। आपके बाल-बच्चे तो अच्छी तरह हैं ?

डॉक्टर साहब ने कुछ सकुचा कर कहा—हाँ, लड़के अच्छी तरह हैं, तुम यहाँ अच्छी तरह हो ?

दुर्गा—जी हाँ, आपकी दया से बहुत आराम से हूँ।

डॉक्टर साहब उठ कर चले तो प्रेमशंकर उन्हें विदा करने साथ-साथ फाटक तक आये। डॉक्टर साहब मोटर पर बैठे तो मुस्करा कर प्रेमशंकर से बोले—मैं आपके सिद्धांतों का कायल नहीं हुआ, पर इसमें सन्देह नहीं कि आपने एक पशु को मनुष्य बना दिया। यह आपके सत्संग का फल है। लेकिन क्षमा कीजिएगा, मैं फिर भी कहूँगा कि आप इससे होशियार रहियेगा। 'यूजेनिक्स' (सुप्रजनन-शास्त्र) अभी तक किसी ऐसे प्रयोग का आविष्कार नहीं कर सका है, जो जन्म के संस्कारों को मिटा दे !

मूठ

डॉक्टर जयपाल ने प्रथम श्रेणी की सनद पायी थी, पर इसे भाग्य ही कहिए या व्यावसायिक सिद्धान्तों का अज्ञान कि उन्हें अपने व्यवसाय में कभी उन्नत अवस्था न मिली। उनका घर सँकरी गली में था; पर उनके जी में खुली जगह में घर लेने का विचार तक न उठा। औषधालय की आलमारियाँ, शीशियाँ और डाक्टरी यंत्र आदि भी साफ-सुथरे न थे। मितव्ययिता के सिद्धांत का वह अपनी घरेलू बातों में भी बहुत ध्यान रखते थे।

लड़का जवान हो गया था, पर अभी उसकी शिक्षा का प्रश्न सामने न आया था। सोचते थे कि इतने दिनों तक पुस्तकों से सर मार कर मैंने ऐसी कौन-सी बड़ी सम्पत्ति पा ली, जो उसके पढ़ाने-लिखाने में हजारों रुपये बर्बाद करूँ। उनकी पत्नी अहिल्या धैर्यवान महिला थी, पर डॉक्टर साहब ने उसके इन गुणों पर इतना बोझ रख दिया था कि उसकी कमर भी झुक गयी थी। माँ भी जीवित थी, पर गंगास्नान के लिए तरस-तरस कर रह जाती थी; दूसरे पवित्र स्थानों की यात्रा की चर्चा ही क्या ! इस क्रूर मितव्ययिता का परिणाम यह था कि इस घर में सुख और शांति का नाम न था। अगर कोई मद फुटकल थी, तो वह बुढ़िया महरी जगिया थी। उसने डॉक्टर साहब को गोद में खिलाया था और उसे इस घर से ऐसा प्रेम हो गया था कि सब प्रकार की कठिनाइयाँ झेलती थी, पर टलने का नाम न लेती थी।

2

डॉक्टर साहब डाक्टरी आय की कमी को कपड़े और शक्कर के कारखानों में हिस्से लेकर पूरा करते थे। आज संयोगवश बम्बई के कारखाने ने उनके पास वार्षिक लाभ के साढ़े सात सौ रुपये भेजे। डॉक्टर साहब ने बीमा खोला, नोट गिने, डाकिये को विदा किया, पर डाकिये के पास रुपये अधिक थे, बोझ से दबा जाता था। बोला—हुजूर रुपये ले लें और मुझे नोट दे दें तो बड़ा अहसान हो, बोझ हलका हो जाय। डॉक्टर साहब डाकियों को प्रसन्न रखा करते थे, उन्हें मुफ्त दवाइयाँ दिया

करते थे। सोचा कि हाँ, मुझे बैंक जाने के लिए ताँगा मँगाना ही पड़ेगा, क्यों न बिन कौड़ी के उपकार वाले सिद्धांत से काम लूँ। रुपये गिन कर एक थैली में रख दिये और सोच ही रहे थे कि चलूँ उन्हें बैंक में रखता आऊँ कि एक रोगी ने बुला भेजा। ऐसे अवसर यहाँ कदाचित् ही आते थे। यद्यपि डॉक्टर साहब को बक्स पर भरोसा न था, पर विवश हो कर थैली बक्स में रखी और रोगी को देखने चले गये। वहाँ से लौटे तो तीन बज चुके थे, बैंक बंद हो चुका था। आज रुपये किसी तरह जमा न हो सकते थे। प्रतिदिन की भाँति औषधालय में बैठ गये। आठ बजे रात को जब घर के भीतर जाने लगे, तो थैली को घर ले जाने के लिए बक्स से निकाला, थैली कुछ हलकी जान पड़ी, तत्काल उसे दवाइयों के तराजू पर तौला, होश उड़ गये। पूरे पाँच सौ रुपये कम थे। विश्वास न हुआ। थैली खोल कर रुपये गिने। पाँच सौ रुपये कम निकले। विक्षिप्त अधीरता के साथ बक्स के दूसरे खानों को टटोला परंतु व्यर्थ। निराश होकर एक कुरसी पर बैठ गये और स्मरण-शक्ति को एकत्र करने के लिए आँखें बँद कर दीं और सोचने लगे, मैंने रुपये कहीं अलग तो नहीं रखे, डाकिये ने रुपये कम तो नहीं दिये, मैंने गिनने में भूल तो नहीं की, मैंने पचीस-पचीस रुपये की गड्डियाँ लगायी थीं, पूरी तीस गड्डियाँ थीं, खूब याद है। मैंने एक-एक गड्डी गिन कर थैली में रखी, स्मरण-शक्ति मुझे धोखा नहीं दे रही है। सब मुझे ठीक-ठीक याद है। बक्स का ताला भी बंद कर दिया था, किंतु ओह, अब समझ में आ गया, कुंजी मेज पर ही छोड़ दी, जल्दी के मारे उसे जेब में रखना भूल गया, वह अभी तक मेज पर पड़ी है। बस यही बात है, कुंजी जेब में डालने की याद नहीं रही, परंतु ले कौन गया, बाहर दरवाजे बंद थे। घर में धरे रुपये-पैसे कोई छूता नहीं, आज तक कभी ऐसा अवसर नहीं आया। अवश्य यह किसी बाहरी आदमी का काम है। हो सकता है कि कोई दरवाजा खुला रह गया हो, कोई दवा लेने आया हो, कुंजी मेज पर पड़ी देखी हो और बक्स खोल कर रुपये निकाल लिये हों।

इसी से मैं रुपये नहीं लिया करता, कौन ठिकाना डाकिये की ही करतूत हो, बहुत सम्भव है, उसने मुझे बक्स में थैली रखते देखा था। रुपये जमा हो जाते तो मेरे पास पूरे ··· हजार रुपये हो जाते, ब्याज जोड़ने में सरलता होती। क्या करूँ। पुलिस को खबर दूँ ? व्यर्थ बैठे-बिठाये उलझन मोल लेनी है। टोले भर के आदमियों की दरवाजे पर भीड़ होगी। दस-पाँच आदमियों को गालियाँ खानी पड़ेंगी और फल कुछ नहीं ! तो क्या धीरज धर कर बैठ रहूँ ? कैसे धीरज धरूँ ! यह कोई सेंतमेंत मिला धन तो था नहीं, हराम की कौड़ी होती तो समझता कि जैसे आयी, वैसे गयी। यहाँ एक-एक पैसा अपने पसीने का है। मैं जो इतनी मितव्ययिता से रहता हूँ, इतने कष्ट से रहता हूँ, कंजूस प्रसिद्ध हूँ, घर के आवश्यक व्यय में भी काट-छाँट करता हूँ, क्या इसीलिए कि किसी उचक्के के लिए मनोरंजन का सामान जुटाऊँ ?

मुझे रेशम से घृणा नहीं, न मेवे ही अरुचिकर हैं, न अजीर्ण का रोग है कि मलाई खाऊँ और अपच हो जाय, न आँखों में दृष्टि कम है कि थियेटर और सिनेमा का आनन्द न उठा सकूँ। मैं सब ओर से अपने मन को मारे रहता हूँ, इसीलिए तो कि मेरे पास चार पैसे हो जायँ, काम पड़ने पर किसी के आगे हाथ फैलाना न पड़े। कुछ जायदाद ले सकूँ, और नहीं तो अच्छा घर ही बनवा लूँ। पर इस मन मारने का यह फल ! गाढ़े परिश्रम के रुपये लुट जायँ। अन्याय है कि मैं यों दिनदहाड़े लुट जाऊँ और उस दुष्ट का बाल भी टेढ़ा न हो। उसके घर दीवाली हो रही होगी, आनंद मनाया जा रहा होगा, सब-के-सब बगलें बजा रहे होंगे।

डॉक्टर साहब बदला लेने के लिए व्याकुल हो गये। मैंने कभी किसी फकीर को, किसी साधु को, दरवाजे पर खड़ा होने नहीं दिया। अनेक बार चाहने पर भी मैंने कभी मित्रों को अपने यहाँ निमंत्रित नहीं किया, कुटुम्बियों और संबंधियों से सदा बचता रहा, क्या इसीलिए ? उसका पता लग जाता तो मैं एक विषैली सुई से उसके जीवन का अंत कर देता।

किन्तु कोई उपाय नहीं है। जुलाहे का गुस्सा दाढ़ी पर। गुप्त पुलिसवाले भी बस नाम ही के हैं, पता लगाने की योग्यता नहीं। इनकी सारी अक्ल राजनीतिक व्याख्यानों और झूठी रिपोर्टों के लिखने में समाप्त हो जाती है। किसी मेस्मेरिजम जानने वाले के पास चलूँ, वह इस उलझन को सुलझा सकता है। सुनता हूँ, यूरोप और अमेरिका में बहुधा चोरियों का पता इसी उपाय से लग जाता है। पर यहाँ ऐसा मेस्मेरिजम का पंडित कौन है और फिर मेस्मेरिजम के उत्तर सदा विश्वसनीय नहीं होते। ज्योतिषियों के समान वे भी अनुमान और अटकल के अनंत सागर में डुबकियाँ लगाने लगते हैं। कुछ लोग नाम भी तो निकालते हैं। मैंने कभी उन कहानियों पर विश्वास नहीं किया, परन्तु कुछ न कुछ इसमें तत्त्व है अवश्य, नहीं तो इस प्रकृति-उपासना के युग में इनका अस्तित्व ही न रहता। आजकल के विद्वान् भी तो आत्मिक बल का लोहा मानते जाते हैं, पर मान लो किसी ने नाम बतला ही दिया तो मेरे हाथ में बदला चुकाने का कौन-सा उपाय है, अंतर्ज्ञान साक्षी का काम नहीं दे सकता। एक क्षण के लिए मेरे जी को शांति मिल जाने के सिवाय और इनसे क्या लाभ है ?

हाँ, खूब याद आया। नदी की ओर जाते हुए वह जो एक ओझा बैठता है, उसके करतब की कहानियाँ प्रायः सुनने में आती हैं। सुनता हूँ, गये हुए धन का पता बतला देता है, रोगियों को बात की बात में चंगा कर देता है, चोरी के माल का पता लगा देता है, मूठ चलाता है। मूठ की बड़ी बड़ाई सुनी है, मूठ चली और चोर के मुँह से रक्त जारी हुआ, जब तक वह माल न लौटा दे रक्त बन्द नहीं होता। यह निशाना बैठ जाय तो मेरी हार्दिक इच्छा पूरी हो जाय ! मुँहमाँगा फल पाऊँगा। रुपये भी मिल जायँ, चोर को शिक्षा भी मिल जाय ! उसके यहाँ सदा

लोगों की भीड़ लगी रहती है। इसमें कुछ करतब न होता तो इतने लोग क्यों जमा होते ? उसकी मुखाकृति से एक प्रतिभा बरसती है। आजकल के शिक्षित लोगों को तो इन बातों पर विश्वास नहीं है, पर नीच और मूर्ख-मंडली में उसकी बहुत चर्चा है। भूत-प्रेत आदि की कहानियाँ प्रतिदिन ही सुना करता हूँ। क्यों न उसी ओझे के पास चलूँ ? मान लो कोई लाभ न हुआ तो हानि ही क्या हो जायेगी। जहाँ पाँच सौ गये हैं, दो-चार रुपये का खून और सही। यह समय भी अच्छा है। भीड़ कम होगी, चलना चाहिए।

3

जी में यह निश्चय करके डॉक्टर साहब उस ओझे के घर की ओर चले, जाड़े की रात थी। नौ बज गये थे। रास्ता लगभग बन्द हो गया था। कभी-कभी घरों से रामायण की ध्वनि कानों में आ जाती थी। कुछ देर के बाद बिलकुल सन्नाटा हो गया। रास्ते के दोनों ओर हरे-भरे खेत थे। सियारों का हुँआना सुन पड़ने लगा। जान पड़ता है इनका दल कहीं पास ही है। डॉक्टर साहब को प्रायः दूर से इनका सुरीला स्वर सुनने का सौभाग्य हुआ था। पास से सुनने का नहीं। इस समय इस सन्नाटे में और इतने पास से उनका चीखना सुन कर उन्हें डर लगा। कई बार अपनी छड़ी धरती पर पटकी, पैर धमधमाये। सियार बड़े डरपोक होते हैं, आदमी के पास नहीं आते; पर फिर संदेह हुआ, कहीं इनमें कोई पागल हो तो उसका काटा तो बचता ही नहीं। यह संदेह होते ही कीटाणु, बैक्टिरिया, पास्टयार इन्स्टिच्यूट और कसौली की याद उनके मस्तिष्क में चक्कर काटने लगी। वह जल्दी-जल्दी पैर बढ़ाये चले जाते थे। एकाएक जी में विचार उठा—कहीं मेरे ही घर में किसी ने रुपये उठा लिये हों तो। वे तत्काल ठिठक गये, पर एक ही क्षण में उन्होंने इसका भी निर्णय कर लिया, क्या हर्ज है घरवालों को तो और भी कड़ा दंड मिलना चाहिए। चोर की मेरे साथ सहानुभूति नहीं हो सकती, पर घरवालों की सहानुभूति का मैं अधिकारी हूँ। उन्हें जानना चाहिए कि मैं जो कुछ करता हूँ उन्हीं के लिए करता हूँ। रात-दिन मरता हूँ तो उन्हीं के लिए मरता हूँ। यदि इस पर भी वे मुझे यों धोखा देने के लिए तैयार हों तो उनसे अधिक कृतघ्न, उनसे अधिक अकृतज्ञ, उनसे अधिक निर्दय और कौन होगा ? उन्हें और भी कड़ा दंड मिलना चाहिए। इतना कड़ा, इतना शिक्षाप्रद कि फिर कभी किसी को ऐसा करने का साहस न हो।

अंत में वे ओझे के घर के पास जा पहुँचे। लोगों की भीड़ न थी। उन्हें बड़ा संतोष हुआ। हाँ, उनकी चाल कुछ धीमी पड़ गयी। फिर जी में सोचा, कहीं यह सब ढकोसला ही ढकोसला हो तो व्यर्थ लज्जित होना पड़े। जो सुने, मूर्ख बनाये।

कदाचित् ओझा ही मुझे तुच्छबुद्धि समझे। पर अब तो आ गया, यह तजरबा भी हो जाय। और कुछ न होगा तो जाँच ही सही। ओझा का नाम बुद्धू था। लोग चौधरी कहते थे। जाति का चमार था। छोटा-सा घर और वह भी गन्दा। छप्पर इतनी नीची थी कि झुकने पर भी सिर में टक्कर लगने का डर लगता था। दरवाजे पर एक नीम का पेड़ था। उसके नीचे एक चौरा। नीम के पेड़ पर एक झंडी लहराती थी। चौरा पर मिट्टी के सैकड़ों हाथी सिंदूर से रँगे हुए खड़े थे। कई लोहे के नोकदार त्रिशूल भी गड़े थे, जो मानो इन मंदगति हाथियों के लिए अंकुश का काम दे रहे थे। दस बजे थे। बुद्धू चौधरी जो एक काले रंग का तोंदीला और रोबदार आदमी था, एक फटे हुए टाट पर बैठा नारियल पी रहा था। बोतल और गिलास भी सामने रखे हुए।

बुद्धू ने डॉक्टर साहब को देखकर तुरंत बोतल छिपा दी और नीचे उतर कर सलाम किया। घर से एक बुढ़िया ने मोढ़ा ला कर उनके लिए रख दिया। डॉक्टर साहब ने कुछ झेंपते हुए सारी घटना कह सुनायी। बुद्धू ने कहा हुजूर, यह कौन बड़ा काम है। अभी इसी इतवार को दारोगाजी की घड़ी चोरी गयी थी, बहुत कुछ तहकीकात की, पता न चला। मुझे बुलाया। मैंने बात की बात में पता लगा दिया। पाँच रुपये इनाम दिये। कल की बात है, जमादार साहब की घोड़ी खो गयी थी। चारों तरफ दौड़ते फिरते थे। मैंने ऐसा पता बता दिया कि घोड़ी चरती हुई मिल गयी। इसी विद्या की बदौलत हुजूर हुक्काम सभी मानते हैं।

डॉक्टर को दारोगा और जमादार की चर्चा न रुची। इन सब गँवारों की आँखों में जो कुछ है, वह दारोगा और जमादार ही हैं। बोले—मैं केवल चोरी का पता लगाना नहीं चाहता, मैं चोर को सजा देना चाहता हूँ।

बुद्धू ने एक क्षण के लिए आँखें बंद कीं, जमुहाइयाँ लीं, चुटकियाँ बजायीं और फिर कहा—यह घर ही के किसी आदमी का काम है।

डॉक्टर—कुछ परवाह नहीं, कोई हो।

बुढ़िया—पीछे से कोई बात बने या बिगड़ेगी तो हजूर हमीं को बुरा कहेंगे।

डॉक्टर—इसकी तुम कुछ चिंता न करो, मैंने खूब सोच-विचार लिया है! बल्कि अगर घर के किसी आदमी की शरारत है, तो मैं उसके साथ और भी कड़ाई करना चाहता हूँ। बाहर का आदमी मेरे साथ छल करे तो क्षमा के योग्य है, पर घर के आदमी को मैं किसी प्रकार क्षमा नहीं कर सकता।

बुद्धू—तो हुजूर क्या चाहते हैं?

डॉक्टर—बस यही कि मेरे रुपये मिल जायँ और चोर किसी बड़े कष्ट में पड़ जाय।

बुद्धू—मूठ चला दूँ?

बुढ़िया—ना बेटा, मूठ के पास न जाना। न जाने कैसी पड़े, कैसी न पड़े।

डॉक्टर—तुम मूठ चला दो, इसका जो कुछ मेहनताना और इनाम हो, मैं देने को तैयार हूँ।

बुढ़िया—बेटा, मैं फिर कहती हूँ, मूठ के फेर में मत पड़। कोई जोखम की बात आ पड़ेगी तो वही बाबूजी फिर तेरे सिर होंगे और तेरे बनाये कुछ न बनेगी। क्या जानता नहीं, मूठ का उतार कितना कठिन है?

बुद्धू—हाँ बाबू जी! फिर एक बार अच्छी तरह सोच लीजिए। मूठ तो मैं चला दूँगा, लेकिन उसको उतारने का जिम्मा मैं नहीं ले सकता।

डॉक्टर—अभी कह तो दिया, मैं तुमसे उतारने को न कहूँगा, चलाओ भी तो।

बुद्धू ने आवश्यक सामान की एक लम्बी तालिका बनायी। डॉक्टर साहब ने सामान की अपेक्षा रुपये देना अधिक उचित समझा। बुद्धू राजी हो गया। डॉक्टर साहब चलते-चलते बोले—ऐसा मंतर चलाओ के सबेरा होते-होते चोर मेरे सामने माल लिये हुए आ जाय।

बुद्धू ने कहा—आप निसाखातिर रहें।

4

डॉक्टर साहब वहाँ से चले तो ग्यारह बजे थे। जाड़े की रात, कड़ाके की ठंड थी। उनकी माँ और स्त्री दोनों बैठी हुई उनकी राह देख रही थीं। उन्होंने जी को बहलाने के लिए बीच में एक अँगीठी रख ली थी, जिसका प्रभाव शरीर की अपेक्षा विचार पर अधिक पड़ता था। यहाँ कोयला विलास्य पदार्थ समझा जाता था। बुढ़िया महरी जगिया वहीं फटा टाट का टुकड़ा ओढ़े पड़ी थी। वह बार-बार उठ कर अपनी अँधेरी कोठरी में जाती, आले पर कुछ टटोल कर देखती और फिर अपनी जगह पर आ कर पड़ रहती। बार-बार पूछती, कितनी रात गयी होगी। जरा भी खटका होता तो चौंक पड़ती और चिंतित दृष्टि से इधर-उधर देखने लगती। आज डॉक्टर साहब ने नियम के प्रतिकूल क्यों इतनी देर लगायी, इसका सबको आश्चर्य था। ऐसे अवसर बहुत कम आते थे कि उन्हें रोगियों को देखने के लिए रात को जाना पड़ता हो। यदि कुछ लोग उनकी डाक्टरी के कायल भी थे, तो वे रात को उस गली में आने का साहस न करते थे। सभा-सोसाइटियों में जाने को उन्हें रुचि न थी। मित्रों से भी उनका मेल-जोल न था। माँ ने कहा—जाने कहाँ चला गया, खाना बिलकुल पानी हो गया।

अहिल्या—आदमी जाता है तो कह कर जाता है, आधी रात से ऊपर हो गयी।

माँ—कोई ऐसी ही अटक हो गयी होगी, नहीं तो वह कब घर से बाहर निकलता है?

अहिल्या–मैं तो अब सोने जाती हूँ, उनका जब जी चाहे आयें। कोई सारी रात बैठा पहरा देगा।

यही बातें हो रही थीं कि डॉक्टर साहब घर आ पहुँचे। अहिल्या सँभल बैठी; जगिया उठकर खड़ी हो गयी और उनकी ओर सहमी हुई आँखों से ताकने लगी। माँ ने पूछा–आज कहाँ इतनी देर लगा दी ?

डॉक्टर–तुम लोग तो सुख से बैठी हो न ! हमें देर हो गयी, इसकी तुम्हें क्या चिंता ! जाओ, सुख से सोओ, इन ऊपरी दिखावटी बातों से मैं धोखे में नहीं आता। अवसर पाओ तो गला काट लो, इस पर चली हो बात बनाने !

माँ ने दुःखी हो कर कहा–बेटा ! ऐसी जी दुखाने वाली बातें क्यों करते हो ? घर में तुम्हारा कौन बैरी है जो तुम्हारा बुरा चेतेगा ?

डॉक्टर–मैं किसी को अपना मित्र नहीं समझता, सभी मेरे बैरी हैं, मेरे प्राणों के ग्राहक हैं ! नहीं तो क्या आँख ओझल होते ही मेरी मेज से पाँच सौ रुपये उड़ जायँ, दरवाजे बाहर से बंद थे, कोई ग़ैर आया नहीं, रुपये रखते ही उड़ गये। जो लोग इस तरह मेरा गला काटने पर उतारू हों, उन्हें क्योंकर अपना समझूँ। मैंने खूब पता लगा लिया है, अभी एक ओझे के पास से चला आ रहा हूँ। उसने साफ कह दिया कि घर के ही किसी आदमी का काम है। अच्छी बात है, जैसी करनी वैसी भरनी। मैं भी बता दूँगा कि मैं अपने बैरियों का शुभचिंतक नहीं हूँ। यदि बाहर का आदमी होता तो कदाचित् मैं जाने भी देता। पर जब घर के आदमी जिनके लिए रात-दिन चक्की पीसता हूँ, मेरे साथ ऐसा छल करें तो वे इसी योग्य हैं कि उनके साथ जरा भी रिआयत न की जाय। देखना सबेरे तक चोर की क्या दशा होती है। मैंने ओझे से मूठ चलाने को कह दिया है। मूठ चली और उधर चोर के प्राण संकट में पड़े।

जगिया घबड़ा कर बोली–भईया, मूठ में जान जोखम है।

डॉक्टर–चोर की यही सजा है।

जगिया–किस ओझे ने चलाया है ?

डॉक्टर–बुद्धू चौधरी ने।

जगिया–अरे राम, उसकी मूठ का तो उतार ही नहीं।

डॉक्टर अपने कमरे में चले गये, तो माँ ने कहा–सूम का धन शैतान खाता है। पाँच सौ रुपया कोई मुँह मार कर ले गया। इतने में तो मेरे सातों धाम हो जाते।

अहिल्या बोली–कंगन के लिए बरसों से झींक रही हूँ, अच्छा हुआ, मेरी आह पड़ी है।

माँ–भला घर में उसके रुपये कौन लेगा ?

अहिल्या–किवाड़ खुले होंगे, कोई बाहरी आदमी उड़ा ले गया होगा।

माँ–उसको विश्वास क्योंकर आ गया कि घर ही के किसी आदमी ने रुपये चुराये हैं।

अहिल्या–रुपये का लोभ आदमी को शक्की बना देता है।

5

रात को एक बजा था। डॉक्टर जयपाल भयानक स्वप्न देख रहे थे। एकाएक अहिल्या ने आ कर कहा–जरा चल कर देखिए, जगिया का क्या हाल हो रहा है। जान पड़ता है, जीभ ऐंठ गयी। कुछ बोलती ही नहीं, आँखें पथरा गयी हैं।

डॉक्टर चौंक कर उठ बैठे। एक क्षण तक इधर-उधर ताकते रहे; मानो सोच रहे थे, यह भी स्वप्न तो नहीं है। तब बोले–क्या कहा ! जगिया को क्या हो गया ?

अहिल्या ने फिर जगिया का हाल कहा। डॉक्टर के मुख पर हलकी-सी मुस्कराहट दौड़ गयी। बोले–चोर पकड़ा गया ! मूठ ने अपना काम किया।

अहिल्या–और जो घर ही के किसी आदमी ने ले लिये होते ?

डॉक्टर–तो उसकी भी यही दशा होती, सदा के लिए सीख जाता।

अहिल्या–पाँच सौ रुपये के पीछे प्राण ले लेते ?

डॉक्टर–पाँच सौ रुपये के लिए नहीं, आवश्यकता पड़े तो पाँच हजार खर्च कर सकता हूँ, केवल छल-कपट का दंड देने के लिए।

अहिल्या–बड़े निर्दयी हो।

डॉक्टर–तुम्हें सिर से पैर तक सोने से लाद दूँ तो मुझे भलाई का पुतला समझने लगो, क्यों ? खेद है कि मैं तुमसे यह सनद नहीं ले सकता।

यह कहते हुए वह जगिया की कोठरी में गये। उनकी हालत उससे कहीं अधिक खराब थी जो अहिल्या ने बतायी थी। मुख पर मुर्दनी छायी हुई थी, हाथ-पैर अकड़ गये थे, नाड़ी का पता न था। उसकी माँ उसे होश में लाने के लिए बार-बार उसके मुँह पर पानी के छींटे दे रही थी। डॉक्टर ने यह हालत देखी तो होश उड़ गये। उन्हें अपने उपाय की सफलता पर प्रसन्न होना चाहिए था। जगिया ने रुपये चुराये इसके लिए अब अधिक प्रमाण की आवश्यकता न थी; परंतु मूठ इतनी जल्दी प्रभाव डालने वाली और घातक वस्तु है, इसका उन्हें अनुमान भी न था। वे चोर को एड़ियाँ रगड़ते, पीड़ा से कराहते और तड़पते देखना चाहते थे। बदला लेने की इच्छा आशातीत सफल हो रही थी; परंतु वहाँ नमक की अधिकता थी, जो कौर को मुँह के भीतर धँसने नहीं देती। यह दुःखमय दृश्य देख कर प्रसन्न होने के बदले उनके हृदय पर चोट लगी। रोब में हम अपनी निर्दयता और कठोरता का भ्रममूलक अनुमान कर लिया करते हैं। प्रत्यक्ष घटना विचार से कहीं अधिक प्रभावशालिनी होती है। रणस्थल का विचार कितना कवित्वमय है। युद्धावेश का

काव्य कितनी गर्मी उत्पन्न करने वाला है। परंतु कुचले हुए शव के कटे हुए अंग-प्रत्यंग देख कर कौन मनुष्य है, जिसे रोमांच न हो आवे। दया मनुष्य का स्वाभाविक गुण है।

इसके अतिरिक्त इसका उन्हें अनुमान न था कि जगिया जैसी दुर्बल आत्मा मेरे रोष पर बलिदान होगी। वह समझते थे, मेरे बदले का वार किसी सजीव मनुष्य पर होगा; यहाँ तक कि वे अपनी स्त्री और लड़के को भी इस वार के योग्य समझते थे। पर मरे को मारना, कुचले को कुचलना, उन्हें अपना प्रतिघात मर्यादा के विपरीत जान पड़ा। जगिया का यह काम क्षमा के योग्य था। जिसे रोटियों के लाले हों, कपड़ों को तरसे, जिसकी आकांक्षा का भवन सदा अंधकारमय रहा हो, जिसकी इच्छाएँ कभी पूरी न हुई हों, उसकी नीयत बिगड़ जाय तो आश्चर्य की बात नहीं। वे तत्काल औषधालय में गये, होश में लाने की जो अच्छी-अच्छी औषधियाँ थीं, उनको मिला कर एक मिश्रित नयी औषधि बना लाये, जगिया के गले में उतार दी। कुछ लाभ न हुआ। तब विद्युत यंत्र ले आये और उसकी सहायता से जगिया को होश में लाने का यत्न करने लगे। थोड़ी ही देर में जगिया की आँखें खुल गयीं। उसने सहमी हुई दृष्टि से डॉक्टर को देखा, जैसे लड़का अपने अध्यापक की छड़ी की ओर देखता है, और उखड़े हुए स्वर में बोली—हाय राम, कलेजा फुँका जाता है, अपने रुपये ले ले, आले पर एक हाँड़ी है, उसी में रखे हुए हैं। मुझे अंगारों से मत जला। मैंने तो यह रुपये तीरथ करने के लिए चुराये थे। क्या तुझे तरस नहीं आता, मुट्ठी भर रुपयों के लिए मुझे आग में जला रहा है, मैं तुझे ऐसा काला न समझती थी, हाय राम !

यह कहते-कहते वह फिर मूर्छित हो गयी, नाड़ी बंद हो गयी, ओठ नीले पड़ गये, शरीर के अंगों में खिंचाव होने लगा। डॉक्टर ने दीन भाव से अहिल्या की ओर देखा और बोले—मैं तो अपने सारे उपाय कर चुका, अब इसे होश में लाना मेरी सामर्थ्य के बाहर है। मैं क्या जानता था कि यह अभागी मूठ इतनी घातक होती है। कहीं इसकी जान पर बन गयी तो जीवन भर पछताना पड़ेगा। आत्मा की ठोकरों से कभी छुटकारा न मिलेगा। क्या करूँ, बुद्धि कुछ काम नहीं करती।

अहिल्या—सिविल सर्जन को बुलाओ, कदाचित् वह कोई अच्छी दवा दे दे। किसी को जान-बूझ कर आग में ढकेलना न चाहिए।

डॉक्टर—सिविल सर्जन इससे अधिक और कुछ नहीं कर सकता, जो मैं कर चुका। हर घड़ी इसकी दशा और गिरती जाती है, न जाने हत्यारे ने कौन-सा मंत्र चला दिया। उसकी माँ मुझे बहुत समझाती रही, पर मैंने क्रोध में उसकी बातों की जरा भी परवाह न की।

माँ—बेटा, तुम उसी को बुलाओ जिसने मंत्र चलाया है; पर क्या किया जायेगा। कहीं मर गयी तो हत्या सिर पर पड़ेगी। कुटुम्ब को सदा सतायेगी।

6

दो बज रहे थे, ठंडी हवा हड्डियों में चुभी जाती थी। डॉक्टर लम्बे पाँवों बुद्धू चौधरी के घर की ओर चले जाते थे। इधर-उधर व्यर्थ आँखें दौड़ाते थे कि कोई इक्का या ताँगा मिल जाय। उन्हें मालूम होता था कि बुद्धू का घर बहुत दूर हो गया। कई बार धोखा हुआ, कहीं रास्ता तो नहीं भूल गया। कई बार इधर आया हूँ, यह बाग तो कभी नहीं मिला, लेटर-बक्स भी सड़क पर कभी नहीं देखा, यह पुल तो कदापि न था, अवश्य राह भूल गया। किससे पूछूँ। वे अपनी स्मरण-शक्ति पर झुँझलाये और उसी ओर थोड़ी दूर तक दौड़े। पता नहीं, दुष्ट इस समय मिलेगा भी या नहीं, शराब में मस्त पड़ा होगा। कहीं इधर बेचारी चल न बसी हो। कई बार इधर-उधर घूम जाने का विचार हुआ पर अंतःप्रेरणा ने सीधी राह से हटने न दिया। यहाँ तक कि बुद्धू का घर दिखाई पड़ा। डॉक्टर जयपाल की जान में जान आयी। बुद्धू के दरवाजे पर जा कर जोर से कुण्डी खटखटायी। भीतर से कुत्ते ने असभ्यतापूर्ण उत्तर दिया, पर किसी आदमी का शब्द न सुनायी दिया। फिर ज़ोर-ज़ोर से किवाड़ खटखटाये, कुत्ता और भी तेज पड़ा, बुढ़िया की नींद टूटी। बोली—यह कौन इतनी रात गये किवाड़ तोड़े डालता है ?

डॉक्टर—मैं हूँ, जो कुछ देर हुई तुम्हारे पास आया था।

बुढ़िया ने बोली पहचानी, समझ गयी इनके घर के किसी आदमी पर बिपत पड़ी, नहीं तो इतनी रात गये क्यों आते; पर अभी तो बुद्धू ने मूठ चलाई नहीं। उसका असर क्योंकर हुआ, समझाती थी तब न माने। खूब फँसे। उठकर कुप्पी जलायी और उसे लिये बाहर निकली। डॉक्टर साहब ने पूछा—बुद्धू चौधरी सो रहे हैं। जरा उन्हें जगा दो।

बुढ़िया—न बाबू जी, इस बखत मैं न जगाऊँगी, मुझे कच्चा ही खा जायेगा, रात को लाट साहब भी आवें तो नहीं उठता।

डॉक्टर साहब ने थोड़े शब्दों में पूरी घटना कह सुनायी और बड़ी नम्रता के साथ कहा कि बुद्धू को जगा दे। इतने में बुद्धू अपने ही आप बाहर निकल आया और आँखें मलता हुआ बोला—कहिए बाबू जी, क्या हुकुम है।

बुढ़िया ने चिढ़ कर कहा—तेरी नींद आज कैसे खुल गयी, मैं जगाने गयी होती तो मारने उठता।

डॉक्टर—मैंने सब माजरा बुढ़िया से कह दिया है, इसी से पूछो।

बुढ़िया—कुछ नहीं, तूने मूठ चलायी थी, रुपये इनके घर की महरी ने लिये हैं, अब उसका अब-तब हो रहा है।

डॉक्टर—बेचारी मर रही है, कुछ ऐसा उपाय करो कि उसके प्राण बच जायँ !

बुद्धू—यह तो आपने बुरी सुनायी, मूठ को फेरना सहज नहीं है।

बुढ़िया—बेटा, जान जोखिम है, क्या तू जानता नहीं। कहीं उल्टे फेरनेवाले पर ही पड़े तो जान बचना ही कठिन हो जाय।

डॉक्टर—अब उसकी जान तुम्हारे ही बचाये बचेगी, इतना धर्म करो।

बुढ़िया—दूसरे की जान की खातिर कोई अपनी जान गढ़े में डालेगा ?

डॉक्टर—तुम रात-दिन यही काम करते हो, तुम उसके दाँव-घात सब जानते हो। मार भी सकते हो, जिला भी सकते हो। मेरा तो इन बातों पर बिलकुल विश्वास ही न था, लेकिन तुम्हारा कमाल देख कर दंग रह गया। तुम्हारे हाथों कितने ही आदमियों का भला होता है, उस गरीब बुढ़िया पर दया करो।

बुद्धू कुछ पसीजा, पर उसकी माँ मामलेदारी में उससे कहीं अधिक चतुर थी। डरी, कहीं यह नरम हो कर मामला बिगाड़ न दे। उसने बुद्धू को कुछ कहने का अवसर न दिया। बोली—यह तो सब ठीक है, पर हमारे भी बाल-बच्चे हैं ! न जाने कैसी पड़े कैसी न पड़े। वह हमारे सिर आवेगी न ? आप तो अपना काम निकाल कर अलग हो जायेंगे। मूठ फेरना हँसी नहीं है।

बुद्धू—हाँ बाबू जी, काम बड़े जोखिम का है।

डॉक्टर—काम जोखिम का है जो मुफ्त तो नहीं करवाना चाहता।

बुढ़िया—आप बहुत देंगे, सौ-पचास रुपये देंगे। इतने में हम कै दिन तक खायेंगे। मूठ फेरना साँप के बिल में हाथ डालना है, आग में कूदना है। भगवान् की ऐसी ही निगाह हो तो जान बचती है।

डॉक्टर—तो माता जी, मैं तुमसे बाहर तो नहीं होता हूँ। जो कुछ तुम्हारी मरजी हो वह कहो। मुझे तो उस गरीब की जान बचानी है। यहाँ बातों में देर हो रही है, वहाँ मालूम नहीं, उसका क्या हाल होगा।

बुढ़िया—देर तो आप ही कर रहे हैं, आप बात पक्की कर दें तो यह आपके साथ चला जाय। आपकी खातिर यह जोखिम अपने सिर ले रही हूँ दूसरा होता तो झट इनकार कर जाती। आपके मुलाहजे में पड़ कर जान-बूझ कर जहर पी रही हूँ।

डॉक्टर साहब को एक क्षण एक वर्ष जान पड़ रहा था। बुद्धू को उसी समय अपने साथ ले जाना चाहते थे। कहीं उसका दम निकल गया तो यह जा कर क्या बनायेगा। उस समय उनकी आँखों में रुपये का कोई मूल्य न था। केवल यही चिन्ता थी कि जगिया मौत के मुँह से निकल आये। जिस रुपये पर वह अपनी आवश्यकताएँ और घरवालों की आकांक्षाएँ निछावर करते उसे दया के आवेश ने बिलकुल तुच्छ बना दिया था। बोले—तुम्हीं बतलाओ, अब मैं क्या कहूँ, पर जो कुछ कहना हो झटपट कह दो।

बुढ़िया—अच्छा तो पाँच सौ रुपये दीजिए, इससे कम में काम न होगा।

बुद्धू ने माँ की ओर आश्चर्य से देखा, और डॉक्टर साहब मूर्छित से हो गये,

निराशा से बोले—इतना मेरे बूते के बाहर है, जान पड़ता है उसके भाग्य में मरना ही बदा है।

बुढ़िया—तो जाने दीजिए, हमें अपनी जान भार थोड़े ही है। हमने तो आपके मुलाहिजे से इस काम का बीड़ा उठाया था। जाओ बुद्धू, सोओ।

डॉक्टर—बूढ़ी माता, इतनी निर्दयता न करो, आदमी का काम आदमी से निकलता है।

बुद्धू—नहीं बाबूजी, मैं हर तरह से आपका काम करने को तैयार हूँ, इसने पाँच सौ कहे, आप कुछ कम कर दीजिए। हाँ, जोखिम का ध्यान रखिएगा।

बुढ़िया—तू जा के सोता क्यों नहीं ? इन्हें रुपये प्यारे हैं तो क्या तुझे अपनी जान प्यारी नहीं है। कल को लहू थूकने लगेगा तो कुछ बनाये न बनेगी, बाल-बच्चों को किस पर छोड़ेगा ? है घर में कुछ ?

डॉक्टर साहब ने संकोच करते हुए ढाई सौ रुपये कहे। बुद्धू राजी हो गया, मामला तय हुआ, डॉक्टर साहब उसे साथ लेकर घर की ओर चले। उन्हें ऐसी आत्मिक प्रसन्नता कभी न मिली थी। हारा हुआ मुकदमा जीत कर अदालत से लौटने वाला मुकदमेबाज भी इतना प्रसन्न न होगा। लपके चले जाते थे। बुद्धू से बार-बार तेज चलने को कहते। घर पहुँचे तो जगिया को बिलकुल मरने के निकट पाया। जान पड़ता था यही साँस अंतिम साँस है। उनकी माँ और स्त्री दोनों आँसू भरे निराश बैठी थीं। बुद्धू को दोनों ने विनम्र दृष्टि से देखा। डॉक्टर साहब के आँसू भी न रुक सके। जगिया की ओर झुके तो आँसू की बूँदें उसके मुरझाये हुए पीले मुँह पर टपक पड़ीं। स्थिति ने बुद्धू को सजग कर दिया, बुढ़िया के देह पर हाथ रखते हुए बोला—बाबू जी, अब मेरा किया कुछ नहीं हो सकता, यह दम तोड़ रही है।

डॉक्टर साहब ने गिड़गिडा कर कहा—नहीं चौधरी, ईश्वर के नाम पर अपना मंत्र चलाओ, इसकी जान बच गयी तो सदा के लिए मैं तुम्हारा गुलाम बना रहूँगा।

बुद्धू—आप मुझे जान-बूझ कर जहर खाने को कहते हैं। मुझे मालूम न था कि मूठ के देवता इस बखत इतनें गरम हैं। वह मेरे मन में बैठे कह रहे हैं, तुमने हमारा शिकार छीना तो हम तुम्हें निगल जायेंगे।

डॉक्टर—देवता को किसी तरह राजी कर लो।

बुद्धू—राजी करना बड़ा कठिन है, पाँच सौ रुपये दीजिए तो इसकी जान बचे। उतारने के लिए बड़े-बड़े जतन करने पड़ेंगे।

डॉक्टर—पाँच सौ रुपये दे दूँ तो इसकी जान बचा दोगे ?

बुद्धू—हाँ, शर्त बद कर।

डॉक्टर साहब बिजली की तरह लपक कर अपने कमरे में आ गये और पाँच सौ रुपयों की थैली लाकर बुद्धू के सामने रख दी। बुद्धू ने विजय की दृष्टि से थैली को देखा। फिर जगिया का सर अपनी गोद में रखकर उस पर हाथ फेरने

लगा। कुछ बुदबुदा कर छू-छू करता जाता था। एक क्षण में उसकी सूरत डरावनी हो गयी, लपटें-सी निकलने लगीं। बार-बार अँगड़ाइयाँ लेने लगा। इसी दशा में एक बेसुरा गाना आरम्भ किया, पर हाथ जगिया के सर पर ही था। अंत में कोई आध घंटा बीतने पर जगिया ने आँखें खोल दीं, जैसे बुझते हुए दीये में तेल पड़ जाय। धीरे-धीरे उसकी अवस्था सुधरने लगी। उधर कौवे की बोली सुनाई दी, जगिया एक अँगड़ाई ले कर उठ बैठी।

7

सात बजे थे जगिया मीठी नींद सो रही थी; उसकी आकृति निरोग थी, बुद्धू रुपयों की थैली ले कर अभी गया था। डॉक्टर साहब की माँ ने कहा—बात-की-बात में पाँच सौ रुपये मार ले गया।

डॉक्टर—यह क्यों नहीं कहती कि एक मुरदे को जिला गया। क्या उसके प्राण का मूल्य इतना भी नहीं है।

माँ—देखो, आले पर पाँच सौ रुपये हैं या नहीं ?

डॉक्टर—नहीं, उन रुपयों में हाथ मत लगाना, उन्हें वहीं पड़े रहने दो। उसने तीरथ करने के वास्ते लिये थे, वह उसी काम में लगेंगे।

माँ—यह सब रुपये उसी के भाग के थे।

डॉक्टर—उसके भाग के तो पाँच सौ ही थे, बाकी मेरे भाग के थे। उनकी बदौलत मुझे ऐसी शिक्षा मिली, जो उम्र भर न भूलेगी। तुम मुझे अब आवश्यक कामों में मुट्ठी बंद करते हुए न पाओगी।

ब्रह्म का स्वाँग

स्त्री–

मैं वास्तव में अभागिन हूँ, नहीं तो क्या मुझे नित्य ऐसे-ऐसे घृणित दृश्य देखने पड़ते ! शोक की बात यह है कि वे मुझे केवल देखने ही नहीं पड़ते, वरन् दुर्भाग्य ने उन्हें मेरे जीवन का मुख्य भाग बना दिया है। मैं उस सुपात्र ब्राह्मण की कन्या हूँ, जिसकी व्यवस्था बड़े-बड़े गहन धार्मिक विषयों पर सर्वमान्य समझी जाती है। मुझे याद नहीं, घर पर कभी बिना स्नान और देवोपासना किये पानी की एक बूँद भी मुँह में डाली हो। मुझे एक बार कठिन ज्वर में स्नानादि के बिना दवा पीनी पड़ी थी; उसका मुझे महीनों खेद रहा। हमारे घर में धोबी कदम नहीं रखने पाता ! चमारिन दालान में भी नहीं बैठ सकती थी। किंतु यहाँ आकर मैं मानो भ्रष्टलोक में पहुँच गयी हूँ। मेरे स्वामी बड़े दयालु, बड़े चरित्रवान और बड़े सुयोग्य पुरुष हैं ! उनके यह सद्गुण देख कर मेरे पिताजी उन पर मुग्ध हो गये थे। लेकिन ! वे क्या जानते थे कि यहाँ लोग अघोर-पंथ के अनुयायी हैं। संध्या और उपासना तो दूर रही, कोई नियमित रूप से स्नान भी नहीं करता। बैठक में नित्य मुसलमान, क्रिस्तान सब आया-जाया करते हैं और स्वामी जी वहीं बैठे-बैठे पानी, दूध, चाय पी लेते हैं। इतना ही नहीं, वह वहीं बैठे-बैठे मिठाइयाँ भी खा लेते हैं। अभी कल की बात है, मैंने उन्हें लेमोनेड पीते देखा था। साईस जो चमार है, बेरोक-टोक घर में चला आता है। सुनती हूँ वे अपने मुसलमान मित्रों के घर दावतें खाने भी जाते हैं। यह भ्रष्टाचार मुझसे नहीं देखा जाता। मेरा चित्त घृणा से व्याप्त हो जाता है। जब वे मुस्कराते हुए मेरे समीप आ जाते हैं और हाथ पकड़ कर अपने समीप बैठा लेते हैं, तो मेरा जी चाहता है कि धरती फट जाय और मैं उसमें समा जाऊँ। हा हिंदू जाति ! तूने हम स्त्रियों को पुरुषों की दासी बनना ही क्या हमारे जीवन का परम कर्तव्य बना दिया ! हमारे विचारों का, हमारे सिद्धांतों का, यहाँ तक कि हमारे धर्म का भी कुछ मूल्य नहीं रहा।

× × × ×

अब मुझे धैर्य नहीं। आज मैं इस अवस्था का अंत कर देना चाहती हूँ। मैं इस आसुरिक भ्रष्ट-जाल से निकल जाऊँगी। मैंने अपने पिता की शरण में जाने का निश्चय कर लिया है। आज यहाँ सहभोजन हो रहा है, मेरे पति उसमें सम्मिलित ही नहीं, वरन् उसके मुख्य प्रेषकों में हैं। इन्हीं के उद्योग तथा प्रेरणा में यह विधर्मीय अत्याचार हो रहा है। समस्त जातियों के लोग एक साथ बैठ कर भोजन कर रहे हैं। सुनती हूँ, मुसलमान भी एक ही पंक्ति में बैठे हुए हैं। आकाश क्यों नहीं गिर पड़ता ! क्या भगवान् धर्म की रक्षा करने के लिए अवतार न लेंगे। ब्राह्मण जाति अपने निजी बन्धुओं के सिवाय अन्य ब्राह्मणों का भी पकाया भोजन नहीं करती, वही महान् जाति इस अधोगति को पहुँच गयी कि कायस्थों, बनियों, मुसलमानों के साथ बैठ कर खाने में लेशमात्र भी संकोच नहीं करती, बल्कि इसे जातीय गौरव, जातीय एकता का हेतु समझती है।

पुरुष–

वह कौन शुभ घड़ी होगी कि इस देश की स्त्रियों में ज्ञान का उदय होगा और वे राष्ट्रीय संगठन में पुरुषों की सहायता करेंगी ? हम कब तक ब्राह्मणों के गोरखधंधे में फँसे रहेंगे ? हमारे विवाह-प्रवेश कब तक जानेंगे कि स्त्री और पुरुषों के विचारों की अनुकूलता और समानता गोत्र और वर्ण से कहीं अधिक महत्त्व रखती है। यदि ऐसा ज्ञात होता तो मैं वृन्दा का पति न होता और न वृन्दा मेरी पत्नी। हम दोनों के विचारों में जमीन और आसमान का अन्तर है। यद्यपि वह प्रत्यक्ष नहीं कहती, किंतु मुझे विश्वास है कि वह मेरे विचारों को घृणा की दृष्टि से देखती है, मुझे ऐसा ज्ञात होता है कि वह मुझे स्पर्श भी नहीं करना चाहती। यह उसका दोष नहीं, यह हमारे माता-पिता का दोष है, जिन्होंने हम दोनों पर ऐसा घोर अत्याचार किया।

× × × ×

कल वृन्दा खुल पड़ी। मेरे कई मित्रों ने सहभोज का प्रस्ताव किया था। मैंने उसका सहर्ष समर्थन किया। कई दिन के वाद-विवाद के पश्चात् अंत को कल कुछ गिने-गिनाये सज्जनों ने सहभोज का सामान कर ही डाला। मेरे अतिरिक्त केवल चार और सज्जन ब्राह्मण थे, शेष अन्य जातियों के लोग थे। यह उदारता वृन्दा के लिए असह्य हो गयी। जब मैं भोजन करके लौटा तो वह ऐसी विकल थी मानो उसके मर्मस्थल पर आघात हुआ हो। मेरी ओर विषादपूर्ण नेत्रों से देख कर बोली—अब तो स्वर्ग का द्वार अवश्य खुल गया होगा !

यह कठोर शब्द मेरे हृदय पर तीर के समान लगे ! ऐंठकर बोला—स्वर्ग और

नर्क की चिंता में वे रहते हैं–जो अपाहिज हैं, कर्त्तव्य-हीन हैं, निर्जीव हैं। हमारा स्वर्ग और नर्क सब इसी पृथ्वी पर है। हम इस कर्मक्षेत्र में कुछ कर जाना चाहते हैं।

वृन्दा–धन्य है आपके पुरुषार्थ को, आपके सामर्थ्य को। आज संसार में सुख और शांति का साम्राज्य हो जायेगा। आपने संसार का उद्धार कर दिया। इससे बढ़ कर उसका कल्याण क्या हो सकता है ?

मैंने झुंझला कर कहा–अब तुम्हें इन विषयों के समझने की ईश्वर ने बुद्धि ही नहीं दी, तो क्या समझाऊँ। इस पारस्परिक भेदभाव से हमारे राष्ट्र को जो हानि हो रही है, उसे मोटी-से-मोटी बुद्धि का मनुष्य भी समझ सकता है। इस भेद को मिटाने से देश का कितना कल्याण होता है, इसमें किसी को संदेह नहीं। हाँ, जो जानकर भी अनजान बने उसकी बात दूसरी है।

वृन्दा–बिना एक साथ भोजन किये परस्पर प्रेम उत्पन्न नहीं हो सकता ?

मैंने इस विवाद में पड़ना अनुपयुक्त समझा। किसी ऐसी नीति की शरण लेनी आवश्यक जान पड़ी, जिसमें विवाद का स्थान ही न हो। वृन्दा की धर्म पर बड़ी श्रद्धा है, मैंने उसी के शास्त्र से उसे पराजित करना निश्चय किया। बड़े गम्भीर भाव से बोला–यदि असम्भव नहीं तो कठिन अवश्य है। किन्तु सोचो तो यह कितना घोर अन्याय है कि हम सब एक ही पिता की संतान होते हुए, एक दूसरे से घृणा करें, ऊँच-नीच की व्यवस्था में मग्न रहें। यह सारा जगत उसी परमपिता का विराट रूप है। प्रत्येक जीव में उसी परमात्मा की ज्योति आलोकित हो रही है। केवल इसी भौतिक परदे ने हमें एक दूसरे से पृथक् कर दिया है। यथार्थ में हम सब एक हैं। जिस प्रकार सूर्य का प्रकाश अलग-अलग घरों में जा कर भिन्न नहीं हो जाता, उसी प्रकार ईश्वर की महान् आत्मा पृथक्-पृथक् जीवों में प्रवृष्ट हो कर विभिन्न नहीं होती ···

मेरी इस ज्ञान-वर्षा ने वृन्दा के शुष्क हृदय को तृप्त कर दिया। वह तन्मय होकर मेरी बात सुनती रही। जब मैं चुप हुआ, तो उसने मुझे भक्ति-भाव से देखा और रोने लगी।

स्त्री–

स्वामी के ज्ञानोपदेश ने मुझे सजग कर दिया, मैं अँधेरे कुएँ में पड़ी थी। इस उपदेश ने मुझे उठा कर पर्वत के ज्योतिर्मय शिखर पर बैठा दिया। मैंने अपनी कुलीनता से, झूठे अभिमान से, अपने वर्ण की पवित्रता के गर्व में, कितनी आत्माओं का निरादर किया ! परमपिता, तुम मुझे क्षमा करो, मैंने अपने पूज्यपाद पति से इस अज्ञान के कारण, जो अश्रद्धा प्रकट की है, जो कठोर शब्द कहे हैं, उन्हें क्षमा करना !

जब से मैंने यह अमृत वाणी सुनी है, मेरा हृदय अत्यंत कोमल हो गया है, नाना प्रकार की सद्कल्पनाएँ चित्त में उठती रहती हैं। कल धोबिन कपड़े लेकर आयी थी। उसके सिर में बड़ा दर्द था। पहले मैं उसे इस दशा में देख कर कदाचित् मौखिक संवेदना प्रकट करती, अथवा महरी से उसे थोड़ा तेल दिलवा देती, पर कल मेरा चित्त विकल हो गया। मुझे प्रतीत हुआ, मानो यह मेरी बहिन है। मैंने उसे अपने पास बैठा लिया और घंटे भर तक उसके सिर में तेल मलती रही। उस समय मुझे जो स्वर्गीय आनंद हो रहा था, वह अकथनीय है। मेरा अंतःकरण किसी प्रबल शक्ति के वशीभूत होकर उसकी ओर खिंचा चला जाता था। मेरी ननद ने आ कर मेरे इस व्यवहार पर कुछ नाक-भौं चढ़ायी, पर मैंने लेशमात्र भी परवाह न की। आज प्रातःकाल कड़ाके की सर्दी थी। हाथ-पाँव गले जाते थे। महरी काम करने आयी तो खड़ी काँप रही थी। मैं लिहाफ ओढ़े अँगीठी के सामने बैठी हुई थी ! तिस पर भी मुँह बाहर निकालते न बनता था। महरी की सूरत देख कर मुझे अत्यंत दुःख हुआ। मुझे अपनी स्वार्थवृत्ति पर लज्जा आयी। इसके और मेरे बीच में क्या भेद है। इसकी आत्मा में उसी प्रकार की ज्योति है। यह अन्याय क्यों ? क्यों इसीलिए कि माया ने हममें भेद कर दिया है ? मुझे कुछ और सोचने का साहस नहीं हुआ। मैं उठी, अपनी ऊनी चादर लाकर महरी को ओढ़ा दी और उसे हाथ पकड़ कर अँगीठी के पास बैठा लिया। इसके उपरांत मैंने अपना लिहाफ रख दिया और उसके साथ बैठ कर बर्तन धोने लगी। वह सरल हृदय मुझे वहाँ से बार-बार हटाना चाहती थी। मेरी ननद ने आ कर मुझे कौतूहल से देखा और इस प्रकार मुँह बना कर चली गयी, मानो मैं क्रीड़ा कर रही हूँ। सारे घर में हलचल पड़ गयी और इस जरा-सी बात पर ! हमारी आँखों पर कितने मोटे परदे पड़ गये हैं। हम परमात्मा का कितना अपमान कर रहे हैं ?

पुरुष–

कदाचित् मध्य पथ पर रहना नारी-प्रकृति ही में नहीं है—वह केवल सीमाओं पर ही रह सकती है। वृन्दा कहाँ तो अपनी कुलीनता और अपनी कुल-मर्यादा पर जान देती थी, कहाँ अब साम्य और सहृदयता की मूर्ति बनी हुई है। मेरे उस सामान्य उपदेश का यह चमत्कार है ! अब मैं भी अपनी प्रेरक शक्तियों पर गर्व कर सकता हूँ। मुझे उसमें कोई आपत्ति नहीं है कि वह नीच जाति की स्त्रियों के साथ बैठे, हँसे और बोले। उन्हें कुछ पढ़ कर सुनाये, लेकिन उनके पीछे अपने को बिलकुल भूल जाना मैं कदापि पसंद नहीं कर सकता। तीन दिन हुए, मेरे पास एक चमार अपने जमींदार पर नालिश करने आया था। निस्संदेह जमींदारों ने उसके साथ ज्यादती की थी, लेकिन वकीलों का काम मुफ्त में मुकदमे दायर करना नहीं। फिर एक चमार के पीछे एक बड़े जमींदार से बैर करूँ ! ऐसे तो वकालत कर चुका ! उसके

रोने की भनक वृन्दा के कान में भी पड़ गयी। बस, वह मेरे पीछे पड़ गयी कि उस मुकदमे को जरूर लो। मुझसे तर्क-वितर्क करने पर उद्यत हो गयी। मैंने बहाना करके उसे किसी प्रकार टालना चाहा, लेकिन उसने मुझसे वकालतनामे पर हस्ताक्षर करा कर तब पिंड छोड़ा। उसका परिणाम यह हुआ कि, पिछले तीन दिन मेरे यहाँ मुफ्तखोर मुवक्किलों का ताँता लगा रहा और मुझे कई बार वृन्दा से कठोर शब्दों में बातें करनी पड़ीं। इसी से प्राचीन काल के व्यवस्थाकारों ने स्त्रियों को धार्मिक उपदेशों का पात्र नहीं समझा था। इनकी समझ में यह नहीं आता कि प्रत्येक सिद्धांत का व्यावहारिक रूप कुछ और ही होता है। हम सभी जानते हैं कि ईश्वर न्यायशील है, किन्तु न्याय के पीछे अपनी परिस्थिति को कौन भूलता है। आत्मा की व्यापकता को यदि व्यवहार में लाया जाय तो आज संसार में साम्य का राज्य हो जाय, किंतु उसी भाँति साम्य जैसे दर्शन का एक सिद्धांत ही रहा और रहेगा, वैसे ही राजनीति भी एक अलभ्य वस्तु है और रहेगी। हम इन दोनों सिद्धांतों की मुक्त कंठ से प्रशंसा करेंगे, उन पर तर्क करेंगे। अपने पक्ष को सिद्ध करने में उनसे सहायता लेंगे, किंतु उनका उपयोग करना असम्भव है। मुझे नहीं मालूम था कि वृन्दा इतनी मोटी-सी बात भी न समझेगी !

× × × ×

वृन्दा की बुद्धि दिनोंदिन उलटी होती जाती है। आज रसोई में सबके लिए एक ही प्रकार के भोजन बने। अब तक घरवालों के लिए महीन चावल पकते थे, तरकारियाँ घी में बनती थीं, दूध-मक्खन आदि दिया जाता था। नौकरों के लिए मोटा चावल, मटर की दाल और तेल की भाजियाँ बनती थीं। बड़े-बड़े रईसों के यहाँ भी यही प्रथा चली आती है। हमारे नौकरों ने कभी इस विषय में शिकायत नहीं की। किंतु आज देखता हूँ, वृन्दा ने सबके लिए एक ही भोजन बनाया है। मैं कुछ बोल न सका, भौंचक्का-सा हो गया। वृन्दा सोचती होगी कि भोजन में भेद करना नौकरों पर अन्याय है। कैसा बच्चों का-सा विचार है ! नासमझ ! यह भेद सदा रहा है और रहेगा। मैं राष्ट्रीय ऐक्य का अनुरागी हूँ। समस्त शिक्षित समुदाय राष्ट्रीयता पर जान देता है। किंतु कोई स्वप्न में भी कल्पना नहीं करता कि हम मजदूरों या सेवावृत्तिधारियों को समता का स्थान देंगे। हम उनमें शिक्षा का प्रचार करना चाहते हैं। उनको दीनावस्था से उठाना चाहते हैं। यह हवा संसार भर में फैली हुई है पर इसका मर्म क्या है, यह दिल में भी समझते हैं, चाहे कोई खोल कर न कहे। इसका अभिप्राय यही है कि हमारा राजनैतिक महत्त्व बढ़े, हमारा प्रभुत्व उदय हो, हमारे राष्ट्रीय आंदोलन का प्रभाव अधिक हो, हमें यह कहने का अधिकार हो जाय कि हमारी ध्वनि केवल मुट्ठी भर शिक्षित वर्ग ही की नहीं, वरन् समस्त जाति की संयुक्त ध्वनि है, पर वृन्दा को यह रहस्य कौन समझावे !

स्त्री–

कल मेरे पति महाशय खुल पड़े। इसीलिए मेरा चित्त खिन्न है। प्रभो ! संसार में इतना दिखावा, इतनी स्वार्थांधता है, हम इतने दीन घातक हैं। उनका उपदेश सुन कर मैं उन्हें देवतुल्य समझने लगी थी। आज मुझे ज्ञान हो गया कि जो लोग एक साथ दो नाव पर बैठना जानते हैं, वे ही जाति के हितैषी कहलाते हैं।

कल मेरी ननद की विदाई थी। वह ससुराल जा रही थी। बिरादरी की कितनी ही महिलाएँ निमंत्रित थीं। वे उत्तम-उत्तम वस्त्राभूषण पहने कालीनों पर बैठी हुई थीं। मैं उनका स्वागत कर रही थी। निदान मुझे द्वार के निकट कई स्त्रियाँ भूमि पर बैठी हुई दिखायी दीं, जहाँ इन महिलाओं की जूतियाँ और स्लीपरें रक्खी हुई थीं। वे बेचारी भी विदाई देखने आयी थीं। मुझे उनका वहाँ बैठना अनुचित जान पड़ा। मैंने उन्हें भी लाकर कालीन पर बैठा दिया। इस पर महिलाओं में मटकियाँ होने लगीं और थोड़ी देर में वे किसी न किसी बहाने से एक-एक करके चली गयीं। मेरे पति महाशय से किसी ने यह समाचार कह दिया। वे बाहर से क्रोध में भरे हुए आये और आँखें लाल करके बोले—यह तुम्हें क्या सूझी है, क्या हमारे मुँह में कालिख लगवाना चाहती हो ? तुम्हें ईश्वर ने इतनी भी बुद्धि नहीं दी कि किसके साथ बैठना चाहिए। भले घर की महिलाओं के साथ नीच स्त्रियों को बैठा दिया ! वे अपने मन में क्या कहती होंगी ! तुमने मुझे मुँह दिखाने लायक नहीं रखा। छिः ! छिः !!

मैंने सरल भाव से कहा—इससे महिलाओं का तो क्या अपमान हुआ ! आत्मा तो सबकी एक ही है। आभूषणों से आत्मा तो ऊँची नहीं हो जाती !

पति महाशय ने होंठ चबा कर कहा—चुप भी रहो, बेसुरा राग अलाप रही हो। बस वही मुर्गी की एक टाँग। आत्मा एक है, परमात्मा एक है ? न कुछ जानो न बूझो, सारे शहर में नक्कू बना दिया, उस पर और बोलने को मरती हो। उन महिलाओं की आत्मा को कितना दुःख हुआ, कुछ इस पर भी ध्यान दिया ?

मैं विस्मित हो कर उनका मुँह ताकने लगी।

× × × ×

आज प्रातःकाल उठी तो मैंने एक विचित्र दृश्य देखा। रात को मेहमानों की जूठी पत्तल, सकोरे, दोने आदि बाहर मैदान में फेंक दिये गये थे। पचासों मनुष्य उन पत्तलों पर गिरे हुए उन्हें चाट रहे थे ! हाँ, मनुष्य थे, वही मनुष्य जो परमात्मा के निज स्वरूप हैं। कितने ही कुत्ते भी उन पत्तलों पर झपट रहे थे, पर वे कंगले कुत्तों को मार-मार कर भगा देते थे। उनकी दशा कुत्तों से भी गयी-बीती थी। यह कौतुक देख कर मुझे रोमांच होने लगा, मेरी आँखों से अश्रुधारा बहने लगी। भगवान् ! ये भी हमारे भाई-बहन हैं, हमारी आत्माएँ हैं। उनकी ऐसी शोचनीय, दीन दशा !

मैंने तत्क्षण महरी को भेज कर उन मनुष्यों को बुलाया और जितनी पूरी-मिठाइयाँ मेहमानों के लिए रखी हुई थीं, सब पत्तलों में रखकर उन्हें दे दीं। महरी थर-थर काँप रही थी, सरकार सुनेंगे तो मेरे सिर का बाल भी न छोड़ेंगे। लेकिन मैंने उसे ढाढ़स दिया, तब उसकी जान में जान आयी।

अभी ये बेचारे कंगले मिठाइयाँ खा ही रहे थे कि पति महाशय मुँह लाल किये हुए आये और अत्यंत कठोर स्वर में बोले—तुमने भंग तो नहीं खा ली ? जब देखो, एक न एक उपद्रव खड़ा कर देती हो। मेरी तो समझ में नहीं आता कि तुम्हें क्या हो गया है। ये मिठाइयाँ डोमड़ों के लिए नहीं बनायी गयी थीं। इनमें घी, शक्कर, मैदा लगा था, जो आजकल मोतियों के मोल बिक रहा है। हलवाइयों को दूध के धोये रुपये मजदूरी के दिये गये थे। तुमने उठा कर सब डोमड़ों को खिला दीं। अब मेहमानों को क्या खिलाया जायेगा ? तुमने मेरी इज्जत बिगाड़ने का प्रण कर लिया है क्या ?

मैंने गम्भीर भाव से कहा—आप व्यर्थ इतने क्रुद्ध होते हैं। आपकी जितनी मिठाइयाँ खिला दी हैं, वह मैं मँगवा दूँगी। मुझसे यह नहीं देखा जाता कि कोई आदमी तो मिठाइयाँ खाय और कोई पत्तलें चाटें। डोमड़े भी तो मनुष्य ही हैं। उनके जीव में भी तो उसी ...

स्वामी ने बात काट कर कहा—रहने भी दो, मरी तुम्हारी आत्मा ! बस तुम्हारी ही रक्षा से आत्मा की रक्षा होगी। यदि ईश्वर की इच्छा होती कि प्राणिमात्र को समान सुख प्राप्त हो तो उसे सबको एक दशा में रखने से किसने रोका था ? वह ऊँच-नीच का भेद होने ही क्यों देता है ? जब उसकी आज्ञा के बिना एक पत्ता भी नहीं हिल सकता, तो इतनी महान् सामाजिक व्यवस्था उसकी आज्ञा के बिना क्योंकर भंग हो सकती है ? जब वह स्वयं सर्वव्यापी है तो वह अपने ही को ऐसे-ऐसे घृणोत्पादक अवस्थाओं में क्यों रखता है ? जब तुम इन प्रश्नों का कोई उत्तर नहीं दे सकती तो उचित है कि संसार की वर्तमान रीतियों के अनुसार चलो। इन बेसिर-पैर की बातों से हँसी और निंदा के सिवाय और कुछ लाभ नहीं।

मेरे चित्त की क्या दशा हुई, वर्णन नहीं कर सकती। मैं अवाक् रह गयी। हा स्वार्थ ! हा मायाँधकार ! हम ब्रह्म का भी स्वाँग बनाते हैं।

उसी क्षण से पतिश्रद्धा और पतिभक्ति का भाव मेरे हृदय से लुप्त हो गया !

यह घर मुझे अब कारागार लगता है; किन्तु मैं निराश नहीं हूँ। मुझे विश्वास है कि जल्दी या देर ब्रह्म ज्योति यहाँ अवश्य चमकेगी और वह इस अंधकार को नष्ट कर देगी।

विमाता

स्त्री की मृत्यु के तीन ही मास बाद पुनर्विवाह करना मृतात्मा के साथ ऐसा अन्याय और उसकी आत्मा पर ऐसा आघात है जो कदापि क्षम्य नहीं हो सकता। मैं यह कहूँगा कि उस स्वर्गवासिनी की मुझसे अंतिम प्रेरणा थी और न मेरा शायद यह कथन ही मान्य समझा जाय कि हमारे छोटे बालक के लिए 'माँ' की उपस्थिति परमावश्यक थी। परन्तु इस विषय में मेरी आत्मा निर्मल है और मैं आशा करता हूँ कि स्वर्गलोक में मेरे इस कार्य की निर्दय आलोचना न की जायेगी। सारांश यह कि मैंने विवाह किया और यद्यपि एक नव-विवाहिता वधू को मातृत्व उपदेश बेसुरा राग था, पर मैंने पहले ही दिन अम्बा से कह दिया कि मैंने तुमसे केवल इस अभिप्राय से विवाह किया है कि तुम मेरे भोले बालक की माँ बनो और उसके हृदय से उसकी माँ की मृत्यु का शोक भुला दो।

2

दो मास व्यतीत हो गये। मैं संध्या समय मुन्नू को साथ ले कर वायु सेवन को जाया करता था। लौटते समय कतिपय मित्रों से भेंट भी कर लिया करता था। उन संगतों में मुन्नू श्यामा की भाँति चहकता। वास्तव में इन संगतों से मेरा अभिप्राय मनोविनोद नहीं, केवल मुन्नू के असाधारण बुद्धि चमत्कार को प्रदर्शित करना था। मेरे मित्रगण जब मुन्नू को प्यार करते और उसकी विलक्षण बुद्धि की सराहना करते तो मेरा हृदय बाँसों उछलने लगता था। एक दिन मैं मुन्नू के साथ बाबू ज्वालासिंह के घर बैठा हुआ था। ये मेरे परम मित्र थे। मुझमें और उनमें कुछ भेदभाव न था। इसका अर्थ यह नहीं है कि हम अपनी क्षुद्रताएँ, अपने पारिवारिक कलहादि और अपनी आर्थिक कठिनाइयाँ बयान किया करते थे। नहीं, हम इन मुलाकातों में भी अपनी प्रतिष्ठा की रक्षा करते थे और अपनी दुरवस्था का जिक्र कभी हमारी जबान पर न आता था। अपनी कालिमाओं को सदैव छिपाते थे। एकता में भी भेद था और घनिष्ठता में भी अंतर। अचानक बाबू ज्वालासिंह ने मुन्नू से पूछा–'क्यों तुम्हारी

अम्माँ तुम्हें खूब प्यार करती हैं न ?" मैंने मुस्करा कर मुन्नू की ओर देखा। उसके उत्तर के विषय में मुझे कोई संदेह न था। मैं भली-भाँति जानता था कि अम्माँ उसे बहुत प्यार करती है। परन्तु मेरे आश्चर्य का ठिकाना न रहा जब मुन्नू ने इस प्रश्न का उत्तर मुख से न दे कर नेत्रों से दिया। उसके नेत्रों से आँसू की बूँदें टपकने लगीं। मैं लज्जा से गड़ गया। इस अश्रु-जल ने अम्बा के उस सुंदर चित्र को नष्ट-भ्रष्ट कर दिया जो गत दो मास से मैंने हृदय में अंकित कर रखा था। ज्वालासिंह ने कुछ संशय की दृष्टि से देखा और पुनः मुन्नू से पूछा–'क्यों रोते हो बेटा ?' मुन्नू बोला–'रोता नहीं हूँ, आँखों में धुआँ लग गया था।' ज्वालासिंह का विमाता की ममता पर संदेह करना स्वाभाविक बात थी; परन्तु वास्तव में मुझे भी सन्देह हो गया ! अम्बा सहृदयता और स्नेह की वह देवी नहीं है, जिसकी सराहना करते मेरी जिह्वा न थकती थी। वहाँ से उठा तो मेरा हृदय भरा हुआ था और लज्जा से माथा न उठता था।

3

मैं घर की ओर चला तो मन में विचार करने लगा कि किस प्रकार अपने क्रोध को प्रकट करूँ। क्यों न मुँह ढाँक कर सो रहूँ। अम्बा जब पूछे तो कठोरता से कह दूँ कि सिर में पीड़ा है, मुझे तंग मत करो। भोजन के लिए उठाये तो झिड़क कर उत्तर दूँ। अम्बा अवश्य समझ जायेगी कि कोई बात मेरी इच्छा के प्रतिकूल हुई है। मेरे पाँव पकड़ने लगेगी। उस समय अपनी व्यंग्यपूर्ण बातों से उसका हृदय बेध डालूँगा। ऐसा रुलाऊँगा कि वह भी याद करे। पुनः विचार आया कि उसका हँसमुख चेहरा देख कर मैं अपने हृदय को वश में रख सकूँगा या नहीं। उसकी एक प्रेम-पूर्ण दृष्टि, एक मीठी बात, एक रसीली चुटकी मेरी शिलातुल्य रुष्टता के टुकड़े-टुकड़े कर सकती है। परन्तु हृदय की इस निर्बलता पर मेरा मन झुँझला उठा। यह मेरी क्या दशा है, क्यों इतनी जल्दी मेरे चित्त की काया पलट गयी ? मुझे पूर्ण विश्वास था कि मैं इन मृदुल वाक्यों की आँधी और ललित कटाक्षों के बहाव में भी अचल रह सकता हूँ और कहाँ अब यह दशा हो गयी कि मुझमें साधारण झोंके को भी सहन करने की सामर्थ्य नहीं ! इन विचारों से हृदय में कुछ दृढ़ता आयी, तिस पर भी क्रोध की लगाम पग-पग पर ढीली होती जाती थी। अंत में मैंने हृदय को बहुत दबाया और बनावटी क्रोध का भाव धारण किया। ठान लिया कि चलते ही चलते एकदम से बरस पड़ूँगा।

ऐसा न हो कि विलम्बरूपी वायु इस क्रोधरूपी मेघ को उड़ा ले जाय, परंतु ज्यों ही घर पहुँचा, अम्बा ने दौड़ कर मुन्नू को गोदी में ले लिया और प्यार से सने हुए कोमल स्वर से बोली–'आज तुम इतनी देर तक कहाँ घूमते रहे ? चलो,

देखो, मैंने तुम्हारे लिए कैसी अच्छी-अच्छी फुलौड़ियाँ बनायी हैं।' मेरा कृत्रिम क्रोध एक क्षण में उड़ गया। मैंने विचार किया, इस देवी पर क्रोध करना भारी अत्याचार है। मुन्नू अबोध बालक है। सम्भव है कि वह अपनी माँ का स्मरण कर रो पड़ा हो। अम्बा इसके लिए दोषी नहीं ठहरायी जा सकती। हमारे मनोभाव पूर्व विचारों के अधीन नहीं होते, हम उनको प्रकट करने के निमित्त कैसे-कैसे शब्द गढ़ते हैं, परंतु समय पर शब्द हमें धोखा दे जाते हैं और वे ही भावनाएँ स्वाभाविक रूप से प्रकट होती हैं। मैंने अम्बा को न तो कोई व्यंग्यपूर्ण बातें ही कहीं और न क्रोधित हो मुख ढाँक कर सोया ही, बल्कि अत्यंत कोमल स्वर में बोला—मुन्नू ने आज मुझे अत्यंत लज्जित किया। खजानची साहब ने पूछा तुम्हारी नयी अम्माँ तुम्हें प्यार करती हैं या नहीं, तो ये रोने लगा। मैं लज्जा से गड़ गया। मुझे तो स्वप्न में भी यह विचार नहीं हो सकता कि तुमने इसे कुछ कहा होगा। परंतु अनाथ बच्चों का हृदय उस चित्र की भाँति होता है जिस पर एक बहुत ही साधारण परदा पड़ा हुआ हो। पवन का साधारण झोंका भी उसे हटा देता है।

ये बातें कितनी कोमल थीं, तिस पर भी अम्बा का विकसित मुखमंडल कुछ मुरझा गया। वह सजल नेत्र होकर बोली—इस बात का विचार तो मैंने यथासाध्य पहले ही दिन से रखा है। परंतु यह असम्भव है कि मैं मुन्नू के हृदय से माँ का शोक मिटा दूँ। मैं चाहे अपना सर्वस्व अर्पण कर दूँ, परंतु मेरे नाम पर जो सौतेलेपन की कालिमा लगी हुई है, वह मिट नहीं सकती।

4

मुझे भय था कि इस वार्तालाप का परिणाम कहीं विपरीत न हो, परन्तु दूसरे ही दिन मुझे अम्बा के व्यवहार में बहुत अंतर दिखायी देने लगा। मैं उसे प्रातः-सायंकाल पर्यंत मुन्नू की ही सेवा में लगी हुई देखता, यहाँ तक कि उस धुन में उसे मेरी भी चिंता न रहती थी। परंतु मैं ऐसा त्यागी न था कि अपने आराम को मुन्नू पर अर्पण कर देता। कभी-कभी मुझे अम्बा की यह अश्रद्धा न भाती, परंतु मैं कभी भूल कर भी इसकी चर्चा न करता। एक दिन मैं अनियमित रूप से दफ्तर से कुछ पहले ही आ गया। क्या देखता हूँ कि मुन्नू द्वार पर भीतर की ओर मुख किये खड़ा है। मुझे इस समय आँख-मिचौनी खेलने की सूझी। मैंने दबे पाँव पीछे से जा कर उसके नेत्र मूँद लिये। पर शोक ! उसके दोनों गाल अश्रुपूरित थे। मैंने तुरंत दोनों हाथ हटा लिये। ऐसा प्रतीत हुआ मानो सर्प ने डस लिया हो। हृदय पर एक चोट लगी। मुन्नू को गोद में लेकर बोला—मुन्नू, क्यों रोते हो ? यह कहते-कहते मेरे नेत्र भी सजल हो आये।

मुन्नू आँसू पी कर बोला—जी नहीं, रोता नहीं हूँ।

मैंने उसे हृदय से लगा लिया और कहा–अम्माँ ने कुछ कहा तो नहीं?

मुन्नू ने सिसकते हुए कहा–जी नहीं, मुझे वह बहुत प्यार करती हैं।

मुझे विश्वास न हुआ, पूछा–वह प्यार करती तो तुम रोते क्यों? उस दिन खजानची के घर भी तुम रोये थे। तुम मुझसे छिपाते हो। कदाचित् तुम्हारी अम्माँ अवश्य तुमसे कुछ क्रुद्ध हुई हैं।

मुन्नू ने मेरी ओर कातर दृष्टि से देख कर कहा–जी नहीं, वह मुझे प्यार करती हैं इसी कारण मुझे बारम्बार रोना आता है। मेरी अम्माँ मुझे अत्यंत प्यार करती थीं। वह मुझे छोड़कर चली गयीं। नयी अम्माँ उससे भी अधिक प्यार करती हैं। इसीलिए मुझे भय लगता है कि उसकी तरह यह भी मुझे छोड़कर न चली जाय।

यह कह कर मुन्नू पुनः फूट-फूटकर रोने लगा। मैं भी रो पड़ा। अम्बा के इस स्नेहमय व्यवहार ने मुन्नू के सुकोमल हृदय पर कैसा आघात किया था। थोड़ी देर तक मैं स्तम्भित रह गया। किसी कवि की यह वाणी स्मरण आ गयी कि पवित्र आत्माएँ इस संसार में चिरकाल तक नहीं ठहरतीं। कहीं भावी ही इस बालक की जिह्वा से तो यह शब्द नहीं कहला रही है। ईश्वर न करे कि वह अशुभ दिन देखना पड़े। परन्तु मैंने तर्क द्वारा इस शंका को दिल से निकाल दिया। समझा कि माता की मृत्यु ने प्रेम और वियोग में एक मानसिक सम्बन्ध उत्पन्न कर दिया है और कोई बात नहीं है। मुन्नू को गोद में लिये हुए अम्बा के पास गया और मुस्करा कर बोला–'इनसे पूछो क्यों रो रहे हैं?' अम्बा चौंक पड़ी। उसके मुख की कांति मलिन हो गयी। बोली–तुम्हीं पूछो। मैंने कहा–यह इसलिए रोते हैं कि तुम इन्हें अत्यंत प्यार करती हो और इनको भय है कि तुम भी इनकी माता की भाँति इन्हें छोड़कर न चली जाओ। जिस प्रकार गर्द साफ हो जाने से दर्पण चमक उठता है, उसी भाँति अम्बा का मुखमंडल प्रकाशित हो गया। उसने मुन्नू को मेरी गोद से छीन लिया और कदाचित् यह प्रथम अवसर था कि उसने ममतापूर्ण स्नेह से मुन्नू के पाँव का चुम्बन किया।

5

शोक! महा शोक!! मैं क्या जानता था कि मुन्नू की अशुभ कल्पना इतनी शीघ्र पूर्ण हो जायेगी। कदाचित् उसकी बाल-दृष्टि ने होनहार को देख लिया था, कदाचित् उसके बाल श्रवण मृत्यु दूतों के विकराल शब्दों से परिचित थे।

छह मास भी व्यतीत न होने पाये थे कि अम्बा बीमार पड़ी और एन्फ़्लुएंजा ने देखते-देखते उसे हमारे हाथों से छीन लिया। पुनः वह उपवन मरुतुल्य हो गया, पुनः वह बसा हुआ घर उजड़ गया। अम्बा ने अपने को मुन्नू पर अर्पण कर दिया

था—हाँ, उसने पुत्र-स्नेह का आदर्श रूप दिखा दिया। शीतकाल था और वह घड़ी रात्रि शेष रहते ही मुन्नू के लिए प्रातःकाल का भोजन बनाने उठती थी। उसके इस स्नेह-बाहुल्य ने मुन्नू पर स्वाभाविक प्रभाव डाल दिया था। वह हठीला और नटखट हो गया था। जब तक अम्बा भोजन कराने न बैठे, मुँह में कौर न डालता, जब तक अम्बा पंखा न झले, वह चारपाई पर पाँव न रखता। उसे छेड़ता, चिढ़ाता और हैरान कर डालता। परंतु अम्बा को इन बातों से आत्मिक सुख प्राप्त होता था। एन्फ़्लुएंजा से कराह रही थी, करवट लेने तक की शक्ति न थी, शरीर तवा हो रहा था, परंतु मुन्नू के प्रातःकाल के भोजन की चिंता लगी रहती थी। हाय ! वह निःस्वार्थ मातृ-स्नेह अब स्वप्न हो गया। उस स्वप्न के स्मरण से अब भी हृदय गद्‌गद हो जाता है। अम्बा के साथ मुन्नू का चुलबुलापन तथा बाल क्रीड़ा विदा हो गयी। अब वह शोक और नैराश्य की जीवित मूर्ति है, वह अब भी नहीं रोता। ऐसा पदार्थ खो कर अब उसे कोई खटका, कोई भय नहीं रह गया।

बूढ़ी काकी

बुढ़ापा बहुधा बचपन का पुनरागमन हुआ करता है। बूढ़ी काकी में जिह्वा-स्वाद के सिवा और कोई चेष्टा शेष न थी और न अपने कष्टों की ओर आकर्षित करने का, रोने के अतिरिक्त कोई दूसरा सहारा ही। समस्त इन्द्रियाँ, नेत्र, हाथ और पैर जवाब दे चुके थे ! पृथ्वी पर पड़ी रहती और घर वाले कोई बात उनकी इच्छा के प्रतिकूल करते, भोजन का समय टल जाता या उसका परिमाण पूर्ण न होता, अथवा बाजार से कोई वस्तु आती और न मिलती तो ये रोने लगती थीं। उनका रोना-सिसकना साधारण रोना न था, वे गला फाड़-फाड़ कर रोती थीं।

उनके पतिदेव को स्वर्ग सिधारे कालांतर हो चुका था। बेटे तरुण हो-हो कर चल बसे थे। अब एक भतीजे के सिवाय और कोई न था। उसी भतीजे के नाम उन्होंने अपनी सारी सम्पत्ति लिख दी। भतीजे ने सारी सम्पत्ति लिखाते समय खूब लम्बे-चौड़े वादे किये, किंतु वे सब वादे केवल कुली डिपो के दलालों के दिखाये हुए सब्जबाग थे। यद्यपि उस सम्पत्ति की वार्षिक आय डेढ़-दो सौ रुपये से कम न थी तथापि बूढ़ी काकी को पेट भर भोजन भी कठिनाई से मिलता था। इसमें उनके भतीजे पंडित बुद्धिराम का अपराध था अथवा उनकी अर्द्धांगिनी श्रीमती रूपा का, इसका निर्णय करना सहज नहीं। बुद्धिराम स्वभाव के सज्जन थे, किन्तु उसी समय तक जब कि उनके कोष पर कोई आँच न आये। रूपा स्वभाव से तीव्र थी सही, पर ईश्वर से डरती थी। अतएव बूढ़ी काकी को उसकी तीव्रता उतनी न खलती थी जितनी बुद्धिराम की भलमनसाहत।

बुद्धिराम को कभी-कभी अपने अत्याचार का खेद होता था। विचारते कि इसी सम्पत्ति के कारण मैं इस समय भलामानुष बना बैठा हूँ। यदि मौखिक आश्वासन और सूखी सहानुभूति से स्थिति में सुधार हो सकता तो उन्हें कदाचित् कोई आपत्ति न होती, परंतु विशेष व्यय का भय उनकी सुचेष्टा को दबाये रखता था। यहाँ तक कि यदि द्वार पर कोई भला आदमी बैठा होता और बूढ़ी काकी उस समय अपना राग अलापने लगतीं तो वह आग हो जाते और घर में आकर उन्हें जोर से डाँटते। लड़कों को बुड्ढों से स्वाभाविक विद्वेष होता ही है और फिर जब माता-पिता का

यह रंग देखते तो वे बूढ़ी काकी को और सताया करते। कोई चुटकी काट कर भागता, कोई उन पर पानी की कुल्ली कर देता ! काकी चीख मार कर रोतीं, परंतु यह बात प्रसिद्ध थी कि वह केवल खाने के लिए रोती हैं, अतएव उनके संताप और आर्त्तनाद पर कोई ध्यान नहीं देता था। हाँ, काकी क्रोधातुर हो कर बच्चों को गालियाँ देने लगतीं तो रूपा घटनास्थल पर आ पहुँचती। इस भय से काकी अपनी जिह्वा कृपाण का कदाचित् ही प्रयोग करती थीं, यद्यपि उपद्रव-शांति का यह उपाय रोने से कहीं अधिक उपयुक्त था।

सम्पूर्ण परिवार में यदि काकी से किसी को अनुराग था, तो वह बुद्धिराम की छोटी लड़की लाडली थी। लाडली अपने दोनों भाइयों के भय से अपने हिस्से की मिठाई-चबैना बूढ़ी काकी के पास बैठ कर खाया करती थी। यही उसका रक्षागार था और यद्यपि काकी की शरण उनकी लोलुपता के कारण बहुत महँगी पड़ती थी, तथापि भाइयों के अन्याय से कहीं सुलभ थी। इसी स्वार्थानुकूलता ने उन दोनों में सहानुभूति का आरोपण कर दिया था।

2

रात का समय था। बुद्धिराम के द्वार पर शहनाई बज रही थी और गाँव के बच्चों का झुंड विस्मयपूर्ण नेत्रों से गाने का रसास्वादन कर रहा था। चारपाइयों पर मेहमान विश्राम करते हुए नाइयों से मुक्कियाँ लगवा रहे थे। समीप ही खड़ा हुआ भाट विरुदावली सुना रहा था और कुछ भावज्ञ मेहमानों की 'वाह, वाह' पर ऐसा खुश हो रहा था मानो इस वाह-वाह का यथार्थ में वही अधिकारी है। दो-एक अंग्रेजी पढ़े हुए नवयुवक इन व्यवहारों से उदासीन थे। वे इस गँवार मंडली में बोलना अथवा सम्मिलित होना अपनी प्रतिष्ठा के प्रतिकूल समझते थे।

आज बुद्धिराम के बड़े लड़के मुखराम का तिलक आया है। यह उसी का उत्सव है। घर के भीतर स्त्रियाँ गा रही थीं और रूपा मेहमानों के लिए भोजन के प्रबन्ध में व्यस्त थी। भट्ठियों पर कड़ाह चढ़ रहे थे। एक में पूड़ियाँ-कचौड़ियाँ निकल रही थीं, दूसरे में अन्य पकवान बनते थे। एक बड़े हण्डे में मसालेदार तरकारी पक रही थी। घी और मसाले की क्षुधावर्द्धक सुगंधि चारों ओर फैली हुई थी।

बूढ़ी काकी अपनी कोठरी में शोकमय विचार की भाँति बैठी हुई थीं। यह स्वाद-मिश्रित सुगंधि उन्हें बेचैन कर रही थी। वे मन-ही-मन विचार कर रही थीं, सम्भवतः मुझे पूड़ियाँ न मिलेंगी। इतनी देर हो गयी, कोई भोजन लेकर नहीं आया। मालूम होता है, सब लोग भोजन कर चुके हैं। मेरे लिए कुछ न बचा। यह सोच कर उन्हें रोना आया, परन्तु अशकुन के भय से वह रो न सकीं।

'आहा ! कैसी सुगंधि है ? अब मुझे कौन पूछता है ? जब रोटियों ही के

लाले पड़े हैं तब ऐसे भाग्य कहाँ कि भरपेट पूड़ियाँ मिलें ?' यह विचार कर उन्हें रोना आया, कलेजे में हूक-सी उठने लगी। परन्तु रूपा के भय से उन्होंने फिर मौन धारण कर लिया।

बूढ़ी काकी देर तक इन्हीं दुःखदायक विचारों में डूबी रहीं। घी और मसालों की सुगंधि रह-रह कर मन को आपे से बाहर किये देती थी। मुँह में पानी भर-भर आता था। पूड़ियों का स्वाद स्मरण करके हृदय में गुदगुदी होने लगती थी। किसे पुकारूँ, आज लाडली बेटी भी नहीं आयी। दोनों छोकड़े सदा दिक किया करते हैं। आज उनका भी कहीं पता नहीं। कुछ मालूम तो होता कि क्या बन रहा है।

बूढ़ी काकी की कल्पना में पूड़ियों की तस्वीर नाचने लगी। खूब लाल-लाल, फूली-फूली, नरम-नरम होंगी। रूपा ने भली-भाँति भोजन किया होगा। कचौड़ियों में अजवाइन और इलायची की महक आ रही होगी। एक पूड़ी मिलती तो जरा हाथ में ले कर देखती। क्यों न चल कर कड़ाह के सामने ही बैठूँ। पूड़ियाँ छन-छन कर तैयार होंगी। कड़ाह से गरम-गरम निकालकर थाल में रखी जाती होंगी। फूल हम घर में भी सूँघ सकते हैं; परन्तु वाटिका में कुछ और बात होती है। इस प्रकार निर्णय करके बूढ़ी काकी उकड़ूँ बैठ कर हाथों के बल सरकती हुई बड़ी कठिनाई से चौखट से उतरीं और धीरे-धीरे रेंगती हुई कड़ाह के पास आ बैठीं। यहाँ आने पर उन्हें उतना ही धैर्य हुआ जितना भूखे कुत्ते को खाने वाले के सम्मुख बैठने में होता है।

रूपा उस समय कार्य-भार से उद्विग्न हो रही थी। कभी इस कोठे में जाती, कभी उस कोठे में, कभी कड़ाह के पास आती, कभी भंडार में जाती। किसी ने बाहर से आकर कहा—'महाराज ठंडाई माँग रहे हैं।' ठंडाई देने लगी। इतने में फिर किसी ने आ कर कहा—'भाट आया है, उसे कुछ दे दो।' भाट के लिए सीधा निकाल रही थी कि एक तीसरे आदमी ने आ कर पूछा—'अभी भोजन तैयार होने में कितना विलम्ब है ? जरा ढोल-मजीरा उतार दो।' बेचारी अकेली स्त्री दौड़ते-दौड़ते व्याकुल हो रही थी, झुँझलाती थी, कुढ़ती थी, परन्तु क्रोध प्रकट करने का अवसर न पाती थी। भय होता, कहीं पड़ोसिनें यह न कहने लगें कि इतने में उबल पड़ीं। प्यास से स्वयं कंठ सूख रहा था। गर्मी के मारे फुँकी जाती थी, परन्तु इतना अवकाश भी नहीं था कि जरा पानी पी ले अथवा पंखा ले कर झले। यह भी खटका था कि जरा आँख हटी और चीजों की लूट मची। इस अवस्था में उसने बूढ़ी काकी को कड़ाह के पास बैठी देखा तो जल गयी। क्रोध न रुक सका। इसका भी ध्यान न रहा कि पड़ोसिनें बैठी हुई हैं, मन में क्या कहेंगी, पुरुषों में लोग सुनेंगे तो क्या कहेंगे। जिस प्रकार मेंढक केंचुए पर झपटता है, उसी प्रकार वह बूढ़ी काकी पर झपटी और उन्हें दोनों हाथों से झटककर बोली—ऐसे पेट में आग लगे, पेट है या भाड़ ? कोठरी में बैठते हुए क्या दम घुटता था ? अभी मेहमानों ने नहीं खाया,

भगवान् को भोग नहीं लगा, तब तक धैर्य न हो सका ? आ कर छाती पर सवार हो गयी। जल जाय ऐसी जीभ। दिन भर खाती न होती तो न जाने किसकी हाँड़ी में मुँह डालती ? गाँव देखेगा तो कहेगा कि बुढ़िया भरपेट खाने को नहीं पाती तभी तो इस तरह मुँह बाये फिरती है। डायन न मरे न माँचा छोड़े। नाम बेचने पर लगी है। नाक कटवा कर दम लेगी। इतना ठूँसती है, न जाने कहाँ भस्म हो जाता है। भला चाहती हो तो जा कर कोठरी में बैठो, जब घर के लोग खाने लगेंगे तब तुम्हें भी मिलेगा। तुम कोई देवी नहीं हो कि चाहे किसी के मुँह में पानी न जाय, परन्तु तुम्हारी पूजा पहले ही हो जाय।

बूढ़ी काकी ने सिर उठाया; न रोईं न बोलीं। चुपचाप रेंगती हुई अपनी कोठरी में चली गयीं। आवाज ऐसी कठोर थी कि हृदय और मस्तिष्क की सम्पूर्ण शक्तियाँ, सम्पूर्ण विचार और सम्पूर्ण भार उसी ओर आकर्षित हो गये थे। नदी में जब कगार का कोई वृहद् खंड कट कर गिरता है तो आस-पास का जलसमूह चारों ओर उसी स्थान को पूरा करने के लिए दौड़ता है !

3

भोजन तैयार हो गया है। आँगन में पत्तलें पड़ गयीं, मेहमान खाने लगे। स्त्रियों ने जेवनार-गीत गाना आरम्भ कर दिया। मेहमानों के नाई और सेवकगण भी उसी मंडली के साथ किंतु कुछ हट कर भोजन करने बैठे थे, परन्तु सभ्यतानुसार जब तक सब-के-सब खा न चुके कोई उठ नहीं सकता था। दो-एक मेहमान जो कुछ पढ़े-लिखे थे, सेवकों के दीर्घाहार पर झुंझला रहे थे। वे इस बंधन को व्यर्थ और बेसिर-पैर की बात समझते थे।

बूढ़ी काकी अपनी कोठरी में जा कर पश्चात्ताप कर रही थीं कि मैं कहाँ से कहाँ गयी। उन्हें रूपा पर क्रोध नहीं था। अपनी जल्दबाजी पर दुःख था। सच ही तो है जब तक मेहमान लोग भोजन कर न चुकेंगे, घर वाले कैसे खायेंगे। मुझसे इतनी देर भी न रहा गया। सबके सामने पानी उतर गया। अब जब तक कोई बुलाने न आयेगा, न जाऊँगी।

मन ही मन इसी प्रकार का विचार कर वह बुलाने की प्रतीक्षा करने लगीं। परन्तु घी की रुचिकर सुबास बड़ी धैर्य-परीक्षक प्रतीत हो रही थी। उन्हें एक-एक पल एक-एक युग के समान मालूम होता था। अब पत्तलें बिछ गयी होंगी ! अब मेहमान आ गये होंगे। लोग हाथ-पैर धो रहे हैं, नाई पानी दे रहा है। मालूम होता है लोग खाने बैठ गये। जेवनार गाया जा रहा है, यह विचार कर वह मन को बहलाने के लिए लेट गयीं। धीरे-धीरे एक गीत गुनगुनाने लगीं। उन्हें मालूम हुआ कि मुझे गाते देर हो गयी। क्या इतनी देर तक लोग भोजन कर ही रहे होंगे। किसी की

आवाज नहीं सुनायी देती। अवश्य ही लोग खा-पी कर चले गये। मुझे कोई बुलाने नहीं आया। रूपा चिढ़ गयी है, क्या जाने न बुलाये। सोचती हो कि आप ही आवेंगी, वह कोई मेहमान तो नहीं जो उन्हें बुलाऊँ। बूढ़ी काकी चलने के लिए तैयार हुई। यह विश्वास कि एक मिनट में पूड़ियाँ और मसालेदार तरकारियाँ सामने आयेंगी, उनकी स्वादेन्द्रियों को गुदगुदाने लगा। उन्होंने मन में तरह-तरह के मनसूबे बाँधे—पहले तरकारी से पूड़ियाँ खाऊँगी, फिर दही और शक्कर से, कचौरियाँ रायते के साथ मजेदार मालूम होंगी। चाहे कोई बुरा माने चाहे भला, मैं तो माँग-माँग कर खाऊँगी। यही न लोग कहेंगे कि इन्हें विचार नहीं। कहा करें, इतने दिन के बाद पूड़ियाँ मिल रही हैं तो मुँह जूठा करके थोड़े ही उठ जाऊँगी।

वह उकड़ूँ बैठ कर हाथों के बल सरकती हुई आँगन में आयीं। परंतु हा दुर्भाग्य ! अभिलाषा ने अपने पुराने स्वभाव के अनुसार समय की मिथ्या कल्पना की थी। मेहमान मंडली अभी बैठी हुई थी। कोई खा कर उँगलियाँ चाटता था, कोई तिरछे नेत्रों से देखता था कि और लोग अभी खा रहे हैं या नहीं। कोई इस चिंता में था कि पत्तल पर पूड़ियाँ छूटी जाती हैं किसी तरह इन्हें भीतर रख लेता। कोई दही खा कर जीभ चटकारता था, परंतु दूसरा दोना माँगते संकोच करता था कि इतने में बूढ़ी काकी रेंगती हुई उनके बीच में जा पहुँचीं। कई आदमी चौंक कर उठ खड़े हुए। पुकारने लगे—अरे यह बुढ़िया कौन है। यह कहाँ से आ गयी ? देखो किसी को छू न दे।

पंडित बुद्धिराम काकी को देखते ही क्रोध से तिलमिला गये। पूड़ियों का थाल लिये खड़े थे। थाल को जमीन पर पटक दिया और जिस प्रकार निर्दयी महाजन अपने किसी बेईमान और भगोड़े कर्जदार को देखते ही झपटकर उसका टेंटुआ पकड़ लेता है उसी तरह लपक कर उन्होंने काकी के दोनों हाथ पकड़े अैर घसीटते हुए लाकर उन्हें अँधेरी कोठरी में धम से पटक दिया। आशा-रूपी वाटिका लू के एक झोंके में नष्ट-विनष्ट हो गयी।

मेहमानों ने भोजन किया। घरवालों ने भोजन किया। बाजेवाले, धोबी, चमार भी भोजन कर चुके, परंतु बूढ़ी काकी को किसी ने न पूछा। बुद्धिराम और रूपा दोनों ही बूढ़ी काकी को उनकी निर्लज्जता के लिए दंड देने का निश्चय कर चुके थे। उनके बुढ़ापे पर, दीनता पर, हतज्ञान पर किसी को करुणा न आयी थी, अकेली लाडली उनके लिए कुढ़ रही थी।

लाडली को काकी से अत्यंत प्रेम था। बेचारी भोली लड़की थी। बाल-विनोद और चंचलता की उसमें गंध तक न थी। दोनों बार जब उसके माता-पिता ने काकी को निर्दयता से घसीटा तो लाडली का हृदय ऐंठ कर रह गया। वह झुंझला रही थी कि यह लोग काकी को क्यों बहुत-सी पूड़ियाँ नहीं दे देते। क्या मेहमान सब-की-सब खा जायेंगे ? और यदि काकी ने मेहमानों के पहले खा लिया तो क्या बिगड़ जायेगा ?

वह काकी के पास जाकर उन्हें धैर्य देना चाहती थी, परंतु माता के भय से न जाती थी। उसने अपने हिस्से की पूड़ियाँ बिलकुल न खायी थीं। अपनी गुड़ियों की पिटारी में बन्द कर रक्खी थीं। उन पूड़ियों को काकी के पास ले जाना चाहती थी। उसका हृदय अधीर हो रहा था। बूढ़ी काकी मेरी बात सुनते ही उठ बैठेंगी, पूड़ियाँ देख कर कैसी प्रसन्न होंगी ! मुझे खूब प्यार करेंगी।

4

रात को ग्यारह बज गये थे। रूपा आँगन में पड़ी सो रही थी। लाडली की आँखों में नींद न आती थी। काकी को पूड़ियाँ खिलाने की खुशी उसे सोने न देती थी। उसने गुड़ियों की पिटारी सामने ही रखी थी। जब विश्वास हो गया कि अम्माँ सो रही हैं, तो वह चुपके से उठी और विचारने लगी, कैसे चलूँ। चारों ओर अँधेरा था। केवल चूल्हों में आग चमक रही थी और चूल्हों के पास एक कुत्ता लेटा हुआ था। लाडली की दृष्टि द्वार के सामने वाले नीम की ओर गयी। उसे मालूम हुआ कि उस पर हनुमान जी बैठे हुए हैं। उनकी पूँछ, उनकी गदा, सब स्पष्ट दिखलाई दे रही है। मारे भय के उसने आँखें बन्द कर लीं। इतने में कुत्ता उठ बैठा, लाडली को ढाढ़स हुआ। कई सोये हुए मनुष्यों के बदले एक भागता हुआ कुत्ता उसके लिए अधिक धैर्य का कारण हुआ। उसने पिटारी उठायी और बूढ़ी काकी की कोठरी की ओर चली।

5

बूढ़ी काकी को केवल इतना स्मरण था कि किसी ने मेरे हाथ पकड़ कर घसीटे, फिर ऐसा मालूम हुआ कि जैसे कोई पहाड़ पर उड़ाये लिये जाता है। उनके पैर बार-बार पत्थरों से टकराये तब किसी ने उन्हें पहाड़ पर से पटका, वे मूर्छित हो गयीं।

जब वे सचेत हुईं तो किसी की जरा भी आहट न मिलती थी। समझी कि सब लोग खा-पी कर सो गये और उनके साथ मेरी तकदीर भी सो गयी। रात कैसे कटेगी ? राम ! क्या खाऊँ ? पेट में अग्नि धधक रही है। हा ! किसी ने मेरी सुधि न ली ! क्या मेरा पेट काटने से धन जुड़ जायेगा ? इन लोगों को इतनी भी दया नहीं आती कि न जाने बुढ़िया कब मर जाय ? उसका जी क्यों दुखावें ? मैं पेट की रोटियाँ ही खाती हूँ कि और कुछ ? इस पर यह हाल। मैं अंधी, अपाहिज ठहरी, न कुछ सुनूँ न बूझूँ। यदि आँगन में चली गयी तो क्या बुद्धिराम से इतना कहते न बनता था कि काकी, अभी लोग खा रहे हैं, फिर आना। मुझे घसीटा, पटका।

उन्हीं पूड़ियों के लिए रूपा ने सबके सामने गालियाँ दीं। उन्हीं पूड़ियों के लिए इतनी दुर्गति करने पर भी उनका पत्थर का कलेजा न पसीजा। सबको खिलाया, मेरी बात तक न पूछी। जब तब ही न दीं, तब अब क्या देंगे ?

यह विचार कर काकी निराशामय संतोष के साथ लेट गयीं। ग्लानि से गला भर-भर आता था, परन्तु मेहमानों के भय से रोती न थीं।

सहसा उनके कानों में आवाज़ आयी—"काकी उठो; मैं पूड़ियाँ लायी हूँ।" काकी ने लाडली की बोली पहचानी। चटपट उठ बैठीं। दोनों हाथों से लाडली को टटोला और उसे गोद में बैठा लिया। लाडली ने पूड़ियाँ निकाल कर दीं।

काकी ने पूछा—क्या तुम्हारी अम्माँ ने दी हैं ?

लाडली ने कहा—नहीं, यह मेरे हिस्से की हैं।

काकी पूड़ियों पर टूट पड़ीं। पाँच मिनट में पिटारी खाली हो गयी।

लाडली ने पूछा—काकी, पेट भर गया।

जैसी थोड़ी-सी वर्षा ठंडक के स्थान पर और भी गर्मी पैदा कर देती है उसी भाँति इन थोड़ी पूड़ियों ने काकी की क्षुधा और इच्छा को और उत्तेजित कर दिया था। बोलीं—नहीं बेटी, जा कर अम्माँ से और माँग लाओ।

लाडली ने कहा—अम्माँ सोती हैं, जगाऊँगी तो मारेंगी।

काकी ने पिटारी को फिर टटोला। उसमें कुछ खुर्चन गिरे थे। उन्हें निकाल कर वे खा गयीं। बार-बार होंठ चाटती थीं, चटखारें भरती थीं।

हृदय मसोस रहा था कि और पूड़ियाँ कैसे पाऊँ। संतोष-सेतु जब टूट जाता है तब इच्छा का बहाव अपरिमित हो जाता है। मतवालों को मद का स्मरण करना उन्हें मदांध बनाता है। काकी का अधीर मन इच्छा के प्रबल प्रवाह में बह गया। उचित और अनुचित का विचार जाता रहा। वे कुछ देर तक उस इच्छा को रोकती रहीं। सहसा लाडली से बोलीं—मेरा हाथ पकड़ कर वहाँ ले चलो जहाँ मेहमानों ने बैठ कर भोजन किया है।

लाडली उनका अभिप्राय समझ न सकी। उसने काकी का हाथ पकड़ा और ले जा कर जूठे पत्तलों के पास बैठा दिया। दीन, क्षुधातुर, हतज्ञान बुढ़िया पत्तलों से पूड़ियों के टुकड़े चुन-चुन कर भक्षण करने लगी। ओह, दही कितना स्वादिष्ट था, कचौड़ियाँ कितनी सलोनी, खस्ता कितने सुकोमल। काकी बुद्धिहीन होते हुए भी इतना जानती थीं कि मैं वह काम कर रही हूँ, जो मुझे कदापि न करना चाहिए। मैं दूसरों की जूठी पत्तल चाट रही हूँ। परन्तु बुढ़ापा तृष्णा रोग का अंतिम समय है, जब सम्पूर्ण इच्छाएँ एक ही केंद्र पर आ लगती हैं। बूढ़ी काकी में यह केन्द्र उनकी स्वादेन्द्रिय थी।

ठीक उसी समय रूपा की आँखें खुलीं। उसे मालूम हुआ कि लाडली मेरे पास नहीं है। वह चौंकी, चारपाई के इधर-उधर ताकने लगी कि कहीं नीचे तो

नहीं गिर पड़ी। उसे वहाँ न पाकर वह उठी तो क्या देखती है कि लाडली जूठे पत्तलों के पास चुपचाप खडी है और बूढ़ी काकी पत्तलों पर से पूड़ियों के टुकड़े उठा-उठा कर खा रही है। रूपा का हृदय सन्न हो गया। किसी गाय की गर्दन पर छुरी चलते देख कर जो अवस्था उसकी होती, वही उस समय हुई। एक ब्राह्मणी दूसरों की जूठी पत्तल टटोले, इससे अधिक शोकमय दृश्य असम्भव था। पूड़ियों के कुछ ग्रासों के लिए उसकी चचेरी सास ऐसा पतित और निकृष्ट कर्म कर रही है। यह वह दृश्य था जिसे देखकर देखनेवालों के हृदय काँप उठते हैं। ऐसा प्रतीत होता मानो जमीन रुक गयी, आसमान चक्कर खा रहा है। संसार पर कोई आपत्ति आनेवाली है। रूपा को क्रोध न आया। शोक के सम्मुख क्रोध कहाँ ? करुणा और भय से उसकी आँखें भर आयीं ! इस अधर्म के पाप का भागी कौन है ? उसने सच्चे हृदय से गगन-मंडल की ओर हाथ उठाकर कहा—परमात्मा, मेरे बच्चों पर दया करो। इस अधर्म का दण्ड मुझे मत दो, नहीं तो मेरा सत्यानाश हो जायेगा।

रूपा को अपनी स्वार्थपरता और अन्याय इस प्रकार प्रत्यक्ष रूप में कभी न देख पड़े थे। वह सोचने लगी—हाय ! कितनी निर्दय हूँ। जिसकी सम्पत्ति से मुझे दो सौ रुपया वार्षिक आय हो रही है, उसकी यह दुर्गति ! और मेरे कारण ! हे दयामय भगवान् ! मुझसे बड़ी भारी चूक हुई है, मुझे क्षमा करो ! आज मेरे बेटे का तिलक था। सैकड़ों मनुष्यों ने भोजन पाया। मैं उनके इशारों की दासी बनी रही। अपने नाम के लिए सैकड़ों रुपये व्यय कर दिये; परंतु जिसकी बदौलत हजारों रुपये खाये, उसे इस उत्सव में भी भरपेट भोजन न दे सकी। केवल इसी कारण तो, वह वृद्धा असहाय है।

रूपा ने दीया जलाया, अपने भंडार का द्वार खोला और एक थाली में सम्पूर्ण सामग्रियाँ सजा कर लिए हुए बूढ़ी काकी की ओर चली।

आधी रात जा चुकी थी, आकाश पर तारों के थाल सजे हुए थे और उन पर बैठे हुए देवगण स्वर्गीय पदार्थ सजा रहे थे, परंतु उनमें किसी को वह परमानंद प्राप्त न हो सकता था, जो बूढ़ी काकी को अपने सम्मुख थाल देख कर प्राप्त हुआ। रूपा ने कंठावरुद्ध स्वर में कहा—काकी उठो, भोजन कर लो। मुझसे आज बड़ी भूल हुई, उसका बुरा न मानना। परमात्मा से प्रार्थना कर दो कि वह मेरा अपराध क्षमा कर दें।

भोले-भाले बच्चों की भाँति, जो मिठाइयाँ पा कर मार और तिरस्कार सब भूल जाता है, बूढ़ी काकी वैसे ही सब भुला कर बैठी हुई खाना खा रही थीं। उनके एक-एक रोयें से सच्ची सदिच्छाएँ निकल रही थीं और रूपा बैठी इस स्वर्गीय दृश्य का आनंद लेने में निमग्न थी।

हार की जीत

केशव से मेरी पुरानी लाग-डाँट थी। लेख और वाणी, हास्य और विनोद सभी क्षेत्रों में मुझसे कोसों आगे था। उसके गुणों की चंद्र-ज्योति में मेरे दीपक का प्रकाश कभी प्रस्फुटित न हुआ। एक बार उसे नीचा दिखाना मेरे जीवन की सबसे बड़ी अभिलाषा थी। उस समय मैंने कभी स्वीकार नहीं किया। अपनी त्रुटियों को कौन स्वीकार करता है—पर वास्तव में मुझे ईश्वर ने उसकी जैसी बुद्धि-शक्ति न प्रदान की थी। अगर मुझे कुछ तस्कीन थी तो यह कि विद्याक्षेत्र में चाहे मुझे उनसे कंधा मिलाना कभी नसीब न हो, पर व्यवहार की रंगभूमि में सेहरा मेरे ही सिर रहेगा। लेकिन दुर्भाग्य से जब प्रणय-सागर में भी उसने मेरे साथ गोता मारा और रत्न उसी के हाथ लगता हुआ नजर आया तो मैं हताश हो गया। हम दोनों ने ही एम.ए. के लिए साम्यवाद का विषय लिया था। हम दोनों ही साम्यवादी थे। केशव के विषय में तो यह स्वाभाविक बात थी। उसका कुल बहुत प्रतिष्ठित न था, न वह समृद्धि ही थी जो इस कमी को पूरा कर देती। मेरी अवस्था इसके प्रतिकूल थी। मैं खानदान का ताल्लुकेदार और रईस था। मेरी साम्यवादिता पर लोगों को कुतूहल होता था। हमारे साम्यवाद के प्रोफेसर बाबू हरिदास भाटिया साम्यवाद के सिद्धांतों के कायल थे, लेकिन शायद धन की अवहेलना न कर सकते थे। अपनी लज्जावती के लिए उन्होंने कुशाग्र बुद्धि केशव को नहीं, मुझे पसंद किया। एक दिन संध्या-समय वह मेरे कमरे में आये और चिंतित भाव से बोले—शारदाचरण, मैं महीनों से एक बड़ी चिंता में पड़ा हुआ हूँ। मुझे आशा है कि तुम उसका निवारण कर सकते हो ! मेरे कोई पुत्र नहीं है। मैंने तुम्हें और केशव दोनों ही को पुत्र-तुल्य समझा है। यद्यपि केशव तुमसे चतुर है, पर मुझे विश्वास है कि विस्तृत संसार में तुम्हें जो सफलता मिलेगी, वह उसे नहीं मिल सकती। अतएव मैंने तुम्हीं को अपनी लज्जा के लिए वरा है। क्या मैं आशा करूँ कि मेरा मनोरथ पूरा होगा।

मैं स्वतंत्र था, मेरे माता-पिता मुझे लड़कपन ही में छोड़ कर स्वर्ग चले गये थे। मेरे कुटुम्बियों में अब ऐसा कोई न था, जिसकी अनुमति लेने की मुझे जरूरत होती। लज्जावती जैसी सुशीला, सुन्दरी, सुशिक्षित स्त्री को पा कर कौन पुरुष होगा

जो अपने भाग्य को न सराहता। मैं फूला न समाया। लज्जा एक कुसुमित वाटिका थी, जहाँ गुलाब की मनोहर सुगंधि थी और हरियाली की मनोरम शीतलता, समीर की शुभ्र तरंगे थीं और पक्षियों का मधुर संगीत। वह स्वयं साम्यवाद पर मोहित थी। स्त्रियों के प्रतिनिधित्व और ऐसे ही अन्य विषयों पर उसने मुझसे कितनी ही बार बातें की थीं। लेकिन प्रोफेसर भाटिया की तरह केवल सिद्धान्तों की भक्त न थी, उनको व्यवहार में भी लाना चाहती थी। उसने चतुर केशव को अपना स्नेह-पात्र बनाया था। तथापि मैं जानता था कि प्रोफेसर भाटिया के आदेश को वह कभी नहीं टाल सकती, यद्यपि उसकी इच्छा के विरुद्ध मैं उसे अपनी प्रणयिनी बनाने के लिए तैयार न था। इस विषय में मैं स्वेच्छा के सिद्धांत का कायल था। इसलिए मैं केशव की विरक्ति और क्षोभ से आशातीत आनन्द न उठा सका। हम दोनों ही दुःखी थे, और मुझे पहली बार केशव से सहानुभूति हुई। मैं लज्जावती से केवल इतना पूछना चाहता था कि उसने मुझे क्यों नजरों से गिरा दिया। पर उसके सामने ऐसे नाजुक प्रश्नों को छेड़ते हुए मुझे संकोच होता था, और यह स्वाभाविक था, क्योंकि कोई रमणी अपने अंतःकरण के रहस्यों को नहीं खोल सकती। लेकिन शायद लज्जावती इस परिस्थिति को मेरे सामने प्रकट करना अपना कर्तव्य समझ रही थी। वह इसका अवसर ढूँढ़ रही थी। संयोग से उसे शीघ्र ही अवसर मिल गया।

संध्या का समय था। केशव राजपूत हॉस्टल में साम्यवाद पर एक व्याख्यान देने गया हुआ था। प्रोफेसर भाटिया उस जलसे के प्रधान थे। लज्जा अपने बँगले में अकेली बैठी हुई थी। मैं अपने अशांत हृदय के भाव छिपाये हुए, शोक और नैराश्य की दाह से जलता हुआ उसके समीप आ कर बैठ गया। लज्जा ने मेरी ओर एक उड़ती हुई निगाह डाली और सदय भाव से बोली—कुछ चिंतित जान पड़ते हो ?

मैंने कृत्रिम उदासीनता से कहा—तुम्हारी बला से।

लज्जा—केशव का व्याख्यान सुनने नहीं गये ?

मेरी आँखों से ज्वाला-सी निकलने लगी। जब्त करके बोला—आज सिर में दर्द हो रहा था।

यह कहते-कहते अनायास ही मेरे नेत्रों से आँसू की कई बूँदें टपक पड़ीं। मैं अपने शोक को प्रदर्शित करके उसका करुणापात्र बनना नहीं चाहता था। मेरे विचार में रोना स्त्रियों के ही स्वाभावानुकूल था। मैं उस पर क्रोध प्रकट करना चाहता था और निकल पड़े आँसू। मन के भाव इच्छा के अधीन नहीं होते।

मुझे रोते देख कर लज्जा की आँखों से आँसू गिरने लगे।

मैं कीना नहीं रखता, मलिन हृदय नहीं हूँ, लेकिन न मालूम क्यों लज्जा के रोने पर मुझे इस समय एक आनन्द का अनुभव हुआ। उस शोकावस्था में भी मैं उस पर व्यंग्य करने से बाज न रह सका। बोला—लज्जा, मैं तो अपने भाग्य को रोता हूँ। शायद तुम्हारे अन्याय की दुहाई दे रहा हूँ; लेकिन तुम्हारे आँसू क्यों ?

लज्जा ने मेरी ओर तिरस्कार-भाव से देखा और बोली—मेरे आँसुओं का रहस्य

तुम न समझोगे क्योंकि तुमने कभी समझने की चेष्टा नहीं की। तुम मुझे कटु वचन सुना कर अपने चित्त को शांत कर लेते हो। मैं किसे जलाऊँ। तुम्हें क्या मालूम है कि मैंने कितना आगा-पीछा सोचकर, हृदय को कितना दबाकर, कितनी रातें करवटें बदल कर और कितने आँसू बहा कर यह निश्चय किया है। तुम्हारी कुल-प्रतिष्ठा, तुम्हारी रियासत एक दीवार की भाँति मेरे रास्ते में खड़ी है। उस दीवार को मैं पार नहीं कर सकती। मैं जानती हूँ कि इस समय तुम्हें कुल-प्रतिष्ठा और रियासत का लेशमात्र भी अभिमान नहीं है। लेकिन यह भी जानती हूँ कि तुम्हारा कालेज की शीतल छाया में पला हुआ साम्यवाद बहुत दिनों तक सांसारिक जीवन की लू और लपट को न सह सकेगा। उस समय तुम अवश्य अपने फैसले पर पछताओगे और कुढ़ोगे। मैं तुम्हारे दूध की मक्खी और हृदय का काँटा बन जाऊँगी।

मैंने आर्द्र होकर कहा–जिन कारणों से मेरा साम्यवाद लुप्त हो जायगा, क्या वह तुम्हारे साम्यवाद को जीता छोड़ेगा ?

लज्जा–हाँ, मुझे पूरा विश्वास है कि मुझ पर उनका जरा भी असर न होगा। मेरे घर में कभी रियासत नहीं रही और कुल की अवस्था तुम भलीभाँति जानते हो। बाबू जी ने केवल अपने अविरल परिश्रम और अध्यवसाय से यह पद प्राप्त किया है। मुझे वह नहीं भूला है जब मेरी माता जीवित थीं और बाबू जी 11 बजे रात को प्राइवेट ट्यूशन कर के घर आते थे। तो मुझे रियासत और कुल-गौरव का अभिमान कभी नहीं हो सकता, उसी तरह जैसे तुम्हारे हृदय से यह अभिमान कभी मिट नहीं सकता। यह घमंड मुझे उसी दशा में होगा जब मैं स्मृतिहीन हो जाऊँगी।

मैंने उद्दंडता से कहा–कुल-प्रतिष्ठा को तो मैं मिटा नहीं सकता, मेरे वश की बात नहीं है, लेकिन तुम्हारे लिए मैं आज रियासत को तिलांजलि दे सकता हूँ।

लज्जा क्रूर मुस्कान से बोली–फिर वही भावुकता ! अगर यह बात तुम किसी अबोध बालिका से करते तो कदाचित् वह फूली न समाती। मैं एक ऐसे गहन विषय में, जिस पर दो प्राणियों के समस्त जीवन का सुख-दुःख निर्भर है, भावुकता का आश्रय नहीं ले सकती। शादी बनावट नहीं है। परमात्मा साक्षी है, मैं विवश हूँ, मुझे अभी तक स्वयं मालूम नहीं है कि मेरी डोंगी किधर जायेगी; लेकिन मैं तुम्हारे जीवन को कंटकमय नहीं बना सकती।

मैं यहाँ से चला तो इतना निराश न था जितना सचिंत। लज्जा ने मेरे सामने एक नयी समस्या उपस्थित कर दी थी।

2

हम दोनों साथ-साथ एम.ए. हुए। केशव प्रथम श्रेणी में आया, मैं द्वितीय श्रेणी में। उसे नागपुर के एक कॉलेज में अध्यापक का पद मिल गया। मैं घर आकर

अपनी रियासत का प्रबंध करने लगा। चलते समय हम दोनों गले मिल कर और रोकर विदा हुए। विरोध और ईर्ष्या को कालेज में छोड़ दिया।

मैं अपने प्रांत का पहला ताल्लुकेदार था, जिसने एम.ए. पद प्राप्त किया हो। पहले तो राज्याधिकारियों ने मेरी खूब आवभगत की; लेकिन जब मेरे सामाजिक सिद्धांतों से अवगत हुए तो उनकी कृपादृष्टि कुछ शिथिल पड़ गयी। मैंने भी उनसे मिलना-जुलना छोड़ दिया। अपना अधिकांश समय असामियों के ही बीच में व्यतीत करता।

पूरा साल भर भी न गुजरने पाया कि एक ताल्लुकेदार की परलोक-यात्रा ने कौंसिल में एक स्थान खाली कर दिया। मैंने कौंसिल में जाने की अपनी तरफ से कोई कोशिश नहीं की। लेकिन काश्तकारों ने अपने प्रतिनिधित्व का भार मेरे ही सिर रखा। बेचारा केशव तो अपने कालेज में लेक्चर देता था, किसी को खबर भी न थी कि वह कहाँ है और क्या कर रहा है और मैं अपने कुल-मर्यादा की बदौलत कौंसिल का मेम्बर हो गया। मेरी वक्तृताएँ समाचार-पत्रों में छपने लगीं। मेरे प्रश्नों की प्रशंसा होने लगी। कौंसिल में मेरा विशेष सम्मान होने लगा, कई सज्जन ऐसे निकल आये जो जनतावाद के भक्त थे। पहले वह परिस्थितियों से कुछ दबे हुए थे, अब वह खुल पड़े। हम लोगों ने लोकवादियों का अपना एक पृथक् दल बना लिया और कृषकों के अधिकारों को जोरों के साथ व्यक्त करना शुरू किया। अधिकांश भूपतियों ने मेरी अवहेलना की। कई सज्जनों ने धमकियाँ भी दीं; लेकिन मैंने अपने निश्चित पथ को न छोड़ा। सेवा के इस सुअवसर को क्योंकर हाथ से जाने देता। दूसरा वर्ष समाप्त होते-होते जाति के प्रधान नेताओं में मेरी गणना होने लगी। मुझे बहुत परिश्रम करना, बहुत पढ़ना, बहुत लिखना और बहुत बोलना पड़ता, पर जरा भी न घबराता। इस परिश्रमशीलता के लिए केशव का ऋणी था। उसी ने मुझे इतना अभ्यस्त बना दिया था।

मेरे पास केशव और प्रोफेसर भाटिया के पत्र बराबर आते रहते थे। कभी-कभी लज्जावती भी मिलती थी। उसके पत्रों में श्रद्धा और प्रेम की मात्रा दिनोंदिन बढ़ती जाती थी। वह मेरी राष्ट्रसेवा का बड़े उदार, बड़े उत्साहमय शब्दों में बखान करती। मेरे विषय में उसे पहले जो शंकाएँ थीं, वह मिटती जाती थीं। मेरी तपस्या की देवी को आकर्षित करने लगी थी। केशव के पत्रों से उदासीनता टपकती थी। उसके कालेज में धन का अभाव था। तीन वर्ष हो गये थे, पर उसकी तरक्की न हुई थी। पत्रों से ऐसा प्रतीत होता था मानो वह जीवन से असंतुष्ट है। कदाचित् इसका मुख्य कारण यह था कि अभी तक उसके जीवन का सुखमय स्वप्न चरितार्थ न हुआ था।

तीसरे वर्ष गर्मियों की तातील में प्रोफेसर भाटिया मुझसे मिलने आये और बहुत प्रसन्न हो कर गये। उसके एक ही सप्ताह पीछे लज्जावती का पत्र आया,

अदालत ने तजबीज सुना दी, मेरी डिग्री हो गयी। केशव की पहली बार मेरे मुकाबले में हार हुई। मेरे हर्षोल्लास की कोई सीमा न थी। प्रो. भाटिया का इरादा भारतवर्ष के सब प्रांतों में भ्रमण करने का था। वह साम्यवाद पर एक ग्रन्थ लिख रहे थे जिसके लिए प्रत्येक बड़े नगर में कुछ अन्वेषण करने की जरूरत थी। लज्जा को अपने साथ ले जाना चाहते थे। निश्चय हुआ कि उनके लौट आने पर आगामी चैत के महीने में हमारा संयोग हो जाय। मैं यह वियोग के दिन बड़ी बेसब्री से काटने लगा। अब तक मैं जानता था बाजी केशव के हाथ रहेगी, मैं निराश था, पर शांत था। अब आशा थी और उसके साथ घोर अशांति थी।

3

मार्च का महीना था। प्रतीक्षा की अवधि पूरी हो चुकी थी। कठिन परिश्रम के दिन गये, फसल काटने का समय आया। प्रोफेसर साहब ने ढाका से पत्र लिखा था कि कई अनिवार्य कारणों से मेरा लौटना मार्च में नहीं मई में होगा। इसी बीच में कश्मीर के दीवान लाला सोमनाथ कपूर नैनीताल आये। बजट पेश था। उन पर व्यवस्थापक सभा में वाद-विवाद हो रहा था। गवर्नर की ओर से दीवान साहब को पार्टी दी गयी। सभा के प्रतिनिधियों को भी निमंत्रण मिला। कौंसिल की ओर से मुझे अभिवादन करने का सौभाग्य प्राप्त हुआ। मेरी बकवास को दीवान साहब ने बहुत पसंद किया। चलते समय मुझसे कई मिनट तक बातें कीं और मुझे अपने डेरे पर आने का आदेश दिया। उनके साथ उनकी पुत्री सुशीला भी थी। वह पीछे सिर झुकाये खड़ी रही। जान पड़ता था, भूमि को पढ़ रही है। पर मैं अपनी आँखों को काबू में न रख सका। वह उतनी ही देर में एक बार नहीं, कई बार उठी और जैसे बच्चा किसी अजनबी की चुमकार से उसकी ओर लपकता है, पर फिर डर कर माँ की गोद से चिमट जाता है; वह भी डर कर आधे रास्ते से लौट गयी। लज्जा अगर कुसुमित वाटिका थी तो सुशीला शीतल सलिल-धारा थी जहाँ वृक्षों के कुंज थे, विनोदशील मृगों के झुंड, विहगावली की अनंत शोभा और तरंगों का मधुर संगीत।

मैं घर पर आया तो ऐसा थका हुआ था जैसे कोई मंजिल मारकर आया हूँ। सौंदर्य जीवन-सुधा है। मालूम नहीं क्यों इसका असर इतना प्राणघातक होता है।

लेटा तो वही सूरत सामने थी। मैं उसे हटाना चाहता था। मुझे भय था कि एक क्षण भी उस भँवर में पड़ कर मैं अपने को सँभाल न सकूँगा। मैं अब लज्जावती का हो चुका था, वही अब मेरे हृदय की स्वामिनी थी। मेरा उस पर कोई अधिकार न था लेकिन मेरे सारे संयम, सारी दलीलें निष्फल हुईं। जल के उद्वेग में नौका को धागे से कौन रोक सकता है। अंत में हताश हो कर मैंने अपने को विचारों

के प्रवाह में डाल दिया। कुछ दूर तक नौका वेगवती तरंगों के साथ चली, फिर उसी प्रवाह में विलीन हो गयी।

दूसरे दिन मैं नियत समय पर दीवान साहब के डेरे पर जा पहुँचा, इस भाँति काँपता और हिचकता जैसे कोई बालक दामिनी की चमक से चौंक-चौंक कर आँख बंद कर लेता है कि कहीं वह चमक न जाय, कहीं मैं उसकी चमक न देख लूँ; भोला-भाला किसान भी अदालत के सामने इतना सशंक न होता होगा। यथार्थ यह था कि मेरी आत्मा परास्त हो चुकी थी, उसमें अब प्रतिकार की शक्ति न रही थी।

दीवान साहब ने मुझसे हाथ मिलाया और कोई घंटे भर तक आर्थिक और सामाजिक प्रश्नों पर वार्तालाप करते रहे। मुझे उनकी बहुज्ञता पर आश्चर्य होता था। ऐसा वाक्‌चतुर पुरुष मैंने कभी न देखा था। साठ वर्ष की वयस थी, पर हास्य और विनोद के मानो भंडार थे। न जाने कितने श्लोक, कितने कवित्त, कितने शेर उन्हें याद थे। बात-बात पर कोई-न-कोई सुयुक्ति निकाल लाते थे। खेद है उस प्रकृति के लोग अब गायब होते जाते हैं। वह शिक्षा प्रणाली न जाने कैसी थी, जो ऐसे-ऐसे रत्न उत्पन्न करती थी। अब तो सजीवता कहीं दिखायी ही नहीं देती। प्रत्येक प्राणी चिन्ता की मूर्ति है, उसके होंठों पर कभी हँसी आती ही नहीं। खैर, दीवान साहब ने पहले चाय मँगवायी, फिर फल और मेवे मँगवाये। मैं रह-रह कर इधर-उधर उत्सुक नेत्रों से देखता था। मेरे कान उसके स्वर का रसपान करने के लिए मुँह खोले हुए थे, आँखें द्वार की ओर लगी हुई थीं। भय भी था और लगाव भी, झिझक भी थी और खिंचाव भी। बच्चा झूले से डरता है, पर उस पर बैठना भी चाहता है।

लेकिन रात के नौ बज गये, मेरे लौटने का समय आ गया। मन में लज्जित हो रहा था कि दीवान साहब दिल में क्या कह रहे होंगे। सोचते होंगे इसे कोई काम नहीं है ? जाता क्यों नहीं, बैठे-बैठे दो ढाई घंटे तो हो गये।

सारी बातें समाप्त हो गयीं। उनके लतीफे भी खत्म हो गये। वह नीरवता उपस्थित हो गयी, जो कहती है कि अब चलिए फिर मुलाकात होगी। यार जिंदा व सोहबत बाकी। मैंने कई बार उठने का इरादा किया, लेकिन इंतजार में आशिक की जान भी नहीं निकलती, मौत को भी इंतजार का सामना करना पड़ता है। यहाँ तक कि साढ़े नौ बज गये और अब मुझे विदा होने के सिवाय कोई मार्ग न रहा, जैसे दिल बैठ गया।

जिसे मैंने भय कहा है, वह वास्तव में भय नहीं था, वह उत्सुकता की चरम सीमा थी।

यहाँ से चला तो ऐसा शिथिल और निर्जीव था मानो प्राण निकल गये हों। अपने को धिक्कारने लगा। अपनी क्षुद्रता पर लज्जित हुआ। तुम समझते हो कि

हम भी कुछ हैं। यहाँ किसी को तुम्हारे मरने-जीने की परवाह नहीं। माना उसके लक्षण क्वाँरियों के-से हैं। संसार में क्वाँरी लड़कियों की कमी नहीं। सौंदर्य भी ऐसी दुर्लभ वस्तु नहीं। अगर प्रत्येक रूपवती और क्वाँरी युवती को देख कर तुम्हारी वही हालत होती रही तो ईश्वर ही मालिक है।

वह भी तो अपने दिल में यही विचार करती होगी। प्रत्येक रूपवान युवक पर उसकी आँखें क्यों उठें। कुलवती स्त्रियों के यह ढंग नहीं होते। पुरुषों के लिए अगर यह रूप-तृष्णा निंदाजनक है, तो स्त्रियों के लिए विनाशकारक है। द्वैत से अद्वैत को भी इतना आघात नहीं पहुँच सकता, जितना सौंदर्य को।

दूसरे दिन शाम को मैं अपने बरामदे में बैठा पत्र देख रहा था। क्लब जाने को भी जी नहीं चाहता था। चित्त कुछ उदास था। सहसा मैंने दीवान साहब को फिटन पर आते देखा। मोटर से उन्हें घृणा थी। वह उसे पैशाचिक उड़नखटोला कहा करते थे। उसके बगल में सुशीला थी। मेरा हृदय धक्-धक् करने लगा। उसकी निगाह मेरी तरफ उठी हो या न उठी हो, पर मेरी टकटकी उस वक्त तक लगी रही जब तक फिटन अदृश्य न हो गयी।

तीसरे दिन मैं फिर बरामदे में आ बैठा। आँखें सड़क की ओर लगी हुई थीं। फिटन आयी और चली गयी। अब यही उसका नित्यप्रति का नियम हो गया है। मेरा अब यही काम था कि सारे दिन बरामदे में बैठा रहूँ। मालूम नहीं फिटन कब निकल जाय। विशेषतः तीसरे पहर तो मैं अपनी जगह से हिलने का नाम भी न लेता था।

इस प्रकार एक मास बीत गया। मुझे अब कौंसिल के कामों में कोई उत्साह न था। समाचार-पत्रों में, उपन्यासों में जी न लगता। कहीं सैर करने का भी जी न चाहता। प्रेमियों को न जाने जंगल-पहाड़ में भटकने की, काँटों में उलझने की सनक कैसे सवार होती है। मेरे तो जैसे पैरों में बेड़ियाँ-सी पड़ गयी थीं। बस बरामदा था और मैं, और फिटन का इंतजार। मेरी विचारशक्ति भी शायद अंतर्धान हो गयी थी। मैं दीवान साहब को या अँगरेजी शिष्टता के अनुसार सुशीला को ही, अपने यहाँ निमंत्रित कर सकता था, पर वास्तव में मैं अभी तक उससे भयभीत था। अब भी लज्जावती को अपनी प्रणयिनी समझता था। वह अब भी मेरे हृदय की रानी थी, चाहे उस पर किसी दूसरी शक्ति का अधिकार ही क्यों न हो गया हो !

एक महीना और निकल गया, लेकिन मैंने लज्जा को कोई पत्र न लिखा। मुझमें अब उसे पत्र लिखने की भी सामर्थ्य न थी। शायद उससे पत्र-व्यवहार करने को मैं नैतिक अत्याचार समझता था। मैंने उससे दगा की थी। मुझे अब उसे अपने मलिन अंतःकरण में भी अपवित्र करने का कोई अधिकार न था। इसका अन्त क्या होगा ? यही चिंता अहर्निश मेरे मन पर कुहर मेघ की भाँति शून्य हो गयी थी। चिंता-दाह से दिनोंदिन घुलता जाता था। मित्रजन अक्सर पूछा करते आपको

क्या मरज है ? मुख निस्तेज, कांतिहीन हो गया। भोजन औषधि के समान लगता। सोने जाता तो जान पड़ता, किसी ने पिंजरे में बंद कर दिया है। कोई मिलने आता तो चित्त उससे कोसों भागता। विचित्र दशा थी।

एक दिन शाम को दीवान साहब की फिटन मेरे द्वार पर आ कर रुकी। उन्होंने अपने व्याख्यानों का एक संग्रह प्रकाशित कराया था। उसकी प्रति मुझे भेंट करने के लिए आये थे। मैंने उन्हें बैठने के लिए बहुत आग्रह किया, लेकिन उन्होंने यही कहा, सुशीला को यहाँ आने में संकोच होगा और फिटन पर अकेली वह घबरायेगी। वह चले तो मैं भी साथ हो लिया और फिटन तक पीछे-पीछे आया। जब वह फिटन पर बैठने लगे तो मैंने सुशीला को निःशंक हो आँख भर कर देखा, जैसे कोई प्यासा पथिक गर्मी के दिन में अफर कर पानी पिये कि न जाने कब उसे जल मिलेगा। मेरी उस एक चितवन में उग्रता, वह याचना, वह उद्वेग, वह करुणा, वह श्रद्धा, वह आग्रह, वह दीनता थी, जो पत्थर की मूर्ति को भी पिघला देती। सुशीला तो फिर स्त्री थी। उसने भी मेरी ओर देखा, निर्भीक सरल नेत्रों से, जरा भी झेंप नहीं, जरा भी झिझक नहीं। मेरे परास्त होने में जो कसर रह गयी थी, वह पूरी हो गयी। इसके साथ उसने मुझ पर मानो अमृत वर्षा कर दी। मेरे हृदय और आत्मा में एक नयी शक्ति का संचार हो गया। मैं लौटा तो ऐसा प्रसन्नचित्त था मानो कल्पवृक्ष मिल गया हो।

एक दिन मैंने प्रोफेसर भाटिया को पत्र लिखा—मैं थोड़े दिनों से किसी गुप्त रोग से ग्रस्त हो गया हूँ। सम्भव है, तपेदिक (क्षय) का आरम्भ हो इसलिए मैं इस मई में विवाह करना उचित नहीं समझता। मैं लज्जावती से इस भांति पराङ्मुख होना चाहता था कि उनकी निगाहों में मेरी इज्जत कम न हो। मैं कभी-कभी अपनी स्वार्थपरता पर क्रुद्ध होता। लज्जा के साथ यह छल-कपट, यह बेवफ़ाई करते हुए मैं अपनी ही नजरों में गिर गया था। लेकिन मन पर कोई वश न था। उस अबला को कितना दुःख होगा, यह सोच कर मैं कई बार रोया। अभी तक मैं सुशीला के स्वभाव, विचार, मनोवृत्तियों से जरा भी परिचित न था। केवल उसके रूप-लावण्य पर अपनी लज्जा की चिरसंचित अभिलाषाओं का बलिदान कर रहा था। अबोध बालकों की भाँति मिठाई के नाम पर अपने दूध-चावल को ठुकराये देता था। मैंने प्रोफेसर को लिखा था, लज्जावती से मेरी बीमारी का जिक्र न करें, लेकिन प्रोफेसर साहब इतने गहरे न थे। चौथे ही दिन लज्जा का पत्र आया, जिसमें उसने अपना हृदय खोल कर रख दिया था। वह मेरे लिए सब कुछ, यहाँ तक कि वैधव्य की यंत्रणाएँ भी सहने के लिए तैयार थी। उसकी इच्छा थी कि अब हमारे संयोग में एक क्षण का भी विलम्ब न हो, अस्तु ! इस पत्र को लिये घंटों एक संज्ञाहीन दशा में बैठा रहा। इस अलौकिक आत्मोत्सर्ग के सामने अपनी क्षुद्रता, अपनी स्वार्थपरता, अपनी दुर्बलता कितनी घृणित थी !

4

लज्जावती

सावित्री ने क्या सब कुछ जानते हुए भी सत्यवान से विवाह नहीं किया था ? मैं क्यों डरूँ ? अपने कर्तव्य-मार्ग से क्यों डिगूँ। मैं उनके लिए व्रत रखूँगी, तीर्थ करूँगी, तपस्या करूँगी। भय मुझे उनसे अलग नहीं कर सकता। मुझे उनसे कभी इतना प्रेम न था। कभी इतनी अधीरता न थी। यह मेरी परीक्षा का समय है, और मैंने निश्चय कर लिया है। पिता जी अभी यात्रा से लौटे हैं, हाथ खाली हैं, कोई तैयारी नहीं कर सके हैं। इसलिए दो-चार महीनों के विलम्ब से उन्हें तैयारी करने का अवसर मिल जाता; पर मैं अब विलम्ब न करूँगी। हम और वह इसी महीने में एक दूसरे के हो जायेंगे, हमारी आत्माएँ सदा के लिए संयुक्त हो जायेंगी, फिर कोई विपत्ति, दुर्घटना मुझे उनसे जुदा न कर सकेगी।

मुझे अब एक दिन की देर भी असह्य है। मैं रस्म और रिवाज की लौंडी नहीं हूँ। न वही इसके गुलाम हैं। बाबू जी रस्मों के भक्त नहीं। फिर क्यों न तुरंत नैनीताल चलूँ ? उनकी सेवा-शुश्रूषा करूँ, उन्हें ढाढ़स दूँ। मैं उन्हें सारी चिंताओं से, समस्त विघ्न-बाधाओं से मुक्त कर दूँगी। इलाके का सारा प्रबन्ध अपने हाथों में लूँगी। कौंसिल के कामों में इतना व्यस्त हो जाने के कारण ही उनकी यह दशा हुई। पत्रों में अधिकतर उन्हीं के प्रश्न, उन्हीं की आलोचनाएँ, उन्हीं की वक्तृताएँ दिखायी देती हैं। मैं उनसे याचना करूँगी कि कुछ दिनों के लिए कौंसिल से इस्तीफा दे दें। वह मेरा गाना कितने चाव से सुनते थे। मैं उन्हें अपने गीत सुना कर प्रसन्न करूँगी, किस्से पढ़ कर सुनाऊँगी, उनको समुचित रूप से शांत रखूँगी। इस देश में तो इस रोग की दवा नहीं हो सकती। मैं उनके पैरों पर गिर कर प्रार्थना करूँगी कि कुछ दिनों के लिए यूरोप के किसी सैनिटोरियम चलें और विधिपूर्वक इलाज करायें। मैं कल ही कालेज के पुस्तकालय से इस रोग के सम्बन्ध की पुस्तकें लाऊँगी, और विचारपूर्वक उनका अध्ययन करूँगी। दो-चार दिन में कालेज बन्द हो जायगा। मैं आज ही बाबू जी से नैनीताल चलने की चर्चा करूँगी

5

आह ! मैंने कल उन्हें देखा तो पहचान न सकी। कितना सुर्ख चेहरा था, कितना भरा हुआ शरीर। मालूम होता था, ईंगुर भरी हुई है ! कितना सुन्दर अंग-विन्यास था ? कितना शौर्य्य था ! तीन ही वर्षों में यह कायापलट हो गयी, मुख पीला पड़ गया, शरीर घुल कर काँटा हो गया। आहार आधा भी नहीं रहा, हरदम चिंता में

मग्न रहते हैं। कहीं आते-जाते नहीं देखती। इतने नौकर हैं, इतना सुरम्य स्थान है ! विनोद के सभी सामान मौजूद हैं; लेकिन इन्हें अपना जीवन अब अंधकारमय जान पड़ता है। इस कलमुँही बीमारी का सत्यानाश हो। अगर इसे ऐसी ही भूख थी, तो मेरा शिकार क्यों न किया। मैं बड़े प्रेम से इसका स्वागत करती। कोई ऐसा उपाय होता कि यह बीमारी इन्हें छोड़कर मुझे पकड़ लेती ! मुझे देखकर कैसे खिल जाते थे और मैं मुस्कराने लगती थी। एक-एक अंग प्रफुल्लित हो जाता था। पर मुझे यहाँ दूसरा दिन है। एक बार भी उनके चेहरे पर हँसी न दिखायी दी। जब मैंने बरामदे में कदम रखा तब जरूर हँसे थे, किंतु कितनी निराश हँसी थी ! बाबू जी अपने आँसुओं को न रोक सके। अलग कमरे में जाकर देर तक रोते रहे। लोग कहते हैं, कौंसिल में लोग केवल सम्मान-प्रतिष्ठा के लोभ से जाते हैं। उनका लक्ष्य केवल नाम पैदा करना होता है। बेचारे मेम्बरों पर यह कितना कठोर आक्षेप है, कितनी घोर कृतघ्नता। जाति की सेवा में शरीर को घुलाना पड़ता है, रक्त को जलाना पड़ता है। यही जाति-सेवा का उपहार है।

पर यहाँ के नौकरों को जरा भी चिंता नहीं है। बाबू जी ने इनके दो-चार मिलने वालों से बीमारी का जिक्र किया; पर उन्होंने भी परवाह न की। यह मित्रों की सहानुभूति का हाल है। सभी अपनी-अपनी धुन में मस्त हैं, किसी को खबर नहीं कि दूसरों पर क्या गुजरती है। हाँ, इतना मुझे भी मालूम होता है कि इन्हें क्षय का केवल भ्रम है। उसके कोई लक्षण नहीं देखती। परमात्मा करे मेरा अनुमान ठीक हो। मुझे तो कोई और ही रोग मालूम होता है।

मैंने कई बार टेम्परेचर लिया। उष्णता साधारण थी। उसमें कोई आकस्मिक परिवर्तन भी न हुआ। अगर यही बीमारी है तो अभी आरम्भिक अवस्था है, कोई कारण नहीं कि उचित प्रयत्न से उसकी जड़ न उखड़ जाय। मैं कल से ही इन्हें नित्य सैर कराने ले जाऊँगी। मोटर की जरूरत नहीं, फिटन पर बैठने से ज्यादा लाभ होगा। मुझे यह स्वयं कुछ लापरवाह से जान पड़ते हैं। इस मरज के बीमारों को बड़ी एहतियात करते देखा है। दिन में बीसों बार तो थर्मामीटर देखते हैं। पथ्यापथ्य का बड़ा विचार रखते हैं। वे फल, दूध और पुष्टिकारक पदार्थों का सेवन किया करते हैं। यह नहीं कि जो कुछ रसोइये ने अपने मन से बनाकर सामने रख दिया, वही दो-चार ग्रास खा कर उठ आये।

मुझे तो विश्वास होता जाता है कि इन्हें कोई दूसरी ही शिकायत है। जरा अवकाश मिले तो इसका पता लगाऊँ। कोई चिंता नहीं है ? रियासत पर कर्ज का बोझ तो नहीं है ? थोड़ा बहुत कर्ज तो अवश्य ही होगा। यह तो रईसों की शान है। अगर कर्ज ही इसका मूल कारण है तो अवश्य कोई भारी रकम होगी।

6

चित्त विविध चिंताओं से इतना दबा हुआ है कि कुछ लिखने को जी नहीं चाहता ! मेरे समस्त जीवन की अभिलाषाएँ मिट्टी में मिल गयीं। हा हतभाग्य ! मैं अपने को कितनी खुशनसीब समझती थी। अब संसार में मुझसे ज्यादा बदनसीब और कोई न होगा। वह अमूल्य रत्न जो मुझे चिरकाल की तपस्या और उपासना से न मिला, वह इस मृगनयनी सुंदरी को अनायास मिल जाता है। शारदा ने अभी उसे हाल में ही देखा है। कदाचित् अभी तक उससे परस्पर बातचीत करने की नौबत नहीं आयी। लेकिन उससे कितने अनुरक्त हो रहे हैं। उसके प्रेम में कैसे उन्मत्त हो गये हैं। पुरुषों को परमात्मा ने हृदय नहीं दिया, केवल आँखें दी हैं। वह हृदय की कद्र नहीं करना जानते, केवल रूप-रंग पर बिक जाते हैं। अगर मुझे किसी तरह विश्वास हो जाय कि सुशीला उन्हें मुझसे ज्यादा प्रसन्न रख सकेगी, उनके जीवन को अधिक सार्थक बना देगी, तो मुझे उसके लिए जगह खाली करने में जरा भी आपत्ति न होगी। वह इतनी गर्ववती, इतनी निठुर है कि मुझे भय है कहीं शारदा को पछताना न पड़े।

लेकिन यह मेरी स्वार्थ-कल्पना है। सुशीला गर्ववती सही, निठुर सही, विलासिनी सही, शारदा ने अपना प्रेम उस पर अर्पण कर दिया है। वह बुद्धिमान हैं, चतुर हैं, दूरदर्शी हैं। अपना हानि-लाभ सोच सकते हैं। उन्होंने सब कुछ सोच कर ही निश्चय किया होगा। जब उन्होंने मन में यह बात ठान ली तो मुझे कोई अधिकार नहीं है कि उनके सुख-मार्ग का काँटा बनूँ। मुझे सब्र करके, अपने मन को समझा कर यहाँ से निराश, हताश, भग्नहृदय, विदा हो जाना चाहिए। परमात्मा से यही प्रार्थना है कि उन्हें प्रसन्न रखे। मुझे जरा भी ईर्ष्या, जरा भी दम्भ नहीं है। मैं तो उनकी इच्छाओं की चेरी हूँ। अगर उन्हें मुझको विष दे देने से खुशी होती तो मैं शौक से विष का प्याला पी लेती। प्रेम ही जीवन का प्राण है। हम इसी के लिए जीना चाहते हैं। अगर इसके लिए मरने का भी अवसर मिले तो धन्य भाग। यदि केवल मेरे हट जाने से सब काम सँवर सकते हैं तो मुझे कोई इनकार नहीं। हरि इच्छा ! लेकिन मानव शरीर पा कर कौन मायामोह से रहित होता है ? जिस प्रेम-लता को मुद्दतों से पाला था, आँसुओं से सींचा था, उसको पैरों तले रौंदा जाना नहीं देखा जाता। हृदय विदीर्ण हो जाता है। अब कागज तैरता जान पड़ता है, आँसू उमड़े चले आते हैं, कैसे मन को खींचूँ। हा ! जिसे अपना समझती थी, जिसके चरणों पर अपने को भेंट कर चुकी थी, जिसके सहारे जीवन-लता पल्लवित हुई थी, जिसे हृदय-मन्दिर में पूजती थी, जिसके ध्यान में मग्न हो जाना जीवन का सबसे प्यारा काम था, उससे अब अनन्त काल के लिए वियोग हो रहा है। आह ! किससे अब

फरियाद करूँ ? किसके सामने जा कर रोऊँ ? किससे अपनी दुःख-कथा कहूँ। मेरा निर्बल हृदय यह वज्राघात नहीं सह सकता। यह चोट मेरी जान लेकर छोड़ेगी। अच्छा ही होगा। प्रेम-विहीन हृदय के लिए संसार कालकोठरी है, नैराश्य और अंधकार से भरी हुई। मैं जानती हूँ अगर आज बाबू जी उनसे विवाह के लिए जोर दें तो वह तैयार हो जायँगे, बस मुरौवत के पुतले हैं। केवल मेरा मन रखने के लिए अपनी जान पर खेल जायेंगे। वह उन शीलवान पुरुषों में हैं जिन्होंने 'नहीं' करना ही नहीं सीखा। अभी तक उन्होंने दीवान साहब से सुशीला के विषय में कोई बातचीत नहीं की। शायद मेरा रुख देख रहे हैं। इसी असमंजस ने उन्हें इस दशा को पहुँचा दिया है। वह मुझे हमेशा प्रसन्न रखने की चेष्टा करेंगे। मेरा दिल कभी न दुखावेंगे, सुशीला की चर्चा भूल कर भी न करेंगे। मैं उनके स्वभाव को जानती हूँ। वह नर-रत्न हैं। लेकिन मैं उनके पैरों की बेड़ी नहीं बनना चाहती। जो कुछ बीते अपने ही ऊपर बीते। उन्हें क्यों समेटूँ ? डूबना ही है तो आप क्यों न डूबूँ, उन्हें अपने साथ क्यों डुबाऊँ ?

वह भी जानती हूँ कि यदि इस शोक ने घुला-घुला कर मेरी जान ले ली तो यह अपने को कभी क्षमा न करेंगे। उनका समस्त जीवन क्षोभ और ग्लानि को भेंट हो जायेगा, उन्हें कभी शांति न मिलेगी। कितनी विकट समस्या है। मुझे मरने की भी स्वाधीनता नहीं। मुझे इनको प्रसन्न रखने के लिए अपने को प्रसन्न रखना होगा। उनसे निष्ठुरता करनी पड़ेगी। त्रियाचरित्र खेलना पड़ेगा। दिखाना पड़ेगा कि इस बीमारी के कारण अब विवाह की बातचीत अनर्गल है। वचन को तोड़ने का अपराध अपने सिर लेना पड़ेगा। इसके सिवाय उद्धार की और कोई व्यवस्था नहीं ? परमात्मा मुझे बल दो कि इस परीक्षा में सफल हो जाऊँ।

7

शारदाचरण

एक ही निगाह ने निश्चय कर दिया। लज्जा ने मुझे जीत लिया। एक ही निगाह से सुशीला ने भी मुझे जीता था। उस निगाह में प्रबल आकर्षण था, एक मनोहर सारल्य, एक आनन्दोद्गार, जो किसी भाँति छिपाये नहीं छिपता था, एक बालोचित उल्लास, मानो उसे कोई खिलौना मिल गया हो। लज्जा की चितवन में क्षमा थी और थी करुणा, नैराश्य तथा वेदना। वह अपने को मेरी इच्छा पर बलिदान कर रही थी। आत्म-परिचय में उसे सिद्धि है। उसने अपनी बुद्धिमानी से सारी स्थिति ताड़ ली और तुरंत फैसला कर लिया। वह मेरे सुख में बाधक नहीं बनना चाहती

थी। उसके साथ ही यह भी प्रकट करना चाहती थी कि मुझे तुम्हारी परवाह नहीं है। अगर तुम मुझसे जौ भर खिंचोगे तो मैं तुमसे गज भर खिंच जाऊँगी। लेकिन मनोवृत्तियाँ सुगंध के समान हैं जो छिपाने से नहीं छिपतीं। उसकी निठुरता में नैराश्यमय वेदना थी, उसकी मुस्कान में आँसुओं की झलक। वह मेरी निगाह बचा कर क्यों रसोई में चली जाती थी और कोई न कोई पाक, जिसे वह जानती है कि मुझे रुचिकर है, बना लाती थी ? वह मेरे नौकरों को क्यों आराम से रखने की गुप्त रीति से ताकीद किया करती थी ? समाचारपत्रों को क्यों मेरी निगाह से छिपा दिया करती थी ? क्यों संध्या समय मुझे सैर करने को मजबूर किया करती थी ? उसकी एक-एक बात उसके हृदय का परदा खोल देती थी।

उसे कदाचित् मालूम नहीं है कि आत्म-परिचय रमणियों का विशेष गुण नहीं। उस दिन जब प्रोफेसर भाटिया ने बातों-ही-बातों में मुझ पर व्यंग्य किये, मुझे वैभव और सम्पत्ति का दास कहा और मेरे साम्यवाद की हँसी उड़ानी चाही तो उसने कितनी चतुरता से बात टाल दी। पीछे से मालूम नहीं उसने उन्हें क्या कहा; पर मैं बरामदे में बैठा सुन रहा था कि बाप और बेटी बगीचे में बैठे हुए किसी विषय पर बहस कर रहे हैं। कौन ऐसा हृदयशून्य प्राणी है जो निष्काम सेवा के वशीभूत न हो जाय। लज्जावती को मैं बहुत दिनों से जानता हूँ। पर मुझे ज्ञात हुआ कि इसी मुलाकात में मैंने उसका यथार्थ रूप देखा। पहले मैं उसकी रूपराशि का, उसके उदार विचारों का, उसकी मृदुवाणी का भक्त था। उसकी उज्ज्वल, दिव्य आत्मज्योति मेरी आँखों से छिपी हुई थी। मैंने अबकी ही जाना कि उसका प्रेम कितना गहरा, कितना पवित्र, कितना अगाध है। इस अवस्था में कोई दूसरी स्त्री ईर्ष्या से बावली हो जाती, मुझसे नहीं तो सुशीला से तो अवश्य ही जलने लगती, आप कुढ़ती, उसे व्यंग्यों से छेदती और मुझे धूर्त, कपटी, पाषाण, न जाने क्या-क्या कहती। पर लज्जा ने जितने विशुद्ध प्रेम-भाव से सुशीला का स्वागत किया, वह मुझे कभी न भूलेगा—मालिन्य, संकीर्णता, कटुता का लेश न था। इस तरह उसे हाथों-हाथ लिये फिरती थी मानो छोटी बहिन उसके यहाँ मेहमान है। सुशीला इस व्यवहार पर मानो मुग्ध हो गयी। आह ! वह दृश्य भी चिरस्मरणीय है, जब लज्जावती मुझसे विदा होने लगी। प्रोफेसर भाटिया मोटर पर बैठे हुए थे। वह मुझसे कुछ खिन्न हो गये और जल्दी से जल्दी भाग जाना चाहते थे। लज्जा एक उज्ज्वल साड़ी पहने हुए मेरे सम्मुख आ कर खड़ी हो गयी। वह एक तपस्विनी थी, जिसने प्रेम पर अपना जीवन अर्पण कर दिया हो, श्वेत पुष्पों की माला थी, जो किसी देवमूर्ति के चरणों पर पड़ी हुई हो। उसने मुस्करा कर मुझसे कहा—कभी-कभी पत्र लिखते रहना, इतनी कृपा की मैं अपने को अधिकारिणी समझती हूँ।

मैंने जोश से कहा—हाँ, अवश्य।

लज्जावती ने फिर कहा—शायद यह हमारी अंतिम भेंट हो। न जाने मैं कहाँ रहूँगी, कहाँ जाऊँगी; फिर कभी आ सकूँगी या नहीं। मुझे बिलकुल भूल न जाना। अगर मेरे मुँह से कोई ऐसी बात निकल आयी हो जिससे तुम्हें दुःख हुआ हो तो क्षमा करना और ··· अपने स्वास्थ्य का बहुत ध्यान रखना।

यह कहते हुए उसने मेरी तरफ हाथ बढ़ाये। हाथ काँप रहे थे। कदाचित् आँखों में आँसुओं का आवेग हो रहा था। वह जल्दी से कमरे के बाहर निकल जाना चाहती थी। अपने जब्त पर अब उसे भरोसा न था। उसने मेरी ओर दबी आँखों से देखा। मगर इस अर्द्ध-चितवन में दबे हुए पानी का वेग और प्रवाह था। ऐसे प्रवाह में मैं स्थिर न रह सका। इस निगाह ने हारी हुई बाजी जीत ली; मैंने उसके दोनों हाथ पकड़ लिये और गद्गद स्वर से बोला—नहीं लज्जा, अब हममें और तुममें कभी वियोग न होगा।

× × × ×

सहसा चपरासी ने सुशीला का पत्र लाकर सामने रख दिया। लिखा था—

प्रिय श्री शारदाचरण जी,

हम लोग कल यहाँ से चले जायेंगे। मुझे आज बहुत काम करना है, इसलिए मिल न सकूँगी। मैंने आज रात को अपना कर्तव्य स्थिर कर लिया। मैं लज्जावती के बने-बनाये घर को उजाड़ना नहीं चाहती। मुझे पहले यह बात न मालूम थी, नहीं तो हममें इतनी घनिष्ठता न होती। मेरा आपसे यही अनुरोध है कि लज्जा को हाथ से न जाने दीजिए। वह नारी-रत्न है। मैं जानती हूँ कि मेरा रूप-रंग उससे कुछ अच्छा है और कदाचित् आप उसी प्रलोभन में पड़ गये; लेकिन मुझमें वह त्याग, वह सेवा भाव, वह आत्मोत्सर्ग नहीं है। मैं आपको प्रसन्न रख सकती हूँ, पर आपके जीवन को उन्नत नहीं कर सकती, उसे पवित्र और यशस्वी नहीं बना सकती। लज्जा देवी है, वह आपको देवता बना देगी। मैं अपने को इस योग्य नहीं समझती। कल मुझसे भेंट करने का विचार न कीजिए, रोने-रुलाने से क्या लाभ। क्षमा कीजिएगा।

आपकी—
सुशीला

मैंने यह पत्र लज्जा के हाथ में रख दिया। वह पढ़ कर बोली—मैं उससे आज ही मिलने जाऊँगी।

मैंने उसका आशय समझ कर कहा—क्षमा करो, तुम्हारी उदारता की दूसरी बार परीक्षा नहीं लेना चाहता।

यह कह कर मैं प्रोफेसर भाटिया के पास गया। वह मोटर पर मुँह फुलाये बैठे थे। मेरे बदले लज्जावती आयी होती तो उस पर जरूर ही बरस पड़ते।

मैंने उनके पद स्पर्श किये और सिर झुका कर बोला–आपने मुझे सदैव अपना पुत्र समझा है। अब उस नाते को और भी दृढ़ कर दीजिए।

प्रोफेसर भाटिया ने पहले तो मेरी ओर अविश्वासपूर्ण नेत्रों से देखा तब मुस्करा कर बोले–यह तो मेरे जीवन की सबसे बड़ी अभिलाषा थी।

दफ्तरी

रफाकत हुसेन मेरे दफ्तर का दफ्तरी था। 10 रु. मासिक वेतन पाता था। दो-तीन रुपये बाहर के फुटकर काम से मिल जाते थे। यही उसकी जीविका थी, पर वह अपनी दशा पर संतुष्ट था। उसकी आंतरिक अवस्था तो ज्ञात नहीं, पर वह सदैव साफ-सुथरे कपड़े पहनता और प्रसन्नचित्त रहता। कर्ज इस श्रेणी के मुनष्यों का आभूषण है। रफाकत पर इसका जादू न चलता था। उसकी बातों में कृत्रिम शिष्टाचार की झलक भी न होती। बेलाग और खरी कहता था। अमलों में जो बुराइयाँ देखता, साफ कह देता। इसी साफगोई के कारण लोग उसका सम्मान हैसियत से ज्यादा करते थे। उसे पशुओं से विशेष प्रेम था। एक घोड़ी, एक गाय, कई बकरियाँ, एक बिल्ली और एक कुत्ता और कुछ मुर्गियाँ पाल रखी थीं। इन पशुओं पर जान देता था। बकरियों के लिए पत्तियाँ तोड़ लाता, घोड़ी के लिए घास छील लाता। यद्यपि उसे आये दिन मवेशीखाने के दर्शन करने पड़ते थे, और बहुधा लोग उसके पशु-प्रेम की हँसी उड़ाते थे, पर वह किसी की न सुनता था और उसका यह निःस्वार्थ प्रेम था। किसी ने उसे मुर्गियों के अंडे बेचते नहीं देखा। उसकी बकरियों के बच्चे कभी बूचड़ की छुरी के नीचे नहीं गये और उसकी घोड़ी ने कभी लगाम का मुँह नहीं देखा। गाय का दूध कुत्ता पीता था। बकरी का दूध बिल्ली के हिस्से में आता था। जो कुछ बचा रहता, वह आप पीता था।

सौभाग्य से उसकी पत्नी भी साध्वी थी। यद्यपि उसका घर बहुत छोटा था, पर किसी ने द्वार पर उसकी आवाज नहीं सुनी। किसी ने उसे द्वार पर झाँकते नहीं देखा। वह गहने-कपड़ों के तगादों से पति की नींद हराम न करती थी। दफ्तरी उसकी पूजा करता था। वह गाय का गोबर उठाती, घोड़ों को घास डालती, बिल्ली को अपने साथ बिठा कर खिलाती, यहाँ तक कि कुत्ते को नहलाने से भी उसे घृणा न होती थी।

2

बरसात थी, नदियों में बाढ़ आयी हुई थी। दफ्तर के कर्मचारी मछलियों का शिकार खेलने चले। शामत का मारा रफाकत भी उनके साथ हो लिया। दिन भर लोग शिकार खेला किये, शाम को मूसलाधार पानी बरसने लगा। कर्मचारियों ने तो एक गाँव में रात काटी, दफ्तरी घर चला, पर अँधेरी रात राह भूल गया और सारी रात भटकता फिरा। प्रातःकाल घर पहुँचा तो अभी अँधेरा ही था, लेकिन दोनों द्वार-पट खुले हुए थे। उसका कुत्ता पूँछ दबाये करुण-स्वर से कराहता हुआ आकर, उसके पैरों पर लोट गया। द्वार खुले देख कर दफ्तरी का कलेजा सन्न-से हो गया। घर में कदम रखे तो बिलकुल सन्नाटा था। दो-तीन बार स्त्री को पुकारा, किंतु कोई उत्तर न मिला। घर भाँय-भाँय कर रहा था। उसने दोनों कोठरियों में जा कर देखा। जब वहाँ भी उसका पता न मिला तो पशुशाला में गया। भीतर जाते हुए अज्ञात भय हो रहा था जो किसी अँधेरे खोह में जाते हुए होता है। उसकी स्त्री वहीं भूमि पर चित पड़ी हुई थी। मुँह पर मक्खियाँ बैठी हुई थीं, होंठ नीले पड़ गये थे, आँखें पथरा गयी थीं। लक्षणों से अनुमान होता था कि साँप ने डस लिया है।

दूसरे दिन रफाकत आया तो उसे पहचानना मुश्किल था। मालूम होता था, बरसों का रोगी है। बिलकुल खोया हुआ, गुम-सुम बैठा रहा मानो किसी दूसरी दुनिया में है। संध्या होते ही वह उठा और स्त्री की कब्र पर जा कर बैठ गया। अँधेरा हो गया। तीन-चार घड़ी रात बीत गयी, पर दीपक के टिमटिमाते हुए प्रकाश में उसी कब्र पर नैराश्य और दुःख की मूर्ति बना बैठा रहा, मानो मृत्यु की राह देख रहा हो। मालूम नहीं, कब घर आया। अब यही उसका नित्य का नियम हो गया। प्रातःकाल उठ कर मजार पर जाता, झाड़ू लगाता, फूलों के हार चढ़ाता, लोबान जलाता और नौ बजे तक कुरान का पाठ करता, संध्या समय फिर यही क्रम शुरू होता। अब यही उसके जीवन का नियमित कर्म था। अब वह अंतर्जगत में बसता था। बाह्य जगत से उसने मुँह मोड़ लिया था। शोक ने विरक्त कर दिया था।

3

कई महीने तक यही हाल रहा। कर्मचारियों को दफ्तरी से सहानुभूति हो गयी थी। उसके काम कर लेते, उसे कष्ट न देते। उसकी पत्नी-भक्ति पर लोगों को विस्मय होता था।

लेकिन मनुष्य सर्वदा प्राणलोक में नहीं रह सकता। वहाँ का जलवायु उसके अनुकूल नहीं। वहाँ वह रूपमय, रसमय, भावनाएँ कहाँ ? विराग में वह चिंतामय उल्लास कहाँ ? वह आशामय आनंद कहाँ ? दफ्तरी को आधी रात तक ध्यान में

डूबे रहने के बाद चूल्हा जलाना पड़ता, प्रातःकाल पशुओं की देखभाल करनी पड़ती। यह बोझा उसके लिए असह्य था। अवस्था ने भावुकता पर विजय पायी। मरुभूमि के प्यासे पथिक की भाँति दफ्तरी फिर दाम्पत्य-सुख जल स्रोत की ओर दौड़ा। वह फिर जीवन का यही सुखद अभिनय देखना चाहता था। पत्नी की स्मृति दाम्पत्य-सुख के रूप में विलीन होने लगी। यहाँ तक कि छह महीने में उस स्थिति का चिह्न भी शेष न रहा।

इस मुहल्ले के दूसरे सिरे पर बड़े साहब का एक अरदली रहता था। उसके यहाँ से विवाह की बातचीत होने लगी, मियाँ रफाकत फूले न समाये। अरदली साहब का सम्मान मुहल्ले में किसी वकील से कम न था। उनकी आमदनी पर अनेक कल्पनाएँ की जाती थीं। साधारण बोलचाल में कहा जाता था, 'जो कुछ मिल जाय वह थोड़ा है।' वह स्वयं कहा करते थे कि तकाबी के दिनों में मुझे जेब की जगह थैली रखनी पड़ती थी। दफ्तरी ने समझा भाग्य उदय हुआ। इस तरह टूटे, जैसे बच्चे खिलौने पर टूटते हैं। एक ही सप्ताह में सारा विधान पूरा हो गया और नववधू घर में आ गयी। जो मनुष्य कभी एक सप्ताह पहले संसार से विरक्त, जीवन से निराश बैठा हो, उसे मुँह पर सेहरा डाले घोड़े पर सवार नवकुसुम की भाँति विकसित देखना मानव-प्रकृति की एक विलक्षण विवेचना थी।

किंतु एक ही अठवारे में नववधू के जौहर खुलने लगे। विधाता ने उसे रूपेन्द्रिय से वंचित रखा था। पर उसकी कसर पूरी करने के लिए अति तीक्ष्ण वाकेन्द्रिय प्रदान की थी। इसका सबूत उसकी वह वाक्पटुता थी, जो अब बहुधा पड़ोसियों को विनोदित और दफ्तरी को अपमानित किया करती थी। उसने आठ दिन तक दफ्तरी के चरित्र का तात्विक दृष्टि से अध्ययन किया और तब एक दिन उससे बोली—तुम विचित्र जीव हो। आदमी पशु पालता है अपने आराम के लिए, न कि जंजाल के लिए। यह क्या कि गाय का दूध कुत्ते पियें, बकरियों का दूध बिल्ली चट कर जाय। आज से सब दूध घर में लाया करो।

दफ्तरी निरुत्तर हो गया। दूसरे दिन घोड़ी का रातिब बंद हो गया। वह चने अब भाड़ में भुनने और नमक-मिर्च से खाये जाने लगे। प्रातःकाल ताजे दूध का नाश्ता होता, आये दिन तस्मई बनती। बड़े घर की बेटी, पान बिना क्योंकर रहती ? घी, मसाले का भी खर्च बढ़ा। पहले ही महीने में दफ्तरी को विदित हो गया कि मेरी आमदनी गुजर के लिए काफी नहीं है। उसकी दशा उस मनुष्य की-सी थी, जो शक्कर के धोखे में कुनैन फाँक गया हो।

दफ्तरी बड़ा धर्मपरायण मनुष्य था। दो-तीन महीने तक यह विषम वेदना सहता रहा। पर उसकी सूरत उसकी अवस्था को शब्दों से अधिक व्यक्त कर देती थी। वह दफ्तरी जो अभाव में भी संतोष का आनंद उठाता था, अब चिंता की सजीव मूर्ति था। कपड़े मैले, सिर के बाल बिखरे हुए, चेहरे पर उदासी छायी हुई, अहर्निश हाय-हाय

किया करता था। उसकी गाय अब हड्डियों का ढाँचा थी, घोड़ी का जगह से हिलना कठिन था, बिल्ली पड़ोसियों के छींकों पर उचकती और कुत्ता घूरों पर हड्डियाँ नोचता फिरता था। पर अब भी वह हिम्मत का धनी इन पुराने मित्रों को अलग न करता था। सबसे बड़ी विपत्ति पत्नी की वह वाक्प्रचुरता थी जिसके सामने कभी उसका धैर्य, उसकी कर्मनिष्ठा, उसकी उत्साहशीलता प्रस्थान कर जाती और अपनी अँधेरी कोठरी के एक कोने में बैठ कर खूब फूट-फूट कर रोता। संतोष के आनन्द को दुर्लभ पा कर रफाकत का पीड़ित हृदय उच्छृंखलता की ओर प्रवृत्त हुआ। आत्माभिमान जो संतोष का प्रसाद है, उसके चित्त से लुप्त हो गया। उसने फाकेमस्ती का पथ ग्रहण किया। अब उसके पास पानी रखने के लिए कोई बरतन न था। वह उस कुएँ से पानी खींच कर उसी दम पी जाना चाहता था जिससे वह जमीन पर बह न जाय। वेतन पा कर अब वह महीने भर का सामान जुटाता, ठंडे पानी और रूखी रोटियों से अब उसे तस्कीन न होती, बाजार से बिस्कुट लाता, मलाई के दोनों और कलमी आमों की ओर लपकता। दस रुपये की भुगत ही क्या ? एक सप्ताह में सब रुपये उड़ जाते, तब जिल्दबंदियों की पेशगी पर हाथ बढ़ाता, फिर दो-एक उपवास होता, अंत में उधार माँगने लगता। शनैः-शनैः यह दशा हो गयी कि वेतन देनदारों ही के हाथों में चला जाता और महीने के पहले ही दिन कर्ज लेना शुरू करता। वह पहले दूसरों को मितव्ययिता का उपदेश दिया करता था, अब लोग उसे समझाते, पर वह लापरवाही से कहता—साहब, आज मिलता है खाते हैं कल का खुदा मालिक है; मिलेगा खायेंगे नहीं पड़ कर सो रहेंगे। उसकी अवस्था अब उस रोगी-सी हो गयी जो आरोग्य लाभ से निराश होकर पथ्यापथ्य का विचार त्याग दे, जिसमें मृत्यु के आने तक वह भोज्य-पदार्थों से भली-भाँति तृप्त हो जाय।

लेकिन अभी तक उसने घोड़ी और गाय न बेची, यहाँ तक कि एक दिन दोनों मवेशीखाने में दाखिल हो गयीं। बकरियाँ भी तृष्णा व्याघ्र के पंजे में फँस गयीं। पोलाव और जरदे के चस्के ने नानबाई का ऋणी बना दिया था। जब उसे मालूम हो गया कि नगद रुपये वसूल न होंगे तो एक दिन सभी बकरियाँ हाँक ले गया। दफ्तरी मुँह ताकता रह गया। बिल्ली ने भी स्वामिभक्ति से मुँह मोड़ा। गाय और बकरियों के जाने के बाद अब उसे दूध के बर्तनों को चाटने की भी आशा न रही, जो उसके स्नेह-बंधन का अंतिम सूत्र था। हाँ, कुत्ता पुराने सद्व्यवहारों की याद करके अभी तक आत्मीयता का पालन करता जाता था, किन्तु उसकी सजीवता विदा हो गयी थी। यह वह कुत्ता न था जिसके सामने द्वार पर किसी अपरिचित मनुष्य या कुत्ते का निकल जाना असम्भव था। वह अब भी भूंकता था, लेकिन लेटे-लेटे और प्रायः छाती में सिर छिपाये हुए, मानो अपनी वर्तमान स्थिति पर रो रहा हो। या तो उसमें अब उठने की शक्ति ही न थी, या वह चिरकालीन कृपाओं के लिए इतना कीर्तिगान पर्याप्त समझता था।

4

संध्या का समय था। मैं द्वार पर बैठा हुआ पत्र पढ़ रहा था कि अकस्मात् दफ्तरी को आते देखा। कदाचित् कोई किसान सम्मन पाने वाले चपरासी से भी इतना भयभीत न होगा, बाल-वृन्द टीका लगाने वाले से भी इतना न डरते होंगे। मैं अव्यवस्थित हो कर उठा और चाहा कि अंदर जा कर द्वार बंद कर लूँ कि इतने में दफ्तरी लपक कर सामने आ पहुँचा। अब कैसे भागता ? कुर्सी पर बैठ गया, पर नाक-भौं चढ़ाये हुए। दफ्तरी किसलिए आ रहा था इसमें मुझे लेशमात्र भी शंका न थी। ऋणेच्छुओं की हृदय-चेष्टा उनकी मुखाकृति पर, उनके आचार-व्यवहार पर उज्ज्वल रंगों से अंकित होती है। वह एक विशेष नम्रता, संकोचमय परवशता होती है जिसे एक बार देख कर फिर नहीं भुलाया जा सकता।

दफ्तरी ने आते ही बिना किसी प्रस्तावना के अभिप्राय कह सुनाया जो मुझे पहले ही ज्ञात हो चुका था।

मैंने रुखाई से उत्तर दिया—मेरे पास रुपये नहीं हैं।

दफ्तरी ने सलाम किया और उल्टे पाँव लौटा। उसके चेहरे पर ऐसी दीनता और बेकसी छायी थी कि मुझे उस पर दया आ गयी। उसका इस भाँति बिना कुछ कहे-सुने लौटना कितना सारपूर्ण था ! इसमें लज्जा थी, संतोष था, पछतावा था। उसके मुँह से एक शब्द भी न निकला, लेकिन उसका चेहरा कह रहा था, मुझे विश्वास था कि आप यही उत्तर देंगे ! इसमें मुझे जरा भी संदेह न था। लेकिन यह जानते हुए भी मैं यहाँ तक आया, मालूम नहीं क्यों ? मेरी समझ में स्वयं नहीं आता। कदाचित् आपकी दयाशीलता, आपकी वत्सलता मुझे यहाँ तक लायी। अब जाता हूँ, वह मुँह ही नहीं रहा कि अपनी कुछ कथा सुनाऊँ।

मैंने दफ्तरी को आवाज दी—जरा सुनो तो, क्या काम है ?

दफ्तरी को कुछ उम्मेद हुई। बोला—आपसे क्या अर्ज करूँ, दो दिन से उपवास हो रहा है।

मैंने बड़ी नम्रता से समझाया—इस तरह कर्ज ले कर कै दिन तुम्हारा काम चलेगा। तुम समझदार आदमी हो, जानते हो कि आजकल सभी को अपनी फिक्र सवार रहती है। किसी के पास फालतू रुपये नहीं रहते और यदि हों भी तो वह ऋण दे कर रार क्यों लेने लगा। तुम अपनी दशा सुधारते क्यों नहीं।

दफ्तरी ने विरक्त भाव से कहा—यह सब दिनों का फेर है। और क्या कहूँ। जो चीज महीने भर के लिए लाता हूँ, वह एक दिन में उड़ जाती है, मैं घरवाली के चटोरेपन से लाचार हूँ। अगर एक दिन दूध न मिले तो महनामथ मचा दे, बाजार से मिठाइयाँ न लाऊँ तो घर में रहना मुश्किल हो जाय, एक दिन गोश्त न पके तो मेरी बोटियाँ नोच खाय। खानदान का शरीफ हूँ। यह बेइज्जती नहीं

सही जाती कि खाने के पीछे स्त्री से झगड़ा-तकरार करूँ। जो कुछ कहती है सिर के बल पूरा करता हूँ। अब खुदा से यही दुआ है कि मुझे इस दुनिया से उठा ले। इसके सिवाय मुझे दूसरी कोई सूरत नहीं नजर आती, सब कुछ करके हार गया।

मैंने संदूक से 5 रु. निकाले और उसे दे कर बोला–यह लो, यह तुम्हारे पुरुषार्थ का इनाम है। मैं नहीं जानता था कि तुम्हारा हृदय इतना उदार, इतना वीररसपूर्ण है।

गृहदाह में जलनेवाले वीर, रणक्षेत्र के वीरों से कम महत्त्वशाली नहीं होते।

विध्वंस

जिला बनारस में बीरा नाम का एक गाँव है। वहाँ एक विधवा वृद्धा, संतानहीन, गोंड़िन रहती थी, जिसका भुनगी नाम था। उसके पास एक धुर भी जमीन न थी और न रहने का घर ही था। उसके जीवन का सहारा केवल एक भाड़ था। गाँव के लोग प्रायः एक बेला चबैना या सत्तू पर निर्वाह करते ही हैं, इसलिए भुनगी के भाड़ पर नित्य भीड़ लगी रहती थी। वह जो कुछ भुनाई पाती वही भून या पीस कर खा लेती और भाड़ ही की झोंपड़ी के एक कोने में पड़ रहती। वह प्रातःकाल उठती और चारों ओर से भाड़ झोंकने के लिए सूखी पत्तियाँ बटोर लाती। भाड़ के पास ही, पत्तियों का एक बड़ा ढेर लगा रहता था। दोपहर के बाद उसका भाड़ जलता था। लेकिन जब एकादशी या पूर्णमासी के दिन प्रथानुसार भाड़ न जलता, या गाँव के जमींदार पंडित उदयभान पाँडे के दाने भूनने पड़ते, उस दिन उसे भूखे ही सो रहना पड़ता था। पंडित जी उससे बेगार में दाने ही न भुनवाते थे, उसे उनके घर का पानी भी भरना पड़ता था। और कभी-कभी इस हेतु से भी भाड़ बन्द रहता था। वह पंडित जी के गाँव में रहती थी, इसलिए उन्हें उससे सभी प्रकार की बेगार लेने का अधिकार था। उसे अन्याय नहीं कहा जा सकता। अन्याय केवल इतना था कि बेगार सूखी लेते थे। उनकी धारणा यह थी कि जब खाने ही को दिया गया तो बेगार कैसी।

किसान को अधिकार है कि बैलों को दिन भर जोतने के बाद शाम को खूँटे से भूखा बाँध दे। यदि वह ऐसा नहीं करता तो यह उसकी दयालुता नहीं है, केवल अपनी हित चिन्ता है। पंडित जी को उसकी चिंता न थी क्योंकि एक तो भुनगी दो-एक दिन भूखी रहने से मर नहीं सकती थी और यदि दैवयोग से मर भी जाती, तो उसकी जगह दूसरा गोंड़ बड़ी आसानी से बसाया जा सकता था। पंडित जी की यही क्या कम कृपा थी कि वह भुनगी को अपने गाँव में बसाये हुए थे।

2

चैत का महीना था और संक्रांति का पर्व। आज के दिन नये अन्न का सत्तू खाया और दान दिया जाता है। घरों में आग नहीं जलती। भुनगी का भाड़ आज बड़े जोरों पर था। उसके सामने एक मेला-सा लगा हुआ था। साँस लेने का भी अवकाश न था। गाहकों की जल्दबाजी पर कभी-कभी झुँझला पड़ती थी, कि इतने में जमींदार साहब के यहाँ से दो बड़े-बड़े टोकरे अनाज से भरे हुए आ पहुँचे और हुक्म हुआ कि अभी भून दे। भुनगी दोनों टोकरे देख कर सहम उठी। अभी दोपहर था पर सूर्यास्त के पहले इतना अनाज भुनना असंभव था। घड़ी-दो-घड़ी और मिल जाते तो एक अठवारे के खाने भर को अनाज हाथ आता। दैव से इतना भी न देखा गया, इन यमदूतों को भेज दिया। अब पहर रात तक सेंतमेंत में भाड़ में जलना पड़ेगा; एक नैराश्य भाव से दोनों टोकरे ले लिये।

चपरासी ने डाँट कर कहा—देर न लगे, नहीं तो तुम जानोगी।

भुनगी—यहीं बैठे रहो, जब भुन जाय तो ले कर जाना। किसी दूसरे के दाने छुऊँ तो हाथ काट लेना।

चपरासी—बैठने की हमें छुट्टी नहीं है, लेकिन तीसरे पहर तक दाना भुन जाय।

चपरासी तो यह ताकीद करके चलते बने और भुनगी अनाज भूनने लगी। लेकिन मन भर अनाज भूनना कोई हँसी तो थी नहीं, उस पर बीच-बीच में भुनाई बन्द करके भाड़ भी झोंकना पड़ता था। अतएव तीसरा पहर हो गया और आधा काम भी न हुआ। उसे भय हुआ कि जमींदार के आदमी आते होंगे। आते ही गालियाँ देंगे, मारेंगे। उसने और वेग से हाथ चलाना शुरू किया। रास्ते की ओर ताकती और बालू नाँद में छोड़ती जाती थी। यहाँ तक कि बालू ठंडी हो गयी, सेवड़े निकलने लगे। उसकी समझ में न आता था, क्या करे। न भूनते बनता था न छोड़ते बनता था। सोचने लगी कैसी विपत्ति है। पंडित जी कौन मेरी रोटियाँ चला देते हैं, कौन मेरे आँसू पोंछ देते हैं। अपना रक्त जलाती हूँ तब कहीं दाना मिलता है। लेकिन जब देखो खोपड़ी पर सवार रहते हैं, इसलिए न कि उनकी चार अंगुल धरती से मेरा निस्तार हो रहा है। क्या इतनी-सी जमीन का इतना मोल है ? ऐसे कितने ही टुकड़े गाँव में बेकाम पड़े हैं, कितनी बखरियाँ उजाड़ पड़ी हुई हैं। वहाँ तो केसर नहीं उपजती फिर मुझी पर क्यों यह आठों पहर धौंस रहती है। कोई बात हुई और यह धमकी मिली कि भाड़ खोद कर फेंक दूँगा, उजाड़ दूँगा, मेरे सिर पर भी कोई होता तो क्या बौछारें सहनी पड़तीं।

वह इन्हीं कुत्सित विचारों में पड़ी हुई थी कि दोनों चपरासियों ने आकर कर्कश स्वर में कहा—क्यों री, दाने भुन गये।

भुनगी ने निडर हो कर कहा—भून तो रही हूँ। देखते नहीं हो।

चपरासी—सारा दिन बीत गया और तुमसे इतना अनाज न भूना गया ? यह तू दाना भून रही है कि उसे चौपट कर रही है। यह तो बिलकुल सेवड़े हैं, इनका सत्तू कैसे बनेगा। हमारा सत्यानाश कर दिया। देख तो आज महाराज तेरी क्या गति करते हैं।

परिणाम यह हुआ कि उसी रात को भाड़ खोद डाला गया और वह अभागिनी विधवा निरावलम्ब हो गयी।

3

भुनगी को अब रोटियों का कोई सहारा न रहा। गाँववालों को भी भाड़ के विध्वंस हो जाने से बहुत कष्ट होने लगा। कितने ही घरों में दोपहर को दाना ही न मयस्सर होता। लोगों ने जा कर पंडित जी से कहा कि बुढ़िया को भाड़ जलाने की आज्ञा दे दीजिए, लेकिन पंडित जी ने कुछ ध्यान न दिया। वह अपना रोब न घटा सकते थे। बुढ़िया से उसके कुछ शुभचिंतकों ने अनुरोध किया कि जा कर किसी दूसरे गाँव में क्यों नहीं बस जाती। लेकिन उसका हृदय इस प्रस्ताव को स्वीकार न करता। इस गाँव में उसने अपने अदिन के पचास वर्ष काटे थे। यहाँ के एक-एक पेड़-पत्ते से उसे प्रेम हो गया था ! जीवन के सुख-दुःख इसी गाँव में भोगे थे। अब अंतिम समय वह इसे कैसे त्याग दे ! यह कल्पना ही उसे संकटमय जान पड़ती थी। दूसरे गाँव के सुख से यहाँ का दुःख भी प्यारा था।

इस प्रकार एक पूरा महीना गुजर गया। प्रातःकाल था। पंडित उदयभान अपने दो-तीन चपरासियों को लिये लगान वसूल करने जा रहे थे। कारिंदों पर उन्हें विश्वास न था। नजराने में, डाँड़-बाँध में, रसूम में वह किसी अन्य व्यक्ति को शरीक न करते थे। बुढ़िया के भाड़ की ओर ताका तो बदन में आग-सी लग गयी। उसका पुनरुद्धार हो रहा था। बुढ़िया बड़े वेग से उस पर मिट्टी के लोंदे रख रही थी। कदाचित् उसने कुछ रात रहते ही काम में हाथ लगा दिया था और सूर्योदय से पहले ही उसे समाप्त कर देना चाहती थी। उसे लेशमात्र भी शंका न थी कि मैं जमींदार के विरुद्ध कोई काम कर रही हूँ। क्रोध इतना चिरजीवी हो सकता है इसका समाधान भी उसके मन में न था। एक प्रतिभाशाली पुरुष किसी दीन अबला से इतना कीना रख सकता है उसे उसका ध्यान भी न था। वह स्वभावतः मानव-चरित्र को इससे कहीं ऊँचा समझती थी। लेकिन हा ! हतभागिनी ! तूने धूप में ही बाल सफेद किये।

सहसा उदयभान ने गरज कर कहा—किसके हुक्म से ?

भुनगी ने हकबका कर देखा तो सामने जमींदार महोदय खड़े हैं।

उदयभान ने फिर पूछा—किसके हुक्म से बना रही है ?

भुनगी डरते हुए बोली–सब लोग कहने लगे बना लो, तो बना रही हूँ।

उदयभान–मैं अभी इसे फिर खुदवा डालूँगा। यह कह उन्होंने भाड़ में एक ठोकर मारी। गीली मिट्टी सब कुछ लिये दिये बैठ गयी। दूसरी ठोकर नाँद पर चलायी लेकिन बुढ़िया सामने आ गयी और ठोकर उसकी कमर पर पड़ी। अब उसे क्रोध आया। कमर सहलाते हुए बोली–महाराज, तुम्हें आदमी का डर नहीं है तो भगवान् का डर तो होना चाहिए। मुझे इस तरह उजाड़ कर क्या पाओगे ? क्या इस चार अंगुल धरती में सोना निकल आयेगा ? मैं तुम्हारे ही भले की कहती हूँ, दीन की हाय मत लो। मेरा रोआँ दुखी मत करो।

उदयभान–अब तो यहाँ फिर भाड़ न बनायेगी।

भुनगी–भाड़ न बनाऊँगी तो खाऊँगी क्या ?

उदयभान–तेरे पेट का हमने ठेका नहीं लिया है।

भुनगी–टहल तो तुम्हारी करती हूँ खाने कहाँ जाऊँ ?

उदयभान–गाँव में रहोगी तो टहल करनी पड़ेगी।

भुनगी–टहल तो तभी करूँगी जब भाड़ बनाऊँगी। गाँव में रहने के नाते टहल नहीं कर सकती।

उदयभान–तो छोड़ कर निकल जा।

भुनगी–क्यों छोड़ कर निकल जाऊँ। बारह साल खेत जोतने से असामी काश्तकार हो जाता है। मैं तो इस झोंपड़े में बूढ़ी हो गयी। मेरे सास-ससुर और उनके बाप-दादे इसी झोंपड़े में रहे। अब इसे यमराज को छोड़ कर और कोई मुझसे नहीं ले सकता।

उदयभान–अच्छा तो अब कानून भी बघारने लगी। हाथ-पैर पड़ती तो चाहे मैं रहने भी देता, लेकिन अब तुझे निकाल कर तभी दम लूँगा। (चपरासियों से) अभी जा कर उसके पत्तियों के ढेर में आग लगा दो, देखें कैसे भाड़ बनता है।

4

एक क्षण में हाहाकार मच गया। ज्वाला-शिखर आकाश से बातें करने लगा। उसकी लपटें किसी उन्मत्त की भाँति इधर-उधर दौड़ने लगीं। सारे गाँव के लोग उस अग्नि-पर्वत के चारों ओर जमा हो गये। भुनगी अपने भाड़ के पास उदासीन भाव में खड़ी यह लंकादहन देखती रही। अकस्मात् वह वेग से आ कर उसी अग्नि-कुंड में कूद पड़ी। लोग चारों तरफ से दौड़े, लेकिन किसी की हिम्मत न पड़ी कि आग के मुँह में जाय। क्षणमात्र में उसका सूखा हुआ शरीर अग्नि में समाविष्ट हो गया।

उसी दम पवन भी वेग से चलने लगा। ऊर्ध्वगामी लपटें पूर्व दिशा की ओर दौड़ने लगीं। भाड़ के समीप ही किसानों की कई झोंपड़ियाँ थीं, वह सब उन्मत्त

ज्वालाओं का ग्रास बन गयीं। इस भाँति प्रोत्साहित होकर लपटें और आगे बढ़ीं। सामने पंडित उदयभान की बखार थी, उस पर झपटीं। अब गाँव में हलचल पड़ी। आग बुझाने की तैयारियाँ होने लगीं। लेकिन पानी के छींटों ने आग पर तेल का काम किया। ज्वालाएँ और भड़कीं और पंडित जी के विशाल भवन को दबोच बैठीं। देखते ही देखते वह भवन उस नौका की भाँति जो उन्मत्त तरंगों के बीच में झकोरे खा रही हो, अग्नि-सागर में विलीन हो गया और वह क्रंदन-ध्वनि जो उसके भस्मावशेष में प्रस्फुटित होने लगी, भुनगी के शोकमय विलाप से भी अधिक करुणाकारी थी।

स्वत्व-रक्षा

मीर दिलावर अली के पास एक बड़ी रास का कुम्मैत घोड़ा था। कहते तो वह यही थे कि मैंने अपनी जिन्दगी की आधी कमाई इस पर खर्च की है, पर वास्तव में उन्होंने इसे पलटन से सस्ते दामों मोल लिया था। यों कहिए कि यह पलटन का निकाला हुआ घोड़ा था। शायद पलटन के अधिकारियों ने इसे अपने यहाँ रखना उचित न समझ कर नीलाम कर दिया था। मीर साहब कचहरी में मोहर्रिर थे। शहर के बाहर मकान था। कचहरी तक आने में तीन मील की मंजिल तय करनी पड़ती थी, एक जानवर की फिक्र थी। यह घोड़ा सुभीते से मिल गया, ले लिया। पिछले तीन वर्षों से वह मीर साहब की ही सवारी में था। देखने में तो उसमें कोई ऐब न था, पर कदाचित् आत्म-सम्मान की मात्रा अधिक थी। उसे उसकी इच्छा के विरुद्ध या अपमानसूचक काम में लगाना दुस्तर था। खैर, मीर साहब ने सस्ते दामों में कलाँ रास का घोड़ा पाया, तो फूले न समाये। ला कर द्वार पर बाँध दिया। साईस का इंतजाम करना कठिन था। बेचारे खुद ही शाम-सबेरे उस पर दो-चार हाथ फेर लेते थे। शायद घोड़ा इस सम्मान से प्रसन्न होता था। इसी कारण रातिब की मात्रा बहुत कम होने पर भी वह असंतुष्ट नहीं जान पड़ता था। उसे मीर साहब से कुछ सहानुभूति हो गयी थी। इस स्वामिभक्ति में उसका शरीर बहुत क्षीण हो चुका था; पर वह मीर साहब को नियत समय पर प्रसन्नतापूर्वक कचहरी पहुँचा दिया करता था। उसकी चाल उसके आत्मिक संतोष की द्योतक थी। दौड़ना वह अपनी स्वाभाविक गम्भीरता के प्रतिकूल समझता था। उसकी दृष्टि में उच्छृंखलता थी। स्वामिभक्ति में उसने अपने कितने ही चिर-संचित स्वत्वों का बलिदान कर दिया था। अब अगर किसी स्वत्व से प्रेम था तो वह रविवार का शांतिनिवास था। मीर साहब इतवार को कचहरी न जाते थे। घोड़े को मलते, नहलाते, तैराते थे। इसमें उसे हार्दिक आनंद प्राप्त होता था। वहाँ कचहरी में पेड़ के नीचे बँधे हुए सूखी घास पर मुँह मारना पड़ता था, लू से सारा शरीर झुलस जाता था; कहाँ इस दिन छप्परों की शीतल छाँह में हरी-हरी दूब खाने को मिलती थी। अतएव इतवार को आराम वह अपना हक समझता था और मुमकिन न था कि कोई उसका यह

हक छीन सके। मीर साहब ने कभी-कभी बाजार जाने के लिए इस दिन उस पर सवार होने की चेष्टा की, पर इस उद्योग में बुरी तरह मुँह की खायी। घोड़े ने मुँह में लगाम तक न ली। अंत को मीर साहब ने अपनी हार स्वीकार कर ली। वह उसके आत्म-सम्मान को आघात पहुँचा कर अपने अवयवों को परीक्षा में न डालना चाहते थे।

2

मीर साहब के पड़ोस में एक मुंशी सौदागरलाल रहते थे। उनका भी कचहरी से कुछ सम्बन्ध था। वह मुहर्रिर न थे, कर्मचारी भी न थे। उन्हें किसी ने कभी कुछ लिखते-पढ़ते न देखा था। पर उनका वकीलों और मुख्तारों के समाज में बड़ा मान था। मीर साहब से उनकी दाँत-काटी रोटी थी।

जेठ का महीना था। बारातों की धूम थी। बाजेवाले सीधे मुँह बात न करते थे। आतिशबाज के द्वार पर गरज के बावले लोग चर्खी की भाँति चक्कर लगाते थे। भाँड़ और कथक लोगों को उँगलियों पर नचाते थे। पालकी के कहार पत्थर के देवता बने हुए थे, भेंट लेकर भी न पसीजते थे। इसी सहालगों की धूम में मुंशीजी ने भी लड़के का विवाह ठान दिया। दबाववाले आदमी थे। धीरे-धीरे बारात का सब सामान जुटा तो लिया, पर पालकी का प्रबंध न कर सके। कहारों ने ऐन वक्त पर बयाना लौटा दिया। मुंशी जी बहुत गरम पड़े, हरजाने की धमकी दी, पर कुछ फल न हुआ। विवश होकर यही निश्चय किया कि वर को घोड़े पर बिठा कर वर-यात्रा की रस्म पूरी कर ली जाय। छह बजे शाम को बारात चलने का मुहूर्त था। चार बजे मुंशी ने आ कर मीर साहब से कहा—यार अपना घोड़ा दे दो, वर को स्टेशन तक पहुँचा दें। पालकी तो कहीं मिलती नहीं।

मीरसाहब—आपको मालूम नहीं, आज इतवार का दिन है।

मुंशी जी—मालूम क्यों नहीं है, पर आखिर घोड़ा ही तो ठहरा। किसी-न-किसी तरह स्टेशन तक पहुँचा ही देगा। कौन दूर जाना है ?

मीरसाहब—यों आपका जानवर है, ले जाइए। पर मुझे उम्मीद नहीं कि आज वह पुट्ठे पर हाथ तक रखने दे।

मुंशी जी—अजी मार के आगे भूत भागता है। आप डरते हैं। इसलिए आप से बदमाशी करता है। बच्चा पीठ पर बैठ जायेंगे तो कितना ही उछले-कूदे पर उन्हें हिला न सकेगा।

मीरसाहब—अच्छी बात है, जाइए। और अगर उसकी यह जिद आप लोगों ने तोड़ दी, तो मैं आपका बड़ा एहसान मानूँगा।

3

मगर ज्यों ही मुंशी जी अस्तबल में पहुँचे, घोड़े ने शशंक नेत्रों से देखा और एक बार हिनहिना कर घोषित किया कि तुम आज मेरी शांति में विघ्न डालने वाले कौन होते हो। बाजे की धड़-धड़, पों-पों से वह उत्तेजित हो रहा था। मुंशी जी ने जब पगहे को खोलना शुरू किया तो उसने कनौतियाँ खड़ी कीं और अभिमानसूचक भाव से हरी-हरी घास खाने लगा।

लेकिन मुंशी जी भी चतुर खिलाड़ी थे। तुरंत घर से थोड़ा-सा दाना मँगवाया और घोड़े के सामने रख दिया। घोड़े ने इधर बहुत दिनों से दाने की सूरत न देखी थी ! बड़ी रुचि से खाने लगा और तब कृतज्ञ नेत्रों से मुंशी जी की ओर ताका, मानो अनुमति दी कि मुझे आपके साथ चलने में कोई आपत्ति नहीं है।

मुंशी जी के द्वार पर बाजे बज रहे थे। वर वस्त्राभूषण पहने हुए घोड़े की प्रतीक्षा कर रहा था। मुहल्ले की स्त्रियाँ उसे विदा करने के लिए आरती लिये खड़ी थीं। पाँच बज गये थे। सहसा मुंशी जी घोड़ा लाते हुए दिखायी दिये। बाजेवालों ने आगे की तरफ कदम बढ़ाया। एक आदमी मीर साहब के घर से दौड़ कर साज लाया।

घोड़े को खींचने की ठहरी, मगर वह लगाम देख कर मुँह फेर लेता था। मुंशी जी ने चुमकारा-पुचकारा, पीठ सहलायी, फिर दाना दिखलाया। पर घोड़े ने मुँह तक न खोला, तब उन्हें क्रोध आ गया। ताबड़तोड़ कई चाबुक लगाये। घोड़े ने जब अब भी मुँह में लगाम न ली, तो उन्होंने उसके नथनों पर चाबुक के बेंत से कई बार मारा। नथनों से खून निकलने लगा। घोड़े ने इधर-उधर दीन और विवश आँखों से देखा। समस्या कठिन थी। इतनी मार उसने कभी न खायी थी। मीर साहब की अपनी चीज थी। यह इतनी निर्दयता से कभी न पेश आते थे। सोचा मुँह नहीं खोलता तो नहीं मालूम और कितनी मार पड़े। लगाम ले ली। फिर क्या था, मुंशी जी की फतह हो गयी। उन्होंने तुरंत जीन भी कस दी। दूल्हा कूद कर घोड़े पर सवार हो गया।

4

जब वर ने घोड़े की पीठ पर आसन जमा लिया, तो घोड़ा मानो नींद से जागा। विचार करने लगा, थोड़े-से दाने के बदले अपने इस स्वत्व से हाथ धोना एक कटोरे कढ़ी के लिए अपने जन्मसिद्ध अधिकारों को बेचना है। उसे याद आया कि मैं कितने दिनों से आज के दिन आराम करता रहा हूँ, तो आज क्यों यह बेगार करूँ ? ये लोग मुझे न जाने कहाँ ले जायेंगे, लौंडा आसन का पक्का जान पड़ता है, मुझे

दौड़ायेगा, एड़ लगायेगा, चाबुक से मार-मार कर अधमुँआ कर देगा, फिर न जाने भोजन मिले या नहीं। यह सोच-विचार कर उसने निश्चय किया कि मैं यहाँ से कदम न उठाऊँगा। यही न होगा मारेंगे, सवार को लिये हुए जमीन पर लोट जाऊँगा। आप ही छोड़ देंगे। मेरे मालिक मीर साहब भी तो यहीं कहीं होंगे। उन्हें मुझ पर इतनी मार पड़ती कभी पसंद न आयेगी कि कल उन्हें कचहरी भी न ले जा सकूँ।

वर ज्यों ही घोड़े पर सवार हुआ स्त्रियों ने मंगलगान किया, फूलों की वर्षा हुई। बारात के लोग आगे बढ़े। मगर घोड़ा ऐसा अड़ा कि पैर ही नहीं उठाता। वर उसे एड लगाता है, चाबुक मारता है, लगाम को झटके देता है, मगर घोड़े के कदम मानों जमीन में ऐसे गड़ गये हैं कि उखड़ने का नाम नहीं लेते।

मुंशी जी को ऐसा क्रोध आता था कि अपना जानवर होता तो गोली मार देते। मित्र ने कहा—अड़ियल जानवर है, यों न चलेगा। इसके पीछे से डंडे लगाओ, आप दौड़ेगा।

मुंशी जी ने यह प्रस्ताव स्वीकार कर लिया। पीछे से जाकर कई डंडे लगाये, पर घोड़े ने पैर न उठाये, उठाये तो भी अगले पैर, और आकाश की ओर। दो-एक बार पिछले पैर भी, जिससे विदित होता था कि वह बिलकुल प्राणहीन नहीं है। मुंशी जी बाल-बाल बच गये।

तब दूसरे मित्र ने कहा—इसकी पूँछ के पास एक जलता हुआ कुंदा जलाओ, आँच के डर से भागेगा।

यह प्रस्ताव भी स्वीकृत हुआ। फल यह हुआ कि घोड़े की पूँछ जल गयी। वह दो-तीन बार उछला-कूदा पर आगे न बढ़ा। पक्का सत्याग्रही था, कदाचित् इन यंत्रणाओं ने उसके संकल्प को और भी दृढ़ कर दिया।

इतने में सूर्यास्त होने लगा। पंडित जी ने कहा—'जल्दी कीजिए नहीं तो मुहूर्त टल जायेगा।' लेकिन अपने वश की बात तो थी नहीं। जल्दी कैसे होती। बाराती लोग गाँव के बाहर जा पहुँचे। यहाँ स्त्रियों और बालकों का मेला लग गया। लोग कहने लगे, 'कैसा घोड़ा है कि पग ही नहीं उठाता।' एक अनुभवी महाशय ने कहा—'मार-पीट से काम न चलेगा। थोड़ा-सा दाना मँगवाइए। एक आदमी इसके सामने तोबड़े में दाना दिखाता हुआ चले। दाने के लालच से खट-खट चला जायेगा।' मुंशी जी ने यह उपाय भी करके देखा पर सफल मनोरथ न हुए। घोड़ा अपने स्वत्व को किसी दाम पर बेचना न चाहता था। एक महाशय ने कहा—'इसे थोड़ी-सी शराब पिला दीजिए, नशे में आ कर खूब चौकड़ियाँ भरने लगेगा।' शराब की बोतल आयी। एक तसले में शराब उँड़ेल कर घोड़े के सामने रखी गयी, पर उसने सूँघी तक नहीं।

अब क्या हो ? चिराग जल गये मुहूर्त टल चुका था। घोड़ा यह नाना दुर्गतियाँ सह कर दिल में खुश होता था और अपने सुख में विघ्न डालनेवाले की दुरवस्था

और व्यग्रता का आनंद उठा रहा था। उसे इस समय इन लोगों की प्रयत्नशीलता पर एक दार्शनिक आनंद प्राप्त हो रहा था। देखें आप लोग अब क्या करते हैं। वह जानता था कि अब मार खाने की सम्भावना नहीं है। लोग जान गये कि मारना व्यर्थ है। वह केवल अपनी सुयुक्तियों की विवेचना कर रहा था।

पाँचवें सज्जन ने कहा—अब एक ही तरकीब और है। वह जो खेत में खाद फेंकने की दो-पहिया गाड़ी होती है, उसे घोड़े के सामने ला कर रखिये। इसके दोनों अगले पैर उसमें रख दिये जायँ और हम लोग गाड़ी को खींचें। तब तो जरूर ही उसके पैर उठ जायेंगे। अगले पैर आगे बढ़े तो पिछले पैर भी झख मार कर उठेंगे ही। घोड़ा चल निकलेगा।

मुंशी जी डूब रहे थे। कोई तिनका सहारे के लिए काफी था। दो आदमी गये। दो-पहिया गाड़ी निकाल लाये। वर ने लगाम तानी। चार-पाँच आदमी घोड़े के पास डंडे ले कर खड़े हो गये। दो आदमियों ने उसके अगले पाँव जबरदस्ती उठाकर गाड़ी पर रक्खे। घोड़ा अभी तक यह समझ रहा था कि मैं यह उपाय भी न चलने दूँगा, लेकिन जब गाड़ी चली, तो उसके पिछले पैर आप ही आप उठ गये। उसे ऐसा जान पड़ा, मानो पानी में बहा जा रहा हूँ। कितना ही चाहता था कि पैरों को जमा लूँ पर कुछ अक्ल काम न करती थी। चारों ओर शोर मचा—'चला-चला।' तालियाँ पड़ने लगीं ! लोग ठट्ठे मार-मार हँसने लगे। घोड़े को यह उपहास और यह अपमान असह्य था, पर करता क्या ? हाँ, उसने धैर्य न छोड़ा। मन में सोचा इस तरह कहाँ तक ले जायेंगे। ज्यों ही गाड़ी रुकेगी मैं भी रुक जाऊँगा। मुझसे बड़ी भूल हुई, मुझे गाड़ी पर पैर ही न रखना चाहिए था।

अंत में वही हुआ जो उसने सोचा था। किसी तरह लोगों ने सौ कदम तक गाड़ी खींची, आगे न खींच सके। सौ-दो-सौ कदम ही खींचना होता, तो शायद लोगों की हिम्मत बँध जाती पर स्टेशन पूरे तीन मील पर था। इतनी दूर घोड़े को खींच ले जाना दुस्तर था। ज्यों ही गाड़ी रुकी घोड़ा भी रुक गया ! वर ने फिर लगाम को झटके दिये, एड़ लगायी। चाबुकों की वर्षा कर दी, पर घोड़े ने अपनी टेक न छोड़ी। उसके नथनों से खून निकल रहा था, चाबुकों से सारा शरीर छिल गया था, पिछले पैरों में घाव हो गये थे, पर वह दृढ़-प्रतिज्ञ घोड़ा अपनी आन पर अड़ा हुआ था।

5

पुरोहित ने कहा—'आठ बज गये। मुहूर्त टल गया।' दीन-दुर्बल घोड़े ने मैदान मार लिया। मुंशी जी क्रोधोन्मत्त होकर रो पड़े। वर एक कदम भी पैदल नहीं चल सकता। विवाह के अवसर पर भूमि पर पाँव रखना वर्जित है, प्रतिष्ठा भंग होती है, निंदा

होती है, कुल को कलंक लगता है पर अब पैदल चलने के सिवाय अन्य उपाय न था। आ कर घोड़े के सामने खड़े हो गए और कुंठित स्वर से बोले—महाशय, अपना भाग्य बखानो कि मीर साहब के घर हो। यदि मैं तुम्हारा मालिक होता तो तुम्हारी हड्डी-पसली का पता न लगता। इसके साथ ही मुझे आज मालूम हुआ कि पशु भी अपने स्वत्व की रक्षा किस प्रकार कर सकता है। मैं न जानता था, तुम व्रतधारी हो। बेटा, उतरो, बारात स्टेशन पहुँच रही होगी। चलो पैदल ही चलें। हम आपस ही के दस-बारह आदमी हैं, हँसने वाला कोई नहीं। ये रंगीन कपड़े उतार दो। रास्ते में लोग हँसेंगे कि पाँव-पाँव ब्याह करने जाता है। चल बे अड़ियल घोड़े, तुझे मीर साहब के हवाले कर आऊँ।

पूर्व-संस्कार

सज्जनों के हिस्से में भौतिक उन्नति कभी भूल कर ही आती है। रामटहल विलासी, दुर्व्यसनी, चरित्रहीन आदमी थे, पर सांसारिक व्यवहारों में चतुर, सूद-ब्याज के मामले में दक्ष और मुकदमे-अदालत में कुशल थे। उनका धन बढ़ता था। सभी उनके असामी थे। उधर उन्हीं के छोटे भाई शिवटहल साधु-भक्त, धर्म-परायण और परोपकारी जीव थे। उनका धन घटता जाता था। उनके द्वार पर दो-चार अतिथि बने रहते थे। बड़े भाई का सारे मुहल्ले पर दबाव था। जितने नीच श्रेणी के आदमी थे, उनका हुक्म पाते ही फौरन उनका काम करते थे। उनके घर की मरम्मत बेगार में हो जाती। ऋणी कुँजड़े साग-भाजी भेंट में दे जाते। ऋणी ग्वाला उन्हें बाजार-भाव से ड्योढ़ा दूध देता। छोटे भाई का किसी पर रोब न था। साधु-संत आते और इच्छापूर्ण भोजन करके अपनी राह लेते। दो-चार आदमियों को रुपये उधार दिये भी तो सूद के लालच से नहीं, बल्कि संकट से छुड़ाने के लिए। कभी जोर दे कर तगादा न करते कि कहीं उन्हें दुःख न हो।

इस तरह कई साल गुजर गये। यहाँ तक कि शिवटहल की सारी सम्पत्ति परमार्थ में उड़ गयी। रुपये भी बहुत डूब गये ! उधर रामटहल ने नया मकान बनवा लिया। सोने-चाँदी की दूकान खोल ली। थोड़ी जमीन भी खरीद ली और खेती-बारी भी करने लगे।

शिवटहल को अब चिंता हुई। निर्वाह कैसे होगा ? धन न था कि कोई रोजगार करते। वह व्यवहार-बुद्धि भी न थी, जो बिना धन के भी अपनी राह निकाल लेती है। किसी से ऋण लेने की हिम्मत न पड़ती थी। रोजगार में घाटा हुआ तो देंगे कहाँ से ? किसी दूसरे आदमी की नौकरी भी न कर सकते थे। कुल-मर्यादा भंग होती थी। दो-चार महीने तो ज्यों-त्यों करके काटे, अंत में चारों ओर से निराश हो कर बड़े भाई के पास गये और कहा—भैया, अब मेरे और मेरे परिवार के पालन का भार आपके ऊपर है। आपके सिवा अब किसकी शरण लूँ ?

रामटहल ने कहा—इसकी कोई चिन्ता नहीं। तुमने कुकर्म में तो धन उड़ाया नहीं। जो कुछ किया, उससे कुल-कीर्ति ही फैली है। मैं धूर्त हूँ; संसार को ठगना

जानता हूँ। तुम सीधे-सादे आदमी हो। दूसरों ने तुम्हें ठग लिया। यह तुम्हारा ही घर है। मैंने जो जमीन ली है, उसकी तहसील वसूल करो, खेती-बारी का काम सँभालो। महीने में तुम्हें जितना खर्च पड़े, मुझसे ले जाओ। हाँ, एक बात मुझसे न होगी। मैं साधु-संतों का सत्कार करने को एक पैसा भी न दूँगा और न तुम्हारे मुँह से अपनी निंदा सुनूँगा।

शिवटहल ने गद्‌गद कंठ से कहा—भैया, मुझसे इतनी भूल अवश्य हुई कि मैं सबसे आपकी निंदा करता रहा हूँ, उसे क्षमा करो। अब से मुझे अपनी निंदा करते सुनना तो जो चाहे दंड देना। हाँ, आपसे मेरी एक विनय है। मैंने अब तक अच्छा किया या बुरा, पर भाभी जी को मना कर देना कि उसके लिए मेरा तिरस्कार न करें।

रामटहल—अगर वह कभी तुम्हें ताना देंगी, तो मैं उनकी जीभ खींच लूँगा।

2

रामटहल की जमीन शहर से दस-बारह कोस पर थी। वहाँ एक कच्चा मकान भी था। बैल, गाड़ी, खेती की अन्य सामग्रियाँ वहीं रहती थीं। शिवटहल ने अपना घर भाई को सौंपा और अपने बाल-बच्चों को ले कर गाँव चले गये। वहाँ उत्साह के साथ काम करने लगे। नौकरों ने काम में चौकसी की। परिश्रम का फल मिला। पहले ही साल उपज ड्योढ़ी हो गयी और खेती का खर्च आधा रह गया।

पर स्वभाव को कैसे बदलें ? पहले की तरह तो नहीं, पर अब भी दो-चार मूर्तियाँ शिवटहल की कीर्ति सुनकर आ ही जाती थीं। और शिवटहल को विवश हो कर उनकी सेवा और सत्कार करना ही पड़ता था। हाँ, अपने भाई से यह बात छिपाते थे कि कहीं वह अप्रसन्न होकर जीविका का यह आधार भी न छीन लें। फल यह होता कि उन्हें भाई से छिपा कर अनाज, भूसा, खली आदि बेचना पड़ता। इस कमी को पूरी करने के लिए वह मजदूरों से और भी कड़ी मेहनत लेते थे और खुद भी कड़ी मेहनत करते। धूप-ठंड, पानी-बूँदी की बिलकुल परवाह न करते थे। मगर कभी इतना परिश्रम तो किया न था। शरीर शक्तिहीन होने लगा। भोजन भी रूखा-सूखा मिलता था। उस पर कोई ठीक समय नहीं। कभी दोपहर को खाया, कभी तीसरे पहर। कभी प्यास लगी, तो तालाब का पानी पी लिया। दुर्बलता रोग का पूर्व रूप है। बीमार पड़ गये। देहात में दवा-दारू का सुभीता न था। भोजन में भी कुपथ्य करना पड़ता था। रोग ने जड़ पकड़ ली। ज्वर ने प्लीहा का रूप धारण किया और प्लीहा ने छह महीने में काम तमाम कर दिया।

रामटहल ने यह शोक-समाचार सुना, तो उन्हें बड़ा दुःख हुआ। इन तीन वर्षों में उन्हें एक पैसे का नाज नहीं लेना पड़ा। गुड़, घी, भूसा-चारा, उपले-ईंधन

सब गाँव से चला आता था। बहुत रोये, पछतावा हुआ कि मैंने भाई की दवा-दरपन की कोई फिक्र नहीं की; अपने स्वार्थ की चिंता में उसे भूल गया। लेकिन मैं क्या जानता था कि मलेरिया का ज्वर प्राणघातक ही होगा ! नहीं तो यथाशक्ति अवश्य इलाज करता। भगवान् की यही इच्छा थी, फिर मेरा क्या वश !

3

अब कोई खेती को सँभालने वाला न था। इधर रामटहल को खेती का मजा मिल गया था ! उस पर विलासिता ने उनका स्वास्थ्य भी नष्ट कर डाला था। अब वह देहात के स्वच्छ जलवायु में रहना चाहते थे। निश्चय किया कि खुद ही गाँव में जाकर खेती-बारी करूँ। लड़का जवान हो गया था। शहर का लेन-देन उसे सौंपा और देहात चले आये।

यहाँ उनका समय और चित्त विशेष कर गौओं की देखभाल में लगता था। उनके पास एक जमुनापारी बड़ी रास की गाय थी। उसे कई साल हुए बड़े शौक से खरीदा था। दूध खूब देती थी, और सीधी वह इतनी कि बच्चा भी सींग पकड़ ले, तो न बोलती। वह इन दिनों गाभिन थी। उसे बहुत प्यार करते थे। शाम-सबेरे उसकी पीठ सुहलाते, अपने हाथों से नाज खिलाते। कई आदमी उसके ड्योढ़े दाम देते थे, पर रामटहल ने न बेची। जब समय पर गऊ ने बच्चा दिया, तो रामटहल ने धूमधाम से उसका जन्मोत्सव मनाया, कितने ही ब्राह्मणों को भोजन कराया। कई दिन तक गाना-बजाना होता रहा। इस बछड़े का नाम रखा गया 'जवाहिर'। एक ज्योतिषी से उसका जन्म-पत्र भी बनवाया गया। उसके अनुसार बछड़ा बड़ा होनहार, बड़ा भाग्यशाली, स्वामिभक्त निकला। केवल छठे वर्ष उस पर एक संकट की शंका थी। उससे बच गया तो फिर जीवन-पर्यन्त सुख से रहेगा।

बछड़ा श्वेत-वर्ण था। उसके माथे पर एक लाल तिलक था। आँखें कजरी थीं। स्वरूप का अत्यन्त मनोहर और हाथ-पाँव का सुडौल था। दिन भर कलोलें किया करता। रामटहल का चित्त उसे छलाँगें भरते देख कर प्रफुल्लित हो जाता था। वह उनसे इतना हिल-मिल गया कि उनके पीछे-पीछे कुत्ते की भाँति दौड़ा करता था। जब वह शाम और सुबह को अपनी खाट पर बैठ कर असामियों से बातचीत करने लगते, तो जवाहिर उनके पास खड़ा हो कर उनके हाथ या पाँव को चाटता था। वह प्यार से उसकी पीठ पर हाथ फेरने लगते, तो उसकी पूँछ खड़ी हो जाती और आँखें हृदय के उल्लास से चमकने लगतीं। रामटहल को भी उससे इतना स्नेह था कि जब तक वह उनके सामने चौके में न बैठा हो, भोजन में स्वाद न मिलता। वह उसे बहुधा गोद में चिपटा लिया करते। उसके लिए चाँदी का हार, रेशमी फूल, चाँदी की झाँझें बनवायीं। एक आदमी उसे नित्य नहलाता और झाड़ता-पोंछता रहता

था। जब कभी वह किसी काम से दूसरे गाँव में चले जाते तो उन्हें घोड़े पर आते देख कर जवाहिर कुलेलें मारता हुआ उसके पास पहुँच जाता और उनके पैरों को चाटने लगता। पशु और मनुष्य में यह पिता-पुत्र-सा प्रेम देख कर लोग चकित हो जाते।

4

जवाहिर की अवस्था ढाई वर्ष की हुई। रामटहल ने उसे अपनी सवारी की बहली के लिए निकालने का निश्चय किया। वह अब बछड़े से बैल हो गया था। उसका ऊँचा डील, गठे हुए अंग, सुदृढ़ मांसपेशियाँ, गर्दन के ऊपर ऊँचा डील, चौड़ी छाती और मस्तानी चाल थी। ऐसा दर्शनीय बैल सारे इलाके में न था। बड़ी मुश्किल से उसका बाँधा मिला। पर देखने वाले साफ कहते थे कि जोड़ नहीं मिला। रुपये आपने बहुत खर्च किये हैं, पर कहाँ जवाहिर और कहाँ यह ! कहाँ लैंप और कहाँ दीपक !

पर कौतूहल की बात यह थी कि जवाहिर को कोई गाड़ीवान हाँकता तो वह आगे पैर न उठाता। गर्दन हिला-हिला कर रह जाता। मगर जब रामटहल आप पगहा हाथ में ले लेते और एक बार चुमकार कर कहते—चलो बेटा, तो जवाहिर उन्मत्त होकर गाड़ी को ले उड़ता। दो-दो कोस तक बिना रुके, एक ही साँस में दौड़ता चला जाता। घोड़े भी उसका मुकाबला न कर सकते।

एक दिन संध्या समय जब जवाहिर नाँद में खली और भूसा खा रहा था और रामटहल उसके पास खड़े उसकी मक्खियाँ उड़ा रहे थे, एक साधु महात्मा आ कर द्वार पर खड़े हो गये। रामटहल ने अविनयपूर्ण भाव से कहा—यहाँ क्यों खड़े हो महाराज, आगे जाओ।

साधु—कुछ नहीं बाबा, इसी बैल को देख रहा हूँ। मैंने ऐसा सुन्दर बैल नहीं देखा।

रामटहल—(ध्यान दे कर) घर ही का बछड़ा है।

साधु—साक्षात् देवरूप है।

यह कह कर महात्मा जी जवाहिर के निकट गये और उसके खुर चूमने लगे।

रामटहल—आपका शुभागमन कहाँ से हुआ ? आज यहीं विश्राम कीजिए तो बड़ी दया हो।

साधु—नहीं बाबा, क्षमा करो। मुझे आवश्यक कार्य से रेलगाड़ी पर सवार होना है। रातो-रात चला जाऊँगा ! ठहरने से विलम्ब होगा।

रामटहल—तो फिर और कभी दर्शन होंगे ?

साधु—हाँ, तीर्थ-यात्रा से तीन वर्ष में लौट कर इधर से फिर जाना होगा।

तब आपकी इच्छा होगी तो ठहर जाऊँगा ! आप बड़े भाग्यशाली पुरुष हैं कि आपको ऐसे देवरूप नंदी की सेवा का अवसर मिल रहा है। इन्हें पशु न समझिए, यह कोई महान् आत्मा हैं। इन्हें कष्ट न दीजिएगा। इन्हें कभी फूल से भी न मारिएगा।

यह कह कर साधु ने फिर जवाहिर के चरणों पर सीस नवाया और चले गये।

5

उस दिन से जवाहिर की और भी खातिर होने लगी। वह पशु से देवता हो गया। रामटहल उसे पहले रसोई के सब पदार्थ खिलाकर तब आप भोजन करते। प्रातःकाल उठ कर उसके दर्शन करते। यहाँ तक कि वह उसे अपनी बहली में भी न जोतना चाहते। लेकिन जब उनको कहीं जाना होता और बहली बाहर निकाली जाती, तो जवाहिर उसमें जुतने के लिए इतना अधीर और उत्कंठित हो जाता, सिर हिला-हिला कर इस तरह अपनी उत्सुकता प्रकट करता कि रामटहल को विवश हो कर उसे जोतना पड़ता। दो-एक बार वह दूसरी जोड़ी जोत कर चले तो जवाहिर को इतना दुःख हुआ कि उसने दिन भर नाँद में मुँह नहीं डाला। इसलिए वह अब बिना किसी विशेष कार्य के कहीं जाते ही न थे।

उनकी श्रद्धा देख कर गाँव के अन्य लोगों ने भी जवाहिर को अन्न ग्रास देना शुरू किया। सुबह उसके दर्शन करने तो प्रायः सभी आ जाते थे।

इस प्रकार तीन साल और बीते। जवाहिर को छठा वर्ष लगा।

रामटहल को ज्योतिषी की बात याद थी। भय हुआ, कहीं उसकी भविष्यवाणी सत्य न हो। पशु-चिकित्सा की पुस्तकें मँगा कर पढ़ीं। पशु-चिकित्सक से मिले और कई औषधियाँ ला कर रखीं। जवाहिर को टीका लगवा दिया। कहीं नौकर उसे खराब चारा या गंदा पानी न खिला-पिला दें, इस आशंका से वह अपने हाथों से उसे खोलने-बाँधने लगे। पशुशाला का फर्श पक्का करा दिया जिसमें कोई कीड़ा-मकोड़ा न छिप सके। उसे नित्यप्रति खूब धुलवाते भी थे।

संध्या हो गयी थी। रामटहल नाँद के पास खड़े जवाहिर को खिला रहे थे कि इतने में सहसा वही साधु महात्मा आ निकले जिन्होंने आज से तीन वर्ष पहले दर्शन दिये थे। रामटहल उन्हें देखते ही पहचान गये। जाकर दंडवत् की, कुशल-समाचार पूछे और उनके भोजन का प्रबन्ध करने लगे। इतने में अकस्मात् जवाहिर ने जोर से डकार ली और धम-से भूमि पर गिर पड़ा। रामटहल दौड़े हुए उसके पास आये। उसकी आँखें पथरा रही थीं। पहले एक स्नेहपूर्ण दृष्टि उन पर डाली और चित हो गया।

रामटहल घबराये हुए घर से दवाएँ लाने दौड़े। कुछ समझ में न आया कि

खड़े-खड़े इसे हो क्या गया। जब वह घर में से दवाइयाँ ले कर निकले तब जवाहिर का अंत हो चुका था।

रामटहल शायद अपने छोटे भाई की मृत्यु पर भी इतने शोकातुर न हुए थे। वह बार-बार लोगों के रोकने पर भी दौड़-दौड़ कर जवाहिर के शव के पास जाते और उससे लिपट कर रोते।

रात उन्होंने रो-रो कर काटी। उसकी सूरत आँखों से न उतरती थी। रह-रह कर हृदय में एक वेदना-सी होती और शोक से विह्वल हो जाते।

प्रातःकाल लाश उठायी गयी, किन्तु रामटहल ने गाँव की प्रथा के अनुसार उसे चमारों के हवाले नहीं किया। यथाविधि उसकी दाह-क्रिया की, स्वयं आग दी। शास्त्रानुसार सब संस्कार किये। तेरहवें दिन गाँव के ब्राह्मणों को भोजन कराया गया। उक्त साधु महात्मा को उन्होंने अब तक नहीं जाने दिया था। उनकी शांति देने वाली बातों से रामटहल को बड़ी सांत्वना मिलती थी।

6

एक दिन रामटहल ने साधु से पूछा—महात्मा जी, कुछ समझ में नहीं आता कि जवाहिर को कौन-सा रोग हुआ था। ज्योतिषी जी ने उसके जन्मपत्र में लिखा था कि उसका छठा साल अच्छा न होगा। लेकिन मैंने इस तरह किसी जानवर को मरते नहीं देखा। आप तो योगी हैं, यह रहस्य कुछ आपकी समझ में आता है?

साधु—हाँ, कुछ थोड़ा-थोड़ा समझता हूँ।

रामटहल—कुछ मुझे भी बताइए। चित्त को धैर्य नहीं आता।

साधु—वह उस जन्म का कोई सच्चरित्र, साधु-भक्त, परोपकारी जीव था। उसने आपकी सारी सम्पत्ति धर्म-कार्यों में उड़ा दी थी। आपके सम्बन्धियों में ऐसा कोई सज्जन था?

रामटहल—हाँ महाराज, था।

साधु—उसने तुम्हें धोखा दिया—तुमसे विश्वासघात किया। तुमने उसे अपना कोई काम सौंपा था। वह तुम्हारी आँख बचा कर तुम्हारे धन से साधुजनों की सेवा-सत्कार किया करता था।

रामटहल—मुझे उस पर इतना संदेह नहीं होता। वह इतना सरल प्रकृति, इतना सच्चरित्र मनुष्य था कि बेईमानी करने का उसे कभी ध्यान भी नहीं आ सकता था।

साधु—लेकिन उसने विश्वासघात अवश्य किया। अपने स्वार्थ के लिए नहीं, अतिथि-सत्कार के लिए सही, पर था वह विश्वासघाती।

रामटहल—संभव है दुरवस्था ने उसे धर्म-पथ से विचलित कर दिया हो।

साधु—हाँ, यही बात है। उस प्राणी को स्वर्ग में स्थान देने का निश्चय किया गया। पर उसे विश्वासघात का प्रायश्चित्त करना आवश्यक था। उसने बेईमानी से तुम्हारा जितना धन हर लिया था, उसकी पूर्ति करने के लिए उसे तुम्हारे यहाँ पशु का जन्म दिया गया। यह निश्चय कर लिया गया कि छह वर्ष में प्रायश्चित्त पूरा हो जायेगा। इतनी अवधि तक वह तुम्हारे यहाँ रहा। ज्यों ही अवधि पूरी हो गयी त्यों ही उसकी आत्मा निष्पाप और निर्लिप्त हो कर निर्वाणपद को प्राप्त हो गयी।

× × × ×

महात्मा जी तो दूसरे दिन विदा हो गये, लेकिन रामटहल के जीवन में उसी दिन से एक बड़ा परिवर्तन देख पड़ने लगा। उनकी चित्त-वृत्ति बदल गयी। दया और विवेक से हृदय परिपूर्ण हो गया। वह मन में सोचते, जब ऐसे धर्मात्मा प्राणी को जरा से विश्वासघात के लिए इतना कठोर दंड मिला तो मुझ जैसे कुकर्मी की क्या दुर्गति होगी ! यह बात उनके ध्यान से कभी न उतरती थी।

दुस्साहस

लखनऊ के नौबस्ते मोहल्ले में एक मुंशी मैकूलाल मुख्तार रहते थे। बड़े उदार, दयालु और सज्जन पुरुष थे। अपने पेशे में इतने कुशल थे कि ऐसा बिरला ही कोई मुकदमा होता था जिसमें वह किसी न किसी पक्ष की ओर से न रखे जाते हों। साधु-संतों से भी उन्हें प्रेम था। उनके सत्संग से उन्होंने कुछ तत्त्वज्ञान और कुछ गाँजे-चरस का अभ्यास प्राप्त कर लिया था। रही शराब, यह उनकी कुल-प्रथा थी। शराब के नशे में वह कानूनी मसौदे खूब लिखते थे, उनकी बुद्धि प्रज्ज्वलित हो जाती थी। गाँजे और चरस का प्रभाव उनके ज्ञान पर पड़ता था। दम लगा कर वह वैराग्य और ध्यान में तल्लीन हो जाते थे। मोहल्लेवालों पर उनका बड़ा रोब था। लेकिन यह उनकी कानूनी प्रतिभा का नहीं, उनकी उदार सज्जनता का फल था। मोहल्ले के एक्केवान, ग्वाले और कहार उनके आज्ञाकारी थे, सौ काम छोड़ कर उनकी खिदमत करते थे। उनकी मद्यजनित उदारता ने सबों को वशीभूत कर लिया था। वह नित्य कचहरी से आते ही अलगू कहार के सामने दो रुपये फेंक देते थे। कुछ कहने-सुनने की जरूरत न थी, अलगू इसका आशय समझता था। शाम को शराब की एक बोतल और कुछ गाँजा तथा चरस मुंशी जी के सामने आ जाता था। बस, महफिल जम जाती। यार लोग आ पहुँचते। एक ओर मुवक्किलों की कतार बैठती, दूसरी ओर सहवासियों की। वैराग्य की और ज्ञान की चर्चा होने लगती। बीच-बीच में मुवक्किलों से भी मुकदमे की दो-एक बातें कर लेते ! दस बजे रात को वह सभा विसर्जित होती थी। मुंशी जी अपने पेशे और ज्ञान चर्चा के सिवा और कोई दर्द सिर मोल न लेते थे। देश के किसी आन्दोलन, किसी सभा, किसी सामाजिक सुधार से उनका सम्बन्ध न था। इस विषय में वह सच्चे विरक्त थे। बंग-भंग हुआ, नरम-गरम दल बने, राजनैतिक सुधारों का आविर्भाव हुआ, स्वराज्य की आकांक्षा ने जन्म लिया, आत्म-रक्षा की आवाजें देश में गूँजने लगीं, किंतु मुंशी जी की अविरल शांति में जरा भी विघ्न न पड़ा। अदालत और शराब के सिवाय वह संसार की सभी चीजों को माया समझते थे, सभी से उदासीन रहते थे।

2

चिराग जल चुके थे। मुंशी मैकूलाल की सभा जम गयी थी, उपासकगण जमा हो गये थे, अभी तक मदिरा देवी प्रकट न हुई थी। अलगू बाजार से न लौटा था। सब लोग बार-बार उत्सुक नेत्रों से ताक रहे थे। एक आदमी बरामदे में प्रतीक्षास्वरूप खड़ा था, दो-तीन सज्जन टोह लेने के लिए सड़क पर खड़े थे, लेकिन अलगू आता नजर न आता था। आज जीवन में पहला अवसर था कि मुंशी जी को इतना इंतजार खींचना पड़ा। उनकी प्रतीक्षाजनक उद्विग्नता ने गहरी समाधि का रूप धारण कर लिया था, न कुछ बोलते थे, न किसी ओर देखते थे। समस्त शक्तियाँ प्रतीक्षाबिंदु पर केंद्रीभूत हो गयीं।

अकस्मात् सूचना मिली कि अलगू आ रहा है। मुंशी जी जाग पड़े, सहवासीगण खिल गये, आसन बदल कर सँभल बैठे, उनकी आँखें अनुरक्त हो गयीं। आशामय विलम्ब आनन्द को और बढ़ा देता है।

एक क्षण में अलगू आ कर सामने खड़ा हो गया। मुंशी जी ने उसे डाँटा नहीं, यह पहला अपराध था, इसका कुछ न कुछ कारण अवश्य होगा, दबे हुए पर उत्कंठायुक्त नेत्रों से अलगू के हाथ की ओर देखा। बोतल न थी। विस्मय हुआ, विश्वास न आया, फिर गौर से देखा बोतल न थी। यह अप्राकृतिक घटना थी, पर इस पर उन्हें क्रोध न आया, नम्रता के साथ पूछा—बोतल कहाँ है ?

अलगू—आज नहीं मिली।

मैकूलाल—यह क्यों ?

अलगू—दूकान के दोनों नाके रोके हुए सुराजवाले खड़े हैं, किसी को उधर जाने ही नहीं देते।

अब मुंशी जी को क्रोध आया, अलगू पर नहीं, स्वराज्यवालों पर। उन्हें मेरी शराब बन्द करने का क्या अधिकार है ? तर्क भाव से बोले—तुमने मेरा नाम नहीं लिया ?

अलगू—बहुत कहा, लेकिन वहाँ कौन किसी की सुनता था ? सभी लोग लौटे आते थे, मैं भी लौट आया।

मुंशी—चरस लाये ?

अलगू—वहाँ भी यही हाल था।

मुंशी—तुम मेरे नौकर हो या स्वराज्यवालों के ?

अलगू—मुँह में कालिख लगवाने के लिए थोड़े ही नौकर हूँ ?

मुंशी—तो क्या वहाँ बदमाश लोग मुँह में कालिख भी लगा रहे हैं ?

अलगू—देखा तो नहीं, लेकिन सब यही कहते थे।

मुंशी—अच्छी बात है, मैं खुद जाता हूँ, देखूँ किसकी मजाल है जो रोके।

एक-एक को लाल घर दिखा दूँगा, यह सरकार का राज है, कोई बदमिली नहीं है। वहाँ कोई पुलिस का सिपाही नहीं था?

अलगू—थानेदार साहब आप ही खड़े सबसे कहते थे जिसका जी चाहे जाय शराब ले या पीये लेकिन लौट आते थे, उनकी कोई न सुनता था।

मुंशी—थानेदार मेरे दोस्त हैं, चलो जी ईदू चलते हो। रामबली, बेचन, झिनकू सब चलो। एक-एक बोतल ले लो, देखूँ कौन रोकता है। कल ही तो मजा चखा दूँगा।

3

मुंशी जी अपने चारों साथियों के साथ शराबखाने की गली के सामने पहुँचे तो वहाँ बहुत भीड़ थी। बीच में दो सौम्य मूर्तियाँ खड़ी थीं। एक मौलाना जामिन थे जो शहर के मशहूर मुजतहिद थे, दूसरे स्वामी घनानन्द थे जो वहाँ की सेवा समिति के संस्थापक और प्रजा के बड़े हितचिंतक थे। उनके सम्मुख ही थानेदार साहब कई कानस्टेबलों के साथ खड़े थे। मुंशी जी और उनके साथियों को देखते ही थानेदार साहब प्रसन्न होकर बोले—आइए मुख़्तार साहब, क्या आज आप ही को तकलीफ करनी पड़ी? यह चारों आप ही के हमराह हैं न?

मुंशी जी बोले—जी हाँ, पहले आदमी भेजा, वह नाकाम वापस गया। सुना आज यहाँ हड़बोंग मची हुई है, स्वराज्यवाले किसी को अंदर जाने ही नहीं देते।

थानेदार—जी नहीं, यहाँ किसकी मजाल है जो किसी के काम में हाजिर हो सके। आप शौक से जाइए। कोई चूँ तक नहीं कर सकता। आखिर मैं यहाँ किस लिए हूँ।

मुंशी जी ने गौरवोन्मत्त दृष्टि से अपने साथियों को देखा और गली में घुसे कि इतने में मौलाना जामिन ने ईदू से बड़ी नम्रता से कहा—दोस्त, यह तो तुम्हारी नमाज का वक्त है, यहाँ कैसे आये? क्या इसी दीनदारी के बल पर खिलाफत का मसला हल करेंगे?

ईदू के पैरों में जैसे लोहे की बेड़ी पड़ गयी। लज्जित भाव से खड़ा भूमि की ओर ताकने लगा। आगे कदम रखने का साहस न हुआ।

स्वामी घनानन्द ने मुंशी जी और उनके बाकी तीनों साथियों से कहा—बच्चा, यह पंचामृत लेते जाओ, तुम्हारा कल्याण होगा। झिनकू, रामबली और बेचन ने अनिवार्य भाव से हाथ फैला दिये और स्वामी जी से पंचामृत लेकर पी गये। मुंशी जी ने कहा—इसे आप खुद पी जाइए। मुझे जरूरत नहीं।

स्वामी जी उनके सामने हाथ जोड़ कर खड़े हो गये और विनोद भाव से बोले—इस भिक्षुक पर आज दया कीजिए, उधर न जाइए।

लेकिन मुंशी जी ने उनका हाथ पकड़ कर सामने से हटा दिया और गली में दाखिल हो गये। उनके तीनों साथी स्वामी जी के पीछे सिर झुकाये खड़े रहे।

मुंशी–रामबली, झिनकू आते क्यों नहीं ? किसकी ताकत है कि हमें रोक सके।

झिनकू–तुम ही काहे नाहीं लौट आवत हो। साधु-संतन की बात माने का होत है।

मुंशी–तो इसी हौसले पर घर से निकले थे ?

रामबली–निकले थे कि कोई जबर्दस्ती रोकेगा तो उससे समझेंगे। साधु-संतों से लड़ाई करने थोड़े ही चले थे।

मुंशी–सच कहा है, गँवार भेड़ होते हैं।

बेचन–आप शेर हो जायँ, हम भेड़ ही बने रहेंगे।

मुंशी जी अकड़ते हुए शराबखाने में दाखिल हुए। दूकान पर उदासी छायी हुई थी, कलवार अपनी गद्दी पर बैठा ऊँघ रहा था। मुंशी जी की आहट पा कर चौंक पड़ा, उन्हें तीव्र दृष्टि से देखा मानो यह कोई विचित्र जीव है, बोतल भर दी और ऊँघने लगा।

मुंशी जी गली के द्वार पर आये तो अपने साथियों को न पाया। बहुत से आदमियों ने उन्हें चारों ओर से घेर लिया और निंदासूचक बोलियाँ बोलने लगे।

एक ने कहा–दिलावर हो तो ऐसा हो।

दूसरा बोला–शर्मचे कुतीस्त कि पेशे मरदाँ विवाअद (मरदों के सामने लज्जा नहीं आ सकती।)

तीसरा बोला–है कोई पुराना पियक्कड़ पक्का लतियल।

इतने में थानेदार साहब ने आ कर भीड़ हटा दी। मुंशी जी ने उन्हें धन्यवाद दिया और घर चले। एक कानस्टेबल भी रक्षार्थ उनके साथ चला।

4

मुंशी जी के चारों मित्रों ने बोतलें फेंक दीं और आपस में बातें करते हुए चले।

झिनकू–एक बेर हमारा एक्का बेगार में पकड़ जात रहे तो यही स्वामी जी चपरासी से कह-सुन के छुड़ाय दिहेन रहा।

रामबली–पिछले साल जब हमारे घर में आग लगी थी तब भी तो यही सेवा-समिति वालों को ले कर पहुँच गये थे, नहीं तो घर में एक सूत न बचता।

बेचन–मुख्तार अपने सामने किसी को गिनते ही नहीं। आदमी कोई बुरा काम करता है तो छिप के करता है, यह नहीं कि बेहाई पर कमर बाँध ले।

झिनकू–भाई, पीठ पीछे कोऊ की बुराई न करै चाही। और जौन कुछ होय

पर आदमी बड़ा अकबाली हौ। उतने आदमियन के बीच माँ कैसा घुसत चला गवा।

रामबली–यह कोई अकबाल नहीं है। थानेदार न होता तो आटे-दाल का भाव मालूम हो जाता।

बेचन–मुझे तो कोई पचास रुपये देता तो भी गली में पैर न रख सकता। शर्म से सिर ही नहीं उठता था !

ईदू–इनके साथ आकर आज बड़ी मुसीबत में फँस गया। मौलाना जहाँ देखेंगे वहाँ आड़े हाथों लेंगे। दीन के खिलाफ ऐसा काम क्यों करें कि शर्मिंदा होना पड़े। मैं तो आज मारे शर्म के गड़ गया। आज तोबा करता हूँ। अब इसकी तरफ आँख उठाकर भी न देखूँगा।

रामबली–शराबियों की तोबा कच्चे धागे से मजबूत नहीं होती।

ईदू–अगर फिर कभी मुझे पीते देखना तो मुँह में कालिख लगा देना।

बेचन–अच्छा तो इसी बात पर आज से मैं इसे छोड़ता हूँ। अब पीऊँ तो गऊ-रक्त बराबर।

झिनकू–तो का हम ही सबसे पापी हन। फिर कभू जो हमका पियत देख्यो, बैठाय के पचास जूता लगायो।

रामबली–अरे जा, अभी मुंशी जी बुलायेंगे, तो कुत्ते की तरह दौड़ते हुए जाओगे।

झिनकू–मुंशी जी के साथ बैठे देख्यो तो सौ जूता लगायो, जिनके बात में फरक है उनके बाप में फरक है।

रामबली–तो भाई मैं भी कसम खाता हूँ कि आज से गाँठ के पैसे निकाल कर न पीऊँगा। हाँ, मुफ्त की पीने में इनकार नहीं।

बेचन–गाँठ के पैसे तुमने कभी खर्च किये हैं ?

इतने में मुंशी मैकूलाल लपके हुए आते दिखायी दिये। यद्यपि वह बाजी मार कर आये थे, मुख पर विजय गर्व की जगह खिसियानापन छाया हुआ था। किसी अव्यक्त कारणवश वह इस विजय का हार्दिक आनंद न उठा सकते थे। हृदय के किसी कोने में छिपी हुई लज्जा उन्हें चुटकियाँ ले रही थी। वह स्वयं अज्ञात थे, पर उस दुस्साहस का खेद उन्हें व्यथित कर रहा था।

रामबली ने कहा–आइए मुख्तार साहब, बड़ी देर लगायी।

मुंशी–तुम सब-के-सब गावदी ही निकले, एक साधु के चकमे में आ गये।

रामबली–इन लोगों ने तो आज से शराब न पीने की कसम खा ली है।

मुंशी–ऐसा तो मैंने मर्द ही नहीं देखा जो एक बार इसके चंगुल में फँस कर निकल जाय। मुँह से बकना दूसरी बात है।

ईदू–जिन्दगी रही तो देख लीजियेगा।

झिनकू–दाना-पानी तो कोऊ से नाहीं छूट सकत है और बातन का जब मनमा आवे छोड़ देव। बस चोट लग जाय का चाही, नशा खाये बिना कोऊ मर नाहीं जात है।

मुंशी—देखूँगा तुम्हारी बहादुरी भी।

बेचन—देखना क्या है, छोड़ देना कोई बड़ी बात नहीं। यही न होगा कि दो-चार दिन जी सुस्त रहेगा। लड़ाई में अँगरेजों ने छोड़ दिया था जो इसे पानी की तरह पीते हैं तो हमारे लिए कोई मुश्किल काम नहीं।

यही बातें करते हुए लोग मुख्तार साहब के मकान पर आ पहुँचे।

5

दीवानखाने में सन्नाटा था। मुवक्किल चले गये थे। अलगू पड़ा सो रहा था। मुंशी जी मसनद पर जा बैठे और आलमारी से ग्लास निकालने लगे। उन्हें अभी तक अपने साथियों की प्रतिज्ञा पर विश्वास न आता था। उन्हें पूरा यकीन था कि शराब की सुगन्ध और लालिमा देखते ही सभों की तोबा टूट जायेगी। जहाँ मैंने जरा बढ़ावा दिया वहीं सब-के-सब आकर डट जायेंगे और महफिल जम जायेगी। जब ईदू सलाम करके चलने लगा और झिनकू ने अपना डंडा सँभाला तो मुंशी जी ने दोनों हाथ पकड़ लिये और बड़े मृदुल शब्दों में बोले—यारो, यों साथ छोड़ना अच्छा नहीं। आओ जरा आज इसका मजा तो चखो, खास तौर पर अच्छी है।

मुंशी—अजी आओ तो, इन बातों में क्या धरा है ?

ईदू—आप ही को मुबारक रहे, मुझे जाने दीजिए।

झिनकू—हम तो भगवान् चाही तो एके नियर न जाब; जूता कौन खाय ?

यह कह कर दोनों अपने-अपने हाथ छोड़ा कर चले गये तब मुख्तार साहब ने बेचन का हाथ पकड़ा जो बरामदे से नीचे उतर रहा था, बोले—बेचन, क्या तुम भी बेवफाई करोगे ?

बेचन—मैंने तो बड़ी कसम खायी है। जब एक बार इसे गऊ-रक्त कह चुका तो फिर इसकी ओर ताक भी नहीं सकता। कितना ही गया-बीता हूँ तो क्या गऊ-रक्त की लाज भी न रखूँगा। अब आप भी छोड़िए, कुछ दिन राम-राम कीजिए। बहुत दिन तो पीते हो गये।

यह कह कर वह भी सलाम करके चलता हुआ। अब अकेले रामबली रह गया। मुंशी जी ने उससे शोकातुर हो कर कहा—देखो रामबली, इन सभों की बेवफाई ? यह लोग ऐसे ढुलमुल होंगे, मैं न जानता था। आओ, आज हमीं तुम सही। दो सच्चे दोस्त ऐसे दरजनों कचलोहियों से अच्छे हैं। आओ, बैठ जाओ।

रामबली—मैं तो हाजिर ही हूँ, लेकिन मैंने भी कसम खायी है कि कभी गाँठ के पैसे खर्च करके न पीऊँगा।

मुंशी—अजी जब तक मेरे दम में दम है, तुम जितना चाहो पीयो, गम क्या है ?

रामबली—लेकिन आप न रहे तब ? ऐसा सज्जन फिर कहाँ पाऊँगा ?

मुंशी—अजी तब देखी जायेगी, मैं आज मरा थोड़े ही जाता हूँ।

रामबली—जिन्दगी का कोई एतबार नहीं, आप मुझसे पहले जरूर ही मरेंगे, तो उस वक्त मुझे कौन रोज पिलायेगा। तब तो छोड़ भी न सकूँगा। इससे बेहतर यही है कि अभी से फिक्र करूँ।

मुंशी—यार ऐसी बातें करके दिल न छोटा करो। आओ बैठ जाओ, एक ही गिलास ले लेना।

रामबली—मुख्तार साहब, अब ज्यादा मजबूर न कीजिए। जब ईदू और झिनकू जैसे लतियों ने कसम खा ली जो औरतों के गहने बेच-बेच पी गये और निरे मूर्ख हैं, तो मैं इतना निर्लज्ज नहीं हूँ कि इसका गुलाम बना रहूँ। स्वामी जी ने मेरा सर्वनाश होने से बचाया है। उनकी आज्ञा मैं किसी तरह नहीं टाल सकता। यह कहकर रामबली भी विदा हो गया।

6

मुंशी जी ने प्याला मुँह से लगाया, लेकिन दूसरा प्याला भरने के पहले उनकी मद्यातुरता गायब हो गयी थी। जीवन में यह पहला अवसर था कि उन्हें एकांत में बैठकर दवा की भाँति शराब पीनी पड़ी। पहले तो सहवासियों पर झुँझलाये। दगाबाजों को मैंने सैकड़ों रुपये खिला दिये होंगे, लेकिन आज जरा-सी बात पर सब-के-सब फिरंट हो गये। अब मैं भूत की भाँति अकेला पड़ा हुआ हूँ, कोई हँसने-बोलने वाला नहीं। यह तो सोहबत की चीज है, जब सोहबत का आनन्द ही न रहा तो पीकर खाट पर पड़ रहने से क्या फायदा ?

मेरा आज कितना अपमान हुआ! जब मैं गली में घुसा हूँ, तो सैकड़ों ही आदमी मेरी ओर आग्नेय दृष्टि से ताक रहे थे। शराब लेकर लौटा हूँ तब तो लोगों का वश चलता तो मेरी बोटियाँ नोच खाते। थानेदार न होता तो घर तक आना मुश्किल था। यह अपमान और लोकनिन्दा किस लिए। इसलिए कि घड़ी भर बैठ कर मुँह कड़वा करूँ और कलेजा जलाऊँ। कोई हँसी-चुहल करने वाला तक नहीं।

लोग इसे कितनी त्याज्य-वस्तु समझते हैं, इसका अनुभव मुझे आज ही हुआ, नहीं तो एक संन्यासी के जरा-से इशारे पर बरसों के लती पियक्कड़ यों मेरी अवहेलना न करते। बात यही है कि अंतःकरण से सभी इसे निषिद्ध समझते हैं। जब मेरे साथ के ग्वाले, एक्केवान और कहार तक इसे त्याग सकते हैं तो क्या मैं उनसे भी गया-गुजरा हूँ? इतना अपमान सह कर, जनता की निगाह में पतित होकर, सारे शहर में बदनाम हो कर, नक्कू बन कर एक क्षण के लिए सिर में सरूर पैदा कर लिया तो क्या काम किया ? कुवासना के लिए आत्मा को इतना नीचे गिराना

क्या अच्छी बात है ? यह चारों इस घड़ी मेरी निन्दा कर रहे होंगे, मुझे दुष्ट बना रहे होंगे, मुझे नीच समझ रहे होंगे। इन नीचों की दृष्टि में मैं नीचा हो गया। यह दुरवस्था नहीं सही जाती। आज इस वासना का अंत कर दूँगा, अपमान का अंत कर दूँगा।

एक क्षण में धड़ाके की आवाज हुई। अलगू चौंक कर उठा तो देखा कि मुंशी जी बरामदे में खड़े हैं और बोतल जमीन पर टूटी पड़ी है !

बौड़म

मुझे देवीपुर गये पाँच दिन हो चुके थे, पर ऐसा एक दिन भी न होगा कि बौड़म की चर्चा न हुई हो। मेरे पास सुबह से शाम तक गाँव के लोग बैठे रहते थे। मुझे अपनी बहुज्ञता को प्रदर्शित करने का न कभी ऐसा अवसर ही मिला था और न प्रलोभन ही। मैं बैठा-बैठा इधर-उधर की गप्पें उड़ाया करता। बड़े लाट ने गाँधी बाबा से यह कहा और गाँधी बाबा ने यह जवाब दिया। अभी आप लोग क्या देखते हैं, आगे देखिएगा क्या-क्या गुल खिलते हैं। पूरे 50 हजार जवान जेल जाने को तैयार बैठे हुए हैं। गाँधी जी ने आज्ञा दी है कि हिन्दुओं में छूत-छात का भेद न रहे, नहीं तो देश को और भी अदिन देखने पड़ेंगे। अस्तु! लोग मेरी बातों को तन्मय हो कर सुनते। उनके मुख फूल की तरह खिल जाते। आत्माभिमान की आभा मुख पर दिखायी देती। गद्गद कंठ से कहते, अब तो महात्मा जी ही का भरोसा है। न हुआ बौड़म नहीं आपका गला न छोड़ता। आपको खाना-पीना कठिन हो जाता। कोई उससे ऐसी बातें किया करे तो रात की रात बैठा रहे। मैंने एक दिन पूछा, आखिर यह बौड़म है कौन ? कोई पागल है क्या ? एक सज्जन ने कहा–'महाशय, पागल क्या है, बस बौड़म है। घर में लाखों की सम्पत्ति है, शक्कर की एक मिल सिवान में है, दो कारखाने छपरे में हैं, तीन-तीन, चार-चार सौ के तलबवाले आदमी नौकर हैं, पर इसे देखिए, फटेहाल घूमा करता है। घरवालों ने सिवान भेज दिया था कि जाकर वहाँ निगरानी करे। दो ही महीने में मैनेजर से लड़ बैठा, उसने यहाँ लिखा, मेरा इस्तीफा लीजिए। आपका लड़का मजदूरों को सिर चढ़ाये रहता है, वे मन से काम नहीं करते। आखिर घरवालों ने बुला लिया। नौकर-चाकर लूटते खाते हैं उसकी तो जरा भी चिन्ता नहीं, पर जो सामने आम का बाग है उसकी रात-दिन रखवाली किया करता है, क्या मजाल कि कोई एक पत्थर भी फेंक सके।' एक मियाँ जी बोले–'बाबू जी, घर में तरह-तरह के खाने पकते हैं, मगर इसकी तकदीर में वही रोटी और दाल लिखी है और कुछ नहीं। बाप अच्छे-अच्छे कपड़े खरीदते हैं, लेकिन वह उनकी तरफ निगाह भी नहीं उठाता। बस, वही मोटा कुरता, गाढ़े की तहमत बाँधे मारा-मारा फिरता है। आपसे उसकी सिफत कहाँ तक कहें, बस पूरा बौड़म है।'

2

ये बातें सुन कर भी इस विचित्र व्यक्ति से मिलने की उत्कंठा हुई। सहसा एक आदमी ने कहा–'वह देखिये, बौड़म आ रहा है।' मैने कुतूहल से उसकी ओर देखा। एक 20-21 वर्ष का हृष्ट-पुष्ट युवक था। नंगे सिर, एक गाढ़े का कुरता पहने, गाढ़े का ढीला पाजामा पहने चला आता था! पैरों में जूते थे। पहले मेरी ही ओर आया। मैंने कहा–'आइए बैठिए।' उसने मंडली की ओर अवहेलना की दृष्टि से देखा और बोला–'अभी नहीं, फिर आऊँगा।' यह कहकर चला गया।

जब संध्या हो गयी और सभा विसर्जित हुई तो वह आम के बाग की ओर से धीरे-धीरे आकर मेरे पास बैठ गया और बोला–इन लोगों ने तो मेरी खूब बुराइयाँ की होंगी। मुझे यह बौड़म का लकब मिला है।

मैंने सुकचाते हुए कहा–हाँ, आपकी चर्चा लोग रोज करते थे। मेरी आपसे मिलने की बड़ी इच्छा थी। आपका नाम क्या है?

बौड़म ने कहा– नाम तो मेरा मुहम्मद खलील है, पर आस-पास के दस-पाँच गाँवों में मुझे लोग उर्फ के नाम से ज्यादा जानते हैं। मेरा उर्फ बौड़म है।

मैं–आखिर लोग आपको बौड़म क्यों कहते हैं?

खलील–उनकी खुशी और क्या कहूँ? मैं जिन्दगी को कुछ और समझता हूँ, पर मुझे इजाजत नहीं है कि पाँचों वक्त की नमाज पढ़ सकूँ। मेरे वालिद हैं, चचा हैं। दोनों साहब पहर रात से पहर रात तक काम में मसरूफ रहते हैं। रात-दिन हिसाब-किताब, नफा-नुकसान, मंदी-तेजी के सिवाय और कोई जिक्र ही नहीं होता, गोया खुदा के बन्दे न हुए इस दौलत के बन्दे हुए। चचा साहब हैं, वह पहर रात तक शीरे के पीपों के पास खड़े हो कर उन्हें गाड़ी पर लदवाते हैं। वालिद साहब अक्सर अपने हाथों से शक्कर का वजन करते हैं। दोपहर का खाना शाम को और शाम का खाना आधी रात को खाते हैं। किसी को नमाज पढ़ने की फुर्सत नहीं। मैं कहता हूँ, आप लोग इतना सिर-मगजन क्यों करते हैं। बड़े कारबार में सारा काम एतबार पर होता है। मालिक को कुछ न कुछ बल खाना ही पड़ता है। अपने बलबूते पर छोटे कारोबार ही चल सकते हैं। मेरा उसूल किसी को पसन्द नहीं, इसलिए मैं बौड़म हूँ।

मैं–मेरे खयाल में तो आपका उसूल ठीक है।

खलील–ऐसा भूल कर भी न कहिएगा, वरना एक ही जगह दो बौड़म हो जायेंगे। लोगों को कारबार के सिवा न दीन से गरज है न दुनिया से। न मुल्क से, न कौम से। मैं अखबार मँगाता हूँ, स्मर्ना फंड में कुछ रुपये भेजना चाहता हूँ। खिलाफत-फंड को मदद करना भी अपना फर्ज समझता हूँ। सबसे बड़ा सितम है कि खिलाफत का रज़ाकार भी हूँ। क्यों साहब, जब कौम पर, मुल्क पर और

दीन पर चारों तरफ से दुश्मनों का हमला हो रहा है तो क्या मेरा फर्ज नहीं है कि जाति के फायदे को कौम पर कुर्बान कर दूँ। इसीलिए घर और बाहर मुझे बौड़म का लकब दिया गया है।

मैं–आप तो वह कर रहे हैं, जिसकी इस वक्त कौम को जरूरत है।

खलील–मुझे खौफ है कि इस चौपट नगरी से आप बदनाम हो कर जायेंगे। जब मेरे हजारों भाई जेल में पड़े हुए हैं, उन्हें गजी का गाढ़ा तक पहनने को मयस्सर नहीं तो मेरी ग़ैरत गवारा नहीं करती कि मैं मीठे लुकमें उड़ाऊँ और चिकन के कुर्त्ते पहनूँ, जिनकी कलाइयों और मुड्ढों पर सीजनकारी की गयी हो।

मैं–आप यह बहुत ही मुनासिब कहते हैं। अफसोस है कि और लोग आपका-सा त्याग करने के काबिल नहीं।

खलील–मैं इसे त्याग नहीं समझता, न दुनिया को दिखाने के लिए यह भेष बना के घूमता हूँ। मेरा जी ही लज्जत और शौक से फिर गया है। थोड़े दिन होते हैं वालिद ने मुझे सिवान के मिल में निगरानी के लिए भेजा, मैंने वहाँ जाकर देखा तो इंजीनियर साहब के खानसामे, बैरे, मेहतर, धोबी, माली, चौकीदार, सभी मजदूरों की जेल में लिखे हुए थे। काम साहब का करते थे, मजदूरी कारखाने से पाते थे। साहब बहादुर खुद तो बेउसूल हैं, पर मजदूरों पर इतनी सख्ती थी कि अगर पाँच मिनट की देर हो जाए तो उनकी आधे दिन की मजदूरी कट जाती थी। मैंने साहब की मिजाजपुरसी करनी चाही। मजदूरों के साथ रियायत करनी शुरू की। फिर क्या था ? साहब बिगड़ गये, इस्तीफे की धमकी दी। घरवालों को उनके सब हालात मालूम हैं। पल्ले दरजे का हरामखोर आदमी है। लेकिन उसकी धमकी पाते ही सबके होश उड़ गये। मैं तार से वापस बुला लिया गया और घर पर मेरी खूब ले-दे हुई। पहले बौड़म होने में कुछ कोर-कसर थी, वह पूरी हो गयी। न जाने साहब से लोग क्यों इतना डरते हैं?

मैं–आपने वही किया जो इस हालत में मैं भी करता बल्कि मैं तो पहले साहब पर ग़बन का मुकदमा दायर करता, बदमाशों से पिटवाता, तब बात करता। ऐसे हरामखोरों की यही सजाएँ हैं।

खलील–फिर तो एक और, दो हो गये। अफसोस यही है कि आपका यहाँ कयाम न रहेगा। मेरा जी चाहता है, कि चंद रोज आपके साथ रहूँ। मुद्दत के बाद आप ऐसे आदमी मिले हैं, जिससे मैं अपने दिल की बातें कह सकता हूँ। इन गँवारों से मैं बोलता भी नहीं। मेरे चाचा साहब को जवानी में एक चमारिन से ताल्लुक हो गया था। उससे दो बच्चे, एक लड़का और एक लड़की पैदा हुए। चमारिन लड़की को गोद में छोड़कर मर गयी। तब से इन दोनों बच्चों की मेरे यहाँ वही हालत थी जो यतीमों की होती है। कोई बात न पूछता था। उनको खाने-पहनने को भी न मिलता। बेचारे नौकरों के साथ खाते और बाहर झोपड़े में पड़े रहते थे।

जनाब, मुझसे यह न देखा गया। मैंने उन्हें अपने दस्तरखान पर खिलाया और अब भी खिलाता हूँ। घर में कुहराम मच गया। जिसे देखिए मुझ पर त्योरियाँ बदल रहा है, मगर मैंने परवाह न की। आखिर है वह भी तो हमारा ही खून। इसलिए मैं बौड़म कहलाता हूँ।

मैं—जो लोग आपको बौड़म कहते हैं, वे खुद बौड़म हैं।

खलील—जनाब, इनके साथ रहना अजीब है। शाह काबुल ने कुर्बानी की मुमानियत कर दी है। हिंदुस्तान के उलमा ने भी यही फतवा दिया, पर यहाँ खास मेरे घर कुर्बानी हुई। मैंने हरचंद बावैला मचाया, पर मेरी कौन सुनता है ? उसका कफारा (प्रायश्चित्त) मैंने यह अदा किया कि अपनी सवारी का घोड़ा बेच कर 300 फकीरों को खाना खिलाया और तब से कसाइयों को गायें लिये जाते देखता हूँ, तो कीमत देकर खरीद लेता हूँ। इस वक्त तक दस गायों की जान बचा चुका हूँ। वे सब यहाँ हिंदुओं के घरों में हैं, पर मजा यह है कि जिन्हें मैंने गायें दी हैं, वे भी मुझे बौड़म कहते हैं। मैं भी इस नाम का इतना आदी हो गया हूँ कि अब मुझे इससे मुहब्बत हो गयी है।

मैं—आप ऐसे बौड़म काश मुल्क में और ज्यादा होते।

खलील—लीजिए आपने भी बनाना शुरू कर दिया। यह देखिए आम का बाग है। मैं उसकी रखवाली करता हूँ। लोग कहते हैं जहाँ हजारों का नुकसान हो रहा है वहाँ तो देखभाल करता नहीं, जरा-सी बगिया की रखवाली में इतना मुस्तैद। जनाब, यहाँ लड़कों का यह हाल है कि एक आम तो खाते हैं और पचीस आम गिराते हैं। कितने ही पेड़ चोट खा जाते हैं और फिर किसी काम के नहीं रहते। मैं चाहता हूँ कि आम पक जायें, टपकने लगें तब जिसका जी चाहे चुन ले जाए। कच्चे आम खराब करने से क्या फायदा ? यह भी मेरे बौड़मपन में दाखिल है।

3

ये बातें हो ही रही थीं कि सहसा तीन-चार आदमी एक बनिये को पकड़े, घसीटते हुए आते दिखायी दिये। पूछा तो उन चारों आदमियों में से एक ने, जो सूरत से मौलवी मालूम होते थे, कहा—यह बड़ा बेईमान है, इसके बाँट कम हैं। अभी इसके यहाँ से सेर भर घी ले गया हूँ। घर पर तौलता हूँ तो आध पाव गायब। अब जो लौटाने आया हूँ तो कहता है मैंने तो पूरा तौला था। पूछो अगर तूने पूरा तौला था तो क्या मैं रास्ते में खा गया। अब ले चलता हूँ थाने पर, वहीं इसकी मरम्मत होगी।

दूसरे महाशय, जो वहाँ डाकखाने के मुंशी थे बोले—इसकी हमेशा की यही आदत है, कभी पूरा नहीं तौलता। आज ही दो आने की शक्कर मँगवायी। लड़का

घर ले कर गया तो मुश्किल से एक आने की थी। लौटाने आया तो आँखें दिखाने लगा। इसके बाँटों की आज जाँच करानी चाहिए।

तीसरा आदमी अहीर था। अपने सिर पर से खली की गठरी उतार कर बोला—साहब, यह 11 रु. की खली है। 6 सेर के भाव से दी थी। घर पर तौला तो 2 सेर हुई। लाया कि लौटा दूँगा, पर यह लेता ही नहीं ! अब इसका निबटारा थाने ही में होगा। इस पर कई आदमियों ने कहा—यह सचमुच बेईमान आदमी है।

बनिये ने कहा—अगर मेरे बाँट रत्ती भर कम निकलें तो हजार रुपये डाँड़ दूँ।

मौलवी साहब ने कहा—तो कमबख्त, टाँकी मारता होगा।

मुंशी जी बोले—टाँकी मार देता है, यही बात है।

अहीर ने कहा—दोहरे बाँट रखे हैं। दिखाने के और, बेचने के और। इसके घर की पुलिस तलाशी ले।

बनिये ने फिर प्रतिवाद किया, पकड़नेवालों ने फिर आक्रमण किया, इसी तरह कोई आध घंटा तक तकरार होती रही। मेरी समझ में न आता था कि क्या करूँ। बनिये को छुड़ाने के लिए जोर दूँ या जाने दूँ। बनिये से सभी जले हुए मालूम होते थे। खलील को देखा तो गायब ? न जाने कब उठकर चला गया ? बनिया किसी तरह न दबता था, यहाँ तक कि थाने जाने से भी न डरता था।

4

ये लोग थाने जाना ही चाहते थे कि बौड़म सामने आता दिखायी दिया। उसके एक हाथ में एक टोकरा था, दूसरे हाथ में एक कटोरा और पीछे एक 7-8 बरस का लड़का । उसने आते ही मौलवी साहब से कहा—यह कटोरा आप ही का है काजी जी ?

मौलवी—(चौंककर) हाँ है तो, फिर ? तुम मेरे घर से इसे क्यों लाये?

बौड़म—इसलिए कि कटोरे में वही आधा पाव घी है जिसके विषय में आप कहते हैं कि बनिये ने कम तौला। घी वही है। वजन वही है। बेईमानी गरीब बनिये की नहीं है, बल्कि काजी हाजी मौलवी जहूर अहमद की।

मौलवी—तुम अपना बौड़मपना यहाँ न दिखाना नहीं तो मैं किसी से डरने वाला नहीं हूँ। तुम लखपती होगे तो अपने घर के होगे। तुम्हें क्या मजाल था मेरे घर में जाने का !

बौड़म—वही जो आपको बनिये को थाने में ले जाने का है। अब यह घी भी थाने जायेगा।

मौलवी—(सिटपिटा कर) सबके घर में थोड़ी-बहुत चीज रखी ही रहती है। कसम कुरान शरीफ की, मैं अभी तुम्हारे वालिद के पास जाता हूँ, आज तक गाँव भर में किसी ने मुझ पर ऐसा इलजाम नहीं लगाया था।

बनिया—मौलवी साहब, आप जाते कहाँ हैं ? चलिए हमारा-आपका फैसला थाने में होगा। मैं एक न मानूँगा। कहलाने को मौलवी, दीनदार, ऐसे बनते हैं कि देवता ही हैं। पर घर में चीज रख कर दूसरों को बेईमान बनाते हैं। यह लम्बी दाढ़ी धोखा देने के लिए बढ़ायी है?

मगर मौलवी साहब न रुके। बनिये को छोड़ कर खलील के बाप के पास चले गये, जो इस वक्त शर्म से बचने का सहज बहाना था।

तब खलील ने अहीर से कहा— क्यों बे, तू भी थाने जा रहा है ? चल मैं भी चलता हूँ। तेरे घर से यह सेर भर खली लेता आया हूँ।

अहीर ने मौलवी साहब की दुर्गति देखी तो चेहरे पर हवाइयाँ उड़ने लगीं, बोला—भैया जवानी की कसम है, मुझे मौलवी साहब ने सिखा दिया था।

खलील—दूसरे के सिखाने से तुम किसी के घर में आग लगा दोगे ? खुद तो बच्चा दूध में आधा पानी मिला-मिला कर बेचते हो, मगर आज तुमको इतनी मुटमरदी सवार हो गयी कि एक भले आदमी को तबाह करने पर आमादा हो गये। खली उठा कर घर में रख ली, उस पर बनिये से कहते हो कि कम तौला।

बनिया—भैया, मेरी लाख रुपये की इज्जत बिगड़ गयी। मैं थाने में रपट किये बिना न मानूँगा।

अहीर—साहू जी, अबकी माफ करो, नहीं तो कहीं का न रहूँगा।

तब खलील ने मुंशी जी से कहा—कहिए जनाब, आपकी कलई खोलूँ या चुपके से घर की राह लीजिएगा।

मुंशी—तुम बेचारे मेरी कलई क्या खोलोगे। मुझे भी अहीर समझ लिया है कि तुम्हारी भपकियों में आऊँगा ?

खलील—(लड़के से) क्यों बेटा, तुम शक्कर ले कर सीधे घर चले गये थे?

लड़का—(मुंशी जी को सशंक नेत्रों से देख कर) बताऊँगा।

मुंशी—लड़कों को जैसा सिखा दोगे वैसा कहेंगे।

खलील—बेटा, अभी तुमने मुझसे जो कहा था, वही फिर कह दो।

लड़का—दादा मारेंगे।

मुंशी—क्या तूने रास्ते में शक्कर फाँक ली थी।

लड़का रोने लगा।

खलील—जी हाँ, इसने मुझसे खुद कहा, पर आपने उससे तो पूछा नहीं बनिये के सिर हो गये। यही शराफत है।

मुंशी—मुझे क्या मालूम था कि उसने रास्ते में यह शरारत की?

खलील–तो ऐसे कमजोर सबूत पर आप थाने क्योंकर चले थे ? आप गँवारों को मनीआर्डर के रुपये देते हैं तो उस रुपये पर दो आने अपनी दस्तूरी काट लेते हैं। टके के पोस्टकार्ड आने में बेचते हैं, जब कहिए तब साबित कर दूँ। उसे क्या आप बेईमानी नहीं समझते हैं?

मुंशी जी ने बौड़म के मुँह लगना मुनासिब न समझा। लड़के को मारते हुए घर ले गये। बनिये ने बौड़म को खूब आशीर्वाद दिया। दर्शक लोग भी धीरे-धीरे चले गये। तब मैंने खलील से कहा–आपने इस बनिये की जान बचा ली नहीं तो बेचारा बेगुनाह पुलिस के पंजे में फँस जाता।

खलील–आप जानते हैं कि मुझे क्या सिला (इनाम) मिलेगा। थानेदार मेरे दुश्मन हो जायेंगे। कहेंगे यह मेरे शिकारों को भगा दिया करता है। वालिद साहब पुलिस से थर-थर काँपते हैं। मुझे हाथों लेंगे कि तू दूसरों के बीच में क्यों दखल देता है ? यहाँ यह भी बौड़मपन में दाखिल है। एक बनिये के पीछे मुझे भले आदमियों की कलई खोलनी मुनासिब न थी। ऐसी हरकत बौड़म लोग किया करते हैं।

मैंने श्रद्धापूर्ण शब्दों में कहा–अब मैं आपको इसी नाम से पुकारूँगा। आज मुझे मालूम हुआ कि बौड़म देवताओं को कहा जाता है! जो स्वार्थ पर आत्मा की भेंट कर देता है वह चतुर है, बुद्धिमान है। जो आत्मा के सामने, सच्चे सिद्धांत के सामने, सत्य के सामने, स्वार्थ की, निंदा की परवाह नहीं करता वह बौड़म है, निर्बुद्धि है।

गुप्तधन

बाबू हरिदास का ईंटों का पजावा शहर से मिला हुआ था। आसपास के देहातों से सैकड़ों स्त्री-पुरुष, लड़के नित्य आते और पजावे से ईंट सिर पर उठा कर ऊपर कतारों से सजाते। एक आदमी पजावे के पास एक टोकरी में कौड़ियाँ लिए बैठा रहता था। मजदूरों को ईंटों की संख्या के हिसाब से कौड़ियाँ बाँटता। ईंटें जितनी ही ज्यादा होतीं उतनी ही ज्यादा कौड़ियाँ मिलतीं। इस लोभ में बहुत से मजदूर बूते के बाहर काम करते। वृद्धों और बालकों को ईंटों के बोझ से अकड़े हुए देखना बहुत करुणाजनक दृश्य था। कभी-कभी बाबू हरिदास स्वंय आ कर कौड़ीवाले के पास बैठ जाते और ईंटें लादने को प्रोत्साहित करते। यह दृश्य तब और भी दारुण हो जाता था जब ईंटों की कोई असाधारण आवश्यकता आ पड़ती। उसमें मजूरी दूनी कर दी जाती और मजूर लोग अपनी सामर्थ्य से दूनी ईंटें ले कर चलते। एक-एक पग उठाना कठिन हो जाता। उन्हें सिर से पैर तक पसीने में डूबे पजावे की राख चढ़ाये ईंटों का एक पहाड़ सिर पर रखे, बोझ से दबे देख कर ऐसा जान पड़ता था मानो लोभ का भूत उन्हें जमीन पर पटक कर उनके सिर पर सवार हो गया है। सबसे करुण दशा एक छोटे लड़के की थी जो सदैव अपनी अवस्था के लड़कों से दुगनी ईंटें उठाता और सारे दिन अविश्रांत परिश्रम और धैर्य के साथ अपने काम में लगा रहता। उसके मुख पर ऐसी दीनता छायी रहती थी, उसका शरीर इतना कृश और दुर्बल था कि उसे देख कर दया आ जाती थी। और लड़के बनिये की दूकान से गुड़ ला कर खाते, कोई सड़क पर जानेवाले इक्कों और हवागाड़ियों की बहार देखता और कोई व्यक्तिगत संग्राम में अपनी जिह्वा और बाहु के जौहर दिखाता, लेकिन इस गरीब लड़के को अपने काम से काम था। उसमें लड़कपन की न चंचलता थी, न शरारत, न खिलाड़ीपन, यहाँ तक कि उसके ओंठों पर कभी हँसी भी न आती थी। बाबू हरिदास को उसकी दशा पर दया आती। कभी-कभी कौड़ीवाले को इशारा करते कि उसे हिसाब से अधिक कौड़ियाँ दे दो। कभी-कभी वे उसे कुछ खाने को दे देते।

एक दिन उन्होंने उस लड़के को बुला कर अपने पास बैठाया और उसके

समाचार पूछने लगे। ज्ञात हुआ कि उसका घर पास ही के गाँव में है। घर में एक वृद्धा माता के सिवा कोई नहीं है और वह वृद्धा भी किसी पुराने रोग से ग्रस्त रहती है। घर का सारा भार इसी लड़के के सिर था। कोई उसे रोटियाँ बना कर देने वाला भी न था। शाम को जाता तो अपने हाथों से रोटियाँ बनाता और अपनी माँ को खिलाता था। जाति का ठाकुर था। किसी समय उसका कुल धन-धान्य सम्पन्न था। लेन-देन होता था और शक्कर का कारखाना चलता था। कुछ जमीन भी थी किन्तु भाइयों की स्पर्धा और विद्वेष ने उसे इतनी हीनावस्था को पहुँचा दिया कि अब रोटियों के लाले थे। लड़के का नाम मगनसिंह था।

हरिदास ने पूछा—गाँववाले तुम्हारी कुछ मदद नहीं करते?

मगन—वाह, उनका वश चले तो मुझे मार डालें। सब समझते हैं कि मेरे घर में रुपये गड़े हैं।

हरिदास ने उत्सुकता से पूछा—पुराना घराना है, कुछ-न-कुछ तो होगा ही। तुम्हारी माँ ने इस विषय में तुमसे कुछ नहीं कहा ?

मगन—बाबूजी नहीं, एक पैसा भी नहीं। रुपये होते तो अम्माँ इतनी तकलीफ क्यों उठातीं।

2

बाबू हरिदास मगनसिंह से इतने प्रसन्न हुए कि मजूरों की श्रेणी से उठा कर अपने नौकरों में रख लिया। उसे कौड़ियाँ बाँटने का काम दिया और पजावे में मुंशी जी को ताकीद कर दी कि इसे कुछ पढ़ना-लिखना सिखाइए। अनाथ के भाग्य जाग उठे।

मगनसिंह बड़ा कर्त्तव्यशील और चतुर लड़का था। उसे कभी देर न होती, कभी नागा न होता। थोड़े ही दिनों में उसने बाबू साहब का विश्वास प्राप्त कर लिया। लिखने-पढ़ने में भी कुशल हो गया।

बरसात के दिन थे। पजावे में पानी भरा हुआ था। कारबार बंद था। मगनसिंह तीन दिनों से गैरहाजिर था। हरिदास को चिंता हुई, क्या बात है, कहीं बीमार तो नहीं हो गया, कोई दुर्घटना तो नहीं हो गयी ? कई आदमियों से पूछताछ की, पर कुछ पता न चला ! चौथे दिन पूछते-पूछते मगनसिंह के घर पहुँचे। घर क्या था पुरानी समृद्धि का ध्वंसावशेष मात्र था। उनकी आवाज सुनते ही मगनसिंह बाहर निकल आया। हरिदास ने पूछा—कई दिन से आये क्यों नहीं, माता का क्या हाल है ?

मगनसिंह ने अवरुद्ध कंठ से उत्तर दिया—अम्माँ आजकल बहुत बीमार है, कहती है अब न बचूँगी। कई बार आपको बुलाने के लिए मुझसे कह चुकी है,

पर मैं संकोच के मारे आपके पास न आता था। अब आप सौभाग्य से आ गये हैं तो जरा चल कर उसे देख लीजिए। उसकी लालसा भी पूरी हो जाय।

हरिदास भीतर गये। सारा घर भौतिक निस्सारता का परिचायक था। सुर्खी, कंकड़, ईंटों के ढेर चारों ओर पड़े हुए थे। विनाश का प्रत्यक्ष स्वरूप था। केवल दो कोठरियाँ गुजर करने लायक थीं। मगनसिंह ने एक कोठरी की ओर उन्हें इशारे से बताया। हरिदास भीतर गये तो देखा कि वृद्धा एक सड़े हुए काठ के टुकड़े पर पड़ी कराह रही है।

उनकी आहट पाते ही आँखें खोलीं और अनुमान से पहचान गयी, बोली—आप आ गये, बड़ी दया की। आपके दर्शनों की बड़ी अभिलाषा थी, मेरे अनाथ बालक के नाथ अब आप ही हैं। जैसे आपने अब तक उसकी रक्षा की है, वह निगाह उस पर सदैव बनाये रखिएगा। मेरी विपित्त के दिन पूरे हो गये। इस मिट्टी को पार लगा दीजिएगा। एक दिन घर में लक्ष्मी का वास था। अदिन आये तो उन्होंने भी आँखे फेर लीं। पुरखों ने इसी दिन के लिए कुछ थाती धरती माता को सौंप दी थी। उसका बीजक बड़े यत्न से रखा था; पर बहुत दिनों से उसका कहीं पता न लगता था। मगन के पिता ने बहुत खोजा पर न पा सके, नहीं तो हमारी दशा इतनी हीन न होती। आज तीन दिन हुए मुझे वह बीजक आप ही आप रद्दी कागजों में मिल गया। तब से उसे छिपा कर रखे हुए हूँ, मगन बाहर है। मेरे सिरहाने जो संदूक रखी है, उसी में वह बीजक है। उसमें सब बातें लिखी हैं। उसी से ठिकाने का भी पता चलेगा। अवसर मिले तो उसे खुदवा डालिएगा। मगन को दे दीजिएगा। यही कहने के लिए आपको बार-बार बुलवाती थी। आपके सिवा मुझे किसी पर विश्वास न था। संसार से धर्म उठ गया। किसकी नीयत पर भरोसा किया जाय।

3

हरिदास ने बीजक का समाचार किसी से न कहा। नीयत बिगड़ गयी। दूध में मक्खी पड़ गयी। बीजक से ज्ञात हुआ कि धन उस घर से 500 डग पश्चिम की ओर एक मंदिर के चबूतरे के नीचे है।

हरिदास धन को भोगना चाहते थे, पर इस तरह कि किसी को कानों-कान खबर न हो। काम कष्ट-साध्य था। नाम पर धब्बा लगने की प्रबल आशंका थी जो संसार में सबसे बड़ी यंत्रणा है। कितनी घोर नीचता थी। जिस अनाथ की रक्षा की, जिसे बच्चे की भाँति पाला, उसके साथ विश्वासघात ! कई दिनों तक आत्म-वेदना की पीड़ा सहते रहे। अंत में कुतर्कों ने विवेक को परास्त कर दिया। मैंने कभी धर्म का परित्याग नहीं किया और न कभी करूँगा। क्या कोई ऐसा प्राणी भी है जो जीवन में एक बार भी विचलित न हुआ हो। यदि है तो वह मनुष्य नहीं, देवता

है। मैं मनुष्य हूँ। मुझे देवताओं की पंक्ति में बैठने का दावा नहीं है।

मन को समझाना बच्चे को फुसलाना है। हरिदास साँझ को सैर करने के लिए घर से निकल जाते। जब चारों ओर सन्नाटा छा जाता तो मंदिर के चबूतरे पर आ बैठते और एक कुदाली से उसे खोदते। दिन में दो-एक बार इधर-उधर ताक-झाँक करते कि कोई चबूतरे के पास खड़ा तो नहीं है। रात की निस्तब्धता में उन्हें अकेले बैठे ईंटों को हटाते हुए उतना ही भय होता था जितना किसी भ्रष्ट वैष्णव को आमिष भोजन से होता है।

चबूतरा लम्बा-चौड़ा था। उसे खोदते एक महीना लग गया और अभी आधी मंजिल भी तय न हुई। इन दिनों उनकी दशा उस पुरुष की-सी थी जो कोई मंत्र जगा रहा हो। चित्त पर चंचलता छायी रहती। आँखों की ज्योति तीव्र हो गयी थी। बहुत गुम-सुम रहते, मानो ध्यान में हों। किसी से बातचीत न करते, अगर कोई छेड़ कर बात करता तो झुँझला पड़ते। पजावे की ओर बहुत कम जाते। विचारशील पुरुष थे। आत्मा बार-बार इस कुटिल व्यापार से भागती, निश्चय करते कि अब चबूतरे की ओर न जाऊँगा, पर संध्या होते ही उन पर एक नशा-सा छा जाता, बुद्धि-विवेक का अपहरण हो जाता। जैसे कुत्ता मार खा कर थोड़ी देर के बाद टुकड़े की लालच में जा बैठता है, वही दशा उनकी थी। यहाँ तक कि दूसरा मास भी व्यतीत हुआ।

अमावस की रात थी। हरिदास मलिन हृदय में बैठी हुई कालिमा की भाँति चबूतरे पर बैठे हुए थे। आज चबूतरा खुद जायेगा। जरा देर तक और मेहनत करनी पड़ेगी। कोई चिंता नहीं। घर में लोग चिंतित हो रहे होंगे। पर अभी निश्चित हुआ जाता है कि चबूतरे के नीचे क्या है। पत्थर का तहखाना निकल आया तो समझ जाऊँगा कि धन अवश्य होगा। तहखाना न मिले तो मालूम हो जायेगा कि सब धोखा-ही-धोखा है। कहीं सचमुच तहखाना न मिले तो बड़ी दिल्लगी हो। मुफ्त में उल्लू बनूँ। पर नहीं, कुदाली खट-खट बोल रही है। हाँ, पत्थर की चट्टान है। उन्होंने टटोल कर देखा। भ्रम दूर हो गया। चट्टान थी। तहखाना मिल गया; लेकिन हरिदास खुशी से उछले-कूदे नहीं।

आज वे लौटे तो सिर में दर्द था। समझे थकान है। लेकिन यह थकान नींद से न गयी। रात को ही उन्हें ज़ोर से बुखार हो गया। तीन दिन तक ज्वर में पड़े रहे। किसी दवा से फायदा न हुआ।

इस रुग्णावस्था में हरिदास को बार-बार भ्रम होता था—कहीं यह मेरी तृष्णा का दंड तो नहीं है। जी में आता था, मगनसिंह को बीजक दे दूँ और क्षमा की याचना करूँ; पर भंडाफोड़ होने का भय मुँह बंद कर देता था। न जाने ईसा के अनुयायी अपने पादरियों के सम्मुख कैसे अपने जीवन भर के पापों की कथा सुनाया करते थे।

4

हरिदास की मृत्यु के पीछे यह बीजक उनके सुपुत्र प्रभुदास के हाथ लगा। बीजक मगनसिंह के पुरखों का लिखा हुआ है, इसमें लेशमात्र भी संदेह न था। लेकिन उन्होंने सोचा–पिताजी ने कुछ सोच कर ही इस मार्ग पर पग रखा होगा। वे कितने नीतिपरायण, कितने सत्यवादी पुरुष थे। उनकी नीयत पर कभी किसी को संदेह नहीं हुआ। जब उन्होंने इस आचार को घृणित नहीं समझा तो मेरी क्या गिनती है। कहीं यह धन हाथ आ जाय तो कितने सुख से जीवन व्यतीत हो। शहर के रईसों को दिखा दूँ कि धन का सदुपयोग क्योंकर होना चाहिए। बड़े-बड़ों का सिर नीचा कर दूँ। कोई आँखें न मिला सके। इरादा पक्का हो गया।

शाम होते ही वे घर से बाहर निकले। वही समय था, वही चौकन्नी आँखें थीं और वही तेज कुदाली थी। ऐसा ज्ञात होता था मानो हरिदास की आत्मा इस नये भेष में अपना काम कर रही है।

चबूतरे का धरातल पहले ही खुद चुका था। अब संगीन तहखाना था, जोड़ों को हटाना कठिन था। पुराने जमाने का पक्का मसाला था; कुल्हाड़ी उचट-उचट कर लौट आती थी। कई दिनों में ऊपर की दरारें खुलीं, लेकिन चट्टानें ज़रा भी न हिलीं। तब वह लोहे की छड़ से काम लेने लगे, लेकिन कई दिनों तक जोर लगाने पर भी चट्टानें न खिसकीं। सब कुछ अपने ही हाथों करना था। किसी से सहायता न मिल सकती थी। यहाँ तक कि फिर वही अमावस्या की रात आयी ! प्रभुदास को जोर लगाते बारह बज गये और चट्टानें भाग्यरेखाओं की भाँति अटल थीं।

पर, आज इस समस्या को हल करना आवश्यक था। कहीं तहखाने पर किसी की निगाह पड़ जाय तो मेरे मन की लालसा मन ही में रह जाय।

वह चट्टान पर बैठ कर सोचने लगे–क्या करूँ, बुद्धि कुछ काम नहीं करती। सहसा उन्हें एक युक्ति सूझी, क्यों न बारूद से काम लूँ ? इतने अधीर हो रहे थे कि कल पर इस काम को न छोड़ सके। सीधे बाजार की तरफ चले, दो मील का रास्ता हवा की तरह तय किया। पर वहाँ पहुँचे तो दूकानें बन्द हो चुकी थीं। आतिशबाज हीले करने लगा। बारूद इस समय नहीं मिल सकती। सरकारी हुक्म नहीं है। तुम कौन हो ? इस वक्त बारूद ले कर क्या करोगे ? न भैया; कोई वारदात हो जाय तो मुफ्त में बँधा-बँधा फिरूँ, तुम्हें कौन पूछेगा ?

प्रभुदास की शांति-वृत्ति कभी इतनी कठिन परीक्षा में न पड़ी थी। वे अंत तक अनुनय-विनय ही करते रहे, यहाँ तक कि मुद्राओं की सुरीली झंकार ने उसे वशीभूत कर लिया। प्रभुदास यहाँ से चले तो धरती पर पाँव न पड़ते थे।

रात के दो बजे थे। प्रभुदास मंदिर के पास पहुँचे। चट्टानों की दराजों में

बारूद रख पलीता लगा दिया और दूर भागे। एक क्षण में बड़े जोर का धमाका हुआ। चट्टान उड़ गयी। अँधेरा गार सामने था, मानो कोई पिशाच उन्हें निगल जाने के लिए मुँह खोले हुए है।

5

प्रभात का समय था। प्रभुदास अपने कमरे में लेटे हुए थे। सामने लोहे के संदूक में दस हजार पुरानी मुहरें रखी हुई थीं। उनकी माता सिरहाने बैठी पंखा झल रही थीं। प्रभुदास ज्वर की ज्वाला से जल रहे थे। करवटें बदलते थे, कराहते थे, हाथ-पाँव पटकते थे; पर आँखें लोहे के संदूक की ओर लगी हुई थीं। इसी में उनके जीवन की आशाएँ बन्द थीं।

मगनसिंह अब पजावे का मुंशी था। इसी घर में रहता था। आ कर बोला—पजावे चलिएगा ? गाड़ी तैयार कराऊँ ?

प्रभुदास ने उसके मुख की ओर क्षमा-याचना की दृष्टि से देखा और बोले—नहीं, मैं आज न चलूँगा, तबीयत अच्छी नहीं है। तुम भी मत जाओ।

मगनसिंह उनकी दशा देख कर डाक्टर को बुलाने चला।

दस बजते-बजते प्रभुदास का मुख पीला पड़ गया। आँखें लाल हो गयीं। माता ने उसकी ओर देखा तो शोक से विह्वल हो गयीं। बाबू हरिदास की अंतिम दशा उनकी आँखों में फिर गयी। जान पड़ता था, यह उसी शोक घटना की पुनरावृत्ति है ! यह देवताओं की मनौतियाँ मना रही थीं, किंतु प्रभुदास की आँखें उसी लोहे के संदूक की ओर लगी हुई थीं, जिस पर उन्होंने अपनी आत्मा अर्पण कर दी थी।

उनकी स्त्री आ कर उनके पैताने बैठ गयी और बिलख-बिलख कर रोने लगी। प्रभुदास की आँखों से भी आँसू बह रहे थे, पर वे आँखें उसी लोहे के संदूक की ओर निराशापूर्ण भाव से देख रही थीं।

डाक्टर ने आ कर देखा, दवा दी और चला गया, पर दवा का असर उल्टा हुआ। प्रभुदास के हाथ-पाँव सर्द हो गये, मुख निस्तेज हो गया, हृदय की गति मंद पड़ गयी, पर आँखें सन्दूक की ओर से न हटीं।

मुहल्ले के लोग जमा हो गये। पिता और पुत्र के स्वभाव और चरित्र पर टिप्पणियाँ होने लगीं। दोनों शील और विनय के पुतले थे। किसी को भूल कर भी कड़ी बात न कही। प्रभुदास का सम्पूर्ण शरीर ठंडा हो गया था। प्राण था तो केवल आँखों में। वे अब भी उसी लोहे के सन्दूक की ओर सतृष्ण भाव से देख रही थीं।

घर में कोहराम मचा हुआ था। दोनों महिलाएँ पछाड़ें खा-खा कर गिरती थीं। मुहल्ले की स्त्रियाँ उन्हें समझाती थीं। अन्य मित्रगण आँखों पर रूमाल जमाये हुए

थे। जवानी की मौत संसार का सबसे करुण, सबसे अस्वाभाविक और भयंकर दृश्य है। यह वज्राघात है, विधाता की निर्दय लीला है। प्रभुदास का सारा शरीर प्राणहीन हो गया था, पर आँखें जीवित थीं। वे अब भी उसी संदूक की ओर लगी हुई थीं। जीवन ने तृष्णा का रूप धारण कर लिया था। साँस निकलती है, पर आस नहीं निकलती।

इतने में मगनसिंह आ कर खड़ा हो गया। प्रभुदास की निगाह उस पर पड़ी। ऐसा जान पड़ा मानो उनके शरीर में फिर रक्त का संचार हुआ। अंगों में स्फूर्ति के चिह्न दिखायी दिये। इशारे से अपने मुँह के निकट बुलाया, उसके कान में कुछ कहा, एक बार लोहे के सन्दूक की ओर इशारा किया और आँखें उलट गयीं, प्राण निकल गये।

आदर्श विरोध

महाशय दयाकृष्ण मेहता के पाँव जमीन पर न पड़ते थे। उनकी वह आकांक्षा पूरी हो गयी थी, जो उनके जीवन का मधुर स्वप्न था। उन्हें वह राज्याधिकार मिल गया था जो भारत-निवासियों के लिए जीवन-स्वर्ग है। वाइसराय ने उन्हें अपनी कार्यकारिणी सभा का मेम्बर नियुक्त कर दिया था।

मित्रगण उन्हें बधाइयाँ दे रहे थे। चारों ओर आनंदोत्सव मनाया जा रहा था, कहीं दावतें होती थीं, कहीं आश्वासन-पत्र दिये जाते थे। वह उनका व्यक्तिगत सम्मान नहीं, राष्ट्रीय सम्मान समझा जाता था। अँगरेज अधिकारी-वर्ग भी उन्हें हाथों-हाथ लिये फिरता था।

महाशय दयाकृष्ण लखनऊ के एक सुविख्यात बैरिस्टर थे। बड़े उदार हृदय, राजनीति में कुशल तथा प्रजाभक्त थे। सदैव सार्वजनिक कार्यों में तल्लीन रहते थे। समस्त देश में शासन का ऐसा निर्भय तत्त्वान्वेषी, ऐसा निःस्पृह समालोचक न था और न प्रजा का ऐसा सूक्ष्मदर्शी, ऐसा विश्वसनीय और ऐसा सहृदय बन्धु।

समाचार-पत्रों में इस नियुक्ति पर खूब टीकाएँ हो रही थीं। एक ओर से आवाज आ रही थी—हम गवर्नमेंट को इस चुनाव पर बधाई नहीं दे सकते। दूसरी ओर के लोग कहते थे—यह सरकारी उदारता और प्रजाहित-चिन्ता का सर्वोत्तम प्रमाण है। तीसरा दल भी था, जो दबी जबान से कहता था कि—राष्ट्र का एक और स्तम्भ गिर गया।

संध्या का समय था। कैसरपार्क में लिबरल लोगों की ओर से महाशय मेहता को पार्टी दी गयी ! प्रान्त भर के विशिष्ट पुरुष एकत्र थे। भोजन के पश्चात् सभापति ने अपनी वक्तृता में कहा—हमें पूरा विश्वास है कि आपका अधिकार-प्रवेश प्रजा के लिए हितकर होगा, और आपके प्रयत्नों से उन धाराओं में संशोधन हो जायेगा, जो हमारे राष्ट्र के जीवन में बाधक हैं।

महाशय मेहता ने उत्तर देते हुए कहा—राष्ट्र के कानून वर्तमान परिस्थितियों के अधीन होते हैं। जब तक परिस्थितियों में परिवर्तन न हो, कानून में सुव्यवस्था की आशा करना भ्रम है।

सभा विसर्जित हो गयी। एक दल ने कहा—कितना न्याययुक्त और प्रशंसनीय राजनैतिक विधान है। दूसरा पक्ष बोला—आ गये जाल में। तीसरे दल ने नैराश्यपूर्ण भाव से सिर हिला दिया, पर मुँह से कुछ न कहा।

2

मि. दयाकृष्ण को दिल्ली आये हुए एक महीना हो गया। फागुन का महीना था। शाम हो रही थी। वे अपने उद्यान में हौज के किनारे एक मखमली आरामकुर्सी पर बैठे थे। मिसेज रामेश्वरी मेहता सामने बैठी हुई पियानो बजाना सीख रही थीं और मिस मनोरमा हौज की मछलियों को बिस्कुट के टुकड़े खिला रही थीं। सहसा उसने पिता से पूछा—यह अभी कौन साहब आये थे।

मेहता—कौंसिल के सैनिक मेम्बर हैं।

मनोरमा—वाइसराय के नीचे यही होंगे ?

मेहता—वाइसराय के नीचे तो सभी हैं। वेतन भी सबका बराबर है, लेकिन इनकी योग्यता को कोई नहीं पहुँचता। क्यों राजेश्वरी, तुमने देखा, अँगरेज लोग कितने सज्जन और विनयशील होते हैं।

राजेश्वरी—मैं तो उन्हें विनय की मूर्ति कहती हूँ। इस गुण में भी ये हमसे बढ़े हुए हैं। उनकी पत्नी मुझसे कितने प्रेम से गले मिलीं।

मनोरमा—मेरा तो जी चाहता था, उनके पैरों पर गिर पड़ूँ।

मेहता—मैंने ऐसे उदार, शिष्ट, निष्कपट और गुणग्राही मनुष्य नहीं देखे। हमारा दया-धर्म कहने ही को है। मुझे इसका बहुत दुःख है कि अब तक क्यों इनसे बदगुमान रहा। सामान्यतः इनसे हम लोगों को जो शिकायतें हैं उनका कारण पारस्परिक सम्मिलन का न होना है। एक दूसरे के स्वभाव और प्रकृति से परिचित नहीं।

राजेश्वरी—एक यूनियन क्लब की बड़ी आवश्यकता है जहाँ दोनों जातियों के लोग सहवास का आनन्द उठावें। मिथ्या-द्वेष-भाव के मिटाने का एकमात्र यही उपाय है !

मेहता—मेरा भी यही विचार है। (घड़ी देख कर) 7 बज रहे हैं, व्यवसाय मंडल के जलसे का समय आ गया। भारत-निवासियों की विचित्र दशा है। ये समझते हैं कि हिंदुस्तानी मेम्बर कौंसिल में आते ही हिंदुस्तान के स्वामी हो जाते हैं और जो चाहें स्वच्छंदता से कर सकते हैं। आशा की जाती है कि वे शासन की प्रचलित नीति को पलट दें, नया आकाश और नया सूर्य बना दें। उन सीमाओं पर विचार नहीं किया जाता है, जिनके अंदर मेम्बरों को काम करना पड़ता है।

राजेश्वरी—इनमें उनका दोष नहीं। संसार की यह रीति है कि लोग अपनों से सभी प्रकार की आशा रखते हैं। अब तो कौंसिल के आधे मेम्बर हिंदुस्तानी हैं। क्या उनकी राय का सरकार की नीति पर असर नहीं हो सकता ?

मेहता—अवश्य हो सकता है, और हो रहा है। किंतु उस नीति में परिवर्तन नहीं किया जा सकता। आधे नहीं, अगर सारे मेम्बर हिंदुस्तानी हों तो भी वे नयी नीति का उद्घाटन नहीं कर सकते। वे कैसे भूल जावें कि कौंसिल में उनकी उपस्थिति केवल सरकार की कृपा और विश्वास पर निर्भर है। उसके अतिरिक्त वहाँ आकर उन्हें आंतरिक अवस्था का अनुभव होता है और जनता की अधिकांश शंकाएँ असंगत प्रतीत होने लगती हैं, पद के साथ उत्तरदायित्व का भारी बोझ भी सिर पर आ पड़ता है। किसी नयी नीति की सृष्टि करते हुए उनके मन में यह चिंता उठनी स्वाभाविक है कि कहीं उसका फल आशा के विरुद्ध न हो। यहाँ वस्तुतः उनकी स्वाधीनता नष्ट हो जाती है। उन लोगों से मिलते हुए भी झिझकते हैं, जो पहले इनके सहकारी थे; पर अब अपने उच्छृंखल विचारों के कारण सरकार की आँखों में खटक रहे हैं। अपनी वक्तृताओं में न्याय और सत्य की बातें करते हैं और सरकार की नीति को हानिकर समझते हुए भी उसका समर्थन करते हैं। जब इसके प्रतिकूल वे कुछ कर ही नहीं सकते, तो इसका विरोध करके अपमानित क्यों बनें? इस अवस्था में यही सर्वोचित है कि शब्दाडम्बर से काम लेकर अपनी रक्षा की जाय। और सबसे बड़ी बात यह है कि ऐसे सज्जन, उदार, नीतिज्ञ शुभचिंतकों के विरुद्ध कुछ कहना या करना मनुष्यत्व और सद्व्यवहार का गला घोटना है। यह लो, मोटर आ गयी। चलो व्यवसाय-मंडल में लोग आ गये होंगे।

ये लोग वहाँ पहुँचे तो करतल-ध्वनि होने लगी। सभापति महोदय ने एड्रेस पढ़ा जिसका निष्कर्ष यह था कि सरकार को उन शिल्प-कलाओं की रक्षा करनी चाहिए जो अन्य देशीय प्रतिद्वंद्विता के कारण मिटी जाती हैं। राष्ट्र की व्यावसायिक उन्नति के लिए नये-नये कारखाने खोलने चाहिए और जब वे सफल हो जावें तो उन्हें व्यावसायिक संस्थाओं के हवाले कर देना चाहिए। उन कलाओं की आर्थिक सहायता करना भी उसका कर्तव्य है, जो अभी शैशवावस्था में हैं, जिससे जनता का उत्साह बढ़े।

मेहता महोदय ने सभापति को धन्यवाद देने के पश्चात् सरकार की औद्योगिक नीति की घोषणा करते हुए कहा—आपके सिद्धांत निर्दोष हैं, किंतु उनको व्यवहार में लाना नितांत दुस्तर है। गवर्नमेंट आपको सम्मति प्रदान कर सकती है, लेकिन व्यावसायिक कार्यों में अग्रसर बनना जनता का काम है। आपको स्मरण रखना चाहिए कि ईश्वर भी उन्हीं की सहायता करता है, जो अपनी सहायता आप करते हैं। आपमें आत्म-विश्वास, औद्योगिक उत्साह का बड़ा अभाव है। पग-पग पर सरकार के सामने हाथ फैलाना अपनी अयोग्यता और अकर्मण्यता की सूचना देना है।

दूसरे दिन समाचार-पत्रों में इस वक्तृता पर टीकाएँ होने लगीं। एक दल ने कहा—मिस्टर मेहता की स्पीच ने सरकार की नीति को बड़ी स्पष्टता और कुशलता से निर्धारित कर दिया है।

दूसरे दल ने लिखा—हम मिस्टर मेहता की स्पीच पढ़ कर स्तम्भित हो गये। व्यवसाय-मंडल ने वही पथ ग्रहण किया जिसके प्रदर्शक स्वयं मिस्टर मेहता थे। उन्होंने उस लोकोक्ति को चरितार्थ कर दिया कि 'नमक की खान में जो कुछ जाता है, नमक हो जाता है।'

तीसरे दल ने लिखा—हम मेहता महोदय के इस सिद्धांत से पूर्ण सहमत हैं कि हमें पग-पग पर सरकार के सामने दीनभाव से हाथ न फैलाना चाहिए। यह वक्तृता उन लोगों की आँखें खोल देगी जो कहते हैं कि हमें योग्यतम पुरुषों को कौसिन्ल में भेजना चाहिए। व्यवसाय-मंडल के सदस्यों पर दया आती है जो आत्म-विश्वास का उपदेश ग्रहण करने के लिए कानपुर से दिल्ली गये थे।

3

चैत का महीना था। शिमला आबाद हो चुका था। मेहता महाशय अपने पुस्तकालय में बैठे हुए पढ़ रहे थे कि राजेश्वरी ने आ कर पूछा—ये कैसे पत्र हैं ?

मेहता—यह आय-व्यय का मसविदा है। आगामी सप्ताह में कौंसिल में पेश होगा। उनकी कई मदें ऐसी हैं जिन पर मुझे पहले भी शंका थी और अब भी है। अब समझ में नहीं आता कि इस पर अनुमति कैसे दूँ। यह देखो, तीन करोड़ रुपये उच्च कर्मचारियों की वेतनवृद्धि के लिए रखे गये हैं। यहाँ कर्मचारियों का वेतन पहले से ही बढ़ा हुआ है। इस वृद्धि की जरूरत ही नहीं, पर बात जबान पर कैसे लाऊँ ? जिन्हें इससे लाभ होगा वे सभी नित्य के मिलने वाले हैं। सैनिक व्यय में बीस करोड़ बढ़ गये हैं। जब हमारी सेनाएँ अन्य देशों में भेजी जाती हैं तो विदित ही है कि हमारी आवश्यकता से अधिक हैं, लेकिन इस मद का विरोध करूँ तो कौंसिल मुझ पर उँगलियाँ उठाने लगे।

राजेश्वरी—इस भय से चुप रह जाना तो उचित नहीं, फिर तुम्हारे यहाँ आने से ही क्या लाभ हुआ।

मेहता—कहना तो आसान है, पर करना कठिन है। यहाँ जो कुछ आदर-सम्मान है, सब हाँ-हुजूर में है। वायसराय की निगाह जरा तिरछी हो जाय, तो कोई पास न फटके। नक्कू बन जाऊँ। यह लो, राजा भद्रबहादुर सिंह जी आ गये।

राजेश्वरी—शिवराजपुर कोई बड़ी रियासत है।

मेहता—हाँ, पंद्रह लाख वार्षिक से कम आय न होगी और फिर स्वाधीन राज्य है।

राजेश्वरी—राजा साहब मनोरमा की ओर बहुत आकर्षित हो रहे हैं। मनोरमा को भी उनसे प्रेम होता जान पड़ता है।

मेहता—यह सम्बन्ध हो जाय तो क्या पूछना ! यह मेरा अधिकार है जो राजा

साहब को इधर खींच रहा है। लखनऊ में ऐसे सुअवसर कहाँ थे ? वह देखो अर्थसचिव मिस्टर काक आ गये।

काक–(मेहता से हाथ मिलाते हुए) मिसेज मेहता, मैं आपके पहनावे पर आसक्त हूँ। खेद है, हमारी लेडियाँ साड़ी नहीं पहनतीं।

राजेश्वरी–मैं तो अब गाउन पहनना चाहती हूँ।

काक–नहीं मिसेज मेहता, खुदा के वास्ते यह अनर्थ न करना। मिस्टर मेहता, मैं आपके वास्ते एक बड़ी खुशखबरी लाया हूँ। आपके सुयोग्य पुत्र अभी आ रहे हैं या नहीं ? महाराजा भिंड उन्हें अपना प्राइवेट सेक्रेटरी बनाना चाहते हैं। आप उन्हें आज ही सूचना दे दें।

मेहता–मैं आपका बहुत अनुगृहीत हूँ।

काक–तार दे दीजिए तो अच्छा हो। आपने काबुल की रिपोर्ट तो पढ़ी होगी। हिज मैजेस्टी अमीर हमसे संधि करने के लिए उत्सुक नहीं जान पड़ते। वे बोल्शेविकों की ओर झुके हुए हैं। अवस्था चिंताजनक है।

मेहता–मैं तो ऐसा नहीं समझता। गत शताब्दी में काबुल को भारत पर आक्रमण करने का साहस कभी न हुआ। भारत ही अग्रसर हुआ। हाँ, वे लोग अपनी रक्षा करने में कुशल हैं।

काक–लेकिन क्षमा कीजिएगा, आप भूल जाते हैं कि ईरान-अफगानिस्तान और बोल्शेविक में संधि हो गयी है। क्या हमारी सीमा पर इतने शत्रुओं का जमा हो जाना चिंता की बात नहीं ? उनसे सतर्क रहना हमारा कर्तव्य है।

इतने में लंच (जलपान) का समय आया। लोग मेज पर जा बैठे। उस समय घुड़दौड़ और नाट्यशाला की चर्चा ही रुचिकर प्रतीत हुई।

4

मेहता महोदय ने बजट पर जो विचार प्रकट किये, उनसे समस्त देश में हलचल मच गयी। एक दल उन विचारों को देववाणी समझता था, दूसरा दल भी कुछ अंशों को छोड़कर शेष विचारों से सहमत था, किंतु तीसरा दल वक्तृता के एक-एक शब्द पर निराशा से सिर धुनता और भारत की अधोगति पर रोता था। उसे विश्वास ही न आता था कि ये शब्द मेहता की जबान से निकले होंगे।

मुझे आश्चर्य है कि गैर-सरकारी सदस्यों ने एक स्वर से प्रस्तावित व्यय के उस भाग का विरोध किया है, जिस पर देश की रक्षा, शान्ति, सुदशा और उन्नति अवलम्बित है। आप शिक्षा-सम्बन्धी सुधारों को, आरोग्य विधान को, नहरों की वृद्धि को अधिक महत्त्वपूर्ण समझते हैं। आपको अल्प वेतन वाले कर्मचारियों का अधिक ध्यान है। मुझे आप लोगों के राजनैतिक ज्ञान पर इससे अधिक विश्वास था। शासन

का प्रधान कर्तव्य भीतर और बाहर की अशांतिकारी शक्तियों से देश को बचाना है। शिक्षा और चिकित्सा, उद्योग और व्यवसाय गौण कर्तव्य हैं। हम अपनी समस्त प्रजा को अज्ञान-सागर में निमग्न देख सकते हैं, समस्त देश को प्लेग और मलेरिया में ग्रस्त रख सकते हैं, अल्प वेतन वाले कर्मचारियों को दारुण चिंता का आहार बना सकते हैं, कृषकों को प्रकृति की अनिश्चित दशा पर छोड़ सकते हैं, किन्तु अपनी सीमा पर किसी शत्रु को खड़े नहीं देख सकते। अगर हमारी आय सम्पूर्णतः देश-रक्षा पर समर्पित हो जाय, तो भी आपको आपत्ति न होनी चाहिए। आप कहेंगे इस समय किसी आक्रमण की सम्भावना नहीं है। मैं कहता हूँ संसार में असम्भव का राज्य है। हवा में रेल चल सकती है, पानी में आग लग सकती है, वृक्षों में वार्तालाप हो सकता है। जड़ चैतन्य हो सकता है। क्या ये रहस्य नित्यप्रति हमारी नजरों से नहीं गुजरते ? आप कहेंगे राजनीतिज्ञों का काम सम्भावनाओं के पीछे दौड़ना नहीं, वर्तमान और निकट भविष्य की समस्याओं को हल करना है। राजनीतिज्ञों के कर्तव्य क्या हैं, मैं इस बहस में नहीं पड़ना चाहता; लेकिन इतना तो सभी मानते हैं कि पथ्य, औषधि सेवन से अच्छा होता है। आपका केवल यही धर्म नहीं कि सरकार के सैनिक व्यय का समर्थन करें, बल्कि यह मन्तव्य आपकी ओर से पेश होना चाहिए ! आप कहेंगे कि स्वयंसेवकों की सेना बढ़ायी जाय। सरकार को हाल के महा-संग्राम में इसका बहुत ही खेदजनक अनुभव हो चुका है। शिक्षित वर्ग विलासप्रिय, साहसहीन और स्वार्थसेवी हैं। देहात के लोग शांतिप्रिय, संकीर्ण-हृदय (मैं भीरु न कहूँगा) और गृहसेवी हैं। उनमें वह आत्म-त्याग कहाँ, वह वीरता कहाँ, अपने पुरखों की वह वीरता कहाँ ? और शायद मुझे यह याद दिलाने की जरूरत नहीं कि किसी शांतिप्रिय जनता को आप दो-चार वर्षों में रणकुशल और समर-प्रवीण नहीं बना सकते।

5

जेठ का महीना था, लेकिन शिमले में न लू की ज्वाला थी और न धूप का ताप। महाशय मेहता विलायती चिट्ठियाँ खोल रहे थे। बालकृष्ण का पत्र देखते ही फड़क उठे, लेकिन जब उसे पढ़ा तो मुखमंडल पर उदासी छा गयी। पत्र लिये हुए राजेश्वरी के पास आये। उसने उत्सुक होकर पूछा—बाला का पत्र आया।

मेहता—हाँ, यह है।

राजेश्वरी—कब आ रहे हैं।

मेहता—आने-जाने के विषय में कुछ नहीं लिखा। बस, सारे पत्र में मेरे जाति-द्रोह और दुर्गति का रोना है। उसकी दृष्टि में मैं जाति का शत्रु, धूर्त-स्वार्थांध, दुरात्मा, सब कुछ हूँ। मैं नहीं समझता कि उसके विचारों में इतना अंतर कैसे हो गया।

मैं तो उसे बहुत ही शांत-प्रकृति, गम्भीर, सुशील, सच्चरित्र और सिद्धांतप्रिय नवयुवक समझता था और उस पर गर्व करता था। और फिर यह पत्र लिख कर ही उसे संतोष नहीं हुआ, उसने मेरी स्पीच का विस्तृत विवेचन एक प्रसिद्ध अँगरेजी पत्रिका में छपवाया है। इतनी कुशल हुई कि वह लेख अपने नाम से नहीं लिखा, नहीं तो मैं कहीं मुँह दिखाने योग्य न रहता। मालूम नहीं यह किन लोगों की कुसंगति का फल है। महाराज भिंड की नौकरी उसके विचार में गुलामी है, राजा भद्रबहादुर सिंह के साथ मनोरमा का विवाह घृणित और अपमानजनक है। उसे इतना साहस कि मुझे धूर्त, मक्कार, ईमान बेचनेवाला, कुलद्रोही कहे। यह अपमान ! मैं उसका मुँह नहीं देखना चाहता ···

राजेश्वरी—लाओ, जरा इस पत्र को मैं भी देखूँ ! वह तो इतना मुँहफट न था।

यह कह कर उसने पति के हाथ से पत्र लिया और एक मिनट में आद्यांत पढ़कर बोली—यह सब कटु बातें कहाँ हैं ? मुझे तो इसमें एक भी अपशब्द नहीं मिलता।

मेहता—भाव देखो, शब्दों पर न जाओ।

राजेश्वरी—जब तुम्हारे और उसके आदर्शों में विरोध है, तो उसे तुम पर श्रद्धा क्योंकर हो सकती है ?

लेकिन मेहता महोदय जामे से बाहर हो रहे थे। राजेश्वरी की सहिष्णुतापूर्ण बातों से वे और जल उठे। दफ्तर में जाकर उसी क्रोध में पुत्र को पत्र लिखने लगे जिसका एक-एक शब्द छुरी और कटार से भी ज्यादा तीखा था।

उपर्युक्त घटना के दो सप्ताह पीछे मिस्टर मेहता ने विलायती डाक खोली तो बालकृष्ण का कोई पत्र न था। समझे मेरी चोटें काम कर गयीं, आ गया सीधे रास्ते पर, तभी तो उत्तर देने का साहस नहीं हुआ। 'लंदन टाइम्स' की चिट फाड़ी (इस पत्र को बड़े चाव से पढ़ा करते थे) और तार की खबरें देखने लगे। सहसा उनके मुँह से एक आह निकली। पत्र हाथ से छूट कर गिर पड़ा। पहला समाचार था—

लंदन में भारतीय देशभक्तों का जमाव, ऑनरेबुल मिस्टर
मेहता की वक्तृता पर असंतोष, मिस्टर बालकृष्ण
मेहता का विरोध और आत्महत्या

गत शनिवार को बैक्सटन हॉल में भारतीय युवकों और नेताओं की एक बड़ी सभा हुई। सभापति मिस्टर तालिबजा ने कहा—हमको बहुत खोजने पर भी कौंसिल के किसी अँगरेज मेम्बर की वक्तृता में ऐसे मर्मभेदी, ऐसे कठोर शब्द नहीं मिलते। हमने अब तक किसी राजनीतिज्ञ के मुख से ऐसे भ्रांतिकारक, ऐसे निरंकुश विचार नहीं सुने। इस वक्तृता ने सिद्ध कर दिया कि भारत के उद्धार का कोई उपाय

है तो वह स्वराज्य है जिसका आशय है—मन और वचन की पूर्ण स्वाधीनता। क्रमागत उन्नति (Evolution) पर से यदि हमारा एतबार अब तक नहीं उठा था, तो अब उठ गया। हमारा रोग असाध्य हो गया है। यह अब चूर्णों और अवलेहों से अच्छा नहीं हो सकता। उससे निवृत्त होने के लिए हमें कायाकल्प की आवश्यकता है। ऊँचे राज्यपद हमें स्वाधीन नहीं बनाते; बल्कि हमारी आध्यात्मिक पराधीनता को और भी पुष्ट कर देते हैं। हमें विश्वास है कि ऑनरेबुल मिस्टर मेहता ने जिन विचारों का प्रतिपादन किया है उन्हें वे अंतःकारण से मिथ्या समझते हैं; लेकिन सम्मान-लालसा, श्रेय-प्रेम और पदानुराग ने उन्हें अपनी आत्मा का गला घोंटने पर बाध्य कर दिया है ··· [किसी ने उच्च स्वर से कहा : यह मिथ्या दोषारोपण है।]

लोगों ने विस्मित हो कर देखा तो मिस्टर बालकृष्ण अपनी जगह पर खड़े थे। क्रोध से उनका शरीर काँप रहा था। वे बोलना चाहते थे, लेकिन लोगों ने उन्हें घेर लिया और उनकी निंदा और अपमान करने लगे। सभापति ने बड़ी कठिनाई से लोगों को शांत किया, किन्तु मिस्टर बालकृष्ण वहाँ से उठ कर चले गये।

दूसरे दिन जब मित्रगण बालकृष्ण से मिलने गये तो उनकी लाश फर्श पर पड़ी हुई थी। पिस्तौल की दो गोलियाँ छाती से पार हो गयी थीं। मेज पर उनकी डायरी खुली पड़ी थी, उस पर ये पंक्तियाँ लिखी हुई थीं—

आज सभा में मेरा गर्व दलित हो गया। मैं यह अपमान नहीं सह सकता। मुझे अपने पूज्य पिता के प्रति ऐसे कितने ही निंदासूचक दृश्य देखने पड़ेंगे। इस आदर्श-विरोध का अंत ही कर देना अच्छा है। सम्भव है, मेरा जीवन उनके निर्दिष्ट मार्ग में बाधक हो। ईश्वर मुझे बल प्रदान करे!

विषम समस्या

मेरे दफ्तर में चार चपरासी थे, उनमें एक का नाम गरीब था। बहुत ही सीधा, बड़ा आज्ञाकारी, अपने काम में चौकस रहनेवाला, घुड़कियाँ खाकर चुप रह जानेवाला। यथा नाम तथा गुण, गरीब मनुष्य था। मुझे इस दफ्तर में आये साल भर ही गया था, मगर मैंने उसे एक दिन के लिए भी गैरहाजिर नहीं पाया था। मैं उसे नौ बजे दफ्तर में अपनी दरी पर बैठे हुए देखने का ऐसा आदी हो गया था, मानो वह भी इस इमारत का कोई अंग है। इतना सरल है कि किसी की बात टालना जानता ही न था। एक चपरासी मुसलमान था। उससे सारा दफ्तर डरता है, मालूम नहीं क्यों ? मुझे तो इसका कारण सिवाय उसकी बड़ी-बड़ी बातों के और कुछ नहीं मालूम होता। उसके कथनानुसार उसके चचेरे भाई रामपुर रियासत में कोतवाल थे। उसे सर्वसम्मति ने 'काजी-साहेब' की उपाधि दे रखी थी, शेष दो महाशय जाति के ब्राह्मण थे। उनके आशीर्वाद का मूल्य उनके काम से कहीं अधिक था। ये तीनों कामचोर, गुस्ताख और आलसी थे। कोई छोटा-सा भी काम करने को कहिए तो बिना नाक-भौं सिकोड़े न करते थे। क्लर्कों को तो कुछ समझते ही न थे ! केवल बड़े बाबू से कुछ डरते; यद्यपि कभी-कभी उनसे भी बेअदबी कर बैठते थे। मगर इन सब दुर्गुणों के होते हुए भी दफ्तर में किसी की मिट्टी इतनी खराब नहीं थी, जितनी बेचारे गरीब की। तरक्की का अवसर आता तो ये तीनों नम्बर मार ले जाते, गरीब को कोई पूछता भी न था। और सब दस-दस रुपये पाते थे, पर बेचारा गरीब सात पर ही पड़ा हुआ था। सुबह से शाम तक उसके पैर एक क्षण के लिए भी नहीं टिकते थे। यहाँ तक कि तीनों चपरासी भी उस पर क्रोध जताते और ऊपर की आमदनी में उसे कोई भाग न देते थे। तिस पर भी दफ्तर के सब, कर्मचारी से लेकर बड़े बाबू तक उससे चिढ़ते थे। उसको कितनी ही बार जुर्माना हो चुका था और डाँट-फटकार तो नित्य का व्यवहार था। इसका रहस्य मेरी समझ में कुछ नहीं आता था। मुझे उस पर दया आती थी और अपने बरताव से मैं यह दिखाना चाहता था कि उसका आदर मेरी दृष्टि में अन्य तीनों चपरासियों से कम नहीं है। यहाँ तक कि कई बार मैं उसके पीछे कर्मचारियों से लड़ भी चुका था।

2

एक दिन बड़े बाबू ने गरीब से अपनी मेज साफ करने को कहा, वह तुरंत मेज साफ करने लगा। दैवयोग से झाड़न का झटका लगा तो दावात उलट गयी और रोशनाई मेज पर फैल गयी। बड़े बाबू यह देखते ही जामे से बाहर हो गये। उसके दोनों कान पकड़कर खूब ऐंठे और भारतवर्ष की सभी प्रचलित भाषाओं से दुर्वचन चुन-चुनकर उसे सुनाने लगे। बेचारा गरीब आँखों में आँसू भरे चुपचाप मूर्तिवत् सुनता था, मानो उसने कोई हत्या कर डाली हो। मुझे बड़े बाबू का जरा-सी बात पर इतना भयंकर रौद्ररूप धारण करना बुरा मालूम हुआ। यदि किसी दूसरे चपरासी ने उससे भी बड़ा अपराध किया होता तो भी उस पर इतना कठोर वज्रप्रहार न होता। मैंने अँगरेजी में कहा–बाबू साहब, यह अन्याय कर रहे हैं, उसने जान-बूझ कर तो रोशनाई गिरायी नहीं। इसका इतना कड़ा दंड देना अनौचित्य की पराकाष्ठा है।

बाबू जी ने नम्रता से कहा–आप इसे जानते नहीं, यह बड़ा दुष्ट है।

'मैं तो इसकी कोई दुष्टता नहीं देखता।'

'आप अभी इसे जाने नहीं। यह बड़ा पाजी है। इसके घर में दो हलों की खेती होती है, हजारों का लेन-देन करता है, कई भैंसें लगती हैं, इन बातों का इसे घमंड है।'

'घर की दशा ऐसी ही होती तो आपके यहाँ चपरासीगिरी क्यों करता ?'

बड़े बाबू ने गम्भीर भाव से कहा–विश्वास मानिए, बड़ा पोढ़ा आदमी है, और बला का मक्खीचूस है।

'यदि ऐसा ही हो तो भी कोई अपराध नहीं है।'

'अभी आप यहाँ कुछ दिन और रहिए तो आपको मालूम हो जायगा कि यह कितना कमीना आदमी है।'

एक दूसरे महाशय बोल उठे–भाई साहब, इसके घर मनों दूध होता है, मनों जुआर, चना, मटर होती है, लेकिन इसकी कभी इतनी हिम्मत नहीं होती कि थोड़ा-सा दफ्तरवालों को भी दे दे। यहाँ इन चीजों के लिए तरस-तरस कर रह जाते हैं। तो फिर क्यों न जी जले और यह सब कुछ इसी नौकरी के बदौलत हुआ है नहीं तो पहले इसके घर में भूनी भाँग तक न थी।

बड़े बाबू सकुचा कर बोले–यह कोई बात नहीं। उसकी चीज है चाहे किसी को दे या न दे।

मैं इसका मर्म कुछ-कुछ समझ गया। बोला–यदि ऐसे तुच्छ हृदय का आदमी है तो वास्तव में पशु ही है। मैं यह न जानता था।

अब बड़े बाबू भी खुले, संकोच दूर हुआ। बोले–इन बातों से उबार तो होता

नहीं, केवल देनेवाले की सहृदयता प्रकट होती है और आशा भी उसी से की जाती है जो इस योग्य है। जिसमें कुछ सामर्थ्य ही नहीं उससे कोई आशा भी नहीं करता। नंगे से कोई क्या लेगा ?

रहस्य खुल गया। बड़े बाबू ने सरल भाव से सारी अवस्था दर्शा दी। समृद्धि के शत्रु सब होते हैं, छोटे ही नहीं, बड़े भी। हमारी ससुराल या ननिहाल दरिद्र हो तो हम उससे कोई आशा नहीं रखते। कदाचित् हम उसे भूल जाते हैं, किंतु वे सामर्थ्यवान हो कर हमें न पूछें, हमारे यहाँ तीज और चौथ न भेजें तो हमारे कलेजे पर साँप लोटने लगता है।

हम अपने किसी निर्धन मित्र के पास जायें तो उसके एक बीड़े पान ही पर संतुष्ट हो जाते हैं, पर ऐसा कौन मनुष्य है जो किसी धनी मित्र के घर से बिना जलपान किये हुए लौटे और सदा के लिए उसका तिरस्कार न करने लगे। सुदामा कृष्ण के घर से यदि निराश लौटते तो कदाचित् वे उनके शिशुपाल और जरासंध से भी बड़े शत्रु होते।

3

कई दिन पीछे मैंने गरीब से पूछा—क्यों जी, तुम्हारे घर कुछ खेती-बारी होती है ?

गरीब ने दीनभाव से कहा—हाँ सरकार, होती है, आपके दो गुलाम हैं। वही करते हैं।

मैंने पूछा—गायें-भैंसें लगती हैं ?

'हाँ हुजूर, दो भैंसें लगती हैं ? गाय अभी गाभिन है। आप लोगों की दया से पेट की रोटियाँ चल जाती हैं।'

'दफ्तर के बाबू लोगों की भी कभी कुछ खातिर करते हो?'

गरीब ने दीनतापूर्ण आश्चर्य से कहा—हुजूर, मैं सरकार लोगों की क्या खातिर कर सकता हूँ। खेती में जौ, चना, मक्का, जुवार, घासपात के सिवाय और क्या होता है ! आप लोग राजा हैं, यह मोटी-झोटी चीजें किस मुँह से आपको भेंट करूँ। जी डरता है कि कहीं कोई डाँट न बैठे, कि टके के आदमी की इतनी मजाल ! इसी मारे बाबू जी कभी हियाव नहीं पड़ता। नहीं तो दूध- दही की कौन बिसात थी। मुँह के लायक बीड़ा तो होना चाहिए।

'भला एक दिन कुछ लाके दो तो; देखो लोग क्या कहते हैं। शहर में ये चीजें कहाँ मुयस्सर होती हैं। इन लोगों का जी भी तो कभी-कभी मोटी-झोटी चीजों पर चला करता है।'

'जो सरकार कोई कुछ कहे तो ? कहीं साहब से शिकायत कर दें तो मैं कहीं का न रहूँ।'

‘इसका मेरा जिम्मा है, तुम्हें कोई कुछ न कहेगा; कोई कुछ कहेगा भी, तो मैं समझा दूँगा।’

‘हुजूर, आजकल तो मटर की फसिल है और कोल्हू भी खड़े हो गये हैं। इसके सिवाय तो और कुछ भी नहीं है।’

‘बस तो यही चीजें लाओ।’

‘कुछ उल्टी-सीधी पड़ी तो आप ही को सँभालना पड़ेगा।’

दूसरे दिन गरीब आया तो उसके साथ तीन हृष्ट-पुष्ट युवक भी थे। दो के सिरों पर दो टोकरियाँ थीं। उनमें मटर की फलियाँ भरी हुई थीं। एक के सिर पर मटका था जिसमें ऊख का रस था। तीनों युवक ऊख का एक-एक गट्ठा काँख में दबाये हुए थे। गरीब आ कर चुपके से बरामदे के सामने पेड़ के नीचे खड़ा हो गया। दफ्तर में उसे आने का साहस नहीं होता था मानो कोई अपराधी है। वृक्ष के नीचे खड़ा ही था कि इतने में दफ्तर के चपरासियों और अन्य कर्मचारियों ने उसे घेर लिया। कोई ऊख ले कर चूसने लगा। कई आदमी टोकरों पर टूट पड़े। इतने में बड़े बाबू भी दफ्तर में आ पहुँचे। यह कौतुक देख कर उच्च स्वर से बोले–यह क्या भीड़ लगा रखी है ! चलो अपना-अपना काम देखो।

मैंने जा कर उनके कान में कहा–गरीब अपने घर से यह सौगात लाया है, कुछ आप लीजिए, कुछ हम लोगों को बाँट दीजिए।

बड़े बाबू ने कृत्रिम क्रोध धारण करके कहा–क्यों गरीब, तुम यह चीजें यहाँ क्यों लाये ? अभी लौटा ले जाओ, नहीं तो मैं अभी साहब से कह दूँगा। क्या हम लोगों को मरभुख समझ लिया ?

गरीब का रंग उड़ गया। थर-थर काँपने लगा। मुँह से एक शब्द भी नहीं निकला। मेरी ओर अपराधी नेत्रों से ताकने लगा।

मैंने अपने ओर से क्षमा-प्रार्थना की। बहुत कहने-सुनने पर बाबू साहब राजी हुए। अब चीजों में से आधी अपने घर भिजवायीं, आधी में अन्य लोगों के हिस्से लगाये। इस प्रकार यह अभिनय समाप्त हुआ।

4

अब दफ्तर में गरीब का मान होने लगा। उसे नित्य घुड़कियाँ न मिलतीं। दिन भर दौड़ना न पड़ता। कर्मचारियों के व्यंग्य और अपने सहवर्गियों के कटु वाक्य न सुनने पड़ते। चपरासी लोग स्वयं उसका काम कर देते। उसके नाम में थोड़ा-सा परिवर्तन हुआ। वह गरीब से गरीबदास बना। स्वभाव में भी कुछ तबदीली पैदा हुई। दीनता की जगह आत्म-गौरव का उद्‌भव हुआ। तत्परता की जगह आलस्य ने ली। वह अब कभी-कभी देर से दफ्तर आता। कभी-कभी बीमारी का बहाना

करके घर बैठ रहता। उसके सभी अपराध अब क्षम्य थे। उसे अपनी प्रतिष्ठा का गुर हाथ लग गया। वह अब दसवें-पाँचवें दिन दूध, दही आदि ला कर बड़े बाबू को भेंट किया करता। वह देवता को संतुष्ट करना सीख गया। सरलता के बदले अब उसमें काँइयाँपन आ गया। एक रोज बड़े बाबू ने उसे सरकारी फार्मों का पार्सल छुड़ाने के लिए स्टेशन भेजा। कई बड़े-बड़े पुलिंदे थे, ठेले पर आये। गरीब ने ठेलेवालों से बारह आना मजदूरी तय की थी। जब कागज दफ्तर में पहुँच गये तो उसने बाबू से बारह आने पैसे ठेलेवाले को देने के लिए वसूल किये। लेकिन दफ्तर से कुछ दूर जा कर उसकी नीयत बदली, अपनी दस्तूरी माँगने लगा, ठेलावाले राजी न हुआ। इस पर गरीब ने बिगड़ कर सब पैसे जेब में रख लिये और धमका कर बोला—अब एक फूटी कौड़ी न दूँगा, जाओ जहाँ चाहो फरियाद करो। देखें हमारा क्या बना लेते हो।

ठेलेवाले ने जब देखा कि भेंट न देने से जमा ही गायब हुई जाती है तो रो-धोकर चार आने पैसे देने को राजी हुआ। गरीब ने अठन्नी उसके हवाले की और बारह आने की रसीद लिखवा कर उसके अँगूठे का निशान लगवाये और रसीद दफ्तर में दाखिल हो गयी।

वह कौतूहल देखकर मैं दंग रह गया। यह वही गरीब है जो कई महीने पहले सत्यता और दीनता की मूर्ति था। जिसे कभी अन्य चपरासियों से भी अपने हिस्से की रकम माँगने का साहस न होता ! दूसरों को खिलाना भी न जानता था, खाने की जिक्र ही क्या। मुझे यह स्वभावांतर देख कर अत्यन्त खेद हुआ। इसका उत्तरदायित्व किसके सिर था—मेरे सिर। मैंने उसे धूर्तता का पहला पाठ पढ़ाया था। मेरे चित्त में प्रश्न उठा, इस काँइयाँपन से, जो दूसरों का गला दबाता है, वह भोलापन क्या बुरा था, जो दूसरों का अन्याय सह लेता था। वह अशुभ मुहूर्त था जब उसे मैंने प्रतिष्ठा-प्राप्ति का मार्ग दिखाया, क्योंकि वास्तव में वह उसके पतन का भयंकर मार्ग था। मैंने बाह्य प्रतिष्ठा पर उसकी आत्म-प्रतिष्ठा का बलिदान कर दिया।

अनिष्ट शंका

चाँदनी रात, समीर के सुखद झोंके, सुरम्य उद्यान। कुँवर अमरनाथ अपनी विस्तीर्ण छत पर लेटे हुए मनोरमा से कह रहे थे—तुम घबराओ नहीं, मैं जल्द आऊँगा।

मनोरमा ने उनकी ओर कातर नेत्रों से देखकर कहा—मुझे क्यों नहीं लेते चलते ?

अमरनाथ—तुम्हें वहाँ कष्ट होगा, मैं कभी यहाँ रहूँगा, कभी वहाँ, सारे दिन मारा-मारा फिरूँगा, पहाड़ी देश है, जंगल और बीहड़ के सिवाय बस्ती का कोसों पता नहीं, उन पर भयंकर पशुओं का भय, तुमसे यह तकलीफें न सही जायेंगी।

मनोरमा—तुम भी तो इन तकलीफों के आदी नहीं हो।

अमरनाथ—मैं पुरुष हूँ, आवश्यकता पड़ने पर सभी तकलीफों का सामना कर सकता हूँ।

मनोरमा (गर्व से)—मैं भी स्त्री हूँ, आवश्यकता पड़ने पर आग में कूद सकती हूँ। स्त्रियों की कोमलता पुरुषों की काव्य-कल्पना है। उनमें शारीरिक सामर्थ्य चाहे न हो पर उनमें यह धैर्य और साहस है जिस पर काल की दुश्चिंताओं का जरा भी असर नहीं होता।

अमरनाथ ने मनोरमा को श्रद्धामय दृष्टि से देखा और बोले—यह मैं मानता हूँ, लेकिन जिस कल्पना को हम चिरकाल से प्रत्यक्ष समझते आये हैं, वह एक क्षण में नहीं मिट सकती। तुम्हारी तकलीफ मुझसे न देखी जायेगी, मुझे दुःख होगा। देखो इस समय चाँदनी में कितनी बहार है !

मनोरमा—मुझे बहलाओ मत। मैं हठ नहीं करती, लेकिन यहाँ मेरा जीवन अपाढ़ हो जायेगा। मेरे हृदय की दशा विचित्र है। तुम्हें अपने सामने न देख कर मेरे मन में तरह-तरह की शंकाएँ होती हैं कि कहीं चोट न लग गयी हो, शिकार खेलने जाते हो तो डरती हूँ कहीं घोड़े ने शरारत न की हो। मुझे अनिष्ट का भय सदैव सताया करता है।

अमरनाथ—लेकिन मैं तो विलास का भक्त हूँ। मुझ पर इतना अनुराग करके तुम अपने ऊपर अन्याय करती हो।

मनोरमा ने अमरनाथ को दबी हुई दृष्टि से देखा जो कह रही थी मैं तुमको तुमसे ज्यादा पहचानती हूँ।

2

बुंदेलखंड में भीषण दुर्भिक्ष था। लोग वृक्षों की छालें छील-छील कर खाते थे। क्षुधा-पीड़ा ने भक्ष्याभक्ष्य की पहचान मिटा दी थी। पशुओं का तो कहना ही क्या, मानव संतानें कौड़ियों के मोल बिकती थीं। पादरियों की चढ़ बनी थी, उनके अनाथालयों में नित्य गोल के गोल बच्चे भेंड़ों की भाँति हाँके जाते थे। माँ की ममता मुट्ठी भर अनाज पर कुर्बान हो जाती। कुँवर अमरनाथ काशी-सेवा-समिति के व्यवस्थापक थे। समाचार-पत्रों में यह रोमांचकारी समाचार देखे तो तड़प उठे। समिति के कई नवयुवकों को साथ लिया और बुंदेलखण्ड जा पहुँचे। मनोरमा को वचन दिया कि प्रतिदिन पत्र लिखेंगे और यथासम्भव जल्द लौट आयेंगे।

एक सप्ताह तक तो उन्होंने अपना वचन पालन किया, लेकिन शनैः-शनैः पत्रों में विलम्ब होने लगा। अक्सर इलाके डाकघर से बहुत दूर पड़ते थे। यहाँ से नित्यप्रति पत्र भेजने का प्रबन्ध करना दुःसाध्य था।

मनोरमा वियोग-दुःख से विकल रहने लगी। वह अव्यवस्थित दशा में उदास बैठी रहती, कभी नीचे आती, कभी ऊपर जाती, कभी बाग में जा बैठती। जब तक पत्र न आ जाता वह इसी भाँति व्यग्र रहती, पत्र मिलते ही सूखे धान में पानी पड़ जाता।

लेकिन जब पत्रों के आने में देर होने लगी तो उसका वियोग-विकल-हृदय अधीर हो गया। बार-बार पछताती कि मैं नाहक उनके कहने में आ गयी, मुझे उनके साथ जाना चाहिए था। उसे किताबों से प्रेम था, पर अब उनकी ओर ताकने का भी जी न चाहता। विनोद की वस्तुओं से उसे अरुचि-सी हो गयी ! इस प्रकार एक महीना गुजर गया।

एक दिन उसने स्वप्न देखा कि अमरनाथ द्वार पर नंगे सिर, नंगे पैर, खड़े रो रहे हैं। वह घबरा कर उठ बैठी और उग्रावस्था में दौड़ी द्वार तक आयी। यहाँ का सन्नाटा देख कर उसे होश आ गया। उसी दम मुनीम को जगाया और कुँवर साहब के नाम तार भेजा। किंतु जवाब न आया। सारा दिन गुजर गया मगर कोई जवाब नहीं। दूसरी रात भी गुजरी, लेकिन जवाब का पता न था। मनोरमा निर्जल, निराहार मूर्च्छित दशा में अपने कमरे में पड़ी रहती। जिसे देखती उसी से पूछती जवाब आया ? कोई द्वार पर आवाज देता तो दौड़ी हुई जाती और पूछती—कुछ जवाब आया ?

उसके मन में विविध शंकाएँ उठतीं; लौंडियों से स्वप्न का आशय पूछती। स्वप्नों के कारण और विवेचना पर कई ग्रंथ पढ़ डाले, पर कुछ रहस्य न खुला। लौंडियाँ उसे दिलासा देने के लिए कहतीं, कुँवर जी कुशल से हैं। स्वप्न में किसी को नंगे पैर देखें तो समझो वह घोड़े पर सवार है। घबराने की कोई बात नहीं। लेकिन रमा को इस बात से तस्कीन न होती। उसे तार के जवाब की रट लगी हुई थी, यहाँ तक कि चार दिन गुजर गए।

3

किसी मुहल्ले में मदारी का आ जाना बालवृन्द के लिए एक महत्त्व की बात है। उसके डमरू की आवाज में खोंचेवाले की क्षुधावर्धक ध्वनि से भी अधिक आकर्षण होता है। इसी प्रकार मुहल्ले में किसी ज्योतिषी का आ जाना मारके की बात है। एक क्षण में इसकी खबर घर-घर फैल जाती है। सास अपनी बहू को लिये आ पहुँचती है, माता भाग्यहीन कन्या को ले कर आ जाती है। ज्योतिषी जी दुःख-सुख की अवस्थानुसार वर्षा करने लगते हैं। उनकी भविष्यवाणियों में बड़ा गूढ़ रहस्य होता है। उनका भाग्य निर्माण भाग्य-रेखाओं से भी जटिल और दुर्ग्राह्य होता है। संभव है कि वर्तमान शिक्षा विधान ने ज्योतिष का आदर कुछ कम कर दिया हो, पर ज्योतिषी जी के माहात्म्य में जरा कमी नहीं हुई। उनकी बातों पर चाहे किसी को विश्वास न हो पर सुनना सभी चाहते हैं। उनके एक-एक शब्दों में आशा और भय को उत्तेजित करने की शक्ति भरी रहती है, विशेषतः उसकी अमंगल सूचना तो वज्रपात के तुल्य है, घातक और दग्धकारी।

तार भेजे हुए आज पाँचवाँ दिन था कि कुँवर साहब के द्वार पर एक ज्योतिषी का आगमन हुआ। तत्काल मुहल्ले की महिलाएँ जमा हो गयीं। ज्योतिषी जी भाग्य-विवेचन करने लगे, किसी को रुलाया, किसी को हँसाया। मनोरमा को खबर मिली। उन्हें तुरंत अंदर बुला भेजा और स्वप्न का आशय पूछा।

ज्योतिषी जी ने इधर-उधर देखा, पन्ने के पन्ने उल्टे, उँगलियों पर कुछ गिना, पर कुछ निश्चय न कर सके कि क्या उत्तर देना चाहिए, बोले क्या सरकार ने यह स्वप्न देखा है ?

मनोरमा बोली—नहीं, मेरी एक सखी ने देखा है, मैं कहती हूँ, यह अमंगलसूचक है। वह कहती है, मंगलमय है। आप इसकी क्या विवेचना करते हैं ?

ज्योतिषी जी फिर बगलें झाँकने लगे। उन्हें अमरनाथ की यात्रा का हाल न मालूम था और न इतनी मुहलत ही मिली थी कि यहाँ आने के पूर्व वह अवस्था ज्ञान प्राप्त कर लेते जो अनुमान के साथ मिल कर जनता में ज्योतिष के नाम से प्रसिद्ध है। जो प्रश्न पूछा था उसका भी कुछ सूत्रसूचक उत्तर न मिला। निराश

हो कर मनोरमा के समर्थन करने ही में अपना कल्याण देखा। बोले—सरकार जो कहती हैं वही सत्य है। यह स्वप्न अमंगलसूचक है।

मनोरमा खड़ी सितार के तार की भाँति थर-थर काँपने लगी। ज्योतिषी जी ने उस अमंगल का उद्‌घाटन करते हुए कहा—उनके पति पर कोई महान्‌ संकट आने वाला है, उनका घर नाश हो जायेगा, वह देश-विदेश मारे-मारे फिरेंगे।

मनोरमा ने दीवार का सहारा ले कर कहा—भगवान्‌, मेरी रक्षा करो और मूर्च्छित हो कर जमीन पर गिर पड़ी।

ज्योतिषी जी अब चेते। समझ गये कि बड़ा धोखा खाया। आश्वासन देने लगे, आप कुछ चिंता न करें। मैं उस संकट का निवारण कर सकता हूँ। मुझे एक बकरा, कुछ लौंग और कच्चा धागा मँगा दें। जब कुँवर जी के यहाँ से कुशल-समाचार आ जाय तो जो दक्षिणा चाहें दे दें। काम कठिन है पर भगवान्‌ की दया से असाध्य नहीं है। सरकार देखें मुझे बड़े-बड़े हाकिमों ने सर्टिफिकेट दिये हैं। अभी डिप्टी साहब की कन्या बीमार थी। डाक्टरों ने जवाब दे दिया था। मैंने यंत्र दिया, बैठे-बैठे आँखें खुल गयीं। कल की बात है, सेठ चंदूलाल के यहाँ से रोकड़ की एक थैली उड़ गयी थी, कुछ पता न चलता था, मैंने सगुन विचारा और बात की बात में चोर पकड़ लिया। उनके मुनीम का काम था, थैली ज्यों की त्यों निकल आयी।

ज्योतिषी जी तो अपनी सिद्धियों की सराहना कर रहे थे और मनोरमा अचेत पड़ी हुई थी।

अकस्मात्‌ वह उठ बैठी, मुनीम को बुलाकर कहा—यात्रा की तैयारी करो, मैं शाम की गाड़ी से बुंदेलखंड जाऊँगी।

4

मनोरमा ने स्टेशन पर आकर अमरनाथ को तार दिया—"मैं आ रही हूँ।" उनके अंतिम पत्र से ज्ञात हुआ था कि वह कबरई में हैं, कबरई का टिकट लिया। लेकिन कई दिनों से जागरण कर रही थी। गाड़ी पर बैठते ही नींद आ गयी और नींद आते ही अनिष्ट शंका ने एक भीषण स्वप्न का रूप धारण कर लिया।

उसने देखा सामने एक अगम सागर है, उसमें एक टूटी हुई नौका हलकोरें खाती बहती चली जाती है। उस पर न कोई मल्लाह है न पाल, न डाँडें। तरंगें उसे कभी ऊपर ले जाती हैं कभी नीचे, सहसा उस पर एक मनुष्य दृष्टिगोचर हुआ। यह अमरनाथ थे, नंगे सिर, नंगे पैर, आँखों से आँसू बहाते हुए। मनोरमा थर-थर काँप रही थी। जान पड़ता था नौका अब डूबी और अब डूबी। उसने जोर से चीख मारी और जाग पड़ी। शरीर पसीने से तर था, छाती धड़क रही थी। वह तुरंत उठ

बैठी, हाथ-मुँह धोया और इसका इरादा किया अब न सोऊँगी ! हा ! कितना भयावह दृश्य था। परम पिता ! अब तुम्हारा ही भरोसा है। उनकी रक्षा करो।

उसने खिड़की से सिर निकालकर देखा। आकाश पर तारागण दौड़ रहे थे। घड़ी देखी, बारह बजे थे, उसको आश्चर्य हुआ मैं इतनी देर तक सोयी। अभी तो एक झपकी भी पूरी न होने पायी।

उसने एक पुस्तक उठा ली और विचारों को एकाग्र कर पढ़ने लगी। इतने में प्रयाग आ पहुँचा, गाड़ी बदली। उसने फिर किताब खोली और उच्च स्वर से पढ़ने लगी। लेकिन कई दिनों की जगी आँखें इच्छा के अधीन नहीं होतीं। बैठे-बैठे झपकियाँ लेने लगी, आँखें बंद हो गयीं और एक दूसरा दृश्य सामने उपस्थित हो गया।

उसने देखा, आकाश से मिला हुआ एक पर्वत-शिखर है। उसके ऊपर के वृक्ष छोटे-छोटे पौधों के सदृश दिखाई देते हैं। श्यामवर्ण घटाएँ छायी हुई हैं, बिजली इतने जोर से कड़कती है कि कान के परदे फटे जाते हैं, कभी यहाँ गिरती है कभी वहाँ। शिखर पर एक मनुष्य नंगे सिर बैठा हुआ है, उसकी आँखों का अश्रु-प्रवाह साफ दीख रहा है। मनोरमा दहल उठी, यह अमरनाथ थे। वह पर्वत शिखर से उतरना चाहते थे लेकिन मार्ग न मिलता था। भय से उनका मुखवर्ण शून्य हो रहा था। अकस्मात् एक बार बिजली का भयंकर नाद सुनायी दिया, एक ज्वाला-सी दिखायी दी और अमरनाथ अदृश्य हो गये। मनोरमा ने फिर चीख मारी और जाग पड़ी। उसका हृदय बाँसों उछल रहा था, मस्तिष्क चक्कर खाता था। जागते ही उसकी आँखों में जल-प्रवाह होने लगा। वह उठ खड़ी हुई और कर जोड़ कर ईश्वर से विनय करने लगी—ईश्वर मुझे ऐसे बुरे-बुरे स्वप्न दिखाई दे रहे हैं, न जाने उन पर क्या बीत रही है, तुम दीनों के बन्धु हो, मुझ पर दया करो, मुझे धन और सम्पत्ति की इच्छा नहीं, मैं झोपड़ी में खुश रहूँगी, मैं केवल उनकी शुभकामना रखती हूँ। मेरी इतनी प्रार्थना स्वीकार करो।

वह फिर अपनी जगह पर बैठ गयी। अरुणोदय की मनोरम छटा और शीतल सुखद समीर ने उसे आकर्षित कर लिया। उसे संतोष हुआ, किसी तरह रात कट गयी, अब तो नींद न आयेगी। पर्वतों से मनोहर दृश्य दिखायी देने लगे, कहीं पहाड़ियों पर भेंड़ों के गल्ले, कहीं पहाड़ियों के दामन में मृगों के झुंड, कहीं कमल के फूलों से लहराते सागर। मनोरमा एक अर्धस्मृति की दशा में इन दृश्यों को देखती रही। लेकिन फिर न जाने कब उसकी अभागी आँखें झपक गयीं।

उसने देखा अमरनाथ घोड़े पर सवार एक पुल पर चले जाते हैं। नीचे नदी उमड़ी हुई है, पुल बहुत तंग है, घोड़ा रह-रह कर बिदकता है और अलग हो जाता है। मनोरमा के हाथ-पाँव फूल गये। वह उच्च-स्वर से चिल्ला-चिल्ला कर कहने लगी—घोड़े से उतर पड़ो, घोड़े से उतर पड़ो, यह कहते हुए वह उनकी तरफ झपटी,

आँखें खुल गयीं। गाड़ी किसी स्टेशन के प्लेटफार्म से सनसनाती चली जाती थी। अमरनाथ नंगे सिर, नंगे पैर प्लेटफार्म पर खड़े थे। मनोरमा की आँखों में अभी तक वही भयंकर स्वप्न समाया हुआ था। कुँवर को देख कर उसे भय हुआ कि वह घोड़े से गिर पड़े और नीचे नदी में फिसलना चाहते हैं। उसने तुरन्त उन्हें पकड़ने के लिए हाथ फैलाया और जब उन्हें न पा सकी तो उसी सुषुप्तावस्था में उसने गाड़ी का द्वार खोला और कुँवर साहब की ओर हाथ फैलाये हुए गाड़ी के बाहर निकल आयी। तब वह चौंकी, जान पड़ा किसी ने उठा कर आकाश से भूमि पर पटक दिया, जोर से एक धक्का लगा और चेतना शून्य हो गयी।

5

वह कबरई का स्टेशन था। अमरनाथ तार पाकर स्टेशन पर आये थे। मगर यह डाक थी, वहाँ न ठहरती थी, मनोरमा को हाथ फैलाये गाड़ी से गिरते देख कर वह 'हाँ हाँ' करते हुए लपके लेकिन कर्मलेख पूरा हो चुका था। मनोरमा प्रेमवेदी पर बलिदान हो चुकी थी।

इसके तीसरे दिन वह नंगे सिर, नंगे पैर भग्नहृदय घर पहुँचे। मनोरमा का स्वप्न सच्चा हुआ।

उस प्रेमविहीन स्थान में अब कौन रहता। उन्होंने अपनी सम्पूर्ण सम्पत्ति काशी-सेवा समिति को प्रदान कर दी और अब नंगे सिर, नंगे पैर, विरक्त दशा में देश-विदेश घूमते रहते हैं। ज्योतिषी जी की विवेचना भी चरितार्थ हो गयी।

सौत

पंडित देवदत्त का विवाह हुए बहुत दिन हुए, पर उनके कोई संतान न हुई। जब तक उनके माँ-बाप जीवित थे, तब तक वे उनसे सदा दूसरा विवाह कर लेने के लिए आग्रह किया करते थे पर वे राजी न हुए। उन्हें अपनी पत्नी गोदावरी से अटल प्रेम था। संतान से होनेवाले सुख के निमित्त वे अपना वर्तमान पारिवारिक सुख नष्ट न करना चाहते थे। इसके अतिरिक्त वे कुछ नये विचार के मनुष्य थे। कहा करते थे कि संतान होने से माँ-बाप की जिम्मेदारियाँ बढ़ जाती हैं। जब तक मुनष्य में यह सामर्थ्य न हो कि वह उसका भली प्रकार पालन-पोषण और शिक्षण आदि कर सके तब तक उसकी संतान से देश, जाति और निज का कुछ भी कल्याण नहीं हो सकता। पहले तो कभी-कभी बालकों को हँसते-खेलते देख कर उनके हृदय पर चोट भी लगती थी, परंतु अब अपने अनेक देश-भाइयों की तरह वे भी शारीरिक व्याधियों से ग्रस्त रहने लगे। अब किस्से-कहानियों के बदले धार्मिक ग्रंथों से उनका अधिक मनोरंजन होता था। अब संतान का खयाल करते ही उन्हें भय-सा लगता था।

पर, गोदावरी इतनी जल्दी निराश होनेवाली न थी। पहले तो वह देवी-देवता, गंडे-ताबीज और यंत्र-मंत्र आदि की शरण लेती रही, परंतु जब उसने देखा कि ये औषधियाँ कुछ काम नहीं करतीं तब वह एक महौषधि की फिक्र में लगी जो कायाकल्प से कम नहीं थी। उसने महीनों, बरसों इसी चिंता-सागर में गोते लगाते काटे। उसने दिल को बहुत समझाया; परंतु मन में जो बात समा गयी थी किसी तरह न निकली। उसे बड़ा भारी आत्मत्याग करना पड़ेगा। शायद पति-प्रेम के सदृश अनमोल रत्न भी उसके हाथ से निकल जाय, पर क्या ऐसा हो सकता है ? पंद्रह वर्ष तक लगातार जिस प्रेम के वृक्ष की उसने सेवा की है क्या वह हवा का एक झोंका भी न सह सकेगा ?

गोदावरी ने अंत में अपने प्रबल विचारों के आगे सिर झुका ही दिया। अब सौत का शुभागमन करने के लिए वह तैयार हो गयी थी।

2

पंडित देवदत्त गोदावरी का यह प्रस्ताव सुन कर स्तम्भित हो गये। उन्होंने अनुमान किया कि या तो यह प्रेम की परीक्षा कर रही है या मेरा मन लेना चाहती है। उन्होंने उसकी बात हँस कर टाल दी। पर जब गोदावरी ने गंभीर भाव से कहा, तुम इसे हँसी मत समझो, मैं अपने हृदय से कहती हूँ कि संतान का मुँह देखने के लिए मैं सौत से छाती पर मूँग दलवाने के लिए भी तैयार हूँ, तब तो उनका संदेह जाता रहा। इतने ऊँचे और पवित्र भाव से भरी हुई गोदावरी को उन्होंने गले से लिपटा लिया। वे बोले, मुझसे यह न होगा। मुझे संतान की अभिलाषा नहीं।

गोदावरी ने जोर दे कर कहा, तुमको न हो मुझे तो है। अगर अपनी खातिर नहीं तो तुम्हें मेरी खातिर यह काम करना ही पड़ेगा।

पंडित जी सरल स्वभाव के आदमी थे। हामी तो उन्होंने न भरी, पर बार-बार कहने से वे कुछ-कुछ राजी अवश्य हो गये। उस तरफ से इसी की देर थी। पंडित जी को कुछ भी परिश्रम न करना पड़ा। गोदावरी की कार्य-कुशलता ने सब काम उनके लिए सुलभ कर दिया। उसने इस काम के लिए अपने पास से केवल रुपये ही नहीं निकाले, किन्तु अपने गहने और कपड़े भी अर्पण कर दिये ! लोक-निंदा का भय इस मार्ग में सबसे बड़ा काँटा था। देवदत्त मन में विचार करने लगे कि जब मैं मौर सजा कर चलूँगा तब लोग मुझे क्या कहेंगे ? मेरे दफ्तर के मित्र मेरी हँसी उड़ायेंगे और मुस्कराते हुए कटाक्षों से मेरी ओर देखेंगे। उनके वे कटाक्ष छुरी से भी ज्यादा तेज होंगे। उस समय मैं क्या करूँगा ?

गोदावरी ने अपने गाँव में जा कर इस कार्य को आरम्भ कर दिया और इसे निर्विघ्न समाप्त भी कर डाला। नयी बहू घर में आ गयी। उस समय गोदावरी ऐसी प्रसन्न मालूम हुई मानो वह बेटे को ब्याह कर लायी हो। वह खूब गाती-बजाती रही। उसे क्या मालूम था कि शीघ्र ही उसे इस गान के बदले रोना पड़ेगा।

3

कई मास बीत गये। गोदावरी अपनी सौत पर इस तरह शासन करती थी मानो वह उसकी सास हो, तथापि वह यह बात कदापि न भूलती थी कि मैं वास्तव में उसकी सास नहीं हूँ। उधर गोमती को अपनी स्थिति का पूरा खयाल रहता था। इसी कारण सास के शासन की तरह कठोर न रहने पर भी गोदावरी का शासन उसे अप्रिय होता था। उसे अपनी छोटी-मोटी जरूरतों के लिए भी गोदावरी से कहते संकोच होता था।

कुछ दिनों बाद गोदावरी के स्वभाव में एक विशेष परिवर्तन दिखाई देने लगा।

वह पंडित जी को घर में आते-जाते बड़ी तीव्र दृष्टि से देखने लगी। उसकी स्वाभाविक गंभीरता अब मानो लोप-सी हो गयी, जरा-सी बात भी उसके पेट में नहीं पचती ! जब पंडित जी दफ्तर से आते तब गोदावरी उनके पास घंटों बैठी गोमती का वृत्तांत सुनाया करती। वृत्तांत-कथन में बहुत-सी ऐसी छोटी-मोटी बातें भी होती थीं कि जब कथा समाप्त होती तब पंडित जी के हृदय से बोझ-सा उतर जाता। गोदावरी क्यों इतनी मृदुभाषिणी हो गयी थी; इसका कारण समझना मुश्किल है। शायद अब वह गोमती से डरती थी। उसके सौंदर्य से, उसके जीवन से, उसके लज्जायुक्त नेत्रों से शायद वह अपने को पराभूत समझती। बाँध को तोड़ कर वह पानी की धारा को मिट्टी के ढेलों से रोकना चाहती थी।

एक दिन गोदावरी ने गोमती से मीठा चावल पकाने को कहा। शायद वह रक्षाबंधन का दिन था। गोमती ने कहा, शक्कर नहीं है। गोदावरी यह सुनते ही विस्मित हो उठी। उतनी शक्कर इतनी जल्दी कैसे उठ गयी ! जिसे छाती फाड़ कर कमाना पड़ता है, उसे अखरता है, खानेवाले क्या जानें ?

जब पंडित जी दफ्तर से आये तब यह जरा-सी बात बड़ा विस्तृत रूप धारण करके उनके कानों में पहुँची। थोड़ी देर के लिए पंडित जी के दिल में भी यह शंका हुई कि गोमती को कहीं भस्मक रोग तो नहीं हो गया।

ऐसी ही घटना एक बार फिर हुई। पंडित जी को बवासीर की शिकायत थी। लालमिर्च वह बिलकुल न खाते थे। गोदावरी जब रसोई बनाती थी तब वह लालमिर्च रसोई घर में लाती ही न थी। गोमती ने एक दिन दाल में मसाले के साथ थोड़ी-सी लालमिर्च भी डाल दी। पंडित जी ने दाल कम खायी। पर गोदावरी गोमती के पीछे पड़ गयी। ऐंठ कर वह बोली—ऐसी जीभ जल क्यों नहीं जाती ?

4

पंडित जी बड़े ही सीधे आदमी थे। दफ्तर से आये, खाना खाया, पड़ कर सो रहे। वे एक साप्ताहिक पत्र मँगाते थे। उसे कभी-कभी महीनों खोलने की नौबत न आती थी। जिस काम में जरा भी कष्ट या परिश्रम होता, उससे वे कोसों दूर भागते थे। कभी उनके दफ्तर में थियेटर के 'पास' मुफ्त मिला करते थे। पर पंडित जी उनसे कभी काम नहीं लेते, और ही लोग उनसे माँग ले जाया करते। रामलीला या कोई मेला तो उन्होंने शायद नौकरी करने के बाद फिर कभी देखा ही नहीं। गोदावरी उनकी प्रकृति का परिचय अच्छी तरह पा चुकी थी। पंडित जी भी प्रत्येक विषय में गोदावरी के मतानुसार चलने में अपनी कुशल समझते थे।

पर रुई-सी मुलायम वस्तु भी दब कर कठोर हो जाती है। पंडित जी को यह आठों पहर की चह-चह असह्य-सी प्रतीत होती, कभी-कभी मन में झुंझलाने

भी लगते। इच्छा-शक्ति जो इतने दिनों तक बेकार पड़ी रहने से निर्बल-सी हो गयी थी, अब कुछ सजीव-सी होने लगी थी।

पंडित जी यह मानते थे कि गोदावरी ने सौत को घर लाने में बड़ा भारी त्याग किया है। उसका यह त्याग अलौकिक कहा जा सकता है; परन्तु उसके त्याग का भार जो कुछ है वह मुझ पर है, गोमती पर उसका क्या एहसान ? यहाँ उसे कौन-सा सुख है जिसके लिए वह फटकार पर फटकार सहे ? पति मिला है वह बूढ़ा और सदा रोगी, घर मिला है वह ऐसा कि अगर नौकरी छूट जाय तो कल चूल्हा न जले। इस दशा में गोदावरी का यह स्नेह-रहित बरताव उन्हें बहुत अनुचित मालूम होता।

गोदावरी की दृष्टि इतनी स्थूल न थी कि उसे पंडित जी के मन के भाव नजर न आवें। उनके मन में जो विचार उत्पन्न होते वे सब गोदावरी को उनके मुख पर अंकित-से दिखायी पड़ते। यह जानकारी उसके हृदय में एक ओर गोमती के प्रति ईर्ष्या की प्रचंड अग्नि दहका देती, दूसरी ओर पंडित देवदत्त पर निष्ठुरता और स्वार्थपिय्रता का दोषारोपण कराती। फल यह हुआ कि मनोमालिन्य दिन-दिन बढ़ता गया।

5

गोदावरी ने धीरे-धीरे पंडित जी से गोमती की बातचीत करनी छोड़ दी, मानो उसके निकट गोमती घर में थी ही नहीं। न उसके खाने-पीने की वह सुधि लेती, न कपड़े-लत्ते की। एक बार कई दिनों तक उसे जलपान के लिए कुछ भी न मिला। पंडित जी तो आलसी जीव थे। वे इन अत्याचारों को देखा करते, पर अपने शांतिसागर में घोर उपद्रव मच जाने के भय से किसी से कुछ न कहते। तथापि इस छिछले अन्याय ने उनकी महती सहन-शक्ति को भी मथ डाला। एक दिन उन्होंने गोदावरी से डरते-डरते कहा, क्या आजकल जलपान के लिए मिठाई-विठाई नहीं आती ?

गोदावरी ने क्रुद्ध हो कर जवाब दिया, तुम लाते ही नहीं तो आये कहाँ से ! मेरे कोई नौकर बैठा है ?

देवदत्त को गोदावरी के ये कठोर वचन तीर-से लगे। आज तक गोदावरी ने उनसे ऐसी रोषपूर्ण बात कभी न की थी।

वे बोले, धीरे बोलो, झुँझलाने की तो कोई बात नहीं है। गोदावरी ने आँखें नीची करके कहा, मुझे तो जैसा आता है वैसे बोलती हूँ, दूसरों की-सी मधुर बोली कहाँ से लाऊँ।

देवदत्त ने जरा गरम हो कर कहा, आजकल मुझे तुम्हारे मिजाज का कुछ रंग ही नहीं मालूम होता। बात-बात पर उलझती रहती हो !

गोदावरी का चेहरा क्रोधाग्नि से लाल हो गया। वह बैठी थी खड़ी हो गयी। उसके होंठ फड़कने लगे। वह बोली, मेरी कोई बात अब तुमको क्यों अच्छी लगेगी। अब मैं सिर से पैर तक दोषों से भरी हुई हूँ। अब और लोग तुम्हारे मन का काम करेंगे। मुझसे नहीं हो सकता। यह लो संदूक की कुंजी ! अपने रुपये-पैसे सँभालो, यह रोज-रोज की झंझट मेरे मान की नहीं। जब तक निभा, निभाया। अब नहीं निभ सकता।

पंडित देवदत्त मानो मूर्च्छित-से हो गये। जिस शांति-भंग का उन्हें भय था उसने अत्यंत भयंकर रूप धारण करके घर में प्रवेश किया। वह कुछ भी न बोल सके। इस समय उनके अधिक बोलने से बात बढ़ जाने का भय था। वह बाहर चले आये और सोचने लगे कि मैंने गोदावरी के साथ कौन-सा अनुचित व्यवहार किया है। उनके ध्यान में आया कि गोदावरी के हाथ से निकल कर घर का प्रबंध कैसे हो सकेगा। इस थोड़ी-सी आमदनी में वह न जाने किस प्रकार काम चलाती थी ? क्या-क्या उपाय वह करती थी ! अब न जाने नारायण कैसे पार लगावेंगे। उसे मनाना पड़ेगा, और हो ही क्या सकता है। गोमती भला क्या कर सकती है, सारा बोझ मेरे ही सिर पड़ेगा। मानेगी तो, पर मुश्किल से।

परंतु पंडित जी की ये शुभकामनाएँ निष्फल हुईं। संदूक की कुंजी विषैली नागिन की तरह वहीं आँगन में ज्यों की त्यों तीन दिन तक पड़ी रही, किसी को उसके निकट जाने का साहस न हुआ। चौथे दिन पंडित जी ने मानो जान पर खेल कर उस कुंजी को उठा लिया। उस समय उन्हें ऐसा मालूम हुआ मानो किसी ने उनके सिर पर पहाड़ उठा कर रख दिया। आलसी आदमियों को अपने नियमित मार्ग से तिल भर भी हटना बड़ा कठिन मालूम होता है।

यद्यपि पंडित जी जानते थे कि मैं अपने दफ्तर के कारण इस कार्य को सम्भालने में असमर्थ हूँ, तथापि उनसे इतनी ढिठाई न हो सकी कि वह कुंजी गोमती को दें। पर यह केवल दिखावा ही भर था। कुंजी उन्हीं के पास रहती थी, काम सब गोमती को करना पड़ता था। इस प्रकार गृहस्थी के शासन का अंतिम साधन भी गोदावरी के हाथ से निकल गया। गृहिणी के नाम के साथ जो मर्यादा और सम्मान था वह भी गोदावरी के पास से उसी कुंजी के साथ चला गया। देखते-देखते घर की महरी और पड़ोस की स्त्रियों के बरताव में भी बहुत अंतर पड़ गया। गोदावरी अब पदच्युता रानी की तरह थी। उसका अधिकार अब केवल दूसरों की सहानुभूति पर ही रह गया था।

6

गृहस्थी के काम-काज में परिवर्तन होते ही गोदावरी के स्वभाव में भी शोकजनक परिवर्तन हो गया। ईर्ष्या मन में रहनेवाली वस्तु नहीं। आठों पहर पास-पड़ोस के

घरों में यही चर्चा होने लगी, देखा दुनिया कैसे मतलब की है। बेचारी ने लड़-झगड़ कर ब्याह कराया, जान-बूझ कर अपने पैरों पर कुल्हाड़ी मारी। यहाँ तक कि अपने गहने-कपड़े तक उतार दिये। पर अब रोते-रोते आँचल भीगता है। सौत तो सौत ही है, पति ने भी उसे आँखों से गिरा दिया। बस, अब दासी की तरह घर में पड़ी-पड़ी पेट जिलाया करे। यह जीना भी कोई जीना है ?

ये सहानुभूतिपूर्ण बात सुन कर गोदावरी की ईर्ष्याग्नि और भी प्रबल होती जाती थी। इसे इतना न सूझता था कि वह मौखिक संवेदनाएँ अधिकांश में उस मनोविकार से पैदा हुई हैं जिससे मनुष्यों को हानि और दुःख पर हँसने में विशेष आनंद आता है।

गोदावरी को जिस बात का पूर्ण विश्वास और पंडित जी को जिसका बड़ा भय था, वह न हुई। घर के काम-काज में कोई विघ्न-बाधा, कोई रुकावट न पड़ी। हाँ, अनुभव न होने के कारण पंडित जी का प्रबन्ध गोदावरी के प्रबन्ध जैसा अच्छा न था। कुछ खर्च ज्यादा पड़ जाता था। पर काम भली-भाँति चला जाता था। हाँ, गोदावरी को गोमती के सभी काम दोषपूर्ण दिखाई देते थे। ईर्ष्या में अग्नि है। परन्तु अग्नि का गुण उसमें नहीं। वह हृदय को फैलाने के बदले और भी संकीर्ण कर देती है। अब घर में कुछ हानि हो जाने से गोदावरी को दुःख के बदले आनंद होता। बरसात के दिन थे। कई दिन तक सूर्यनारायण के दर्शन न हुए। संदूक में रक्खे हुए कपड़ों में फफूँदी लग गयी। तेल के अचार बिगड़ गये। गोदावरी को यह सब देख कर रत्ती भर भी दुःख न हुआ। हाँ, दो-चार जली-कटी सुनाने का अवसर अवश्य मिल गया। मालकिन ही बनना आता है कि मालकिन का काम करना भी।

पंडित देवदत्त की प्रकृति में भी अब नया रंग नजर आने लगा ! जब तक गोदावरी अपनी कार्यपरायणता से घर का सारा बोझ सम्भाले थी, तब तक उनको कभी किसी चीज की कमी नहीं खली। यहाँ तक कि शाक-भाजी के लिए भी उन्हें बाजार नहीं जाना पड़ा। पर अब गोदावरी उन्हें दिन में कई बार बाजार दौड़ते देखती। गृहस्थी का प्रबंध ठीक न रहने से बहुधा जरूरी चीजों के लिए उन्हें बाजार ऐन वक्त पर जाना पड़ता। गोदावरी यह कौतुक देखती और सुना-सुना कर कहती, यही महाराज हैं कि एक तिनका उठाने के लिए भी न उठते थे। अब देखती हूँ, दिन में दस दफे बाजार में खड़े रहते हैं। अब मैं इन्हें कभी यह कहते नहीं सुनती कि मेरे लिखने-पढ़ने में हर्ज होगा।

गोदावरी को इस बात का एक बार परिचय मिल चुका था कि पंडित जी बाजार-हाट के काम में कुशल नहीं हैं। इसलिए जब उसे कपड़े की जरूरत होती तब वह अपने पड़ोस के एक बूढ़े लाला साहब से मँगवाया करती थी। पंडित जी को यह बात भूल-सी गयी थी कि गोदावरी को साड़ियों की भी जरूरत पड़ती है।

उनके सिर से तो जितना बोझ कोई हटा दे उतना ही अच्छा था। खुद वे भी वही कपड़े पहनते थे जो गोदावरी मँगा कर उन्हें दे देती थी। पंडित जी को नये फैशन और नये नमूनों से कोई प्रयोजन न था। पर अब कपड़ों के लिए भी उन्हीं को बाजार जाना पड़ता है। एक बार गोमती के पास साड़ियाँ न थीं। पंडित जी बाजार गये तो एक बहुत अच्छा-सा जोड़ा उसके लिए ले आये। बजाज ने मनमाने दाम लिये। उधार सौदा लाने में पंडित जी जरा भी आगा-पीछा न करते थे। गोमती ने वह जोड़ा गोदावरी को दिखाया। गोदावरी ने देखा और मुँह फेर कर रुखाई से बोली, भला तुमने उन्हें कपड़े लाना तो सिखा दिया। मुझे तो सोलह वर्ष बीत गये, उनके हाथ का लाया हुआ एक कपड़ा स्वप्न में भी पहनना नसीब न हुआ।

ऐसी घटनाएँ गोदावरी की ईर्ष्याग्नि को और भी प्रज्ज्वलित कर देती थीं। जब तक उसे यह विश्वास था कि पंडित जी स्वभाव से ही रूखे हैं, तब तक उसे संतोष था। परन्तु अब उनकी ये नयी-नयी तरंगें देख कर उसे मालूम हुआ कि जिस प्रीति को मैं सैकड़ों यत्न करके भी न पा सकी उसे इस रमणी ने केवल अपने यौवन से जीत लिया। उसे अब निश्चय हुआ कि मैं जिसे सच्चा प्रेम समझ रही थी वह वास्तव में कपटपूर्ण था। वह निरा स्वार्थ था।

दैवयोग से इन्हीं दिनों गोमती बीमार पड़ी। उसे उठने-बैठने की भी शक्ति न रही। गोदावरी रसोई बनाने लगी, पर उसे इसका निश्चय नहीं था कि गोमती वास्तव में बीमार है। उसे यही खयाल था कि मुझसे खाना पकवाने के लिए ही दोनों प्राणियों ने यह स्वाँग रचा है। पड़ोस की स्त्रियों से कहती कि लौंडी बनने में इतनी ही कसर थी, वह पूरी हो गयी।

पंडित जी को आजकल खाना खाते वक्त भाग-भाग-सी पड़ जाती है। वे न जाने क्यों गोदावरी से एकांत में बातचीत करते डरते हैं। न मालूम कैसी कठोर और हृदय-विदारक बातें वह सुनाने लगे। इसीलिए खाना खाते वक्त वे डरते थे कि कहीं उस भयंकर समय का आगमन न हो जाय। गोदावरी अपने तीव्र नेत्रों से उनके मन का भाव ताड़ जाती थी, पर मन ही मन में ऐंठ कर रह जाती थी।

एक दिन उससे न रहा गया। वह बोली, क्या मुझसे बोलने की भी मनाही कर दी गयी है ? देखती हूँ, कहीं तो रात-रात भर बातों का तार नहीं टूटता, पर मेरे सामने मुँह खोलने की भी कसम-सी खायी है। घर का रंग-ढंग देखते हो न ? अब तो काम तुम्हारे इच्छानुसार चल रहा है न ?

पंडित जी ने सिर नीचा किये हुए उत्तर दिया, उँह ! जैसे चलता है, वैसे चलता है। उस फिक्र से क्या अपनी जान दे दूँ ? जब तुम यह चाहती हो कि घर मिट्टी में मिल जाय तब फिर मेरा क्या वश है ?

इस पर गोदावरी ने बड़े कठोर वचन कहे। बात बढ़ गयी। पंडित जी चौके

पर से उठ आये। गोदावरी ने कसम दिला कर उन्हें बिठाना चाहा, पर वे वहाँ क्षण भर भी न रुके ! तब उसने भी रसोई उठा दी। सारे घर को उपवास करना पड़ा।

गोमती में एक विचित्रता यह थी कि वह कड़ी-से-कड़ी बात सहन कर सकती थी, पर भूख सहन करना उसके लिए बड़ा कठिन था। इसलिए कोई व्रत भी न रखती थी। हाँ, कहने-सुनने को जन्माष्टमी रख लेती थी। पर आजकल बीमारी के कारण उसे और भी भूख लगती थी। जब उसने देखा कि दोहपर होने को आयी और भोजन मिलने के कोई लक्षण नहीं, तब विवश हो कर बाजार से मिठाई मँगायी। सम्भव है उसने गोदावरी को जलाने के लिए ही खेल खेला हो, क्योंकि कोई भी एक वक्त खाना न खाने से मर नहीं जाता। गोदावरी के सिर से पैर तक आग लग गयी। उसने भी तुरंत मिठाइयाँ मँगवायीं। कई वर्ष के बाद आज उसने पेट भर मिठाइयाँ खायीं। ये सब ईर्ष्या के कौतुक हैं।

जो गोदावरी दोपहर के पहले मुँह में पानी न डालती थी, वही अब प्रातःकाल ही कुछ जलपान किये बिना नहीं रह सकती। सिर में वह हमेशा मीठा तेल डालती थी, पर अब मीठे तेल से उसके सिर में पीड़ा होने लगती थी। पान खाने का उसे नया व्यसन लग गया। ईर्ष्या ने उसे नयी नवेली बहू बना दिया।

जन्माष्टमी का शुभ दिन आया। पंडित जी का स्वाभाविक आलस्य इन दो-तीन दिनों के लिए गायब हो जाता था। बड़े उत्साह से झाँकी बनाने में लग जाते थे। गोदावरी यह व्रत बिना जल के रखती थी और पंडित जी तो कृष्ण के उपासक ही थे। अब उनके अनुरोध से गोमती ने भी निर्जल व्रत रखने का साहस किया, पर उसे बड़ा आश्चर्य हुआ जब महरी ने आकर उससे कहा, बड़ी बहू निर्जल न रहेंगी, उनके लिए फलाहार मँगा दो।

संध्या समय गोदावरी ने मान-मंदिर जाने कि लिए इक्के की फरमाइश की। गोमती को यह फरमाइश बुरी मालूम हुई। आज के दिन इक्कों का किराया बहुत बढ़ जाता था। मान-मंदिर कुछ दूर भी नहीं था। इससे वह चिढ़ कर बोली—व्यर्थ रुपया क्यों फेंका जाय ? मन्दिर कौन बड़ी दूर है। पाँव-पाँव क्यों नहीं चली जाती। हुक्म चला देना तो सहज है। अखरता उसे है, जो बैल की तरह कमाता है।

तीन साल पहले गोमती ने इसी तरह की बातें गोदावरी के मुँह से सुनी थीं। आज गोदावरी को भी गोमती के मुँह से सुननी पड़ीं। समय की गति !

इन दिनों गोदावरी बड़े उदासीन भाव से खाना बनाती है। पंडित जी के पथ्यापथ्य के विषय में भी अब उसे पहले की-सी चिंता न थी। एक दिन उसने महरी से कहा कि अंदाज से मसाले निकाल कर पीस ले, मसाले दाल में पड़े तो मिर्च जरा अधिक तेज हो गयी। मारे भय से पंडित जी से वह न खायी गयी। अन्य आलसी मनुष्यों की तरह चटपटी वस्तुएँ उन्हें भी बहुत प्रिय थीं, परंतु वह रोग से डरे हुए

थे। गोमती ने जब यह सुना तब भौंहें चढ़ा कर बोली, क्या बुढ़ापे में जबान गज भर की हो गयी है।

कुछ इसी तरह से कटु-वाक्य एक बार गोदावरी ने भी कहे थे। आज उसकी बारी सुननें की थी।

7

आज गोदावरी गंगा से गले मिलने आयी है। तीन साल हुए वह वर और वधू को लेकर गंगा जी को पुष्प और दूध चढ़ाने गयी थी। आज वह अपने प्राण समर्पण करने आयी है। आज वह गंगा जी की आनंदमयी लहरों में विश्राम करना चाहती है।

गोदावरी को अब उस घर में एक क्षण रहना भी दुस्सह हो गया था। जिस घर में रानी बन कर रही उसी में चेरी बन कर रहना उस जैसी सगर्वा स्त्री के लिए असम्भव था।

अब इस घर में गोदावरी का स्नेह उस पुरानी रस्सी की तरह था जो बराबर गाँठ देने पर भी कहीं न कहीं से टूट ही जाती है। उसे गंगा जी की शरण लेने के सिवाय और कोई उपाय न सूझता था।

कई दिन हुए उसके मुँह से बार-बार जान देने की धमकी सुन पंडित जी खिजला कर बोल उठे थे, तुम किसी तरह मर भी तो जातीं। गोदावरी उन विष-भरे शब्दों को अब तक न भूली थी। चुभनेवाली बातें उसको कभी न भूलती थीं। आज गोमती ने भी वही बातें कहीं, यद्यपि उसने बहुत कुछ सहन करने के पीछे कठोर बातें कही थीं। तथापि गोदावरी को अपनी बातें तो भूल-सी गयी थीं। केवल गोमती और पंडित जी के वाक्य ही उसके कानों में गूँज रहे थे। पंडित जी ने उसे डाँटा तक नहीं। मुझ पर ऐसा घोर अन्याय और वे मुँह तक न खोलें।

आज सब लोगों के सो जाने पर गोदावरी घर से बाहर निकली, आकाश में काली घटाएँ छायी हुई थीं। वर्षा की झड़ी लग रही थी। उधर उसके नेत्रों से भी आँसुओं की धारा बह रही थी। प्रेम का बंधन कितना कोमल है और दृढ़ भी कितना ! कोमल है अपमान के सामने, दृढ़ है वियोग के सामने ! गोदावरी चौखट पर खड़ी-खड़ी घंटों रोती रही, कितनी ही पिछली बातें उसे याद आती थीं। हा ! कभी यहाँ उसके लिए प्रेम भी था, मान भी था, जीवन का सुख भी था। शीघ्र ही पंडित जी के वे कठोर शब्द भी याद आ गये। आँखों से फिर पानी की धारा बहने लगी। गोदावरी घर से चल खड़ी हुई।

इस समय यदि पंडित देवदत्त नंगे सिर, नंगे पाँव पानी में भीगते दौड़े आते और गोदावरी के कम्पित हाथों को पकड़ कर अपने धड़कते हुए हृदय से उसे लगा

कर कहते, 'प्रिये !' इससे अधिक और उनके मुँह से कुछ भी न निकलता, तो भी क्या गोदावरी अपने विचारों पर स्थिर रह सकती ?

कुआर का महीना था। रात को गंगा की लहरों की गरज बड़ी भयानक मालूम होती थी। साथ ही जब बिजली तड़प जाती तब उसकी उछलती हुई लहरें प्रकाश से उज्ज्वल हो जाती थीं। मानो प्रकाश उन्मत्त हाथी का रूप धारण कर किलोलें कर रहा हो। जीवन-संग्राम का एक विशाल दृश्य आँखों के सामने आ रहा था।

गोदावरी के हृदय में भी इस समय विचार की अनेक लहरें बड़े वेग से उठतीं, आपस में टकरातीं और ऐंठती हुई लोप हो जाती थीं। कहाँ ? अंधकार में।

क्या यह गरजने-उमड़नेवाली गंगा गोदावरी को शांति प्रदान कर सकती है ? उसकी लहरों में सुधासम मधुर ध्वनि नहीं है और न उसमें करुणा का विकास ही है। वह इस समय उद्दंडता और निर्दयता की भीषण मूर्ति धारण किये हुए है।

गोदावरी किनारे बैठी क्या सोच रही थी, कौन कह सकता है ? क्या अब उसे यह खटका नहीं लगा था कि पंडित देवदत्त आते न होंगे ? प्रेम का बंधन कितना मजबूत होता है।

उसी अंधकार में ईर्ष्या, निष्ठुरता और नैराश्य की सताई हुई वह अबला गंगा की गोद में गिर पड़ी। लहरें झपटीं और उसे निगल गयीं।

सबेरा हुआ। गोदावरी घर में नहीं थी। उसकी चारपाई पर यह पत्र पड़ा हुआ था—

'स्वामिन, संसार में सिवाय आपके मेरा और कौन स्नेही था ? मैंने अपना सर्वस्व आपके सुख की भेंट कर दिया। अब आपका सुख इसी में है कि मैं इस संसार से लोप हो जाऊँ। इसीलिए ये प्राण आपकी भेंट हैं। मुझसे जो कुछ अपराध हुए हों, क्षमा कीजिएगा। ईश्वर सदा आपको सुखी रक्खे ?'

पंडित जी इस पत्र को देखते ही मूर्च्छित हो कर गिर पड़े। गोमती रोने लगी। पर क्या वे उसके विलाप के आँसू थे ?

सज्जनता का दंड

साधारण मनुष्य की तरह शाहजहाँपुर के डिस्ट्रिक्ट इंजीनियर सरदार शिवसिंह में भी भलाइयाँ और बुराइयाँ दोनों ही वर्तमान थीं। भलाई यह थी कि उनके यहाँ न्याय और दया में कोई अंतर न था। बुराई यह थी कि वे सर्वथा निर्लोभ और निःस्वार्थ थे। भलाई ने मातहतों को निडर और आलसी बना दिया था, बुराई के कारण उस विभाग के सभी अधिकारी उनकी जान के दुश्मन बन गये थे।

प्रातःकाल का समय था। वे किसी पुल की निगरानी के लिए तैयार खड़े थे। मगर साईस अभी तक मीठी नींद ले रहा था। रात को उसे अच्छी तरह सहेज दिया था कि पौ फटने के पहले गाड़ी तैयार कर लेना। लेकिन सुबह भी हुई, सूर्य भगवान् ने दर्शन भी दिये, शीतल किरणों में गरमी भी आयी, पर साईस की नींद अभी तक नहीं टूटी।

सरदार साहब खड़े-खड़े थक कर एक कुर्सी पर बैठ गये। साईस तो किसी तरह जागा, परंतु अर्दली के चपरासियों का पता नहीं। जो महाशय डाक लेने गये थे, वे एक ठाकुरद्वारा में खड़े चरणामृत की परीक्षा कर रहे थे। जो ठेकेदार को बुलाने गये थे वे बाबा रामदास की सेवा में बैठे गाँजे का दम लगा रहे थे।

धूप तेज होती जाती थी। सरदार साहब झुँझला कर मकान में चले गये और अपनी पत्नी से बोले, इतना दिन चढ़ आया, अभी तक एक चपरासी का भी पता नहीं। इनके मारे तो मेरे नाक में दम आ गया है।

पत्नी ने दीवार की ओर देख कर सरदार साहब से कहा, यह सब उन्हें सिर चढ़ाने का फल है।

सरदार साहब चिढ़ कर बोले, क्या करूँ, उन्हें फाँसी दे दूँ ?

2

सरदार साहब के पास मोटरकार का तो कहना ही क्या, कोई फिटन भी न थी। वे अपने इक्के से ही प्रसन्न थे, जिसे उनके नौकर-चाकर अपनी भाषा में उड़नखटोला

कहते थे। शहर के लोग उसे इतना आदर-सूचक नाम न देकर छकड़ा कहना ही उचित समझते थे। इस तरह सरदार साहब अन्य व्यवहारों में भी बड़े मितव्ययी थे। उनके दो भाई इलाहाबाद में पढ़ते थे। विधवा माता बनारस में रहती थीं। एक विधवा बहिन भी उन्हीं पर अवलम्बित थी। इनके सिवा कई गरीब लड़कों को छात्रवृत्तियाँ भी देते थे। इन्हीं कारणों से वे सदा खाली हाथ रहते ! यहाँ तक कि उनके कपड़ों पर भी इस आर्थिक दशा के चिह्न दिखायी देते थे ! लेकिन यह सब कष्ट सह कर भी वे लोभ को अपने पास फटकने न देते थे ! जिन लोगों पर उनका स्नेह था वे उनकी सज्जनता को सराहते थे और उन्हें देवता समझते थे। उनकी सज्जनता से उन्हें कोई हानि न होती थी, लेकिन जिन लोगों से उनके व्यावसायिक सम्बन्ध थे, वे उनके सद्भावों के ग्राहक न थे, क्योंकि उन्हें हानि होती थी। यहाँ तक कि उन्हें अपनी सहधर्मिणी से भी कभी-कभी अप्रिय बातें सुननी पड़ती थीं।

एक दिन वे दफ्तर से आये तो उनकी पत्नी ने स्नेहपूर्ण ढंग से कहा, तुम्हारी यह सज्जनता किस काम की, जब सारा संसार तुमको बुरा कह रहा है।

सरदार साहब ने दृढ़ता से जवाब दिया, संसार जो चाहे कहे परमात्मा तो देखता है।

रामा ने यह जवाब पहले ही सोच लिया। वह बोली, मैं तुमसे विवाद तो करती नहीं, मगर जरा अपने दिल में विचार करके देखो कि तुम्हारी इस सचाई का दूसरों पर क्या असर पड़ता है ? तुम तो अच्छा वेतन पाते हो। तुम अगर हाथ न बढ़ाओ तो तुम्हारा निर्वाह हो सकता है ? रूखी रोटियाँ मिल ही जायेंगी, मगर ये दस-दस पाँच-पाँच रुपये के चपरासी, मुहर्रिर, दफ्तरी बेचारे कैसे गुजर करें। उनके भी बाल-बच्चे हैं। उनके भी कुटुम्ब-परिवार हैं। शादी-गमी, तिथि-त्योहार यह सब उनके पास लगे हुए हैं। भलमनसी का भेष बनाये काम नहीं चलता। बताओ उनका गुजर कैसे हो ? अभी रामदीन चपरासी की घरवाली आयी थी। रोते-रोते आँचल भीगता था। लड़की सयानी हो गयी है। अब उसका ब्याह करना पड़ेगा। ब्राह्मण की जाति—हजारों का खर्च। बताओ उसके आँसू किसके सिर पड़ेंगे ?

ये सब बातें सच थीं। इनसे सरदार साहब को इनकार नहीं हो सकता था। उन्होंने स्वयं इस विषय में बहुत कुछ विचार किया था। यही कारण था कि वह अपने मातहतों के साथ बड़ी नरमी का व्यवहार करते थे। लेकिन सरलता और शालीनता का आत्मिक गौरव चाहे जो हो, उनका आर्थिक मोल बहुत कम है। वे बोले, तुम्हारी बातें सब यथार्थ हैं, किंतु मैं विवश हूँ। अपने नियमों को कैसे तोड़ूँ ? यदि मेरा वश चले तो मैं उन लोगों का वेतन बढ़ा दूँ। लेकिन यह नहीं हो सकता कि मैं खुद लूट मचाऊँ और उन्हें लूटने दूँ।

रामा ने व्यंग्यपूर्ण शब्दों में कहा, तो यह हत्या किस पर पड़ेगी ?

सरदार साहब ने तीव्र हो कर उत्तर दिया, यह उन लोगों पर पड़ेगी जो अपनी

हैसियत और आमदनी से अधिक खर्च करना चाहते हैं। अरदली बनकर क्यों वकील के लड़के से लड़की ब्याहने को ठानते हैं। दफ्तरी को यदि टहलुवे की जरूरत हो तो यह किसी पाप कार्य से कम नहीं। मेरे साईस की स्त्री अगर चाँदी की सिल गले में डालना चाहे तो यह उसकी मूर्खता है। इस झूठी बड़ाई का उत्तरदाता मैं नहीं हो सकता।

3

इंजीनियरों का ठेकेदारों से कुछ ऐसा ही सम्बन्ध है जैसे मधु-मक्खियों का फूलों से। अगर वे अपने नियत भाग से अधिक पाने की चेष्टा न करें तो उनसे किसी को शिकायत नहीं हो सकती। यह मधु-रस कमीशन कहलाता है। रिश्वत लोक और परलोक दोनों का ही सर्वनाश कर देती है। उसमें भय है, चोरी है, बदमाशी है। मगर कमीशन एक मनोहर वाटिका है, जहाँ न मनुष्य का डर है, न परमात्मा का भय, यहाँ तक कि वहाँ आत्मा की छिपी हुई चुटकियों का भी गुजर नहीं है। और कहाँ तक कहें उसकी ओर बदनामी आँख भी नहीं उठा सकती। यह वह बलिदान है, जो हत्या होते हुए भी धर्म का एक अंश है। ऐसी अवस्था में यदि सरदार शिवसिंह अपने उज्ज्वल चरित्र को इस धब्बे से साफ रखते थे और उस पर अभिमान करते थे, तो क्षमा के पात्र थे।

मार्च का महीना बीत रहा था। चीफ इंजीनियर साहब जिले में मुआयना करने आ रहे थे। मगर अभी तक इमारतों का काम अपूर्ण था। सड़कें खराब हो रही थीं, ठेकेदारों ने मिट्टी और कंकड़ भी नहीं जमा किये थे।

सरदार साहब रोज ठेकेदारों को ताकीद करते थे, मगर इसका कुछ फल न होता था।

एक दिन उन्होंने सबको बुलाया। वे कहने लगे, तुम लोग क्या यही चाहते हो कि मैं इस जिले से बदनाम होकर जाऊँ। मैंने तुम्हारे साथ कोई बुरा सलूक नहीं किया। मैं चाहता तो आपसे काम छीन कर खुद करा लेता, मगर मैंने आपको हानि पहुँचाना उचित न समझा। उसकी मुझे यह सजा मिल रही है। खैर !

ठेकेदार लोग यहाँ से चले तो बातें होने लगीं। मिस्टर गोपालदास बोले, अब आटे-दाल का भाव मालूम हो जायेगा।

शाहबाज़ खाँ ने कहा, किसी तरह इसका जनाजा निकले तो यहाँ से ···

सेठ चुन्नीलाल ने फरमाया, इंजीनियर से मेरी जान-पहचान है। मैं उसके साथ काम कर चुका हूँ। वह उन्हें खूब लथेड़ेगा।

इस पर बूढ़े हरिदास ने उपदेश दिया, यारो, स्वार्थ की बात है। नहीं तो सच यह है कि यह मनुष्य नहीं, देवता है। भला और नहीं तो साल भर में कमीशन

के 10 हजार तो होते होंगे। इतने रुपयों को ठीकरे की तरह तुच्छ समझना क्या कोई सहज बात है ? एक हम हैं कि कौड़ियों के पीछे ईमान बेचते फिरते हैं। जो सज्जन पुरुष हमसे एक पाई का रवादार न हो, सब प्रकार के कष्ट उठा कर भी जिसकी नीयत डाँवाँडोल न हो, उसके साथ ऐसा नीच और कुटिल बरताव करना पड़ता है। इसे अपने अभाग्य के सिवा और क्या समझें।

शाहबाज़ खाँ ने फरमाया—हाँ; इसमें तो कोई शक नहीं कि यह शख्स नेकी का फरिश्ता है।

सेठ चुन्नीलाल ने गम्भीरता से कहा, खाँ साहब ! बात तो वही है, जो तुम कहते हो। लेकिन किया क्या जाय ? नेकनीयती से तो काम नहीं चलता। यह दुनिया तो छल-कपट की है।

मिस्टर गोपालदास बी. ए. पास थे। वे गर्व के साथ बोले, इन्हें जब इस तरह रहना था तो नौकरी करने की क्या जरूरत थी ? यह कौन नहीं जानता की नीयत को साफ रखना अच्छी बात है। मगर यह भी तो देखना चाहिए कि इसका दूसरों पर क्या असर पड़ता है। हमको तो ऐसा आदमी चाहिए जो खुद खाये और हमें भी खिलावे। खुद हलुवा खाय, हमें रूखी रोटियाँ ही खिलावे। वह अगर एक रुपया कमीशन लेगा तो उसकी जगह पाँच का फायदा कर देगा। इन महाशय के यहाँ क्या है ? इसीलिए आप जो चाहें कहें, मेरी तो कभी इनसे निभ नहीं सकती।

शाहबाज़ खाँ बोले, हाँ, नेक और पाक-साफ रहना जरूर अच्छी चीज है, मगर ऐसी नेकी ही से क्या जो दूसरों की जान ले ले।

बूढ़े हरिदास की बातों की जिन लोगों ने पुष्टि की थी वे सब गोपालदास की हाँ में हाँ मिलाने लगे ! निर्बल आत्माओं में सचाई का प्रकाश जुगनू की चमक है।

4

सरदार साहब के एक पुत्री थी। उसका विवाह मेरठ के एक वकील के लड़के से ठहरा था। लड़का होनहार था। जाति-कुल का ऊँचा था। सरदार साहब ने कई महीने की दौड़-धूप में इस विवाह को तै किया था। और सब बातें तै हो चुकी थीं, केवल दहेज का निर्णय नहीं हुआ था। आज वकील साहब का एक पत्र आया। उसने इस बात का भी निश्चय कर दिया, मगर विश्वास, आशा और वचन के बिलकुल प्रतिकूल। पहले वकील साहब ने एक जिले के इंजीनियर के साथ किसी प्रकार का ठहराव व्यर्थ समझा। बड़ी सस्ती उदारता प्रकट की। इस लज्जित और घृणित व्यवहार पर खूब आँसू बहाये। मगर जब ज्यादा पूछताछ करने पर सरदार साहब के धन-वैभव का भेद खुल गया, तब दहेज का ठहराना आवश्यक हो गया।

सरदार साहब ने आशंकित हाथों से पत्र खोला, पाँच हजार रुपये से कम पर विवाह नहीं हो सकता। वकील साहब को बहुत खेद और लज्जा थी कि वे इस विषय में स्पष्ट होने पर मजबूर किये गये। मगर वे अपने खानदान के कई बूढ़े खुर्राट, विचारहीन, स्वार्थांध महात्माओं के हाथों बहुत तंग थे। उनका कोई वंश न था। इंजीनियर साहब ने एक लम्बी साँस खींची–सारी आशाएँ मिट्टी में मिल गयीं। क्या सोचते थे, क्या हो गया। विकल हो कर कमरे में टहलने लगे।

उन्होंने जरा देर पीछे पत्र को उठा लिया और अंदर चले गये। विचारा कि यह पत्र रामा को सुनावें, मगर फिर खयाल आया कि यहाँ सहानुभूति की कोई आशा नहीं। क्यों अपनी निर्बलता दिखाऊँ ? क्यों मूर्ख बनूँ ? वह बिना बातों के बात न करेगी। यह सोच कर वे आँगन से लौट गये।

सरदार साहब स्वभाव के बड़े दयालु थे और कोमल हृदय आपत्तियों में स्थिर नहीं रह सकता। वे दुःख और ग्लानि से भरे हुए सोच रहे थे कि मैंने ऐसे कौन से बुरे काम किये हैं जिनका मुझे यह फल मिल रहा है। बरसों की दौड़-धूप के बाद जो कार्य सिद्ध हुआ था वह क्षण मात्र में नष्ट हो गया। अब वह मेरी सामर्थ्य से बाहर है। मैं उसे नहीं सम्हाल सकता। चारों ओर अंधकार है। कहीं आशा का प्रकाश नहीं। कोई मेरा सहायक नहीं। उनके नेत्र सजल हो गये।

सामने मेज पर ठेकेदारों के बिल रखे हुए थे। वे कई सप्ताहों से यों ही पड़े थे। सरदार ने उन्हें खोल कर भी न देखा था। आज इस आत्मिक ग्लानि और नैराश्य की अवस्था में उन्होंने इन बिलों को सतृष्ण आँखों से देखा। जरा से इशारे पर ये सारी कठिनाइयाँ दूर हो सकती हैं। चपरासी और क्लर्क केवल मेरी सम्मति के सहारे सब कुछ कर लेंगे। मुझे जबान हिलाने की भी जरूरत नहीं। न मुझे लज्जित ही होना पड़ेगा। इन विचारों का इतना प्राबल्य हुआ कि वे वास्तव में बिलों को उठा कर गौर से देखने और हिसाब लगाने लगे कि उनमें कितनी निकासी हो सकती है।

मगर शीघ्र ही आत्मा ने उन्हें जगा दिया–आह ! मैं किस भ्रम में पड़ा हुआ हूँ ? क्या उस आत्मिक पवित्रता को, जो मेरी जन्म-भर की कमाई है, केवल थोड़े से धन पर अर्पण कर दूँ ? जो मैं अपने सहकारियों के सामने गर्व से सिर उठाये चलता था, जिससे मोटरकार वाले भ्रातृगण आँखें नहीं मिला सकते थे, वही मैं आज अपने उस सारे गौरव और मान को, अपनी सम्पूर्ण आत्मिक सम्पत्ति को दस-पाँच हजार रुपयों पर त्याग दूँ। ऐसा कदापि नहीं हो सकता।

अब उस कुविचार को परास्त करने के लिए, जिसने क्षणमात्र के लिए उन पर विजय पा ली थी, वे उस सुनसान कमरे में जोर से ठठा कर हँसे। चाहे यह हँसी उन बिलों ने और कमरे की दीवारों ने न सुनी हो, मगर उनकी आत्मा ने अवश्य सुनी। उस आत्मा को एक कठिन परीक्षा में पार पाने पर परम आनंद हुआ।

सरदार साहब ने उन बिलों को उठा कर मेज के नीचे डाल दिया। फिर उन्हें पैरों से कुचला। तब इस विजय पर मुस्कराते हुए वे अन्दर गये।

5

बड़े इंजीनियर साहब नियत समय पर शाहजहाँपुर आये। उसके साथ सरदार साहब का दुर्भाग्य भी आया। जिले के सारे काम अधूरे पड़े हुए थे। उनके खानसामा ने कहा—हुजूर ! काम कैसे पूरा हो ? सरदार साहब ठेकेदारों को बहुत तंग करते हैं। हेडक्लर्क ने दफ्तर के हिसाब को भ्रम और भूलों से भरा हुआ पाया। उन्हें सरदार साहब की तरफ से न कोई दावत दी गयी न कोई भेंट। तो क्या वे सरदार साहब के नातेदार थे, जो गलतियाँ न निकालते।

जिले के ठेकेदारों ने एक बहुमूल्य डाली सजायी और उसे बड़े इंजीनियर साहब की सेवा में ले कर हाजिर हुए। वे बोले, हुजूर ! चाहे गुलामों को गोली मार दें, मगर सरदार साहब का अन्याय अब नहीं सहा जाता। कहने को तो कमीशन नहीं लेते मगर सच पूछिए तो जान ले लेते हैं।

चीफ इंजीनियर साहब ने मुआइने की किताब में लिखा, 'सरदार शिवसिंह बहुत ईमानदार आदमी हैं। उनका चरित्र उज्ज्वल है, मगर वे इतने बड़े जिले के कार्य का भार नहीं सम्भाल सकते।'

परिणाम यह हुआ कि वे एक छोटे-से जिले में भेज दिये गये और उनका दरजा भी घटा दिया गया।

सरदार साहब के मित्रों और स्नेहियों ने बड़े समारोह से एक जलसा किया। उसमें उनकी धर्मनिष्ठा और स्वतंत्रता की प्रशंसा की। सभापति ने सजलनेत्र हो कर कम्पित स्वर में कहा, सरदार साहब के वियोग का दुःख हमारे दिल में सदा खटकता रहेगा। यह घाव कभी न भरेगा।

मगर 'फेयरवेल डिनर' में यह बात सिद्ध हो गयी कि स्वादिष्ट पदार्थों के सामने वियोग का दुःख दुस्सह नहीं।

यात्रा के सामान तैयार थे। सरदार साहब जलसे से आये तो रामा ने उन्हें बहुत उदास और मलिनमुख देखा। उसने बार-बार कहा था कि बड़े इंजीनियर के खानसामा को इनाम दो, हेड क्लर्क की दावत करो; मगर सरदार साहब ने उसकी बात न मानी थी। इसलिए जब उसने सुना कि उनका दरजा घटा और बदली भी हुई तब उसने बड़ी निर्दयता से अपने व्यंग्य-बाण चलाये। मगर इस वक्त उन्हें उदास देख कर उससे न रहा गया। बोली, क्यों इतने उदास हो ? सरदार साहब ने उत्तर दिया, क्या करूँ हँसूँ ? रामा ने गम्भीर स्वर से कहा, हँसना ही चाहिए। रोये तो वह जिसने कौड़ियों पर अपनी आत्मा भ्रष्ट की हो—जिसने रुपयों पर अपना

धर्म बेचा हो। वह बुराई का दंड नहीं है। यह भलाई और सज्जनता का दंड है, इसे सानन्द झेलना चाहिए।

यह कह उसने पति की ओर देखा तो नेत्रों में सच्चा अनुराग भरा हुआ दिखायी दिया। सरदार साहब ने भी उसकी ओर स्नेहपूर्ण दृष्टि से देखा। उनकी हृदयेश्वरी का मुखारविंद सच्चे आमोद से विकसित था। उसे गले लगा कर वे बोले, रामा ! मुझे तुम्हारी ही सहानुभूति की जरूरत थी, अब मैं इस दंड को सहर्ष सहूँगा।

उपदेश

प्रयाग के सुशिक्षित समाज में पंडित देवरत्न शर्मा वास्तव में एक रत्न थे। शिक्षा भी उन्होंने उच्च श्रेणी की पायी थी और कुल के भी उच्च थे। न्यायशील गवर्नमेंट ने उन्हें एक उच्च पद पर नियुक्त करना चाहा, पर उन्होंने अपनी स्वतंत्रता का घात करना उचित न समझा। उनके कई शुभचिंतक मित्रों ने बहुत समझाया कि इस सुअवसर को हाथ से मत जाने दो, सरकारी नौकरी बड़े भाग्य से मिलती है, बड़े-बड़े लोग इसके लिए तरसते हैं और कामना लिए ही संसार से प्रस्थान कर जाते हैं। अपने कुल की कीर्ति उज्ज्वल करने का इससे सुगम और मार्ग नहीं है, इसे कल्पवृक्ष समझो। विभव, सम्पत्ति, सम्मान और ख्याति यह सब इसके दास हैं। रह गयी देश-सेवा, सो तुम्हीं देश के लिए क्यों प्राण देते हो? इस नगर में अनेक बड़े-बड़े विद्वान् और धनवान पुरुष हैं, जो सुख-चैन से बँगलों में रहते और मोटरों पर हरहराते, धूल की आँधी उड़ाते घूमते हैं। क्या वे लोग देश-सेवक नहीं हैं ? जब आवश्यकता होती है या कोई अवसर आता है तो वे देश-सेवा में निमग्न हो जाते हैं। अभी जब म्युनिसिपल चुनाव का झगड़ा छिड़ा तो मेयोहाल के हाते में मोटरों का ताँता लगा हुआ था। भवन के भीतर राष्ट्रीय गीतों और व्याख्यानों की भरमार थी। पर इनमें से कौन ऐसा है, जिसने स्वार्थ को तिलांजलि दे रखी हो ? संसार का नियम ही है कि पहले घर में दीया जला कर तब मस्जिद में जलाया जाता है। सच्ची बात तो यह है कि यह जातीयता की चर्चा कुछ कालेज के विद्यार्थियों को ही शोभा देती है। जब संसार में प्रवेश हुआ, तो कहाँ की जाति और कहाँ की जातीय चर्चा। संसार की यही रीति है। फिर तुम्हीं को काजी बनने की क्या जरूरत ! यदि सूक्ष्म दृष्टि से देखा जाय तो सरकारी पद पाकर मनुष्य अपने देश-भाइयों की जैसी सच्ची सेवा कर सकता है, वैसी किसी अन्य व्यवस्था से कदापि नहीं कर सकता। एक दयालु दारोगा सैकड़ों जातीय सेवकों से अच्छा है। एक न्यायशील, धर्मपरायण मजिस्ट्रेट सहस्त्रों जातीय दानवीरों से अधिक सेवा कर सकता है। इसके लिए केवल हृदय में लगन चाहिए। मनुष्य चाहे जिस अवस्था में हो, देश का हित-साधन कर सकता है। इसीलिए अब अधिक आगा-पीछा न करो, चटपट पद को स्वीकार कर लो।

शर्मा जी को और युक्तियाँ कुछ न जँचीं, पर इस अंतिम युक्ति की सारगर्भिता से वह इनकार न कर सके। लेकिन फिर भी चाहे नियमपरायणता के कारण, चाहे केवल आलस्य के वश जो बहुधा ऐसी दशा में जातीय सेवा का गौरव पा जाता है, उन्होंने नौकरी से अलग रहने में ही अपना कल्याण समझा। उनके इस स्वार्थ-त्याग पर कालेज के नवयुवकों ने उन्हें खूब बधाइयाँ दीं। इस आत्म-विजय पर एक जातीय ड्रामा खेला गया, जिसके नायक हमारे शर्मा जी ही थे। समाज की उच्च श्रेणियों में इस आत्म-त्याग की चर्चा हुई और शर्मा जी को अच्छी-खासी ख्याति प्राप्त हो गयी ! इसी से वह कई वर्षों से जातीय सेवा में लीन रहते थे। इस सेवा का अधिक भाग समाचार-पत्रों के अवलोकन में बीतता था, जो जातीय सेवा का ही एक विशेष अंग समझा जाता है। इसके अतिरिक्त वह पत्रों के लिए लेख लिखते, सभाएँ करते और उनमें फड़कते हुए व्याखान देते थे। शर्मा जी फ्री लाइब्रेरी के सेक्रेटरी, स्टूडेंट्स एसोसिएशन के सभापति, सोशल सर्विस लीग के सहायक मंत्री और प्राइमरी एजूकेशन कमिटी के संस्थापक थे। कृषि-सम्बन्धी विषयों से उन्हें विशेष प्रेम था। पत्रों में जहाँ कहीं किसी नयी खाद या किसी नवीन आविष्कार का वर्णन देखते, तत्काल उस पर लाल पेन्सिल से निशान कर देते और अपने लेखों में उसकी चर्चा करते थे। किंतु शहर से थोड़ी दूर पर उनका एक बड़ा ग्राम होने पर भी, वह अपने किसी असामी से परिचित न थे। यहाँ तक कि कभी प्रयाग के सरकारी कृषि-क्षेत्र की सैर करने न गये थे।

2

उसी मुहल्ले में एक लाला बाबूलाल रहते थे। वह एक वकील के मुहर्रिर थे। थोड़ी-सी उर्दू-हिंदी जानते थे और उसी से अपना काम भली-भाँति चला लेते थे। सूरत-शक्ल के कुछ सुन्दर न थे। उस शक्ल पर मऊ के चारखाने की लम्बी अचकन और भी शोभा देती थी। जूता भी देशी ही पहनते थे। यद्यपि कभी-कभी वे कड़वे तेल से उसकी सेवा किया करते, पर वह नीच स्वभाव के अनुसार उन्हें काटने से न चूकता था। बेचारे को साल के छह महीने पैरों में मलहम लगानी पड़ती। बहुधा नंगे पाँव कचहरी जाते, पर कंजूस कहलाने के भय से जूतों को हाथ में ले जाते। जिस ग्राम में शर्मा जी की जमींदारी थी, उसमें कुछ थोड़ा-सा हिस्सा उनका भी था। इस नाते से कभी-कभी उनके पास आया करते थे। हाँ, तातील के दिनों में गाँव चले जाते। शर्मा जी को उनका आ कर बैठना नागवार मालूम देता, विशेषकर जब वह फैशनेबुल मनुष्यों की उपस्थिति में आ जाते। मुंशी जी भी कुछ ऐसी स्थूल दृष्टि के पुरुष थे कि उन्हें अपना अनमिलापन बिलकुल दिखायी न देता। सबसे बड़ी आपत्ति यह थी वे बराबर कुर्सी पर डट जाते, मानो हंसों में कौआ। उस समय

मित्रगण अँगरेजी में बातें करने लगते और बाबूलाल को क्षुद्र-बुद्धि, झक्की, बौड़म, बुद्धू आदि उपाधियों का पात्र बनाते। कभी-कभी उनकी हँसी उड़ाते थे। शर्मा जी में इतनी सज्जनता अवश्य थी कि वे अपने विचारहीन मित्र को यथाशक्ति निरादर से बचाते थे। यथार्थ में बाबूलाल की शर्मा जी पर सच्ची भक्ति थी। एक तो वह बी.ए. पास थे, दूसरे वह देशभक्त थे। बाबूलाल जैसे विद्याहीन मनुष्य का ऐसे रत्न को आदरणीय समझना कुछ अस्वाभाविक न था।

3

एक बार प्रयाग में प्लेग का प्रकोप हुआ। शहर के रईस लोग निकल भागे। बेचारे गरीब चूहों की भाँति पटापट मरने लगे। शर्मा जी ने भी चलने की ठानी। लेकिन सोशल सर्विस लीग के वे मंत्री ठहरे। ऐसे अवसर पर निकल भागने में बदनामी का भय था। बहाना ढूँढ़ा। लीग के प्रायः सभी लोग कॉलेज में पढ़ते थे। उन्हें बुला कर इन शब्दों में अपना अभिप्राय प्रकट किया—मित्रवृन्द ! आप अपनी जाति के दीपक हैं। आप ही इस मरणोन्मुख जाति के आशास्थल हैं। आज हम पर विपत्ति की घटाएँ छायी हुई हैं। ऐसी अवस्था में हमारी आँखें आपकी ओर न उठें तो किसकी ओर उठेंगी। मित्र, इस जीवन में देशसेवा के अवसर बड़े सौभाग्य से मिला करते हैं। कौन जानता है कि परमात्मा ने तुम्हारी परीक्षा के लिए ही यह वज्रप्रहार किया हो। जनता को दिखा दो कि तुम वीरों का हृदय रखते हो, जो कितने ही संकट पड़ने पर भी विचलित नहीं होता। हाँ, दिखा दो कि वह वीरप्रसविनी पवित्र भूमि जिसने हरिश्चंद्र और भरत को उत्पन्न किया, आज भी शून्यगर्भा नहीं है। जिस जाति के युवकों में अपने पीड़ित भाइयों के प्रति ऐसी करुणा और यह अटल प्रेम है वह संसार में सदैव यश-कीर्ति की भागी रहेगी। आइए, हम कमर बाँध कर कर्म-क्षेत्र में उतर पड़ें। इसमें संदेह नहीं कि काम कठिन है, राह बीहड़ है, आपको अपने आमोद-प्रमोद, अपने हाकी-टेनिस, अपने मिल और मिल्टन को छोड़ना पड़ेगा। तुम जरा हिचकोगे, हटोगे और मुँह फेर लोगे, परन्तु भाइयो ! जातीय सेवा का स्वर्गीय आनंद सहज में नहीं मिल सकता ! हमारा पुरुषत्व, हमारा मनोबल, हमारा शरीर यदि जाति के काम न आवे तो वह व्यर्थ है। मेरी प्रबल आकांक्षा थी कि इस शुभ कार्य में मैं तुम्हारा हाथ बँटा सकता, पर आज ही देहातों में भी बीमारी फैलने का समाचार मिला है। अतएव मैं यहाँ का काम आपके सुयोग्य, सुदृढ़, हाथों में सौंपकर देहात में जाता हूँ कि यथासाध्य देहाती भाइयों की सेवा करूँ। मुझे विश्वास है कि आप सहर्ष मातृभूमि के प्रति अपना कर्तव्य पालन करेंगे।

इस तरह गला छुड़ा कर शर्मा जी संध्या समय स्टेशन पहुँचे। पर मन कुछ मलिन था। वे अपनी इस कायरता और निर्बलता पर मन ही मन लज्जित थे।

संयोगवश स्टेशन पर उनके एक वकील मित्र मिल गये। यह वही वकील थे जिनके आश्रय में बाबूलाल का निर्वाह होता था। यह भी भागे जा रहे थे। बोले—कहिए शर्मा जी, किधर चले ? क्या भाग खड़े हुए ?

शर्मा जी पर घड़ों पानी पड़ गया, पर सँभल कर बोले—भागूँ क्यों ?

वकील—सारा शहर क्यों भागा जा रहा है ?

शर्मा जी—मैं ऐसा कायर नहीं हूँ ?

वकील—यार क्यों बात बनाते हो, अच्छा बताओ, कहाँ जाते हो ?

शर्मा जी—देहातों में बीमारी फैल रही है, वहाँ कुछ रिलीफ का काम करूँगा।

वकील—यह बिलकुल झूठ है। अभी मैं डिस्ट्रिक्ट गजट देख के चला आता हूँ। शहर के बाहर कहीं बीमारी का नाम नहीं है।

शर्मा जी निरुत्तर होकर भी विवाद कर सकते थे। बोले, गजट को आप देव-वाणी समझते होंगे, मैं नहीं समझता।

वकील—आपके कान में तो आकाश के दूत कह गये होंगे ? साफ-साफ क्यों नहीं कहते कि जान के डर से भागा जा रहा हूँ।

शर्मा जी—अच्छा, मान लीजिए यही सही। तो क्या पाप कर रहा हूँ ? सबको अपनी जान प्यारी होती है।

वकील—हाँ, अब आये राह पर। यह मरदों की-सी बात है। अपने जीवन की रक्षा करना शास्त्र का पहला नियम है। लेकिन अब भूल कर भी देश-भक्ति की डींग न मारिएगा। इस काम के लिए बड़ी दृढ़ता और आत्मिक बल की आवश्यकता है। स्वार्थ और देश-भक्ति में विरोधात्मक अंतर है। देश पर मिट जाने वाले को देश-सेवक का सर्वोच्च पद प्राप्त होता है, वाचालता और कोरी कलम घिसने से देश-सेवा नहीं होती। कम से कम मैं तो अखबार पढ़ने को यह गौरव नहीं दे सकता। अब कभी बढ़-बढ़ कर बातें न कीजिएगा। आप लोग अपने सिवा सारे संसार को स्वार्थांध समझते हैं, इसी से कहता हूँ।

शर्मा जी ने उद्दंडता का कुछ उत्तर न दिया। घृणा से मुँह फेर कर गाड़ी में बैठ गये।

4

तीसरे ही स्टेशन पर शर्मा जी उतर पड़े। वकील की कठोर बात से खिन्न हो रहे थे। चाहते थे कि उसकी आँख बचा कर निकल जायँ, पर देख ही लिया और हँस कर बोला—क्या आपके ही गाँव में प्लेग का दौरा हुआ है ?

शर्मा जी ने कुछ उत्तर न दिया। बहली पर जा बैठे। कई बेगार हाजिर थे। उन्होंने असबाब उठाया। फागुन का महीना था। आमों के बौर से महकती हुई मंद-मंद

वायु चल रही थी। कभी-कभी कोयल की सुरीली तान सुनायी दे जाती थी। खलिहानों में किसान आनन्द से उन्मत्त हो-हो कर फाग गा रहे थे। लेकिन शर्मा जी को अपनी फटकार पर ऐसी ग्लानि थी कि इन चित्ताकर्षक वस्तुओं का उन्हें कुछ ध्यान ही न हुआ।

थोड़ी देर बाद वे ग्राम में पहुँचे। शर्मा जी के स्वर्गवासी पिता एक रसिक पुरुष थे। एक छोटा-सा बाग, छोटा-सा पक्का कुआँ, बँगला, शिवजी का मंदिर यह सब उन्हीं के कीर्ति चिह्न थे। वह गर्मी के दिनों में यहीं रहा करते थे, पर शर्मा जी के यहाँ आने का पहला ही अवसर था। बेगारियों ने चारों तरफ सफाई कर रक्खी थी। शर्मा जी बहली से उतर कर सीधे बँगले में चले गये, सैकड़ों असामी दर्शन करने आये थे, पर वह उनसे कुछ न बोले।

घड़ी रात जाते-जाते शर्मा जी के नौकर टमटम लिये आ पहुँचे। कहार, साईस और रसोइया-महाराज तीनों ने असामियों को इस दृष्टि से देखा मानो वह उनके नौकर हैं। साईस ने एक मोटे-ताजे किसान से कहा—घोड़े को खोल दो।

किसान बेचारा डरता-डरता घोड़े के निकट गया। घोड़े ने अनजान आदमी को देखते ही तेवर बदल कर कनौतियाँ खड़ी कीं। किसान डर कर लौट आया, तब साईस ने उसे ढकेल कर कहा—बस, निरे बछिया के ताऊ ही हो। हल जोतने से क्या अक्ल भी चली जाती है ? यह लो घोड़ा टहलाओ। मुँह क्या बनाते हो, कोई सिंह है कि खा जायेगा ?

किसान ने भय से काँपते हुए रास पकड़ी। उसका घबराया हुआ मुख देख कर हँसी आती थी। पग-पग पर घोड़े को चौकन्नी दृष्टि से देखता, मानो वह कोई पुलिस का सिपाही है।

रसोई बनाने वाले महाराज एक चारपाई पर लेटे हुए थे—कड़क कर बोले, अरे नउआ कहाँ है ? चल पानी-वानी ला, हाथ-पैर धो दे।

कहार ने कहा—अरे, किसी के पास जरा सुरती-चूना हो तो देना। बहुत देर से तमाखू नहीं खायी।

मुख्तार (कारिंदा) साहब ने इन मेहमानों की दावत का प्रबंध किया। साईस और कहार के लिए पूरियाँ बनने लगीं, महाराज को सामान दिया गया। मुख्तार साहब इशारे पर दौड़ते थे और दीन किसानों का तो पूछना ही क्या, वे तो बिना दामों के गुलाम थे। सच्चे-स्वतंत्र लोग इस समय सेवकों के सेवक बने हुए थे।

5

कई दिन बीत गये। शर्मा जी अपने बँगले में बैठे पत्र और पुस्तकें पढ़ा करते थे। रस्किन के कथनानुसार राजाओं और महात्माओं के सत्संग का सुख लूटते थे, हालैंड

के कृषि-विधान, अमेरिकी-शिल्प-वाणिज्य और जर्मनी की शिक्षा-प्रणाली आदि गूढ़ विषयों पर विचार किया करते थे। गाँव में ऐसा कौन था जिसके साथ बैठते ? किसानों से बातचीत करने को उनका जी चाहता, पर न जाने क्यों वे उजड्ड, अक्खड़ लोग उनसे दूर रहते। शर्मा जी का मस्तिष्क कृषि-सम्बन्धी ज्ञान का भंडार था। हालैंड और डेनमार्क की वैज्ञानिक खेती, उसकी उपज का परिमाण और वहाँ के को-आपरेटिव बैंक आदि गहन विषय उनकी जिह्वा पर थे, पर इन गँवारों को क्या खबर ? यह सब उन्हें झुक कर पालागन अवश्य करते और कतरा कर निकल जाते, जैसे कोई मरकहे बैल से बचे। यह निश्चय करना कठिन है कि शर्मा जी की उनसे वार्तालाप करने की इच्छा में क्या रहस्य था, सच्ची सहानुभूति या अपनी सर्वज्ञता का प्रदर्शन !

शर्मा जी की डाक शहर से लाने और ले जाने के लिए दो आदमी प्रतिदिन भेजे जाते। वह लुई कूने की जल-चिकित्सा के भक्त थे। मेवों का अधिक सेवन करते थे। एक आदमी इस काम के लिए भी दौड़ाया जाता था। शर्मा जी ने अपने मुख्तार से सख्त ताकीद कर दी थी कि किसी से मुफ्त काम न लिया जाय तथापि शर्मा जी को यह देखकर आश्चर्य होता था कि कोई इन कामों के लिए प्रसन्नता से नहीं जाता। प्रतिदिन बारी-बारी से आदमी भेजे जाते थे। वह इसे भी बेगार समझते थे। मुख्तार साहब को प्रायः कठोरता से काम लेना पड़ता था। शर्मा जी किसानों की इस शिथिलता को मुटमरदी के सिवा और क्या समझते ! कभी-कभी वह स्वयं क्रोध से भरे हुए अपने शान्ति-कुटीर से निकल आते और अपनी तीव्र वाक्-शक्ति का चमत्कार दिखाने लगते थे। शर्मा जी के घोड़े के लिए घास-चारे का प्रबन्ध भी कुछ कम कष्टदायक न था। रोज संध्या समय डाँट-डपट और रोने-चिल्लाने की आवाज उन्हें सुनायी देती थी। एक कोलाहल-सा मच जाता था। पर वह इस सम्बन्ध में अपने मन को इस प्रकार समझा लेते थे कि घोड़ा भूखों नहीं मर सकता, घास का दाम दे दिया जाता है, यदि इस पर भी यह हाय-हाय होती है, तो हुआ करे। शर्मा जी को यह कभी नहीं सूझी कि जरा चमारों से पूछ लें कि घास का दाम मिलता है या नहीं। यह सब व्यवहार देख-देख कर उन्हें अनुभव होता जाता था कि देहाती बड़े मुटमरद, बदमाश हैं। इनके विषय में मुख्तार साहब जो कुछ कहते हैं, वह यथार्थ है। पत्रों और व्याख्यानों में उनकी अवस्था पर व्यर्थ गुल-गपाड़ा मचाया जाता है, यह लोग इसी बरताव के योग्य हैं। जो इनकी दीनता और दरिद्रता का राग अलापते हैं, वह सच्ची अवस्था से परिचित नहीं हैं। एक दिन शर्मा जी महात्माओं की संगति से उकता कर सैर को निकले। घूमते-फिरते खलिहानों की तरफ निकल गये। वहाँ आम के वृक्ष के नीचे किसानों की गाढ़ी कमाई के सुनहरे ढेर लगे हुए थे। चारों ओर भूसे की आँधी-सी उड़ रही थी। बैल अनाज का एक गाल खा लेते थे। यह सब उन्हीं की कमाई है, उनके मुँह में आज

चाबी देना बड़ी कृतघ्नता है। गाँव के बढ़ई, चमार, धोबी और कुम्हार अपना वार्षिक कर उगाहने के लिए जमा थे। एक ओर नट ढोल बजा-बजा कर अपने करतब दिखा रहा था। कवीश्वर महाराज की अतुल काव्य-शक्ति आज उमंग पर थी।

शर्मा जी इस दृश्य से बहुत प्रसन्न हुए। परन्तु इस उल्लास में उन्हें अपने कई सिपाही दिखायी दिये जो लट्ठ लिये अनाज के ढेरों के पास जमा थे। पुष्पवाटिका में ठूँठ जैसा भद्दा दिखायी देता है अथवा ललित संगीत में जैसे कोई बेसुरी तान कानों को अप्रिय लगती है, उसी तरह शर्मा जी की सहृदयतापूर्ण दृष्टि में ये मँडराते हुए सिपाही दिखायी दिये। उन्होंने निकट जा कर एक सिपाही को बुलाया। उन्हें देखते ही सब-के-सब पगड़ियाँ सँभालते दौड़े।

शर्मा जी ने पूछा—तुम लोग यहाँ इस तरह क्यों बैठे हो ?

एक सिपाही ने उत्तर दिया—सरकार, हम लोग असामियों के सिर पर सवार न रहें तो एक कौड़ी वसूल न हो। अनाज घर में जाने की देर है, फिर वह सीधे बात भी न करेंगे—बड़े सरकश लोग हैं। हम लोग रात की रात बैठे रहते हैं। इतने पर भी जहाँ आँख झपकी ढेर गायब हुआ।

शर्मा जी ने पूछा—तुम लोग यहाँ कब तक रहोगे ? एक सिपाही ने उत्तर दिया—हुजूर ! बनियों को बुला कर अपने सामने अनाज तौलाते हैं। जो कुछ मिलता है उसमें से लगान काट कर बाकी असामी को देते हैं।

शर्मा जी सोचने लगे, जब यह हाल है, तो इन किसानों की अवस्था क्यों न खराब हो ? यह बेचारे अपने धन के मालिक नहीं हैं। उसे अपने पास रख कर अच्छे अवसर पर नहीं बेच सकते। इस कष्ट का निवारण कैसे किया जाय ? यदि मैं इस समय इनके साथ रिआयत कर दूँ तो लगान कैसे वसूल होगा।

इस विषय पर विचार करते हुए वहाँ से चल दिये। सिपाहियों ने साथ चलना चाहा, पर उन्होंने मना कर दिया। भीड़-भाड़ से उन्हें उलझन होती थी। अकेले ही गाँव में घूमने लगे। छोटा-सा गाँव था, पर सफाई का कहीं नाम न था। चारों ओर से दुर्गंध उठ रही थी। किसी के दरवाजे पर गोबर सड़ रहा था, तो कहीं कीचड़ और कूड़े का ढेर वायु को विषैली बना रहा था। घरों के पास ही घूर पर खाद के लिए गोबर फेंका हुआ था जिससे गाँव में गन्दगी फैलने के साथ-साथ खाद का सारा अंश धूप और हवा के साथ गायब हो जाता था। गाँव के मकान तथा रास्ते बेसिलसिले, बेढंगे तथा टूटे-फूटे थे। मोरियों से गंदे पानी के निकास का कोई प्रबंध न होने की वजह से दुर्गंध से दम घुटता था। शर्मा जी ने नाक पर रूमाल लगा ली। साँस रोक कर तेजी से चलने लगे। बहुत जी घबराया तो दौड़े और हाँफते हुए एक सघन नीम के वृक्ष की छाया में आ कर खड़े हो गये। अभी अच्छी तरह साँस भी न लेने पाये थे कि बाबूलाल ने आ कर पालागन किया और पूछा—क्या कोई साँड़ था ?

शर्मा जी साँस खींच कर बोले–साँड़ से अधिक भयंकर विषैली हवा थी। ओह! यह लोग ऐसी गंदगी में रहते हैं?

बाबूलाल–रहते क्या हैं, किसी तरह जीवन के दिन पूरे करते हैं।

शर्मा जी–पर यह स्थान तो साफ है?

बाबूलाल–जी हाँ, इस तरफ गाँव के किनारे तक साफ जगह मिलेगी।

शर्मा जी–तो उधर इतना मैला क्यों है?

बाबूलाल–गुस्ताखी माफ हो तो कहूँ?

शर्मा जी हँसकर बोले–प्राणदान माँगा होता। सच बताओ क्या बात है? एक तरफ ऐसी स्वच्छता और दूसरी तरफ वह गंदगी?

बाबूलाल–यह मेरा हिस्सा है और वह आपका हिस्सा है। मैं अपने हिस्से की देख-रेख स्वयं करता हूँ, पर आपका हिस्सा नौकरों की कृपा के अधीन है।

शर्मा जी–अच्छा यह बात है। आखिर आप क्या करते हैं?

बाबूलाल–और कुछ नहीं, केवल ताकीद करता रहता हूँ। जहाँ अधिक मैलापन देखता हूँ, स्वयं साफ करता हूँ। मैंने सफाई का एक इनाम नियत कर दिया है, जो प्रति मास सबसे साफ घर के मालिक को मिलता है।

शर्मा जी के लिए एक कुर्सी रख दी गयी। वे उस पर बैठ गये और बोले–क्या आप आज ही आये हैं?

बाबूलाल–जी हाँ, कल तातील है। आप जानते ही हैं कि तातील के दिन मैं भी यहीं रहता हूँ।

शर्मा जी–शहर का क्या रंग-ढंग है?

बाबूलाल–वही हाल, बल्कि और भी खराब। 'सोशल सर्विस लीग' वाले भी गायब हो गये। गरीबों के घरों में मुर्दे पड़े हुए हैं। बाजार बंद हो गये। खाने को अनाज नहीं मिलता है।

शर्मा जी–भला बताओ तो, ऐसी आग में मैं वहाँ कैसे रहता? बस लोगों ने मेरी ही जान सस्ती समझ रखी है। जिस दिन मैं यहाँ आ रहा था आपके वकील साहब मिल गये, बेतरह गरम हो पड़े, मुझे देश-भक्ति के उपदेश देने लगे। जिन्हें कभी भूल कर भी देश का ध्यान नहीं आता वे भी मुझे उपदेश देना अपना कर्तव्य समझते हैं। कुछ ही देश-भक्ति का दावा है। जिसे देखो वही तो देश-सेवक बना फिरता है। जो लोग सहस्रों रुपये अपने भोग-विलास में फूँकते हैं उनकी गणना भी जाति-सेवकों में है। मैं तो फिर भी कुछ-न-कुछ करता हूँ। मैं भी मनुष्य हूँ कोई देवता नहीं, धन की अभिलाषा अवश्य है। मैं जो अपना जीवन पत्रों के लिए लेख लिखने में काटता हूँ, देश-हित की चिंता में मग्न रहता हूँ, उसके लिए मेरा इतना सम्मान बहुत समझा जाता है। जब किसी सेठ जी या किसी वकील साहब के दरेदौलत पर हाजिर हो जाऊँ तो वह कृपा करके मेरा कुशल-समाचार पूछ लें।

उस पर भी यदि दुर्भाग्यवश किसी चंदे के सम्बन्ध में जाता हूँ, तो लोग मुझे यम का दूत समझते हैं। ऐसी रुखाई का व्यवहार करते हैं जिससे सारा उत्साह भंग हो जाता है। यह सब आपत्तियाँ तो मैं झेलूँ, पर जब किसी सभा का सभापति चुनने का समय आता है तो कोई वकील साहब इसके पात्र समझे जाते हैं, जिन्हें अपने धन के सिवा उक्त पद का कोई अधिकार नहीं। तो भाई जो गुड़ खाय वह कान छिदावे। देश-हितैषियों का पुरस्कार यही जातीय सम्मान है। जब वहाँ तक मेरी पहुँच ही नहीं तो व्यर्थ जान क्यों दूँ। यदि यह आठ वर्ष मैंने लक्ष्मी की आराधना में व्यतीत किये होते तो अब तक मेरी गिनती बड़े आदमियों में होती। अभी मैंने कितने परिश्रम से देहाती बैंकों पर लेख लिखा, महीनों उसकी तैयारी में लगे, सैकड़ों पत्र-पत्रिकाओं के पन्ने उलटने पड़े, पर किसी ने उसके पढ़ने का कष्ट भी न उठाया। यदि इतना परिश्रम किसी और काम में किया होता तो कम से कम स्वार्थ तो सिद्ध होता। मुझे ज्ञात हो गया कि इन बातों को कोई नहीं पूछता। सम्मान और कीर्ति यह सब धन के नौकर हैं।

बाबूलाल—आपका कहना यथार्थ ही है; पर आप जैसे महानुभाव इन बातों को मन में लावेंगे तो यह काम कौन करेगा ?

शर्मा जी—वही करेंगे जो 'ऑनरेबुल' बने फिरते हैं या जो नगर के पिता कहलाते हैं। मैं तो अब देशाटन करूँगा, संसार की हवा खाऊँगा।

बाबूलाल समझ गये कि यह महाशय इस समय आपे में नहीं हैं। विषय बदल कर पूछा—यह तो बताइए, आपने देहात को कैसे पसंद किया ? आप तो पहले-ही-पहल यहाँ आये हैं।

शर्मा जी—बस, यही कि बैठे-बैठे जी घबराता है। हाँ, कुछ नये अनुभव अवश्य प्राप्त हुए हैं। कुछ भ्रम दूर हो गये। पहले समझता था कि किसान बड़े दीन-दुःखी होते हैं। अब मालूम हुआ कि यह मुटमरद, अनुदार और दुष्ट हैं। सीधे बात न सुनेंगे, पर कड़ाई से जो काम चाहे करा लो। बस, निरे पशु हैं। और तो और, लगान के लिए भी उनके सिर पर सवार रहने की जरूरत है। टल जाओ तो कौड़ी वसूल न हो। नालिश कीजिए, बेदखली जारी कीजिए, कुर्की कराइए, यह सब आपत्तियाँ सहेंगे, पर समय पर रुपया देना नहीं जानते। यह सब मेरे लिए नयी बातें हैं। मुझे अब तक इनसे जो सहानुभूति थी वह अब नहीं है। पत्रों में उनकी हीनावस्था के जो मरसिये गाये जाते हैं, वह सर्वथा कल्पित हैं। क्यों, आपका क्या विचार है ?

बाबूलाल ने सोच कर जवाब दिया—मुझे तो अब तक कोई शिकायत नहीं हुई। मेरा अनुभव यह है कि यह लोग बड़े शीलवान्, नम्र और कृतज्ञ होते हैं। परन्तु उनके ये गुण प्रकट में नहीं दिखायी देते। उनमें मिलिए और उन्हें मिलाइए तब उनके जौहर खुलते हैं। उन पर विश्वास कीजिए तब वह आप पर विश्वास करेंगे। आप कहेंगे इस विषय में अग्रसर होना उनका काम है और आपका यह

कहना उचित भी है, लेकिन शताब्दियों से वह इतने पीसे गये हैं, इतनी ठोकरें खायी हैं कि उनमें स्वाधीन गुणों का लोप-सा हो गया है। जमींदार को वह एक हौआ समझते हैं जिनका काम उन्हें निगल जाना है। वह उनका मुकाबिला नहीं कर सकते, इसलिए छल और कपट से काम लेते हैं, जो निर्धनों का एकमात्र आधार है। पर आप एक बार उनके विश्वासपात्र बन जाइए, फिर आप कभी उनकी शिकायत न करेंगे।

बाबूलाल यह बातें कर ही रहे थे कि कई चमारों ने घास के बड़े-बड़े गट्ठे ला कर डाल दिये और चुपचाप चले गये। शर्मा जी को आश्चर्य हुआ। इसी घास के लिए इनसे बँगले पर हाय-हाय होती है और यहाँ किसी को खबर भी नहीं हुई। बोले—आखिर अपना विश्वास जमाने का कोई उपाय भी है।

बाबूलाल ने उत्तर दिया—आप स्वयं बुद्धिमान हैं। आपके सामने मेरा मुँह खोलना धृष्टता है। मैं इसका एक ही उपाय जानता हूँ। उन्हें किसी कष्ट में देख कर उनकी मदद कीजिए। मैंने उन्हीं के लिए वैद्यक सीखा और एक छोटा-मोटा औषधालय अपने साथ रखता हूँ। रुपया माँगते हैं तो रुपया, अनाज माँगते हैं जो अनाज देता हूँ, पर सूद नहीं लेता। इससे मुझे ग्लानि नहीं होती, दूसरे रूप में सूद अधिक मिल जाता है। गाँव में दो अंधी स्त्रियाँ और दो अनाथ लड़कियाँ हैं, उनके निर्वाह का प्रबंध कर दिया है। होता सब उन्हीं की कमाई से है, पर नेकनामी मेरी होती है।

इतने में कई असामी आये और बोले—भैया, पोत ले लो।

शर्मा जी ने सोचा इसी लगान के लिए मेरे चपरासी खलिहान में चारपाई डाल कर सोते हैं और किसानों को अनाज के ढेर के पास फटकने नहीं देते और वही लगान यहाँ इस तरह आप से आप चला आता है। बोले—यह सब तो तब ही हो सकता है जब जमींदार आप गाँव में रहे।

बाबूलाल ने उत्तर दिया—जी हाँ, और क्यों ? जमींदार के गाँव में न रहने से इन किसानों को बड़ी हानि होती है। कारिंदों और नौकरों से यह आशा करनी भूल है कि वह इनके साथ अच्छा बर्ताव करेंगे, क्योंकि उनको तो अपना उल्लू सीधा करने से काम रहता है। जो किसान उनकी मुट्ठी गरम करते हैं उन्हें मालिक के सामने सीधा और जो कुछ नहीं देते उन्हें बदमाश और सरकश बतलाते हैं। किसानों को बात-बात के लिए चूसते हैं, किसान छान छवाना चाहे तो उन्हें दे, दरवाजे पर एक खूँटा तक गाड़ना चाहे तो उन्हें पूजे, एक छप्पर उठाने के लिए दस रुपये जमींदार को नजराना दे तो दो रुपये मुंशी जी को जरूर ही देने होंगे। कारिंदे को घी-दूध मुफ्त खिलावे, कहीं-कहीं तो गेहूँ-चावल तक मुफ्त हजम कर जाते हैं। जमींदार तो किसानों को चूसते ही हैं, कारिंदे भी कम नहीं चूसते। जमींदार

तीन पाव के भाव में रुपये का सेर भर घी ले तो मुंशी जी को अपने घर अपने साले-बहनोइयों के लिए अठारह छटाँक चाहिए ही। तनिक-तनिक सी बात के लिए डाँड़ और जुर्माना देते-देते किसानों के नाक में दम हो जाता है। आप जानते हैं इसी से और कहीं की 30 रु. की नौकरी छोड़ कर भी जमींदारों की कारिंदागिरी लोग 8 रु., 10 रु. में स्वीकार कर लेते हैं, क्योंकि 8 रु., 10 रु. का कारिंदा साल में 800 रु., 1000 रु. ऊपर से कमाता है। खेद तो यह है कि जमींदार लोगों में शिक्षा की उन्नति के साथ-साथ शहर में रहने की प्रथा दिनोंदिन बढ़ती जा रही है। मालूम नहीं आगे चल कर इन बेचारों की क्या गति होगी ?

6

शर्मा जी को बाबूलाल की बातें विचारपूर्ण मालूम हुईं ! पर वह सुशिक्षित मनुष्य थे। किसी बात को चाहे वह कितनी ही यथार्थ क्यों न हो, बिना तर्क के ग्रहण नहीं कर सकते थे। बाबूलाल को वह सामान्य बुद्धि का आदमी समझते आये थे। इस भाव में एकाएक परिवर्तन हो जाना असम्भव था। इतना ही नहीं, इन बातों का उल्टा प्रभाव यह हुआ कि वह बाबूलाल से चिढ़ गये। उन्हें ऐसा प्रतीत हुआ कि बाबूलाल अपने सुप्रबन्ध के अभिमान में मुझे तुच्छ समझता है, मुझे ज्ञान सिखाने की चेष्टा करता है। जो सदैव दूसरों को सद्ज्ञान सिखाने और सम्मान दिखाने का प्रयत्न करता हो वह बाबूलाल जैसे आदमी के सामने कैसे सिर झुकाता ? अतएव जब यहाँ से चले तो शर्मा जी की तर्क-शक्ति बाबूलाल की बातों की आलोचना कर रही थी। मैं गाँव में क्योंकर रहूँ ! क्या जीवन की सारी अभिलाषाओं पर पानी फेर दूँ ? गँवारों के साथ बैठे-बैठे गप्पें लड़ाया करूँ ! घड़ी-आध-घड़ी मनोरंजन के लिए उनसे बातचीत करना सम्भव है, पर यह मेरे लिए असह्य है कि वह आठों पहर मेरे सिर पर सवार रहें। मुझे तो उन्माद हो जाय। माना कि उनकी रक्षा करना मेरा कर्तव्य है, पर यह कदापि नहीं हो सकता कि उनके लिए मैं अपना जीवन नष्ट कर दूँ। बाबूलाल बन जाने की क्षमता मुझमें नहीं है कि जिससे बेचारे इस गाँव की सीमा के बाहर नहीं जा सकते। मुझे संसार में बहुत काम करना है, बहुत नाम करना है। ग्राम्य जीवन मेरे लिए प्रतिकूल ही नहीं, बल्कि प्राणघातक भी है।

यही सोचते हुए वह बँगले पर पहुँचे तो क्या देखते हैं कि कई कांस्टेबल कमरे के बरामदे में लेटे हुए हैं। मुख्तार साहब शर्मा जी को देखते ही आगे बढ़ कर बोले—हुजूर ! बड़े दारोगा जी, छोटे दारोगा जी के साथ आये हैं। मैंने उनके लिए पलंग कमरे में ही बिछवा दिये हैं। ये लोग जब इधर आ जाते हैं तो ठहरा करते हैं। देहात में इनके योग्य स्थान और कहाँ है ? अब मैं इनसे कैसे कहता कि कमरा खाली नहीं है। हुजूर का पलंग ऊपर बिछा दिया है।

शर्मा जी अपने अन्य देश-हितचिंतक भाइयों की भाँति पुलिस के घोर विरोधी थे। पुलिसवालों के अत्याचारों के कारण उन्हें बड़ी घृणा की दृष्टि से देखते थे। उनका सिद्धांत था कि यदि पुलिस का आदमी प्यास से भी मर जाय तो उसे पानी न देना चाहिए। अपने कारिंदे से यह समाचार सुनते ही उनके शरीर में आग-सी लग गयी। कारिंदे की ओर लाल आँखों से देखा और लपक कर कमरे की ओर चले कि बेईमानों का बोरिया-बँधना उठा कर फेंक दूँ। वाह ! मेरा घर न हुआ कोई होटल हुआ ! आ कर डट गये। तेवर बदले हुए बरामदे में जा पहुँचे कि इतने में छोटे दारोगा बाबू कोकिला सिंह ने कमरे से निकल कर पालागन किया और हाथ बढ़ा कर बोले–अच्छी साइत से चला था कि आपके दर्शन हो गये। आप मुझे भूल तो न गये होंगे ?

यह महाशय दो साल पहले 'सोशल सर्विस लीग' के उत्साही सदस्य थे। इंटरमीडियेट फेल हो जाने के बाद पुलिस में दाखिल हो गये थे। शर्मा जी ने उन्हें देखते ही पहचान लिया। क्रोध शांत हो गया। मुस्कराने की चेष्टा करके बोले–भूलना बड़े आदमियों का काम है। मैंने तो आपको दूर ही से पहचान लिया था। कहिए, इसी थाने में हैं क्या ? कोकिला सिंह बोले–जी हाँ, आजकल यहीं हूँ। आइए, आपको दारोगा जी से इन्ट्रोड्यूस (परिचय) करा दूँ।

भीतर आरामकुरसी पर लेटे दारोगा जुल्फिकार अली खाँ हुक्का पी रहे थे। बड़े डीलडौल के मनुष्य थे। चेहरे से रोब टपकता था। शर्मा जी को देखते ही उठकर हाथ मिलाया और बोले–जनाब से नियाज़ हासिल करने का शौक मुद्दत से था। आज खुशनसीब मौका भी मिल गया। इस मुदाखिलत बेजा को मुआफ़ फरमाइएगा।

शर्मा जी को आज मालूम हुआ कि पुलिसवालों को अशिष्ट कहना अन्याय है। हाथ मिला कर बोले–यह आप क्या फरमाते हैं, यह आपका घर है।

पर इसके साथ ही पुलिस पर आक्षेप करने का ऐसा अच्छा अवसर हाथ से नहीं जाने देना चाहते थे। कोकिला सिंह से बोले–आपने तो पिछले साल कालेज छोड़ा है। लेकिन आपने नौकरी भी की तो पुलिस की !

बड़े दारोगा जी यह ललकार सुनकर सँभल बैठे और बोले–क्यों जनाब ! क्या पुलिस ही सारे मुहकमों से गया-गुजरा है ? ऐसा कौन-सा सेगा है जहाँ रिश्वत का बाजार गर्म नहीं। अगर आप ऐसे एक भी सेगा का नाम बता दीजिए तो मैं ताउम्र आपकी गुलामी करूँ। मुलाज़मत करके रिश्वत लेना मुहाल है। तामील के सेगे को बेलौस कहा जाता है, मगर मुझको इसका खूब तजरबा हो चुका है। अब मैं किसी रास्तबाजी के दावे को तसलीम नहीं कर सकता। और दूसरे सेगों की निस्बत तो मैं नहीं कह सकता, मगर पुलिस में जो रिश्वत नहीं लेता उसे मैं अहमक समझता हूँ। मैंने दो-एक दयानतदार सब-इन्स्पेक्टर देखे हैं, पर उन्हें हमेशा तबाह देखा। कभी मातूइ, कभी मुअत्तल, कभी बरखास्त ! चौकीदार और कांस्टेबल बेचारे

थोड़ी औकात के आदमी हैं, इनका गुजारा क्योंकर हो ? वही हमारे हाथ-पाँव हैं, उन्हीं पर हमारी नेकनामी का दारमदार है। जब वह खुद भूखों मरेंगे तब हमारी मदद करेंगे ! जो लोग हाथ बढ़ा कर लेते हैं, खुद खाते हैं, दूसरों को खिलाते हैं, अफसरों को खुश रखते हैं, उनका शुमार कारगुजार, नेकनाम आदमियों में होता है। मैंने तो यही अपना वसूल बना रखा है और खुदा का शुक्र है कि अफसर और मातहत सभी खुश हैं।

शर्मा जी ने कहा—इसी वजह से तो मैंने ठाकुर साहब से कहा था कि आप क्यों इस सेगे में आये ?

जुल्फिकार अली खाँ गरम हो कर बोले—आये तो मुहकमे पर कोई एहसान नहीं किया। किसी दूसरे सेगे में होते तो अभी तक ठोकरें खाते होते, नहीं तो घोड़े पर सवार नौशा बने घूमते हैं। मैं तो बात सच्ची कहता हूँ, चाहे किसी को अच्छी लगे या बुरी। इनसे पूछिए, हराम की कमाई अकेले आज तक किसी को हजम हुई है ? यह नये लोग जो आते हैं उनकी यह आदत होती है कि जो कुछ मिले अकेले ही हजम कर लें। चुपके-चुपके लेते हैं और थाने के अहलकार मुँह ताकते रह जाते हैं ! दुनिया की निगाह में ईमानदार बनना चाहते हैं, पर खुदा से नहीं डरते। अबे, जब हम खुदा ही से नहीं डरते तो आदमियों का क्या खौफ ? ईमानदार बनना हो तो दिल से बनो। सचाई का स्वाँग क्यों भरते हो ? यह हजरत छोटी-छोटी रकमों पर गिरते हैं। मारे गरूर के किसी आदमी से राय तो लेते नहीं। जहाँ आसानी से सौ रुपये मिल सकते हैं वहाँ पाँच रुपये में बुलबुल हो जाते हैं ! कहीं दूधवाले के दाम मार लिये, कहीं हज्जाम के पैसे दबा लिये, कहीं बनिये से निर्ख के लिए झगड़ बैठे। यह अफसरी नहीं लुच्चापन है; गुनाह बेलज्जत, फायदा तो कुछ नहीं; बदनामी मुफ्त। मैं बड़े-बड़े शिकारों पर निगाह रखता हूँ। यह पिद्दी और बटेर मातहतों के लिए छोड़ देता हूँ। हलफ से कहता हूँ, गरज बुरी शय है। रिश्वत देनेवालों से ज्यादा अहमक अंधे आदमी दुनिया में न होंगे। ऐसे कितने ही उल्लू आते हैं जो महज यह चाहते हैं कि मैं उसके किसी पट्टीदार या दुश्मन को दो-चार खोटी-खरी सुना दूँ, कई ऐसे बेईमान जमींदार आते हैं जो यह चाहते हैं कि वह असामियों पर जुल्म करते रहें और पुलिस दखल न दे ! इतने ही के लिए वह सैकड़ों रुपये मेरी नजर करते हैं और खुशामद घालू में। ऐसे अक्ल के दुश्मनों पर रहम करना हिमाकत है। जिले में मेरे इस इलाके को सोने की खान कहते हैं। इस पर सबके दाँत रहते हैं। रोज एक न एक शिकार मिलता रहता है। जमींदार निरे जाहिल, लंठ, जरा-जरा सी बात पर फौजदारियाँ कर बैठते हैं। मैं तो खुदा से दुआ करता रहता हूँ कि यह हमेशा इसी जहालत के गढ़े में पड़े रहें। सुनता हूँ, कोई साहब आम तालीम का सवाल पेश कर रहे हैं, उस भलेमानुस को न जाने क्या धुन है। शुक्र है कि हमारी आली फहम सरकार ने नामंजूर कर दिया। बस, इस सारे इलाके

में एक यही आप का पट्टीदार अलबत्ता समझदार आदमी है। उसके यहाँ मेरी या और किसी की दाल नहीं गलती और लुत्फ यह कि कोई उससे नाखुश नहीं ! बस मीठी-मीठी बातों से मन भर देता है। अपने असामियों के लिए जान देने को हाजिर, और हलफ से कहता हूँ कि अगर मैं जमींदार होता तो इसी शख्स का तरीका अख्तियार करता। जमींदार का फर्ज है कि अपने असामियों को जुल्म से बचाये। उन पर शिकारियों का वार न होने दे। बेचारे गरीब किसानों की जान के तो सभी ग्राहक होते हैं और हलफ से कहता हूँ, उनकी कमाई उनके काम नहीं आती ! उनकी मेहनत का मजा हम लूटते हैं। यों तो जरूरत से मजबूर हो कर इनसान क्या नहीं कर सकता, पर हक यह है कि इन बेचारों की हालत वाकई रहम के काबिल है और जो शख्स उनके लिए सीनासिपर हो सके उसके कदम चूमने चाहिए। मगर मेरे लिए तो वही आदमी सबसे अच्छा है जो शिकार में मेरी मदद करे।

शर्मा जी ने इस बकवाद को बड़े ध्यान से सुना। वह रसिक मनुष्य थे। इसकी मार्मिकता पर मुग्ध हो गये। सहृदयता और कठोरता के ऐसे विचित्र मिश्रण से उन्हें मनुष्यों के मनोभावों का एक कौतूहलजनक परिचय प्राप्त हुआ। ऐसी वक्तृता का उत्तर देने की कोशिश करना व्यर्थ था। बोले—क्या कोई तहकीकात है, या महज गश्त ?

दारोगा जी बोले—जी नहीं, महज गश्त। आजकल किसानों के फसल के दिन हैं। यही जमाना हमारी फसल का भी है। शेर को भी तो माँद में बैठे-बैठे शिकार नहीं मिलता। जंगल में घूमता है। हम भी शिकार की तलाश में हैं। किसी पर खुफियाफरोशी का इलजाम लगाया, किसी को चोरी का माल खरीदने के लिए पकड़ा, किसी को हमलहराम का झगड़ा उठा कर फाँसा। अगर हमारे नसीब से डाका पड़ गया तो हमारी पाँचों अँगुलियाँ घी में समझिए। डाकू तो नोच-खसोट कर भागते हैं। असली डाका हमारा पड़ता है। आस-पास के गाँव में झाड़ू फेर देते हैं। खुदा से शबोरोज दुआ किया करते हैं कि परवरदिगार ! कहीं से रिजक भेज। झूठे-सच्चे डाके की खबर आवे। अगर देखा कि तकदीर पर शाकिर रहने से काम नहीं चलता तो तदवीर से काम लेते हैं। जरा से इशारे की जरूरत है, डाका पड़ते क्या देर लगती है ! आप मेरी साफगोई पर हैरान होते होंगे। अगर मैं अपने सारे हथकंडे बयान करूँ तो आप यकीन न करेंगे और लुत्फ यह कि मेरा शुमार जिले के निहायत होशियार, कारगुजार, दयानतदार सब-इन्स्पेक्टरों में है। फर्जी डाके डलवाता हूँ ! फर्जी मुल्जिम पकड़ता हूँ, मगर सजाएँ असली दिलवाता हूँ। शहादतें ऐसी गढ़ता हूँ कि कैसा ही बैरिस्टर का चचा क्यों न हो, उन्हें गिरफ्तार नहीं कर सकता।

इतने में शहर से शर्मा जी की डाक आ गयी। वे उठ खड़े हुए और बोले—दारोगा जी, आपकी बातें बड़ी मजेदार होती हैं। अब इजाजत दीजिए। डाक आ गयी है। जरा उसे देखना है।

7

चाँदनी रात थी। शर्मा जी खुली छत पर लेटे हुए एक समाचार-पत्र पढ़ने में मग्न थे। अकस्मात् कुछ शोरगुल सुन कर नीचे की तरफ झाँका तो क्या देखते हैं कि गाँव के चारों तरफ से कान्स्टेबलों के साथ किसान चले आ रहे हैं। बहुत से आदमी खलिहान की तरफ से बड़बड़ाते आते थे। बीच-बीच में सिपाहियों की डाँट-फटकार की आवाजें भी कानों में आती थीं। यह सब आदमी बँगले के सामने सहन में बैठते जाते थे। कहीं-कहीं स्त्रियों का आर्त्तनाद भी सुनायी देता था। शर्मा जी हैरान थे कि मामला क्या है ? इतने में दारोगा जी की भयंकर गरज सुनायी पड़ी—हम एक न मानेंगे, सब लोगों को थाने चलना होगा।

फिर सन्नाटा हो गया। मालूम होता था कि आदमियों में कानाफूसी हो रही है। बीच-बीच में मुख्तार साहब और सिपाहियों के हृदय-विदारक शब्द आकाश में गूँज उठते। फिर ऐसा जान पड़ा कि किसी पर मार पड़ रही है। शर्मा जी से अब न रहा गया। वह सीढ़ियों के द्वार पर आये। कमरे में झाँक कर देखा। मेज पर रुपये गिने जा रहे थे। दारोगा जी ने फर्माया, इतने बड़े गाँव में सिर्फ यही ?

मुख्तार साहब ने उत्तर दिया—अभी घबड़ाइए नहीं। अबकी मुखियों की खबर ली जाय। रुपयों का ढेर लग जाता है।

यह कह कर मुख्तार ने कई किसानों को पुकारा, पर कोई न बोला। तब दारोगा जी का गगनभेदी नाद सुनायी दिया। यह लोग सीधे न मानेंगे, मुखियों को पकड़ लो। हथकड़ियाँ भर दो। एक-एक को डामुल भिजवाऊँगा।

यह नादिरशाही हुक्म पाते ही कान्स्टेबलों का दल उन आदमियों पर टूट पड़ा। ढोल-सी पिटने लगी। क्रंदन-ध्वनि से आकाश गूँज उठा। शर्मा जी का रक्त खौल रहा था। उन्होंने सदैव न्याय और सत्य की सेवा की थी। अन्याय और निर्दयता का यह करुणात्मक अभियान उनके लिए असह्य था।

अचानक किसी ने रो कर कहा—दोहाई सरकार की, मुख्तार साहब हम लोगन को हक नाहक मरवाये डारत हैं।

शर्मा जी क्रोध से काँपते हुए धम-धम कोठे से उतर पड़े, यह दृढ़ संकल्प कर लिया कि मुख्तार साहब को मारे हंटरों के गिरा दूँ, पर जनसेवा में मनोवेगों को दबाने की बड़ी प्रबल शक्ति होती है। रास्ते ही में सँभल गये। मुख्तार को बुला कर कहा—मुंशी जी, आपने यह क्या गुल-गपाड़ा मचा रखा है ?

मुख्तार ने उत्तर दिया—हुजूर, दारोगा जी ने इन्हें एक डाके की तहकीकात में तलब किया है।

शर्मा जी बोले—जी हाँ, इस तहकीकात का अर्थ मैं खूब समझता हूँ। घंटे भर से इसका तमाशा देख रहा हूँ। तहकीकात हो चुकी या कसर बाकी है ?

मुख़्तार ने कहा—हुजूर, दारोगा जी जानें, मुझे क्या मतलब ?

दारोगा जी बड़े चतुर पुरुष थे। मुख़्तार साहब की बातों से उन्होंने समझा था कि शर्मा जी का स्वभाव भी अन्य जमींदारों के सदृश है। इसलिए वह बेखटके थे, पर इस समय उन्हें अपनी भूल ज्ञात हुई। शर्मा जी के तेवर देखे, नेत्रों से क्रोधाग्नि की ज्वाला निकल रही थी, शर्मा जी की शक्तिशालीनता से भली-भाँति परिचित थे। समीप आकर बोले—आपके इस मुख़्तार ने मुझे बड़ा धोखा दिया, वरना मैं हलफ़ से कहता हूँ कि यहाँ यह आग न लगती। आप मेरे मित्र बाबू कोकिला सिंह के मित्र हैं और इस नाते से मैं आपको अपना मुरब्बी समझता हूँ, पर इस नामरदूद बदमाश ने मुझे बड़ा चकमा दिया ! मैं भी ऐसा अहमक था कि इसके चक्कर में आ गया। मैं बहुत नादिम हूँ कि हिमाकत के बाइस जनाब को इतनी तकलीफ हुई ! मैं आपसे मुआफी का सायल हूँ। मेरी एक दोस्ताना इल्तमाश यह है कि जितनी जल्दी मुमकिन हो इस शख़्स को बरतरफ कर दीजिए। यह आपकी रियासत को तबाह किये डालता है। अब मुझे भी इजाजत हो कि अपने मनहूस कदम यहाँ से ले जाऊँ। मैं हलफ से कहता हूँ कि मुझे आपको मुँह दिखाते शर्म आती है।

8

यहाँ तो यह घटना हो रही थी, उधर बाबूलाल अपने चौपाल में बैठे हुए, इसके सम्बन्ध में अपने कई असामियों से बातचीत कर रहे थे। शिवदीन ने कहा—भैया, आप जाके दारोगा जी को काहे नाहीं समझावत हौ। राम-राम ! ऐसन अंधेर !

बाबूलाल—भाई, मैं दूसरे के बीच में बोलनेवाला कौन ? शर्मा जी तो वहीं हैं। वह आप ही बुद्धिमान हैं। जो उचित होगा, करेंगे। यह आज कोई नयी बात थोड़े ही है। देखते तो हो कि आये दिन एक न एक उपद्रव मचा ही रहता है। मुख़्तार साहब का इसमें भला होता है। शर्मा जी से मैं इस विषय में इसलिए कुछ नहीं कहता कि शायद वे यह समझें कि मैं ईर्ष्यावश शिकायत कर रहा हूँ।

रामदास ने कहा—शर्मा जी कोठा पर हैं और नीचू बेचारन पर मार परत है। देखा नाहीं जात है। जिनसे मुराद पाय जात हैं उनका छोड़े देत हैं। मौका तो जान परत है कि ई तहकीकात-सहकीकात सब रुपैयन के खातिर कीन जात है।

बाबूलाल—और काहे के लिए की जाती है। दारोगा जी ऐसे ही शिकार ढूँढ़ा करते हैं, लेकिन देख लेना शर्मा जी अबकी मुख़्तार साहब की जरूर खबर लेंगे। वह ऐसे-वैसे आदमी नहीं हैं कि यह अंधेर अपनी आँखों से देखें और मौन धारण कर लें ? हाँ, यह तो बताओ अबकी कितनी ऊख बोयी है ?

रामदास—ऊख बोये ढेर रहे मुदा दुष्टन के मारे बचै पावै। तू मानत नाहीं भैया, पर आँखन देखी बात है कि कराह के कराह रस जर गवा और छटाँकों भर

माल न परा। न जानी अस कौन मन्तर मार देत हैं।

बाबूलाल–अच्छा, अबकी मेरे कहने से यह हानि उठा लो। देखूँ ऐसा कौन बड़ा सिद्ध है जो कराही का रस उड़ा देता है ? जरूर इसमें कोई न कोई बात है, इस गाँव में जितने कोल्हू जमीन में गड़े पड़े हैं उनसे विदित होता है कि पहले यहाँ ऊख बहुत होती थी, किन्तु अब बेचारी का मुँह भी मीठा नहीं होने पाता।

शिवदीन–अरे भैया ! हमारे होस में ई सब कोल्हू चलत रहे हैं। माघ-पूस में रात भर गाँव में मेला लगा रहत रहा, पर जब से ई नासिनी विद्या फैली है तब से कोऊ का ऊख के नेरे जाये का हियाव नहीं परत है।

बाबूलाल–ईश्वर चाहेंगे तो फिर वैसी ही ऊख लगेगी। अबकी मैं इस मंत्र को उलट दूँगा। भैया यह तो बताओ अगर ऊख लग जाय और माल पड़े तो तुम्हारी पट्टी में एक हजार का गुड़ हो जायगा ?

हरखू ने हँस कर कहा–भैया, कैसी बात कहते हो–हजार तो पाँच बीघा में मिल सकत हैं। हमारे पट्टी में 25 बीघा से कम ऊख नहीं था। कुछो न परे तो अढ़ाई हजार कहूँ नहीं गये हैं।

बाबूलाल–तब तो आशा है कि कोई पचास रुपये बयाई में मिल जायेंगे। यह रुपये गाँव की सफाई में खर्च होंगे।

इतने में एक युवा मनुष्य दौड़ता हुआ आया और बोला–भैया ! ऊ तहकीकात देखे गइल रहलीं। दारोगा जी सबका डाँटत मारत रहें। देवी मुखिया बोला–मुख्तार साहब, हमका चाहे काट डारो मुदा हम एक कौड़ी न देबै। थाना, कचहरी जहाँ कहो चलै के तैयार हई। ई सुन के मुख्तार लाल हुई गयेन। चार सिपाहिन से कहेन कि एहिका पकरिके खूब मारो, तब देवी चिल्लाय-चिल्लाय रोवे लागल, एतने में सरमा जी कोठी पर से खट-खट उतरेन और मुख्तार का लगे डाँटे। मुख्तार ठाढ़े झूर होय गयेन। दारोगा जी धीरे से घोड़ा मँगवाय के भागेन। मनई सरमा जी का असीसत चला जात हैं।

बाबूलाल–यह तो मैं पहले ही कहता था कि शर्मा जी से यह अन्याय न देखा जायेगा।

इतने में दूर से एक लालटेन का प्रकाश दिखायी दिया। एक आदमी के साथ शर्मा जी आते हुए दिखायी दिये। बाबूलाल ने असामियों को वहाँ से हटा दिया, कुरसी रखवा दी और बढ़ कर बोले–आपने इस समय क्यों कष्ट किया, मुझको बुला लिया होता।

शर्मा जी ने नम्रता से उत्तर दिया–आपको किस मुँह से बुलाता, मेरे सारे आदमी वहाँ पीटे जा रहे थे, उनका गला दबाया जा रहा था और आप पास न फटके। मुझे आपसे मदद की आशा थी। आज हमारे मुख्तार ने गाँव में लूट मचा दी थी। मुख्तार की और क्या कहूँ। बेचारा थोड़े औकात का आदमी है। खेद तो

यह है कि आपके दारोगा जी भी उसके सहायक थे। कुशल यह थी कि मैं वहाँ मौजूद था।

बाबूलाल—बहुत लज्जित हूँ कि इस अवसर पर आपकी कुछ सेवा न कर सका ! पर बात यह है कि मेरे वहाँ जाने से मुख़्तार साहब और दारोगा दोनों ही अप्रसन्न होते। मुख़्तार मुझसे कई बार कह चुके हैं कि आप मेरे बीच में न बोला कीजिए। मैं आपसे कभी गाँव की दशा इस भय से न कहता था कि शायद आप समझें कि मैं ईर्ष्या के कारण ऐसा कहता हूँ। यहाँ यह कोई नयी बात नहीं है। आये दिन ऐसी ही घटनाएँ होती रहती हैं, और कुछ इसी गाँव में नहीं, जिस गाँव को देखिए, यही दशा है। इन सब आपत्तियों का एकमात्र कारण यह है कि देहातों में कर्मपरायण, विद्वान् और नीतिज्ञ मनुष्यों का अभाव है। शहर के सुशिक्षित जमींदार जिनसे उपकार की बहुत कुछ आशा की जाती है, सारा काम कारिंदों पर छोड़ देते हैं। रहे देहात के जमींदार सो निरक्षर भट्टाचार्य हैं। अगर कुछ थोड़े-बहुत पढ़े भी हैं, तो अच्छी संगति न मिलने के कारण उनमें बुद्धि का विकास नहीं है। कानून के थोड़े से दफे सुन-सुना लिये हैं, बस उसी की रट लगाया करते हैं। मैं आप से सत्य कहता हूँ, मुझे जरा भी खबर होती तो मैं आपको सचेत कर दिया होता।

शर्मा जी—खैर, यह बला तो टली, पर मैं देखता हूँ कि इस ढंग से काम न चलेगा। अपने असामियों को आज इस विपत्ति में देख कर मुझे बड़ा दुःख हुआ। मेरा मन बार-बार मुझको इन सारी दुर्घटनाओं का उत्तरदाता ठहराता है। जिनकी कमाई खाता हूँ, जिनकी बदौलत टमटम पर सवार हो कर रईस बना घूमता हूँ, उनके कुछ स्वत्व भी तो मुझ पर हैं। मुझे अब अपनी स्वार्थांधता स्पष्ट दीख पड़ती है। मैं आप अपनी ही दृष्टि में गिर गया हूँ। मैं सारी जाति के उद्धार का बीड़ा उठाये हुए हूँ, सारे भारतवर्ष के लिए प्राण देता फिरता हूँ, पर अपने घर की खबर ही नहीं। जिनकी रोटियाँ खाता हूँ उनकी तरफ से इस तरह उदासीन हूँ ! अब इस दुरवस्था को समूल नष्ट करना चाहता हूँ। इस काम में मुझे आपकी सहायता और सहानुभूति की जरूरत है। मुझे अपना शिष्य बनाइए। मैं याचकभाव से आपके पास आया हूँ। इस भार को सँभालने की शक्ति मुझमें नहीं। मेरी शिक्षा ने मुझे किताबों का कीड़ा बना कर छोड़ दिया और मन के मोदक खाना सिखाया। मैं मनुष्य नहीं, किन्तु नियमों का पोथ हूँ। आप मुझे मनुष्य बनाइए, मैं अब यहीं रहूँगा, पर आपको भी यहीं रहना पड़ेगा। आपकी जो हानि होगी उसका भार मुझ पर है। मुझे सार्थक जीवन का पाठ पढ़ाइए। आपसे अच्छा गुरु मुझे न मिलेगा। सम्भव है कि आपका अनुगामी बन कर मैं अपना कर्तव्य पालन करने योग्य हो जाऊँ।

परीक्षा

जब रियासत देवगढ़ के दीवान सरदार सुजानसिंह बूढ़े हुए तो परमात्मा की याद आयी। जा कर महाराज से विनय की कि दीनबंधु ! दास ने श्रीमान् की सेवा चालीस साल तक की, अब मेरी अवस्था भी ढल गयी, राज-काज सँभालने की शक्ति नहीं रही। कहीं भूल-चूक हो जाय तो बुढ़ापे में दाग लगे। सारी जिंदगी की नेकनामी मिट्टी में मिल जाय।

राजा साहब अपने अनुभवशील नीतिकुशल दीवान का बड़ा आदर करते थे। बहुत समझाया, लेकिन जब दीवान साहब ने न माना, तो हार कर उनकी प्रार्थना स्वीकार कर ली; पर शर्त यह लगा दी कि रियासत के लिए नया दीवान आप ही को खोजना पड़ेगा।

दूसरे दिन देश के प्रसिद्ध पत्रों में यह विज्ञापन निकला कि देवगढ़ के लिए एक सुयोग्य दीवान की जरूरत है। जो सज्जन अपने को इस पद के योग्य समझें वे वर्तमान सरकार सुजानसिंह की सेवा में उपस्थित हों। यह जरूरी नहीं है कि वे ग्रेजुएट हों, मगर हृष्ट-पुष्ट होना आवश्यक है, मंदाग्नि के मरीज को यहाँ तक कष्ट उठाने की कोई जरूरत नहीं। एक महीने तक उम्मीदवारों के रहन-सहन, आचार-विचार की देखभाल की जायेगी। विद्या का कम, परन्तु कर्तव्य का अधिक विचार किया जायेगा। जो महाशय इस परीक्षा में पूरे उतरेंगे, वे इस उच्च पद पर सुशोभित होंगे।

2

इस विज्ञापन ने सारे मुल्क में तहलका मचा दिया। ऐसा ऊँचा पद और किसी प्रकार की कैद नहीं ? केवल नसीब का खेल है। सैकड़ों आदमी अपना-अपना भाग्य परखने के लिए चल खड़े हुए। देवगढ़ में नये-नये और रंग-बिरंगे मनुष्य दिखायी देने लगे। प्रत्येक रेलगाड़ी से उम्मीदवारों का एक मेला-सा उतरता। कोई पंजाब से चला आता था, कोई मद्रास से, कोई नई फैशन का प्रेमी, कोई पुरानी सादगी

पर मिटा हुआ। पंडितों और मौलवियों को भी अपने-अपने भाग्य की परीक्षा करने का अवसर मिला। बेचारे सनद के नाम रोया करते थे, यहाँ उसकी कोई जरूरत नहीं थी। रंगीन एमामे, चोगे और नाना प्रकार के अंगरखे और कंटोप देवगढ़ में अपनी सज-धज दिखाने लगे। लेकिन सबसे विशेष संख्या ग्रेजुएटों की थी, क्योंकि सनद की कैद न होने पर भी सनद से परदा तो ढँका रहता है।

सरदार सुजानसिंह ने इन महानुभावों के आदर-सत्कार का बड़ा अच्छा प्रबंध कर दिया था। लोग अपने-अपने कमरों में बैठे हुए रोजेदार मुसलमानों की तरह महीने के दिन गिना करते थे। हर एक मनुष्य अपने जीवन को अपनी बुद्धि के अनुसार अच्छे रूप में दिखाने की कोशिश करता था। मिस्टर अ नौ बजे दिन तक सोया करते थे, आजकल वे बगीचे में टहलते हुए ऊषा का दर्शन करते थे। मि. ब को हुक्का पीने की लत थी, आजकल बहुत रात गये किवाड़ बन्द करके अँधेरे में सिगार पीते थे। मि. द, स और ज से उनके घरों पर नौकरों की नाक में दम था, लेकिन ये सज्जन आजकल 'आप' और 'जनाब' के बगैर नौकरों से बातचीत नहीं करते थे। महाशय क नास्तिक थे, हक्सले के उपासक, मगर आजकल उनकी धर्मनिष्ठा देख कर मन्दिर के पुजारी को पदच्युत हो जाने की शंका लगी रहती थी ! मि. ल को किताब से घृणा थी, परन्तु आजकल वे बड़े-बड़े ग्रन्थ देखने-पढ़ने में डूबे रहते थे। जिससे बात कीजिए, वह नम्रता और सदाचार का देवता बना मालूम देता था। शर्मा जी घड़ी रात से ही वेद-मंत्र पढ़ने में लगते थे और मौलवी साहब को नमाज और तलावत के सिवा और कोई काम न था। लोग समझते थे कि एक महीने का झंझट है, किसी तरह काट लें, कहीं कार्य सिद्ध हो गया तो कौन पूछता है।

लेकिन मनुष्यों का वह बूढ़ा जौहरी आड़ में बैठा हुआ देख रहा था कि इन बगुलों में हंस कहाँ छिपा हुआ है।

3

एक दिन नये फैशनवालों को सूझी कि आपस में हाकी का खेल हो जाय। यह प्रस्ताव हाकी के मँजे हुए खिलाड़ियों ने पेश किया। यह भी तो आखिर एक विद्या है। इसे क्यों छिपा रखें। संभव है, कुछ हाथों की सफाई ही काम कर जाय। चलिए तय हो गया, फील्ड बन गयी, खेल शुरू हो गया और गेंद किसी दफ्तर के अप्रेंटिस की तरह ठोकरें खाने लगा।

रियासत देवगढ़ में यह खेल बिलकुल निराली बात थी। पढ़े-लिखे भलेमानुस लोग शतरंज और ताश जैसे गंभीर खेल खेलते थे। दौड़-कूद के खेल बच्चों के खेल समझे जाते थे।

खेल बड़े उत्साह से जारी था। धावे के लोग जब गेंद को लेकर तेजी से उड़ते तो ऐसा जान पड़ता था कि कोई लहर बढ़ती चली आती है। लेकिन दूसरी ओर के खिलाड़ी इस बढ़ती हुई लहर को इस तरह रोक लेते थे कि मानो लोहे की दीवार है।

संध्या तक यही धूमधाम रही। लोग पसीने से तर हो गये। खून की गर्मी आँख और चेहरे से झलक रही थी। हाँफते-हाँफते बेदम हो गये, लेकिन हार-जीत का निर्णय न हो सका।

अँधेरा हो गया था। इस मैदान से जरा दूर हट कर एक नाला था। उस पर कोई पुल न था। पथिकों को नाले में से चल कर आना पड़ता था। खेल अभी बन्द ही हुआ था और खिलाड़ी लोग बैठे दम ले रहे थे कि एक किसान अनाज से भरी हुई गाड़ी लिये हुए उस नाले में आया। लेकिन कुछ तो नाले में कीचड़ था और कुछ उसकी चढ़ाई इतनी ऊँची थी कि गाड़ी ऊपर न चढ़ सकती थी। वह कभी बैलों को ललकारता, कभी पहियों को हाथ से ढकेलता लेकिन बोझ अधिक था और बैल कमजोर। गाड़ी ऊपर को न चढ़ती और चढ़ती भी तो कुछ दूर चढ़कर फिर खिसक कर नीचे पहुँच जाती। किसान बार-बार जोर लगाता और बार-बार झुंझला कर बैलों को मारता, लेकिन गाड़ी उभरने का नाम न लेती। बेचारा इधर-उधर निराश हो कर ताकता मगर वहाँ कोई सहायक नजर न आता। गाड़ी को अकेले छोड़कर कहीं जा भी नहीं सकता। बड़ी आपत्ति में फँसा हुआ था। इसी बीच में खिलाड़ी हाथों में डंडे लिये घूमते-घामते उधर से निकले। किसान ने उनकी तरफ सहमी हुई आँखों से देखा, परंतु किसी से मदद माँगने का साहस न हुआ। खिलाड़ियों ने भी उसको देखा मगर बन्द आँखों से, जिनमें सहानुभूति न थी। उनमें स्वार्थ था, मद था, मगर उदारता और वात्सल्य का नाम भी न था।

4

लेकिन उसी समूह में एक ऐसा मनुष्य था जिसके हृदय में दया थी और साहस था। आज हाकी खेलते हुए उसके पैरों में चोट लग गयी थी। लँगड़ाता हुआ धीरे-धीरे चला आता था। अकस्मात् उसकी निगाह गाड़ी पर पड़ी। ठिठक गया। उसे किसान की सूरत देखते ही सब बातें ज्ञात हो गयीं। डंडा एक किनारे रख दिया। कोट उतार डाला और किसान के पास जाकर बोला—मैं तुम्हारी गाड़ी निकाल दूँ ?

किसान ने देखा एक गठे हुए बदन का लम्बा आदमी सामने खड़ा है। झुक कर बोला—हुजूर, मैं आपसे कैसे कहूँ ? युवक ने कहा—मालूम होता है, तुम यहाँ बड़ी देर से फँसे हो। अच्छा, तुम गाड़ी पर जाकर बैलों को साधो, मैं पहियों को ढकेलता हूँ, अभी गाड़ी ऊपर चढ़ जाती है।

किसान गाड़ी पर जा बैठा। युवक ने पहिये को जोर लगा कर उकसाया। कीचड़ बहुत ज्यादा था। वह घुटने तक जमीन में गड़ गया, लेकिन हिम्मत न हारी। उसने फिर जोर किया, उधर किसान ने बैलों को ललकारा। बैलों को सहारा मिला, हिम्मत बँध गयी, उन्होंने कंधे झुका कर एक बार जोर किया तो गाड़ी नाले के ऊपर थी।

किसान युवक के सामने हाथ जोड़ कर खड़ा हो गया। बोला—महाराज, आपने आज मुझे उबार लिया, नहीं तो सारी रात मुझे यहाँ बैठना पड़ता।

युवक ने हँस कर कहा—अब मुझे कुछ इनाम देते हो ? किसान ने गम्भीर भाव से कहा—नारायण चाहेंगे तो दीवानी आपको ही मिलेगी।

युवक ने किसान की तरफ गौर से देखा। उसके मन में एक संदेह हुआ, क्या यह सुजानसिंह तो नहीं हैं ? आवाज़ मिलती है, चेहरा-मोहरा भी वही। किसान ने भी उसकी ओर तीव्र दृष्टि से देखा। शायद उसके दिल के संदेह को भाँप गया। मुस्करा कर बोला—गहरे पानी में पैठने से ही मोती मिलता है।

5

निदान महीना पूरा हुआ। चुनाव का दिन आ पहुँचा। उम्मीदवार लोग प्रातःकाल ही से अपनी किस्मतों का फैसला सुनने के लिए उत्सुक थे। दिन काटना पहाड़ हो गया। प्रत्येक के चेहरे पर आशा और निराशा के रंग आते थे। नहीं मालूम, आज किसके नसीब जागेंगे ! न जाने किस पर लक्ष्मी की कृपादृष्टि होगी।

संध्या समय राजा साहब का दरबार सजाया गया। शहर के रईस और धनाढ्य लोग, राज्य के कर्मचारी और दरबारी तथा दीवानी के उम्मीदवारों का समूह, सब रंग-बिरंगी सज-धज बनाये दरबार में आ विराजे ! उम्मीदवारों के कलेजे धड़क रहे थे।

जब सरदार सुजानसिंह ने खड़े हो कर कहा—मेरे दीवानी के उम्मीदवार महाशयों ! मैंने आप लोगों को जो कष्ट दिया है, उसके लिए मुझे क्षमा कीजिए। इस पद के लिए ऐसे पुरुष की आवश्यकता थी, जिसके हृदय में दया हो और साथ-साथ आत्मबल। हृदय वह जो उदार हो, आत्मबल वह जो आपत्ति का वीरता के साथ सामना करे और इस रियासत के सौभाग्य से हमें ऐसा पुरुष मिल गया। ऐसे गुणवाले संसार में कम हैं और जो हैं, वे कीर्ति और मान के शिखर पर बैठे हुए हैं, उन तक हमारी पहुँच नहीं। मैं रियासत के पंडित जानकीनाथ-सा दीवान पाने पर बधाई देता हूँ।

रियासत के कर्मचारियों और रईसों ने जानकीनाथ की तरफ देखा। उम्मीदवार दल की आँखें उधर उठीं, मगर उन आँखों में सत्कार था, इन आँखों में ईर्ष्या।

सरदार साहब ने फिर फरमाया, आप लोगों को यह स्वीकार करने में कोई आपत्ति न होगी कि जो पुरुष स्वयं जख्मी होकर भी एक गरीब किसान की भरी हुई गाड़ी को दलदल से निकाल कर नाले के ऊपर चढ़ा दे उसके हृदय में साहस, आत्मबल और उदारता का वास है। ऐसा आदमी गरीबों को कभी न सतावेगा। उसका संकल्प दृढ़ है, जो उसके चित्त को स्थिर रखेगा। वह चाहे धोखा खा जाये, परन्तु दया और धर्म से कभी न हटेगा।

दुनिया का सबसे अनमोल रतन

दिलफ़िगार एक कँटीले पेड़ के नीचे दामन चाक किए बैठा हुआ खून के आँसू बहा रहा था। वह सौन्दर्य की देवी यानी मलका दिलफ़रेब का सच्चा और जान देनेवाला प्रेमी था। उन प्रेमियों में नहीं, जो इत्र-फुलेल में बसकर और शानदार कपड़ों से सजकर आशिक़ के वेश में माशूक़ियत का दम भरते हैं। बल्कि उन सीधे-सादे भोले-भाले फ़िदाइयों में जो जंगल और पहाड़ों से सर टकराते हैं और फ़रियाद मचाते फिरते हैं। दिलफ़रेब ने उससे कहा था कि अगर तू मेरा सच्चा प्रेमी है, तो जा और दुनिया की सबसे अनमोल चीज़ लेकर मेरे दरबार में आ। तब मैं तुझे अपनी गुलामी में क़बूल करूँगी। अगर तुझे वह चीज़ न मिले तो खबरदार इधर रुख न करना, वर्ना सूली पर खिंचवा दूँगी। दिलफ़िगार को अपनी भावनाओं के प्रदर्शन का, शिकवे-शिकायत का, प्रेमिका के सौन्दर्य-दर्शन का तनिक भी अवसर न दिया गया। दिलफ़रेब ने ज्योंही यह फ़ैसला सुनाया उसके चोबदारों ने ग़रीब दिलफ़िगार को धक्के देकर बाहर निकाल दिया। और आज तीन दिन से यह आफ़त का मारा आदमी उसी कँटीले पेड़ के नीचे, उसी भयानक मैदान में बैठा हुआ सोच रहा है कि क्या करूँ। दुनिया की सब से अनमोल चीज़ मुझको मिलेगी? नामुमकिन! और वह है क्या? क़ारूँ का खज़ाना? आबे हयात? खुसरो का ताज? जामेजम? तख़्ते ताऊस? परवेज़ की दौलत? नहीं, यह चीज़ें हरगिज़ नहीं। दुनिया में ज़रूर इनसे भी महँगी, इनसे भी अनमोल चीज़ें मौजूद हैं मगर वह क्या हैं? कैसे मिलेंगी? या खुदा, मेरी मुश्किल क्योंकर आसान होगी?

दिलफ़िगार इन्हें ख्यालों में चक्कर खा रहा था और अक्ल कुछ काम नहीं करती थी। मुनीर शामी को हातिम-सा मददगार मिल गया। ऐ काश कोई मेरा भी मददगार हो जाता, ऐ काश मुझे भी उस चीज़ का, जो दुनिया की सबसे बेशक़ीमती चीज़ है, नाम बतला दिया जाता! बला से वह चीज़ हाथ न आती मगर मुझे इतना तो मालूम हो जाता कि वह किस किस्म की चीज़ है। मैं घड़े बराबर मोती की खोज में जा सकता हूँ। मैं समुन्दर का गीत, पत्थर का दिल, मौत की आवाज़

और इनसे भी ज्यादा बेनिशान चीज़ों की तलाश में कमर कस सकता हूँ। मगर दुनिया को सबसे अनमोल चीज़! यह मेरी कल्पना की उड़ान से बहुत ऊपर है।

आसमान पर तारे निकल आए थे। दिलफ़िगार यकायक खुदा का नाम लेकर उठा और एक तरफ़ को चल खड़ा हुआ। भूखा-प्यासा, नंगे बदन, थकन से चूर, वह बरसों वीरानों और आबादियों की खाक छानता फिरा, तलवे काँटों से छलनी हो गए, शरीर में हड्डियाँ-ही-हड्डियाँ दिखाई देने लगीं मगर वह चीज़, जो दुनिया की सबसे बेशक़ीमत चीज़ थी, न मिली और न उसका कुछ निशान मिला।

एक रोज़ वह भूलता-भटकता एक मैदान में जा निकला, जहाँ हज़ारों आदमी ग़ोल बाँधे खड़े थे। बीच में कई अमामे और चोग़ेवाले दढ़ियल क़ाज़ी अफ़सरी शान से बैठे हुए आपस में कुछ सलाह-मशविरा कर रहे थे और इस जमात से ज़रा दूर पर एक सूली खड़ी थी। दिलफ़िगार कुछ तो कमज़ोरी की वजह से और कुछ यहाँ की कैफ़ियत देखने के इरादे से ठिठक गया। क्या देखता है, कि कई लोग नंगी तलवारें लिए, एक क़ैदी को, जिसके हाथ-पैर में जंजीरें थीं, पकड़े चले आ रहे हैं। सूली के पास पहुँचकर सब सिपाही रुक गये और क़ैदी की हथकड़ियाँ-बेड़ियाँ सब उतार ली गईं। इस अभागे आदमी का दामन सैकड़ों बेगुनाहों के खून की छींटों से रंगीन था, और उसका दिल नेकी के ख्याल और रहम की आवाज़ से ज़रा भी परिचित न था। उसे काला चोर कहते थे। सिपाहियों ने उसे सूली के तख्ते पर खड़ा कर दिया, मौत की फाँसी उसकी गर्दन में डाल दी और जल्लादों ने तख्ता खींचने का इरादा किया कि वह अभागा मुजरिम चीख़कर बोला—खुदा के वास्ते मुझे एक पल के लिए फाँसी से उतार दो ताकि अपने दिल की आख़िरी आरज़ू निकाल लूँ। यह सुनते ही चारों तरफ सन्नाटा छा गया। लोग अचम्भे में आकर ताकने लगे। क़ाज़ियों ने एक मरनेवाले आदमी की अन्तिम याचना को रद करना उचित न समझा और बदनसीब पापी काला चोर ज़रा देर के लिए फाँसी से उतार लिया गया।

इसी भीड़ में एक खूबसूरत भोला-भाला लड़का एक छड़ी पर सवार होकर अपने पैरों पर उछल-उछल फ़र्जी घोड़ा दौड़ा रहा था, और अपनी सादगी की दुनिया में ऐसा मगन था कि जैसे वह इस वक्त सचमुच अरबी घोड़े का शहसवार है। उसका चेहरा उस सच्ची खुशी से कमल की तरह खिला हुआ था जो चन्द दिनों के लिए बचपन ही में हासिल होती है और जिसकी याद हमको मरते दम तक नहीं भूलती। उसका दिल अभी तक पाप की गर्द और धूल से अछूता था और मासूमियत उसे अपनी गोद में खिला रही थी।

बदनसीब काला चोर फाँसी से उतरा। हज़ारों आँखें उस पर गड़ी हुई थीं। वह उसे लड़के के पास आया और उसे गोद में उठाकर प्यार करने लगा। उसे

इस वक्त वह ज़माना याद आया जब वह खुद ऐसा ही भोला-भाला, ऐसा ही खुश-व-खुर्रम और दुनिया की गन्दगियों से ऐसा ही पाक-साफ़ था। माँ गोदियों में खिलाती थी, बाप बलाएँ लेता था और सारा कुनबा जान न्योछावर करता था। आह, काले चोर के दिल पर इस वक्त बीते हुए दिनों की याद का इतना असर हुआ कि उसकी आँखों से, जिन्होंने दम तोड़ती हुई लाशों को तड़पते देखा और न झपकीं, आँसू का एक क़तरा टपक पड़ा। दिलफ़िगार ने लपककर उस अनमोल मोती को हाथ में ले लिया और उसके दिल ने कहा–बेशक यह दुनिया की सबसे अनमोल चीज़ है जिस पर तख्ते ताऊस और जामे जम और आबे हयात और ज़रे परवेज़ सब न्योछावर हैं।

इस ख्याल से खुश होता, कामयाबी की उम्मीद में सरमस्त, दिलफ़िगार अपनी माशूका दिलफ़रेब के शहर मीनोसबाद को चला। मगर ज्यों-ज्यों मंज़िलें तय होती जाती थीं उसका दिल बैठा जाता था कि कहीं उस चीज़ की, जिसे मैं दुनिया की सबसे बेशक़ीमती चीज़ समझता हूँ, दिलफ़रेब की आँखों में क़द्र न हुई तो मैं फाँसी पर चढ़ा दिया जाऊँगा और इस दुनिया से नामुराद जाऊँगा। लेकिन जो हो सो हो, अब तो क़िस्मत-आज़माई है। आख़िरकार पहाड़ और दरिया तय करते शहर मीनोसबाद में आ पहुँचा और दिलफ़रेब की ड्योढ़ी पर जाकर विनती की कि थकान से टूटा हुआ दिलफ़िगार खुदा के फ़ज़ल से हुक्म की तामील करके आया है, और आपके क़दम चूमना चाहता है। दिलफ़रेब ने फ़ौरन अपने सामने बुला भेजा और एक सुनहरे परदे की ओट से फ़रमाइश की कि वह अनमोल चीज़ पेश करो। दिलफ़िगार ने आशा और भय की एक विचित्र मनःस्थिति में वह बूँद पेश की और उसकी सारी कैफ़ियत बहुत पुरअसर लफ्जों में बयान की। दिलफ़रेब ने पूरी कहानी बहुत ग़ौर से सुनी और वह भेंट हाथ में लेकर ज़रा देर तक ग़ौर करने के बाद बोली–दिलफ़िगार, बेशक तूने दुनिया की एक बेशक़ीमत चीज़ ढूँढ़ निकाली, तेरी हिम्मत और तेरी सूझ-बूझ की दाद देती हूँ! मगर यह दुनिया की सबसे बेशक़ीमत चीज़ नहीं, इसलिए तू यहाँ से जा और फिर कोशिश कर, शायद अब की तेरे हाथ वह मोती लगे और तेरी क़िस्मत में मेरी गुलामी लिखी हो। जैसा कि मैंने पहले ही बतला दिया था, मैं तुझे फाँसी पर चढ़वा सकती हूँ मगर मैं तेरी जाँबख्शी करती हूँ इसलिए कि तुझमें वह गुण मौजूद हैं, जो मैं अपने प्रेमी में देखना चाहती हूँ और मुझे यक़ीन है कि तू जरूर कभी-न-कभी कामयाब होगा।

नाकाम और नामुराद दिलफ़िगार इस माशूक़ाना इनायत से ज़रा दिलेर होकर बोला–ऐ दिल की रानी, बड़ी मुद्दत के बाद तेरी ड्योढ़ी पर सजदा करना नसीब होता है। फिर खुदा जाने ऐसे दिन कब आएँगे, क्या तू अपने जान देनेवाले आशिक़ के बुरे हाल पर तरस न खाएगी और क्या अपने रूप की एक झलक दिखाकर

इस जलते हुए दिलफ़िगार को आनेवाली सख्तियों के झेलने की ताक़त न देगी? तेरी एक मस्त निगाह के नशे से चूर होकर मैं वह कर सकता हूँ जो आज तक किसी से न बन पड़ा हो।

दिलफ़रेब आशिक़ की यह चाव-भरी बातें सुनकर गुस्सा हो गई और हुक्म दिया कि इस दीवाने को खड़े-खड़े दरबार से निकाल दो। चोबदार ने फौरन ग़रीब दिलफ़िगार को धक्का देकर यार के कूचे से बाहर निकाल दिया।

कुछ देर तक तो दिलफ़िगार अपनी निष्ठुर प्रेमिका की इस कठोरता पर आँसू बहाता रहा, और फिर सोचने लगा कि अब कहाँ जाऊँ। मुद्दतों रास्ते नापने और जंगलों में भटकने के बाद आँसू की यह बूँद मिली थी, अब ऐसी कौन-सी चीज़ है जिसकी क़ीमत इस आबदार मोती से ज्यादा हो। हज़रते ख़िज्र! तुमने सिकन्दर को आबे हयात के कुएँ का रास्ता दिखाया था, क्या मेरी बाँह न पकड़ोगे? सिकन्दर सारी दुनिया का मालिक था। मैं तो एक बेघरबार मुसाफ़िर हूँ। तुमने कितनी ही डूबती किश्तियाँ किनारे लगाई हैं, मुझ ग़रीब का बेड़ा भी पार करो। ऐ आलीमुक़ाम जिबरील! कुछ तुम्हीं इस नीमजान दुखी आशिक़ पर तरस खाओ। तुम खुदा के एक खास दरबारी हो, क्या मेरी मुश्किल आसान न करोगे? ग़रज़ यह कि दिलफ़िगार ने बहुत फ़रियाद मचायी मगर उसका हाथ पकड़ने के लिए कोई सामने न आया। आखिर निराश होकर वह पागलों की तरह दुबारा एक तरफ़ को चल खड़ा हुआ।

दिलफ़िगार ने पूरब से पश्चिम तक और उत्तर से दक्खिन तक कितने ही जंगलों और वीरानों की खाक छानी, कभी बर्फ़िस्तानी चोटियों पर सोया, कभी डरावनी घाटियों में भटकता फिरा मगर जिस चीज़ की धुन थी वह न मिली, यहाँ तक कि उसका शरीर हड्डियों का एक ढाँचा रह गया।

एक रोज़ वह शाम के वक्त किसी नदी के किनारे ख़स्ताहाल पड़ा हुआ था। बेखुदी के नशे से चौंका तो क्या देखता है कि चन्दन की एक चिता बनी हुई है और उस पर एक युवती सुहाग के जोड़े पहने सोलहों सिंगार किए बैठी है। उसकी जाँघ पर उसके प्यारे पति का सर है। हज़ारों आदमी गोल बाँधे खड़े हैं और फूलों की बरखा कर रहे हैं। यकायक चिता में से खुद-ब-खुद एक लपक उठी। सती का चेहरा उस वक्त एक पवित्र भाव से आलोकित हो रहा था, चिता की पवित्र लपटें उसके गले से लिपट गईं और दम-के-दम में वह फूल-सा शरीर राख का ढेर हो गया। प्रेमिका ने अपने को प्रेमी पर न्योछावर कर दिया और दो प्रेमियों के सच्चे, पवित्र, अमर प्रेम की अन्तिम लीला आँख से ओझल हो गई। जब सब लोग अपने घरों को लौटे तो दिलफ़िगार चुपके से उठा और अपने चाकदामन कुरते में यह राख का ढेर समेट लिया और इस मुट्ठी भर राख को दुनिया की सबसे अनमोल चीज़ समझता हुआ, सफलता के नशे में चूर, यार के कूचे की तरफ़ चला।

अबकी ज्यों-ज्यों वह अपनी मंजिल के क़रीब आता था, उसकी हिम्मत बढ़ती जाती थी। कोई उसके दिल में बैठा हुआ कह रहा था—अबकी तेरी जीत है और इस ख्याल ने उसके दिल को जो-जो सपने दिखाए उनकी चर्चा व्यर्थ है। आखिरकार वह शहर मीनोसबाद में दाखिल हुआ और दिलफ़रेब की ऊँची ड्योढ़ी पर जाकर खबर दी कि दिलफ़िगार सुर्ख-रू होकर लौटा है, और हुजूर के सामने आना चाहता है। दिलफ़रेब ने जाँबाज़ आशिक़ को फ़ौरन दरबार में बुलाया और उस चीज़ के लिए, जो दुनिया की सबसे बेशक़ीमत चीज़ थी, हाथ फैला दिया। दिलफ़िगार ने हिम्मत करके उसकी चाँदी जैसी कलाई को चूम लिया और मुट्ठी भर राख को उसकी हथेली में रखकर सारी कैफ़ियत दिल को पिघला देनेवाले लफ़्ज़ों में कह सुनाई और अपनी सुन्दर प्रेमिका के होंठों से अपनी क़िस्मत का मुबारक फ़ैसला सुनने के लिए इन्तज़ार करने लगा। दिलफ़रेब ने उस मुट्ठी भर राख को आँखों से लगा लिया और कुछ देर तक विचारों के सागर में डूबे रहने के बाद बोली—ऐ जान निछावर करनेवाले आशिक़ दिलफ़िगार! बेशक यह राख जो तू लाया है, जिसमें लोहे को सोना कर देने की सिफ़त है, दुनिया की बहुत बेशक़ीमत चीज़ है और मैं सच्चे दिल से तेरी एहसानमन्द हूँ कि तूने ऐसी अनमोल भेंट दी। मगर दुनिया में इससे भी ज्यादा अनमोल कोई चीज़ है, जा उसे तलाश कर और तब मेरे पास आ। मैं तहेदिल से दुआ करती हूँ कि खुदा तुझे कामयाब करे। यह कहकर वह सुनहरे परदे से बाहर आई और माशूक़ाना अदा से अपने रूप का जलवा दिखाकर फिर नज़रों से ओझल हो गई। एक बिजली थी कि कौंधी और फिर बादलों के परदे में छिप गई। अभी दिलफ़िगार के होश-हवास ठिकाने पर न आने पाए थे कि चोबदार ने मुलायमियत से उसका हाथ पकड़कर यार के कूचे से उसको निकाल दिया और फिर तीसरी बार वह प्रेम का पुजारी निराशा के अथाह समुन्दर में ग़ोता खाने लगा।

दिलफ़िगार का हियाब छूट गया। उसे यक़ीन हो गया कि मैं दुनिया में इसी तरह नाशाद और नामुराद मर जाने के लिए पैदा किया गया था और अब इसके सिवा और कोई चारा नहीं कि किसी पहाड़ पर चढ़कर नीचे कूद पड़ूँ ताकि माशूक़ के जुल्मों की फ़रियाद करने के लिए एक हड्डी भी बाक़ी न रहे। वह दीवाने की तरह उठा और गिरता-पड़ता एक गगनचुम्बी पहाड़ की चोटी पर जा पहुँचा। किसी और समय वह ऐसे ऊँचे पहाड़ पर चढ़ने का साहस न कर सकता था मगर इस वक्त जान देने के जोश में उसे वह पहाड़ एक मामूली टेकरी से ज्यादा ऊँचा न नज़र आया। क़रीब था कि वह नीचे कूद पड़े कि हरे-हरे कपड़े पहने हुए और हरा अमामा बाँधे एक बुज़ुर्ग एक हाथ में तसबीह और दूसरे हाथ में लाठी लिए बरामद हुए और हिम्मत बढ़ानेवाले स्वर में बोले—दिलफ़िगार, नादान दिलफ़िगार,

यह क्या बुज़दिलों जैसी हरकत है! तू मुहब्बत का दावा करता है और तुझे इतनी भी खबर नहीं कि मज़बूत इरादा मुहब्बत के रास्ते की पहली मंज़िल है? मर्द बन और यों हिम्मत न हार। पूरब की तरफ़ एक देश है जिसका नाम हिन्दोस्तान है, वहाँ जा और तेरी आरज़ू पूरी होगी।

यह कहकर हज़रते खिज्र गायब हो गए। दिलफ़िगार ने शुक्रिए की नमाज़ अदा की और ताज़ा हौसले, ताज़ा जोश और अलौकिक सहायता का सहारा पाकर खुश-खुश पहाड़ से उतरा और हिन्दोस्तान की तरफ़ चल पड़ा।

मुद्दतों तक काँटे से भरे हुए जंगलों, आग बरसानेवाले रेगिस्तानों, कठिन घाटियों और अलंघ्य पर्वतों को तय करने के बाद दिलफ़िगार हिन्द की पाक सरज़मीन में दाखिल हुआ और एक ठंडे पानी के सोते में सफ़र की तकलीफें धोकर थकान के मारे नदी के किनारे लेट गया। शाम होते-होते वह एक चटियल मैदान में पहुँचा जहाँ बेशुमार अधमरी और बेजान लाशें बिना कफ़न के पड़ी हुई थीं। चील-कौए और बहशी दरिन्दे भरे पड़े थे और सारा मैदान खून से लाल हो रहा था। यह डरावना दृश्य देखते ही दिलफ़िगार का जी दहल गया। या खुदा, किस मुसीबत में जान फँसी, मरनेवालों का कराहना, सिसकना और एड़ियाँ रगड़कर जान देना, दरिन्दों का हड्डियों को नोचना और गोश्त के लोथड़ों को लेकर भागना, ऐसा हौलनाक सीन दिलफ़िगार ने कभी न देखा था। यकायक उसे ख्याल आया, यह लड़ाई का मैदान है और यह लाशें सूरमा सिपाहियों की हैं। इतने में क़रीब से कराहने की आवाज़ आई। दिलफ़िगार उस तरफ़ फिरा तो देखा कि एक लम्बा-तगड़ा आदमी, जिसका मर्दाना चेहरा जान निकलने की कमज़ोरी से पीला हो गया है, ज़मीन पर सर झुकाए पड़ा हुआ है। सीने से खून का फ़व्वारा जारी है, मगर आबदार तलवार की मूठ पंजे से अलग नहीं हुई। दिलफिग़ार ने एक चीथड़ा लेकर घाव के मुँह पर रख दिया ताकि खून रुक जाए और बोला—ऐ जवाँमर्द, तू कौन है? जवाँमर्द ने यह सुनकर आँखें खोलीं और वीरों की तरह बोला—क्या तू नहीं जानता मैं कौन हूँ, क्या तू ने आज इस तलवार की काट नहीं देखी? मैं अपनी माँ का बेटा और भारत का सपूत हूँ। यह कहते-कहते उसकी त्योरियों पर बल पड़ गए। पीला चेहरा गुस्से से लाल हो गया और आबदार शमशीर फिर अपना जौहर दिखाने के लिए चमक उठी। दिलफ़िगार समझ गया कि यह इस वक़्त मुझे दुश्मन समझ रहा है, नरमी से बोला—ऐ जवाँमर्द, मैं तेरा दुश्मन नहीं हूँ। अपने वतन से निकला हुआ एक ग़रीब मुसाफ़िर हूँ। इधर भूलता-भटकता आ निकला। बराय मेहरबानी मुझसे यहाँ की कुल कैफ़ियत बयान कर।

यह सुनते ही घायल सिपाही बहुत मीठे स्वर में बोला—अगर तू मुसाफ़िर है तो आ और मेरे खून से तर पहलू में बैठ जा क्योंकि यही दो अँगुल ज़मीन

है जो मरे पास बाक़ी रह गई है और जो सिवाय मौत के कोई नहीं छीन सकता। अफ़सोस है कि तू यहाँ ऐसे वक्त में आया जब हम तेरा आतिथ्य-सत्कार करने के योग्य नहीं। हमारे बाप-दादा का देश आज हमारे हाथ से निकल गया और इस वक़्त हम बेवतन हैं। मगर (पहलू बदलकर) हमने हमलावर दुश्मन को बता दिया कि राजपूत अपने देश के लिए कैसी बहादुरी से जान देता है। यह आस-पास जो लाशें तू देख रहा है, यह उन लोगों की हैं, जो इस तलवार के घाट उतरे हैं। (मुस्कराकर) और गो कि मैं बेवतन हूँ, मगर ग़नीमत है कि दुश्मन की ज़मीन पर मर रहा हूँ। (सीने के घाव से चीथड़ा निकालकर) क्या तूने यह मरहम रख दिया? खून निकलने दे, इसे रोकने से क्या फ़ायदा? क्या मैं अपने ही देश में गुलामी करने के लिए ज़िन्दा रहूँ? नहीं, ऐसी जिन्दगी से मर जाना अच्छा। इससे अच्छी मौत मुमकिन नहीं।

जवाँमर्द की आवाज़ मद्धिम हो गई, अंग ढीले पड़ गए, खून इतना ज्यादा बहा कि खुद-ब-खुद बन्द हो गया, रह-रहकर एकाध बूँद टपक पड़ता था। आखिरकार सारा शरीर बेदम हो गया, दिल की हरकत बन्द हो गई और आँखें मुँद गईं। दिलफ़िगार ने समझा अब काम तमाम हो गया कि मरनेवाले ने धीमे से कहा—भारतमाता की जय। और उसके सीने से खून का आख़िरी क़तरा निकल पड़ा। एक सच्चे देशप्रेमी और देशभक्त ने देशभक्ति का हक़ अदा कर दिया। दिलफ़िगार पर इस दृश्य का बहुत गहरा असर पड़ा और उसके दिल ने कहा, बेशक दुनिया में खून के इस क़तरे से ज्यादा अनमोल चीज़ कोई नहीं हो सकती। उसने फ़ौरन उस खून की बूँद को, जिसके आगे यमन का लाल भी हेच है, हाथ में ले लिया और इस दिलेर राजपूत की बहादुरी पर हैरत करता हुआ अपने वतन की तरफ़ रवाना हुआ और सख्तियाँ झेलता आख़िरकार बहुत दिनों के बाद रूप की रानी मलका दिलफ़रेब की ड्योढ़ी पर जा पहुँचा और पैग़ाम दिया कि दिलफ़िगार सुर्ख़रू और कामयाब होकर लौटा है और दरबार में हाज़िर होना चाहता है। दिलफ़रेब ने उसे फ़ौरन हाज़िर होने का हुक्म दिया। खुद हस्बे मामूल सुनहरे परदे की ओट में बैठी और बोली—दिलफ़िगार, अबकी तू बहुत दिनों के बाद वापस आया है। ला, दुनिया की सबसे बेशक़ीमत चीज़ कहाँ है?

दिलफ़िगार ने मेंहदी-रची हथेलियों को चूमते हुए खून का वह क़तरा उस पर रख दिया और उसकी पूरी कैफ़ियत पुरजोश लहजे में कह सुनाई। वह ख़ामोश भी न होने पाया था कि यकायक वह सुनहरा परदा हट गया और दिलफ़िगार के सामने हुस्न का एक दरबार सजा हुआ नज़र आया जिसकी एक-एक नाज़नीन जुलेखा से बढ़कर थी। दिलफ़रेब बड़ी शान के साथ सुनहरी मसनद पर सुशोभित हो रही थी। दिलफ़िगार हुस्न का यह तिलिस्म देखकर अचम्भे में पड़ गया और

चित्रलिखित-सा खड़ा रहा कि दिलफ़रेब मसनद से उठी और कई क़दम आगे बढ़कर उससे लिपट गई। गानेवालियों ने खुशी के गाने शुरू किए, दरबारियों ने दिलफ़िगार को नज़रें भेंट कीं और चाँद सूरज को बड़ी इज्जत के साथ मसनद पर बैठा दिया। जब वह लुभावना गीत बन्द हुआ तो दिलफ़रेब खड़ी हो गई और हाथ जोड़कर दिलफ़िगार से बोली–ऐ जाँनिसार आशिक़ दिलफ़िगार! मेरी दुआएँ बर आईं और खुदा ने मेरी सुन ली और तुझे कामयाब व सुर्ख़रू किया। आज से तू मेरा मालिक है और मैं तेरी लौंडी!

यह कहकर उसने एक रत्नजटित मंजूषा मँगाई और उसमें से एक तख़्ती निकाली जिस पर सुनहरे अक्षरों में लिखा हुआ था–

"खून का वह आख़िरी क़तरा जो वतन की हिफ़ाज़त में गिरे दुनिया की सबसे अनमोल चीज़ है।"

सांसारिक प्रेम और देश प्रेम

शहर लन्दन के एक पुराने टूटे-फूटे होटल में जहाँ शाम ही से अँधेरा हो जाता है, जिस हिस्से में फैशनेबुल लोग आना ही गुनाह समझते हैं और जहाँ जुआ, शराब-खोरी और बदचलनी के बड़े भयानक दृश्य हरदम आँख के सामने रहते हैं उस होटल में, उस बदलचनी के अखाड़े में इटली का नामवर देश-प्रेमी मैज़िनी खामोश बैठा हुआ है।

उसका सुन्दर चेहरा पीला है, आँखों से चिन्ता बरस रही है, होंठ सूखे हुए हैं और शायद महीनों से हजामत नहीं बनी। कपड़े मैले-कुचैले हैं। कोई व्यक्ति जो मैज़िनी को पहले से न जानता हो, उसे देखकर यह ख़याल करने से नहीं रुक सकता कि हो-न-हो यह भी उन्हीं अभागे लोगों में है, जो अपनी वासनाओं के गुलाम होकर ज़लील से ज़लील काम करते हैं।

मैज़िनी अपने विचारों में डूबा हुआ है। आह बदनसीब कौम! ऐ मज़लूम इटली! क्या तेरी किस्मतें कभी न सुधरेंगी, क्या तेरे सैकड़ों सपूतों का खून ज़रा भी रंग न लाएगा? क्या तेरे देश से निकाले हुए हज़ारो जानिसारों की आहों में ज़रा भी तासीर नहीं! क्या तू अन्याय और अत्याचार और गुलामी के फन्दे में हमेशा गिरफ्तार रहेगी? शायद तुझमें अभी सुधरने की, स्वतन्त्र होने की योग्यता नहीं आयी। शायद मेरी क़िस्मत में कुछ दिनों और ज़िल्लत और बर्बादी झेलनी लिखी है। आज़ादी, हाय आजादी, तेरे लिए मैंने कैसे-कैसे दोस्त, जान से प्यारे दोस्त कुर्बान किए। कैसे-कैसे नौजवान, होनहार नौजवान, जिनकी माँएँ और बीवियाँ आज उनकी कब्र पर आँसू बहा रही हैं और अपने कष्टों और आपदाओं से तंग आकर उनके वियोग के कष्ट में अभागे, आफ़त के मारे मैज़िनी को शाप दे रही हैं। कैसे-कैसे शेर जो दुश्मनों के सामने पीठ फेरना न जानते थे, क्या यह सब सब कुर्बानियाँ, यह सब भेंटे काफ़ी नहीं है, आज़ादी तू ऐसी क़ीमती चीज़ है! हो तो फिर मैं क्यों ज़िन्दा रहूँ? क्या यह देखने के लिए कि मेरा प्यारा वतन, मेरे प्यारे देश, धोखेबाज, अत्याचारी दुश्मनों के पैरों तले रौंदा जाए, मेरे प्यारे भाई, मेरे प्यारे हमवतन, अत्याचार का

शिकार बने। नहीं; मैं यह देखने के लिए ज़िन्दा नहीं रह सकता!

मैज़िनी इन्हीं खयालों में डूबा हुआ था कि उसका दोस्त रफ़ेती जो उसके साथ निर्वासित किया गया था, इस कोठरी में दाखिल हुआ। उसके हाथ में एक बिस्कुट का टुकड़ा था। रफ़ेती उम्र में अपने दोस्त से दो-चार बरस छोटा था। भंगिमा से सज्जनता झलक रही थी। उसने मैज़िनी का कन्धा पकड़कर हिलाया और कहा—जोज़ेफ, यह लो, कुछ खा लो।

मैज़िनी ने चौंककर सर उठाया और बिस्कुट देखकर बोला—यह कहाँ से लाए? तुम्हारे पास पैसे कहाँ थे?

रफ़ेती—पहले खा लो फिर यह बातें पूछना, तुमने कल शाम से कुछ नहीं खाया है।

मैज़िनी—पहले यह बता दो, कहाँ से लाए? जेब में तम्बाकू का डिब्बा भी नज़र आता है। इतनी दौलत कहाँ हाथ लगी?

रफ़ेती—पूछकर क्या करोगे? वही अपना नया कोट जो माँ ने भेजा था, गिरो रख आया हूँ।

मैज़नी ने एक ठंडी साँस ली, आँखों से आँसू टप-टप ज़मीन पर गिर पड़े। रोते हुए बोला—यह तुमने क्या हरक़त की, क्रिसमस के दिन भी ऐसे ही फटे-पुराने कोट में बसर करेगा? ऐं?

रफ़ेती—क्यों, क्या उस वक्त तक कुछ आमदनी न होगी, हम तुम दोनों नए जोड़े बनवाएँगे और अपने प्यारे देश की आनेवाली आज़ादी के नाम पर खुशियाँ मनाएँगे।

मैज़िनी—आमदनी की तो कोई सूरत नज़र नहीं आती। जो लेख मासिक पत्रिकाओं के लिए लिखे गए थे, वह वापस ही आ गए। घर से जो कुछ मिलता है, वह कब का खत्म हो चुका। अब और कौन-सा ज़रिया है।

रफ़ेती—अभी क्रिसमस को हफ़्ता भर पड़ा है। अभी से उसकी क्या फ़िक्र करें? और अगर मान लो यही कोट पहना तो क्या? तुमने नहीं मेरी बीमारी में डाक्टर की फ़ीस के लिए मैग्डलीन की अँगूठी बेच डाली थी? मैं जल्दी ही यह बात उसे लिखने वाला हूँ, देखना तुम्हें कैसा बनाती है!

2

क्रिसमस का दिन है, लन्दन में चारों तरफ़ खुशियों की गर्म बाज़ारी है। छोटे-बड़े, अमीर-गरीब सब अपने-अपने घर खुशियाँ मना रहे हैं और अपने अच्छे से कपड़े पहनकर गिरजाघरों में जा रहे हैं। कोई उदास सूरत नज़र नहीं आती। ऐसे वक्त

में मैज़िनी और रफ़ेती दोनों उसी छोटी-सी अन्धेरी कोठरी में सर झुकाए खामोश बैठे हैं। मैज़िनी ठण्डी आहें भर रहा है और रफ़ेती रह-रहकर दरवाजें पर आता है और बदमस्त शराबियों को और दिनों से.ज्यादा बहकते और दीवानेपन की हरक़तें करते देखकर अपनी ग़रीबी और मुहताजी की फ़िक्र दूर करना चाहता है। अफ़सोस! इटली का सरताज जिसकी एक ललकार पर हज़ारों आदमी अपना खून बहाने के लिए तैयार हो जाते थे, आज ऐसा मुहताज हो रहा है कि उसे खाने का ठिकाना नहीं! यहाँ तक कि आज सुबह से उसने एक सिगार भी नहीं पिया। तम्बाकू ही दुनिया की वह नेमत थी, जिससे वह हाथ नहीं खींच सकता था और वह भी आज उसे नसीब न हुआ। मगर इस वक्त उसे अपनी फ़िक्र नहीं रफ़ेती, नौजवान, खुशहाल और खूबसूरत होनहार रफ़ेती की फ़िक्र जी पर भारी हो रही है। वह पूछता है कि मुझे क्या हक़ है कि मैं एक ऐसे आदमी को अपने साथ ग़रीबी की तकलीफ़ें झेलने पर मज़बूर करूं, जिसके स्वागत के लिए दुनिया की सब नेमतें बांहें खोले खड़ी हैं?

इतने में एक चिट्ठीरसा ने पूछा—जोफ़ेफ मैज़िनी यहाँ कहीं रहता है? अपनी चिट्ठी ले जा।

रफ़ेती ने ख़त से ले लिया और खुशी के जोश से उछल कर बोला—जोज़ेफ, यह लो मैग्डलीन का खत है।

मैज़िनी ने चौंककर खत ले लिया और बड़ी बेसब्री से खोला। लिफ़ाफ़ा खोलते ही थोड़े से बालों का एक गुच्छा गिर पड़ा, जो मैग्डलीन ने क्रिसमस के उपहार के रूप में भेजा था, मैज़िनी ने उस गुच्छे को चूमा और उसे उठाकर अपने सीने की जेब में खोंस लिया। खत में लिखा था—

माइ डियर जोज़ेफ,

यह तुच्छ भेंट स्वीकार करो। भगवान करे तुम्हें एक सौ क्रिसमस देखने नसीब हों। इस यादगार को हमेशा अपने पास रखना और ग़रीब मैग्डलीन को भूलना मत। मैं और क्या लिखूं! कलेजा मुँह को आया जाता है। हाय, जोज़ेफ मेरे प्यारे, मेरे स्वामी, मेरे मालिक जोज़ेफ, तू मुझे कब तक तड़पाएगा! अब ज़ब्त नहीं होता। आँखों में आँसू उमड़े आते हैं। मैं तेरे साथ मुसीबतें झेलूँगी, भूखों मरूँगी, यह सब मुझे गवारा है, मगर तुझसे जुदा रहना गवारा नहीं। तुझे क़सम है, तुझे अपने ईमान की क़सम है, तुझे अपने वतन की क़सम, तुझे मेरी क़सम, यहाँ आ जा, यह आँखें तरस रही हैं, कब तुझे देखूँगी। क्रिसमस क़रीब है, मुझे क्या, जब तक ज़िन्दा हूँ, तेरी हूँ।

तुम्हारी

मैग्डलीन

3

मैग्डलीन का घर स्विट्ज़रलैण्ड में था। वह एक समृद्ध व्यापारी की बेटी थी और अनिन्द्य सुन्दरी। आन्तरिक सौन्दर्य में भी उसका जोड़ मिलना मुश्किल था। कितने ही अमीर और रईस लोग उसका पागलपन सर में रखते थे, मगर वह किसी को कुछ ख़याल में न लाती थी। मैज़िनी जब इटली से भागा तो स्विट्ज़रलैण्ड में आकर शरण ली। मैग्डलीन उस वक्त भोली-भाली, जवानी की गोद में खेल रही थी। मैज़िनी की हिम्मत और कुर्बानियों की तारीफ़े पहले ही सुन चुकी थी। कभी-कभी अपनी माँ के साथ उसके यहाँ आने लगी और आपस का मिलना-जुलना जैसे-जैसे बढ़ा और मैज़िनी के भीतरी सौन्दर्य का ज्यों-ज्यों उसके दिल पर गहरा असर होता गया, उसकी मुहब्बत उसके दिल में पक्की होती गयी। यहाँ तक कि उसने एक दिन खुद लाज-शर्म को किनारे रखकर मैज़िनी के पैरों पर सिर रख दिया और कहा—मुझे अपनी सेवा में स्वीकार कर लीजिए।

मैज़िनी पर भी उस वक्त जवानी छाई हुई थी, देश की चिन्ताओं ने अभी दिल को ठण्डा नहीं किया था। जवानी की पुरजोश उम्मीदें दिल में लहरें मार रही थीं, मगर उसने संकल्प कर लिया था कि मैं देश और जाति पर अपने को न्योछावर कर दूंगा। और इस संकल्प पर कायम रहा। एक ऐसी सुन्दरी युवती के नाजुक-नाजुक होंठों से ऐसी दरख्वास्त सुनकर रद्द कर देना मैज़िनी ही जैसे संकल्प के पक्के हियाव के पूरे आदमी का काम था।

मैग्डलीन भीगी-भीगी आँखें लिए उठी मगर निराश न हुई थी। इस असफ़लता ने उसके दिल में प्रेम की आग और भी तेज़ कर दी और गोया आज मैज़िनी को स्विट्ज़रलैंण्ड छोड़े हुए कई साल गुज़रे मगर वफ़ादार मैग्डलीन अभी तक मैज़िनी को नहीं भूली। दिनों के साथ उसकी मुहब्बत और भी गाढ़ी और सच्ची होती जाती है।

मैज़िनी खत पढ़ चुका तो एक लम्बी आह भर कर रेफ़ती से बोला—देखा, मैग्डलीन क्या कहती है?

रफ़ेती—उस ग़रीब की जान लेकर दम लोगे!

मैज़िनी फिर ख़याल में डूबा—मैग्डलीन, तू नौजवान है, सुन्दर है, भगवान ने तुझे अकूत दौलत दी है, तू क्यों एक ग़रीब, दुखियारे, कंगाल, फक्कड़, परदेश में मारे-मारे फिरने वाले आदमी के पीछे अपनी ज़िन्दगी मिट्टी में मिला रही है? मुझ जैसा मायूस, आफ़त का मारा हुआ आदमी तुझे क्योंकर खुश रख सकेगा? नहीं, नहीं, मैं ऐसा स्वार्थी नहीं हूँ। दुनिया में बहुत से ऐसे हँसमुख खुशहाल नौजवान हैं जो तुझे खुश रख सकते हैं, जो तेरी पूजा कर सकते हैं। क्यों तू उनमें से किसी को अपनी गुलामी में नहीं ले लेती! मैं तेरे प्रेम, सच्चे, नेक और निःस्वार्थ प्रेम का आदर करता हूँ। मगर मेरे लिए, जिसका दिल देश और जाति पर समर्पित हो चुका है, तू एक प्यारी और हमदर्द बहन के सिवा और कुछ नहीं हो सकती।

मुझमें ऐसी क्या खूबी है, ऐसे कौन से गुण हैं कि तुझ जैसी दवा मेरे लिए ऐसी मुसीबतें झेल रही है? आह मैज़ीनी, कम्बख्त मैज़िनी, तू कहीं का न हुआ। जिनके लिए तूने अपने को न्योछावर कर दिया, वह तेरी सूरत से नफ़रत करते हैं। जो तेरे हमदर्द हैं, वह समझते हैं तू सपने देख रहा है।

इस ख़यालों से बेबस होकर मैज़िनी ने कलम-दावात निकाली और मैग्डलीन को खत लिखना शुरू किया।

4

प्यारी मैग्डलीन,

तुम्हारा खत उस अनमोल तोहफ़े के साथ आया। मैं तुम्हारा हृदय से कृतज्ञ हूँ कि तुमने मुझ जैसे बेकस और बेबस आदमी को इस भेंट के क़ाबिल समझा। मैं उसकी हमेशा क़द्र करूंगा। यह मेरे पास हमेशा एक सच्चे निःस्वार्थ और अमर प्रेम की स्मृति के रूप में रहेगी और जिस वक्त यह मिट्टी का शरीर कब्र की गोद में जाएगा, मेरी आखिरी वसीयत यह होगी कि यह यादगार मेरे जनाज़े के साथ दफ़न कर दी जाए। मैं शायद खुद उस ताकत का अन्दाज़ा नहीं लगा सकता, जो मुझे इस ख़याल से मिलती है, कि दुनिया में जहाँ चारों तरफ़ मेरे बारे में बदगुमानियाँ फैल रही हैं, कम-से-कम एक ऐसी नेक औरत है जो मेरी नीयत की सफाई और मेरी बुराइयों से पाक कोशिशों पर सच्ची निष्ठा रखती है और शायद तुम्हारी हमदर्दी का यक़ीन है कि मैं जिन्दगी की ऐसी कठिन परीक्षाओं में सफल होता जाता हूँ।

मगर प्यारी बहन, मुझे कोई तकलीफ़ नहीं है। तुम मेरी तकलीफ़ों के ख़याल से अपना दिल मत दुखाना। मैं बहुत आराम से हूँ। तुम्हारे प्रेम जैसी अक्षयनीधि पाकर भी अगर मैं कुछ थोड़े से शारीरिक कष्टों का रोना तो मुझ जैसा अभागा आदमी दुनिया में कौन होगा?

मैंने सुना है, तुम्हारी सेहत रोज़-ब-रोज़ गिरती जाती है। मेरा जी बेअख्तियार चाहता है कि तुझे देखूँ। काश! मैं आज़ाद होता, काश! मेरा दिल इस क़ाबिल होता कि तुझे भेंट चढ़ा सकता। मगर एक पज़मुर्दा, उदास दिल तेरे काबि़ल नहीं। मैग्डलीन, खुदा के वास्ते अपनी सेहत का ख़याल रक्खो, मुझे शायद इससे .ज्यादा और किसी बात की तकलीफ़ न होगी कि प्यारी मैग्डलीन तकलीफ़ में है और मेरे लिए! तेरा पाकीज़ा चेहरा इस वक्त निगाहों के सामने है। मेगा! देखो मुझसे नाराज न हो। खुदा की क़सम, मैं तुम्हारे काबिल नहीं हूँ। आज क्रिसमस का दिन है, तुम्हें क्या तोहफ़ा भेजूँ। खुदा तुम पर हमेशा अपनी बेहन्तहा बरकतों का साया रक्खे। अपनी माँ को मेरी तरफ़ से सलाम कहना। तुम लोगों को देखने की इच्छा है। देखें कब तक पूरी होती है।

तेरा जोज़ेफ़

5

इस वाक़ये के बाद बहुत दिन गुज़र गे। जोज़ेफ़ मैज़िनी फिर इटली पहुँचा और रोम में पहली बार जनता के राज्य का एलान किया गया। तीन आदमी राज्य की व्यवस्था के लिए निर्वाचन किये गये। मैज़िनी भी उनमें एक था। मगर थोड़े ही दिनों में फ्रांस की ज़्यादतियों और पीडमाण्ट के बादशाह की दग़ाबाज़ियों की बदौलत इस ज़नता के राज का खात्मा हो गया और उसके कर्मचारी और मन्त्री अपनी जानें लेकर भाग निकले। मैज़िनी अपने विश्वसनीय मित्रों की दग़ाबाज़ी और मौक़ा-परस्ती पर पेचोताब खाता हुआ खस्ताहाल और परेशान रोम की गलियों की खाक छानता फिरता था। उसका यह सपना कि रोम को मैं जरूर एक दिन जनता के राज का केन्द्र बनाकर छोड़ूँगा, पूरा होकर फिर तितर-बितर हो गया।

दोपहर का वक्त था, धूप से परेशान होकर वह एक पेड़ की छाया में ज़रा दम लेने के लिए ठहर गया कि सामने से एक लेडी आती हुई दिखाई दी। उसका चेहरा पीला था, कपड़े बिलकुल सफ़ेद और सादा, उम्र तीस साल से ज़्यादा। मैज़िनी ने चौंककर देखा, बोला—प्यारी मैग्डलीन, तुम हो! यह कहते-कहते उसकी आँखें भीग गयीं। मैग्डलीन ने रोकर कहा—जोजेफ़! और मुँह से कुछ न निकला।

दोनों खामोश कई मिनट तक रोते रहे। आखिर मैज़िनी बोला—तुम यहाँ कब, आयी मेगा?

मैग्डलीन—मैं यहाँ कई महीने से हूँ, मगर तुमसे मिलने की कोई सूरत नहीं निकलती थी। तुम्हें काम-काज में डूबा हुआ देखकर और यह समझकर कि अब तुम्हें मुझ जैसी औरत की हमदर्दी की ज़रूरत बाक़ी नहीं रही, तुमसे मिलने की कोई ज़रूरत न देखती थी। (रुककर) क्यों जोज़ेफ़, यह क्या कारण है कि अक्सर लोग तुम्हारी बुराई किया करते हैं? क्या वह अन्धे हैं, क्या भगवान ने उन्हें आखें नहीं दी?

जोज़ेफ़—मेगा, शायद वह लोग सच कहते होंगे। फ़िलहाल मुझमें वह गुण नहीं है जो मैं शान के मारे अक्सर कहा करता हूँ कि मुझमें है या जिन्हें तुम अपनी सरलता और पवित्रता के कारण मुझमें मौजूद समझती हो। मेरी कमज़ोरियाँ रोज़-ब-रोज़ मुझे मालूम होती जाती हैं।

मैग्डलीन—जभी तो तुम इस काबिल हो कि मैं तुम्हारी पूजा करूँ। मुबारक हैं वह इंसान जो खुदी को मिटाकर अपने को हेच समझने लगे। जोज़फ़! भगवान के लिए मुझे इस तरह अपने से मत अलग करो। मैं तुम्हारी हो गयी हूँ और मुझे विश्वास है कि तुम वैसे ही पाक साफ़ हो जैसा हमारा ईसू था। यह ख़याल मेरे मन पर अंकित हो गया है और अगर उसमें ज़रा कमजोरी आ गयी थी, जो तुम्हारी इस वक्त की बातचीत ने उसे और भी पक्का कर दिया। बेशक तुम फ़रिश्ते हो।

मगर मुझे अफ़सोस है कि दुनिया में क्यों लोग इतने तंग-दिल और अन्धे होते हैं और खासतौर पर वह लोग जिन्हें मैं तंग खयालों से ऊपर समझती थी। रफ़ेती, रसारीनो, पलाइनो, बर्नाबास यह सब के सब तुम्हारे दोस्त हैं। तुम उन्हें अपना दोस्त समझते हो, मगर वह सब तुम्हारे दुश्मन हैं और उन्होंने मुझसे मेरे सामने सैकड़ों ऐसी बातें तुम्हारे बारे में कही हैं जिनका मैं मरकर भी यक़ीन नहीं कर सकती। वह सब गलत झूठ बकते हैं, हमारा प्यारा जोज़ेफ़ वैसा ही है जैसा मैं समझती थी बल्कि उससे भी अच्छा। क्या यह भी तुम्हारी एक जाती खूब नहीं है कि तुम अपने दुश्मनों को भी अपना दोस्त समझते हो?

जोज़ेफ़ से अब सब्र न हो सका। मैग्डलीन के मुरझाए हुए पीले-पीले हाथों को चूमकर कहा—प्यारी मेगा, मेरे दोस्त बेक़सूर हैं और मैं खुद दोषी हूँ। (रोकर) जो कुछ उन्होंने कहा वह सब मेरे ही इशारे और मर्ज़ी के अनुसार था, मैंने तुमसे दग़ा की मगर मेरे प्यारी बहन, यह सिर्फ़ इसलिए थी कि तुम मेरी तरफ़ से बेपरवाह हो जाओ और अपनी जवानी के बाकी दिन खुशी से बसर करो। मैं बहुत शर्मिन्दा हूँ। मैंने तुम्हें ज़रा भी न समझा था। मैं तुम्हारे प्रेम की गहराई से अपरिचित था, क्योंकि मैं जो चाहता था उसका उलटा असर हुआ। मगर मेगा, मैं माफ़ी चाहता हूँ।

मैग्डलीन—हाय, जोज़ेफ़, तुम मुझसे माफ़ी मांगते हो, ऐं, तुम जो दुनिया के सब इंसानों से .ज्यादा नेक, .ज्यादा सच्चे और .ज्यादा लायक हो! मगर हाँ, बेशक तुमने मुझे बिलकुल न समझा था जोज़ेफ़! यह तुम्हारी ग़लती थी। मुझे ताज्जुब तो यह है कि तुम्हारा ऐसा पत्थर का दिल कैसे हो गया?

जोज़ेफ़—मेगा, ईश्वर जानता है जब मैंने रफ़ेती को यह सब सिखा-पढ़ाकर तुम्हारे पास भेजा हैं, उस वक्त मेरे दिल की क्या कैफ़ियत थी। मैं जो दुनिया में नेकमानी को सबसे .ज्यादा क़ीमती समझता हूँ और मैं जिसने दुश्मनों के ज़ाती हमलों को कभी पूरी तरह काटे बिना न छोड़ा, अपने मुँह से सिखाऊँ कि जाकर मुझे बुरा कहो! मगर यह केवल इसलिए था कि तुम अपने शरीर का ध्यान रक्खो और मुझे भूल जाओ।

सच्चाई यह थी कि मैज़िनी ने मैग्डलीन के प्रेम को रोज़-ब-रोज़ बढ़ते देखकर एक खास हिकमत की थी। उसे खूब मालूम था कि मैग्डलीन के प्रेमियों में से कितने ही ऐसे हैं जो उससे .ज्यादा सुन्दर, ज्यादा दौलतमन्द और .ज्यादा अक़्लवाले हैं, मगर वह किसी को ख़याल में नहीं लाती। मुझमें उसके लिए जो खास आकर्षण है, वह मेरे कुछ खास गुण हैं और अगर मेरे ऐसे मित्र जिनका, आदर मैग्डलीन भी करती है, उससे मेरी शिकायत करके इन गुणों का महत्व उसके दिल से मिटा दें तो वह खुद-ब-खुद मुझे भूल जाएगी। पहले तो उसके दोस्त इस काम के लिए तैयार न होते थे मगर इस डर से कि कहीं मैग्डलीन ने घुल-घुल कर जान दे दी तो मैज़िनी ज़िन्दगी भर हमें माफ़ न करेगा, उन्होंने यह अप्रिय काम स्वीकार कर

लिया था। वह स्विट्ज़रलैण्ड गये और जहाँ तक उनकी जबान में ताक़त थी, अपने दोस्त की पीठ पीछे बुराई करने में खर्च की। मगर मैग्डलीन पर मुहब्बत का रंग ऐसा गहरा चढ़ा हुआ था कि इन कोशिशों का इसके सिवाय और कोई नतीजा न हो सकता था जो हुआ। वह एक रोज़ बेक़रार होकर घर से निकल खड़ी हुई और रोम में आकर एक सराय में ठहर गयी। यहाँ उसका रोज़ का नियम था कि मैज़िनी के पीछे-पीछे उसकी निगाह से दूर घूमा करती मगर उसे आश्वस्त और अपनी सफलता से प्रसन्न देखकर उसे छेड़ने का साहस न करती थी। आखिरकार जब फिर उस पर असफलताओं का वार हुआ और वह फिर दुनिया में बेकस और बेबस हो गया तो मैग्डलीन ने समझा, अब इसको किसी हमदर्द की ज़रूरत है। और पाठक देख चुके हैं जिस तरह वह मैज़िनी से मिली।

6

मैज़िनी रोम से फिर इंग्लिस्तान पहुँचा और यहाँ तक एक अरसे तक रहा। सन् 1870 में उसे खबर मिली कि सिसली की रिआया बग़ावत पर आमादा है और उन्हें मैदाने जंग में लाने के लिए एक उभारने वाले की जरूरत है। बस, यह फौरन सिसली पहुंचा; मगर उसके जाने के पहले शाही फ़ौज ने बाग़ियों को दबा दिया था। मैज़िनी को जहाज़ से उतरते ही गिरफ्तार करके एक क़ैदखाने में डाल दिया गया। मगर चूंकि अब वह बहुत बुड्ढा हो गया था, शाही हुक्काम ने इस डर से कि कहीं वह कैद की तकलीफ़ों से मर जाए तो जनता को सन्देह होगा कि बादशाह की प्रेरणा से वह कत्ल कर डाला गया, उसे रिहा कर दिया। निराश और टूटा हुआ दिल लिए मैज़िनी स्विट्ज़रलैण्ड की तरफ रवाना हुआ। उसकी ज़िन्दगी की तमाम उम्मीदें खाक में मिल गयीं। इसमें शक नहीं कि इटली के एकताबद्ध हो जाने के दिन बहुत पास आ गये थे मगर उसकी हुकूमत की हालत उससे हरग़िज बेहतर न थी जैसी आस्ट्रिया या नेपल्स के शासन-काल में। अन्तर यह था कि पहले वह एक दूसरी कौम की.ज्यादतियों से परेशान थे, अब अपनी क़ौम के हाथों। इन निरन्तर असफलताओं ने दृढ़व्रती मैज़िनी के दिल में यह ख़याल पैदा किया कि शायद जनता की राजनीतिक शिक्षा इस हद तक नहीं हुई, कि वह अपने लिए एक प्रजातान्त्रिक शासन-व्यवस्था की बुनियाद डाल सके और इसी नीयत से वह स्विट्ज़रलैण्ड जा रहा था कि वहाँ से एक जबर्दस्त क़ौमी अखबार निकाले, क्योंकि इटली में उसे अपने विचारों को फैलाने की इजाज़त न थी। वह रात भर नाम बदलकर रोम में ठहरा। फिर वहाँ से अपनी जन्मभूमि जिनेवा में आया और अपनी नेक माँ की कब्र पर फूल चढ़ाये। इसके बाद स्विट्ज़रलैण्ड की तरफ़ चला और साल भर तक कुछ विश्वसनीय मित्रों की सहायता से अखबार निकालता रहा। मगर निरन्तर चिन्ता और कष्टों ने उसे बिलकुल कमज़ोर कर दिया था। सन्

1870 में वह सेहत के ख़याल से इंगलिस्तान आ रहा था कि आल्पस पर्वत की तलहटी में निमोनिया की बीमारी ने उसके जीवन का अन्त कर दिया और वह एक अरमानों से भरा हुआ दिल लिए स्वर्ग को सिधारा। इटली का नाम मरते दम उसकी ज़बान पर था। यहाँ भी उसके बहुत से समर्थक और हमदर्द शरीक थे। उसका जनाज़ा बड़ी धूमधाम से निकला। हज़ारों आदमी साथ थे और एक बड़ी सुहानी खुली हुई जगह पर पानी के एक साफ़ चश्मे के किनारे पर क़ौम के लिए मर मिटने वाले को सुला दिया गया।

7

मैज़िनी को क़ब्र में सोये हुए आज तीन दिन गुज़र गए। शाम का वक्त था, सूरज की पीली किरणें इस ताज़ा क़ब्र पर हसरतभरी आँखों से ताक रही है। तभी एक अधेड़ खूबसूरत औरत, सुहाग के जोड़े पहने, लड़खड़ाती हुई आयी। यह मैग्डलीन थी। उसका चेहरा शोक में डूबा हुआ था, बिलकुल मुर्झाया हुआ, कि जैसे अब इस शरीर में जान बाक़ी नहीं रही। वह इस क़ब्र के सिरहाने बैठ गयी और अपने सीने पर खुंसे हुए फूल उस पर चढ़ाए, फिर घुटनों के बल बैठकर सच्चे दिल से दुआ करती रही। जब खूब अन्धेरा हो गया, बर्फ पड़ने लगी तो वह चुपके से उठी और खामोश सर झुकाये क़रीब के एक गांव में जाकर रात बसर की और भोर की बेला अपने मकान की तरफ रवाना हुई।

मैग्डलीन अब अपने घर की मालिक थी। उसकी माँ बहुत ज़माना हुआ, मर चुकी थी। उसने मैज़िनी के नाम से एक आश्रम बनवाया और खुद आश्रम की ईसाई लेडियों के लिबास में वहाँ रहने लगी। मैज़िनी का नाम उसके लिए एक निहायत पुरदर्द और दिलकश गीत से कम न था। हमदर्दों और क़द्रदानों के लिए उसका अपना घर था। मैज़िनी के खत उसकी इंजील और मैज़िनी का नाम उसका ईश्वर था। आस-पास के गरीब लड़कों और मुफ़लिस बीवियों के लिए यही बरकत से भरा हुआ नाम जीविका का साधन था। मैग्डलीन तीन बरस तक जिन्दा रही और जब तक मरी तो अपनी आखिरी वसीयत के मुताबिक उसी आश्रम से दफ़न की गयी। उसका प्रेम न था, एक पवित्र और निष्कलंक भाव था और वह हमको उन प्रेम-रस में डूबी हुई गोपियों की याद दिलाता है जो श्रीकृष्ण के प्रेम वृन्दावन की कुँजों और गलियों से मंडराया करती थीं, जो उससे मिले होने पर भी उससे अलग थीं और जिनके दलों में प्रेम के सिवा और किसी चीज़ की जगह न थी। मैज़िनी का आश्रम आज तक कायम है और ग़रीब और साधु-सन्त अभी तक मैज़िनी का पवित्र नाम लेकर वहाँ हर तरह सुख पाते हैं।

●●●